国家出版基金项目
NATIONAL PUBLICATION FOUNDATION

中国乡土小说研究丛书

丛书主编　丁帆

理论文选

中国乡土小说

主　编　李兴阳　黄　轶

副主编　何同彬　姬志海

1910—2010

南京大学出版社

图书在版编目（CIP）数据

中国乡土小说理论文选：1910—2010 / 李兴阳，黄
轶主编. —南京：南京大学出版社，2021.12
（中国乡土小说研究丛书 / 丁帆主编）
ISBN 978 - 7 - 305 - 22812 - 4

Ⅰ. ①中… Ⅱ. ①李… ②黄… Ⅲ. ①乡土小说-小
说理论-中国-1910—2010-文集 Ⅳ. ①I207.42 - 53

中国版本图书馆 CIP 数据核字（2020）第 003900 号

出版发行 南京大学出版社
社　　址 南京市汉口路 22 号　　　　邮　编 210093
出 版 人 金鑫荣

丛 书 名 中国乡土小说研究丛书
主　　编 丁 帆
书　　名 **中国乡土小说理论文选（1910—2010）**
本卷主编 李兴阳　黄 轶
责任编辑 施 敏

照　　排 南京紫藤制版印务中心
印　　刷 南京爱德印刷有限公司
开　　本 710×1000　1/16　印张 36.50　字数 580 千
版　　次 2021 年 12 月第 1 版　2021 年 12 月第 1 次印刷
ISBN　978 - 7 - 305 - 22812 - 4
定　　价 198.00 元

网　　址：http://www.njupco.com
官方微博：http://weibo.com/njupco
官方微信：njupress
销售咨询热线：(025)83594756

总　序

丁　帆

"五四新文化运动"已经百年,在它光环笼罩下的"五四文学"也算是经过了许许多多的风雨洗礼,进入了百岁的庆典。我们究竟用什么样的态度去看待"五四新文化运动"旗下的"五四文学"思想潮流呢? 这个问题争论了很多年,对其"启蒙"与"革命"的主旨有着各种各样的说法,就我本人而言,就历经了许多次的观念转变,直至后来自己的观念也逐渐模糊犹豫彷徨起来。当然不是鲁迅先生"两间余一卒,荷戟独彷徨"的那种深刻的焦虑,而是那种寻觅不到林中之路的沮丧。

花费了七八年时间编撰成的这套 300 余万字的皇皇五卷的"中国乡土小说研究丛书",恰恰在"五四新文化运动"百年来临前一年杀青,也算是对"五四新文化运动"百年的一个隆重的纪念和交代吧。

一、中国乡土小说的精神源头:"五四新文化运动"

按照既正统又保险的说法,中国现代文学的起源是与"五四新文化运动"不可分割的,那么,中国现代文学已经走过了百年,以此类推的话,中国乡土小说也就是百年的历史。当然,我们并不完全这么机械地看待这个问题,因为就中国乡土小说的发生来看,它显然是早于"五四新文化运动",而且白话通俗文学在"五四"前就早已流行,将它们打入"另册"也是"五四"先驱者们过激的行为,其留下的遗患也是当初的先驱者们始料不及的。不过,为了适应某种学术研究生态的需要,我们对中国乡土小说发生期的断代保留着进一步考察和研究的设想,一切留待日后学术空间的拓展。

什么是"五四"? 这是一个问题! 毋庸置疑,百年来涉及这个命题的著述可谓汗牛充栋,众说纷纭,观点芜杂,让人在大量活着的和死去的史料堆里爬不出来,总觉得公说公有理婆说婆有理,甚至会把"五四事件"与"五四新文化运动"混为一谈。以至让一些政治家把这个时间的标志当作纪念日:1938 年 7 月 9 日国民党的"三青团"成立时,曾经提议把"五四"定为"青年节",1944 年 4 月 16 日重庆国民政府又将它从政治层面下降到文艺层面,定为"文艺节";1939 年 3 月中国共产党的中国青年联合会在延安成立时也提议把它作为"青年节",1949 年 12 月新成立的中华人民共和国又重新正式把"五四"定为"青年节"。可见它在社会层面的政治意义远远是大于文化和文学意义的。

(一)"五四"先驱者们论"五四精神"

什么是"五四精神"? 我们如果用那种简单的逻辑推理就会得出:没有《新青年》何来的"五四"?"五四"只不过是一个时间的标记,用梁漱溟先生的话来说就是:"现在年年还纪念的'五四运动',不过是新文化运动中间的一回事。'五四'那一天的事,意义并不大,我们是用它来纪念新文化运动的。"[①]他的意思很明确,"五四事件"本身的政治意义并不大,大的就是"五四新文化运动"对中国社会和文化后来的一系列政治运动的发展导向起着的决定性作用,当然对文学的发展走向也起到了巨大的作用。

梁漱溟的话对吗? 说对也对,说不对也没错。因为当时亲历这场运动的"五四"先驱者们在"五四事件"过后也是各有各的说法,有的甚至大相径庭,这就让一帮研究中国现代史的学者无所适从了,何况历经百年之后,面对着各种各样让人眼花缭乱、目迷五色的对"五四新文化运动"不同阐释,"五四"的面目就越加模糊起来,我本人也在这半个世纪(从小学政治教科书中第一次读到对这场"爱国主义运动"的阐述,及至 20 世纪 60 年代在我父亲的案头

---

① 梁漱溟:《蔡先生与中国》,《梁漱溟全集》(第六卷),山东人民出版社 2005 年版,第 75 页。

看到胡华的《中国革命史讲义》）以来，因读到各种各样有关"五四新文化运动"的论文与书籍后，就像老Q做了一场未庄梦那样，愈加对"五四"敬而远之了。实在想说几句话，也都是梦话而已。

陈独秀对"五四精神"的定义似乎应该是权威的说法吧，他在《五四运动的精神是什么——在中国公学第二次演讲会上的讲演》中说得很清楚：

如若有人问五四运动的精神是什么？大概的答词必然是爱国救国。我以为五四运动的发生，是受了日本和本国政府的两种压迫而成的，自然不能说不是爱国运动。但是我们的爱国运动，远史不必说，即以近代而论，前清末年，也曾发生过爱国运动，而且上海有爱国学社和爱国女学校。十年前就有标榜爱国主义的运动。何以社会上对于五四运动无论是赞美、反对或不满足，都有一种新的和前者爱国运动不同的感想呢？他们所以感想不同的缘故，是五四运动的精神，的确比前者爱国运动有不同的地方。这不同的地方，就是五四运动特有的精神。这种精神就是：（一）直接行动；（二）牺牲的精神。

直接行动，就是人民对于社会、国家的黑暗，由人民直接行动，加以制裁，不诉诸法律，不利用特殊势力，不依赖代表。因为法律是强权的护符，特殊势力是民权的仇敌，代议员是欺骗者，决不能代表公众的意见。清末革命的时候，人人都以为从此安宁了，不料袁世凯秉政，结果反而不好。袁世凯死的时候，人人又以为从此可以安宁了，不料现在的段祺瑞、徐世昌执政，国事更加不好。这个时候，中国人因为对于各方面的失望，大有坐以待毙的现象。自从德国大败、俄国革命以后，世界上的人思想多一变。于是，中国人也受了两个教训：一是无论南北，凡军阀都不应当存在；一是人民有直接行动的希望。五四运动遂应运而生。一般工商界所以信仰学生，所以对于五四运动有新的和前次爱国运动不同的感想，就是因为学生运动是直接行动，不是依赖特殊势力和代议员的卑劣运动呵！

中国人最大的病根，是人人都想用很小的努力牺牲，得很大的效果。这病不改，中国永远没有希望。社会上对于五四运动，与以前的爱国运动的感想不同,也是因为有无牺牲的精神的缘故。然而我以为五四运动的结果,还不甚好。为什么呢? 因为牺牲小而结果大,不是一种好现象。在青年的精神上说起来,必定要牺牲大而结果小,才是好现象。此时学生牺牲的精神,若是不如去年,而希望的结果,却还要比去年的大,那更不是好的现象了。

以上这两种精神,就是五四运动重要的精神。我希望诸君努力发挥这两种精神,不但特殊势力和代议员不是好东西,就是工商界也不可依赖。不但工商界不可依赖,就是学界之中,都不可依赖。最后只有自己可靠,只好依赖自己。①

倘若我说陈独秀当年做这番演讲的时候还是一个"愤青"的话,我们可以原谅他在政治上的幼稚,他以为诸如法国大革命与俄国革命以流血的代价换来的才是真正的革命运动,唯有"牺牲精神"才能换来革命的胜利,其实,当年持这种想法的知识分子是很多的,他代表着许多"五四"革命先驱者的普遍观念,这就造成了"爱国主义和牺牲精神"才是这场运动本质的假象,殊不知,这才是遮蔽和阻遏"五四启蒙精神"向纵深发展的源头和本质,他让中国大多数的知识分子的思想观念导向了卢梭式的法国大革命的教义和苏俄"十月革命"的实践范例,虽然陈独秀在其晚年将此观念来了一个一百八十度的大颠覆,痛彻反思苏俄革命的弊病,对"五四"运动进行了一次彻底的反省,但为时已晚,"明日黄花"早已凋谢,历史认知的潮流已然成为不可阻挡之势了。历史告诉我们:革命运动无论"牺牲大"还是"牺牲小"与其结果并不是呈反比状态,而是看他的理念有无深入人心。

陈独秀的身份是非常特殊的:他1915年创办《青年杂志》(《新青年》),反对旧道德,张扬自由主义和民主思想,既是新文化启蒙运动的发动者与重要角色,又是"五四文学革命"的重要倡导者,他与胡适等人一起,倡导白话文学;在1919年以学生游行为导火线的"五四"政治运动中,他也竟亲自上街散发传单,并因此被捕。1919年"五四"运动以后,原先包括思想启蒙与文学革

---

① 陈独秀:《五四运动的精神是什么》,原载《时报》1920年4月22日。

命在内的"五四"新文化阵营,发生了分离:陈独秀、李大钊投身政治,胡适退回书斋搞学问,鲁迅则陷入"荷戟独彷徨"的苦闷之中。他们其中任何一位来阐释"五四精神",都会是有差别的。作为"五四"的全面参与者与领导者,陈独秀似乎是诠释"五四精神"的权威角色。然而,在这篇演讲中,陈独秀显然并没有试图对"五四运动"进行"全面"的阐述,他只是以一位政治家的身份,着眼于"五四革命文化运动",阐释政治视野中的"五四精神"。因此,他强调的"五四精神"为:直接行动和牺牲精神。而他演讲的地点——中国公学——恰好是具有革命传统的学校。因此,演讲者的身份和听众对象,决定了这篇演讲是以"五四"青年学生走上街头、干预政治为楷模的宣传、鼓动的文章。这也是让"五四"从"文化革命"走向"革命文化"的滥觞因素之一,难怪林毓生们会将"五四新文化运动"与后来的"文化大革命"相联系,原因就是在于他们只看到了这场运动"左"倾的一面,而忽略了它潜藏在地下奔突的烈火——启蒙给一代又一代现代知识分子留下的新文化遗产,当然还有遍体鳞伤的躯体和灵魂。

　　"五四"是一个说不尽的话题,原因是"五四"是一个含义非常丰富的文化运动。学界普遍认为"五四"的含义应当包括以下三个方面:第一,反对传统道德、提倡民主与科学的新文化思想启蒙运动;第二,反对文言、提倡白话的文学革命;第三,反对帝国主义和专制腐败政治的爱国民主运动。这决定了对"五四精神"注定不可能进行单一视角的归纳,而百年来恰恰忘却的总是最根本的首要任务,启蒙往往却成为纪念"五四运动"餐桌上的佐料。

　　新文化思想启蒙运动崇尚西方文艺复兴以来的人文主义价值,以进化论眼光肯定现代化,否定传统道德与价值观;而在"五四政治运动"中,爱国主义和反对帝国主义,又与"五四"启蒙理想在对待西方和中国文化的态度上相互冲突。可以说,不同时期、不同身份的人,往往根据自己的政治立场和阐释目的,就"五四"的某一方面含义进行了偏执性的强调。总之,百年来围绕着"启蒙的五四"与"革命的五四"之命题,谁也无法做出合乎逻辑的周延性判断。另一方面,似乎"启蒙与救亡"遮蔽了"五四新文化运动"的许多实质性问题,让我们做了问题的"套中人"。

　　而胡适之先生作为"五四新文化运动"的发起人,他原本的"革命"目的何在呢?在"五四事件"发生的第二年他发表了演说,其内容与陈独秀的观点就有了一些不同。1920年5月4日,胡适参加了北京女子学界联合会召开的"五四纪念会",并发表演说。当天的《晨报副刊》上,胡适与蒋梦麟联名,发表了一篇胡适的《我们对于学生的希望》。此文肯定了青年学生运动的贡献,但他还是认为:"这种运动是非常的事,是变态的社会里不得已的事……故这种运动是暂时不得已的救急办法,却不可长期存在的。"①显然,胡适是反对用"牺牲"换来的革命结果的,换言之,就是反对以革命的名义进行青年学生运动。

　　而到了1928年的5月4日,胡适在光华大学发表了《五四运动纪念》演讲,其观点来了一个180度的大转弯,他又肯定了学生的"牺牲精神",不再提倡钻进"故纸堆"里去了,其重要的一点就是胡适证明"五四运动"印证了一个历史公式,即"凡在变态的社会与国家内,政治太腐败了,而无代表民意机关存在着;那末,干涉政治的责任,必定落在青年学生身上。这是一个最正确的公式,古今中外,莫能例外。"这也许就是后来坊间一直流传着的那句伟人名言"凡是镇压学生运动的都没有好下场"的滥觞吧。当然,在胡适对自己的观念做出重大修改的时候,他没有忘记自己过去说过的话,于是就用辩证的方法予以圆场:"如果在常态的社会与国家内,国家政治,非常清明,且有各种代表民意的机关存在着;那末,青年学生,就无需干预政治了,政治的责任,就要落到一班中年人的身上去了。""自从五四运动以来,中国的青年,对于社会和政治,总算不曾放弃责任,总是热热烈烈的与恶化的挣扎……青年人的牺牲,实在太大了!他们非独牺牲学业,牺牲精神,牺牲少年的幸福,连到牺牲他们自己的生命,一并牺牲在内了……"显然,胡适认为牺牲青年是一件迫不得已的事情,与毫不足惜"牺牲"的非人道观念是有区分的。

　　从胡适的观念转变,我们可以看出一个重要的问题症结来——在"启蒙与革命"的悖论当中,"五四"就成了一个在"启蒙"与"革命"之间来回奔跑跳跃的政治文化和精神文化的冠词,似乎这顶桂冠扣在任何言者的头上

---

① 蒋梦麟、胡适:《我们对于学生的希望》,《中华教育界》1920年第9卷第5期。

都很合适。但是，人们忽略的恰恰就是政治和社会的时间与空间的变化给人的思想观念带来的变化。随着时间和空间的变化，也随着各人的生活经历的变化，"五四"先驱者们的观念也在变化，我们如果将他们的思想看成一成不变的固态，就会犯经验主义的毛病。这一点在胡适1935年的《纪念五四》一文中得到了印证："我们在这纪念'五四'的日子，不可不细细想想今日是否还是'必有赖于思想的变化'。因为当年若没有思想的变化，决不会有'五四运动'。"①

直到1958年5月他读到了女作家苏雪林一篇追念"五四"的"理性女神"的文章，在写信回复时说："我很同情你的看法，但我（觉得）五四本身含有不少的反理智成分，所以'不少五四时代过来人'终不免走上了反理智的路上去，终不免被人牵着鼻子走。"②恐怕一个67岁的成熟老人的思考才是最深刻的。

1960年，胡适应台北广播电台之邀，发表了一个长篇谈话《五四运动是青年爱国的运动》。其实这篇演讲标题似乎又回到了老路上去了，其实其主旨却是针对犹如西方的文艺复兴运动的"五四启蒙运动"感慨而发："五四运动也可以说害了我们的文艺复兴。什么原故呢？……因为我们从前作的思想运动，文学革命的运动，思想革新的运动，完全不注重政治，到了五四之后，大家看看，学生是一个力量，是个政治的力量，思想是政治的武器……所以从此之后，我们纯粹文学的、文化的、思想的一个文艺复兴运动就变质了，就走上政治一条路上……""在我个人看起来谁功谁罪，很难定，很难定，这是我的结论。"我以为，这是胡适晚年对"五四"最为深邃的一次思考，那种试图把"五四新文化运动"安放在"启蒙运动"轨道上的梦想为什么会成为泡影？归根到底就是一句话：在中国，试图创造一个"纯粹文学的、文化的、思想的一个文艺复兴运动"可能性几乎为零，因为凡是运动最后总是要归于政治的。这就造成了不仅仅是"启蒙"的悲剧，同时也造成了"革命"的悲剧。历史无情地证明了这一历史的规律，并且还将不断地证明。

---

① 胡适：《纪念五四》，《独立评论》1935年5月5日第149号。

② 胡适：《复苏雪林》，《胡适全集》（第26卷），安徽教育出版社2003年版，第160页。

（二）世界启蒙运动与中国的"五四运动"

人类的前进道路能够通过每一个人对理性的公开使用的自由而指向进步。

——康德

回顾百年、七十年和四十年来中国社会文化和文学的变迁,我们的学术和思想观念同样经历了几次大起大落的变化。毋庸置疑,在百年之中,我们可以排出一个长长的、聚集着七八代启蒙文化学者的名单,在他们共同奋斗的学术史和思想史的历程中(我始终认为学术史和思想观念史是两个永远不可分割的皮与毛的关系),我们似乎可以看到一条清晰的隐在线索:自由与民主;科学与传统;制度与观念;人权、主权和法权……这些关键词不仅在不同的时空里发生了裂变,同时也在不同的群体里发生了分裂。

康德在1874年发表的那篇《答复这个问题:什么是启蒙运动》中说:"启蒙运动就是人类脱离自己所加之于自己的不成熟状态。不成熟状态就是不经别人的引导,就对运用自己的理智无能为力。当原因不在于缺乏理智,而至于不经别人的引导就缺乏勇气与决心去加以运用时,那么这种不成熟就是自己所加之于自己的了。Sapere aude! 要有勇气运用你自己的理智! 这就是启蒙运动的口号!"①康德200多年前的定义至今还在世界的上空中盘桓,这是人类的喜剧还是悲剧呢?

那么托克维尔在《旧制度与大革命》中揭示的法国大革命的悖论逻辑适用于中国百年来启蒙与革命的逻辑关系吗? 其实,许许多多的实践告诉我们,尤其是中国近四十年来的"改革"恰恰反证了托氏"最危险的时刻通常就是它开始改革的时刻"逻辑的荒谬,我们却对这个结论深信不疑。在中国的启蒙与革命的双重悖论之中,最重要的则是我们难以分清楚什么是启蒙的左右和革命的左右这个根本的悖论性问题。

我常常在思考一个问题:倘若我们把鲁迅作为"五四"以来中国左翼文化

---

① ［德］康德:《历史理性批判文集》,何兆武译,商务印书馆2009年版,第23页。

的旗手,而把胡适作为"五四"以降自由知识分子的领军人物,那么,那个坊间传说的设问就显得十分尴尬了:倘若鲁迅活到1949年以后,他还会是左翼吗?我的答案很简单:要么他还是鲁迅,要么他不再是鲁迅,而变成了郭沫若,我想,以他的性格,他不会变成郭沫若,也不会变成茅盾,最有可能变成无言相向的无声鲁迅。这里就有了一个我们怎样区分左和右的尺度问题,因为百年来我们不习惯在不同时空当中辨别左右,也就是说,用今天的眼光来看现代文学史上的鲁迅,他是典型的右派,他的反一切统治的眼光,恰恰就是现代知识分子必须具备的立场,就像萨义德在《知识分子》一书中所言,知识分子永远是站在批判的立场上看待社会的,否则他就没有存在的必要。从这个角度去看鲁迅,你能说他是左翼的吗?都说鲁迅的骨头是最硬的,硬到"十七年"当中,他就是一个右派。就像当下我们看待西方的许许多多的左右派那样,在不同的空间语境当中,我们辨别左右的时候往往是要反着看的。同理,我们看待胡适也同样适用这样的标准。所以,我认为作为衡量一个知识分子人格操守,只能用八个字来检测:坚守良知、维护正义。当"五四的启蒙主义新传统"遭到了空前否定的时候,我们应该选择什么样的价值立场呢?最近我在网上看到了一个治中国古代政治史的学者王霄说:"汉后的儒家,政治理论和政治人格已经失去了孔孟的刚健质正,实践中还造成了大批的伪君子。"古代史的学者为现代文明的鼓与呼,却让我们搞现代文学的人深思。

　　鲁迅也好,胡适也罢,作为"五四新文化运动"培育下的第一代中国具有现代意识的知识分子,他们承继的都是18世纪以来启蒙运动中普世的价值立场,这一点对一个国家和一个民族来说是很重要的——中国文化为什么没有选择政治家、哲学家和历史学家做旗手,而是选择了文学家,这里面的深意,应该是不言而喻的。然而,百年来,我们对这个问题的认知还停留在学术常识以下的水平,无论我们的学科得到了多么大的发展,无论我们的科研项目达到了多大的惊人数字,无论我们的论文如何堆积如山,却仍然要重新回到启蒙的原点,重新回到"五四"的起跑点上——我们应该反思的问题是:"启蒙的五四"和"革命的五四"两者之间都存在着的双重悖论是百年来我们始终未解的一个难题——这是社会政治文化问题,同时也是文学绕不开的问题。

回顾百年来所走过的学术历程,我们似乎始终在一个平面上旋转,找不到前进的目标,其根本原因就是因为我们在文学的学术史教育中遮蔽了许许多多多应该传授的常识性知识。

我近年来一直在重读"五四"先驱者们对"五四事件"和"五四新文化运动"的不同看法,结合法国大革命、英美革命以及苏俄革命对"五四"以后中国革命与文学的影响,进行比较分析,有些观念仍然停留在我几年前的水平上(这就是 2017 年结集出版的《知识分子的幽灵》),但是今年我重读和新读了三本书后,便又开始了新一轮的思考。

第一,我在重读周策纵的《五四运动史》后,在各种各样纷乱混淆的"五四事件"和"五四新文化运动"梳理中,基本认同了周策纵先生的"五四的来龙去脉说",当然,我们也不必再去追究"五四新文化运动"是谁领导的这个永远说不清楚的问题了,只是让当时各种各样的参与者自己出来说话,不分左右,无论东西。我以为,这本书本应该是中国现代文学学术思想史的基本教科书,只可惜的是,现在我们许多人文学科至多就是把它列为参考书目而已。

今天,我们首先要涉及的问题是:我们为什么要纪念"五四运动"这个难题,我想这一点周策纵先生说得最清楚:他认为"首先必须努力认知该事件的真相和实质"①。也就是说,"五四事件"与"五四新文化运动"虽然有联系,却并不能截然画上等号。周策纵说,有人把他在 1969 年发表的《"五四"五十周年》一文副标题"译为'知识革命',就'知'的广义说,也是可以的。我进一步指出:这'知'字自然不仅指'知识',也不限于'思想',而且还包括其他一切'理性'的成分。不仅如此,由于这是用来兼指这是'知识分子'所倡导的运动,因此也不免包含有行动的意思。……但是我认为,更重要的一点值得我们特别注意的,还是'五四'时代那个绝大的主要前提。那就是,对传统重新估价以创造一种新文化,而这种工作须从思想和知识上改革着手:用理性来说服,用逻辑推理来代替盲目的伦理教条,破坏偶像,解放个性,发展独立思考,

---

① 〔美〕周策纵:《五四运动史》,陈永明等译,世界图书出版公司 2016 年版,"繁体再版序"《认知·评估·再充》第 13 页。

以开创合理的未来社会”①。说得何等好啊！他把“五四新文化运动”的主体
定为“知识分子”，只这一点，就避开了纠缠了许多年的“谁领导”的问题，从另
一个角度肯定“五四启蒙运动”的基础。虽然这是他五十年前所说的话，但应
该仍然成为我们每一次纪念“五四”的目的：“后代的历史学家应该大书特书，
（‘五四’）这种只求诉诸真理与事实，而不乞灵于古圣先贤，诗云子曰，或道德
教条，这种只求替自己说话，不是代圣人立言，这种尚‘知’的新作风，应该是
中国文明发展史上最大的转折点。”②我们治中国现代文学的学人，能够不反
躬自问吗？面对“五四”反传统的文化意义被颠覆和消解，我们是呐喊还是彷
徨？我们是沉默还是爆发呢?! 至少在我们的心灵之中，应该保持一分清醒
的学术态度吧，尽管我们不能肩起那扇沉重的闸门，我们起码能够保持对历
史知识传承的那份纯洁吧。

　　周策纵先生这种中国文化转折的反思视角，恐怕也是许多人对“五四运
动”和“五四文学”认识的一个盲区罢，这是我在近期所涉及的关于“启蒙的五
四”与“革命的五四”双重悖论中的一个焦点问题，也是对百年“五四”激进派
和保守派言论的一种浅陋的反省。

　　2019 年作为“五四事件”发生一百周年的纪念，我们的知识分子又如何
“用理性来说服，用逻辑推理来代替盲目的伦理教条，破坏偶像，解放个性，发
展独立思考，以开创合理的未来社会”呢？其实，最简单，也是最经济的做法
就是周策纵先生的治学方法，即“透过这些原始资料，希望能让当时的人和
事，自己替自己说话”③。于是，我也翻阅了过去看过和没有看过，还有看过却
没有用心思考的大量资料，想让那些“五四”的先驱者们从棺材里爬出来，用
他们当年的文字来重释一遍对“五四新文化运动”和“五四事件”的看法，但

----

　　① ［美］周策纵：《五四运动史》，陈永明等译，世界图书出版公司 2016 年版，“繁体再版序”《认
知·评估·再充》第 13—14 页。

　　② ［美］周策纵：《五四运动史》，陈永明等译，世界图书出版公司 2016 年版，第 13—14 页。此乃
“1995 年 9 月 2 日夜深于威斯康星陌地生”的“繁体再版序”《认知·评估·再充》中的文字，其“英文初
版自序”则是“1959 年 10 月于麻省剑桥，哈佛”，至今也已经六十年了。

　　③ ［美］周策纵：《五四运动史》，陈永明等译，世界图书出版公司 2016 年版，“繁体再版序”《认
知·评估·再充》第 13 页。

是,我要强调说明的是:这并非代表我本人的看法,我只是套用了周策纵先生的方法,试图让逝者百年前的历史画外音来提示"五四精神",历史地、客观地呈现出它的两重性。也许只有这样,我们才能不断地在纪念"五四"中得到对现实的启迪和对未来的期望。我们做不了思想史,我们能否做乾嘉学派式的学科基础学问,让史料来说话呢? 让"死学问"活起来,活在当下,也就活到了未来。

第二,另一本小书就是 2018 年 5 月刚刚由北大出版社出版的英国历史学家罗伊·波特撰写、殷宏翻译的《启蒙运动》,这本"解释性的、批判性的和史学史的"小书真的是一本欧洲,乃至世界启蒙的常识性辅导教材,虽然作者只是用一个历史学家的眼光来看待这个具有跨越时空概念的历史运动,但是其普世的意义让人受到了很多的启迪,其中警句迭出,发人深省。

虽然作者是在不断地重复盖伊的观念,但是这种梳理是有教科书意义的:"想要在启蒙运动中找到一个人类进步的完美方案是愚蠢的。认为启蒙运动提出了一系列问题留待历史学家去探索则更为合理。"[1]以我浅陋的理解,这就是说,无论中西方的历史发展都不会按照启蒙运动所设想的逻辑轨道前进,留下来的问题首先就是要回到历史发展的轨迹中去重新认知启蒙的利弊。这一点尤其适合像中国这样后发的启蒙主义的模仿者。

另外一个问题提得更有意思,作者提出了一个新的诘问:"除了'上层启蒙运动'之外,难道没有一个'下层启蒙运动'吗? 难道不存在一个'大众的启蒙运动'来作为对精英启蒙运动的补充吗? ……是把启蒙运动视为一场主要由一小部分杰出人士充当先锋的精英运动,还是视为在一条宽广的阵线上汹涌向前的思想潮流,这一选择显然会影响到我们如何评判这一运动的意义。领导层越小,启蒙运动就越容易被描绘为一场思想上的激进革命,是用泛神论、自然精神论、无神论、共和主义、民主、唯物主义等新的武器来与几百年来根深蒂固的正统思想做斗争的运动。我们兴奋于伏尔泰怒吼声中发出的伟

---

[1]　[英]罗伊·波特:《启蒙运动》,殷宏译,北京大学出版社 2018 年版,第 1 页。

大呼喊即'臭名昭著的东西'以及'让中产阶级震惊',这些口号让教会与国家战栗不已。"①

　　无疑,这些话颠覆了我们多年来认为的"启蒙必须是精英知识分子自上而下的一场教育认知"的观念,他的观点虽然不能让我完全苟同,却让我深思鲁迅"两间余一卒,荷戟独彷徨"孤独的由来;虽然我还不能完全接受罗伊·波特对启蒙的全部阐释,但是,他开启和拓展了我的逆向思维空间,让我们在中国百年的启蒙运动史中发现了许许多多可以解释得通的疑难问题,包括鲁迅式的叩问。

　　回顾我们这几十年来现代文学的学术史道路,正如作者所言,我们"用泛神论、自然精神论、无神论、共和主义、民主、唯物主义等新的武器"和方法,甚至许许多多技术主义的方法路径来对启蒙主义思潮以及现代文学作家作品进行了无数次阐释,但是,这些阐释真的有效吗?它们是真学问呢,还是"伪命题"?这个问题值得我们重新反思百年来的学术史,筛选和淘汰掉那些非学术的渣滓,才能重新回到理性学术的起跑线上来。另外,在许多"破坏性"的批判中,我们有没有找寻过有效的"建设性"理论体系呢?尽管我们的"破坏性"还远远没有达到其目的与效果。

　　同样,在对待法国大革命的态度上,作者给我们的启迪也很大,起码可以让我们用"第三只眼"去看问题:"要将启蒙运动视为在旧制度内部发生的一场突变,而由一支志在摧毁它的暴力革命队伍掀起的运动。那么启蒙运动是一场思想上的先锋运动吗?或者要将其看作文雅上流社会创造的一个普通的名词吗?此外,无论在哪一种情况下,启蒙运动是否真的改变了它所批判的社会了呢?或者说是不是它反而被这个社会改变了,并被它所吸收了呢?换言之,是权力集团得到了启蒙,还是启蒙运动被融入权力体系之中了呢?"②这一连串的诘问,正是对我多年来难以解开的心结的一种暗示,也是我们阅读《旧制度与大革命》的一个不可或缺的视角。我们播种的启蒙,收获的是龙种还是跳蚤呢?中国百年来的启蒙运动史给我们带来的是更大的困惑,我们

---

① 〔英〕罗伊·波特:《启蒙运动》,殷宏译,北京大学出版社 2018 年版,第 10—11 页。
② 〔英〕罗伊·波特:《启蒙运动》,殷宏译,北京大学出版社 2018 年版,第 11—12 页。

用文学的武器去批判社会，却到头来被社会所批判；我们试图用启蒙思想来改造国民性，自身却陷入了自我改造的悖论之中；我们改造社会，却被社会改造，灵魂深处爆发的革命是一种什么样的"大革命"呢？它与"五四启蒙运动"构成的是一种什么样的互动关系呢？这些狂想让我们成为一个又一个时代的"狂人"，然而，能够记下"日记"者却甚少。正如此书作者所言："卢梭始终都被后人视为启蒙运动的一座灯塔，这也确实名副其实，因为在痛恨旧制度的程度上无人能出其右。如果说如此千差万别的改革者们都能在启蒙运动的旗帜下战斗，难道这不就表明'启蒙运动'这个词语的内涵并不清晰，只让人徒增困惑吗？"①当一个朝代的新制度蜕变成一个旧制度的时候，我们在这个历史循环中怎样认识问题的本质，才是最最难以挣脱的思想文化枷锁。解惑的药在哪里？"忧来豁蒙蔽"，只有经历了历史的沧桑，我们才能稍稍懂得一些启蒙的与革命的道理，往往是身处变革历史语境中的知识分子的叩问才更有思想价值，但是，我们就是缺少思想家的引导。

检验一场启蒙运动的成败与否，作者给出的答案虽然不可能得到大多数人的认同，却也不乏其合理性："当最后我们要评价启蒙运动的成就时，如果还期待能够发现某一特定人群实施了一系列被称之为'进步'的措施，那就大错特错了。与之相对，我们应当从以下方面进行评判：是否有许多人——即便不是全体的人民大众——的思维习惯、情感类型和行为特征有所改变。考虑到这是一场旨在开启人们心智、改变人民思想、鼓励人民思考的运动，我们应该会预料到，其结果定然是多种多样的。"②**我苦苦思索了许多年的"二次启蒙"悖论的问题，在这里找到症结所在。**可悲的是，我们连"多种多样"的水平都没有达到，而是沉沦于鲁迅小说《风波》的死水语境之中，你能说我们百年的启蒙与革命运动取得了进步吗？

从世界格局的大视野来看，如果法国大革命是一个重要的历史节点的话，那么从1789年至今，已经有了整整230年的历史。当我们回眸中国百年启蒙历史的时候，同样可以从这本书的结语中得到启迪："启蒙运动虽然帮助

① ［英］罗伊·波特：《启蒙运动》，殷宏译，北京大学出版社2018年版，第15页。
② ［英］罗伊·波特：《启蒙运动》，殷宏译，北京大学出版社2018年版，第17页。

人们摆脱了过去,但它并不能杜绝未来加诸人类之上的枷锁。我们仍然在努力解决启蒙运动所促成的现代化、城市化工业社会里出现的各种问题。在努力的过程中,我们势必大量利用社会分析的技术、人文主义的价值观,以及哲人们创造的科学技能。今天我们仍然需要启蒙运动的哺育。"①是的,"德先生"和"赛先生"仍然是中国现代社会文化和现代文学研究的指南,但前提是必须重新回到人性的立场上来好好说话,因为"后现代"的话语体系非但人民大众听不懂,就连知识分子也会陷入云山雾罩的"所指"和"能指"之中,而失去对"五四精神"的追问。

第三,如果说,《启蒙运动》是一本常识性的大众必读书目,那么还有一本书就应该列为启蒙运动史的第一参考书目,虽然它的观点比较激进,但是对我们今天如何捍卫启蒙运动的成果是有所启迪的。它就是意大利历史学家文森佐·费罗内的《启蒙观念史》,无疑,它让我们开阔了视野,了解到在世界启蒙运动史上,许多国家和地区存在着同样的问题,尤其是在后现代文化语境中坚守批判思维的启蒙立场不是一件容易的事情。文章从"哲学家的启蒙——思考'半人马范式'"到"历史学家的启蒙——对旧制度的文化革命",呈现出的是两种不同的观念史:从康德到黑格尔;从马克思到尼采;从霍克海默到阿多诺;从福柯到卡西尔和海德格尔;在这两百多年漫长的启蒙哲学的道路上,作者把启蒙观念的变迁与发展梳理出了一条环环相扣的逻辑链条。

显然,启蒙与反启蒙的观念史不仅影响着欧美的学者,也会影响到世界各国的许多启蒙主义学者,但是,它对中国的启蒙哲学起着多大的作用呢?我们如果照搬其观念,会对本土的启蒙践行有何帮助呢?这些问题当然需要我们根据中国百年启蒙史做出相辅相成或相反相成的分析和判断。但是,无论如何,康德强调的"持续启蒙"的观点是永远照耀启蒙荆棘之路的明灯。正如康德在《历史理性批判文集》中所言:"需要有一系列也许是无法估计的世代,每一个世代都得把自己的启蒙留传给后一个世代,才能使它在我们人类身上的萌芽,最后发展到充分与它目标相称的那种阶段。"②中国一百年的启

---

① ［英］罗伊·波特:《启蒙运动》,殷宏译,北京大学出版社 2018 年版,第 120 页。
② ［德］康德:《历史理性批判文集》,何兆武译,商务印书馆 2009 年版,第 4 页。

蒙史比起欧洲少了一百多年,我们遇到的许许多多的问题,同样也在二百多年的欧美启蒙运动中呈现过,所以,我们不必那么焦虑,只要启蒙的思想火炬能够正确地世代传递下去,我们就"有希望达到光辉的顶点"。

我注意到了此书中的两个关键词:一个就是 Sapere aude("敢于认识");另一个就是 living the Enlightenment("践行启蒙")。前者显然是从康德那里继承得来的,这当然是启蒙运动必须固守的铁律,没有这个信条,一切启蒙都是虚妄的运动。后者则是作者根据当今世界启蒙的格局所提出来的观念,它是根据人类遭遇了后现代文化洗礼之后,对一种新启蒙的重新规约。前者是本,后者是变,固本是变化的前提,变化是固本的提升。

同样,在这个"以现代性为对象的试验场"里,我更加注意到的是"启蒙—革命"范式的场域中存在着的悖论关系,而这种关系往往被西方学者解释为一种具有中性立场的价值观,是一个欧洲历史学者眼中具有世界主义维度的"独立的历史现象"。就此而言,我不能认可的是,在中国百年的"启蒙—革命"范式的双重悖论运动过程中,我们遭受的痛苦似乎与法国大革命付出的血的代价是不能同日而语的,其灾难的程度不同和经历的痛苦程度的不同,就决定了持论的态度和价值理念的区别,在这个问题上,我们对启蒙的光感度和对革命的疼痛感似乎更有发言权。

十分有趣,也十分吊诡的是,费罗内在文章的前言开头就是这样描述欧洲当今的启蒙运动的:"套用伟大的卡尔·马克思在《共产党宣言》中的话,人们可能会说:一个幽灵,启蒙运动的幽灵,在欧洲游荡。它看上去悲伤而憔悴,虽然满载荣耀,却浑身都是一场场败仗留下的伤痕。然而,它无所畏惧,依旧带着那讽刺性的笑容。实际上,它换了一副新面孔,继续骚扰着一些人的美梦——他们相信生命之谜全都包含于一个虚幻神秘的神灵的设计,而没有对于人类自由与责任的鲜明意识。"①也许,这也是适用于世界各国的一种普遍的启蒙运动的情形,只要有启蒙意识存在的地方,都会有争斗,但是,启蒙的火种是延绵不绝的,尽管在许多地方它已经是伤痕累累,它却"换了一副新面孔",去"继续骚扰着一些人的美梦",这些人是谁呢? 倘若放在中国,是

---

① 　[意]文森佐·费罗内:《启蒙观念史》,马涛、曾允译,商务印书馆 2018 年版,"前言"第 1 页。

我在做启蒙的美梦,还是他人在做另一种革命的梦呢? 因为我也注意到了,此书的第二部分就是专论"对旧制度的文化革命"问题的,显然,这个法国大革命启蒙与革命纠结在一起的幽灵也同样游荡在欧洲的上空,更是游荡在世界各个文化的角落里,用作者的话来说,就是:"当然,他们现在终于可以埋葬那场野心勃勃又麻烦重重的文化革命了。那场革命在 18 世纪历经千难万险,为的是颠覆旧制度下欧洲那些看似不可改易的信条。人们终于可以扑灭那个用人解放人的不切实际的启蒙信念。那个信念认为人类单凭自身力量就可以摆脱奴役。这股力量还包括对于新旧知识的重新排布,这得益于新兴社会群体的努力,他们拥有一件强大的武器:批判性思维。"①读到这里,我不禁想到了我们百年来的从"人的解放"到"被解放了的人",再到"被囚禁的人"和"身体和思想的解放",我们走过的是一条逶迤的精神天路,这条道路要比欧洲的更漫长,更艰险。

"如果人们仔细探视我们时代的阴云,就会看到一幅不同的景象。……那些划时代事件,同样对贫乏的新旧解释范式和虚构的历史哲学起到了解放作用,残酷的现实否定了理论。那些事件引发的风暴,让几缕微弱的阳光穿透了时代的阴云。现在,那场风暴让我们超越了无数的幻梦和再三的失望,重新点燃了对美好未来的希望;它在各处引发了新的研究,也带来了重新研究启蒙运动的要求。这场深刻的文化革命力图解放人,其范围之广、影响之久,只有基督教在西方世界的兴起和传播可以相比。我们今天就那场革命所提的问题,之前从未有人提出。"②无疑,正如作者所言,"'启蒙运动—法国大革命'范式至今仍颇具吸引力,实际上这种吸引力太强大了"。

但是,在整个 20 世纪下半叶,我们只知道短暂的"巴黎公社"理想的伟大,却不知道在 100 年前通往这条道路上的"法国大革命"为全世界的"革命道路"打下了第一块基石,直到新世纪以降,法国大革命才成为中国学界讨论的热点,尤其是那个叫作托克维尔的《旧制度与大革命》的反思,为我们现今的政治经济提供了一面镜子。然而,我们又有多少人能够读懂其中的"画外

---

① ［意］文森佐・费罗内:《启蒙观念史》,马涛、曾允译,商务印书馆 2018 年版,"前言"第 1—2 页。
② ［意］文森佐・费罗内:《启蒙观念史》,马涛、曾允译,商务印书馆 2018 年版,"前言"第 2 页。

音"呢？因为我们在"启蒙运动—法国大革命"的范式中从来就是一个无知的小学生。

在"启蒙与革命"的悖论之中，我们往往采取的是"合二为一"的逻辑，虽然这也是某些西方历史学家和哲学家们一种惯常的研究方法，我却以为，一个没有经历过那些大革命血腥洗礼、坐在书斋里进行哲思的人，对革命带来的肉体与精神上的创痛是没有切肤之痛的。所以，我并不能苟同费罗内这样的西方理论家们混淆启蒙与革命的界限，把启蒙与革命简单地用一个等号加以连接。无疑，这种滥觞于尼采和福柯的理论教条，一俟在"践行启蒙"中得以中和与运用的话，就会走向另外一个极端，纳粹的思想所造成的人类创痛就会重演一次。君不见，正是尼采的"强力意志"催生了希特勒那种狂热的国家社会主义的大众革命思潮，那山呼海啸般的大众狂热虽然过去了80年，可巨大的声浪却久久回荡在世界革命的每一个角落，那种宗教般的狂热屡屡给世界带来灾难，却无人能够阻挡。为什么这种革命在20世纪30年代末的德国蔓延的速度如此之惊人，其导致的第二次世界大战让人类陷入了无边的罪恶深渊，这种惨痛的教训应该让每一个历史学家和哲学家牢牢地记取，对那种狂热的革命保持高度的警惕。

相反，百年来，在世界范围内，启蒙的声浪却愈来愈小，最终成为一些学者躲在象牙塔中的喃喃自语。本书的作者如果只是从象牙塔中去回眸历史、瞭望未来，抹去了血迹斑斑的历史，则是一种不可借鉴的研究方法，同样，它也看不清未来之路。相比较英美革命，我以为其借鉴的意义或许更大于法国大革命，法国大革命对后来的苏俄革命也产生了深远的历史影响，而苏俄革命对百年中国的"启蒙—革命"范式影响不仅根深蒂固，且有着十分惨痛的历史教训，直到那场举世瞩目的大革命的到来，当人们总结这一悖论所造成的恶果的时候，不得不用"一场浩劫"来总结"文化革命"所造成的后果，尽管在作者眼里"最终再次凸显这场伟大转变不可磨灭的印迹，它是建立现代西方身份认同基础的真正的文化革命"。也许，在230年启蒙与革命的纠结之中，西方学者眼中的法国大革命已然成为一笔精神遗产，它强调的是"启蒙运动的特殊性——它既是对18世纪旧制度的批判，也是旧制度的产物"。其价值观建立在这样的基础上，对西方意味着什么，对中国又意味着什么呢？

"法国大革命"作为一次政治事件，它付出的代价并不大，后来爆发的许多次所谓的"革命"，无一是付出巨大血腥代价的，最后演变成街头"革命"的闹剧，那是法国人浪漫主义性格的使然，因为他们知道这种极具表演性质的"革命"至多是在警察局里待上一会儿，就可以仍旧回到咖啡馆或沙龙里去大谈革命的理论去了，殊不知在中国是充满着"污秽和血的"革命。但愿我的这些想法是对此书中的某些理论的一种误读。

不过，此书学者在批判实践中的观念陈述是值得我们深思的："批判实践'通过反批判（counter-criticism）而达到超批判（super-criticism），最终蜕化为某种伪善的道德说教'。如同科泽勒克的大学导师卡尔·施米特在20世纪30年代所推论的，这否定了'政治'上的自治，并引发了西方世界至今仍未停歇的危机，即无法从永恒革命和意识形态文化战争中逃离出来，而这正是由18世纪末期启蒙运动的乌托邦理论和法国大革命所开启的。"①从卡尔·施密特的言辞之中，我们闻到了一个纳粹党人理论流行的普遍性，我的脑海中浮现出的是另一个被我们推崇了二十多年的纳粹理论家海德格尔的肖像，如果我们只从哲学的技术层面去看待这些理论专家，而不从践行理论的实践中去看理论的实际效果，那样的哲学是有用的吗？所以，我经常在思考一个问题：海德格尔与他的学生兼情人阿伦特的理论有区别吗？以我浅陋的知识视野来看，不仅有区别，而且存在着一条巨大的鸿沟。这条鸿沟就是在"启蒙—革命"的范式中他们所选择的知识分子的价值立场是截然不同的：前者是为统治者所御用，专门炮制适合于政治体制的理论，毫无感情色彩，是冷冰冰的教条；而后者却是秉持正义，恪守一个知识分子的良知，以人性的价值立场来创造理论。由此我想到这对情人的最终分手，不仅仅是生活境遇和爱情观念所迫，更加不可表述的是他们内心价值取向不同所导致的分道扬镳吧，尽管还有点依依不舍和藕断丝连，但在骨子里，他们就不可能成为同道者和同路人。

如果我们再回到启蒙话语里去，可以看出，费罗内对观念史的梳理也是

---

① ［意］文森佐·费罗内：《启蒙观念史》，马涛、曾允译，商务印书馆2018年版，第110页。

有益的,尽管许多地方他的陈述是中性的,却也给我们带来了抽象概括精准的惊喜。他的一句断语很精彩:"启蒙运动一直被认为是一个洋溢着进步的历史阶段和意识形态,现在,对这一古旧图景的最终批判必须来自一种新的、启蒙的谱系学。"①显然,我对海德格尔一干哲学家的后现代哲学理论不感兴趣,而对启蒙的原初理论更加青睐:"就'人学'这个概念而言,虽然它仍未得到深入细致的研究,但我注意到,大卫·休谟在他 1739 年出版的《人性论》中主张,应当将实验的方法扩展到一种未来的'人学'中。"②这个 280 年前的理论设想,真的有伟大的预见性,在这两个多世纪里,人类始终要解决的终极目标却一直无法解决,这难道不是启蒙主义的大失败吗?

所以,我同意作者的分析:"因此可以肯定的是,从历史角度来看,我们称为启蒙运动的事件是西方世界的一次伟大的文化转向,如何理解它的尝试都面临一个最大的,同时也是最重要的任务:分析它所处的历史语境,以及启蒙运动本身与大革命之前的旧制度之间紧密的辩证关系。"③也就是说,如果我们仅仅把启蒙运动孤立起来进行理论的分析肯定是不行的,关于这一点,费罗内大量引用了托克维尔的理论作为依据是有效的。从这里,我们可以看出旧制度对催生知识分子精英阶层的诞生是起着至关重要的作用的,正如费罗内所概括的:启蒙运动的"进程最后催生出如知识分子或服务于国家的贵族之类的新精英阶层,而这些精英又反过来导致了现代市民社会的产生。这是一个越来越注重个体而非社会集群的社会,它独立于那种绝对国家,虽然后者无心又辩证地在自己怀抱中孕育了它"④。回顾 200 多年来知识分子从"贵族精英"蜕变成"独立的批判者";再从"自由之精神的代言人"到"消费文化的奴仆",正是"伏尔泰对这种新的'作家'类型发起了猛烈的批判,特别是那些受职业共同体、书商和权势阶层支配的'作家',迎合'公众'的需求和品位的'作家'。他把这些人称作'群氓'、'廉价文人'和'低级文学'的承包商,他们心甘情愿为一点点金钱而出卖自己或者背叛任何人。相对于那种由出版市

①　[意] 文森佐·费罗内:《启蒙观念史》,马涛、曾允译,商务印书馆 2018 年版,第 80 页。
②　[意] 文森佐·费罗内:《启蒙观念史》,马涛、曾允译,商务印书馆 2018 年版,第 192 页。
③　[意] 文森佐·费罗内:《启蒙观念史》,马涛、曾允译,商务印书馆 2018 年版,第 207 页。
④　[意] 文森佐·费罗内:《启蒙观念史》,马涛、曾允译,商务印书馆 2018 年版,第 209 页。

场供养的生活和文艺复兴赞助机制的庇护,伏尔泰更赞成旧制度的专制文化模式,它是一种以为君主服务的学术集团为基础的集体性模式……由于这个原因,他受到一些作家的严厉批评,先是支持新近重生的'共和精神'的作家如卢梭和狄德罗,后来主要是布里索、马拉、阿尔菲耶里以及其他许多支持18世纪后期启蒙运动的人"。① 诚然,伏尔泰对那种商业化的"廉价文人"的贬斥是很有道理的,且有空前的预见性。但是,他的回到老路上去的主意实在是一种学究式的历史倒退。新兴的知识分子刚刚成为独立的、具有现代意识的群体,好不容易从"贵族精英"的封建枷锁中挣脱出来,作为一个大写的"独立批判者",却又要回到御用文人的窠臼中去,这无论如何是个昏招。

　　但是,作为启蒙主义的一支重要的力量,新兴的知识精英应该如何选择自己的价值观念呢?我想还是回到康德的理论原点上去,才是最经得起历史考验的价值观念:"我们的时代是真正的批判时代,一切都必须经受批判。通常,宗教凭借其神圣性,而立法凭借其权威,想要逃脱批判。但这样一来,它们倒成了正当的怀疑对象,并无法要求别人不加伪饰的敬重,理性只会把这种敬重给予那经受得住他的自由而公开的检验的事物。"② 我想,这也是马克思主义批判哲学的理论基础吧。

　　世界启蒙运动是一个永远说不完的话题,中国的"五四新文化运动"也是一个可以不断深入阐释的论题,无论从哲学的层面还是历史的层面来加以解读,我们对照现实世界,总有其现代性意义。这是"启蒙—革命"双重悖论的意义所在,也是它永不凋谢的魅力所在。

　　(三)"革命的五四"与"启蒙的五四"之纠结

　　　　总的来说,"五四"运动的种种倾向几乎决定了以后几十年内中国的思想、社会和政治的发展方向。在这场思想的骚动中,开始形成的时刻的社会与民族意识一直延续了下来。

---

① ［意］文森佐·费罗内:《启蒙观念史》,马涛、曾允译,商务印书馆2018年版,第206页。
② ［德］康德:《纯粹理性批判》,邓晓芒译,人民文学出版社2004年版,"序言"第3页。

  ……在批判中国旧传统时,很少有改革者对它进行过公正的或同情的思考。①

——周策纵《五四运动史·结论:繁多的阐释与评价》

  在中国百年文化史上,我们总是以"五四新文化运动"作为国族现代性的划界。然而,在百年之中,我们经历的却是两个叠加在一起的"双重悖论",其两个分悖论就是:"启蒙的五四"所遭遇的在"启蒙他人"和"自我启蒙"过程中启蒙与反启蒙的悖论;"革命的五四"所遭遇的是在"革命"与"反革命"(此乃中性词)过程中的认知悖论。两者相加所造成的总悖论就是:"启蒙的五四"与"革命的五四"所构成的百年中国文化史上错综复杂、千丝万缕的冲突,这种冲突从表面上看似简单,实际上却是每一个中国知识分子难以廓清的一种思维的怪圈,在每一次交错更替的"启蒙运动"与"革命运动"中,人们都会陷入盲目的"呐喊"与"彷徨"的文化语境之中不能自已,苦闷于精神出路寻觅而不得。

  我们往往把鲁迅作为"五四新文化运动""革命阵营"的旗手来对抗"启蒙主义"领袖胡适,其实,这就抹杀了他们在许多观念上的交错和重叠部分的共同性,值得反思的是,为什么百年来我们将"启蒙"与"革命"的界限给抹杀了,在这两个性质完全相异的名词之间画上了等号。

  鲁迅先生说:"最可怕的情形,就是比较新的思想运动起来时,与社会无关,作为空谈,那是不要紧的,这也是专制时代所以能容知识阶级存在的缘故。因为痛哭流泪与实际是没有关系的,只是思想运动变成实际的社会运动时,那就危险了。往往反为旧势力所扑灭。中国现在也是如此,这现象,革新的人称之为'反动'。我在文艺史上,却找到一个好名辞,就是 Renaissance,在意大利文艺复兴的意义,是把古时好的东西复活,将现存的坏的东西压倒,因为那时候思想太专治腐败了,在古时代确实有些比较好的;因此后来得到了社会上的信仰。现在中国顽固派的复古,把孔子礼教都拉出来了,但是

---

  ① [美]周策纵:《五四运动史》,陈永明等译,世界图书出版公司 2016 年版,第 346—347 页。

他们拉出来的是好的么？如果是不好的，就是反动，倒退，以后恐怕是倒退的时代了。"①这些话与上述胡适的许多言论是高度一致的，从中可以看出许多事情的端倪来，可怕的"反动，倒退"在中国百年历史的长河中流淌，让人陷入了无边的困顿之中，我反反复复揣摩这段话的含义，终于，我没有找到满意的答案，就像老Q那样在祠堂里睏过去了。

于是，我找来这段不知是"启蒙"还是"革命"的谶语，但仍然不能解惑："说到中国的改革，第一著自然是扫荡废物，以造成一个使新生命得能诞生的机运。五四运动，本也是这机运的开端罢，可惜来摧折它的很不少。"②

于是，我再翻阅另外一些"五四先驱者"们的说法，选择几段来进行对比，抑或能在多角度的测量中找到一个较为有价值的坐标来，虽然也很枉然。不过，在对比之前，我还是援引一句余英时先生对"五四新文化运动"的评语："或许，关于五四我们只能作出下面这个最安全的概括论断：五四必须通过它的多重面相性和多重方向性来获得理解。"③

我们在谈"五四运动"的时候，千万不能不把书生谈"五四"与政治家谈"五四"区别开来，也就是说，用学者的眼光和政治家的眼光来看"五四"，是能够读出不同的味道的，甚至是截然相反的两个"五四"来的。

"作为中华民国的缔造者之一，作为著名的政治领袖，孙中山支持'五四'学生运动，这对知识界的分化产生了重大影响，也把青年吸引到革命阵营。列宁十月革命的成功给他留下了深刻的印象，而西方国家对他要求的为重建国家计划提供财政支持的呼吁无动于衷，却承认每一届北洋政府，又使他十分的失望，因此他的思想就趋渐'左倾'。"④也许这就是导致"五四"转向为政治起主导作用的重要因素之一吧。所以，考察"五四新文化运动"初始时的政治人物和文化人物的言论是一件十分有趣，也十分复杂的事情。

用中国共产党缔造者李大钊先生的定义来说："此次'五四运动'，系排斥

① 鲁迅：《关于知识阶级》，《鲁迅全集》（第八卷），人民文学出版社2005年版，第227—228页。
② 鲁迅：《〈出了象牙之塔〉后记》，《鲁迅全集》（第十卷），人民文学出版社2005年版，第270页。
③ 余英时：《文艺运动乎？启蒙运动乎？——一个史学家对五四运动的反思》，《现代危机与思想人物》，生活·读书·新知三联书店2005年版，第99页。
④ ［美］周策纵：《五四运动史》，陈永明等译，世界图书出版公司2016年版，第243页。

'大亚细亚主义'，即排斥侵略主义，非有深仇于日本人也。斯世有以强权压迫公理者，无论是日本人非日本人，吾人均应排斥之！故鄙意以为此番运动仅认为爱国运动，尚非恰当，实人类解放运动之一部分也。诸君本此进行，将来对于世界造福不浅，勉旃！"①在这里，作为中国最早的共产主义的信仰者，他并没有把"五四新文化运动"定性为"爱国主义"的运动，"仅认为爱国运动，尚非恰当"，而是"人类解放运动之一部分也"，请不要忘记其中的这一层深刻的含义，所以，我又产生了遐想：他认为的仅定性为爱国主义"尚非恰当"，那么，其"人类解放运动"必定是指向"没有压迫、没有剥削"的"国际共产主义运动"，其时正是苏俄革命风起云涌之时，李大钊的暗示其实是不言自明的，也就是说，李大钊先生的眼光是更加辽远的，他的定性没有被纳入后来的教科书，似乎也是一种遗憾。

显然，与上述的中国共产党另一位创始人之一、"五四新文化运动"始作俑者陈独秀的"牺牲精神"观点相比较，他们的共同点就在于是站在彻头彻尾的"革命"立场上来说话的，至于陈独秀后来观点有所变化则是另一回事了，反正我从这里读到的是硝烟之气息。

陈独秀后来又这样说过："'五四'运动时代不是孤立的，由辛亥革命而'五四'运动，而'五卅运动'、北伐战争，而抗日战争，是整个的民主革命运动时代之各个事变。在各个事变中，虽有参加社会势力广度之不同，运动要求的深度之不同，而民主革命的时代性，并没有根本的差别。所以'五四'运动的缺点，乃参加运动的主力仅仅是些青年知识分子，而没有生产大众，并不能够说这一运动的时代性已经过去。"②从中，我们看到独秀先生似乎切中了"五四新文化运动"的要害处就是知识分子没有"唤起民众"的弊端，算是最初揭示"五四新文化运动"启蒙失败原因的人之一。

所有这些，是导致"五四新文化运动"向着苏俄"十月革命"模式靠拢的动因所在，虽然陈独秀在晚年深刻反思了苏俄革命的种种弊端，但在当时确实

---

① 李大钊：《在国民杂志社成立周年纪念会上的演说》，1919年10月12日，发表于《国民》杂志第二卷第一号，1919年11月，未署名。此文摘自该刊的有关报道。

② 陈独秀：《"五四"运动的时代过去了吗？》，《陈独秀文集》（第四卷），人民出版社2013年版，第588页。

是十分青睐这"十月革命"的鼓声的。因此,周策纵先生描述当时知识分子的心态是"正当中国知识分子尝试着吸收西方思想界的自由和民主的传统时,却遭到了商业和殖民化的严酷现实,在这段关键的时期,苏维埃联邦向他们展示了诱人的魅力"①。当然,这不仅是共产主义者的理想,也是"国父"孙中山先生的政治观念。毋庸置疑,激进主义的思潮往往就是革命的动力所在,而那种带有书生气的、纸上谈兵式的自由民主主义的"启蒙"理性考辨,往往会被激情的"革命"欲望和冲动所遮蔽、掩盖。多少年后,当我们将英美"光荣革命"与法国大革命和俄国革命相比较的时候,也许会冷静下来看待一些问题,看到了血与火,乃至于污秽给人类和社会带来的创痛,我们才能客观地去重新审视历史,从这面镜子里看到现实和未来。

其实,当时的左派知识分子和自由主义知识分子都是围绕在杜威和罗素的"西化"理论上做文章,摸不清楚哪种政治模式适合中国的社会前途。杜威把"民治主义"分为政治民主、民权民主、社会民主和经济民主四类,这个观点受到了陈独秀的极大支持,"由于杜威观察了中国当时经济的情况,他更坚决地放弃马克思主义和传统的资本主义。据他的判断因为中国工业落后,劳工问题和财富分配不均问题还不严重,因此,社会主义和马克思主义在中国没有立足之处"②。周策纵当然是不同意这种判断的,其实,后来毛泽东在1925年12月的《中国社会各阶级的分析》和1927年3月的《湖南农民运动考察报告》里就有了相反的论证。到了1930年代,中国共产党的领导人瞿秋白为茅盾谋划长篇小说《子夜》时,也从政治和社会层面彻底否定了杜威的观点。"虽然那些即使倾向社会主义的知识分子也同意杜威对民主主义的某些诠释,但他们自身仍有明显的偏颇:例如对经济问题的特别注重",只有陈独秀的"什么是政治? 大家吃饭要紧"的理论是迎合杜威的。也许是杜威的观点比较明晰,其走资本主义的倾向昭然若揭,无论是国民党的左派,还是共产党的绝大多数左翼知识分子都不同意,也就是少数的"柿油党"会同意他的观点吧。倒是陈独秀的一句大实话"大家吃饭要紧"的理论,在近半个世纪后才被

---

① 〔美〕周策纵:《五四运动史》,陈永明等译,世界图书出版公司2016年版,第209页。
② 〔美〕周策纵:《五四运动史》,陈永明等译,世界图书出版公司2016年版,第227—228页。

重新接了过来,补足了杜威理论在中国没有实践意义的谬论。

而当时为什么无论左右派都对罗素的政治社会学如此感兴趣呢?因为罗素的观点有着充分的两面性,你说是辩证法也罢,你说是翻译出的大毛病也罢,他的理论受到知识界的欢迎是真的:"罗素在中国的演讲甚至公开地明显支持共产主义的理想,并且承认苏俄布尔什维克经济措施的一些成就……如他们实现了经济上和政治上的平等。然后他下结论道:世界上所有的国家都应该协助苏维埃维持她的共产制度,他还说:'此外,我认为世界上每一个文明国家都应该实验一下这种卓越的新主义。'"①

而在另一方面,罗素又开始自相矛盾地"反对苏俄共产主义的广泛措施;一些中国知识分子原来希望全盘采用苏俄的政策,他的反对使他们的想法打了折扣。另一方面,罗素强调增产的必要,他的观点引出了一个问题:中国是否有必要发展自己的民族资本主义制度?"这就是引发中国走不走资本主义道路大讨论的成因吧。

两位洋大人开出的药方虽然不同,却引起了当时中国智识阶级在这个焦点问题上的大分化,最后当然是左翼思潮占了上风,包括 1930 年代左翼文学的崛起,就标志着整个文化开始进入了大转折时期。《子夜》在不断修改中,用形象的语言和情境严肃而认真地回答了"中国不走资本主义道路"的命题,当然也包括不走"民族资本主义道路",因为"自从来到人间,资本的每一个毛孔都是肮脏的和血淋淋的",为此,中国社会付出了几十年的政治文化代价。

难怪许多党派的政治家和左右知识分子都热衷于他两面俱到的理论,并进行了几乎并无实际意义的大讨论。

温和的自由主义派的"五四新文化运动先驱者"胡适之先生同样掉进了政治的陷阱里,显然,先生的慈善和仁义之心可鉴,他是害怕因"革命"流血的,但是他的话往往不被当时的知识分子所接受,包括那个"肩扛着黑暗的闸门"的鲁迅先生尽管也知道革命是会有"污秽和血"的,但是,在某种程度上他陷入了对"革命"迷狂的矛盾之中,一方面是掷出"匕首与投枪","直面惨淡的人生"的勇气,另一方面又主张采取避开锋芒的"壕堑战"。所以在大革命的

---

① [美]周策纵:《五四运动史》,陈永明等译,世界图书出版公司 2016 年版,第 232 页。

动荡时期的激情往往压住的是"小资产阶级"自由主义畏首畏尾躲避鲜血淋漓现实的情调。

所以，胡适总结道："这种运动是非常的事，是变态的社会里不得已的事。但是他又是很不经济的不幸事，因为是不得已，故他的发生是可以原谅的；因为是很不经济的不幸事，故这种运动是暂时不得已的救急办法，却不可长期存在的。"①由此，我想到的是，胡适先生是不想看见流血的"革命"的，但是，他似乎又是对"启蒙的五四"抱有一些希望的。流血是残忍的，尤其是青年学生的血，可是要革命总会有牺牲，"死人的事是经常发生的"，"下定决心，不怕牺牲"才是革命必须付出的血的代价，任何革命都不能逃脱流血的悲剧发生，所以，笔者在"五四"80周年纪念的时候曾经说过：革命只能允许付出一次血的代价，绝不能付出第二次代价，更不能付出 N 次血的代价。办法只有一个，就是在第一次付出血的代价之后，就建立一个能够制止流血的制度和法律出来。

更加有趣的是，作为"改良主义"的失败者的梁启超对"五四事件"也表示了极大的关注，而他的态度就像周策纵说的那样："梁启超的观点似乎是在胡适和陈独秀之间，而国民党领导人（笔者注：指孙中山）则对五四运动的政治潜能深感兴趣，因此吸引一些左派知识分子入党。"哈哈，作为一个末代的旧士子，其对"五四革命"的态度是深有意味的，"戊戌变法"最多就是想来一场"宫廷政变"吧，他的骑墙态度究竟是后悔没有流更多的血来完成那次被后人诟病的"假革命"呢，还是后悔一流血变法就破产了呢？即便是在菜市口，不也就付出了六个文人士子头颅吗，这是能容忍，还是不能容忍的呢？我苦思不得其解。

总之，无论是"五四新文化运动"还是"五四事件"，似乎政治家的兴趣要比文化界的知识分子浓厚得多，"虽然五四运动在本质上是一场思想革命，然而也正因为新式知识分子对政治的兴趣不断提高，才会有这个运动"②。

作为"五四新文化运动"先驱者的教育家蔡元培先生的立场更是一种冷

---

① 胡适：《我们对于学生的希望》，《胡适文集》（第十一卷），北京大学出版社 1998 年版，第48页。
② ［美］周策纵：《五四运动史》，陈永明等译，世界图书出版公司 2016 年版，第225页。

峻的观察角度,显然与其他人不太一样,他一直以为:"原来五四运动也是社会的各方面酝酿出来的。政治太腐败,社会太龌龊,学生天良未泯,便忍耐不住了。蓄之已久,迸发以朝,于是乎有五四运动。"显然,这是肯定"五四事件"对推动整个"五四新文化运动"所起的积极意义。但是,他还进一步痛心疾首地说:"自'五四'以后,学潮澎湃,日胜一日,罢课游行,成为司空见惯,不以为异。不知学人之长,惟知采人之短,以致江河日下,不可收拾,言之实堪痛心啊!"①显然,这又是对"五四运动"所造成的负面效应进行了无情的诟病。毫无疑问,作为一个提倡"教育救国"的先驱者,蔡元培一直是主张"启蒙"大众的,但是,没有"启蒙"的火种是万万不可的,而其火种就在于培养学生,而学生罢学,没有知识作为面向世界的基础,何以启蒙呢? 他之所以将学生置于教育的首位,生怕学生以"牺牲"为祭品,就是不希望在"革命"的行动中输掉"启蒙"的老本。所以"保护学生"的传统便在历次"革命运动"中成为许多教育家义不容辞的职责,那么,我们看到许许多多的校长在革命运动中保护学生的本能,也就不足为奇了。

　　蔡元培在处理"启蒙"与"革命"的关系时的价值立场为什么与他人有异? 20世纪80年代初的那场"启蒙与救亡的双重变奏"的学术呐喊震撼了许多学者,至今时时还萦绕在人们的耳畔。近年来,如果用"启蒙与革命的双重变奏"的学术观点重新审视"五四新文化运动"以降的文化思潮,显然是一种试图推进学术讨论的积极举措,这也与我近十几年来提倡知识分子的"二次启蒙"思路有相近之处,不过,我并非理论家,只能从"五四文学"大量的思潮、现象和作家作品阅读中获得的直觉体验,提出另一种思考"五四新文化运动"路径,冒着不揣简陋、贻笑大方的危险,博大家一辨,当一回舞台上的小丑,似乎要比阿Q强一些,因为小丑是梦醒之后无路可走的人,不像Q爷自以为是一个"有精神逃路"的人。

　　于是,我试图沿着世界近现代史的路径去寻找一个新的理论坐标,将其与中国的"启蒙与革命"进行叠印,找出其重叠和相异之处,抑或可以更加明

---

①　蔡元培:《读书与救国——在杭州之江大学演说词》,《蔡元培全集》(第五卷),中华书局1984年版,第123页。

晰地看出投影中的些许问题来。

　　好在这几十年来许多人都把目光集中在法国大革命和英美革命与启蒙的关系上,给我提供了许多新的思考理路,但是,我发现,倘若不把俄国革命与启蒙的关系加入进来进行辨析与思考,我们是无法廓清"五四新文化运动"以来的许许多多中国问题,少了这个参照系而去奢谈西方的"光荣革命"和法国大革命与启蒙的关系,似乎仍然解释不了中国社会百年进程中的许多复杂的"启蒙与革命"的因果关系。

　　读了托克维尔的《旧制度与大革命》仍然没有找到解惑中国"启蒙与革命"的关系问题,又读了他的《论美国的民主》虽然能够影影绰绰地找到一些答案,却不能完全解释出"启蒙与革命"在中国百年历史中的双重悖论关系来。他留下过的名言虽然能够打动我的心灵,却解决不了百年的中国文化问题。比如他说"历史是一个画廊,里面原作很少,复制品很多"①,这是多么精彩的断语啊,我们也知道中国百年来的"启蒙与革命"的复制品很多,但是,他没有给出一个真品的样张来供人欣赏、参照和鉴别。也许,倘若他活到今天,就可能看见东方国家的复制品,尤其是"革命"的复制品。尽管他在《旧制度与大革命》中也说过这样的没有可行性的警句:"假如将来有一天类似美国这样的民主共和制度在某一个国家建立起来,而这个国家原先有过一个独夫统治的政权,并根据习惯法和成交法实行过行政集权,那末,我敢说在这个新建的共和国里,其专横之令人难忍将超过在欧洲的任何君主国家。要到亚洲,才会找到能与这种专横伦比的某些事实。"②

　　还有,就是他在《旧制度与大革命》中所说的那两段名言常常被人使用:"对于一个坏政府来说,最危险的时刻通常就是它开始改革的时刻。"③"只要平等与专制结合在一起,心灵与精神的普遍水准便将永远不断地下降。"④着实让我坠入云里雾里,难道那就是让路易十六走上断头台的缘由?是大革命"丰硕成果"还是大革命的败笔呢?凡此种种,这些漂亮的语句虽然不断诱惑

---

①　[法]托克维尔:《旧制度与大革命》,冯棠译,商务印书馆2012年版,第106页。
②　[法]托克维尔:《论美国的民主》,董果良译,商务印书馆2017年版,第334页。
③　[法]托克维尔:《旧制度与大革命》,冯棠译,商务印书馆2012年版,第215页。
④　[法]托克维尔:《旧制度与大革命》,冯棠译,商务印书馆2012年版,第36页。

着我,但是,我始终不能从中截获对照中国百年来"启蒙与革命"的解药。

于是,我就决定放弃在法国大革命与启蒙关系中找答案的念头,同时,也放弃了从英美"光荣革命"与启蒙的关系中寻找解惑的通道。

又于是,我大胆地认为,如果不将百年来中国"启蒙与革命"关系的进程和近乎镜子中的孪生兄弟的俄国"革命与启蒙"关系相对照,也许我们就永远走不出那个早已设定的理论怪圈,可能连"十月革命"的炮声都没有听清楚就去瞎扯"启蒙与革命"的淡,我们还有什么资格去评判"五四新文化运动"呢?!

再于是,我对一直引导学界四十年的"救亡压倒启蒙"的观念也发生了怀疑,尽管我曾经对此论佩服得五体投地,尽管我对论者阐释中国"革命"的断语也十分赞同:"影响20世纪中国命运和决定其整体面貌的最重要的事件就是革命。"当然这也是对"五四运动"性质的一种定性和定位。但是,我总觉得"救亡压倒启蒙"只是历史瞬间的暂时现象,它只能解释一个历史时段的表象问题,而归根结底却无法阐释一个长时段的百年中国许许多多理论和实践问题,尤其是后七十年来的许多现实问题,因为当"救亡"不再是"启蒙"悖论的对象时,"启蒙"的对立面仍然是回到了"革命"的位置上,也就是说,"革命"("继续革命")是相对永恒的,"救亡"则是短暂的,"救亡"消解了,但"革命"仍旧绵绵不绝,这就是中国百年来不变的铁律,也是充分印证"影响20世纪中国命运和决定其整体面貌的最重要的事件就是革命"观点的有力论据。

所以,我就设置出了"两个五四"的命题,即"革命的五四"和"启蒙的五四"。这"两个五四"究竟谁压倒谁呢?沿着时序逻辑的线索来看,各个不同时期有着不同曲线形态,但是,谁占据了上风,谁占据了漫长的时间段,谁占据了统治地位,这是一部长长的论著也无法解决的历史和哲学难题。我只是提出一个十分不成熟,甚至荒谬的假想,能不能成立,也许并不是我这样功力浅薄的人所能阐释清楚的真问题和大问题。

所以,我认为我们是在认识百年"五四新文化运动"的本质问题上发生了偏差,进入了一个否定之否定的理论怪圈之中,当然,这也同时严重地影响了我们对五四新文学作家作品、思潮流派和文学现象的解析,产生出许多误读(这个词并非指西方文论中具有后现代意味的文本阐释的意思)和误判,我希望在"五四"百年之后,我们的学术讨论能够进入一个"深水区",让我们从一个多维度的时空里寻觅到更多的坐标点,以更加准确地定位和定性"五四新文化运动",以及在这一背景下产生的"五四新文学运动"的种种现象。

　　我一直认为"五四新文化运动"的"启蒙"被不断的"革命"所打断、所困扰,最后走向溃败,其重要的原因就是知识分子在没有完成"自我启蒙"的境况下就匆匆披挂上阵,试图自上而下地去引导大众,在没有大量生力军(教育,尤其是高等教育基础和资源十分匮乏)作为"启蒙运动"的补给线的情况下,在"自我启蒙"意识尚十分淡漠的文化语境中,"启蒙运动"自然就变成了一场滑稽戏和闹剧。如今,高等教育已然普及,但是高等教育中的人文教育是滑坡的,大学里行走着满园的"人文植物人",你让"启蒙的五四"如何反思,你让蔡元培指望的新文化青年队伍情何以堪?

　　当然,尚有一个关键的问题不能解决,一切所谓的"革命"和"启蒙"都是虚幻的,那就是知识分子"自我启蒙"中难以逾越的障碍物,这一点似乎刻薄的鲁迅先生早就看出来了:"然而知识阶级将怎么样呢? 还是在指挥刀下听令行动,还是发表倾向民众的思想呢? 要是发表意见,就要想到什么就说什么。真的知识阶级是不顾利害的,如果想到种种利害,就是假的,冒充的知识阶级;只是假知识阶级的寿命倒比较长一点。像今天发表这个主张,明天发表那个意见的人,思想似乎天天在进步;只是真的知识阶级的进步,决不能如此快的。不过他们对于社会永远不会满意的,所感受的永远是痛苦,所看到的永远是缺点,他们预备着将来的牺牲,社会也因为有了他们而热闹,不过他们的本身——心身方面总是苦痛的;因为这也是旧式社会传下来的遗物。至于诸君,是与旧的不同,是20世纪初叶青年,如在劳动大学一方读书,一方做工,这是新的境遇;或许可以造成新的局面,但是环境是老样子,着着逼人堕落,倘不与这老社会奋斗,还是要回到老路上去的。"①无疑,鲁迅的进化论的

_____

①　这是鲁迅先生1927年10月25日在上海劳动大学的演讲,后题名为《关于知识阶级》,最初发表在《劳大周刊》1927年11月第5期。

思想左右了他把希望寄托在青年身上,而对知识分子的严酷批判与省察也是毫不留情的,从这里,我们看到鲁迅对知识分子"永远是批判性"的定性和定位比萨义德的《知识分子》早了几十年,那么,为什么恰恰在这一点上形成了我们的研究鲁迅的"盲区",当然,有当今的学者倒是阐释过这个问题,可惜却未能深入下去。这或许就是中国的"启蒙"(包括"革命")不彻底或不能持续下去的原因吧。

毋庸置疑,"五四新文化运动"时期的言论自由应该归功于"辛亥革命"前后的宽松文化语境,然而,一俟这个语境消失,"五四新文化运动"就像被抽去了灵魂,不对,应该说是文化运动主体的知识阶级失去了思想的灵魂。他们只有痛苦,而没有牺牲精神。我常常在思考一个问题:为什么许多非知识阶级的群众可以有牺牲精神,成为烈士,有的是小小年纪,有的还是女性。答案难道是他们是有"精神逃路"的人吗? 也许,在百年之中你可以挑出几个鲜见的知识分子作为例证来反驳我,可让我始终不解的是,即便是像瞿秋白这样优秀的知识分子为什么最后还是情不自禁地写下了《多余的话》?他并不是鲁迅笔下那个考虑自身利害关系的知识分子,他是敢于牺牲自家性命的革命领袖,却留下了千古难解的绝笔。我试图从许许多多的知识分子的面影中找到一个合理合情的答案来,最后还是不得不回到问题的原点上来:"启蒙与革命"的双重矛盾,应该说是二难命题,造就了自"五四新文化运动"以来中国知识分子的文化性格和人格缺陷的"集体无意识":一方面是"启蒙"意识唤起的一个知识分子的良知与担当精神,用人类进步的思想引导社会前行的责任感;另一方面却是面对鲜血淋漓"革命"的畏惧与疑虑,不得不一次又一次向往和臣服于"革命"权威下的苟且与无奈。

其实,在浩如烟海的相关著述当中,我认为,周策纵先生的《五四运动史》是梳理得最简洁清楚的文本,作者在大量的史料钩沉中抓住了问题的要害,客观中性地阐释了"五四"的来龙去脉,并且将其与"五四文学"的关联性也说清楚了。当然,他的核心观点就是在大量的史料梳理中得出的结论:本是一场文化运动,缘何衍变成了政治运动,从旧党的梁启超到新党的国民党和共产党,从"民主主义、资本主义、社会主义和西化",从孙中山到陈独秀、李大钊到胡适、蔡元培那一长串的"五四新文化运动"的当事人，以及当时杜威、罗素这样对"五四"知识分子影响极深的外国学者的革命思想，以及苏俄革命思想的渗透，凡此种种，不一而足。最后，还是回到了问题的原点上："希望将能呈现一幅充分的图像，以显示这曾撼动了中国根基，而 40 年后仍然余波激荡的20 世纪的知识分子思想革命。"①如今百年过去了，我们似乎更要叩问中国知识分子的灵魂，根基如何？思想革命何为？

我们头顶上"**启蒙主义**"的灿烂星空在哪里呢？

我们能够寻觅到引路的"启明星"吗？

二、中国乡土小说的精神之父：鲁迅

"五四新文学"发轫于两类题材，这就是"乡土题材"和"知识分子题材"。毫无疑问，仅仅将鲁迅先生的《狂人日记》作为新文学白话文的开端，以此来证明这个带有模仿痕迹的作品具有现代性，显然是远远不够的，它和晚清以降的讽刺小说的根本区别就在于：同样是揭露黑暗，前者只是停滞在形而下地描写复制生活而已；后者却是注入了形而上的哲思。鲁迅小说的功绩就在于把小说的表达转换成为一种现代意识表现的新表现形式。窃以为，鲁迅的伟大，并不是局限于他用生动的白话语言创作出的新的现代文体，这一点其实在"鸳蝴派"的通俗小说中已经做得炉火纯青了，鲁迅先生的贡献则是在思想层面的，作为一个对中国社会本质认识比一般知识分子更加深刻、视野亦更加开阔的思想者，鲁迅先生选择中国的乡土小说为突破口，深刻剖析和抨击了中国社会的封建本质特征。我往往将他称作"中国乡土小说的精神之父"并非只认为他是中国乡土小说的开创者，而是将他看成中国现代文学中用思想来写作的第一人！因为他作品中反封建的主题思想一直流灌于中国文学的百年之中而经久不衰，这是任何作家都不可能抵达的思想境界，也是他的作品永不凋谢的现实意义。

"我是说有些新青年可以有旧思想，有些旧形式也可以藏新内容。我也

---

① ［美］周策纵：《五四运动史》，陈永明等译，世界图书出版公司 2016 年版，第 15 页。

以为'新文学'和'旧文学'这中间不能有截然的分界,然而有蜕变,有比较的偏向,而且正因为不能以'何者为分界',所以也没有了'第三种的立场'。"①我在这里找到了鲁迅小说解读的一把钥匙。

我有时会用一种近乎愚蠢的思想和方法去归纳鲁迅先生的乡土小说作品,十分笨拙地提炼出一个似乎很不相干的"四部曲"来阐释:《狂人日记》、《药》、《阿Q正传》和《风波》是否具有思想和艺术的连贯性呢? 是否恰恰构成一部鸿篇巨制的开端、发展、高潮和尾声的时间与空间的结构特征呢?

如果说《狂人日记》是"五四文学"进入现代时空的第一声炮响,它便是以一种全新的人文哲学意识进入小说创作的范例,显然,它的思想性是大于艺术性的,也就是说,鲁迅先生在此是用理性思维来构造乡土社会图景的,其背景图画是虚幻的、不清晰的,人物形象是模糊的,人物是沉浸在自我狂想的意念之中。之所以有人将这部作品当作具有现代派风格的作品,正是由于它的思想性穿透了社会背景的图画,呈现出哲思的光芒,也正是具有模糊而不确定性的人物狂想,让人们看清楚了封建制度"吃人"的本质特征,作品的关键就在于把一个亘古不变的恒定封建社会放大到了一个让人惊恐无措的语境之中,是一剂让人梦醒的猛药。但是这剂猛药有用吗? 答案就在《药》中!

《药》是进一步用猛药来唤醒民众的苦口良方吗? 这恐怕连作者自己都没有抱任何希望,从这篇作品中,我们看到的是一个彻头彻尾的悲观主义者的鲁迅。四十年前,我的老师曾华鹏先生给我们解析《药》的时候,特别强调了作品结尾处的氛围,用他的学术观点来说,这种"安特莱夫式的阴冷"恰恰就是作品最点睛之笔,而并非那个"人血馒头"的像喻,多少年以后,我才悟出了老师的高明之处。显然,这篇作品既是用"人血馒头"来宣示主题内涵,又是用十分清晰的背景图画来展现衬托人物悲剧,理性思维和形象表达的高度融合,让它成为百年文学教科书式的作品典范:突出人吃人的社会本质,当然是题中之要义,而最后那一笔具象的风景、人物、坟茔、老树、昏鸦,构成的正是鲁迅先生在理性思维和形象思维两者之间互补性的艺术选择,所以,有人

---

① 鲁迅:《"感旧"以后》(上),《鲁迅全集》(第五卷),人民文学出版社 2005 年版,第 347 页。

用那种简洁明快的白描中透露出来的"安特莱夫式的阴冷"就深深地印刻在我的脑海里了。

无疑,《阿Q正传》非但是中国百年乡土小说的巅峰之作,同时也是从20世纪到21世纪以来中国文学最难以逾越高度的作品。尽管在鲁迅先生的旗帜下聚集了一大批"乡土小说派"的作家作品,但是后来者只能望其项背,无人能够超越这样恢宏的力作,原因就是其思想的高度缺那么一点火候。这部作品犀利尖锐的思想性和人物形象的丰富性,以及艺术上的醇厚老辣,都是任何现当代文学作品无法超越的。阿Q成为一个世纪以来中国各个时间和空间中的"共鸣"和"共名"人物形象,它的生命力是鲁迅先生的光荣,却是"老中国儿女"生存的不幸;它的思想穿透力和审美的耐读性成为"鲁迅风"的艺术光环,却成为中国小说,尤其是中国乡土小说艺术的悲剧。至此,鲁迅先生的乡土小说已经达到了"高潮"的境界。但是,"大团圆"的结局,似乎要比任何一国的国民性来得都更加惨烈,因为我们拥有的不只是"沉默的大多数",还拥有更广大的喧闹的庸众,那些个"倒提着的鸭子"似的、嗜好看杀头的大多数"吃瓜的群众"塞满了中国百年的时间和空间,是他们成就了这部伟大的作品,让这部作品永恒,然而,这是中国的幸还是不幸呢?!

其实,阿Q也估计错了,他喊出的"二十年后又是一条好汉"的谶语,也是作者鲁迅先生对社会的误判,其实,根本用不着二十年的等待时间,因为阿Q们具有极强的繁殖能力和坚韧的毅力,他们繁殖的速度和密度是空前的,前仆后继、代代不绝的精神让地下有知的鲁迅先生都始料未及。从这点来说,毒舌的鲁迅虽"不惮用最坏的心理"去猜度国人的内心世界,却还是没有看到国民性的种种行状流布弥漫在百年中国的各个时空的每一个角落里。

虽然,《阿Q正传》已经是鲁迅作品的"高潮"了,但是,这个永远都解析不尽的Q爷,给我们留下的是永无止境的世纪思考的悲剧!

我时常在苦思冥想一个鲁迅先生创作的无解之谜,那就是,为什么鲁迅会中断声誉日渐盛隆的小说创作呢?我以为,在两大题材之中,知识分子题材除了《伤逝》是绝唱外,其他作品并不是此类题材的扛鼎之作,其书写的衰势似乎可以成为鲁迅变文学创作为杂文写作的内在理由,但是,其乡土小说的创作并未衰竭,像《祝福》那样的力作还不时地出现,他完全有理由继续创作下去。诚然,鲁迅先生认为用"匕首与投枪"可以更加痛快淋漓地直抒胸臆,用"林中之响箭"更能直接抵达理性阐释的最佳境界。但是,我以为更深层的原因可能还是在于鲁迅先生早已预判到了中国的悲剧结局是无法改变的。

我为什么幻想把创作早于《阿 Q 正传》一年的《风波》作为鲁迅乡土小说创作的"尾声"呢? 其理由就在于此。

其实《风波》正是鲁迅先生乡土小说创作的中兴期,这篇小说无论是在写人还是状物上都有独到之处,但是,最不能忽略的是小说所揭示出的对国民性无望的悲哀,我们在所有的教科书里都难以找到那种对鲁迅在此奏响"悲怆交响曲"时的心境描写:赵七爷法力无边的宗法势力主宰着这个古老的国度;同是劣根性毕现的"庸众"与"吃瓜的群众"虽表现形式不同,指向的则都是国民性的本质。七斤就是被赵七爷驯化了的羔羊,而七斤嫂却是一株生长在封建土壤里的罂粟,夫妻俩相反相成的互补性格,正烘托出这个"死水"一般的社会已经拯救无望了,任何"城里的风波"都无法改变中国的命运! 让鲁迅先生陷入极大悲哀的是张勋的复辟让他对中国的前途彻底地失去了信心。在这里,鲁迅先生是无力喊出"中国人失掉了自信心了吗"这样的诘问句的。九斤老太"一代不如一代"的咒语虽然是指向了对国粹的批判,也是小说主题的重要核心元素,但是,它更多的则是表现出了鲁迅先生对现实世界的悲哀失望的情绪,是这首"悲怆交响曲"主旋律的重要乐章,它表达出的悲哀旋律一直回响在中国的大地上,久久萦绕在我们的头顶,遮蔽着人们仰望灿烂星空的视线。

我在这里絮絮叨叨地分析了几部鲁迅的乡土小说作品,并不是想对这些作品进行重新梳理,而是想从源头上找出规律性的特征来:中国乡土小说从来就是沉浸在悲剧描写之中的艺术,唯有悲剧才能表达出这一题材作品的深刻性和现实性,这就是中国乡土小说为什么生生不息的缘由所在。

我们尊崇鲁迅先生是因为他的作品用犀利的笔触刺中了中国几千年封建制度的要害,然而,我们并不希望鲁迅作品(包括杂文在内的一切文体)永放光芒,只有鲁迅先生的作品失去了它的现实意义,褪去了它的光环,才证明我们的社会挣脱了封建主义的羁绊,走出了鲁迅先生诅咒的那种世界,也就无须他老人家的幽灵再肩起那"黑暗的闸门"了。

三、中国乡土小说的创作传统:现实主义

鲁迅是"五四新文化"运动的先驱,他开创了中国乡土小说的现实主义创作传统,这种传统已成为乡土小说中最重要的审美文化原型,在不断裂变中获得了新生。因此,透过现实主义在中国百年历史中的命运,可以真切地感知中国现代乡土小说的生命脉搏与历史变迁。

在中国,自"五四"以降,对现实主义的阐释是五花八门、各种各样的,多为改造过的,也有一些是"伪现实主义",怎样梳理和鉴别,却是一个永远的话题。

在百年文学史中,我们对"现实主义"的理解和汲取往往是随着政治与社会的需求而变化的,可以细分成若干个不同历史阶段进行梳理的。大的节点应该有三四个吧。

(一)

从1915年《新青年》创刊后不久,陈独秀就提出了"写实文学"和"社会文学"的主张,引导文学"今后当趋向写实主义"。缘于此,中国文学主潮就开始了"为人生而文学"的道路,遂产生了20世纪20年代中国文学的"黄金年代",如果说鲁迅的小说创作是践行19世纪批判现实主义而开创了中国现代小说的现实主义文学的先河,深刻的批判性和悲剧性弥漫在他的小说和散文创作中,这就是所谓的"鲁迅风"——批判现实主义的精髓所在,那么集聚在他旗帜下的众多作家和理论家们,都是围绕着"批判"社会和现实的路数前行的,他们效仿的作家作品基本上都是勃兰兑斯在《十九世纪文学主流》中分析到的名人名著。这里就不能不提及"文学研究会"的中坚人物茅盾了,因为他在"五四"前后写了许多理论文章来支撑中国的现实主义文学,呼唤着"国内文坛的大转变时期"的来临,诟病了"唯美主义"和"颓废浪漫倾向的文学",倡导"附着于现实人生的、以促进眼前的人生为目的"的"现代的活文学"。他还

付诸创作实践,在 1927 年大革命失败之时,激愤而悲观地写下了长篇小说《蚀》三部曲和短篇小说集《野蔷薇》,这些即时性作品既是思想的"混合物",同时又是"悲观倾向的现代的活文学"。这样的作品往往被我们的文学史打入另册,《子夜》这样改弦易张、拔高写实的作品却被大加赞颂,也被其作品的"政治指导员"瞿秋白以及后来许许多多的评论家和文学史家纳入了现实主义的范本,以致后来的茅盾也背叛了自己早期对现实主义的阐释,在恍恍惚惚中自认为《子夜》的现实主义更适合自己的理论生存。当然,我们对《子夜》也不能一概否定,我个人认为这部作品仍然有着 19 世纪批判现实主义的创作元素,许多现实生活的场景都是"现代的活文学",其批判现实的锋芒依然犀利。但是那种要求作家必须从革命发展的需求来描写现实的创作法则,便大大地减弱了作品反映生活的准确性和客观性,所谓"艺术描写的真实性和历史的具体性必须与用社会主义精神从思想上改造和教育劳动人民的任务结合起来"的规约,就把自己锁死在狭隘的现实主义囚笼之中。这在《子夜》的创作过程中表现得就十分明显:原本茅盾是想写中国民族资产阶级在买办资产阶级的压迫下溃灭的主题,试图塑造一个失败了的民族资本家吴荪甫的悲剧英雄人物形象,但为了实行上述创作方法的原则,他就只能遵从一切剥削阶级都有贪婪本质的命题,把吴荪甫的另一面性格特征夸张放大后进行表现,这在某种程度上反而削弱了主题的时代性和深刻性。尽管《子夜》是先于苏联 1934 年钦定的"社会主义现实主义"条例出版的,但是,共产国际的声音早就传达于中国"左联"之中了,让这部巨著变成了另一副模样。

　　总而言之,"五四新文学"第一个十年,中国文学无论是在理论上还是创作上,都是基本遵循着欧美 19 世纪批判现实主义创作法则的。而真正的"大转变"则是 30 年代初"左联"的成立,引进了苏联的"社会主义现实主义创作方法"。当然,这其中也有鲁迅的功绩(这个问题应该是另一篇文章,那时的鲁迅认为一切对社会和政府的现实批判都是知识分子的职责,这也是继承批判现实主义的衣钵的,他的左转是为了适应批判现实,但是,他对左右互换的结果是有所警惕的,这在他的《对于左翼作家联盟的意见》一文中早有预见性的阐释,只不过我们八十多年来看懂的人很少,直到现在,我也就只悟出来了一点点而已。倘若鲁迅先生活到后来，看到现实主义文学那样一次次变种，他肯定是会拿出自己的"匕首与投枪"的）。诚然，也是由于茅盾、胡风等人自1928年7月为政治避难东渡日本后，接受了日本无产阶级理论家从苏俄"二次倒手"而来的无产阶级文艺理论，于30年代归国后，将变种的现实主义理论进行了无节制的倡扬，以致现实主义的本义遭到了第一次的重大篡改。这个问题不仅仅纠结了几代作家和理论家的创作思维和理论思维，更让现实主义在革命和现实的两难选择中滑进了对文学客观描写和主观阐释的混乱逻辑之中，历经八十多年都爬不出这个泥潭。这就使我想起了亲历过这样痛苦抉择的胡风文艺思想，多少年来，我一直纠结在他的"主观战斗精神"和"创作方法大于世界观"的现实主义理论中不能自拔。其实，这种逻辑上的矛盾现象，正是包括胡风在内的每一个理论家都无法解决的创作价值理念与客观现实之间所形成的对抗因子。一方面要执行革命家的"主观战斗精神"，另一方面又要尊崇现实主义的创作规律，按照事件和人物本来应该行走的路径前进。我想，任何一个高明的作家都不可能在这种自相矛盾的逻辑中抵达创作的彼岸。这在"胡风集团"中坚人物路翎的长篇小说《财主底儿女们》的创作中表现得尤为突出，作者也无法跳出其领军人物自设的魔圈。说句实话，胡风本人对现实主义的规约也是混乱不堪的，他的理论在许多地方都是矛盾的，并不能自圆其说。

（二）

在共和国文学的长河当中，我们可以看到许许多多为现实主义献身的作家和理论家，我们也可以在现实主义几经沉浮的历史命运中，寻觅出它受难的缘由，但是，现实主义尽管走过那么多弯道，我们却不能因为它踏入过历史的误区，就像对待弃儿一样拒绝它的存在。曾几何时，秦兆阳的《现实主义——广阔的道路》、周勃的《论现实主义及其在社会主义时代的发展》和钱谷融的《论"文学是人学"》，把现实主义抬上了历史的高位，但是1960年代对他们的批判，使现实主义步入了雷区。连邵荃麟和赵树理的"现实主义深化论"和"中间人物论"都成了被批判的靶子。带有理想主义的"两结合"创作方法替代现实主义的真正原因就在于现实主义往往带有批判的元素，是带刺的玫瑰,它往往不尊崇为政治服务的规训。

随着思想解放运动的兴起,"伤痕文学"异军突起,标志着19世纪批判现实主义在1980年代的又一次回潮。人们怀念1980年代并不是说那时的作品怎么好,而是认为那个时代批判现实主义创作方法被激活,是给中国的写实主义风格作品开辟了一个从思想到艺术层面的新路径。这是给启蒙主义思潮打开了一个缺口,让思想的潮流和艺术方法都有了一个新的宣泄载体。

我们一直认为从"伤痕文学"到"第二次思想解放运动"和所谓的"二次启蒙"思潮就是"五四新文学"的一次赓续。从思想源头上来说,这是没有错的,但是,从创作方法上来说,这种极度写实主义风格的写作模式,仍然是来源于19世纪的批判现实主义,大量的作品是在挣脱了苏式的"社会主义现实主义"镣铐后回到了"写真主义"的境地之中,以至于后来出现了诸如张辛欣那样的"新纪实"作品,成为新时期对现实主义创作方法的首次改造,一直到了如今的"非虚构"文体的出现,我以为这都是现实主义的变种。其实,这种方法茅盾他们在民国时期就以《中国一日》的报告文学形式使用过,只不过并不强调其批判性的元素,到了50年代,有人用批判现实主义的方法来进行对现实生活的"仿真"描摹,甚至将"报告文学"的文体直接冠以"特写"的新文体名头。及至2003年陈桂棣和春桃22万字的《中国农民调查》出现,这种"写真主义"的思潮,其实是与批判现实主义的思潮相暗合的。这也给后来的"新写实"创作思潮提供了某种意义上的借鉴。

其实,"第二次思想解放运动"这个名词在20世纪的历史进程中是有歧义的,如果是站在改革开放四十年历史的角度来看,那是属于"第一次思想解放运动",倘若从我们这一代人所经历的"在场"思想史,以及我们所接受的历史与政治的教育来看,无疑,当时我们都是将这次运动与"五四新文化运动"对应而视的,把它看作中国民主自由思想的恢复与延续,所以我们一直将它称为"第二次思想解放运动"。

而我始终认为,促发这次思想解放运动呈燎原之势的火种却是文坛上出现的"伤痕文学",作为对19世纪批判现实主义思潮的模仿与赓续,正是应验了周扬那句名言："文艺是政治的晴雨表。"可以毫不夸张地说，没有"伤痕文学"的出现，所谓的"思想解放运动"的进展是没有那么迅猛的，甚至或许会遭到更大的历史阻碍。

我清楚地记得 1977 年 11 月的一天，当我拿到订阅的《人民文学》杂志的时候，眼前不觉一亮，一口气读完了《班主任》，从中我似乎看到了春雷来临前的一道闪电，不，更准确地说是看到了中国政治文化的春潮即将到来的讯息。随之出现的大量"伤痕文学"，并没有让人们陷入苦难的悲剧之中，而是沉浸在挣脱思想囚笼的无比亢奋之中，因为我们在漫长死寂的冬天里经受了太多的精神磨难，只有批判现实主义才是最好的宣泄方式。

卢新华的《伤痕》甫一问世，人们就毫不犹豫地用它来命名这一大批汹涌喷薄而出的作家作品，其根本原因就是被积压了多年的思想禁锢得到了空前的释放。《在小河那边》《枫》《本次列车终点》《灵与肉》《爬满青藤的木屋》《被爱情遗忘的角落》《我是谁》《大墙下的红玉兰》《乡场上》《将军吟》《芙蓉镇》《许茂和他的女儿们》……当然还包括了许多话剧影视剧本作品，比如当年的《于无声处》《在社会的档案里》《女贼》《假如我是真的》，等等，其中反响最大的就是话剧《于无声处》，想当年，全国上下，几乎每一个有条件的单位都自发组织起自己的临时剧组，演出这场戏。说实话，从艺术上来说，这些作品的美学价值并不是上乘的，艺术性也不是精湛的，甚至有些还是很粗糙的，它们之所以能够激发起全民热爱文学的激情，更多是因为人们期望通过文学来宣泄多年来的积怨与愤懑，以此来诉求政治上的改革。这是一次中国批判现实主义的创作方法的伟大胜利，就此而言，尽管其作家作品在技术层面是那样稚嫩，然而，我们的文学史叙述是不足的。

这持续了几年之久的舔舐伤痕、控诉罪恶的文学作品，带来的是重复 19 世纪西方文学作品中批判现实主义创作方法的兴起，从那个时代的角度来说，人们都普遍把它与"五四启蒙主义思潮"衔接，作为 20 世纪中国思想史上的"二次启蒙"看待，就是期望回到一种文化语境的常态当中去。其实，时过境迁后，冷静地反思这样的启蒙运动，我们不得不考虑其热情澎湃的感性背后究竟有多少理性成分，其实它在历史的进程中屡遭溃败的事实是显而易见的,其根本的原因在哪里,则是一个始终没有深入的话题,这个萦绕在我脑际的二难命题久久不能消停,直到新世纪来临,当中国面临着几种文化形态并置的情形后,我才有所顿悟:正因为"五四新文化"的"启蒙运动"是浮游在"智识人"层面的一种学术行为艺术,它始终被"革命"的口号与光环所笼罩和遮蔽,成为一群自诩为现代知识分子的小资产阶级学者试图"自上而下"地改造"国民性"的自言自语,最终只能以失败而告终,一切都恢复庸常,阿Q们依然是那个没有灵魂的肉体,亦如行尸走肉。所以,我在20世纪80年代初就提出了改革开放后的"二次启蒙"(也就是自20世纪以来的"第三次启蒙"),其核心元素便是:只有知识分子首先完成自我启蒙以后,才能完成启蒙的普及,虽然我们的高等教育已经达到了相当的普及程度,但是,我们的人文主义的启蒙还是低水平的,甚至在有些时空中是归零的。这就是我从"第二次思想解放运动"得到的对"五四新文化运动"的反思(当然,我认为"五四"是一个充满着悖论的文化运动,也就是说,在对"五四"的认知上,往往有两个不同走向的"五四"文化革命运动,即"启蒙的五四"和"革命的五四"。而最后的结果是:革了封建主义的命,却不彻底,甚至是走了一个圆;革了文化的命,则丢失了人性的价值),以及对现代启蒙运动之所以溃败原因的寻找结果,尽管用了二十多年的时光,但也是值得的。以此来观察中国作家作品近四十年来的脉象,我们将它们进行归类,也就会清晰地看出一条革命、启蒙、消费三者分离与重叠的运动曲线。所以,文学所担负的社会批判职责还是任重道远的。

无疑,"伤痕文学"之后的"反思文学"开始进入了一个较为深层次的理性反思的阶段,也就是说,批判现实主义在中国要成活下去,光是"诉苦把冤申"还不行,还得清除其滋生腐朽的封建专制土壤才行。于是,一批作家开始了深刻的反思,反思的焦点当然就是以往的历史,其反思就是批判的代名词,所以这种反思虽然是建立在广义的现实主义创作方法上,但是其核心内涵依旧离不开批判现实主义的支撑。茹志鹃的《剪辑错了的故事》和张一弓的《犯人李铜钟》之所以成为"反思文学"的代表作,就在于作者用批判现实主义的长镜头记录下了那一段历史的真相,其中我们看到的几乎就是纪录片式的真实历史影像，这让我想到的是"文革"后期在一本艺术杂志上看到的西方20世纪60年代兴起的"照相现实主义"艺术流派，和几乎是在中国画界同时出现的罗中立的油画《父亲》，它们同属一种创作理念和方法，只不过文学上的表现并没有那么强烈的视觉冲击力而已。

值得一提的是高晓声的创作，人们把注意力集中在他的《陈焕生上城》系列作品中，却忽略了他之前的反思更加深刻的作品，像《李顺大造屋》那样深刻反思的作品其批判现实主义的力度直指中国封建社会之要害，可算作当时最为深邃的作品了。高晓声之所以被人誉为大有"鲁迅风"，就是其反思的力度比其他作家略高一筹，不过太过于艰涩的寓言式的批判，虽然深刻，但是看得懂的读者却甚少，像《钱包》《鱼钓》那样的作品，受众面是很小的。

这里不得不提的是另一位大腕级的作家王蒙了，他的"蝴蝶"系列作品被有些文学史定格为"反思文学"的代表作。显然，从内容上来说，他属于"反思文学"的范畴，也具有强烈的批判意识，但是，我为什么没有将其纳入"反思文学"的范畴，就是因为我这里框定的是一个狭义的"反思文学"，自设的标准就是连同创作方法都应该具备现实主义的元素。王蒙的这批作品我也十分喜欢，但是从创作方法上来说，它更有现代派的特征，同时也具备了古典浪漫主义的创作元素，读后让人回味再三，尤其是那种淡淡的忧伤，令人感佩其艺术的高超。但是，这与批判现实主义的代表作的创作方法相去甚远，如巴尔扎克的《人间喜剧》、司汤达的《红与黑》、狄更斯的《双城记》、哈代的《德伯家的苔丝》、莫泊桑的《羊脂球》等，所以，我在文学史的定位上，将其放在"新时期现代派起源"的典范作品之列。

对"伤痕文学"和"反思文学"为什么很快就被"改革文学"所替代的原因，我一直认为，这不应仅仅归咎于社会文化思潮变幻，更重要的是，由于政治原因所导致的批判现实主义的溃灭是理所当然的事情。

南京大学胡福明先生发表的那篇《实践是检验真理的唯一标准》正是在"伤痕文学"崛起之时。1978年的某一天，胡福明先生来到中文系现代文学教研室（西南大楼的一间大教室）里，将这篇文章的初稿给董健先生看，那一刻我正坐在对面的办公桌上写一篇为悲剧作品翻案的文章（那就是我在1979

年《文学评论》上发表的第一篇稚嫩的学术论文),听到他们的谈话,我对当时批判现实主义思潮复兴更加坚信不疑。

后来我对实践是检验真理的唯一标准这个命题发生了不可思议的叩问:其实不就是一个哲学的普通常识问题吗?而将它作为高端的学术问题来研究和探讨,这本身就是我们这个国家和民族在那个时代的一个悲剧,好在我们把这一幕悲剧当成了一场扭转乾坤的喜剧,也算是成功推动历史进程的一次批判现实主义的胜利。

当然,这个喜剧的最先得益者应该还是文学界,其首先引发的就是"新时期文学"的命名。1999年,我和我的博士生朱丽丽为《南方文坛》共同撰写了题为《新时期文学》的"关键词",追溯其来源时是这样描述的:"'新时期文学'是当代文学批评中使用频率最高的语汇之一,自'新时期文学'概念出现以来,它的内涵便自动地随着当下文学的进展而不断延伸。当代文学概念尤其是文学史分期概念往往是紧跟政治语境的变迁而变迁的,'新时期文学'作为一个伴随我们约20年的熠熠生辉的文学概念,它的浮出海面,从整体上来说也是得力于'文革'后国家政治语境的剧烈变动。发表于1978年5月11日《光明日报》上的著名的《实践是检验真理的唯一标准》一文最早正式提出了政治意义上的'新时期'概念。……就文学而言,进入新时期之后理论上的拨乱反正和由此引发的讨论主要有三次。首先是关于文艺与政治关系的讨论。70年代末,中国文学界在思想解放运动的背景上开始对文艺从属于政治的观点重新加以审视。《文艺报》编辑部于1979年3月召开文艺理论批评工作座谈会,率先对此命题进行了大胆的质疑与冲击。会议认为:'文艺不是一种可以受政治任意摆布的简单工具,也不应该把文艺简单化地仅仅当作阶级斗争的工具。'随后,《上海文学》于1979年4月发表了评论员文章《为文艺正名——驳'文艺是阶级斗争的工具'》,对文艺从属于政治的命题再度提出质疑。到第四次全国文代会上,邓小平代表中央在《祝辞》中明确指出:'党对文艺工作的领导,不是发号施令,不是要求文学艺术从属于临时的、具体的、直接的政治任务。'周扬也在报告中提出:文艺从属于政治、文艺为政治服务的口号,容易导致政治对文艺的粗暴干涉。1980年7月26日,《人民日报》发表社论,正式提出以'文艺为人民服务,为社会主义服务'取代'文艺为政治服务'的口号。这一口号的提出,使长期附庸于政治阴影之下的文学大大解放出来,进入更为自由更具活力的新天地。其次,新时期发轫之初,还进行了关于'写真实'和'歌颂与暴露'问题的争论。文学创作如何处理歌颂与暴露的问题是几十年间一直没有得到很好解决的一个问题。在争论中文学界进一步确认:文学固然可以歌功颂德,但它绝不能美化现实、粉饰生活、掩盖矛盾,更不应该回避严重存在的社会问题,不闻不问人民的疾苦。争论在理论上进一步确立了现实主义文学的主流地位,进一步否定了'文革'时期的'假大空'文艺。同时文学界对真实性问题也做了严肃的探讨。真实性问题是现实主义的基本原则和理论核心。文学首先应该说真话、抒真情、真实地反映社会生活、真实地表达人民的心声,'艺术的生命在于真实',真实性成为这个时期文学的最重要的价值标准。再次,是关于文学与人性、人道主义的讨论。在以往,人性和人道主义问题是创作和研究中的一个禁区。随着新的时代的到来,文学界普遍接受了如下观点:人性既有阶级性的一面,又有共同性的一面,共同人性是在人的自然属性基础上形成的社会属性与阶级属性的辩证统一体;人道主义并不只是资产阶级的意识形态,社会主义的文学也应该有它的一席之地。人们认识到马克思始终是把共产主义与人的价值、人的尊严、人的解放和人的自由等问题联系在一起的,马克思主义实际上是包含了人道主义的;社会主义社会也同样存在着异化现象。这一系列的讨论虽然难以取得统一的认识,但讨论本身极有力地推动了人们的思考。经过这一系列的讨论,文学走上了一个新的高度。这些讨论拓展了新时期文学发展的道路。正是在这样一个背景上,形成了新时期文学的启蒙潮流。"[1]

　　毋庸置疑,在整个人文领域内,思想最为活跃、创作力最为旺盛的就是那个时期批判现实主义的作家和批评家。如今许许多多经历过那场运动的人都还是在"怀念八十年代",犹如法国人怀想大革命已经成为一种民族的"集体无意识"了。然而,好戏才刚刚拉开序幕,冬天的严寒又袭面而来。于是,

---

　　[1]　丁帆、朱丽丽:《新时期文学》,《南方文坛》1999年第4期。

现实主义又变幻了一种方式出现在文坛上,那就是"新写实主义"的兴起。

(三)

显然,"新写实主义"又一次改变了中国现实主义发展的走向,它到头来就是一场对批判现实主义否定之否定的循环运动。那种对现实生活细节描写的"高度仿真",既实现了现实主义创作方法的写真效果,同时,过度地沉湎于琐碎的日常生活描写,带来的却是对现实生活批判性思维在一定程度上的消解。当然,批判现实主义创作方法在不同的作家那里,呈现出的是不同的表现形式,但就总体上来说,其批评生活的创作元素仍然是存在的。

我曾经在一篇文章中说过:在整个世界文学的发展格局中,每一次美学观念和方法的更易,都必然带来一次文学的更新,这种历史性的运动使得文学在一次次的衰亡过程中获得新鲜血液而走向复苏。作为一种美学观念和方法,20世纪20年代出现于德国、美国,后又遍及英法和整个欧洲的"新现实主义摄影"(亦称"新即物主义摄影")给西方艺术界吹进了一股新鲜空气。它鲜明地反对艺术作品中的虚伪和矫饰,摒弃形式主义抽象化的创作方法,要求表现事物的固有形态、细微部分和表面质感,突出其强烈的视觉效果。因此,它主张取材于日常的社会生活和自然风光,扬弃唯美主义的创作倾向,而趋向于自然主义的美学形态。

然而,真正在西方社会引起了巨大震动的美学运动,乃至于给世界文学艺术带来了深刻影响的,是在第二次世界大战结束后崛起的意大利"新现实主义"运动,尽管这个美学流派首先起源于电影界,但它后来波及整个文学领域,尤其是使小说领域的创作发生了革命性的变化,这是先前的倡导者们所始料未及的。这次美学观念和方法的更易,实际上标志着意大利的又一次"文艺复兴"。

首先,就"新现实主义电影"来说,它的美学原则(亦即柴伐梯尼提出的"新现实主义创作六原则")是:"用日常生活事件来代替虚构的故事";"不给观众提供出路的答案";"反对编导分家";"不需要职业演员";"每个普通人都是英雄";"采用生活语言"。就此而言,它不仅向传统的好莱坞电影美学提出了挑战,开创了电影发展史上摆脱戏剧化走向电影化的新纪元,而且也给西方美学乃至世界美学带来了深远的影响。正如温伯托·巴巴罗教授在《新现实主义宣言》中一再强调的"新现实主义"的写实风格那样，"新现实主义"的重要标志之一就是回到生活的原生状态中来。尽管诸多"新现实主义"作家的美学观念不尽相同，但是，在这一点上是没有歧义的。

回顾中国的现实主义理论体系的形成与发展，直到 20 世纪 30 年代"左联"成立以后，才由一批理论家从"拉普文学"理论中阈定出一整套规范，但这一规范难以运用到具体的文学创作中。而随着 20 世纪 30 年代前后的小说视点的转移和下沉，人们把丁玲创作的小说《水》作为中国现代文学史上的"新现实主义"力作。如果对这一创作现象进行重新审视，我们以为这个提法并不科学。在中国，无论是哪次现实主义的论争都未能逾越"写什么"的理论范围，所谓"现实主义的深化"也好，"广阔道路"也好，都很少涉及"怎么写"这个具有美学观念和方法的根本转变的命题。只有到了 20 世纪 80 年代，中国的理论界才真正触及这个关键性问题。我们并非说美学观念不包含"写什么"，而是说它更强调"怎么写"。"新写实主义"在 1980 年代的新鲜出炉，就是一种在现实主义绝望的悖论中诞生的结果。

如果说西方 20 世纪历次"新现实主义"美学思潮都是在对"现代派"艺术表示出强烈反感和厌倦的背景下展开的对写实美学风格的回归的话，那么在每一次美学流派的运动中对旧现实主义的美学理解却并无实质性的进展，换言之，也就是"新现实主义"中的美学新意并不突出，即便是像意大利的"新现实主义"对世界电影产生过如此巨大的影响，但必须指出的是，它的美学观念主张并没有逾越现实主义（包括批判现实主义）内容的界定，作家们站在人道主义的立场来反映普通人的生活，来揭示社会生活，这些和传统的现实主义并无区别。所不同的是，作家在强调真实性时，更趋向于表现生活的实录和原生状态，所谓"把摄影机扛到大街上去"的口号便是他们走向现实主义另一个极端的表现。而在整个创作方法上，"新现实主义"的各流派基本上是完全拒绝现代主义表现成分侵入的。在这一点上则和中国 20 世纪 80 年代后期掀起的"新写实主义"小说创作浪潮截然不同，因为 20 世纪 80 年代的中国在经历了现实主义几十年的统治后，又经过了现代主义的洗礼，所表现出的美学态度有极大的宽容性,当然,这也和世界美学发展的潮流有着密切的关系,20 世纪 40 年代的"新现实主义"的倡导者们是绝不可能以高屋建瓴的美学姿态来把握人类美学思潮发展的历史进程的。因此当 20 世纪 80 年代中国的"新写实主义"倡导者们重新把握这一美学潮流时,便满怀信心地要表现出现实主义的新意和新质来。这种新意和新质就在于他们在其美学观念和方法的选择中,着重于将现实主义和现代主义的美学观念和方法加以重新认识和整合,将两种形态的创作方法融入同一种创作机制中,使之获得一种美学的生命新质。由此可见,采取这种中和、融会的美学方法本身就成为一种新的美学境界。我们之所以在前文顺便提及了西方(造型艺术的)"变异现实主义"与以往"新现实主义"的美学观念主张的不同点,就是因为它更有生命力,而关键就在于它能以宽容的胸怀融会两种对立的美学观念和创作方法,使艺术呈现出的新质更合乎美学史发展的潮流。同样,中国的"新写实主义"小说的倡导者和实践者们亦从未拒绝对于被历史和实践证明有着强大生命力的现代主义美学的吸纳和借鉴,并没有一味地回复现实主义(包括批判现实主义)的美学传统。换言之,他们对于现实主义的超越就在于不再是机械地、平面地、片面地沿袭现实主义的传统美学观念和方法,而是对老巴尔扎克以来的所有现实主义美学观念加以改造和修正。倘使没有这个前提,亦就谈不上现实主义的"新"。

中国的"新写实主义"既有左拉式的自然主义与老巴尔扎克式的批判现实主义的形态,又有乔伊斯式的意识流与马尔克斯式的魔幻色彩和形态。由此,真实性不再成为一成不变的静止固态的理论教条,而呈现出的是具有流动美感的和强大活力的气态现象。你能说哪一种真实更接近艺术的和美学的真实呢?中国的"新写实主义"者们打破的正是真实的教条和教条的真实,从而使真实更加接近于美学的真实。

现在回想起来,这些理论的归纳似乎还是有道理的,但是,在一个尚未有过真正的批判现实主义成熟期的中国文坛,这种不断变幻的现实主义理论和创作方法,带来的同样是使现实主义走上一条过眼云烟的不归之路的结果。这就是它很快就被消费主义思潮的"一地鸡毛式的现实主义"所替代的真正原因。

在对待现实主义的典型说方面，和一切"新现实主义"的流派一样，中国的"新写实主义"亦是持反典型化美学态度的，这一点当然不能不追溯至中国文坛对恩格斯典型说的曲解和实用主义美学观的强加过程。由于对那种虚假的典型人物表示厌倦和反感，像方方和池莉这样的女作家便干脆以一种对典型的藐视和鄙夷的姿态来塑造起庸俗平凡的小人物，这多少包含着作家对典型的亵渎意识。与西方"新现实主义"诸流派亦主张写小人物不同的是，方方们并没有将笔下的小人物作为"普通英雄"来塑造，而是作为具有两重性格的"原型人物"来临摹。这又和批判现实主义者笔下的"畸零人"有所不同，虽然有时他们亦带有"多余人"的色彩，然其并非被社会和作者、读者所抛弃的人物塑造。正因为他们是生活真实的实录，是带着生活中一切真善美和假恶丑的混合态走进创作内部的，所以，人物意义完全是呈中性状态的，无所谓贬褒，亦就无所谓"英雄"和"多余人"。从所谓的"新写实主义"的创作中，我们看不到"英雄"存在的任何痕迹，在具体的描写中，一俟人物即将向"英雄"境界升华时，我们就可看到作者往往掉头向人物性格的另一极描写滑动。这种美学观既是中国特有的社会哲学思潮所致，又包孕了中国"新写实主义"小说作家在一个多世纪的美学发展中的必然选择，这种选择的正确与否，在中国美学发展中尚不能做出明确的判断来，但就其创造的文本意义来看，我们以为这种选择起码是打破了现实主义典型一元化的美学格局，从而向多元化的人物美学境界进发。

中国的"新写实主义"者们基本上摒弃了尼采悲剧中的"日神精神"而直取"酒神精神"之要义：悲剧让我们相信世界与人生都是"意志在其永远洋溢的快乐中借以自娱的一种审美游戏"；酒神的悲剧快感更是以强大的生命意识去拥抱痛苦和灾难，以达到"形而上的慰藉"；肯定生命，连同它的痛苦和毁灭的精神内涵，与痛苦相嬉戏，从中获得悲剧的快感。在这样的悲剧美学观念的引导下，刘恒的《伏羲伏羲》、王安忆的《岗上的世纪》、方方的《风景》、池莉的《落日》等作品才显得更有现代悲剧精神，因为这样的悲剧不再使人坠入那种不能自拔的美感情境之中而一味地与悲剧人物共生死，陷入作家规定的审美陷阱之中,而它更具有超越悲剧的艺术特征,作家对悲剧人物的观照不再是倾注无限同情和怜悯的主观意念,"崇高"的英雄悲剧人物在创作中消亡。作家所关注的是人的悲剧生命意识的体验过程,以及在这一过程中咀嚼痛苦的快感,这就是我们理解《伏羲伏羲》这类悲剧时观察作家"表情"的关键所在。一般来说,在中国"新写实主义"小说创作的文本中,我们看到的是大量的"形而下"的悲剧具象性描写,却很难体味到那种"形而上的慰藉",这恰恰正是作者们刻意追求的美学效果。从接受美学角度来看,读者参与可以就其艺术天分的高下而进入各个不同的阅读层面,但这丝毫不影响小说"形而上"悲剧美学能量的释放。

同样,弗洛伊德的心理学给中国"新写实主义"小说的悲剧美学提供了新的通道。对于我们这个"集体无意识"异常强大的民族来说,无疑,潜意识层面的开掘给现代人的心理悲剧带来了最佳的表现契机。而中国的"新写实主义"者们有效地吸收了20世纪以来所有现代主义对弗氏理论的融化后的精华,从潜意识的角度去发掘现代人的悲剧生命流程。从这个意义上来说,悲剧心理学的美学观照呈现出的人的悲剧动因再也不是现实主义悲剧的单一主题解释了,而是呈多义、多解的光怪陆离状态。艺术家并不在悲剧的结局中打上个句号,因此,悲剧美的感受就不能在某一悲剧的疆域里打上个死结。由此来看《伏羲伏羲》和《岗上的世纪》这样的作品,生命的心理悲剧流程就像一道光弧,照亮了"新写实主义"小说的一个描写领域。

"新写实主义"作为一种文学运动,产生于20世纪80年代中后期对现代文艺思潮的借鉴和融会的浪潮中,绝非偶然,确实已经具备了外部和内部的条件。

从某种意义上来说,它既是对批判现实主义的一种变形,同时又是一种对批判现实主义的一次宽泛的拓展,当然也存在着对批判现实主义的某种消解。

而随着对于旧现实主义创作方法的弊端的不满,20世纪80年代相继出现过诸如"现代现实主义"和借鉴拉美文学爆炸的"魔幻现实主义"、"心理现实主义"和"结构现实主义"创作思潮。到后来由于对现代主义与后现代主义

"先锋小说"创作思潮的抗拒心理,导致了"新写实"的崛起,这些正是对社会主义现实主义的一次次修正与篡改,是重新对那种毛茸茸的"活的文学"的重新肯定和倡扬。作为"新写实"事件的策划者和亲历者之一,我们在二十年前就试图从人性和人性异化的角度来解释"新现实主义"与"旧现实主义",尤其是与"颂歌"型的"社会主义现实主义"区别开来。回顾其发展变化的全过程,这个判断大致是不错的。我们不能说这样的概括就十分准确,但是,直到今天似乎它的生命力还在。我们不能说"新写实"是一个完美的现实主义的延续,但是,作为一种创作方法的反动,它在文学史上是有意义的。

再后来,"现实主义三驾马车"的兴起和新世纪"底层文学"的勃起,现实主义似乎又回到了"五四"的起跑点。然而,在现实主义的道路上,我们的文学似乎还是缺少了一个重要的元素,这恐怕就是"批判"(哲学意义上的)的内涵和价值立场。

历史的经验告诉我们:创作方法只有回到初始设定的框架之中,才能凸显出其作品的生命力。

四、中国乡土小说研究史的反思

"看文学史,文坛是常会有完整而干净的时候的,但谁曾见过这文坛的澄清,会和这类的'文官'们有丝毫关系的呢?"[①]鲁迅留下的这段话虽然不常被人引用,却道出了我们文学"史官"们的众生相。

百年中国乡土小说批评与研究并没有受到应有的关注与研究,梳理中国乡土小说研究自身的百年发展历史,总结其经验得失,辨识其学术价值,推进其发展,正是我们"研究之研究"的目的所在。因为,倘若真正想弄清楚中国社会与政治的变迁,文学是"晴雨表",而中国乡土小说则是这个"晴雨表"上最精密的刻度。百年来,它是如何从农耕文明进入工业文明、后工业文明,也就是它如何走进现代文明的脚印,都清清楚楚、形象鲜明地镌刻在这些乡土小说题材的所有作品中了。

---

① 鲁迅:《文床秋梦》,《鲁迅全集》(第五卷),人民文学出版社 2005 年版,第 307 页。

十七年前,我在《文学评论》上发表过一篇《"现代性"与"后现代性"同步渗透中的文学》,拙文就是想阐释一个观念:中国的农耕文明形态虽然日渐式微,"现代"和"后现代"文明随着中国城市化的进程不仅覆盖了中国的东南沿海,同时也覆盖了整个中原地区和西南地区,甚至也部分覆盖了西部地区。当广袤的农田上矗立起一排排高耸入云的大厦,水泥森林替换了原始植被的时候,我们却不能忘记的是:农耕文明的意识形态仍然会在这些灯红酒绿的奢华城市间穿行,以飓风的速度穿越城市的繁华,它带来的正负两极效应,我们看得见吗? 而且,资本主义尚无法解决的许许多多"现代"和"后现代"的问题,也同时叠加进了中国社会的地理版图中,形成了与西方社会和殖民地国家迥然不同的社会形态和文化形态,但是,我们的作家看到这些东西了吗? 他们有眼光、有能力去开垦这片世界上独一无二的文学创作的处女地吗?

如果他们不能,作为一个学者,我们的文学评论家和文学批评家能够在洞若观火中指陈这一现象,为乡土作家指出一条切入文学深处的"哲学小路"吗? 也许,像我们这样的批评家,即使体悟到了这一点,也无法像别林斯基那样去面对惨淡的人生和熟悉的作家。

于是,面对重新梳理文学史的我们,能否担当起客观评价这些特殊的文学文本的重任呢? 这是我的冀望,但是,在这部丛书中的著作书写中,显然还没有完全达到这样的要求和高度。这是让我们遗憾的事情。尽管我们可以强调种种不可抗拒的客观原因。

中国乡土小说研究之研究,首先要明确的是中国乡土小说研究的对象与范围,亦即要明确乡土小说之所指,从而确定"研究之研究"的对象与范围。20世纪最初的30年间,鲁迅和茅盾对"乡土文学"概念的界定和使用,产生了持久而广泛的影响,"乡土文学"便成为批评界普遍使用的概念。而在20世纪40年代的解放区,"农民文学"取代了"乡土文学"概念,一统天下。再后来,在20世纪50年代,文学中仅使用"农村题材文学"、"农村题材小说"概念。从这种概念内涵的变化中,我们可以看出文学史观和学术史观的分野。

中国乡土小说批评,最初是围绕鲁迅乡土小说进行的。从20世纪20年代到现在,乡土小说批评紧紧追随着中国乡土小说创作的时代脚步,在每个历史时期都出产大量的批评文章,从而成为中国乡土小说研究中文献最多、时代性最强的组成部分。但是,我们在梳理的过程中,还是看到了许许多多的遗憾,也就是说,中国乡土小说百年的批评和评论,能够真正毫无愧色地站在文学史舞台上的并不是很多,留给我们的只是一声叹息。

中国乡土小说的历史研究,最早可以从胡适的《五十年来中国之文学》说起。胡适在这篇文学史论性的文章中肯定了鲁迅的短篇小说:"从四年前的《狂人日记》到最近的《阿 Q 正传》,虽然不多,差不多没有不好的。"虽然胡适的这番话没有从"乡土文学"的角度去进行考辨,但是,他的眼光和气度,让《阿 Q 正传》早早地进入了文学史的序列。我们从中看到的是,专家学者的眼光与客观评判作家作品的尺度对后来文学史的影响。

但是,我们需要反省的问题恰恰就在于以下几个方面:

首先,我们要解决的是史实问题。

整个文学史的构成既然把文学批评和文学评论作为一个不可或缺的部分,那么,如何看待既往留存下来的"经典"的批评和评论文本?我们必须尊重的是客观存在的历史,也就是说,不管你认为是正面的还是负面的,只要是在那个历史时期引起过反响的理论和批评都要纳入文学史的范畴之列,它是呈现历史样态的文本,从中我们才能拂去现实世界给它叠加上去的厚厚尘埃,看清楚历史的原貌。这一点是文学史家必须尊崇的治学品格,否则我们就无法真正地进入历史的隧道空间来考察。所以,我对那些为了主动"适应形势"而把许多有价值的文本打入"另册"的做法不屑一顾,而对于那种迫于无奈用"附录"来处理一些文本的编辑方式,只能报以苦恼的微笑,因为我们也常常遇到这样的常识性问题,但这确实是无法解决的史学障碍问题。

一言以蔽之,百年文学史可以进入史料领域的材料很多,只有建立史料无禁区的学术制度,才是保证研究的前提和基础。

无疑,在我们编选的这套丛书之中,试图贯穿这样的史料原则,《中国乡土小说理论文选》、《中国乡土小说作家作品研究文选》、《中国乡土小说历史研究文选》和《中国乡土小说流派研究文选》是尽力采取比较客观的史实态度,虽然,我们阈定的是狭隘的"乡土小说"的概念,排除了那种含义诸多的

"农村题材"的概念和创作理论,但是"农村题材"的理论在某一个历史时期的理论恰恰又是对中国乡土小说理论的一种补充,以及对其自身概念和口号的一种理论反思。比如我们遴选了邵荃麟1962年《在大连"农村题材短篇小说创作座谈会"上的讲话》,文中提出的许多问题为什么被后人总结为"现实主义深化论",这其中的变异问题,至今仍然有着历史的现实意义。而后面收入的浩然的两篇文章《寄农村读者》(1965年)和《学习典型化原则札记》(1975年),不仅是作者个人创作的心路历程,而且也是中国乡土小说史那个时段宝贵的史料,都是可以被纳入中国乡土小说历史研究范畴之列的。

在这里需要检讨的人是,由于七八年前制定体例方案时,我们过于强调乡土小说概念范畴的狭义性,导致了选编的偏狭,造成了一些遗珠之憾。

其次,史学研究者面临着的最大困境就是史识问题。

史识不仅仅是胆识,而且还得拥有较高的哲学思维和美学鉴赏的水平,只有具备了充分的人文素养的积累,你才有可能具有重新评价以往的作家作品的能力,而且也获得对以往文学史家、理论家、批评家和评论家的言论进行重新评判的权力!所有这些条件,我们具备了吗?正是带着这样的疑问,我时常会侧目现存的文学史著作,同时在不断否定自己以往的文学史工作。我自以为自己这么多年的工作,只是提出了一种假想,离开真正撰史还差得很远很远。但是,我不能以强调外在的条件不成熟做挡箭牌,去遮蔽自己文史哲学养不足的可悲。

只有具备了史实和史识的两个基本条件,我们才有可能写出一部好的文学史著述来。无疑,我们现在还不具备这样的先天优势,所以,我们的工作只能是一种初始的工作,我们正在不断地补充着自己的人文素养,以求将来编出一部真正既有史实又有史识的鸿篇巨制的中国乡土小说史来,也希望有一天中国能够出现一部真正属于有史实、有史识、有胆识的中国百年文学史来。

中国乡土小说研究史论和史料的工作总结只是一个休止符,我们期待下一部更有学术含量的著述的问世。

我不相信学术的春天是赐予的,春天在于自身的努力之中。

目 录

乡土小说理论的引介与初创

乡土小说理论的形成与分化

乡土小说理论史的学术建构

凡　例

李兴阳

一、本卷所收录的乡土小说理论资料,起于 1910 年,迄于 2010 年。

二、资料收录范围,主要是期刊、报纸、著作等出版物中有关中国乡土小说理论的文字,包括作品集序跋、创作经验谈、关于乡土小说创作、批评和理论问题的论争、有关中国乡土小说研究的学术著作等。

三、由于中国乡土文学以乡土小说为主,有关乡土文学与乡土小说的理论表述高度重合,因而凡与乡土小说理论有交集的乡土文学理论资料一并收录,不做区分。

四、为了保留资料原貌,一般都收录全文。部分节选的,一是原来的文章篇幅过大,另一是其他部分与乡土小说理论关系较远。文章中有明显的错别字予以更正,其余的一律不变。

五、文章署名,以最初发表时为准。注释都是原有的,编者不另加注。为了保持格式的统一和阅读的方便,所有的注释,不论原文是什么格式,一律改成脚注,但保持原注释的信息不做改动。标点符号一般遵从原作,不做改动。台湾文献的标点符号按大陆通行的标点符号改用。

六、有的文章有摘要和关键词,有的没有。录入时,摘要和关键词一律不录。

七、篇末括号内注明材料的出处。

前　言

李兴阳

中国乡土小说理论的开启，就能看到的资料而言，始于 1910 年的《〈黄蔷薇〉序》。在这篇具有"创世纪"意义的序言中，周作人将匈牙利作家约卡伊·莫尔的《黄蔷薇》推许为"近世乡土文学之杰作"，中国的新文学话语从此有了"乡土文学"概念。以此作为历史起点的中国乡土小说理论，至今已逾百年。在百余年的曲折发展中，中国乡土小说理论经历了引介与初创、形成与分化、变异与沉寂、复兴与拓展等几个阶段，每个阶段都有既丰富多彩又歧见纷呈的理论言说。

一百多年来，活动在不同历史时期的中国作家、批评家、学者，如周作人、鲁迅、茅盾、沈从文、赵树理、黄石辉、赖和、陈映真等，从各自独特的文学观念、小说观念出发，提出了各具特色的乡土小说理论，为中国乡土小说理论留下了有价值的思想，成为中国乡土小说理论发展史上不可或缺的重要环节与组成部分。他们用以承载和传达自己乡土小说理论的文体样式是多种多样的，有序言、跋、创作谈、批评文章及各类学术研究与理论争鸣文章等。其中，序言、跋等单篇文章最多，理论专著较少见。中国乡土小说理论的形态也是多种多样的，有外来乡土文学理论的引介与移植，有作家个体与社团流派创作经验的总结与阐发，有基于不同文学观念或特定政治文化意图的理论倡导与推演。如此多样的理论形态，并没有孕育或催生出被普遍认可的完备的乡土小说理论。不成体系而又丰富多彩的中国乡土小说理论，散落在有关"乡土文学"、"农民文学"、"农村小说"、"乡村小说"、"农村题材小说"等的理论表述中,需要通过历史梳理与理论整合,才有可能发现其历史演进的思想流脉、内在结构与外在关系。

一、乡土小说理论的译介与初创

中国乡土小说理论的开创是从引介西方乡土小说及相关理论开始的,其先行者是周作人。周作人不仅是域外乡土文学的最早的引介者,也是中国乡土文学最早的倡导者。在作于 20 世纪 20 年代初的《〈旧梦〉序》、《地方与文艺》等文章中,周作人大力倡导乡土文学。周作人所倡导的乡土文学,其实是与世界文学或异域文学相对应的"本土文学",其要义有三:第一,文学上的地方主义。地域、风土与文学风格有密切的关系,不同的地域有不同的风土,即不同的民风民俗,而"风土的力在文艺上是极重大的"①,文学因不同的风土而显示出不同的风格;第二,地方性涵养个性。周作人"推重那培养个性的土之力",认为人是"地之子",应"忠于地",有个性的乡土艺术应有"土气息,泥滋味"。"国民性、地方性与个性"是一部作品"应具的特性"②,也是一部作品的生命。第三,地方趣味是世界文学的一个重大成分。周作人"相信强烈的地方趣味也正是'世界的'文学的一个重大成分",越是本土的和地域的文学越能走向世界,作家创作应有"世界民的态度",更要有"地方民的资格"③,二者是密切相关的。严家炎认为,在"五四"新文学时期,周作人倡导乡土文学,意在促使中国新文学扎根本土,克服思想大于形象、概念化等毛病,努力在世界文学之林中获得应有的地位。④ 此说很有道理。

在周作人之外,新文学初期倡导乡土文学最力的人是茅盾。如上文所述,在中国文学话语中,最先引入"乡土文学"概念的是周作人,而最先引入"乡土小说"概念的是茅盾。在同名文学词条中,茅盾给乡土小说下了一个最早也最明确的定义:

---

① 周作人:《〈旧梦〉序》,《晨报副镌》1923 年 4 月 12 日。
② 周作人:《地方与文艺》,《谈龙集》,河北教育出版社 2002 年版,第 10—12 页。
③ 周作人:《〈旧梦〉序》,《晨报副镌》1923 年 4 月 12 日。
④ 严家炎:《中国现代小说流派史》,人民文学出版社 1989 年版,第 43—45 页。

"叙述乡村人生,以乡村风物为背景,并用各乡方言为书中人物之口语者,曰乡土小
说。"①这个定义,可以说是茅盾早期乡土小说理论观念的集中表达。茅盾早期乡
土小说理论的要义有三:第一,乡土小说的叙事对象是乡村人生,是农民生活,这是
茅盾最为看重的。在《评四、五、六月的创作》中,茅盾将"描写农民生活"概括为一
个题材类型,与"描写城市劳动者生活的"题材类型并列。第二,乡土小说的叙事背
景是乡村风物,描写地方的特殊风俗与景物,这能形成文学上的地方色彩。茅盾眼
中的地方色彩,不是一般意义上的自然美,亦不是"某地的风景之谓。风景只可算
是造成地方色彩的表面而不重要的一部分。地方色彩是一地方的自然背景与社会
背景之'错综相',不但有特殊的色,并且有特殊的味"②。比较而言,地方色彩只是
故事托足的地方,茅盾更重视对农民生活的反映,对出现在新文学中的"只见'自然
美',不见农家苦"现象持批评态度。第三,乡土小说中的人物语言应用"各乡方
言"。各乡方言的运用,可以真实地描写农村和农民生活,凸显特定的地域风情与
地方色彩。在后来的评论与理论阐述中,方言口语的适当运用,成为茅盾颇为关注
的一个重要方面。

　　在中国乡土小说理论开创之初,与"乡土文学"、"乡土小说"并重的概念是"农
民文学",这与1925年前后兴起的无产阶级文学浪潮有关。在此思潮的影响下,茅
盾、郁达夫、谢六逸等都有关于农民文学的论述,如郁达夫的《农民文艺的实质》、谢
六逸的《农民文学ABC》等。郁达夫把农民文艺归为四大类,第一类是反映农民生
活的,第二类是为农民代言的,第三类是有地方色彩的农村文艺,第四类是引导农
民起来斗争的。谢六逸把农民文学分为五类,第一类是描写田园生活的,第二类是
描写农民与农民生活的,第三类是教化农民的,第四类是农民自己创作的或有农民
体验的人创作的,第五类是以地方主义为主的。这些分类描述,虽然各有差异,但
都将农民作为关注的核心,引入了阶级觉醒和阶级反抗等内容。这条乡土文学的
理论流脉,在后来的岁月里,其影响力愈来愈大。

　　与上述大陆乡土小说理论之初创相呼应的,是台湾乡土小说理论的开创。20

---

　　①　茅盾:《"乡土艺术"、"乡土小说"、"地方色彩"》,《茅盾全集》第31卷,人民文学出版社2001年版,第
348—349页。
　　②　茅盾:《小说研究ABC》,世界书局1928年版,第108—116页。

世纪 30 年代,在日本殖民统治的历史大背景下,台湾文学界就乡土文学问题展开了一场争论。这场论争,以黄石辉发表于 1930 年的《怎样不提倡乡土文学》为开端,终于 1934 年,其后余波一直未息。参加这场论争的人有黄石辉、郭秋生、林克夫、赖和等。出现在这场论争中的"乡土文学"概念,歧义丛生,其所指有四个内涵与外延不尽相同但又相互交叉重叠的对象:其一,指所谓的"台湾话文",这是黄石辉等人倡导的,主张用"台湾话"作文。如何建设"台湾话文",倡导者们提供了多种具体方案,其最基本的思路就是要做到"言文一致"。其二,指台湾的民间文学,这是黄得时等人的主张,主要有台湾民间舞蹈、民歌、歌仔戏等,这些民间文学含有各地的人情、风俗、动物、植物等,有丰富的"地方色",因此被论者们视为台湾的乡土文学。其三,指台湾本土文学,即台湾文学。黄石辉倡导台湾人应该去写台湾的文学,而台湾文学有都会文学、田园文学、农民文学、左翼文学等。其四,指台湾乡土文学,只有这个所指与现今通行的乡土文学概念相近。与之有关的理论表述,不论是赞成的还是反对的,归纳起来主要有几点:第一,乡土文学是农村文学;第二,乡土文学以农民及其在日本殖民统治下的生存状态为主要叙事对象;第三,台湾乡土文学可以适当使用台湾的方言土语来描写台湾事物,这类的主张和论述最多。第四,乡土文学应有民族性与地方色彩,"如果那些描写台湾人生活的作品里没有民族性的动向,没有洋溢地方性色彩的话,也就无法称得上是他们一向所主张的乡土文学了"[①]。

　　台湾乡土文学理论的上述分歧,不仅与文学观念有关,而且与 20 世纪 30 年代台湾特定的政治、经济、文化、民族等问题密切相关。具体而言有三点:其一,在日本殖民统治的大背景下,倡导台湾乡土文学,不管是上述哪种意义上的乡土文学,都具有反抗日本殖民统治与殖民文化,维护民族文化的重大意义,是民族观念与民族精神的一种独特体现。其二,国族意识与本土观念兼容并包,台湾乡土文学的倡导者大都具有强烈的民族国家观念,对台湾文学本土性的强调,大都皈依在中国的

---

① 吴坤煌:《论台湾的乡土文学》,见[日]中岛利郎编《1930 年代台湾乡土文学论战资料汇编》,春晖出版社 2003 年版,第 482 页。

国族意识之下，"和中国全国都有连带的关系"①。其三，启蒙话语与阶级话语并存，台湾乡土文学的倡导，有的受中国大陆"五四"新文学的影响，意在推广新知，开启民智，使台湾民众觉醒；有的则与中国大陆左翼文学有密切的关系，特别关注社会下层民众的生存状态。不论从哪个角度看，本时期的台湾乡土文学理论与中国大陆的新文学有紧密的联系，是初创期中国现代乡土文学理论的重要组成部分。

二、乡土小说理论的形成与分化

20 世纪 30 年代中期至 40 年代，是中国乡土小说理论形成并进一步分化的时期。这一时期的中国乡土小说理论，虽然依旧没有普遍认同的系统而严谨的纯粹理论，但已有了鲁迅、茅盾、沈从文等名家影响深远的权威表述。1935 年，茅盾撰写的《〈中国新文学大系〉小说一集导言》与鲁迅撰写的《〈中国新文学大系〉小说二集导言》，是中国乡土小说理论形成的标志，也是进一步分化的标志。启蒙主义作家、自由主义作家、左翼作家都有各自不同的乡土小说理论。

鲁迅是中国乡土小说的开创者与最有成就的实践者，也是对中国早期乡土小说进行系统的历史描述与评价的批评家。在作于 1935 年的《〈中国新文学大系〉小说二集序》中，鲁迅借评点蹇先艾、许钦文、王鲁彦、裴文中等青年作家的小说创作阐述了自己的"乡土文学"观念，其要点有四：第一，作者身份是离开了故土的"侨寓者"，即"已被故乡所放逐，生活驱逐他到异地去了"的现代作家（现代知识者）。②第二，叙事内容是"侨寓者"的"故乡"，这里的"故乡"是指当时远离北京的偏远、落后的农村、乡镇乃至城市，如蹇先艾笔下的贵州，裴文中笔下的榆关，作家应"将乡间的死生，泥土的气息，移在纸上"③。第三，情感基调是"乡愁"，这里的"乡愁"有两层含义，一是现代作家漂泊于都市与故乡之间的怀乡之愁与漂泊意识，二是现代

①　黄石辉：《怎样不提倡乡土文学》，见［日］中岛利郎编《1930 年代台湾乡土文学论战资料汇编》，春晖出版社 2003 年版，第 2 页。

②　鲁迅：《〈中国新文学大系〉小说二集序》，《鲁迅全集》(6)，人民文学出版社 1981 年版，第 247 页。

③　鲁迅：《〈中国新文学大系〉小说二集序》，《鲁迅全集》(6)，人民文学出版社 1981 年版，第 255 页。

作者对故乡贫困、愚昧、落后的忧愁。第四,有"异域情调",即作品中要有地方色彩、民俗风情,以"开拓读者的心胸",但不能仅用来"眩耀"作者的眼界。[①] 在《我怎么做起小说来》等文章中,鲁迅特别强调"为人生"的启蒙主义文学观。鲁迅的理论言说,对后来的乡土文学理论、创作、批评与研究都产生了巨大而深远的影响。

茅盾作于 1935 年的《〈中国新文学大系〉小说一集导言》和作于 1936 年的《关于乡土文学》等文章,一方面延续了自己在 20 世纪 20 年代提出的理论主张,如乡土小说应以农民为主要叙事对象,叙述乡村人生;应以乡村为叙事背景,有独特的地方色彩,特殊的风土人情。另一方面,又有了新的发展:其一,应有普遍性的、共同的对于命运的挣扎,亦即农民为改变自己的命运而进行的抗争;其二,乡土作者要有特定的世界观与人生观。茅盾把作家的世界观与人生观置于首位,"是为'为人生而艺术'的现实主义道路服务的,它推动了'乡土小说'在现实主义方向的迅速发展,亦给'乡土小说'走向一个较狭窄的创作地带提供了理论和概念上的根据"[②]。茅盾乡土文学理论的新变,是 20 世纪 20 年代末至 30 年代初"农民文学"理论的延续与深化,是 20 世纪 30 年代左翼政治意识形态的映射。

沈从文是"京派"的代表,其乡土小说与有关的理论言说别具一格。在作于 20世纪 30 年代初中期的《〈从文小说习作选〉代序》等文章中,沈从文阐述了自己的小说观与小说创作经验,提出"以小说代经典",书写"永恒人性",表现优美健康的"人生形式",应善于"节制情感",做好"情绪的体操",创造作品"和谐"的美学境界。沈从文不认可自己的乡土小说是"农民文学",他将乡土小说称之为"以农村为背景的国民文学"[③],认为这类小说应写出对农民的"原始的同情",有"泥土气息"和"林野气息"。沈从文的这些理论表述,与周作人、废名等"京派"作家是声气相通的。至此,以沈从文小说理论为代表的京派乡土小说理论,在与鲁迅的启蒙乡土小说理论、茅盾的左翼乡土小说理论的对话和论争中,共同形成 20 世纪三四十年代的多元乡土小说理论景观。

20 世纪 40 年代,毛泽东《在延安文艺座谈会上的讲话》发表后,解放区发现了

---

① 鲁迅:《〈中国新文学大系〉小说二集序》,《鲁迅全集》(6),人民文学出版社 1981 年版,第 247 页。
② 丁帆:《五四以来"乡土小说"的阈定与蜕变》,《学术研究》1992 年第 5 期。
③ 沈从文:《〈幽僻的陈庄〉题记》,《沈从文文集》第 11 卷,湖南人民出版社 2013 年版,第 38 页。

赵树理,周扬等人提出了"赵树理方向"。陈荒煤所阐释的"赵树理方向"的要点有三:第一,有很强的政治性,站在"人民的立场",写农民与地主阶级的矛盾斗争;第二,创造为广大群众所欢迎的民族新形式,一是"选择群众的活的语言",二是"着重写故事",三是不单独叙述和描写人物与风景;第三,有全心全意为人民服务的创作态度。① 赵树理自己的小说观念与此有所不同:第一,做"文摊"作家,站在农民的立场,为农民服务;第二,写"问题小说",坚持从"群众工作"和"群众生活"中取得材料,从工作中找到"主题","在工作中找到的主题,容易产生指导现实的意义";第三,提倡大众化与通俗化,用农民的语言,讲农民读得懂、听得懂的故事;第四,提倡民族化,以民间文艺为师,向民间文艺学习,也吸收中国传统文学、"五四"文学和外国文学的有益成分以作补充。赵树理的"农民文学"观念,与解放区的正统文学观念存在一些或隐或显的抵牾,为其后来的悲剧命运埋下了伏笔。在解放区的正统文学话语中,"乡土文学"、"乡土小说"等概念已难寻踪迹,取而代之的是"农民文学"与"农村文学"等。

20世纪40年代末,日本殖民统治结束不久的台湾,开展过台湾新文学的论争。论争的阵地是《台湾新生报》副刊《桥》,论争的核心问题是台湾文学对中国文学的归属问题,乡土文学亦在被讨论之列。本次与乡土文学有关的论争,其成就和影响远远不及分别发生在20世纪30年代和70年代的两次乡土文学论争,因而亦较少被人提起,几乎淡出了人们的文学记忆。

三、乡土小说理论的变异与沉寂

20世纪50至70年代,中国乡土小说及其有关的理论在大陆与台湾面临着不同的历史境遇,出现了不同的变异路径,最终都走向了沉寂。

在中国大陆,本时期与乡土小说有关的通行概念是"农村题材文学"、"农村题材小说"。与之有关的理论批评,被包裹在有关"社会主义现实主义"、"革命的现实

①　参见陈荒煤的《向赵树理方向迈进》,《人民日报》1947年8月10日。

主义与革命的浪漫主义相结合"、"三突出"等理论批评话语中,没有获得独立的理论地位。本时期,赵树理发表的创作经验谈及序跋,其表述的理论核心,延续了他在延安时期的农民文学观念,也结合时政话语做了一些调整。周立波、柳青、浩然等作家的创作经验谈,都在自己所处的时政话语中,分别谈论民族化、群众化、英雄人物、中间人物、典型形象、典型化原则、农村读者等问题。本时期,茅盾有关农村题材小说的理论与批评,一方面回应了时政话语的要求,一方面又坚持了自己的现实主义主张,具有一定的艺术纠偏作用。邵荃麟于 1962 年 8 月所作的《在大连"农村题材短篇小说创作座谈会"上的讲话》,在极为困难的时代语境中,左支右绌地提出"现实主义深化"论与"写中间人物"论,对当时逾走逾偏的农村题材小说创作,同样起到了艺术纠偏的作用,但也在后来的岁月里给邵荃麟带来了意想不到的厄运。总的来看,本时期大陆的乡土小说理论虽然还没有完全断流,但已处于沉寂状态。

在中国台湾,20 世纪 70 年代,在"现代诗论战"之后,爆发了一场乡土文学论战。这场论战,是在中美、中日关系正常化,"保钓运动"等大背景下发生的。在这场论战中,提倡乡土文学的有陈映真、王拓、尉天骢、黄春明、胡秋原等,反对的则有彭歌、余光中、银正雄等。这场持续两年左右的论战,提出的问题很多,涉及台湾社会的政治、经济、文化、意识形态等各个层面。其中,与乡土文学理论有关的问题,主要有如下三个方面:

其一,台湾乡土文学概念的界定。如何界定台湾乡土文学,论者们提出了多种不同的观点。观点一,认为乡土文学就是"乡村文学",是"以乡村为背景,以乡村人物的生活为主要描写对象,并且在语言文字上运用许多方言的作品"[1]。乡土文学"所关怀的多是乡村地区或小城生活,罕有以大都市生活为中心者。为了写某个特殊地区,他必须使这个地方非常突出、非常鲜明,因此他必须描写这里的衣物、风俗等等"[2],亦即要有地域色彩,异域情调。观点二,认为台湾乡土文学是本土文学抑或民族文学。叶石涛即言,"所谓台湾乡土文学应该是台湾人(居住在台湾的汉民族及原住种族)所写的文学"[3]。齐益寿亦言,"特殊的乡土文学,与其说是文学上

---

① 王拓:《是现实主义文学,不是乡土文学》,《仙人掌》1977 年第 2 期。
② 何欣:《乡土文学怎样"乡土"?》,《中央月刊》1977 年 7 月。
③ 叶石涛:《台湾乡土文学史导论》,《夏潮》1977 年第 4 期。

的一种派别,不如说是文学潮流变革的一种信号,是文学由虚伪变为现实,由外国文学的附庸变为独立的民族文学、本土文学的一种信号"①。观点三,乡土文学就是现实主义文学,是有"风土,乡土味"的现实主义文学。这样的文学,其描写对象"包括农村与都市"②。观点四,乡土文学就是"国民文学",在以《乡土文学就是国民文学》为题的文章中,赵光汉申述了此种观点。持相同或相近观点的论者不在少数。本次台湾乡土文学论争,如陈映真所说,由于"理论发展的不足","'乡土文学'、'民族文学'和'民众文学'都不曾有科学的界定"③。

其二,台湾乡土文学的"台湾意识"、"民族意识"与"中国意识"。主要涉及三个问题,一是"台湾意识",叶石涛提出的"台湾意识"是指"居住在台湾的中国人的共通经验,不外是被殖民的,受压迫的共通经验;换言之,在台湾乡土文学上做反映出来的,一定是'反帝、反封建'的共通经验以及筚路蓝缕以启山林的,跟大自然搏斗的共通记录"④。二是"台湾意识"与"民族意识",出现在本次论争中的"台湾意识"也是一种"民族意识",乡土文学的提倡者们强调台湾乡土文学的民族性,所要抵抗的是 20 世纪 70 年代台湾的"西化"。尉天骢在论争中即提出,乡土文学"最重要的一点,便是反买办、反崇洋媚外、反逃避、反分裂的地方主义"⑤。三是"台湾意识"与"中国意识"的关系。陈映真对叶石涛的"台湾意识"提出批评,认为是"'用心良苦'的分离主义的议论";陈映真强调,"从中国的全局去看,这'台湾意识'的基础,正是坚毅磅礴的'中国意识'"⑥。在后来的发展中,叶石涛的"台湾意识"逐渐背离"中国意识",演变成为鼓吹"台独"的分离主义,应验了陈映真当年的批评论断。

其三,台湾乡土文学与中国文学的关系。论争中,一些论者强调台湾乡土文学的本土性,一些论者则强调包括乡土文学在内的台湾文学是中国文学的一部分,是"中国文学大传统"的接续。如陈映真即言"台湾的新文学,受影响于和中国'五四'运动有密切关联的白话文学运动,并且在整个发展的过程中,和中国反帝、反封建

① 齐益寿:《乡土文学之我见》,《中华杂志》1978 年第 2 期。
② 王拓:《是现实主义文学,不是乡土文学》,《仙人掌》1977 年第 2 期。
③ 陈映真:《回顾乡土文学论战》,《文艺理论与批评》1994 年第 2 期。
④ 叶石涛:《台湾乡土文学史导论》,《夏潮》1977 第 4 期。
⑤ 尉天骢:《文学为人生服务》,《夏朝》1977 年第 6 期。
⑥ 陈映真:《乡土文学的盲点》,《台湾文艺》1977 年第 2 期。

的文学运动,有着绵密的关联;也是以中国为民族归属之取向的政治、文化、社会运动的一环"①。

20 世纪 70 年代末期的台湾乡土文学论战,不仅如陈映真所说,是 1970 到 1973 年台湾"现代诗论战"的延长②,而且一些论争话题也是 20 世纪 30 年代台湾乡土文学论争的继续,如台湾乡土文学的概念、台湾乡土文学与中国文学的关系、台湾乡土文学的民族意识、台湾乡土文学与殖民统治及"西化"的关系等,这些话题在本次论争中既有延续,又有变异。这次论争的时间不长,仅有两年左右,短暂的热闹过后归于沉寂。

四、乡土小说理论的复兴与拓展

20 世纪 70 年代末 80 年代初,中国大陆的乡土文学创作再度复兴,乡土文学的理论探索与学术研究也随之兴起。最引人瞩目的,首先是刘绍棠的乡土文学创作、理论倡导及由此引起的论争,其后是汪曾祺等关于"风俗画"、"风俗画小说"的论述。20 世纪 90 年代,冯骥才等将书写都市民俗风习的小说纳入乡土小说中,有论者甚至命名为"都市乡土小说"。21 世纪以来,随着中国大陆乡土小说创作出现的新变化,人们开始对乡土小说进行新的理论思考与理论拓展。与大陆不同,进入20 世纪 80 年代之后的台湾乡土文学及其理论走向分裂,最终被"本土论"的"台湾文学"所湮没和取代。

中国大陆乡土小说理论在 20 世纪 80 年代的复兴,其醒目的标志就是作家刘绍棠发表在《北京文学》1981 年第 1 期上的《建立北京的乡土文学》。在这篇文章中,刘绍棠提出:"对世界,我们要建立中国的国土文学;在国内,我们要建立各地的乡土文学。"③在《关于乡土文学的通信》中,刘绍棠将自己的乡土文学理论归纳为五大要点:"一、坚持文学创作的党性原则和社会主义性质;二、坚持现实主义传

---

① 陈映真:《乡土文学的盲点》,《台湾文艺》1977 年第 2 期。

② 陈映真:《回顾乡土文学论战》,《文艺理论与批评》1994 年第 2 期。

③ 刘绍棠:《建立北京的乡土文学》,《北京文学》1981 年第 1 期。

统；三、继承和发扬中国文学的民族风格；四、继承和发扬强烈的中国气派和浓郁的地方特色；五、描写农村的风土人情和农民的历史和时代命运。"①比起他自己的创作经验谈，刘绍棠的乡土文学理论并无多少新意。其"旧话重提"的理论史意义，就在于使"乡土文学"在沉寂多年之后再次成为人们广泛关注的"文学母题"。

　　刘绍棠的乡土文学倡导及其理论主张，产生了较大的影响，引起了文学界的争议，有人反对，也有人支持。反对者中，有名的是孙犁和蹇先艾。这两位都是中国乡土小说史上有一定成就的作家，但他们都不认可有刘绍棠所说的那种乡土文学。孙犁认为："就文学艺术说，微观言之，则所有文学作品，皆可称为'乡土文学'，而宏观言之，则所谓'乡土文学'实在不存在。文学形态，包括内容和形式，不能长久不变，历史流传的文学作品，并没有一种可以永远称之为'乡土文学'。"②支持者中，有一定影响的是雷达，但雷达的乡土文学观念与刘绍棠相去甚远。雷达认为："所谓乡土文学指的应该是这样的作品：一、指描写农村生活的，而这农村又必定是养育过作家的那一片乡土的作品。这'乡土'应该是作者的家乡一带。这就把一般描写农村生活的作品与乡土文学作品首先从外部特征上区别开来了。二、作者笔下的这一片乡土上，必定是有它与其他地域不同的，独特的社会习尚、风土人情、山川景物之类。三、作者笔下的这片乡土又是与整个时代、社会紧密地内在联系着，必有'与我们共同的对于运命的挣扎'，或者换句话说，包含着丰富广泛的时代内容。"③雷达的乡土文学观念杂糅了鲁迅与茅盾的乡土文学理论，其对"描写农村生活的作品与乡土文学作品"的区分，缩小了乡土文学的所指范围。

　　20 世纪 80 年代中期，汪曾祺、吴调公、许志英对"风俗画"的讨论，延续和加深了对早期乡土小说理论即已提出的"风土"、"地方色彩"、"民族特色"等问题的认识。在《谈谈风俗画》中，汪曾祺提出了"风俗画小说"概念。汪曾祺认为，"风俗是民族感情的重要的组成部分"，"风俗画和乡土文学有着血缘关系"，描写风俗画的小说有几个特点：其一，文体朴素。这是因为"风俗本身是自自然然的"，"风俗画小说所记述的生活也多是比较平实的，一般不太注重强烈的戏剧化的情节"。其二，

---

①　雷达、刘绍棠：《关于乡土文学的通信》，《鸭绿江》1982 年第 1 期。

②　孙犁：《关于"乡土文学"》，《北京文学》1981 年第 5 期。

③　雷达、刘绍棠：《关于乡土文学的通信》，《鸭绿江》1982 年第 1 期。

在本质上是现实主义的。其三,写风俗的目的还是写人,不是为写风俗而写风俗。汪曾祺认为,"风俗画小说"也有局限性,"一是风俗画小说往往只就人事的外部加以描写,较少刻画人物的内心世界,不大作心理描写,因此人物的典型性较差。二是,风俗画一般是清新浅易的,不大能够概括十分深刻的社会生活内容,缺乏历史的厚度,也达不到史诗一样的恢宏的气魄。因此,风俗画小说常常不能代表一个时代的文学创作的主流"。① 汪曾祺虽没有对"风俗画小说"做明确的界定,其基于自身创作经验的理论阐述还是很有价值的。吴调公的《风俗画与审美观》对小说中的风俗画进行了多角度的理论分析:其一,风俗画体现社会美。风俗是特定民族、社会、时代的风土人情,具有社会性,是人物性格形成的民族历史土壤,"卓越的风俗画必然包含着社会美的理想性因素"。其二,风俗画体现自然美,"社会环境和自然环境不容分开,风俗画和风景画原来是相因为用的"。其三,风俗画体现艺术美,"风俗画所显示的艺术美,关键在于社会环境的典型性之有无或高低。成功的风俗画应该是情节的有机成分,更应该是典型环境的有机成分"。② 这里的风俗画"三美",其最终指向是民族特色与时代精神。许志英的《从现代小说的风俗画谈起》分析了现代乡土小说的风俗画特征,认为"文学中地方风俗的描写,最容易显示出文学的民族特色"。"文学的民族化必然要求广泛继承和发扬民族文学的优秀传统。但民族化并不仅仅意味着'古已有之'。被一个民族所接受所消融的外来文学因素也可以构成这个民族文学的特色。"③这些都是鲁迅观点的重申,亦可视为对"五四"传统的历史呼应与重续。

　　20 世纪 90 年代,冯骥才将自己写天津都市风俗的小说称之为乡土小说,认为乡土小说要"有意地写出这乡土的特征、滋味和魅力来。表层是风物习俗,深处是人们的集体性格。这性格是一种'集体无意识',是历史文化的积淀所致。写作人还要把这乡土生活和地域性格,升华到审美层面。这种着力凸现'乡土形象'的小说,才称得上乡土小说"④。这种乡土小说其实是一种"地方文学",或者是汪曾祺

---

① 汪曾祺:《谈谈风俗画》,《钟山》1984 年第 3 期。
② 吴调公:《风俗画与审美观》,《钟山》1984 年第 3 期。
③ 许志英:《从现代小说的风俗画谈起》,《钟山》1984 年第 3 期。
④ 冯骥才:《关于乡土小说》,《文学自由谈》1995 年第 1 期。

所说的"风俗画小说"。与冯骥才观点相近的是范伯群。范伯群将书写都市民俗风习的小说视作"都市乡土小说",其理论依据是周作人的"风土的力"。冯骥才与范伯群的观点没有得到学界的响应,聊备一说。

21世纪以来,随着中国乡村社会的快速转型,乡土小说从外形到内质,都发生了不同于以前的颇为显著的变化,生长出许多不容忽视的新质,亦即发生了新的转型,乡土小说理论也亟待新的发展,从而实现中国乡土小说理论和史论的深化与创新。在中国大陆学界和理论界,丁帆对乡土小说理论的新思考与新阐释,拓展了乡土小说的理论空间。丁帆将乡土小说的艺术形态与基本特质概括为"三画四彩",对其文化与审美内涵做了独到而深入的理论阐释。"三画",即风景画、风俗画和风情画;"四彩"即自然色彩、神性色彩、流寓色彩和悲情色彩。① 如贺仲明所言,丁帆的新乡土小说理论"是建立在鲁迅、茅盾等前辈作家和学者的理论基础上,又贯注了作者对当前乡土小说创作现状的崭新思考,是对'乡土小说(文学)'概念的理论提升,也是对乡土小说独特的品格充分的凸显。无论是从内涵的现代性还是外延的严密性,无论是从科学性还是学术性,这一概念都对此前有明确的推进,是乡土小说理论的重要创新和收获"②。

与大陆不同,进入20世纪80年代之后的台湾乡土文学及其理论走向分裂,并在台湾文学本土化、多元化的喧闹中走向沉寂。这与台湾社会的快速现代化、城市化、民主化与自由化等变化有关。台湾政治、经济及城乡人口的变化所带来的社会结构的急剧变化,也使台湾人的思想意识发生了前所未有的复杂变化。就乡土小说理论而言,潜含在20世纪70年代末乡土文学论争中的分歧,演变为"中国意识"与"台湾意识"之间的"统"、"独"之争。陈映真、尉天骢等强调台湾乡土文学的"中国意识",强调"台湾文学"就是"中国文学"的一部分;而"台独"倾向日益凸显的叶石涛、彭瑞金等人,强调独立于"中国意识"之外的"台湾意识",否认"台湾文学"是"在台湾的中国文学"。在分离主义日益泛滥的情势下,台湾乡土文学及其理论已湮没于台湾文坛的"众声喧哗"之中,逐渐失去了自己的身影与声音。

---

① 见丁帆等著《中国乡土小说史》第19—28页,北京大学出版社2007年版。
② 贺仲明:《乡土小说理论的开拓与创新》,《文学报》2007年5月17日第4版。

五、乡土小说理论史的学术建构

中国乡土小说理论经过上述引介与初创、形成与分化、变异与沉寂、复兴与拓展等四个阶段的发展,从无到有,形成具有中国特色的理论体系,这不仅得益于作家的创作经验总结,理论家的理论思考,批评家的批评实践,而且也得益于研究者们的学术建构。在中国乡土小说理论百年发展的每个阶段,都有研究者适时进行历史描述与理论总结。特别是 20 世纪 80 年代以来的 30 多年间,中国乡土小说及其理论发展成为专门的研究领域,以此为志业的研究者对中国乡土小说理论及其发展历史进行了多维度的研究。研究的关注点,集中在名家理论、核心概念、理论源流、演进轨迹、多重关系等几个方面。

在名家理论研究中,最受关注的是周作人、鲁迅、茅盾、沈从文、赵树理、刘绍棠、陈映真等名家的乡土小说理论。所研究的问题主要有五个方面:其一,名家理论的基本构成。被研究得最多也最充分的是周作人、鲁迅和茅盾的乡土文学理论的基本构成,如周作人乡土文学理论的基本构成,被研究者分析概括为四个构成项,即地方主义、自然美、个性和风土。① 对每个构成项,研究者都引经据典地予以分析阐释,发掘其蕴含的理论观念,或注入研究者自己的思想观念。其二,名家理论的思想来源。周作人、鲁迅、茅盾等名家的理论,无疑都是在特定历史时期的独特思考与理论创造,但都不是无源之水无本之木,都有其理论思想来源,如周作人与日本学者柳田国男民俗学的影响关系,鲁迅的"侨寓文学"与丹麦学者勃兰兑斯的"侨民文学"的影响关系,茅盾与美国乡土文学的影响关系。对此,研究者们也进行了沿波讨源式的考辨,从而将中国乡土文学纳入"世界性母题"的宏阔视野中。② 其三,名家理论的异同辨析。周作人、鲁迅、茅盾、沈从文等名家理论之间的联系与区别,也是学界的研究课题,并在研究中形成了一些观点相近的认识。一般认为,

① 余荣虎:《论周作人的乡土文学理论》,《南师大学报(社会科学版)》2008 年第 4 期。
② 丁帆:《作为世界性母题的"乡土小说"》,《南京社会科学》1994 年第 2 期。

周作人、鲁迅和沈从文的乡土文学理论视角是文化,且三人的文化蕴涵是有所不同的;茅盾、赵树理的乡土文学理论视角是政治,但其政治的具体蕴涵也是不同的。还有其他一些理论问题的异同辨析,这里从略。其四,名家理论创造的动机或原因。名家倡导或创造乡土文学理论,各有其原因和动机,探明其原因和动机也是学术研究课题。如周作人提倡乡土文学的理由和根据,严家炎认为有三条,一是"五四"新文学运动是从国外引进的,要在本国土壤上扎根,就必然提倡乡土艺术;二是要克服思想大于形象的概念化弊病,就应提倡本土文学的地方色彩;三是要使中国新文学自立于世界文学之林,就必须发展本土文学,从乡土中展示民族特色。① 其五,名家理论的影响与历史地位。周作人、鲁迅、茅盾、沈从文等名家的乡土文学理论都是有影响的理论,都形成了各自的乡土叙事传统。由于名家理论出现的历史时期不同,影响大小不同,所形成的乡土叙事传统也不同,其在乡土小说发展史和理论史上的地位也是不同的。如何判定其影响与历史地位,也是学界研究的课题,并在研究中形成了一些观点相近的认识。一般认为,周作人最先提倡乡土文学,有首倡之功,同时也是京派文学的开山之祖,后继者有废名、沈从文、汪曾祺等;鲁迅是中国乡土小说的开创者,其基于启蒙立场的乡土文学理论对中国乡土文学创作及其理论的发展产生了深广的影响;茅盾也是中国乡土文学的最早提倡者,其有特定政治文化价值取向的乡土文学理论,对左翼文学产生了深远的影响。概言之,这种"六经注我,我注六经"式的理论研究,将中国文学名家吉光片羽般的乡土小说理论言说,建构成系统性的名家理论,使其成为一种易于传播和学习的理论知识。

中国乡土小说理论的一些核心概念,如"乡土文学"、"乡土小说"、"农民文学"、"乡村小说"、"风土"、"地方色彩"、"异域情调"、"风俗画"等,也是学界研究较多的问题。在所有这些概念中,最核心的概念是"乡土文学"。包括乡土小说在内的乡土文学概念,无论是大陆还是台湾,都是讨论最多歧见最大的问题,至今未能形成共识。就大陆学界而言,主要有两种不同的界定,一是以民俗风习描写为考量标准,凡有风俗画描写且有地方色彩的,不论其书写的是都市生活还是乡村生活,都视作乡土文学。这种理论,始自周作人的地方主义与"风土"说,延至冯骥才、范伯

---

① 严家炎:《中国现代小说流派史》,人民文学出版社 1989 年版,第 43—48 页。

群的"都市乡土文学"观,成为一条贯穿百年的理论流脉。二是以叙事对象为考量标准,凡以农民和乡村生活为书写对象,且有民俗风习描写和地方色彩的,才能视作乡土文学。与此说有交集的概念是"农民文学"、"乡村小说"和"农村题材小说"等。这种理论,始自茅盾 1925 年所作的"乡土小说"定义,迁延至今成为第二条贯穿百年的理论流脉,并且已成为事实上的主流理论。中国最具代表性的乡土文学史著作,如陈继会的《理性的消长:中国乡土小说综论》(1989)、丁帆的《中国乡土小说史论》(1992)、朱晓进的《"山药蛋派"与三晋文化》(1995)等,均以书写农民和乡村生活的小说为研究对象,书写都市生活的不在讨论之列。

　　中国乡土小说理论,是在复杂多变的历史文化语境与地缘政治语境中发生发展的,其贯穿百年的两条理论流脉,不论是哪一条,都涉及历史与现实的多方面关系:其一,"本土化"与"西化",这是包括台湾文学在内的中国新文学的发展难题。对此,有各种不同的理论与主张。最有影响的是周作人解决难题的理论思路,就是提倡乡土文学,借以促使新文学在本国土壤中扎根。这种理论在不少后来者那里得到了继承和发展。其二,"地域性"与"世界性",与之相关的有"地方性"与"世界性"、"民族性"与"世界性"等。对此,也有各种不同的理论观点,最有影响的是周氏兄弟的理论观点。周作人认为,"强烈的地方趣味也正是'世界的'文学的一个重大成分"[1];鲁迅亦言:"现在的文学也一样,有地方色彩的,倒容易成为世界的,即为别国所注意。"[2]这种观点影响深广。其三,文化与政治,是中国乡土小说理论的两种视角或曰价值取向。在近 30 多年的理论研究中,有影响的观点有两种,一是认为周作人、鲁迅和沈从文的乡土文学理论视角是文化的,茅盾、赵树理等人的乡土文学理论视角是政治的;二是认为大陆的乡土小说及其理论的演进轨迹是文化—政治—文化。[3] 其四,乡土意识、民族意识与中国意识,三者间的复杂关系在台湾乡土文学理论中表现得最为突出。日据时期的台湾乡土文学理论中的"乡土意识"、"台湾意识"是一种反抗日本殖民统治的"民族意识"和"中国意识";出现在 20

---

　　① 周作人:《〈旧梦〉序》,《晨报副镌》1923 年 4 月 12 日。
　　② 鲁迅:《致陈烟桥》(1934 年 4 月 19 日),《鲁迅全集》(12),人民文学出版社 1981 年版,第 391 页。
　　③ 参见丁帆《五四以来"乡土小说"的阈定与蜕变》(《学术研究》1992 年第 5 期)、陈继会《概念嬗变在文学批评中的意义》(《中州学刊》1996 年第 2 期)等文章的相关论述。

世纪 70 年代末乡土文学论争中的"台湾意识"出现分裂，一种继续归属于"中国意识"，另一种则演变成为分离主义的"台独意识"。其五，城市与乡村，学界一般认为，以农民和乡村生活为书写对象的乡土小说是以现代城市文明为参照的，若失去现代城市文明这个参照系，现代乡土小说就失掉了应有的意义。丁帆即言："只有社会向工业时代迈进时，整个世界和人类的思维发生了革命性变化后，在两种文明的冲突中'乡土文学'才显示出其意义。"①

———————

① 丁帆：《作为世界性母题的"乡土小说"》，《南京社会科学》1994 年第 2 期。

乡土小说理论的引介与初创

《黄蔷薇》序

周作人

育珂摩耳(Jókai Mór，1825—1905)匈加利人，卒业于巴波大学，为法学博士。一八四八年匈加利革命，与诗人裴象飞(Petöfi)共预其事，裴象飞战死，育珂仅以身免。二十年后，独立告成，乃被选为众议员，在职者三十年。育珂生涯虽多涉政治，而甚嗜艺文，著作至二百数十卷，大抵为历史小说，属传奇派，人皆称之曰匈加利之司各得(Scott)，而作者自言，则志在法之于俄(Hugo)也。戊申五月余曾译"Egy az Isten"一卷，易名《匈奴奇士录》，印行于世，顾尤爱其"A Sárga Rózsa"，辄复翻为华言，并存原题，曰《黄蔷薇》。是书一八九三年作，育珂年已六十九矣。文学史家贝谛(Beothy Zsolt)评骘素严，乃极称许之，谓足以永作国民文学之华饰云。书之体式，取法于牧歌。牧歌(Eidyllia，idyll)者始于希腊，相传佃牧女神(Artemis)祭日，牧人吟诗竞胜，是其滥觞，至谛阿克列多斯(Theokritos)(生基督三百余年前)始著为文。初本诗歌，后嬗衍成小说，叙农牧生活，二世纪中朗戈斯(Longos)著《列色波思故事》(Lesbiaka)四卷最胜。文艺复兴后，传入欧洲，一时牧歌小说(Pastoral)盛行于世，至十八世纪而衰。育珂生传奇之世，多思乡怀古之情，故推演史事者既多，复写此以为故乡纪念，源虽出于牧歌，而描画自然，用理想亦不离现实，则较古为胜，实近世乡土文学之杰作也。书中所言阿尔拂德，为纯粹摩陀尔(Magyar)种人所居地，平原广远，介帖萨、多瑙二川间，帖萨者即退伊思，匈加利有此，犹俄国之有伏尔伽大川，古今文人往往取材于此。诃多巴格即临其流，其地风俗物色，皆极瑰

异,育珂少时久居其乡,故能言之甚晰。奥匈人赖息(Emil Reich)著《匈加利文学史论》,有云:

平原(Puszta)之在匈加利者,数凡三千,而夺勃来钦左近之诃多巴格最有名,常见于裴象飞吟咏。诸平原为状,各各殊异:或皆田圃,植大麦烟草,苴粟成林;或为平芜下隰,间以池塘;且时或茂密,时或荒寒,时或苍凉,时或艳美。……旅人先过荒野无数,渐入一市,当见是中人物如绘,咸作大野景色。有村人甚谨厚,其妇称小天(Mennyecske)(匈加利妇人之尊称),便给善言。又有羊豕牛马之牧者,衣饰不同,人亦具诸色相。牧羊人(Bojtár)在草野间,视羔羖一大队。性温和,善音乐,且知秘密医方。盖所牧羊或病,辄自择草食之,旋愈,牧者审谛,因以博识草木,熟习天然,类术士焉。牧牛者(Gulyás)掌大物牝牡,秉彝因野莽好斗,怒牛奔突欲入泽,辄与之角,又斗原上窃牛之贼。牧豕者(Kondas)最下,性阴郁不得意,又善怒,易流为盗。惟牧马者(Csikós,译音什珂)最胜,日引多马,游食草原之上。筝与箫为匈加利乐器,马亦匈加利国兽。谚有云:“摩陀尔人天生居马上(Lóra termetta Magyar)也。”乡人贵胄,无不善骑,其爱马亦至。故诗人亦以之入诗,不异亚剌伯人。牧马者勇健敏捷,长于歌舞,能即兴赋诗。生与马相习,所以御马与马盗之术皆晓彻,披绣衣,广袪飘扬,又年少英武,女郎多爱慕之。第众中最奇特者,莫如可怜儿(Szegény Lesény),即原上暴客。世传其事,多吊诡之趣。盖人谓其违法逆经,必缘败北于人世,或伤于爱恋故也。若夫景色之胜,则为海市(Déli báb)。每届长夏,亭午溽暑,空中往往见城寨楼塔、大泽山林之象,光辉朗然。行人遇之,如入仙乡,而顷刻尽灭,不留踪影。为匈加利平原者盖如此。(第二十七章《裴象飞论》)

此说匈加利原野情状、牧圉生涯至为清楚,可作本书注解,因并译录之。

岁在庚戌十二月,译者记。

(录自周作人著《苦雨斋序跋文》,上海天马书店1934年版,第9—12页)

"地方色"

茅　盾

　　地方色（Local colour）——就是地方底特色。一处的习惯风俗不相同，就一处有一处底特色，一处有一处底性格即个性。同是上海，福开森路便同四马路两样。这便是彼等底地方色。

（原载《民国日报》1921 年 5 月 31 日副刊《觉悟》）

评四、五、六月的创作

郎　损

从四月到六月，又已三个月了，这三个月中的创作，有小说一百二十多篇，剧本八篇，——不用说，这仅就我已见过的而论——比起春季三个月中的出产，多了三分之一，在"量"上确是进步了。

我相信"有什么样的社会背景便会产生出什么样的文学"，以中国现时的社会背景而论，便有数十种不同方面的创作来描写社会的各方面，也还怕不够。区区这百数十篇的东西，若果是每篇描写每一方面，总还算过得去；但不幸不能这样办到。所以虽然数目已是一百以上了，不谓不多，而究竟不能对于现在这创作坛不感着寂寞。这些创作是否都有生命，还是第二个问题哩。

从这一点着想，我就觉得当今批评创作者的职务不重在指出这篇好，那篇歹，而重在指出：（一）现在的创作坛（从事创作的人们）所忽略的是哪方面，所过重的是哪方面；（二）在这过重的方面，——就是多描写的那方面——一般创作家的文学见解和文学技术已到了什么地步。因此我也就改变了批评春季创作的旧例，另用一个方法来做成眼前的工作。

这方面就是先来类别这三个月里的创作，显出他们各所描写的社会背景的一角，然后再去考察同属于一类的创作，有什么共同色彩与中心思想，描写的技术又有几种不同的格式。这工作看来不是我的能力所及，但现在既没有人做这件事，我来勉强试做一下，想来也不妨。

就手头已有的材料归纳起来,大约下面那几类是可以分的:

(A) 描写男女恋爱的

(B) 描写农民生活的

(C) 描写城市劳动者生活的

(D) 描写家庭生活的

(E) 描写学校生活的

(F) 描写一般社会生活的

上面一共是六类,亦不谓不多了;但一看每类下各有几篇,便显出不普遍的毛病来了。这六类下所属的篇数是:

(A) 七十篇以上	(D) 九篇
(B) 八篇	(E) 五篇
(C) 三篇	(F) 二十篇左右

看了上面的表,可知描写男女恋爱的创作独多,竟占了全数过半有强! 最少的却是描写城市劳动者生活的创作,只有三篇,描写农民生活的创作也只有八篇,但比起(C)类来,已经多了一倍。(F)类的二十多篇中,切切实实描写一般社会生活的,还是少数,可以归到(A)类里去的,还是多数。(D)类描写家庭生活的,实在仍是描写男女关系的作品。所以竟可说描写男女恋爱的小说占了百分之九十八呢。

我们只看上面的分类表便可以推想出我们这社会内的大概状况。(一)知识阶级中人和城市劳动者,还是隔膜得厉害,知识界人不但没有自身经历劳动者的生活,连见闻也有限,接触也很少;(二)一般青年对于社会上各种问题还不能提起精神注意,——换句话说,就是他们的眼光还不能深入这些问题——而只有跟着性欲本能而来的又是切身的恋爱问题能刺激他们;(三)从传统主义的束缚里解放出来,因了个人主义的趋势,特流于强烈的享乐主义的倾向。这三层实在就是现社会生活的偏点,看了现在的创作便立刻可以感得的。

如果再进一层,把(A)(B)(C)……各类的创作各自地归纳起来,便又可见他们对于描写的对象大概是抱了同一的见解和态度的,他们的描写法也是大概相同的,他们的作品都像是一个模型里铸出来的。

我们先把数目最多的(A)类创作归纳起来,便只有二种不同的形式:

(1)男女两人的恋爱因为家庭关系不能自由达到目的,结果是悲剧居多。

(2)男女两人双方没有牵制可以自由恋爱了,然或因男多爱一女,或因女多爱一男,便发生了三角式的恋爱关系,结果也是悲剧居多。

这两种格式几乎包括尽了现在的恋爱小说;如果仅仅是这格式上的类似,倒还罢了。不幸他们所创造的人物又都是一个面目的,那些人物的思想是一个样的,举动是一个样的,到何种地步说何等话,也是一个样的。不但书中人物不能一个有一个的个性,竟弄成所有一切人物都只有一个个性,这样的恋爱小说实在比旧日"某生某女"体小说高得不多。如果文学是人生的反映,创作家是直接从人生中取材料来的,那我可以说这些创作一定不是作者自身经历的结晶(因为个人的经验不会人人相同至于如此),却是摹拟的伪品。为创作而创作,实是当今大多数创作者的一个最大的毛病;现在的许多恋爱小说便是个极好的例证。

同样的无经验的非科学的描写也见于(B)(C)(D)……诸类的创作里。描写劳动者生活的作品显然和劳动者的实际生活不符;不但口吻——我以为口吻是比较的难写的——不像,连举动身份都不称。如果创作者平日确曾和劳动者接触过的,当不至隔膜如此!再看(B)类描写农民生活的作品,也显出"不是个中人自道"的缺点来,就我已见的五篇看来,圣陶的《晓行》(《时事新报·余载》,转录《晨报》),似乎最熨帖,但可惜是《猎人日记》体的笔记,不是直捷画出两个农夫,几个农妇来;辛生的《一条命二十串钱》(《民国日报·平民》)和泽华的《老农妇底的谈话》(同上)也都有这缺点,描写更不及《晓行》熨帖,自然更减色。苏兆骧的《蚕娘》(《民国日报·觉悟》五月二十六日)很能描写出农民生活的一片段,就只差表现力不强。至于把农民生活的全体做创作的背景,把他们的思想强烈地表现出来,如鲁迅去年发表的《风波》(见《新青年》七卷五号),在这三个月里是寻不出了。

就实在的情形而论,现今从事创作者和农民生活倒还时常有点接触,做起小说来,应该比描写劳动者生活的作品要好一些;不谓比较成绩,两者还是相差不远。这恐怕是近年来文学界提倡赞美"自然美"的流弊。因为有了一个赞美"自然美"的成见放在胸中,所以进了乡村便只见"自然美",不见农家苦了!我就不相信文学的使命是在赞美自然!

照目前情形而论，竟可以断定：凡从事创作者都是"学界"中人。那么创作者描写自己环境的作品总应该是既多而且好了。我们看了上面的表，已知这类创作并不多；再把这五篇来细看，又知并不都好。像圣陶的《一课》（《晨报》五月十七日）是个"尖儿"，不可多得的，其余便无足观（《小说月报》六号登过的《堕落》也还自然）。此方面的创作何以如此不发达，真叫人百思不解啊。

过去的三个月中的创作我最佩服的是鲁迅的《故乡》（《新青年》九卷一号）。现在我冒昧来说几句读了《故乡》后的感想，说的不见得就对，请著者和读者都要严格地审查一下。

我觉得这篇《故乡》的中心思想是悲哀那人与人中间的不了解、隔膜。造成这不了解的原因是历史遗传的阶级观念。《故乡》中的"豆腐西施"对于"迅哥儿"的态度，似乎与"闰土"一定要称"老爷"的态度，相差很远；而实则同有那一样的阶级观念在脑子里。不过因为两人的生活状况不同，所以口吻和举动也大异了。但著者的本意却是在表出"人生来是一气的，后来却隔离了"这一个根本观念；"那西瓜地上的银项圈的小英雄的影象，我本来十分清楚，现在却忽地模糊了；又使我非常地悲哀。"这是作者对于"现在"的失望，但"我们的后辈还是一气，……我希望他们不再像我，又大家隔膜起来……"作者对于将来却不曾绝望："然而我又不愿意他们因为要一气，都如我的辛苦展转而生活，也不愿意他们都如闰土的辛苦麻木而生活，也不愿意如别人的辛苦恣睢而生活。他们应该有新的生活，为我们所未经生活过的。"我很盼望这"新生活"的理想也因为"走的人多了，也便成了路"。

《故乡》而外，这三个月中又有几篇短的感想小说，我也很爱；举个例来说，如晨曦的《不幸的鸡》（《晨报》四月二十五日）。但如《什么都不》（《时事新报·余载》六月一日）一篇却觉得不好；此篇描写的是一个疯子，但末后疯子说的一大段话，竟没有丝毫的疯气。

时间不使我详详细细做一点，只得拿这一点薄弱的意见与读者讨论，我很抱歉；我对于现今创作坛的条陈是"到民间去"；到民间去先经验了，先造出中国的自然主义文学来。否则，现在的"新文学"创作要回到"旧路"。

　　但我却倒并没有因为这三个月中的恋爱小说太多,而存了"我殊厌闻之矣"的念头,我承认凡是忠实表现人生的作品,总是有价值的,是需要的。我对于现今的恋爱小说不满意的理由,却因为这些恋爱小说也都不是自然主义的文学作品。

　　　　　　　　　　　(原载 1921 年 8 月 10 日《小说月报》第 12 卷第 8 号)

　　　　(录自《茅盾全集》第 18 卷,人民文学出版社 1989 年版,第 131—136 页)

《旧梦》序

周作人

大白先生的《旧梦》将出版了,轮到我来做一篇小序。我恐怕不能做一篇合式的序文,现在只以同里的资格来讲几句要说的话。

大白先生我不曾会见过,虽然有三四年同住在一个小城里。但是我知道他的家世,知道他的姓名——今昔的姓名,知道他的学业。这些事我固然知之不深,与这诗集又没有什么大关系,所以不必絮说,但其中有应当略略注意者,便是他的旧诗文的功夫。民国初年,他在《禹域新闻》发表许多著作,本地的人大抵都还记得;当时我的投稿里一篇最得意的古文《希腊女诗人》(讲 Sappho 的文章),也就登在这个报上。过了几年,大白先生改做新诗,这部《旧梦》便是结果,虽然他自己说诗里仍多传统的气味,我却觉得并不这样,据我看来,至少在《旧梦》这一部分内,他竭力的摆脱旧诗词的情趣,倘若容我的异说,还似乎摆脱的太多,使诗味未免清淡一点,——虽然这或者由于哲理入诗的缘故。现在的新诗人往往喜学做旧体,表示多能,可谓好奇之过。大白先生富有旧诗词的蕴蓄,却不尽量的利用,也是可惜。我不很喜欢乐府调词曲调的新诗,但是那些圆熟的字句在新诗正是必要,只须适当的运用就好,因为诗并不专重意义,而白话也终是汉语。

我于别的事情都不喜讲地方主义,唯独在艺术上常感到这种区别。大白先生是会稽的平水人,这一件事于我很有一种兴味。当初《禹域新闻》附刊《章实斋文集》、《李越缦日记抄》之类,随后订为《禹域丛书》,我是爱读者之一,而且自己也竭力收罗清朝越中文人的著作,这种癖性直到现在还存留着。现在固未必执守乡曲之见去做批评,但觉得风土的力在文艺上是极重大的,所以终于时常想到。幼时到过平水,详细的情形已经记不起了,只是那大溪的印象还隐约的留在脑里。我想起兰亭、鉴湖、射的、平水、木栅那些地方的景色,仿佛觉得朦胧地聚合起来,变成一幅"混合照相"似的,各个人都从那里可以看出一点形似。我们不必一定在材料上有明显的乡土的色彩,只要不钻入哪一派的篱笆里去,任其自然长发,便会到恰好的地步,成为有个性的著作。不过我们这时代的人,因为对于褊隘的国家主义的反动,大抵养成一种"世界民"(Kosmopolites)的态度,容易减少乡土的气味,这虽然是不得已却也是觉得可惜的。我仍然不愿取消世界民的态度,但觉得因此更须感到地方民的资格,因为这二者本是相关的,正如我们因是个人,所以是"人类一分子"(Homarano)一般。我轻蔑那些传统的爱国的假文学,然而对于乡土艺术很是爱重,我相信强烈的地方趣味也正是"世界的"文学的一个重大成分。具有多方面的趣味,而不相冲突,合成和谐的全体,这是"世界的"文学的价值,否则是"拔起了的树木",不但不能排到大林中去,不久还将枯槁了。我常怀着这种私见去看诗文,知道的因风土以考察著作,不知道的就著作以推想风土;虽然倘若固就成见,过事穿凿,当然也有弊病,但我觉得有相当的意义。大白先生的乡土是我所知道的,这是使我对于他的诗集特别感到兴趣的一种原因。

我不能说大白先生的诗里有多大的乡土趣味,这是我要请他原谅的。我希望他能在《旧梦》里更多的写出他真的今昔的梦影,更明白的写出平水的山光,白马湖的水色,以及大路的市声。这固然只是我个人的要求,不能算作什么的,——而且我们谁又能够做到这个地步呢。我们生在这个好而又坏的时代,得以自由的创作,却又因为传统的压力太重,以致有非连着小孩一起便不能把盆水倒掉的情形,所以我们向来的诗只在表示反抗而非建立,因反抗国家主义遂并减少乡土色彩,因反抗古文遂并少用文言的字句:这都如昨日的梦一般,还明明白白的留在我的脑里,——留在自己的文字上。

以上所说并不是对于大白先生的诗的批评,只是我看了《旧梦》这一部分而引起的感想罢了。读者如想看批评,我想最好去看那卷首的一篇"自记",——虽然不免有好些自谦的话。因为我想,著者自己的话总要比别人的更为可信。

(原载 1923 年 4 月 12 日《晨报副镌》)

地方与文艺

周作人

中国人平常都抱着地方主义，这是自明的事实。最近如浙江一师毒饭事件发生后，报上也载有死者的同乡会特别要求什么立碑建祠，正是一个好例。在现今这样的时势之下，再来提倡地方主义的文艺，未免心眼太狭了，决不是我的本意。我所要说的，只是很平凡的话，略说地方和文艺的关系罢了。

风土与住民有密切的关系，大家都是知道的：所以各国文学各有特色，就是一国之中也可以因了地域显出一种不同的风格，譬如法国的南方"普洛凡斯"的文人作品，与北法兰西便有不同，在中国这样广大的国土当然更是如此。这本是不足为奇，而且也是很好的事。我们常说好的文学应是普遍的，但这普遍的只是一个最大的范围，正如算学上的最大公倍数，在这范围之内，尽能容极多的变化，决不是像那不可分的单独数似的不能通融的。这几年来中国新兴文艺渐见发达，各种创作也都有相当的成绩，但我们觉得还有一点不足。为什么呢？这便因为太抽象化了，执着普遍的一个要求，努力去写出预定的概念，却没有真实地强烈地表现出自己的个性，其结果当然是一个单调。我们的希望即在于摆脱这些自加的锁纽，自由地发表那从土里滋长出来的个性。

现在只就浙江来说罢。浙江的风土，与毗连省份不见得有什么大差，在学问艺术的成绩上也是仿佛，但是仔细看来却自有一种特性。近来三百年的文艺界里可以看出有两种潮流，虽然别处也有，总是以浙江为最明显，我们姑且称作飘逸与深刻。第一种如名士清谈,庄谐杂出,或清丽,或幽玄,或奔放,不必定含妙理而自觉可喜。第二种如老吏断狱,下笔辛辣,其特色不在词华,在其着眼的洞彻与措语的犀利。在明末时这种情形很是显露,虽然据古文家看来这时候文风正是不振,但在我们觉得这在文学进化上却是很重要的一个时期,因为那些文人多无意的向着现代语这方向进行,只是不幸被清代的古学潮流压倒了。浙江的文人略早一点如徐文长,随后有王季重张宗子都是做那飘逸一派的诗文的人物;王张的短文承了语录的流,由学术转到文艺里去,要是不被间断,可以造成近体散文的开始了。毛西河的批评正是深刻一派的代表。清朝的西泠五布衣显然是飘逸的一派,袁子才的声名则更是全国的了,同他正相反的有章实斋,我们读《妇学》很能明白他们两方面的特点,近代的李莼客与赵益甫的抗争也正是同一的关系。俞曲园与章太炎先生虽然是师弟,不是对立的时人,但也足以代表这两个不同的倾向。我们不作文学史的严密的研究,只是随便举出一点事实以为一例。

　　大抵不是什么派的道学家或古文家,较少因袭的束缚,便能多少保全他的个性,他的著作里自然地呈现出这些特色。道学家与古文家的规律,能够造出一种普遍的思想与文章,但是在普遍之内更没有别的变化,所以便没有艺术的价值了。这一件事实在足以给我们一个教训,因为现在的思想文艺界上也正有一种普遍的约束,一定的新的人生观与文体,要是因袭下去,便将成为新道学与新古文的流派,于是思想和文艺的停滞就将起头了。我们所希望的,便是摆脱了一切的束缚,任情地歌唱,无论人家文章怎样的庄严,思想怎样的乐观,怎样的讲爱国报恩,但是我要做风流轻妙,或讽刺谴责的文字,也是我的自由,而且无论说的是隐逸或是反抗,只要是遗传环境所融合而成的我的真的心搏,只要不是成见的执着主张派别等意见而有意造成的,也便都有发表的权利与价值。这样的作品,自然的具有他应具的特性,便是国民性,地方性与个性,也即是他的生命。

　　我们不能主张浙江的文艺应该怎样,但可以说他总应有一种独具的性质。我们说到地方,并不以籍贯为原则,只是说风土的影响,推重那培养个性的土之力。尼采在《察拉图斯忒拉》中说,"我恳愿你们,我的兄弟们,忠于地"。我所说的也就是这"忠于地"的意思,因为无论如何说法,人总是"地之子",不能离地而生活,所以忠于地可以说是人生的正当的道路。现在的人太喜欢凌空的生活,生活在美丽而空虚的理论里,正如以前在道学古文里一般,这是极可惜的,须得跳到地面上来,把土气息泥滋味透过了他的脉搏,表现在文字上,这才是真实的思想与文艺。这不限于描写地方生活的"乡土艺术",一切的文艺都是如此。或者有人疑惑,我所说的近于传统主义,便是中国人最喜欢说的国粹主义。我答他说,决不。我相信,所谓国粹可以分作两部分,活的一部分混在我们的血脉里,这是趣味的遗传,自己无力定他的去留的,当然发表在我们一切的言行上,不必等人去保存他;死的一部分便是过去的道德习俗,不适宜于现在,没有保存之必要,也再不能保存得住。所以主张国粹只是说空话废话,没有一顾的价值。近来浙江也颇尽力于新文学,但是不免有点人云亦云的样子,我希望以后能够精进,跳出国粹乡风这些成见以外,却真实地发挥出他的特性来,造成新国民文学的一部分。

一九二三年三月二十二日

（为杭州《之江日报》十周纪念作）

（录自周作人著《谈龙集》,河北教育出版社 2002 年版,第 10—13 页）

文学的环境

王伯祥

穷而后工这句话，在中国文学的评坛上是常听得到的一句陈腐不过的老调。然而像我这样观察力薄弱的人看来，却还相信这话有几分之几的真理存在着。因为我相信文学的精神只在丰富的情感的表现，如果离了这个条件，文学的内容还有什么，所以我更相信这涵养情感的环境于文学的本质有莫大的影响。平淡的环境，决激不起强烈的情感，我们在很安稳地度日中可以体验得来。那么要想情感常常能够兴奋，当然有待于环境的变化了。

所谓穷而后工的"穷"，不一定就是困顿颠踣，不一定就是没有钱使，不过境地不大顺利，精神上常感反应的一种境界罢了。原来人们的情感，正像潜伏地下的泉源，只要常境变动了，自然会激荡流动的。常境变动得愈厉害，它的流动也愈剧烈，甚至喷薄缤纷，化成飞沫四溅的涌泉呢。这四溅的飞沫如果映在温煦的日光之下，固然幻成极美丽的虹彩，使看见的个个欣赏叹美；即使郁藏在幽森的岩壑里，映不到一切任何的光明，它还是依旧在那里振动它自然的音浪，也许感动了一般偶然听到声息的人。这便是我所相信的一条文学的线路。

这条被认定的线路，我总自信不是无根的臆说。且就中国历史上随便刺取一些事实来做个佐证：譬如汉唐盛时，自然是承平之世，所谓文学之士也自然前后辈出，辉映一时了。然而一览两京的名赋和燕许的手笔，真令人有奇异的怪感，因为他们为庙堂装点，为自己摆架，确是渊渊乎盛世之音，但仅为一种鸣盛的工具，自己实际的意味便了无所得了。我们倒想看看所谓乱离之世是怎样呢。五胡大闹中原的时候，大家不都知道是个黑暗时代么？乱得这样厉害，似乎没有从容抒写的机会了，然而尚有胡义周刘延明等一辈边鄙的作家见称于后来修史的令狐德棻，可见王褒庾信之外，一定还有不少的无名作家呢。又如唐亡之后宋兴以前的五十多年，大家都知道是四分五裂的乱五代，那时中国纷乱的现象，比五胡捣乱的当儿还要扩大，简直没有什么清明的政治和安宁的社会可说，但是文学家的产生却特别众多，如南唐的中主、后主、徐铉、冯延巳，吴越的罗隐，蜀中的韦庄、牛峤、释贯休、杜光庭等，不都是震名后世的作家么？若把时间距离来与汉唐作个比例，这时候，恐怕要算文学很发达的时期了。更看后来的元朝，番僧横行，赋敛苛求，我们粗粗一想，一定会想到这时的人们为生活欲所包，真是求生不遑，哪里会有闲情来做这无聊的文学的。孰知关汉卿、马致远、王实甫等一辈作家，会造出妙美的曲子，树立平民文学的大旗，是何等的魄力！比了那些献赋上颂，勒碑刻铭的工作，应当有怎样的评价！

因此，我所相信的那条线路，还不致有盲人瞎马的冒失罢！

[原载 1923 年 9 月 10 日《文学》(原名《文学旬刊》) 第 87 期]

文学与地域

王伯祥

文学的流变是以时代为根据的，所以一时代有一时代的风气，自然会得表现一种特殊的精神。譬如春秋的宴会，往往彼此歌诗，藉以见志；两汉的文人，每多作赋献颂，抒情达意；六朝的无名作家，竞传乐府新声；唐代的朴实学者，提倡古文运动；哪一桩不可以看出文学的时代精神？乃至宋词，元曲和明清的传奇，更可见积渐变迁的倾向，这不是明明白白的痕迹吗！

这些情形，便是所谓纵的流变，凡稍治文学史的，都能看得出来，本不是什么难解答的问题。然而文学的发生和进展，与当地的社会背景有很密切的关系，不但纵的方面一时代有一时代的精神，而且横的方面也一地域有一地域的特色。正像满园的花草，它那发苗抽条舒叶开花的顺序，固然一步一步地依着时令逐渐进行；但是它感受到的天然阳光总有向背，人工培壅或有厚薄，便足令它进行的时期先后参差了。何况盆栽与地植不同，不更可以见出畸形的发达吗！那么，文学进展的过程——纵的流变——上，当然要受①到地域的限制——横的区别——竟是一件显而易见的事实，无论谁都不能否认了。但在传统的中国文学评坛上，很少看见注意及此的论调，反只见那些气韵神味等笼统字样被人用做往复批评的工具，岂不可怪！然而我在《汉书·地理志》上却找到好几条地方文学各有特征的例子，于是我

---

① 说明：原文为"蒙"，录入时校改为"受"。

信二千年前的文学批评家倒很能注意产生文学的环境呢。如记秦地的风俗说，

> ……昔后稷封氂，公刘处豳，太王徙邠，文王作酆，武王治镐，其民有先王遗风，好稼穑，务本业，故《豳诗》言农桑衣食之本甚备。……

又说，

> ……天水、陇西，山多林木，民以板为室屋；及安定、北地、上郡、西河皆迫近戎狄，修习战备，高上气力，以射猎为先。故秦诗曰"在其板屋"；又曰"王于兴师，修我甲兵，与子偕行"；及《车辚》，《四载》，《小戎》之篇，皆言车马田狩之事。……

又说，

> ……巴蜀广汉本南夷，秦并以为郡；土地肥美，有江水沃野山林竹木疏食果实之饶。……景武间，文翁为蜀守，教民读书法令，未能笃信道德，反以好文刺讥，贵慕权势。及司马相如游宦京师诸侯，以文辞显于世，乡党慕循其迹。后有王褒，严遵，扬雄之徒，文章冠天下，繇文翁倡其教，相如为之师。……

他记魏地的风俗，说，

> ……河内本殷之旧都，周既灭殷，分其畿内为三国，诗风邶庸卫国是也。……故邶庸卫三国之诗相与同风：邶诗曰，"在浚之下"；庸曰，"在浚之郊"；邶又曰，"亦流于淇"，"河水洋洋"；庸曰，"送我淇上"，"在彼中河"；卫曰，"瞻彼其奥"，"河水洋洋"。……

又说，

······河东土地平易，有盐铁之饶，······诗风唐魏之国也。······其民有先王遗教，君子深思，小人俭陋；故唐诗《蟋蟀》,《山枢》,《葛生》之篇曰，"今我不乐，日月其迈"；"宛其死矣，它人是媮"；"百岁之后，归于其居"；皆思奢俭之中，念死生之虑。······

记韩地的风俗说，

······郑桓公死，其子武公与平王东迁，卒定虢会之地；右雒左泲，食溱洧焉。土陿而险，山居谷汲，男女亟聚会，故其俗淫：郑诗曰，"出其东门，有女如云"；又曰，"溱与洧，方灌灌兮；士与女，方秉菅兮；恂盱且乐，惟士与女，伊其相谑"；此其风也。······

又说，

······陈国，今淮阳之地。······妇人尊贵，好祭祀，用史巫，故其俗(好)巫鬼：陈诗曰，"坎其击鼓，宛丘之下，亡冬亡夏，值其鹭羽"；又曰，"东门之枌，宛丘之栩，子仲之子，婆娑其下"；此其风也。······

记齐地则说，

······齐地，······以封师尚父，是为太公；诗风齐国是也。临菑，名营丘，故齐诗曰，"子之营兮，遭我虖巇之间兮"。又曰："竢我于著乎而"；此亦其舒缓之体也。······

记卫地则说，

······卫地有桑间濮上之阻，男女亦亟聚会，声色生焉，故俗称郑卫之音。······

吴地的风俗，尤足见社会情形影响到文学的真切，他说，

> ……寿春合肥受南北湖皮革鲍木之输，亦一都会也。始，楚贤臣屈原被谗放流，作离骚赋以自伤悼；后有宋玉，唐勒之属，慕而述之，皆以显名。汉兴，高祖王兄子濞于吴，招致天下之娱游子弟，枚乘，邹阳，严夫子之徒，兴于文景之际；而淮南王安亦都寿春，招宾客著书；而吴有严助，朱买臣，贵显汉朝，文辞并发；故世传楚辞。……

凡此所述，触处可以看出一地的社会背景自然产生一地的特种文学来。因此，我们要寻究文学流变的趋势，不能只认时代的共相而把各地域的差别相完全抛却了不管的。

（原载 1923 年 9 月《文学》周刊第 89 期）

"乡土艺术"、"乡土小说"、"地方色彩"①

茅 盾

乡土艺术（Heimatkunst）

乡土艺术一名在一八九五年以后始见于世界文坛。描写田园风景之文艺，由来已久；但此所谓乡土艺术则别有新义。据德人里奄哈尔德之言，乡土艺术运动之所以发生，非缘近代都会文学之反动，而实基于人类之自然的要求。里氏以为近代都会中人之人格只作片面的发展，实为病的现象，惟曰与自然界亲近之乡人之人格方有多面发展之可能；乡土艺术者，即以表现此健全人格为目的之文学也。里氏为乡土艺术运动之中心人物，其自述如此。但一般批评家则以为乡土艺术实亦近代都市文学之反动；久居都市之人，常厌都市之繁扰，而慕乡村之平静，缘是"望乡心"，乃生所谓"乡土艺术"也。

---

① 作于 1925 年夏秋，未发表过。人民文学出版社 2001 年版《茅盾全集：外国文论三集（第三十一卷）》据作者手稿编入。

乡土小说（Dialect Novel）

叙述乡村人生，以乡村风物为背景，并用各乡方言为书中人物之口语者，曰乡土小说。

地方色彩（Local Colour）

文学作品有描写一地方之特殊风俗与景物者，此特殊之风俗与景物即名为"地方色彩"。例如文学批评家常言某某作家之作品带有某处之地方色彩，意即谓其多描写某处之特别风俗与景物也。

（录自《茅盾全集》第 31 卷，人民文学出版社 2001 年版，第 348—349 页）

说 梦

废 名

S笑我的一枝秃笔，我可觉得很哀，我用他写了许多字。

我想，倘若我把我每篇文章之所以产生，写出来，——自然有些是不能够分明的写出来的，当是一件有意义的事，或者可以证明厨川白村氏的许多话。好比我写《河上柳》，是在某一种生活之中，偶然站在某地一棵杨柳之下；《花炮》里的《诗人》，是由某地起感。我的朋友J曾怂恿我这样做，但这又颇是一件寂寞的事呵。

记得什么人有这样意思的话：要多所忘却。真的，我忘却的东西真不少，都随着我过去的生命而逝去了。我当初是怎样的爱读《乡愁》、《金鱼》（俱见周作人先生《现代日本小说集》）这类作品，现在我连翻也不翻他一翻。我的抄本上还留下了不少的暗号，都是写《竹林的故事》时预备写的题材，现在我对着他们，正如对着一位死的朋友，回忆他的生前，哀伤着。《竹林的故事》、《河上柳》、《去乡》，是我过去的生命的结晶，现在我还时常回顾他一下，简直是一个梦，我不知这梦是如何做起，我感到不可思议！这是我的杰作呵，我再不能写这样的杰作。

我当初的天地是很狭隘的，在这狭隘的一角却似乎比现在看得深。那样勤苦的读人家的作品的欢喜，自己勤苦的创作的欢喜，现在觉得是想象不到的事了。但我现在依然有我的欢喜，此时要我进献于人，我还是高兴进献我现在的欢喜。不过我怕敢断定——断定我是进步了。

我曾经为了《呐喊》写了一篇小文，现在我几乎害怕想到这篇小文，因为他是那样的不确实。我曾经以为他是怎样的确实呵，以自己的梦去说人家的梦。

我此刻继续写《无题》，我也还要写《张先生与张太太》这类东西。就艺术的寿命说，前者当然要长过后者，而且不知要长过几百千年哩。但他们同是我此刻的生命，我此刻的生命的产儿，有时我更爱惜这短命的产儿。好罢，我愿我多有这样的产儿，虽然不久被抛弃了，对于将来的史家终是有一点用处的。（附说一句：我对于梅兰芳君很觉歉仄，因为《张先生与张太太》那篇文章里我提起了梅君的名字，梅君那样的操业是只能引起我的同情的。）

我的脾气，诚如我的哥哥所说，非常急躁，最不能当住外来的激刺，有时真要如"石勒的杀人"，——我到底还是我罢，《石勒的杀人》不终于流了眼泪吗？

我有时实在一个字也没有，但我觉得要摆出一张白纸。过了几个黑夜，我的面前洋洋数千言。

最高兴我的文章的是我自己。最不高兴我的文章的是我自己。

有许多人说我的文章 obscure，看不出我的意思。但我自己是怎样的用心，要把我的心幕逐渐展出来！我甚至于疑心太 clear 得利害。这样的窘况，好像有许多诗人都说过。

我最近发表的《杨柳》（无题之十），有这样的一段——

　　小林先生没有答话，只是笑。小林先生的眼睛里只有杨柳球，——除了杨柳球，眼睛之上虽还有天空，他没有看，也就可以说没有映进来。小林先生的杨柳球浸了露水，但他自己也不觉得，——他也不觉得他笑。……

我的一位朋友竟没有看出我的"眼泪"！这个似乎不能怪我。

佐藤春夫很有趣的说道：

　　一个人所说的话，在别人听了，决不能和说话的人的心思一样。但是，人们呵，你们却不可因此便生气呵。

是的，不要生气。

我有一个时候非常之爱黄昏，黄昏时分常是一个人出去走路，尤其喜欢在深巷子里走。《竹林的故事》最初想以"黄昏"为名，以希腊一位女诗人的话做卷头语——①

　　　黄昏呵，你招回一切，光明的早晨所驱散的一切，你招回绵羊，招回山羊，招回小孩到母亲的旁边。

不知从什么时候起黄昏渐渐于我疏远了。

艺术家要画出丑恶的原形相，似乎终于把自己浸进去了。这是怎样一个无心的而是有意义的事！

创作的时候应该是"反刍"。这样才能成为一个梦。是梦，所以与当初的实生活隔了模糊的界。艺术的成功也就在这里。亚里士多德说："艺术须得常是保持(a continual slight novelty)。"西蒙士(A.Symons)解释这话道："Art should never astonish."这样的实例，最好是求之于莎士比亚。莎士比亚的戏剧多包含可怖的事实，然而我们读着只觉得他是诗。这正因为他是一个梦。

不要轻易说，"我懂得了！"或者说，"这不能算是一个东西！"真要赏鉴，须得与被赏鉴者在同一的基调上面，至少赏鉴的时候要如此。这样，你很容易得到安息，无论摆在你面前的是一座宫殿或只是一个茅舍。

有时古人的意思还没有说出罢，然而我看出了，莫逆于心。这一类的实例举不胜举。记得有一回我把这一首诗指给一个友人看——

　　　忆我少壮时　　无乐自欣豫　　猛志逸四海　　骞翮思远翥
　　　荏苒岁月颓　　此心稍已去　　值欢无复娱　　每每多忧虑
　　　气力渐衰损　　转觉日不如　　壑舟无须臾　　引我不得住

----

① "女诗人"即萨福(sappho)。

前涂当几许　未知止泊处　古人惜寸阴　念此使人惧

我对着我的朋友笑道:"你读了陶渊明这个'惧'字作如何感呢? 我真是一则以喜,一则以惧!"然而解诗者之所云,了不是那么一回事。难怪他们解不得。

有时古人只是无心的一笔罢,但我触动了,或许真是所谓风声鹤唳。这个有很大的道理存在其间。著作者当他动笔的时候,是不能料想到他将成功一个什么。字与字,句与句,互相生长,有如梦之不可捉摸。然而一个人只能做他自己的梦,所以虽是无心,而是有因。结果,我们面着他,不免是梦梦。但依然是真实。

我读莎士比亚,常有上述的情况。Hamlet 的"dying voice",是有心的写还是无心呢? 但这一句,Hamlet 的最后一句——

The rest is silence.

在我的耳朵里常是余音嫋嫋。

那之前,Hamlet 对他的朋友道:

……What a wounded name,

Things standing thus unknown, shall live behind me.

If thou didst ever hold me in thy heart,

Absent thee form felicity awhile,

And in this harsh world draw thy breath in pain,

To tell my story.

说到这里,远远听见——倘用中国话,应该是敲战鼓罢,道:

What warlike noise is this?

就全剧的结构说,到此本应有此插入,但我疑心我们的诗人兴酣笔落,落下这"Warlike noise!"至少这一个声音在我的耳朵里响得起劲。

如此类,很多。在"King lear"这出戏里面,Edgar 回答 Gloucester 道:

Y're much deceive'd;in nothing am I chang'd But in my garments.

情节本是如此,Edgar 换了新装,著者自然要这样叙述。然而触动了我。

《儒林外史》的作者未必能如我们现代人一样罢,然而我此刻时常想起了他。这时我也就想起了《水浒》。不管原著者是怎样,我实是同一心情之下怀念这不同的东西。

世间每有人笑嘻嘻的以"刻画"二字加在这种著者头上,我却很不高兴听。自然,刻画我也不想否认。

有人说,文艺作品总要写得 inter(e)sting。这话我也首先承认。

我从前听得教师们说:"莎士比亚,仿佛他经过了各种各样的职业,从国王一直到'小丑',写什么像什么。"我不免有点不懂,就决心到莎士比亚的宫殿里去试探。现在我试探出来了,古往今来,决不容有那样为我所不解的似是而非的说法! 我只知有那一个诗人,无论他是怎样的化装。偶见西蒙士引别人的话评论巴尔扎克,有云:

　　简括的说,巴尔扎克著作中的人物,那怕就是一个厨役,都有一种天才。每个心都是一管枪,装满了意志。这正是巴尔扎克自己。外面世界的一切呈现于巴尔扎克的心之眼,是在一种过分的形象之下,俱有一种有力的表现,所以他给了他的人物一种拘挛似的动作;他加深了他们的阴影,增强了他们的光。

这个我以为可以施之于任何作家。有时看起来恰是相反,其实还是一个真理,——我是想到了契诃夫。此刻我的眼前不是活现一个契诃夫吗?

波特来尔说：所有伟大诗人，都很自然的，而且免不了的，要成为批评家。又说：那是不可能的，为一个诗人而不包含一个批评家。

这本是一个极平常的事实。波特来尔自己就给我们做了一个模样，——他之于亚伦坡。

与上面的话同在一书之中，有弗洛倍尔写给波特来尔的一封信，是他，那白玉无瑕的小说家，读了他的 *Les Fleurs du Mal* 而写的，我很高兴的译之如下：

> 我把你的诗卷吞下去了，从头到尾，我读了又读，一首一首的，一字一字的，我所能够说的是，他令我喜悦，令我迷醉。你以你的颜色压服了我。我所最倾倒的是你的著作的完美的艺术。你赞美了肉而没有爱他。

"不薄今人爱古人"，此是有怀抱者的说话。记得鲁迅先生以此与别种不相称的句子联在一起①，当是断章取义。

"国朝盛文章，子昂始高蹈。"我有时又颇有此感。

一九二七，五，十九。

（原载 1927 年 5 月 28 日《语丝》第 133 期）

（录自王风编《废名集》第 3 卷，北京大学出版社 2009 年版，第 1151—1159 页）

---

① 见《论辩的灵魂》，载 1925 年 3 月 9 日《语丝》第 10 期。文末云："中学为体西学用，不薄今人爱古人。"

农民文艺的实质

郁达夫

中国古来就有人说是以农立国的国家，国家的命脉，社会的重心，当然是在大多数的农民身上。中国的革命，无论如何，非使农民有了自觉，农民晓得自家起来，自动的来打倒新旧军阀，打倒土豪，劣绅，和都会里寄生着的游惰阶级，决不会成功。然于他们受了二千多年愚民政策的催眠，和不彻底的温情主义的熏育，以及大家族的家长制度的束缚，要他们自觉，要他们自己起来主张他们的权利，却是比使顽石点头，还要烦难。于是我们就不得不想方法，嗾使他们起来。积极方面的，最实际的当然是莫过于去做农民运动，领导他们作实际的斗争。其次，消极方面的，我们便想到讲农村教育。然而一张纸一枝笔都买不起的中国农民，你要想他们抛弃一切，到讲堂上来听讲，是怎么也办不到的。何况农村教育，进行须长时间的准备，而以中国的状况来说，又是不合时宜的。

在此百无方法之中，在消极方面觉得比较的可以事半功倍，比较的可以实行的农民运动的一种武器，我以为还是农民文艺的提倡，以最浅近简单的文字，来写作诗歌，写成戏剧，创作小说，使单纯的农民，在工作的中间可以歌唱，在闲暇的时候，可以到空旷的地方去观看阅读的这一种东西。

举最浅近的例来说，中国的《九张机》、《小长工》之类的诗歌俗谣，其入农民之深，感农民之切，恐怕是比任何《大学》、《中庸》的对于学者，还要有力，还要普遍。

即以外国文学来说，就譬如托尔斯泰《黑暗的势力》一剧，在俄国农民中的印象，Burns 的诗的对于 Scotland 农民的影响之类，正指不胜屈。所以这也许是书生之见，我总觉得在农村革命之中，一种农民文艺的提倡，是不可少的。因为这是极有效力，极经济的宣传方法。

说到农民文艺，光是这四个字，是不容易了解的，所以我们要先把农民文艺内容，就是农民文艺的实质来说一说。然后再依了这内容的范畴，举几个实例出来证明证明。

第一，从客观的立脚点来说，我们的农民的生活状态，是如何的朴素，如何的悲惨的。光就这一方面的写实的叙述，只教写得生动，写得简单，也可以说是农民文艺。我们现代的从事于文艺的人，一大半还是从小资产阶级出身的，所以要主观的把一切农民的痛苦，和农民的感情，直吐出来，是不可能的事情，所以只教我们能有热烈的同情，和坚决的意志，去观察农民生活，研究农民疾苦，如实地写出来的东西，也可以成立，也可以说是农民文艺的一种。

第二，从主观方面立脚点为农民申诉，为农民呼喊，完全是为农民而作的文艺。这一种是农民文艺的正统，非从田里来的识字耕田夫，或和农民生活十分有关系者，决做不出来。这一种文艺，是代替农民来向外宣传的诉状，不出则已，若一出来，其效力比什么宣传文字，还要厉害。

第三，有地方色彩的农村文艺，就是与资产阶级的都会文艺相对立的作品。这一种 Regionalists 的作品，至少是可以唤起一般在都会中生活着的知识阶级对于农民生活的同情。从前中国的田园诗人的作品，和德国乡土艺术（HeimatKunst）的诗歌小说戏剧中之有社会性，现代性者，也可以成立，也可以说是农民文艺的一种。但其根本思想，要不先在卖弄文字，赞美景色，总须抱有一种作者的对于乡村的热爱才行。

第四，开导农民，启发农民的知识文艺，就是使农民能够了解自家的地位，知道自家的能力，和教示农民以如何的去开拓将来的一种文艺。这一种文艺，是带宣传色彩最浓厚的文艺，在一般农民知识幼稚的国里，这一种文艺尤为重要。我们要告诉他们，现在他们的生活状况，是如何的悲惨。他们若能联合起来，组织起来，向前奋斗过去，将来可以如何的享受幸福。他们组织的方法，前进的步骤，应该是如何如何的。他们若不组织，若不争斗，那么将来达到一个如何如何的苦境。凡此种种,都是农民文艺可以以最简单的手段,来使农民觉悟奋起的,我们在目下要求最切的,便是属于这一种的农民文艺。

上举的四种文艺,不过是言其大概,若要依了这一个规定,去勉强制造出来,那这一种东西,只能说是农民运动的宣传大纲,并非是我们所要求的真正农民文艺。总之作者第一要有热烈的感情,第二要有正确的意识。不问你是否出身于泥土的中间,只教你下笔的时候自觉到自己是在为农民努力,自己是现代社会中一个被虐待的农民。你的脚下,有几千万里的大地在叫冤,你的左右,有数百兆绝食的饥民在待哺。见一点写一点,有一句说一句,把你所有的经验,所有的理想,所有的不平,完全倾吐出来,最好的农民文艺就马上可以成立了。

最后我想介绍一个农民诗人的作品,来作个实例。新国家的波兰,在一八六八年的五月,产生了一个伟大的诗人,他的名字是拉提斯老·来蒙脱(W. S. Reymont),是《农民》秋冬春夏四卷的著者。

来蒙脱生于俄领的波兰,是一个贫农的儿子。小时候因为不愿意学征服者的俄国文字,被学校里放逐出来,其后也没有进什么学校。和俄国作家的高尔基一样,在各地流浪的中间,积下来的经验,实在不少。有时候做做铁路吏员,有时候做做佣工,有时候也曾做过水陆班子的三等戏子。他的作品到他最近死的时候止,大小长短,共有二十八种,然而将波兰农民的全部生活,详细描写,将农民的悲苦喜乐,残忍无智,可怜可爱的各方面描写得周周到到的,有一部题名《农民》的大作,是农民生活的百科全书,也是近来农民文艺的第一部代表杰作。

波兰的利泊嘉村落里,有一位名叫仆利那的老农夫,年纪虽过了五十,但还是精力旺盛,没有失掉他的青春的兴致。他是一位有田地的中农,儿子也已经长大,娶有妻小,生有儿女了。他的境遇,当然是很可以满足的,但是今年春天,他的老妻死后,他也忽然感到了一种枯寂。

有一天,他的一只很值钱的母牛死了,仆利那忽而想到,若是自己的女人还在的话,那这一只母牛,大约是不会死的。正是这一个时候,他的再婚问题,却由周围的人们谈论起来了。

所提出的再婚女人,是一个名耶格那的村妇。仆利那老人,在当时虽只付之一笑，但是在孤灯冷帏里一个人暗想起来，观得柔和丰满的耶格那的肉体，也大可以安慰他的孤寂。并且耶格那家的所有地，和他自己的地面接壤，从种种方面筹算起来，这一件婚事，或者可以成为事实。所以到了秋天定期市场开始的时候，他老人家，也居然到耶格那家去出入，以他的所有地为饵食，买得耶格那家族的欢心，此外又送了她些丽绷杂品，想博取她的情爱。

耶格那还是一个不经世故的可爱的少女，见了这些赠品，当然是非常喜欢的，但是这时候，她却已和老仆利那的儿子安的克爱上了。可是安的克又是一个已经有妻室有儿女的青年，他也知道，两人中间，虽则有十分的爱情，事实上却终是不能够结合的。结合虽则不能够，但是两人的心，终竟也剖不开来。并且安的克对他年老的父亲的那种丑态，心里也着实感到了些不平。

但是最后老仆利那终以六亩田的遗赠，买了耶格那的母亲和家族的欢心，向耶格那求起婚来，耶格那虽则心里嫌恶这老东西，可是母亲和家族的意思，也是不可抵抗，就终于承认了这件婚事。

安的克和他的女人汉喀以己辈所应得的六亩田产的损失为口实，和老人吵闹相打起来。结果父子间感情破裂，安的克被父亲放逐了出去。

老人和耶格那结婚的时候，天地萧条，秋天已经是将尽的时候了。儿子安的克去到了岳家和汉喀的父亲在度最悲惨的生活。用人顾罢，因密猎伤枪，死于厩下。野鸟悲鸣，木叶尽脱，连村里的乞丐，都感了残秋的杀气，只身南渡了。一年将尽，以后便是冰雪寒冬的世界。

这是小说《农民》第一卷《秋》的内容，底下还有《冬》、《春》、《夏》的三卷，写利泊嘉村的农民的日常生活，无微不至，无美不收。光将内容的人事，转述出来，真是唐突了故人，侮蔑了名作。可是不把它讲完，这一篇文章也结束不了，所以我还是继续的讲下去。

荒凉落寞的冬天到了，利泊嘉村的农民生活，比这荒败的冬天还要惨酷。但是这些惨酷的人生中间，受苦最深的，还是相思相爱，而不能相聚的安的克和耶格那的两个灵魂。

终于堤防决裂了，耶格那和安的克在一天暗夜里到干草堆边去密会了。发见了这不伦之事的老仆利那，也起了杀心，向干草堆上放了一个火把，几被烧死的安的克，于是乎也存了一个报仇之心。

残冬将尽的时候，利泊嘉村的领主和村民起了争斗。老仆利那率引了村民，和领主的强暴的用人打了起来。安的克的儿子却趁这一个机会来报父之仇，但放枪不发，倒引起了他的父子骨肉之情，于是乎安的克就把父亲的对敌者的领主的用人扑杀，救了他老父的性命。

春天来了，受打扑伤很重的老仆利那，病卧在床上。利泊嘉的青年，因为反抗领主，扑杀领主的用人的缘故，个个都入了监牢。安的克的女人汉喀，从娘家搬了回来，在婆家因为想夺取未死的仆利那的遗产和现钱的原因，日日在和耶格那争吵。

利泊嘉的田园荒尽，野草连天。虽则到了春天，一种荒芜的景象，伤心触目，弄得去年冬尽，跑往南方去的乞丐婆回来，都认不清故园的田宅了。为入狱的青年们设法救援的老人罗夫，因为不忍见利泊嘉村的灭亡，便去邀了邻村的人来为他们耕种田地。

正在这一个时候，耶格那和村董通奸的风说传扬开来了。

五月初头，老人罗夫的营救奏了效，入狱的青年们被释回家了。但是安的克却因为杀了领主的用人，不能开释，汉喀就把从麦中偷来的老人仆利那的暗藏着的现金交给罗夫，托他再去设法。

春天将尽的时候，村董因为和耶格那的关系，把公款挪用的事实，被村人传了出来。正在这前后，仆利那老人，也安安稳稳的和春长逝了。

很和平的一个夏天的早晨，耶格那和汉喀又在吵闹相打，原因是为了六亩田的一张遗产证书。

耶格那从柜里将这张证书拿了出来，丢给了汉喀，向她大骂了一场，就从仆利那家里搬出来住，离开了夫家。

耶格那搬出了仆利那家不久之后，入狱中的安的克也赦免回来了。

俄国政府，当这时候，有向利泊嘉村里建设一所俄文小学校的计划，村民上下，又因租税的负担和仇人的文字的嫌恶，起来反抗。老人罗夫，被官宪当局忌视为反抗的发起者,于农忙的夏日,被逐放出国境外去。

和耶格那相好的村董,也因挪用公款的结果,被投到狱里去了。

村董的夫人和一位被耶格那所弃的男子,到处宣传耶格那的丑恶,说不把她去掉,利泊嘉村不安宁,仆利那的死,村董的入狱,都是耶格那的流毒。

宣传发生了效力,利泊嘉村的农民大家团结了起来,先把耶格那骂了一场,打了一顿,然后将她捆起,于大暴风之中,把她追逐出村境之外。

第二天早晨,太阳依旧从东方升了起来,地上依旧有明珠似的露水滴着,平和的利泊嘉村的农民,也依旧的回复了他们旧日的生活。

太阳升到中天的时候,农民等带着了镰刀饭盒,出去收割去了。村道上,野径里,只充满了和平的太阳和收获的马车轮声。

这是前后四卷,共四十万字以上的小说《农民》的梗概。当然来蒙脱的文字的优美,描写的周到,和笔力的持久,不是在这短短的几段介绍文里可以看得出来,但是单就这一点骨子一看,也可以知道这一位诺贝尔奖金受领者的作品,是如何的富有乡土气,如何的带有革命性了。地大物博的中华民国,受压迫比波兰人更甚的中华民族,我希望你在不久的将来,就有这样大著作产生!

1927 年 9 月 14 日作于上海

(原载 1927 年 9 月 21 日《民众》旬刊第 2 期)

农民文学 ABC（节选）

谢六逸

第一章 绪 论

第一节 农民文学的意义

文学的发生，常以社会的现象为背景。在文学反映社会现象的意义上，可以将文学分为都会文学，农民文学，资产阶级文学，无产阶级文学四种。就中都会文学常与资产阶级文学有密接的关系，作家所描写的是都会里的资产阶级的生活；农民文学则与无产阶级文学相连，近代的农民文学常是无产阶级里的一支脉。

农民文学这个名词若在广义上解释，含有左列各种的意义。

一、描写田园生活的文学。

二、描写农民与农民生活的文学。

三、教化农民的文学。

四、农民自己或是有农民的体验的作家所创作的文学。

五、以地方主义（都会主义之反对）为主，赞美一地方、发挥一地方的优点的文学（乡土艺术）。

若就狭义的解释，则农民文学就是指那些描写被近代资本主义所压榨的农民的文学。农民为社会组织里的重要部分,而他们反受地主们的几重压榨,使他们困苦呻吟。如俄国与爱尔兰的作家,便竭力描写农民的悲惨生活,使世人对于他们增加同情心。诸如此类的文学作品,可以称之为农民文学。至于本书所叙的,则以广义的解释为主。

第二节　农民文学的运动

将农民文学的意义具体化的作品,在最近的大陆各国,都已产出。就文学史上看来,以前的文学多是贵族阶级的娱乐品,是特权阶级的专有物。农民与文学,在以前是毫无一点因缘的。农民只消继续的吃苦,度过一生就行,同畜类一样的劳动便好。没有为他们施教的教育,没有为他们写作的文学;没有描写他们的作品。现在可不然了,农民的本身即是一种优美的文学,纵然没有人去表现他们,可是他们早已就是诗的,如果表现起来便是最好的题材,试读俄国屠格涅夫的《猎人日记》,便引起我们反对强权社会的情感。所以在农民占多数的国家里(如俄国、挪威、爱尔兰等),他们的农民文学的运动便较其他的国家为发达。那些作家们,有的替被压榨的农夫呐喊;有的感化那些农民,使他们知道自己在近代文明里的地位。托尔斯泰有一篇故事,名叫《愚蠢的伊凡》,写他的理想的农民,可以视为农民文学运动的第一声,现把原作的梗概写在下面。

　　　　从前某地有一个富有的农夫,他有三个儿子,色麦容是当兵的,打拉斯做生意的,伊凡最愚蠢。还有一个女儿,又聋又哑,不能做事,名叫玛尔奴。

　　　　色麦容去替皇帝打仗去了,打拉斯到市上做买卖,伊凡和妹妹留在家里,他每天弯着背做农夫的工作。

　　　　色麦容当兵,因战功得了高位,娶贵族的女儿为妻,烜赫一时。妻子穿好的吃好的,因为奢华的原故,钱不够用了。他便回家来,请父亲把家当分给弟兄,自己好拿他名分下的一股。父亲不肯答应,说家当是伊凡一个人竭力工作赚来的,若不去问伊凡,别人不能做主。色麦容听了父亲的话,便去问伊凡。伊凡说:"你想要什么,拿去好了。"色麦容听说,便拿了许多钱走了。

　　　　伊凡一点也没有吝惜的颜色,他想只要肯做,金钱就会来的,无论下雨下雪他总是在田里工作。正当这时色麦容又失败回来了，伊凡刚从田里回来，见他的哥哥同穿着华服的嫂嫂在吃饭。他见了伊凡，就说："我回来扰你了，要你养我们两口儿。"伊凡答说："有什么不好呢，好，好。"伊凡也同他们一起吃饭。孰知穿着华服的嫂嫂在旁说道："我不高兴和污秽的农夫在一起吃饭。"伊凡听了说："哦，那么，我到外面去吃好了。"说时，他拿着面包到外面吃去了。

有一天，伊凡从田里工作回来，看见打拉斯同着他的妻子正在吃饭，原来打拉斯做买卖失败了，又回来打搅伊凡了。伊凡仍然答道，"好的"，也和他们一起吃饭。打拉斯的妻子又咕哝道："我不欢喜同肮脏的农夫在一起吃饭，他满身汗臭。"伊凡听说，跟着说道："那么，我到外面去吃好了。"他又拿着他的面包到外面吃去了。

过了几日，色麦容和打拉斯都拿了许多钱到市上去了。色麦容仍旧去服役皇上；打拉斯呢，依然做他的买卖；伊凡呢，照常留在家中耕田种地。

有一天，皇上的女儿病了。请了医生看也没有医好。皇上下命令，说有人医好女儿的病，就把女儿嫁给他。

伊凡的两亲想起了一件事，就是伊凡从前在土里挖出了一种奇异的树根，曾医好了犬的病，便叫伊凡来，吩咐他说："儿呵，你知道皇上的命令么？你快些拿了可以医治一切病的树根，去医公主的病，好叫你享福一世。"伊凡说："那么，只好去了。"他便上路了。

伊凡走出大门，看见门口有一个女乞丐，她的一双手成了残废。那女乞丐向伊凡道："人说你有医治一切疾病的树根，请你医我的手！"伊凡的树根只有一节，他不去医公主的病，便给那女乞丐，叫她吃了。吃了树根，病就霍然了。

他的两亲知道了大怒。骂他说："怎样愚蠢呵，你医好了公主的病，你就是一个驸马，你医了女乞丐有什么用呢？"

伊凡听说，他照常穿着他的农夫的衣服，去医治公主的病，他将走到宫门，公主的病就愈了。伊凡和公主结婚，不久皇上死了，就轮着伊凡做皇帝了。

伊凡做了皇帝，仍旧耕田，他不向人民收租税。有一天大臣来禀告，说支付臣子的俸钱都没有了。伊凡王答道："那就不付好了。"臣子道："这样一来，还有谁替你做事呢？"伊凡王道，"不必替我做事，你们归家去推粪车好了"。

有时人民来请裁判案子，说："他偷了我的钱。"伊凡道："哦，他想钱所以他才偷呵。"人民才知道伊凡王是一个笨伯。有人告诉他说："人说皇上是一个笨伯。"伊凡道，"哦，我是笨伯"。伊凡王的后也是一个笨伯，她说她不反逆她的夫，针走那里，线也走那里。

这时贤人们都去国了，只有愚蠢的人同伊凡王留在国内。伊凡王的国内没有兵，也没有钱。自皇帝以下人人耕田而食，种土以图生存。

后来色麦容和打拉斯事业失败回来了，他们又来打搅伊凡。有许多人没有饭吃的都到伊凡王国来了。只要有人问伊凡王索食，王便答说："好啊，同我住在一起好了。"

只有一桩事，是无例类的习惯，就是无论谁人，要手掌的皮起了茧的才能够坐在桌上吃饭，掌上的皮没有起茧的，须吃别人吃剩的食物。

托尔斯泰氏的这篇故事，不是童话，也不是寓言，乃是表现人生最高的目标（自然是托氏所达到的）与最高社会的暗喻。伊凡是托氏理想中的一个农民，而伊凡王国是托氏理想中的社会，这样的农民与社会，乃是值得赞美的。

农民文学的潮流早已弥漫欧洲各国了，最近则在无产阶级文学里占了重要的部分。文人对于农民生活的描写，正与都会的工厂劳动者同。无论就纯粹的文学的立足点或就文明史上说，农民与文艺的关系是不能断绝的。我国虽有博大的土地与多数的农民；农民生活的困苦也不下于欧洲各国，但是没有一个作家去描写他们，社会也让他们永远是无知无识的，这实在是不幸的事。假如我们要迎接世界的文学潮流，则农民文学的提倡，是极其紧要的了。

第三节　农民诗

农民诗与普遍的田园诗不同。田园诗的题材求之于田园，它所表现的，为田园的自然美的探求，或赞美、鉴赏。它所注重的在展开牧歌的情绪，流于其中的是田园美：自然美的礼赞、思慕、憧憬、感伤等。田园诗不过是自然风景的表现，在那些诗歌里，没有暴虐的自然；没有喘息于黑暗之底，困苦颠连的农民，它对于"土地之力"，"大地之魂"，并无何等的表现。简单说来，田园诗不过是自然环境的表现罢了。

农民诗则不然,它是"土地的灵魂"的呐喊;是"大地之力"的表现;是"土地的创造性"的发现与现实化,用这些当作基础,确立并发展新精神文明;对于病的、堕落的、疲废与焦躁所侵蚀的旧文明挑战,或是去救济。它是站在经济组织上的农村与农民生活之现实的表现;是反抗精神的叫唤;是向来被压迫着的燃烧着的灵魂的表现。这是农民诗的特质,也是农民文学的特质。

农民诗虽也是自然环境的表现,但它所表现的是立脚于具体的现实的经济环境,或侵入其中的自然环境的表现,至于田园诗,只是抽象的自然环境的表现而已。详言之,田园诗是表面的,外观的田园美;农民诗则为内面的,内省的大地征服的美;是对于狂暴的自然的反抗,是一种争斗的力。它不表现那些田园美化的、被封建的传统所支配的、如羊般柔顺不言的农民;它是野兽般粗暴的,有阶级意识觉醒的;有社会批判眼光的;有突破地壳熔岩般的力量的农民之具体及现实的表现。

农民诗也不是一地方一乡土的特有的人情风俗习惯的抒情的表现,即不是乡土的诗歌。在这一点上,它与民谣、歌谣,农民故事也不同。描写乡土色调的诗,只是第二意义的农民诗。第一意义的农民诗,应具前段所说的诸特质。

农民生活的范围是农村、田园,与乡土,农民的生活手段的对象是耕种,当然不能脱离自然环境,不过农民诗所描写的,不是单纯的自然环境的姿态,乃是从经济的见地所见的自然环境。是站立在经济组织上的大地的呼声,是土地的呐喊。其中含有多量的反抗与争斗的精神,是伟大的熔岩之力的表现。

田园诗只写田园的美,或称颂田园,乡土诗歌只写一地方的独特的世态人情,它们的表现是以抒情为主的,都是资产阶级的东西,已经是过去的了,它们不是现代意义的农民诗。真意义的农民诗是田园的且是乡土的,是把握着经济意识;自觉而且肯定阶级意义,由此以反抗争斗的精神力之具体的表现。

第四节　农民剧

关于农民剧的解释,可从种种立足点去下观察,兹分述于下。

有人主张把艺术"从都会移转到农村",使田舍的农夫也有鉴赏艺术的机会。因此就说农民剧的运动,是演剧给农民看。

有人说戏剧的题材有的采自都会,也可以取自农村。因此说农民剧是描写农民的戏剧。一切的文艺向来不注重描写农民，只知写都会，这是不对的。所以既然描写都会，也应该描写农民。

有人说农民剧是农村里的无产劳动者的反抗的呼声；是喘息于资本主义重重压迫下的无产者的叫喊。资本主义的暴虐扰乱了农村，与扰乱都会同样。即是认农民剧为无产阶级文学的一部分。

有人又说农民剧的运动，既不是给农民们鉴赏的；也不是描写农村的，乃是使农民自己产生出来的艺术运动。不是"到农民"的运动，是"从农民——"的运动，因为农民自己也应该有艺术。

以上诸论，只是农民剧的解释的一面，综合这种论调，方足以得到农民剧的意义。我们并须明了农民剧是立足于农村文化上的艺术，与立足在不调和不健康的都会文化上的艺术不同。它不单是阶级战的武器，也应该是潜伏于农民之力与美与道德的表现。不是使农村里的人娱乐的，须是农民的自己表现才对。

农民剧有它的独特的内容与表现。

第一，资产阶级的戏剧中，常轻蔑贫民，或以他们做同情的对象，这并没有把贫民安放在适当的位置上。这些农夫或贫民自有他们的位置（他们是在社会上或人间生活上有职务的贫人），在农民剧里所描写的人物，须将他们放在正当的地位上。

第二，应立脚在现实上，不可立在离开现实的抽象世界。农民剧与别的农民文学同样，它是潜伏在土地中的力与生活力的表现。农民的生活或精神在现实上如何活动，或应如何活动，这都是农民剧的内容。写农民精神埋藏于大地之底的时代，即未觉醒的时代；或描写过去，或取材于传说，都没有重大的价值。

第三，作品的主旨与情节应该明确，不可用混沌、无解决、不安等要素。应对于农民精神或其生活力给予一个信念，使他们知道生活的意义与位置。

第四，应该是战斗的，对于自己的生活抱有信念，当然就是战斗的。农民的阶级的争斗意识既盛，同时有信念的生活者的斗志便交织于其内，便不能不为自己的生活奋斗了。

第五，是感情的自由的流露，使农民知道农民生活与农民精神，同时须使农民生活者的感情自由发展。使他们知道了生活的意义与位置，也非使农民日常生活里的感情自由流露不可。

具备右述条件的农民[①]，可以分为两种。一种是在都会的剧场里，为都会人表演的；一种是由农民自己的手表演的。由农民自己表演的，须设农民剧场，与都市的剧场有别。都市的剧场是由资本主义、商业主义的指挥而成的，不是劳动者自身意志的表现，农民剧场并非由"自由人的"自由劳动者去设立不可。都市剧场是人间奴隶的劳动的象征；农民剧场是由劳动者，由农民的愉快的劳动而成的，由他们的创造力以建设的。

法国亚尔莎斯的农村自一八九五年以来，即有专为农民表演的剧场。日本福冈县浮羽郡山春村有农民剧团，名叫嫩叶会，成立于大正十二年(1923)四月，成绩异常的好，他们努力于近代剧的表演与农村的艺术化。那村里的画家、音乐家、文学家都加入，现有会员四十余人，除演剧部以外，有表演部、照相部、舞台部、美术部、衣裳部、文艺部、情报部、庶务部等十多门。在农闲期间，两个月表演一次，所有练习试演等，都在平时白日劳动之后从事。这个团体的经费，由各会员负担，大部分则由该会的主持者、指导者医师安元知之氏出私财以津贴之。它们的剧场除了室内试演场之外，更有模仿古代希腊式圆形的野外剧场，已于大正十四年(1925)竣工。利用村的倾斜地建造，座席与舞台均用土与青草筑成。他们表演过的戏剧里面，有欧美及日本的著名作家的作品——丹色尼的《光之门》、《阿拉伯的幕》、《金文字的宣言》；柴霍夫的《犬》；斯独洛的《底层二人》；格雷哥利夫人的《月出》；施屈林堡的《牺牲》；宾斯奇的《小英雄》；梅特林克的《丁泰琪之死》；沁孤的《到海去的骑士》；柴霍夫的《烟草之害》；菊池宽的《星上的狂人》、《浦之苔屋》、《顺番》、《学样》；武者小路宾笃的《一日里的一休和尚》、《野岛先生的梦》、《达磨》；山本有三的《生命之冠》、《海彦山彦》、《同志的人们》；额田六的《真如》；仓田百三的《俊宽》；安元知之的《恋土》、《岛山的头陀》、《尼御前宫之由来》。

（录自谢六逸著《农民文学 ABC》，世界书局 1929 年 2 月版，第 1—21 页）

---

① 这里的"农民"应为"农民剧"，疑为原著漏掉了"剧"字。

小说研究 ABC（节选）

玄　珠[1]

第八章　环　境

　　人物间的相互关系——他们的动作，造成了小说内的故事（结构），这是我们已经说明的了。但一桩故事必有其发生的时间，地点，以及周遭的环境界（自然的或社会的）。小说家创造了人物，布置好了结构，自然的或社会的。就算尽其能事么？当然不是的。他还须把这故事装在适宜的地点和适宜的时期，把这些人物安置在适宜的境界里。这时，地，以及自然的或社会的周遭境界，即所谓的"环境"。小说的环境，仿佛就等于戏曲的布景，绘画的配景，都是行使渲染烘托的职务的。

　　举其荦荦大端而言，小说的环境诚不外乎时，地，自然与社会的周遭三者；若详言之，则凡书中人物之服装，房屋的建筑式，室内的陈设，用品，宴饮用的酒浆肴馔，乃至樽杯上的釉彩花纹，都包括在"环境"范围内，都是作者应该仔细研究的。

　　于是就来了个问题：小说家何以必须用心描写这似乎是无关宏旨的环境？

　　这可以分两层来回答。第一，一个人物和一件故事决不能离时地及周围而存

---

　　① 即茅盾。

在,故环境亦成为小说的必需品;既是必需,我们就应该注意环境与人物及故事中间的关系,不要把人物放在全不相干的环境里,闹出张冠李戴的笑话。第二,人物的性格如能刻画入神,故事的发展如能布置得恰好;自然能够给读者以深刻的印象,但是设使能把环境也描写得极好,当然感动人的力量更大;所以为增加作品的力量计,环境是必须注意的。

小说家知道注意作品中的环境,还是比较的近代的事。然而我们现在就已有的成功作品来归纳出环境描写的通例,竟亦不少;现在一项一项的列举于下。

第一,时间。故事有其发生的时间,是必然的事;虽然有些小说家喜欢隐没他书中故事的时间,但是实际上他不能不把他的故事放在一个指定的时间里,譬如《红楼梦》这部书,作者虽然故作狡猾,不把故事发生的时代说出来,并且故意隐藏,说是不知何时,可是事实上谁也知道是清初的故事。至于标明发生在何年何代的历史小说,那就有了确定的范围,丝毫不能移动了。在这里,作者应该实践他的宣言,把正确的时代情形描写出来;决不能自说是明代,而种种描写却叫人认做现代。描写正确时代的方法,只要一句话:"处处抓住时代精神。"时代精神就是一时代的色彩或空气。一般人共通的思想,共通的气概,乃至风俗习惯等等,都是时代精神之表现,可是这等还只可算是外面的部分,只是已成形的,我们必须更进一步,于描写表面的和已成形者而外,兼要描写那内心的和时代的空气的动摇。譬如这里有一部小说,写的是清末到现代这一段时间内的事;这一段时间,自然有它的总的时代精神——时代色或时代空气,但是我们同时也不能否认在那总的时代精神里又可以分别出许多小的段落来,例如"五四运动"前后;——在这些小段落中间,我们就有了时代空气的动摇。如果我们的小说家能够把总的时代精神表现出来,而不能把相应于各时期的时代空气的摇动也表现出来,则该小说仍不能算是完全无缺点的小说。最能表现"时代空气的摇动"的小说,是俄国小说家杜格涅甫的《父与子》和《前夜》等。

全书故事所托足的时代是大的时间,其关系重要已如上述,还有小的时间,如一年的四季,一日的晨昏,作者也要注意描写。作者表现大的时间,为的是可以增加故事的真实性;而表现小的时间却为的是可以增加故事的感动力。人在晴明和煦的春日,精神上总感觉得一种愉快鼓舞,在阴霾寒冷的冬季,精神上便感著一种压迫忧闷；呼吸着早晨的清气阳光，自然觉得心襟开朗，而接触着黄昏的黑暗，自然觉得胸怀抑塞。时序之移人情绪，原是中外古今不易之理。作家应该注意这特点，把时序的变换和情绪之升沉，连结在一处。从前浪漫派作家对于这点很知道注意。他们时常把黑夜作为深思反省忧闷的时间，例如司各德和拉特克烈夫(Mrs. Rad-cliff)。像这样的写法，可称之为顺笔。还有"逆笔"，就是就时序和情绪故意相反，使读者从对照中得到深刻的印象。例如迭更司的《桐柏父子公司》故意把保罗桐柏的死放在一个明艳的日曜日下午的背景前，使读者因此鲜明的对照而加倍感觉了死的凄惨。这种写法是诙谐讽刺小说家所常用的。

　　第二，地点。地点就是故事出现的舞台。一个故事之必须托足于一个地点，也是必然的事。即使这地点不是实在的，是一种想象世界，乌托邦，然而必有地点却是不容分辩的。如果一个作家把他的故事的地点指定在自造的想象世界或乌托邦，那么，他只要对于自己负责任；如果不然，他的地点是世界上实有的地方，则他便该对于实在的地方负责任，他应该把他小说中的某地写成正确的某地。人物有个性，地方也有个性；地方的个性，通常称之曰："地方色彩(Local colour)。"一位作家先须用极大的努力去认明他所要写的地方的"地方彩色"。他须亲到那地方去实地观察；如果他想写的地方是历史的，他应该从书本子上搜集材料。高底埃(Cautier)做《木乃伊的故事》很用一番工夫去查考当时已有的埃及考古学的结果；佛罗贝尔(Flaubert)做《萨兰坡》所用的翻书工夫比写的时间要多上几倍：这可以证明成功的作品是怎样的注意表现"地方色彩"的。

　　但是我们决不可误会"地方色彩"即某地的风景之谓。风景只可算是造成地方色彩的表面而不重要的一部分。地方色彩是一地方的自然背景与社会背景之"错综相"，不但有特殊的色，并且有特殊的味。所以一个作家若为了要认识地方色彩而行实地考察的时候，至少要在那地方勾留几个星期，把那地方的生活状况，人情，风俗，都普遍的考察一下；匆匆的走马看花似的旅行一次，是不行的。

　　故事所托足的地方的地方色彩，当然能够增加故事的真实性和趣味；但也有一个先决条件，就是作家须不选错了地点。为自己的故事选择地点，作家本有绝对的自由权；但是作家也得知道为他的故事选择一个最适宜的地点却是他的天职。譬如一篇以描写劳动者生活为中心的故事，它的地点可以在杭州，可以在苏州，也可以在上海;但若论到何处最适宜,则就不能不推上海,因为上海有几十万的产业工人。然而这只是一般的说法,未尝没有例外。也有作家特地选取一个与故事的性质完全相反的环境,借对照以增加故事的力量和兴味。

第三,自然的或社会的周围境界,这第三项,范围最广阔,内容最复杂:大自制度职业,小至一巾一扇,全包括在内。从前作家对于这一项环境,最不注意,所以常常闹"时代错误"的笑话。譬如把已经废革的制度,风俗,已经不流行的帽式鞋样引入小说内,或是把当时没有而日后始有的制度风俗服装式样引入小说内,都是一种"时代错误"。这样错误,或许有人看作琐屑不足计较,但是要知道一篇小说的真实性往往会因为此等琐细的错误而受了损害。

（录自玄珠著《小说研究 ABC》,世界书局 1928 年版,第 108—116 页）

怎样不提倡乡土文学

黄石辉

一

你是台湾人，你头戴台湾天，脚踏台湾地，眼睛所看见的是台湾的状况，耳孔所听见的是台湾的消息，时间所历的亦是台湾的经验，嘴里所说的亦是台湾的语言；所以你的那枝如椽的健笔，生花的彩笔，亦应该去写台湾的文学了。

台湾的文学怎样写呢？便是用台湾话做文、用台湾话做诗、用台湾话做小说、用台湾话做歌曲、描写台湾的事物，却不是什么奇怪的一件事。我们为什么不用台湾话做文？为什么不用台湾话做诗？为什么不用台湾话做小说？为什么不用台湾话做歌曲呢？不雅！粗俗！一班古典主义者的冬烘先生们，固然是这样想。但是什么是雅呢？什么是俗呢？其实没有固定的，只是跟着人们的认识而成其所谓雅俗而已。比喻说，我们在十数年前，看见赤脚的女人，莫也鄙笑她是"查某娴仔"。只有缠足——还是缠得极小来的——才是"美人"。如果在今日有一个少年的女人缚着脚，必然反要被人讥笑为"无开化"的了。中国的文学革命倡起当时，一班抱残守缺的老头儿，何尝不看白话文为粗俗？但是到了今日，那些之乎者也的古文学，却反变成俗不可耐的东西了。所以我们知道，所谓雅俗，都是由于人们的认识而定的,并不是固定不变的,所以我们便不必去管他什么雅俗了。又且我们为要普及大众文艺起见,也是不能顾虑到什么雅俗的。

我记得,向台湾文学界掷炸弹倡①革命的张我军,他亦曾反对台湾的乡土文学——反对用台湾话写文学——他以为台湾话用途不广,没有文学的价值,其实这是错误的。无论什么语言都有文学的价值,内山的生蕃话亦有文学的价值,只是可惜他们没有文字好建设他们的文学呢。何况台湾话虽然只能用于台湾,其实和中国全国都有连带的关系,我们用嘴说的固然要给他省人听不懂,但是用文字写的便不会给他省人看不懂了。勿论有多少不懂的地方,亦只像我们台湾人不懂普通话的程度而已,那里会成什么问题呢? 况且我们做文做诗,都是要给台湾人看的,尤其是要给广大的劳苦群众看的。这广大的劳苦群众都是没有高深的学问的,所以我们的文艺只求极浅白,极容易给劳苦群众了解之外,也就顾不得其他了呀!

固然我们不该很局促地只限于下层阶级,但是我们做出给下层阶级容易了解的文章,当然不会给知识分子看不懂的,反正给知识阶级亦加上一层容易了解的。所以我们须以广大群众为对象,尤其须以和我们最接近的广大群众为对象,这是不容疑问的。

二

现在台湾的文学界,一班古典主义的古董,一味去找古人,一味要和古人为伍。他们的作品,一味以古董学者(同学识的人)为对象,专心夸示他们的"博古"、夸示他们的腹笥里满藏着古人的糟粕,鄙弃了广大的群众。他们的眼光看来,那环绕着他们的周围的广大群众,都是鄙俗不足与言的。这一派的古董中毒已是无可救药了,现在亦且不去管他。

现在要说的,就是所通行的白话文学。现在所通行的白话文学,是用中国的普通话写的,虽然比古文学好看得多,可是不能了解的地方还不少,而且大多数是能

---

① 编者注:原文"倡"皆作"唱",一律更正为"倡"。

看不能念的。如果用台湾话来写，则眼睛看着，嘴里念着，旁边的人听着，用不着噜噜囌囌的解释，也同演说一样，很容易了解。

我们知道，一本《千金谱》，人人会念，人人听得懂。我们知道，那些白话小说——《彭公案》、《施公案》、《七剑十三侠》一类东西——只有那班讲古先生，才能口谈指画地讲得流畅。其他一般的人们，都是会看不会念的。

我们又知道，近来所做的新小说、新诗，亦完全以同学识的人们为对象，其中要找出真正大众化的作品，其实反不及旧小说。

这样说来，我们亦何必诅咒着那什么"贵族式"的文学？其实我们的新文学亦都是贵族式的呀！我们对于中国的文学革命亦只须看做普通的新旧交替罢了。仅仅换过体裁，那里有什么意义呢？退一步说吧，现行的新文学，在中国可以让它①说是大众的，在台湾便不能说的了。它在台湾，完全要有新文艺趣味的人，才能去接近它；广大的没有高深的学问的劳苦群众，事实上都和它绝缘的。所以我要说，我们如果不求文艺大众化，那也吧②了。如果要文艺大众化去，就不可不以环绕着我们的广大群众为对象。离开了和我们接近的广大群众而去找远方的广大群众，这是完全错误的。因此，台湾乡土文学的提倡便是我们当面的问题了。

三

现在且提出一个问题：你是要写会感动激发广大群众的文艺吗？你是要广大群众的心理发生和你同样的感觉吗？不要呢？那就没有话说了。如果要的，那末，不管你是支配阶级的代辩者，还是劳苦群众的领导者，你总须以劳苦的广大群众为对象去做文艺。要以劳苦的广大群众为对象去做文艺，便应该起来提倡乡土文学，应该起来建设乡土文学，断断不可抱着那过时代离开实际的错误态度了。

那末，可有具体的办法么？勿论，在建设方面，还有讨论的必要；而其大纲，我

---

① 编者注：原文"它"皆作"牠"，更正为"它"。
② 编者注：疑是"罢"。

现在要提出三点意见：

一、用台湾话写成各种文艺；

二、增读台湾音；

三、描写台湾的事物。

所谓用台湾话写成的意思，（一）排除那些用台湾话说不出来的，或台湾没有用着的话，改用台湾的口音。例如："拍马屁"，我们应该换写"扶生①泡"；"好笑得很！"，我们应该换写"极好笑！"；"那末"，台湾话是没有的，应该找出另外转接词来用。（二）增加台湾特有的土话。例如："我们"这个字在台湾有二种用法——有时用做"咱"，有时用做"阮"——所以如用台湾话的时候，就该分别清楚来才行。

所谓增读台湾音的意思，就是无论什么字，有必要时便读土话。例如："食"字虽然读做"Sit"，但用于"食饭"的时候便不该读做"Sithoan"，而应该读做"chiahpng"。又如"人"字来说，应该把它读做 lang，但有时不可不读本音。如用于"人物"的当儿，便应该读做"Jin biut"而不可读做"Langmi"了。像这样"食饭"和"人物"的读法要读相反，这是因为我们讲惯了的话是这样，不得不跟着习惯去进行的。有人或者要嫌这样的读法是麻烦吧？可是这样读法其实绝不会麻烦，因为这样读法全然是读土话，不是读正音。

所谓描写台湾事物的意思，就是可以使文学家们趋向于写实的路上跑，渐渐洗除了冒捏粉饰的恶习惯。一方面可使广大的群众容易发生同样的感觉。

关于读音一事，其实不必怎样提倡。要是我们会写，人家便会念。譬如你写"美人"，人家必然要读做"Bi jin"；如果你是写"美查某"，人家必然会读"美"做"Sui"的。固然"查某"二字是台湾话，会给外省人看不懂，但是像这样的话亦是少数，不会成什么问题。譬如中国人写二字"混蛋"亦会给我们看不懂一样，其实都不成问题。至于描写方面，应该互相注意，对于描写不正确的地方应该时时批评矫正，才能完成了写实的工夫。

关于台湾乡土文学的提倡，算是郑坤五氏最先开端的。他曾编出几篇《台湾国风》公表出来，竟然引起人家的注意，受了冬烘先生的驳斥说他是俗不可耐。可是

---

① 编者注：lan，男性性器。

郑氏本来并不是为阶级着想的,他编《台湾国风》的意思,只是认识了台湾的"褒歌"是和诗经三百篇有同样的价值罢了。"褒歌"的价值如何? 这层姑且勿论。郑氏有这样的认识,无论他对不对,他总要在台湾文学史上占去一段地位。

《台湾国风》公表之后虽然曾引起古董学究的着急,其实影响不大,没有一人因此演出乡土文学的提倡。但是我们已是不得默置之了。我们既然认识了乡土文学的价值和必要,便应该起来提倡乡土文学,起来建设乡土文学。

一九三〇、八、六夜,完于灯下

(原刊《伍人报》第九号—第十一号,一九三〇年八月十六日—九月一日)

再谈乡土文学

黄石辉

小 引

我昨年在《伍人报》发表一篇《怎样不提倡乡土文学》,虽然没有全文刊完,却亦曾引起许多人的注意。有许多有心人写信来追问详细,尚且亦有几个人来和我当面讨论,可见这个问题是个有讨论价值的问题了。最近又有台北郭秋生氏对我发表了许多意见,他亦是硬主张"要医台湾人的文盲症,除掉台湾话文是不能为功的",真是和我心心相印了。所以我便要求他把他的意见对新闻纸上发表,以供大家讨论。或者对台湾的前途有多大的贡献,那真是万幸了。

关于这个问题,因为曾引起许多人的注意,给我益发自信有再发表主张的义务,迫得我不得不排除一切繁忙,和生活环境苦斗,而来继续发表我的主张。

一、乡土文学的功用

我们为什么要提倡乡土文学呢? 一不用说,就是因为乡土文学能够充分地状物达意。因为文学是代表说话的,而一地方有一地方的话,所以要乡土文学。人说"再会",所以文字亦要写"再会"。台湾人说"恁请",文字就该写"恁请"。中国人不容易说出"恁请"的话,台湾人亦不容易说出"再会"的话。中国话和台湾话不同(说中国是指大部分的中国本部,像另有特殊的地方是要除外),所以用中国的白话文是不能充分地代表台湾话的。

　　文学的目的既然是代表说话,那末应该有话好说便说出来。有话好说才说出来,才能达到目的。我们用中国文话的时,真正有许多话说不出来,又且说了许多台湾所无的话出来。譬如台湾话的"阮"、"　　"①,用中国话便写不来了。又像中国的白话文中有许多"那末"、"也许",这却是用台湾话说不来的话。

　　这样说来,要代表一地方的话就要有一地方的文学,这是当然的了。我们如果确立了我们的白话文学,就不怕有什么话会说不出来了。我们确立了我们的白话文学便可以要说话便说话,有话便可以说,无阻无碍地把我们的感情意志都给文字代表出来了。又且,若是用我们的白话②所做出来的文学作品,可以用一个人手拿一本书起来朗读,在旁边的人便听得清清楚楚,像听讲演一样,若是用中国的白话文做出的呢? 勿论看的人有时看不来,就是看得来吧,亦不能用白话朗读,勉强读出来亦是读不成话(用中国的国语读去当然是成话,可惜我们听不懂),而听的人便虎对鹿地蒙头盖面了。

二、描写的问题

　　关于描写的问题实在可以省略,因为描写的技术是在人的! 有的工夫好的,便描写得好了;有的工夫不好的,当然是描写得不好! 可以不必提论。至于我们提倡乡土文学的目的,就是应该用我们的言语事物做主。我们有我们的特殊的语气,像"呼! 哉!"、"痛咯、害咯"……这些特殊的语气是绝对要叫乡土文学去负责。至于

---

　　①　编者注:此处引号内,原文空白。
　　②　编者注:这里的"话"字为编者所补。

说到用典的话,这亦是放屁要看风势,并不是要绝对排除典故的。就像胡适之说的:明明是客子思家,他们须说"王粲登楼"、"仲宣作赋";明明是送别,他们须说"阳关三叠"、"一曲渭城";明明是贺陈实琛七十岁生日,他们须说是贺伊尹周公传说;更可笑的,明明是乡下老太婆说话,他们却要叫他打起唐宋八家古文腔儿;明明是极下流的妓女说话,他们却要打起胡天游、洪亮吉的骈文调子……这样的毛病并不是旧文学特有的,事实新文学亦犯得着。可是犯着这些毛病的文字,他的描写的技术亦可以不必再问了。

犯着这些毛病的人大概有二种——一种是故意的要夸他的"古博"、"典雅",所以把实实在在的话弄得不成话。一种是无话勉强去找话,所以说出来的都不是话。我们若是有话才说话,有什么话说才说什么话,那就不会犯了这样毛病了。所谓以我们的语言事物为主的意思,因为我们所写的是要给和我们最亲近的人看的,不是要特别给远方的人看的,所以要用我们最亲近的语言事物。比如"萝卜"、"菜头"同是一件物,我说"菜头"便人人所听得懂,说"萝卜"吗? 那就请你叫中国人来听吧!台湾人是听不懂的呀! 我们的话是说"蕃薯"尔便写"蕃薯"岂不是条条直直! 尔亦何苦偏偏要写"地瓜"呢? 我们的话是说"相打"汝便写"相打"岂不是清清楚楚! 尔亦何苦偏偏要写"打架"呢?

说起用典的话更是好笑。"五十外岁"写出来,便人人看得来,却偏偏要写"年过知命";"平素好财好色"写出来这是何等明白,却偏偏写"素有寡人之疾";"抱病"就要写什么"采薪之忧";"腹痛"就要写什么"河鱼之患"。现在的话不写,偏偏要去写古话,这是何苦呢?

三、文字的问题

我们提倡乡土文学的一个大难题就是文字的问题。文字的什么问题呢? 就是没有文字可用啦! 但是事实哪里有无字可用的道理呢? 要用便有,那里会无? 所以会无字可用者,就是因为抱着那"不敢题糕"的错误见解的缘故,其实这是不通,并不是慎重。原来到文字是人造的,并不是天生自然的固有的。所以文字是一时一时增加,跟着语言的变迁,有的不合用的就被放弃(收在字书里不用),不够用的地方便要增加,并不是永久一定不变的东西。所以我们为了文字不够用还有二个方法。就是:

一、采用代字

二、另做新字

采用代字可使得吗? 使得! 绝对使得! 我们且看胡适之怎样说。他说:"……字典说'这'字该读'鱼彦反',我们却偏读它做'者个'的者字;字典说'么'是'细小',我们偏把它用做'什么'、'那么'的么字;字典说'没'字是'沉也''尽也',我们偏用它做'无有'的无字解;字典说'的'字有许多意义,我们偏把它用来代文言的'之'字、'者'字、'所'……字。"所以代字的采用是不要客气的。尚且代字的采用亦不是今人的自作聪明,事实亦是"遵古法制",学了古人的行径。原来用代字的事,却是古人曾做过的。古人的这样行径可有不对吗? 其实没有不对的地方。我们知道做字的当时已经许可人采用代字了。六书中的"假借"便是许可人采用代字的用意。所以古人就已经有采用代字的行为了。有读国语的人便晓得当时没有"悦"字可用,采用"说",必要的范围内去做的,若不是绝对必要的时,我们亦是不愿意叫文字增加了太多。至于采用代字要怎样采用呢? 这又是一个问题。我们要做的是台湾话可就不能完全学中国人了,那末我们从那里去采用呢? 从歌曲里。陈三五娘、山伯英台、郑元和、玉堂春、采茶、惊某、十八摸里头去取材吗? 这却不行。因为歌曲里所用的字大都取音不取义,无共通性的居多。我们提倡乡土文学,是要使读台湾白话文起底的人能兼通中国白话文(勿论是能看不能念,像现在的状态),而用台湾的白话写出来的文章,使中国人亦看晓得,并不是把自己的门关起来不和中国人交通的。如果要把自己的门关起不和中国人交通,我们尽可采用罗马字来写台湾的白话文,也就不必噜噜苏苏地闹着乡土文学了。

我们因为要写给中国人亦看晓的台湾白话文,因为要使读台湾的白话文起底的人能兼通中国的白话文,所以要采取和中国的白话文有共通性的代字来用,所以歌曲所用的白话文字不能给我们做材料。歌曲所用的字是取音不取义,我们不是在不得已的地方却不要取音,反要取义来换读土音(白话音)。例如歌曲是用"不通"来代"不可"的(有时且用"梅"字代"不"字),这确是用不来的。换句话说,我们是要采取适合意思的字来读土音，不是要用本音来构成白话的。因此，我们所要采用的代字就另有方向了。

我们对于中国的白话文既然能把"的"字读做"之"的白话；把"会"读做"能"字的白话；把"和"字读做"与"字、"及"字的白话；把"什么"读做"何者"的白话；把"他"字读做"伊"，把"给"读做"咬"、"乎"……，所以这些字都要采用。若是在不得已的当儿，像复字和单字相冲突的地方，就不得不采用我们特别需要的代字。例如"这里"是二字的话，台湾话只有一字"嗟"字；"那里"是二字的话，台湾话只有一字"叱"字；"不会"是二字的话，台湾话只有一字"卖"字；"你们"是二字的话，台湾话是一字"恁"字之类。我们若不另用代字，便不能写成台湾话，所以不得不另外采用。若是像歌曲里所采用的字来说，"卜"是不共通的。我们已经有很共通的"要"字可用，何必去用那不共通的"卜"字呢？

四、言语的整理

我们在建设乡土文学的工作中，免不得有整理言语的一件事。但是这个整理却不是要移言语去就文字的，而是要把言语削减些的。有字可用的话，就无论什么话，我们亦无去整理它的必要。只有那些无字可用的话，因为要另做新字或另找代字来用的麻烦，所以遇有二句以上的全意思的话（不是类似），便须把它删剩一句。例如"无奈何"、"无乾哇"（哇字读下平）这二句话本是同样的意思，就该把下句放弃，免去用它了。又如"怎样"和"按怎"亦是应该把下句略去的。这是因为采用新代字和另做新字都是在不得已的当儿去做的，所以在无必要的时，就免去用它了。若是像"恍惚"和"亲像"，又像"食辛劳"和"食头路"这些类似的话，我们就不该把它放弃了。总而言之，铸造新字或是采用新代字都是不得已的时去做的，而言语亦在必要的范围内去省略的。

五、读音的问题

关于读音的问题，我们的答案亦很简单。我在前面说过，是要采用字义来读土音的，所以无论什么句，都要将台湾的白话读去的。但是读白话的意思并不是字字皆读土音，是有时要读土音，有时读正音的。例如"生子"便读土音"SE—KIA"，若是"孔子"便该读正音"KHONGTSU"；"食饭"便读土音，但是"食欲"便该读正音。"不可"该读做"MTHANG"，"可以"却就应该读这"KHOI"……又如代字来说，"要"字是读做"BOEH"；"和"读音"蛤"；"他"读音"伊"；"这"字读音"TSE"，用在"这个"，"这样"的时候便读音"质"。总而言之，要用纯粹的台湾话读去就是。

因为一个字要读做许多音，或者有人要说是麻烦不容易记忆吧！但这事实上都不是有麻烦的。勿论在未惯的时，免不得要有多少阻碍，可是用惯来便不成问题。譬论"不成问题"四字写出来，谁晓得把她读正音，若是写三字"不成人"出来，谁亦晓得读土音。同是二字"不成"，下面加"问题"便读正音，下面加"人"字便读土音，这是我们说惯了的白话。要读正音才能成话的便读正音，要读土音才能成话的便读土音，这是顺着我们习惯去进行的。你要故意牵强，且牵强不来，那里会麻烦什么？我们知道，同是一字"己"字，用在"不得己"的时，谁也晓得读音"以"，用在"自己"的时，谁亦晓得读音"几"，这却亦用不着先生的银硃笔来交破的。同是一字"好"字，用在"好恶"的时，免先生来交破亦能把她读去声；用在"好坏"的时，免先生交破亦能把好读做上声。同是一字"易"字，用在"交易"，大家晓得读音"译"；用在"容易"，大家便晓得读音"异"。事实是惯了便成自然，那里有麻烦呢？

我们在记这些读音，用在什么地方便读什么音，亦只像学英语的在记单语一样，尚且记得几个来，便能一理通万理彻，到底是比读出来不知意思，要经一番解说的更不会麻烦、更容易进步，这点我敢确信！读音的问题既然解决，我们便可以进而打造基础了。

六、基础问题

我们建设乡土文学的工作还要打定个稳固的基础,这个基础勿论是要打在全乡土(全岛)的构成员上面。但是怎样才能打得稳固呢? 这是一个问题。关于基础的工作我们还要费了多少苦心,并不是单单讲方法便会成功的。我们单单讲做新字,那末,叫谁去做? 我们单单讲采用代字,那末,叫谁去采? 所以我们的当面的问题还是在怎样把基础打得稳固来的一件事。

我想我们最初步的工作还是来编辑几种读物,如常识课本、尺牍课本、作文课本之类。由初学的儿童侵入,这是很重要的工作。我们知道,现在台湾人对汉文的向学心很浓厚,所以到处都是书房林立。但是很可惜,这些书房所做出来的效果很少,许多好学的青年读了三年五年尚是没有什么所得,有的天资较高的却亦有几个读到可以说得"看得来写得去",但是大部分都是跟先生去的居多。这并不是没有缘故,第一就是因为无书可读。现在所读的书全部是文言,读文言是不能用白话直读(就使你要勉强用白话直读也只是读不成话)的,所以要先记熟了字音,然后又要经过一番的解说。因为读出来不明白是什么话,所以要记这些字音便要费了许多心神和时间。记熟了字音,又要记解释,又要费了许多心神和时间(因为照字说出来还是不能充分明了)。所以三年五年所得的效果很少,这是必然的。关于这点,做先生的是苦于解说难给学生理解;做学生的是苦于读难熟和解说听无;做父兄的是苦于开了长期学费负担太重。

如果我们来编出几种可用白话直读的课本给书房去教,即做先生的亦免苦于解说为难,做学生的亦欢喜随读随通,做父兄的亦欢喜子弟的进步很快。这样来,因为学生的成功很快,做先生的给父兄的信赖就愈坚固,做父兄的亦就更加有勇气给子弟读。于是一般的学业进步,乡土文学的势力扩大,乡土文学的基础就坚固起来了。因为青年们既然读白话文起底,叫他去打起唐宋八家的古腔调是打不来又且不愿意的了。勿论在这中间必然的要有几个"雅"先生会嫌白话文粗俗,要来反对的。可是这亦不成问题,时势的要求,主要的条件只是"看得来写得去",将来也是"看得来写得去"才有雅的存在。那些所谓雅的东西将来就使不会变俗,亦只好排古董。要想用那"看不懂"的东西来抵抗实用的东西,亦算得是螳臂挡车不自量力的。现在的父兄已经不是望子弟去进秀才、中进士的父兄了,所以那班没有历史的眼光,不懂文字的意义的雅先生,他们尽管在那里喝"中止!",而我们的白话文运动是可以安心猛进的。

一方面我们还须编一部辞典或字典。因为我们起初着手是不能把一切要用的名词尽量采收入读本里面去的。即使可能来说,亦须编了许多种才能尽量采收。既然是这样,要使青年们把许多读本都读尽了,这亦是一件难事。因此,所以我们的白话字典、白话辞典就必要了。这些便是我们的基础工作。

七、结　论

关于一切工作,我们既然略定一个方针了,但是要做亦要有人去做,无人便做不来,这是一定的。所以我想须纠合几个同志,组织一个乡土文学研究会。对于一切的进行的程序,用心来讨论,就像编书的工作,也须分工去做的。至于采用代字,另做新字,这亦是要经过讨论,只少亦须采得较合、做得较合,并不是一二人可以武断得来,自作聪明得来的。譬论说,上文有用一个"卖"字代替"不能",这当然是很不妥当的。所以我们要有一个组织体才可以公定出标准的代字和新字。一方面编书亦容易完成;又一方面可以做出些模范作品!诗、小说、散文、论文都是要渐渐试作出来的。我们如果没有一个组织,则所采用的新代字另做的新字便不能统一。像中国先前有许多人用"底"字代"之"字,有的甚至用"地"字代"之"字,这便是不统一的现象。我们要免去这种不统一的现象就要有一个组织体才行。

附记:因为台湾没有注音字母,所以用罗马字代理,望请读者原谅吧。

（原刊《台湾新闻》,一九三一年七月廿四日,连载八回）

给黄石辉先生

——乡土文学的吟味

毓　文[1]

　　去年先生在《伍人报》上发表了宏论——《怎样不提倡乡土文学》，我就觉的有讨论的价值。利用工作的余暇，凑了一些管见，寄上伍人报社，意想把它发表以叩先生的高教。没奈言论被封，伍人报连续遭了发禁，终于休刊了。因此，我也失了发表的机会。直至前夜翻阅旧报纸时，不图矇着先生的《再论乡土文学》，益使我感激先生的信念伟大，益使我感到自己的责务须尽——因为我是一个文学青年，所有关着文艺的问题有坦心研究的必要，这么着也不顾及肤浅粗漏，勉强把这一篇歪论发表出来。不及的地方，还要先生教导！

　　以前，我曾读过黄华氏编述的《现代文艺思潮》，记的乡土文学是发生于十九世纪的末叶建立在德国文坛的。当时的有自觉的斗士——如主倡者的 F.Lienhard、代表作家的 Frenssen, A.Bor-tela. Worpaueber、奥国的人 R.H.Beartsch 等。把"街耀新舍、尊重都会之余，把历史和国家过去和国民忘记掉"看做当时文坛的弊病而提倡起来的。他们给它叫做"Heimatannst"——乡土艺术——最大的目标，是在描写乡土特殊的自然风俗，和表现乡土的感情思想，事实这就是今日的"田园文学"。比于"村落小说"尤其是乡土的底，因为它的内容过于泛渺，没有时代性，又没有阶级性，凡百的写作只管写写好，所以，一到今日完全的声消迹绝了。但不知道先

---

[1]　编者注：毓文，原名廖毓文。

生所要提倡的"乡土文学"究竟属那一种样式呢？

先生在伍人报上《怎样不提倡乡土文学》里说："我们台湾人，脚踏的是台湾地，头戴的是台湾天，耳所听的是台湾事，目所见是台湾物，当然要写就写台湾的事情景物。"说的不错，我们要写什么？当然就写我们耳边的事、目前的景，这是当然又当然的。但是我问问先生，由来很久，像那自然主义的文学、象征主义的文学，其他什么什么的文字，那一种没有染笔于乡土的事情？没有染笔于乡土的景物呢？

我并不说先生的提议不对，不过这样的主张也至如老大胡适，重复的敷衍敷衍，"叙事不能畅尽，写情不能饱满的，不是真正的短篇小说"。其实短篇、长篇，至于别的什么小说，本来就要畅快地叙情尽致地状物的呀！

先生又在台湾新闻的《再论乡土文学》里说："我们为什么要提倡乡土文学呢？一不用说，就是因为乡土文学能够充分地状物达意。"又说"文学是代表说话的，而一地方有一地方的话，所以要提倡乡土文学"。先生，这样的说法过于潦草了。我再问问先生，乡土文学而外，那一种文学不善状物？那一种文学不善达意呢？那末，一地方要一地方的文学，台湾五州、中国十八省别也要如数的乡土文学么？

再进一步，先生的提倡乡土文学究竟为了什么？是为文艺本身而要提倡乡土文学呢？还是为教育其物而要提倡乡土文学呢？我反复几次嚼读了先生的高论，都会感到前后二文论旨没有统一，而先生的意图也是暧昧不明。

倘然想尽力于教育的普及而要创设"台湾白话文"，都有一片的理由。那末，为文学的大众化，先生就不该"闭文守户"，偏执台湾话的台湾文学了。怎样呢？文学是"全世界的公器"，他的种种成立条件也是世界共有的，所以不论他是那一国、那一种的文学，他的对象和他的性质至于目的都不许其差异的，况且客观的现实所在要求的也是以历史的必然性的社会的价值为目的底文学，即所谓"布尔塞维克"的"普鲁文学"。怎么先生偏要把这僵了的死体抬上台来？

总而言之，先生的满腔的热诚我是十分钦佩的，但是先生的办法我就不敢恭维了。我读了先生的前后两文，还有看到几处不满的地方，就是先生的说话丝毫没有思索，而致自己撞着。如在《怎样不提倡乡土文学》里说：何况台湾话只能用于台湾，其实，和中国全国都有连带的关系。而在《再论乡土文学》里偏说"中国的白话文我们台湾人就不能懂"，既然有连带的关系，岂有不通之理？此外的矛盾，敢烦先生重复比较尔的论文便会知道。又我们台湾明明没有固有的表现形式,先生偏说:"内山的蕃话也有价值,只是它没有文字可以表现。"以为我们台湾也要独创的文字,这是错的。而先生所在指的价值也不知道是在指什么价值?若说言语能够完就言语的职能就是价值,那末《老太婆》(《伍人报》所在,质是另外问题)里的"大人呵!索子来解开啦!要活活缚死么?不解?好!我就来哭哭出气。我苦喂!我苦喂!尔侥幸失得!飞飞做尔去,放我乎人来凌治。尔在生都是有志气,死了也着有灵有圣!将这恶狗掠掠去,免得大家受苦过日子!我夫……喂!"这样无聊的送哥歌,《叔父》新民报所载里破笔就是"干恁娘!驶恁祖公祖妈"一样粗鄙的行军曲。先生,尔也说这有价值么?

　　总之,我所要反对先生用台湾话做文写诗者,并不是俗与不俗、雅与不雅,就是我们台湾话还且幼稚,不够作为文学的利器,所以要主张中国的白话——如日本各地方标准东京语——一样,而来从事我们的创作。至如方言,在言语没有统一之前是难得免的,我们只管费点工夫给他注解注解,就是没有弄不清楚了。此外,我们标准中国白话可以直接使用文字表现内在的必然,读者也不至于误会字义,而且到处也可以通行。

　　以上便是我反对理由的大概,关于枝节的问题和详细,有我的同志克夫和点人担负,所以简略一点,在此收束。

　　　　　　　　　　　　(原刊《昭和新报》140、141 号,一九三一年八月一日、八日)

"乡土文学"的检讨

——读黄石辉君的高论

克　夫①

一

去年我在读《伍人报》的时候,也曾读过黄石辉先生所提倡的"乡土文学",对他热心于台湾文学这一点我是很表敬意。但是,在思想上和见解上却是不能够完全一致的。当时在《伍人报》上对其意见的赞否两论屡见叠出,现出一番的激论,后来因为《伍人报》被当局禁止,这个问题的讨论也迫随它而终,没有到达完全的结果。

到近日在《台湾新闻》纸上,才再碰见黄先生《再谈乡土文学》依然不断地在讨论"乡土文学"的意见,他这样的热心更加使我佩服。但在理论上过于形式的和理想的,对于经验和实际似有失了本来的真面目。尤其是要改革一种文学,也不是这样的简单就可以达到目的。应该参酌过去,想想将来。另一方面经济上、时间上、地理上、进化上、教育上、施设上,等等,都要考虑着,才会得着接近理想,只单把形式的和理想的底问题是不能敷衍过去的。所以我对于这点有些怀疑,说几句意见来检讨检讨,还希望大家勿吝发表高见有以教我为幸。

---

① 编者注:克夫,原名林克夫。

二

怎样才是"乡土文学"？我不是说不可提倡"乡土文学"的，我是很赞成提倡"乡土文学"的一人，譬如各国都有它的"乡土文学"，所以这"乡土文学"是很切要，而是必然的。但是我所要说的"乡土文学"却并不是像黄先生所提倡的"乡土文学"，他说：

甲、"因为文学是代表说话的，而一地方有一地方的话"。文学也不是这样的简单的，文学是否只能够代表说话而已么？若说文学只能代表说话而已，那末那些笑、苦、乐、思想、感情，等等，这也说是包含在说话里面么？文学本来是有文学的定义，试将施天伴先生所说的文学定义举出来："将美艺运用文字表现人类心理精确的状态谓之文学。"这条定义明载在"新文学的评论"，详细请参考。

乙、他又说"一地方有一地方的话，所以要乡土文学"。

虽是这样说，也未免太狭义得很呵！而况且：

1. 台湾的话有好几种，如广东人的广东话，福建人的泉州话及漳州话、福州话，等等。虽然是泉州人和漳州人较多，其余各省的人也不少，倘若采用这二州的话来做单位，那么他省他县的人就不能懂了。而且各地方也有各地方固有的俚谚，台北、台中、台南等各地方也有多少的不同。

2. 在地理上全面积不过二千五百方里而已，独立的岛屿不少，因与大陆不能直通，自然而然风俗、民情、语言各异。所以要用一地方的话来写乡土文学给全台湾的民众看得懂，是一种很困难的事。

丙、他又说："用中国的白话文，是不能充分地代表台湾话。"这却也是事实。然而中国各省各地的方言岂不也是不能以普通话的白话文充分代表，难道中国各地也要另外造出一种的文学去表现其乡土文学不成？

丁、"我们以语言事物为主……所写是要给亲近的人看，不是要给远方的人看的"。台湾何必这样的苦心来造出一种专使台湾人懂得的文学呢？

若是能够普遍的来学中国白话文，而用中国白话文也得使中国人会懂，岂不较好的么？因为台湾和中国直接间接有很密接的关系，所以我希望台湾人个个学中国文更去学中国话，而用中国白话文来写文学。而且中国白话文本是中国固有的文字，所以台湾人本来是很容易懂的，所有不懂的是那些地方方言而已。这些地方方言又是很容易会的，所以是比较创造一种台湾特殊的台湾字岂不是较为经济得很么？

戊、"采用代字和另造新字"本来文字是代表语言，采用代字是可以的，但是台湾语缺少圆滑，粗俗得很，而且太不清雅，本来是有改革的必要。如胡适之先生说："有话就写话，没话可以用文代。"可见文字也就不是专代表语言，文字还可以改造语言的。而且台湾话讹音太多、若不是矫正语言都要到没有意思的。何况采用代字或是另造新字，要来代表这不完全的或是没有意思的话呢？再者一方面普及很困难，不如用中国白话文来发表较为经济。

三

他说"……用台湾白话写出的文章使中国人看得晓，并不是把自己的门关起来"这话和你在上面所说的"……台湾白话文是要给亲近的人看，不是特别要给远方的人看"。那段对照岂不是自相矛盾得很么？你是不是在说中国是亲近的，而外国才是远方的么？而且你又说："台湾人不能懂中国话。"但是其实台湾人要学中国话并不是什么困难，但是我不是在反对把台湾文学给中国人看得懂，我是很希望中国人都能会懂得台湾文学。

四

他说"文学的整理……这个整理却不是要移言语去就文字的，而是要把语言削减些。有字可用的话就勿论什么话，我们没去整理它的必要"。在上文我已经表明过，台湾话讹音和不完全的话也很多，所以若是要用台湾话写文，差不多全部要如你所说非用代字或另造新字不可了。如"食头路"这句话虽然是有字可有,但是中国人看得懂吗?

五

　　综合以上的说明,我的意见不外是反对再建设一种的台湾白话来创造台湾文学,若能够把中国白话文来普及于台湾社会,使大众也能懂得中国话,中国人也能理解台湾文学,岂不是两全其美!

　　　　　　　　　　　　　　　(原刊《台湾新民报》,一九三一年八月十五日)

检一检"乡土文学"

点　人①

　　黄石辉先生去年在《伍人报》上发表了《怎样不提倡乡土文学》，顷又在《台湾中报》上发表了《再谈乡土文学》，始终在提倡乡土文学，烈热的意志，很可钦佩的。不过前后的主张没有一致，而后者的意见又有些不妥当的地方，所以要把它来检点检点。乡土文学是发生于十九世纪独逸文坛的，至 Roseegges 为全盛期，他是乡土文学的大立物，《樵夫之家》（Holzneehthaus）是其代表作。若要明了乡土文学是什么，《樵夫之家》恰是好个见本。

　　但黄先生所提倡的乡土文学，我亦要和毓文一样向黄先生发问："你们所提倡的是哪一种的乡土文学？"但是我们在未讨论以前须要声明的，从来台湾人以为批评人家的议论为不洁，像最近颜笏山先生和黄纯青先生的"墨子"论争，到末了有人出来谩骂，那完全是忘记了学术讨论的精神了！要之，双方能够始终一致的站在讨论的立场上来讨论才是讨论的态度呀！这亦许是黄先生所愿意赞同的吧？那末我们就要不客气地讨论了。

　　黄先生说："要医台湾的文盲症，除却台湾白话文是不能为功。"这样的见解有没有妥当？要医台湾的文盲症，疗救的方法很多，除了台湾白话文而外，还有在来所袭用的汉文（文言）和日文等等。如果学会了任何一种的文字，文盲症是"自然

---

　　① 　编者注：点人，原名朱点人。

的"可以疗救的。何必狭义的去指定那一种的文学。

黄先生说："因为文学能够充分地状物达意，因为文学是代表说话的，而一地方有一地方的话，所以要乡土文学。"这见解亦和上节有毛病。譬如黄先生是屏东人，我们是台北人，屏东人的话和台北人的话说不定句句会相同？而且台湾可以分为中、南、北部，尤其是散在中部各地的所谓广东人所说的话，和南北部所说的话就有天地之别了！如果说"要代表一地方的话就要一地方的文学"。那么以台湾的州郡来说，亦许一州一郡可以发生一州一郡的文学了。世事这么繁忙，万事要求经济的今日"一地方要一地方的文学"。这么麻烦，是无益于人生的，那里有提倡的价值呢？

至于用字，黄先生说"中国人"不容易说出"恁请"，台湾人亦不容易说出"再会"。试问黄先生，中国人何尝说不出"恁请"？而台湾人很容易的说得出"再会"的例，可以从黄先生的文中找得出来的。黄先生说："又像中国白话文中有许多'那末'、'也许'，这却是用台湾话说不出来的。""那末"、"也许"已然台湾话说不出来怎样，黄先生的"文学的目的已然是代表说话。'那末'应该有话……"的"那末"何以能够说得出来呢？黄先生又说"若是中国白话文……勿论看的人有时看的来。就是看的来……勉强读出来亦不成话……"这亦是无理的解释吧？大概有学过汉文的(不必指学究)中国白话文都是看的来。已然看的来，当然是读的成话(就是台湾音读去)。黄先生如果说读不成话时，就请他举一个读不成话的例来怎样？黄先生又在说："所以我们的以语言的事物为主的意思。因为我们所写的是要给和我们最亲近的人看的，不是特别要给远方的人看的……"黄先的乡土文学已然要给他们最亲近的人看，不是特别要给远方的人看时，那末，他们何必将他们的意见登诸报端？要人家的讨论？他们亦许知道新闻纸的任务？他们已然知道新闻纸的任务，而把他们的意见发表在它上面。就可以推知他们不但要给他们最亲近的人看，还要给远方的人看了。再进一步来说，他们的乡土文学若是刊行之日，他们不仅要卖给他们最亲近的人看，不消说，他们亦会扩张它的范围吧！

要之，要知文学之所以为文学，已称为文学，当然不是私人的书信可比。它的任务是要公开于大众之前，不但要使它大众化，还要使它给后代的人看，用做精神的遗产,留给于后代。

文学的任务不止于此,以台湾来说,就要将台湾的自然、社会、人情、风俗,等等介绍给世界人看,将台湾的文学造成世界的。

黄先生又在说:"我们因为要写给中国人亦看得晓的台湾白话文,因为要使读台湾的白话文起底的人能兼通白话文。"黄先生在上面说他们的文学是要给他们的最亲近的人看,不是特别要给远方的人看,已然说中国人不容易说出台湾话。的确中国人亦看不晓黄先生的文学,尤其是中国人不是黄先生的最亲近的人,那末黄先生前后的主张不是自相矛盾吗?

又如言语的整理说:"这个整理却不是要移言语去就文字的。"现代各国的文字都是"言文一致"的,若不将文字去代替语言,如何能够说得是"言文"呢?

再如"我们最初的工作,还是来编辑几种读物。如常识读本、尺牍课本……之类,由初学的儿童侵入"。又再如"如果我们来编出几种可用直读的课本给书房去教"。现在见学校的汉文科有欲废止之说,甚至有废去的地方? 台湾人的子弟(普罗阶级)大部分只靠着公学校栽培,而汉文科如果靠不住时,黄先生纵然编出了好些读物亦是无济于事的……而且黄先生的读本、课本……不叫青年去读,偏偏要从初学的儿童入手,待到儿童到了青年期,或成年期就要经过很久的岁月。现在事物都在求实用化、经济化,试看世界上的国语何止几十,尚且有人嫌它麻烦。出来提倡世界语,若照黄先生的意见,可以说是迂远之极了!

至而"采用代字另制新字",采用代字姑且勿论,另制新字呢? 我敢说它是不必的! 我们可以举一个例,如日本所制的国字(汉字新字),因为它的主体是国家,它有文部省为它颁布,所以一经施行就会普遍全国。黄先生的主体是私人,私人没有教育的机关,那么黄先生所制的新字怎样地去使它普遍呢? 如何要给书房去教呢? 因为书房先生都是些老学究和旧文学的先生,他们已没有新时代的眼光,对于白话文的教授未必然有素养(经验)。所以对于白话文的教授,有这层的困难阻隔着。

我们希望黄先生的乡土文学不要仅给于最亲近的人看,要把眼光放远一点,要知文学之所以为文学,不要以一地方的文学而满足。进一步来提倡台湾大众文学,要如卢那卡尔斯基(Lunacharsky)所说:"能够将社会内容用了使千百万人也都感动的作家,愿于他有光荣吧!"才好。

至于用字,在可能的范围内尽量采用中国白话文,因为台湾人和中国的文字,已经有很久的历史了……若以中国白话文来描写台湾的事物,对于地方色是毫无阻害的。地方色已能保存,乡土的色彩自可备而无遗了!

又何必来提倡乡土文学,致妨害时间、空间的经济呢?

(一九三一、七、二〇)

这篇曾以《检讨再谈乡土文学》的题名寄上《台湾新闻》,但事经许久未见刊登,于是把它修改一些寄上本报发表。当它在发表时就听见朋友说,它在二十日的《台湾新闻》的朝刊上登载出来了。因为那篇和这篇的意见有些没有相同的地方,所以不得不在此声明一下,若是黄先生对我的意见认为有讨论的必要时,就请他以这篇做根据吧!

(原刊《昭和新报》,一九三一、八、廿九,连载三回)

建设"台湾话文"一提案

郭秋生

我七月初在《台湾新闻》发表一篇不周不全的文《建设台湾话文一提案》，主张台湾话的文字化以驱除台湾文盲症出境。

但是"建设"的方面却未曾说过，所以我想要拨《新民报》的篇幅，在这里对建设方面饶舌饶舌。

基础工作

没有随伴实行的理论是空论，但是没有把握能性的实行也只有等于空行，尤其是事初的建设，更觉的有加一层的重大性。

台湾话的文字化若徒止在现在的台湾话成立文字，自然是无从发见台湾话文的理想，其实也没有配称"建设"两字的价值。

虽然是这欵，把现在的台湾话头先文字化这种工作，也应认明是一种建设台湾话文的极其重大的"打基础"，在这基础上创造起来的优秀的台湾话便算是理想。所以我方才把标题的台湾话文一提案冠上两字"建设"就是这层意思。

基础工作的把台湾话文字化要用什么方法？要从那一方面做起？石辉兄说：组织一个研究会统制全岛的同志，互相从事考据、整理、新生、评定，这种工作自然是不能免的。但是这种工作后的实践的一步——基础的打建——要印在那一方面？换句说，要用什么手段把这些评定的文字化的台湾话文普遍化？

石辉兄有说：编制成部读物使书房先生去教，又编台湾话文的词典、字典使一般的台湾人活用，这种果然也是必要的工作，但是在我的见解，读物当以趣味问题为中心才有效力，至于期待既成的书房先生用做教本，若果实现得来甚妙，打算这点莫急期待较好。再若词典、字典应是不急的事业，虽然新字的字积要随评定后同时累集成篇，却也是一种的假定，我想完全的词典、字典完成的时候，一定是台湾话文的大团圆的日子了。只是这种工作的完成不知道要再几多的时间？虽然吾辈可以不断努力，也终有所期待这一点的完成反映。

然而目前这种"基础的打建"要怎样作去才有实质的效力？我想打建的地点的确要找文盲层这所素地啦！但是普遍化的手段要用什么？编读物做公学校的教程自然是无望的，做书房课本也不是急期的，开讲习会也怕是时间上、经济上不许的，结局只有投合文盲兄弟的"环境不惠"的心理，多能引起他自发的兴味徐徐认识起字，又能使他不知不觉的中间成就一个看得来写得去的人，这才算得是理想的啦！

然而这种理想在那一处可见吗？歌谣啦！尤其是现在所流行的民歌啦！所以我想把既成的歌谣及现在流行的民歌（所谓俗歌）整理，为其第一有公效的。

只是民俗学的研究的问题是吾辈后日的工作，当面所要整理的目的，只在文字化这一点啦！

过去的歌谣，及现在所流行的民歌当然是纯粹的台湾语，不过产生在"环境不惠"的兄弟们居多，所以没有余力可考据言语的正体，也没有余力可稽考适合的文字。以致所记号的全篇乱七糟八，逐遭识字的人一笑抹消。但是识字的人尽管抹消，在"环境不惠"的兄弟们依然是执着做他们的至宝。什么"三伯英台"、"吕蒙正"、"相褒歌"等等，不计其数地踵接踵去做他们唯一的知己，我知道这些民歌的蔓延力有胜过什么诗、书、文存、集等等几万倍。

但是不幸他们的意识，只在要知道该歌调而足，其实他们也知道歌里的字有不通的较多，所以也没有想要认识该字来应用应用。

然而在现状的台湾，应认识这些民歌用过去的歌谣做一种真理正传的台湾民间文学才是了，可笑吗？没有价值吗？若果这样说的人，请爬上象牙塔尖去高坐吧！台湾大多数的文盲兄弟所要求的，是要这样率直记号台湾语的文啦！

所以吾辈说，当面的工作，先要把歌谣及民歌照吾辈所定的原则整理整理，而后再归还"环境不惠"的大多数的兄弟。于是路傍演说的卖药兄弟的确会做先生，看牛兄弟也自然会做起传道师传播直去，所有的文盲兄弟姊妹随工余的闲暇尽可慰安，也尽可识字，也尽可做起家庭教师。譬如为父母的无聊的时候就念念儿歌、童谣、谜语给儿童听，及儿童长大，看着那篇儿歌、童谣、谜语的文字，便可即时恍悟到这句话就是这样写，好句话就是那样写。有事要写信，就把这句那句写落纸面，没有先生教的人，也至于居然做起先生教以上的效力，这岂不是再妙没有的痛快事吗？

过去的歌谣及现行的民歌整理，不但为新打建的普遍化"功效第一"，做台湾话文的基础也是顶确实没有！

歌谣的产生，自然是各地方都有的，也自然是本各地方现行的言语以表现生活的。虽然过去的歌谣，也有从他处流入散布的，但是在现在各地方对所存在的歌谣里的言语，若不失为通用语，便无妨当所存在同样的歌谣的地方，做言语共通的。所以若把各地方所存在的歌谣网罗起来，即时可发见共通语是什么？若把歌谣里的共通语来做台湾语，打算不至什么错误才是了。

让一步说，假使全岛的歌谣里的共通语，大多是福建系的言语，就把福建系语做台湾语有什么不通？何况台湾语的现在，既不是纯然一族系的固有的言语，可是一种混化着的台湾语，将来也是要再混化摄取的台湾语啦！

台湾人所使用的文字的内在，既然是完全同一样的意义，现在及将来的台湾语，也既不是纯然一族系的固有言语，而吾辈提案的台湾话文，又不是把字义的内在改易，结局台湾人要说不懂台湾话文似觉非理。设使为八人懂的而做，而牺牲了二人的不懂，也是自然而然会至于不懂的人而自懂的。岂有什么问题？

其实各地方的歌谣的言语大体全岛一致的，请看《新民报》本年一、二、三月间所登载的各地寄来的歌谣便可一目了然，而标准语的怀疑也可以迎刃而解了。

到底台湾语有没有字？可写的有若干吗？这可说是我提案台湾话文的生命问题啦！把目下最流行的民歌"雪文思君"一篇当做资料来看：

唱出一歌分恁听，雪文做人真端正，

坚心为夫守清节，人流传好名声。

劝恁列位注意听，着学雪文这路行，

不通学人讨契兄，无尪婿生子呆名声。

正月算来人迎尪，满街人马闹匆匆。

前街闹热透后巷，人娶人看迎尪。

——下略——

打算这篇歌，在中南部的劳动兄弟晓得念的人不少，全篇八百四十三字，内所谓方言的性质的既成文字——阮、恁、尪、卜、乎——连叠字总算二十六字；完全没有字的，连叠字总算二十一字，合计起来四十七字。若照这篇看来，连所谓方言的性质的既成文字也当做台湾独特的新字算，不过是百字中五字半而已。这值得大惊小怪吗？就是最大限度看做百字中十字，也应是不足配虑的。

创作新字的问题，谁都以惊异的眼光看待，其实百字中十字独特的台湾字，会破坏到文的外延力几成吗？就是以纯粹中国白话文为理想的人，也当然要认定为这些独特的台湾字是做方言的表现，岂有反对的余地吗？

本格的建设

台湾话真个幼稚不堪做文写诗吗？

台湾话真个缺少圆滑粗涩得很，而且太不雅吗？

所谓台湾的文学青年，抱这种消极的观念，未免太过怠慢，太过无责任了。固然现在的台湾话即时写上文字，有粗涩不圆滑的地方，但是也要不可没觑台湾话有优秀的成分包含着。道将来的台湾话也的确是今日一种而已吗？若必是将来的台湾话也是和今日不异，那末台湾应是没有产生所谓文学青年才对。就是有产生，也不过是文学老年娱乐现状、饱满现在社会的晚景而已。

事实现在台湾的文学青年对现状的台湾有满足持续吗？　自然是没有满足方才

值得青年两字的意气,也所以文学青年才说得是时代的产生啦!虽然文学青年不会先时代启发民众,不会先民众于第一线描写当来幸福的生活,岂能荣受青年两字的尊称吗?

我极爱中国的白话文,其实我何尝一日离却中国的白话文?但是我不能满足中国白话文,也其实是时代不许满足的中国白话文使我用啦!

中国的白话文可完全在台湾繁殖吗?既言文一致为白话文的理想,自然是不拒绝地方文学的方言的特色,那末台湾文学在中国白话体系的位置,在理论上应是和中国一个地方的位置同等,然而实质上现在的台湾想要同中国一地方做同样白话文体系的方言位置,做得成吗?

譬喻个例啦!汽车、自来水、自来水笔,这在中国白话文的政治限域内通通有一致的必然,但是这必然却不能延长到台湾改变台湾人的自动车、水道、万年笔啦!

设使理想中国白话文的人说,像自动车、水道、万年笔这样,何妨当白话文体系的台湾独特的方言,那末阮、恁这种台湾话,打算也不便否认才是。

既有肯定独特的台湾话做白话文体系的方言的性质,难道吾辈提案创新字来记号独特的台湾语,是那一处不妙吗?

我再反复一遍,若说这样新字是闭门关户,是画蛇添足,那末台湾人说的自动车一定要改称汽车,要不然岂不也是闭门关户、画蛇添足的一个例证吗?

于是可以明白吾辈的提案新字不是观涛失海的,反是认明海更站定岸,所以始终立在台湾人的地位。与其用易招误解的记音字,实若创造新字为根绝这些误解较有实益多多。所以我说台湾话文是汉文体系的"较鲜明一点"方言的地方色就是这层道理。

台湾的文学青年先生!积极的努力一点怎样?建设啦!活用一点创造成的精神啦!台湾人说的台湾话至死都不会不说的,亲像我们的子女,什么样愚钝也依然是自己的子女,为父母的人使得不感觉子女的愚钝是自己的怠慢吗?若说出来又岂不自觉见笑吗?

幼稚!果然是幼稚!什么人不是从幼稚起?苟知道台湾话幼稚的人应该要当心这问题的解决。台湾的文学青年先生!我所以提案建设台湾话文就是在这一点啦!创造啦!创造较优秀的台湾话啦!创造会做文学利器的台湾话啦!所谓台湾的文学青年在这一点使得没有痛感责任重大吗？黄石辉兄主张的"乡土文学"也不外是我这理想的"台湾话文"啦！

什么叫创造吗？发见啦！但要创造的发见啦！即从既成的文学里摄取啦！自然是文言也好、白话也好、日本话也好、国际话也好，苟能有用于台湾，能提高台湾话的一切摄入台湾人的肚肠里的消化做优雅的台湾话啦！

就现在的台湾话也随处可发见摄取的成分——可见、似乎、甚至、怠慢、拒绝、事实、失陪，要写也写不尽的——。

难道台湾话的确定不会优雅吗？不过所谓台湾的文学青年不想努力就无法啦！

台湾的文学青年先生！你们的高见如何？

（原刊《台湾新民报》，一九三一年八月廿九日、九月七日，连载二回）

谈谈台湾的乡土文学

黄得时

一

近年来，提倡台湾乡土文学的人，渐渐多起来了。过去三年的台湾文学界，几乎完全被乡土文学这个问题占领去。老实说一句，对这黑暗茫无所主的台湾文学界，似乎放下了一点明灯一样。那末，我们应该就赶快把这点明灯拿来作个向导，使我们会进到实现我们的最后的理想才是。他们有的在报纸上，有的在杂志里，堂堂发表各人的名论卓说。其间也不少了很有价值的，使吾们不得不感佩。但到底甲论乙驳，弄得议论沸腾，结局都也是没有见个最后的解决。试看他们的议论，可惜大抵立场置在言语学上，所以时常脱离了线路，跑到别的地方去。理论起来，欲提倡乡土文学以前，我们应当对言语问题先着手才是，然只一味停滞在这个问题的范围内，就会弄出"议论的议论"来，恐怕主要的纯文学的理论，就忘记了。所以我在这里要主张的并不是站在言语学的立场，是站在纯文学的立场。一面可以补充诸老先辈尚未言及的地方，一面促进我们能够会越早一日来实现最后的理想。其间或者有我一个人的偏见和牵强附会的地方也未可知，这点还望大家指导指导。

二

那末,甚么是台湾的乡土文学呢？林立全岛的诗社所产出的汉诗吗？不是。崇文社所募集的文吗？不是。然则台湾的乡土文学是甚么？据我一个人的见解,现在所有的,就是左记的三种：

(1) 先住民族(生番)的跳舞,和那时所唱的歌；

(2) 台湾人(广东人,福建人)的歌仔(山歌,小唱,儿歌……)；

(3) 歌仔戏。

今按上记的三种,逐条简略说明如下：

(1) 不论那种民族的文学,其发生的最初阶段是跳舞。因心有触感于外物,便发生一种的情感。既发生了,就不便将那情意抑郁在胸里,必也时时欲露出来。那么就在不知不觉的中间,手舞足蹈,遂成了一种的跳舞。跳舞既然是情感的鼓动和表现,须要歌曲来调和才会达到完美的境地。所以先住民族,虽然没有浴着现世的文明恩惠,他们也有由心灵儿推进出来的个有的跳舞和歌曲。至于歌的内容种种不一：有的恋爱；有的英雄崇拜的；有的战争的。其中也有文明人几乎不可逮及的作品很多。像日月潭畔的杵音,多么好听,大家都知道的。这堪称是他们的艺术的极致。简直就是他们的纯真的情感鼓动出来的。这样看来,先住民族的跳舞和那时所唱的歌,堪称做台湾乡土文学的一种。

(2) 歌仔是吾们一般大众的唯一慰安物。但这里所谓歌仔者含有山歌,相褒歌,小唱和儿歌等,向来这些歌仔,都被那"道学先生"和"子曰店主"贱视为邪淫粗野鄙俗之词。他们只懂得诗经里的国风,多么有价值,多么神圣不可侵犯,而不懂得吾们台湾的歌仔,也有和诗经同样,多么有价值,他们不但不认定歌仔的价值,并且积极的要来排斥。甚至看他人在那无我乡里鉴赏这些歌仔的时候,便怒目张须的出来阻止,一面拿出他们的口头禅来说道："文以载道",不载道的文要排斥。哈！哈！道学先生！子曰店主！你们何必这样的多心呢？

那末,歌仔在那一点有乡土文学的价值呢？这是极其浅见的理,免我在这里赘言。我单单引一个例来说明。农夫们做完了他们一日田里的工作，才回到家里来，洗衣了澡，饱了饭，坐在庭角的石块顶，像才出笼的小鸟一般，在那里信手大挨而特挨那大广弦，信口吹那横笛，得意的地奏出多少的山歌，唱出许多的小唱。你再听一听。他们的歌，多么独创！多么音韵悠扬！多么悽怆！似乎向着无限悠久的青天，美丽黑暗的夜里，诉出他们的哀愁，吐露他们的人生观一样。这个时候，他们已进入艺术的法悦乡里去了。他们的作品已成为最高的了。简直这些歌仔，完全不可和那诗社里的"无病呻吟"、"言之无物"的诗人的作品同时来论。这单单举一例而已。其他各地都有很有价值的歌仔真多。这些歌仔多么含有各地的人情、风俗、动物、植物等。你听那采茶女所唱的采茶歌，船夫所念的船仔歌，多么含有丰富的"地方色"在那里。

关于这些歌仔的作者，大抵不分明。这不但台湾这样。无论那一国都是同样。大约非只一人做出来的。谅必是年深日久，不知不觉的中间，口口相传而合成的。因之一首歌仔，每有许多的变体。凡一件东西经许多人传诵，一定会有多少的变化。念歌的人，又好把以前已有的歌仔，这里摘一句，那里摘一句，遂凑成了一个的新歌。所以其中也有奇想天开，也有表现法很微妙很幼细的。这些歌仔完全是他们纯真的"心里表现"、"生的呼声"。那末，就可以算是台湾乡土文学的一种。

但这里有一点很遗憾的事，就是他们的歌词却很好；可惜歌调没有甚么样的变化，大抵千篇一律的。此后如会生出多数富有变化而含有音乐的价值的歌调出来和那歌词两两平行，那时候台湾的歌仔，就会变做很有价值的。近年留心而且提倡这歌仔的热度，一日越高一日起来了。我记得前年在台湾艺苑，曾看见刊出台湾国风，并添加很有趣味的批评。这完全是看歌仔和诗经里的国风有同样的价值，因之称歌仔为台湾国风。后来，《台湾新民报》也曾向全岛征募，但看其所征的作品，大抵是儿歌童谣。可惜情歌方面都无被编入在内。《三六九小报》和《南音》近来也时常有刊出。然最可喜的现象，就是最近把这歌仔，加以种种新乐器伴奏吹入蓄音器盘，使大家可以随时随地购去鉴赏。换言说：就是歌仔踏入文学界的第一步了。

我们很希望今后大家共同来采集各地特有的歌仔，一面也要积极的来奖励宣传。

(3) 歌仔戏这几年来盛行全岛，到处极博好人气，尤受妇女们的欢迎。这是才脱离了向来的因袭,而进到戏剧的大众化。你看那在来的甚么"四平"、甚么"乱弹"的戏剧,所唱的、所白的尽皆是用似而非的正字。那末虽有一二人约略听其二三分的意思,余者完全像"鸭仔听雷"一样,在那里胡乱地推理会意。甚至演唱者自己,也不懂自己演唱的是黑糖也是赤砂。像日本语所谓"鹈吞"一样。歌仔戏对这点着眼,专用纯然的台湾话作歌词,台词(口白)使观客们无论男女老幼,尽皆会了解所演唱的。这点堪称在本岛的演剧史上,划了一个的时代。戏剧的民众化也是必然的趋势。

但据我一个人的眼睛看来,应改革的点,就是:

1. 没有专门的艺术家出为指导;

2. 俳优没有艺术的研究和道德的涵养;

3. 没有专门的作剧家供给他们剧本。

因有上述的缺点,歌仔戏到处受人欢迎的一面,时常惹出不祥的事体来,因之被人排斥甚至禁止演唱。这似乎像才出芽的种子,被人挫折去一样。实在遗憾得很。我们今后应该一面来培养这个才萌芽出来的嫩芽,一面也应该来图改善,净化,促进,奖励,极力除去前述的缺点,使台湾的歌仔戏,会由初步进入到艺术的殿堂里去。岛内的艺术家! 演唱家! 作剧家! 希望你们奋发奋发吧!

以上简单谈谈我的意见以大家作个参考。

要之,现在的台湾的乡土文学,尚在幼稚的道程,今后吾们应该开拓的地方,是很广阔和很辽远的。我很希望台湾会由歌仔进到小说,会由小说进到演剧,映画,使台湾会有一日可以看台湾乡土文学的黄金时代出现。

三

台湾的乡土文学啊! 我很希望你向你的前途勇往迈进!

—— 一九三二,七,一四 于台北高校图书室

[一九九三年北县文化中心,黄得时《评论集》(未见原稿),发表于一九三二年《台湾新民报》日刊]

对台湾乡土文学应有的认识

克　夫[①]

一、序

　　乡土文学的提倡是自一九三〇年的秋间,在《伍人报》上发表过了,倡者黄石辉先生也很热心底对于乡土文学的内容和形式发表了不少的意见,在这个平和里的台湾文学界投下一颗炸弹。若稍有热心于台湾文艺的诸同人,都热心底出来发表其意见,沉寂的台湾文学界,起了未曾有的热闹,甲论乙驳、丙论丁答,也有赞成乡土文学、也有反对乡土文学,有的专置重内容、有的专置重形式。议论纷纷,谁是谁非终非我辈所能判断。若从当时提倡一片的热诚比较今日的成绩,实在很使我们失望。但是若把当时的意见来考察一下,那末就可以知道当时的提倡者理想的程度过高,而且太置重于形式问题而没却客观的情势所致,才会终归徒劳无益。我们热心于乡土文学的同志啊! 站在这个无可奈何的台湾社会,若是真的肯替台湾社会出力,应当要想过去把握现在客观的现实,推想未来及考审周围的事情、经济状态,决不能把持我们的理想。因为理想离开现实太远所致,若一味支持理想超越现

---

　　① 编者注:克夫,原名林克夫。

实,不但没有实现的可能性,还要受纸上空论之讥咧！所以,我想欲实行某种的事业应当考究过去的经验,把握现在客观的现实,推想未来及周围的事情,经济状态才是合理的办法。

二、形式问题

关于表现形式这个问题,本来我想没有再谈的必要,因为过去我们几个同志,对于这个问题也有相当发表过意见,另一方面由台湾白话文的提倡的影响及效果看来,那末就可以知道了。观看当初在提倡的时候也出了几个的共鸣者,到底去实行只有郭秋生先生一人,而其他如黄纯青先生不但没有实行其理想,怕还在共鸣着无病的呻吟,像这个虎头老鼠尾的大人物,也许只是只有五分间的热度？如郭秋生先生当时那样热心提倡实在很使我感心,这样经过了三年的现在,其所收的效果却很使我们失望。这不知道是一般的大众认识不足？抑或是客观的情势不能容其存在？这实在还有研究的价值。

三、经济的问题

这个问题也是工作上、实行上一个重大的问题,像编辑一部字典的印刷费及编辑费也要相当的考虑,一方对于消费方面,能够得到什么程度？白话文的大本营《南音》岂不是因为营养不良而短命？

四、周围的事情

台湾的语言非常的复杂,除找一部分大和魂精神以外,还有高山深谷的生蕃话,亦有平地的移住民,这其中的语言都是多种多样的——泉州话、福州话、广东话,其他的种数也很多。到底要写一种创作,当然要把郭秋生先生的泉腔做主体,既然把泉腔的台湾话做主体所写出来的创作,只能供给于泉腔的人懂得,对于其他语言不同的人,要用什么方法使他懂得呢? 这那有异样于石辉先生所说:"因为我们所写的是要给和我们最亲近的人看的,不是要特别给远方的人看的……"若是照这样去做,就要弄成文学是一部分的专有品了,那有异样于过去的贵族文学呢? 实在对于文学大众化的今日,要是创造一种狭义的文学,可谓遗憾的事啊! 还有一层,泉腔台湾话并不是国语的目标,而是台湾话文运动一部分的基础工作。然前者有郭秋生先生台湾话文运动的失败,今日再提倡乡土文学,当然要有改革的必要。我愿再说几句话对于热心于乡土文学诸先生再商榷之。

（甲）语言的比较——台湾人本来也是由中国大陆过来的,所有一切的事物由辩证法的教给我们,当然没有什么异样的,独有带些地方色彩而已。过去的文言虽是一种难懂的,可是会释上并不发生了误会。由以上的经验和过去台湾白话文运动的失败认识起来,实在对于这种台湾白话文已经没有再赘言的必要了。而且台湾话讹音太多,本有改革的必要,这个改革并不是要移语言去就文字的,而是要移语言就中国白话,使将来建设一种把中国话文做主,台湾话做从,若有话无字就把中国白话移来代用,省得创作新字,若有话有字也要使中国人看得懂,台湾人也看得懂,还可以供给广东人、福州人,及其他中国族都看得懂的才可。如其他台湾乡土色彩的语言,也是可以俱收并用咧!

（乙）交通上及经济上——一苇带水的中国在交通上与台湾比较的严密,而且民族的思想上、贸易上都有很密接的关系,在文字上,当然要相当的重用。即使我们台湾人另外建设一种台湾话文而得到成功,那末对于中国的文字上的往复马上就要生出了唐突。尤其是台湾话文若成功,台湾人自身能够创作什么呢? 既然与中国话文绝缘,那末中国书籍就没有输入的必要,而要再失了一个智识的宝库。

以上统观起来,对于形式问题并不是一九三〇年乡土文学的检讨相反,既然是乡土文学,加一点台湾方言色彩是很妥当的,这就是我的乡土文学的形式方面的再认识。

关于这个形式问题,前者说没有再谈的必要,却把它谈得太长了。我们改笔再谈些关于内容的问题吧!

台湾乡土文学,这个问题在新民报纸上谈得议论纷纷,谁是谁非须待第三者的批评。那末,到底那么样才是合理的底台湾乡土文学呢? 关于这个解释,我思索也不只一年,彼此讨论的人也不少,搜检的书也不少,但搜检的书只能做我们的参考,都是不合于采用,就是因为风俗、地理、民情、年代、思想、经济等等的不同。如巴尔特尔说:"乡土文艺不说教训,这一点和人民教科书不同;不含下流的趣味,这一点和村落的小说不同。"这样超阶级的文艺,我们台湾人的文艺作家大都含有此种的腐味。惟有和文方面徐琼二君把农村的生活应用于普鲁文学,其次刘捷君却把台湾的风俗、习惯及其生活应用于文艺作品。如前者可以说是农村文学,后者可以叫做台湾文学而已。

最含有兴味的问题就是台湾乡土文学的提倡黄石辉君所说:"你是台湾人,你头戴台湾天,脚踏台湾地,眼睛所看见的是台湾的状况,耳孔所见(着?)的是台湾的消息,时间所历的亦是台湾的经验,嘴里所说的亦是台湾的语言,所以你的那枝健笔、生花的笔彩,也应该去写台湾的文学。"

最近貂山子氏也在新民报纸上发表了《对建设台湾乡土文学的形式刍议》,劈头就说:"那么说要建设乡土文学,总要不脱离乡土的特征才是。一旦离开乡土的特征,那就不能用着乡土这两个字,而是另一种的文学。那么所谓台湾乡土文学就是取材于台湾的社会(都市乡村当然也在内),而台湾社会的特征有甚么呢? 以我的管见,那是台湾固有的语言、风俗、习惯、喜怒哀乐的表情,及对于自然界如天文、地理、山川、陆海等等一切所表现出来的情绪。就中对于要表现一切事物的语言,尤其是台湾社会的特征中的最重要的份子。"

黄石辉君说得过于具体的了。他说"你是台湾人,你头戴台湾天,脚踏台湾地,台湾的状况、消息、经验、语言",凡是描写台湾的事情、语言及就目前的景象,全是台湾的乡土文学? 但是我请问问你,古来的古典主义、浪漫主义、写实主义,一切的文学及其各国的作家,如日本菊池宽、久米正雄、佐藤春夫、坪内逍遥等一类,岂没有描写日本人的生活、背景,而世人不说他是日本的乡土文学作家? 中国张资平、沈从文、谢六逸、茅盾、冰心等岂没有描写中国人的生活及其背景,而一般的世人并不称他做中国乡土文学作家? 而人们都称他做日本文学作家、中国文学作家?

更有一句笑话,他说:"所以你那枝如椽的健笔,生花的笔彩,也应该去写台湾的文学。"那末你就把凡用笔写就可以叫做文学? 小孩子在厕池灰壁上写着天地人，记账先生在账簿上写着某君去油一斤，这岂不是用笔写？而最后那一句"生花彩笔，去写台湾文学"是与标题"台湾乡土文学"不附合，你岂是把台湾文学看做台湾乡土文学？这虽说是名词的关系，但你要知道一种学问下定义决不能这样鱼目混珠。

貂山子君的乡土文学虽说得不错，但他忘却经济的现社会的组织和阶级立场，而置重于形式方面。

照以上看来，台湾乡土文学是一件什么东西呢？外国书籍因为立场各异，而且风俗、民情不同，又缺少经济问题和阶级问题，那末我想台湾乡土文学这个问题只能我们台湾的兄弟自身去解决。我以为这个台湾乡土文学决不是一种具体的底，而是一种抽象的底，把台湾客观的现社会特殊的题材，如台湾固有的方言、风俗、习惯、民情、地理及生活状态、经济问题、阶级问题，而把大自然做背景，尤其是台湾特殊事情的意识沃罗基。

一、黑猫黑犬的变态的底恋爱问题。

二、杏某娴——在法律上虽是禁例，但一般资产阶级却利用种种的名词而置之。像这是一般的人道上的问题，尤其是台湾特殊习惯中最重要的问题。

三、蓄妾制度——现在一夫一妻制的今日，独台湾留下这种的恶弊，也算是台湾的特色了。

四、聘金制度——人身买卖高唱撤废的今日，而台湾的聘金制度不能撤废，还有高价抬头的论议，这岂不是台湾特有的？

五、农村——热带的台湾拥有三分之二的农民兄弟，他们的生活状态怎么样呢？尤其是小作问题和蔗作问题，岂不是材料中的特色。

六、工场——殖民地的台湾××人兄弟的生活状态怎么样呢？尤其是××待遇，也是一件的好材料。

把以上诸事情以中国话文为主，台湾方言为从，运用美艺的文字表现人类心理之状态，而以普鲁礼答利亚的立论来描写起来，那就是我的台湾乡土文学的认识了。

（一九三三、九、廿三脱稿）

（原刊《台湾新民报》九四〇、九四一、九四三、九四四、九四五号，一九三三年十月二日、三日、五日、六日、七日，五回连载）

观台湾乡土文学战后的杂感

张深切

台湾乡土文学和台湾话文，原来是截然两件问题，为什么偏要挂上乡土文学的招牌，而打着台湾话文的混仗？真要令人摸不着头颅！

乡土文学里头，还可以分作——形式论、内容论、价值论、使用价值论、交换价值论等。

不明乎此，而只累瓦结绳窜句游心于形式论与使用论之间，那岂不是枉费心机，而敝跬誉无用之辩？

克夫氏与邱春荣氏的论驳，真如有截钉斩铁之势，针针见血，佩服得很。

可惜！他们只见人之短，而不见人之长（惟春荣氏却承认台湾话文还有点"小利"）是得人之规而不得人之矩也。

我想，台湾话文并非断不可以用，不过只要适时而用耳。关于此点我们若曾经看过了鲁迅的小说，或谷崎润一郎的作品，还或世界文学自会明白的。

换言之，以台湾话文当作台湾文学的主体文则不可，若以中国白话文为主体文，在对白之间而穿插台湾话文，以灵活描写上的实情，则亦无不可也。

尝试论之，小说的对白既能穿插台湾话文，那末，剧本方面，就应能完全适用台湾话文了。我以为这并没有破坏中国白话文或中国文学，不过这是在必要上应"可以"的问题罢了。

至于台湾话文的文字使用法，则可由各字典别作研究，找出字义音相同的文字符合于台湾土腔(郭秋生氏的应用法有很多不对,然而仿佛似没有字义的台湾话腔,可以从字典完全搔索出来,对此意见我是毫无疑义可予以同感的,因为我对这方面,在六七年前已经注意过了),还或应用国音字母傍注也是一法,不过字母的普遍工作是异常困难耳。

凡一切的社会工作,暨不能脱离了政治和经济的牵制与压迫,所以在台湾要干,勿论任何工作,谈何容易,其实无不属于纸上谈兵,尤其是对台湾大众特别有利的事业,即可谓绝无希望的了。我们应要这样深切认识,须免徒费了精神、时间、经济和力量以及一切。

赖明弘氏主张阶级斗争的文学,那是再好的没有,可是他驳击郭秋生氏的理论和尝试集,还有点牛头不对马嘴。他的勇气确是属于唐吉谟德的那一种,秋生氏看过了他的文章,谅必怒气填胸,勃然变色了罢。

总而言之,我希望大家设或此后还要决个雌雄,那末请各位斗士们多冷静一些,整肃阵容养精蓄锐,新发见几个新的战术和战略,然后出来冲锋陷阵。否则一若遭了新民报社挂起免战牌,或斗罗主义,则我们设有千军万马,龙骧虎步,勃勃欲继亦无所用了。

末后,我要表白我的意见几点:

(一) 我认定台湾有言文一致的可能性,不过对从来的文字应要变腔念读才行。关于此项我当有别作使现丑的机会罢。

(二) 我赞成中国白话文派的理论,但我更主张在白话文里的对白处应可以穿插台湾土腔。

(三) 我赞成应用国音字母,然而我主张这应在用于汉字傍注音而已。(专用拼音是断不可能的。)

(四) 我希求研究台湾话文派的诸位斗士,对台湾话文应要特别注意以下的两大要素——(甲) 副词、助词、形容词、接头尾词等。(乙) 发音的变化,言语的省略与赘长,音韵的变调等(台湾话——漳泉话是在汉民族言语系中最约略而最深奥的)。如果除却这两大要素的前提,则台湾话文就无从研究出来了。

（原刊《台湾新民报》九七二号,一九三三年十一月三日）

我怎么做起小说来

鲁　迅

我怎么做起小说来？——这来由，已经在《呐喊》的序文上，约略说过了。这里还应该补叙一点的，是当我留心文学的时候，情形和现在很不同：在中国，小说不算文学，做小说的也决不能称为文学家，所以并没有人想在这一条道路上出世。我也并没有要将小说抬进"文苑"里的意思，不过想利用他的力量，来改良社会。

但也不是自己想创作，注重的倒是在绍介，在翻译，而尤其注重于短篇，特别是被压迫的民族中的作者的作品。因为那时正盛行着排满论，有些青年，都引那叫喊和反抗的作者为同调的。所以"小说作法"之类，我一部都没有看过，看短篇小说却不少，小半是自己也爱看，大半则因了搜寻绍介的材料。也看文学史和批评，这是因为想知道作者的为人和思想，以便决定应否绍介给中国。和学问之类，是绝不相干的。

因为所求的作品是叫喊和反抗，势必至于倾向了东欧，因此所看的俄国，波兰以及巴尔干诸小国作家的东西就特别多。也曾热心的搜求印度，埃及的作品，但是得不到。记得当时最爱看的作者，是俄国的果戈理（N.Gogol）和波兰的显克微支（H.Sienkiewitz）。日本的，是夏目漱石和森鸥外。

回国以后，就办学校，再没有看小说的工夫了，这样的有五六年。为什么又开手了呢？——这也已经写在《呐喊》的序文里，不必说了。但我的来做小说，也并非自以为有做小说的才能，只因为那时是住在北京的会馆里的，要做论文罢，没有参考书,要翻译罢,没有底本,就只好做一点小说模样的东西塞责,这就是《狂人日记》。大约所仰仗的全在先前看过的百来篇外国作品和一点医学上的知识,此外的准备,一点也没有。

但是《新青年》的编辑者,却一回一回的来催,催几回,我就做一篇,这里我必得记念陈独秀先生,他是催促我做小说最着力的一个。

自然,做起小说来,总不免自己有些主见的。例如,说到"为什么"做小说罢,我仍抱着十多年前的"启蒙主义",以为必须是"为人生",而且要改良这人生。我深恶先前的称小说为"闲书",而且将"为艺术的艺术",看作不过是"消闲"的新式的别号。所以我的取材,多采自病态社会的不幸的人们中,意思是在揭出病苦,引起疗救的注意。所以我力避行文的唠叨,只要觉得够将意思传给别人了,就宁可什么陪衬拖带也没有。中国旧戏上,没有背景,新年卖给孩子看的花纸上,只有主要的几个人(但现在的花纸却多有背景了),我深信对于我的目的,这方法是适宜的,所以我不去描写风月,对话也决不说到一大篇。

我做完之后,总要看两遍,自己觉得拗口的,就增删几个字,一定要它读得顺口;没有相宜的白话,宁可引古语,希望总有人会懂,只有自己懂得或连自己也不懂的生造出来的字句,是不大用的。这一节,许多批评家之中,只有一个人看出来了,但他称我为 Stylist。

所写的事迹,大抵有一点见过或听到过的缘由,但决不全用这事实,只是采取一端,加以改造,或生发开去,到足以几乎完全发表我的意思为止。人物的模特儿也一样,没有专用过一个人,往往嘴在浙江,脸在北京,衣服在山西,是一个拼凑起来的脚色。有人说,我的那一篇是骂谁,某一篇又是骂谁,那是完全胡说的。

不过这样的写法,有一种困难,就是令人难以放下笔。一气写下去,这人物就逐渐活动起来,尽了他的任务。但倘有什么分心的事情来一打岔,放下许久之后再来写,性格也许就变了样,情景也会和先前所豫想的不同起来。例如我做的《不周山》,原意是在描写性的发动和创造,以至衰亡的,而中途去看报章,见了一位道学的批评家攻击情诗的文章,心里很不以为然,于是小说里就有一个小人物跑到女娲的两腿之间来,不但不必有,且将结构的宏大毁坏了。但这些处所,除了自己,大概没有人会觉到的,我们的批评大家成仿吾先生,还说这一篇做得最出色。

　　我想,如果专用一个人做骨干,就可以没有这弊病的,但自己没有试验过。

　　忘记是谁说的了,总之是,要极省俭的画出一个人的特点,最好是画他的眼睛。我以为这话是极对的,倘若画了全副的头发,即使细得逼真,也毫无意思。我常在学学这一种方法,可惜学不好。

　　可省的处所,我决不硬添,做不出的时候,我也决不硬做,但这是因为我那时别有收入,不靠卖文为活的缘故,不能作为通例的。

　　还有一层,是我每当写作,一律抹杀各种的批评。因为那时中国的创作界固然幼稚,批评界更幼稚,不是举之上天,就是按之入地,倘将这些放在眼里,就要自命不凡,或觉得非自杀不足以谢天下的。批评必须坏处说坏,好处说好,才于作者有益。

　　但我常看外国的批评文章,因为他于我没有恩怨嫉恨,虽然所评的是别人的作品,却很有可以借镜之处。但自然,我也同时一定留心这批评家的派别。

　　以上,是十年前的事了,此后并无所作,也没有长进,编辑先生要我做一点这类的文章,怎么能呢。拉杂写来,不过如此而已。

三月五日灯下

　　　　　(本篇最初印入 1933 年 6 月上海天马书店出版的《创作的经验》)
　　　　(录自《鲁迅全集》第 4 卷,人民文学出版社 1981 年版,第 511—515 页)

乡土小说理论的形成与分化

《中国新文学大系》小说一集·导言

茅　盾

一

民国六年(一九一七)，《新青年》杂志发表了《文学革命论》的时候，还没有"新文学"的创作小说出现。

民国七年(一九一八)，鲁迅的《狂人日记》在《新青年》上出现的时候，也还没有第二个同样惹人注意的作家，更其找不出同样成功的第二篇创作小说。

民国八年(一九一九)一月，《新潮》杂志发刊以后，小说创作的"尝试者"渐渐多了，然而亦不过汪敬熙等三数人，也还没有说得上成功的作品；然而"创作"的空气是渐渐浓厚了。

民国十年(一九二一)一月，《小说月报》也革新了，特设"创作"一栏，"以俟佳篇"；然而那时候作者不过十数人，《小说月报》(十二卷)每期所登的创作，连散文在内，多亦不过六七篇，少则仅得三四篇。而且那时候常有作品发表的作家亦不过冰心，叶绍钧，落华生，王统照等五六人。

那时候(民国十年春)，《小说月报》每月收到的创作小说投稿，——想在"新文学"的小说部门"尝试"的青年们的作品，至多不过十来篇，而且大多数很幼稚，不能发表。

然而年青的"尝试者"在一天一天加多,却是可以断言的!

那时候,除《小说月报》以外,各杂志及各日报副刊上发表的创作小说,似乎也不很多。据民国十年四月《小说月报》所载的不完全的统计(郎损,《春季创作坛漫评》,《小说月报》十二卷四号),那年的一月到三月,发表了的创作短篇小说约计七十篇;其中有不少恐怕只能算是"散文"。到了那年的七月,《小说月报》又有一个不完全的统计(郎损,《评四五六月的创作》,《小说月报》十二卷八号),即四月到六月的期间,短篇小说的创作已有一百二十多篇,比春季增加了一倍光景。这一点不完全的统计,就证明了那时候"创作"在一天一天热闹起来。

自然,那时候发表了的创作小说有些是比现在各刊物编辑部积存的废稿还要幼稚得多呢,然而在那时候有那么些作品发表,已经很难得。现在我们这"文坛",比起十多年前,可以说是"进步"得多了罢?现在我们差不多每一个月看得见有希望的新作家出现,现在我们所见一个月里的在水平线以上的作品有从前一年的总数那么多;我们觉得现在这点儿"成绩"还是贫弱,我们要求更多的表现生活各方面的作品。我们要求"伟大的作品",然而回顾十多年前的"文坛",我们不能不承认十多年来我们这"文坛"是有了进步的。

而这进步的过程是很长很长一条路。从"新文学"发展的历史上看,这条"路"的起点,——一些早起者所留下的足迹,是值得保留,研究,而且来一次十年的总结。

二

民国六七年的时候,好像还没有纯然文艺性质的社团。那时的《新青年》杂志自然是鼓吹"新文学"的大本营,然而从全体上看来,《新青年》到底是一个文化批判的刊物,而新青年社的主要人物也大多数是文化批判者,或以文化批判者的立场发表他们对于文学的议论。他们的文学理论的出发点是"新旧思想的冲突",他们是站在反封建的自觉上去攻击封建制度的形象的作物——旧文艺。

　　这是"五四"文学运动初期的一个主要的特性，也是一条正确的路径。民国九年(一九二〇)十一月文学研究会正式成立于北京。这是最早的一个纯文艺的社团，然而这一个团体发起的宗旨也和外国各时代文学上新运动初期的文学团体的创立很不相同。文学研究会的成立并不是因为有了一定的文学理论要宣传鼓吹。文学研究会的发起宣言中说"有三种意思，要请大家注意"：

　　第一，是"联络感情"。"中国向来有文人相轻的风气，因此现在不但新旧两派不能协和，便是治新文学的人里面，也恐因了国别派别的主张，难免将来不生界限。所以我们发起本会，希望大家时常聚会交换意见，可以互相理解，结成一个文学中心的团体。"

　　第二，是"增进智识"。

　　第三，是"建立著作工会的基础"。"将文艺当作高兴时的游戏，或失意时的消遣的时候，现在已经过去了。我们相信文学也是一种工作，而且又是于人很切要的一种工作。治文学的人，也当以这事为他一生的事业，正同劳农一样。所以我们发起本会，希望不但成为普通的一个文学会，还是著作同业的联合的基本，谋文学工作的发达与巩固。这虽然是将来的事，但也是我们的一个重要的希望。"

　　这个宣言，是公推周作人起草的。宣言发表的时候，有十二个人署名，就是周作人，朱希祖，耿济之，郑振铎，瞿世英，王统照，沈雁冰，蒋百里，叶绍钧，郭绍虞，孙伏园，许地山。在这一个宣言里，只有第三项略略表明了文学研究会对于文学的态度，这态度在今日看来，自然觉得平淡了，但在那时候这正是新文学运动的纲要之一，并且和那时候一般的文化批判的态度相应和。

　　"五四"时代初期的反封建的色彩，是明明白白的；但是"反"了以后应当建设怎样一种新的文化呢？这问题在当时并没有确定的回答。不是没有人试作回答，而是没有人的提案能得普遍一致的拥护。那时候，参加"反封建"运动的人们并不是属于同一的社会阶层，因而到了问题是"将来如何"的时候，意见就很分歧了。然而也不是没有比较最有势力的一种意见，这就是所谓"只问病源，不开药方"。这是对于"将来如何"一问题的一种态度，——或者也可以说是躲避正面答复的一种态度。这不是答案。然而这样的态度的产生有它社会的根据，这是代表了最大多数的比上不足而比下有余的智识者的意识的。同时这种意识当然也会反映到文艺的领域。文学研究会宣言中所表示的对于文学的态度就是当时普遍现象的一角。

所以文学研究会这个团体自始即不曾提出集团的主张,后来也永远不曾有过。它不像外国各时代文学上新运动初期的一些具有确定的纲领的文学会,它实在正像它宣言所"希望"似的,是一个"著作同业公会"。

因为只是"著作同业公会"的性质,所以文学研究会的简章第九条虽有"本会会址设于北京,其京外各地有会员五人以上者,得设一分会"之规定,而且事实上后来也有几个分会,而且分会也发刊了机关报,然而这决不是"包办"或"垄断"文坛,像当时有些人所想像。

同时也因为只是"著作同业公会"的性质,所以文学研究会这个团体从来不曾有过对于某种文学理论的团体的行动,而且文学研究会对于它的会员也从来不加以团体的约束;会员个人发表过许多不同的对于文学的意见,然而"团体"只说过一句话,就是宣言里的"将文艺当作高兴时的游戏或失意时的消遣的时候,现在已经过去了"。

这一句话,不妨说是文学研究会集团名下有关系的人们的共通的基本的态度。这一个态度,在当时是被理解作"文学应该反映社会的现象,表现并且讨论一些有关人生一般的问题"。这个态度,在冰心,庐隐,王统照,叶绍钧,落华生,以及其他许多被目为文学研究会派的作家的作品里,很明显地可以看出来。

三

现在我们回顾民国六年(一九一七)到民国十年(一九二一)这五年的期间(这是中国新文学史上第一个"十年"的前半期),总会觉得那时的创作界很寂寞似的。作者固然不多,发表的机关也寥寥可数。然而我们再看看那时期的后半的五年(一九二二到一九二六),那情形可就大不同了。从民国十一年起(一九二二),一个普遍的全国的文学的活动开始来到!

因为材料的缺乏,我们现在还不能够把那时候亘全国的新文艺的活动绘一幅比较详备的"鸟瞰图";可是我们仅仅从那时候《小说月报》(十四卷到十六卷)的《国内文坛消息》栏的记载,已经可见当时的盛况。

这一时期,是青年的文学团体和小型的文艺定期刊蓬勃滋生的时代。从民国十一年(一九二二)到十四年(一九二五),先后成立的文学团体及刊物,不下一百余——

在北京,有曦社(民国十一年),发刊了不定期刊《爝火》;有浅草社(民国十二年春),出版《浅草季刊》;有春光社(民国十二年春);有星星文学社,出版《文学周报》(十二年八月);有婴孩社(十二年十月),出版了二月刊《婴孩的》,和《星花》半月刊(均在十三年春);有朝篱社(平民大学学生的组织,十二年冬),定期刊《朝篱》;有雪花社及《雪花》不定期刊(十三年十月);有以"研究现实的人生,挽救浪漫文艺的堕落"的劳动文艺研究会(十三年九月),出版《火球》旬刊;有北京大学学生及上海南方大学学生共同组织的八月文学社(十三年八月);有蔷薇社(约在十二年);有《疏星》半月刊(十四年六月);《微波》旬刊(时间同上);有中法大学西山学院学生组织的西山文社(十四年一月);而上举之浅草社除已出版《浅草季刊》及《文艺旬刊》外,在十四年春又改出了《沉钟》周刊。

在天津以及河北省其他各地,有绿波社(十二年五月,天津),先出了不定期刊《诗坛》,随后(同年八月)又出版了《绿波旬刊》和《小说》两种;有第六师范(冀县)的文学研究会,出版《微笑周刊》(十二年十一月);有南开学校(天津)的文学会,出版《文学》半月刊(十三年五月);又陕西榆林中学学生(?)所办的《姊妹》旬刊和《榆林》旬刊也都附在天津《民意报》,作为副刊之一种。

在江苏省,有南京的玫瑰社(十二年春),季刊《心潮》,(由上海民智书局发行);无名作家社(南京第四师范,十二年秋);诗学研究社(东南大学学生,十三年十一月),出版了《诗学半月刊》;又有南通的文艺共进社(十二年春),刊物名《嫩芽》(同年四月);月潮社(南通代用师范附小,十三年秋),出版《月潮》半月刊;有苏州的晓光社(十一年十月,第一师范),季刊《晓光》及半月刊《酸果》;松江的弥洒社(十二年春),出版有《弥洒》月刊;文艺社出版了《文刊》(十三年八月)。此外在无锡有湖波社(十二年),曾刊行《湖波杂志》;在扬州有第五师范学生组织的梅花社,出版了《冰花》(十二年十一月),及《文艺》(第五师范学艺部与梅花社的联合刊物,十三年三月);在徐州有春社(徐东中学,十三年春),出版了《春的花》。

　　至于上海呢,除了文学研究会上海分会的《文学旬刊》(先附在《时事新报》内,后改周刊,独立发行),创造社先后办过《创造》季刊,《创造周报》,及《创造日》。十三年初田汉个人办了南国社,发刊了《南国》(半月刊)。这是大家比较知道的。此外,尚有北京浅草社的上海社员办过《文艺旬刊》(十二年八月,附上海《民国日报》发行);神州文学社出版过《文学季刊》(十二年九月);东风社(十三年春)出版过《东风季刊》;青凤文学社及湖波文艺社(都是上海大学学生的组织,十三年春);爱美文学社(国立自治学院学生组织,十三年七月);济美社的《济美》(十三年四月);飞鸟社的《飞鸟》月刊等等。

　　浙江方面,宁波最为热闹;十一年秋就有了春风周报社的《春风周报》,内分青年与儿童两部,后来有《文学》周刊(附《四明日报》内,十三年秋),有日月文学社的《日月旬刊》(时间同上),有第四中学学生组织的《曦社》(时间同上);有春风学社(十三年七月),飞蛾社(亦为四中学生组织),有定期刊《飞蛾》(十三年五月)。在杭州有片月诗社(十三年六月),悟社(之江大学学生组织,以提倡革命文学为宗旨,十三年四月),以及赤社之不定期刊《赤报》。在嘉兴有秀州文学会(秀州中学)的定期刊《碧漾》(十二年六月),在台州有第六中学知社的半月刊《知》(十三年七月),在绍兴有爱美文艺社的月刊《爱美》(十三年九月),又有第五中学师范部的半月刊《微光》(十四年秋)。

　　在广东,广州有文学研究会分会及刊物《文学旬刊》(十二年八月);潮汕方面有火焰文学社的周刊《火焰》(十二年八月),有晨光文学社(潮州,金山中学,十二年九月),其后(十三年十一月)火焰文学社又有刊物《心声》;在海丰有萤光社(十三年春);在汕头又有彩虹文学社的《彩虹》周刊(十二年十一月);潮州有伏虎学社(亦在金山中学),定期刊为《谷风》(十四年一月)。

　　在湖南,长沙是中心,团体及出版物有《微光》(十二年九月),岳云文艺社的《文艺》(十二年),鸡鸣社(长沙一中)的《鸡鸣》(十三年七月),湖光文学社的《湖光》(十三年春),《晨曦周报》(湖南旅鄂中学学生的刊物,附长沙的《湘报》发行,十三年三月),旭光社的《旭光》半月刊(十三年二月),晨社的《晨光》(十三年二月),教会学校学生所办的《麦华》(十三年二月)半月刊,还有岳云中学文学研究会编辑而附在天津《民意报》出版的《卿云》(十四年末),心花社(华中美术学校)的不定期刊《心花》(十四年五月)，长沙绿波社社员的《潇湘绿波》(十四年一月)，撄宁学会的《撄宁》(十四年二月)。此外只有湘潭有一个绿野社，出版了《绿野》(十三年十二月)。

四川最早的文学团体好像是草堂文学研究会(成都，十二年春)，有月刊《草堂》。出至四期后便停顿了，次年一月又出版了《草堂》的后身《浣花》。又有定期刊《小露》(十二年)，似非同人杂志。成都以外，泸县(川南师范)有星星文艺社，定期刊为《星星》(十三年)，又有零星社的《零星》(十二年)；重庆有《南鸿周刊》(十四年二月)。

云南当十二年四月间就有周刊《翠湖之友》。其后又有云波社的《云波旬刊》(昆明，十三年五月)，联合中学学生办的《孤星周刊》(十三年五月)，一中学生办的《滇潮》(非纯文艺)，以及好像是教员们办的《心华》(十三年一月，成德中学)。又有《澎湃》(十三年)好像也不是青年学生作的主体。

河南及湖北两省，似乎差些；十三年八月有《中州文艺》出世，但好像是旅外的河南人所办，编辑在天津。此外，中州大学的文艺研究会有《文艺》(十四年九月)，开封二中的微实学社有《荆野》(十四年尾)，临颍的飞霞文学社有《飞霞》(十四年三月)。湖北是武昌作为中心，有星野社的《星野》(《江声日报》副刊，十三年九月)，鞴声文艺社的小型月刊(仅一单张)《鞴声》(十四年四月)，以及武昌大学艺林社的《艺林旬刊》(十四年一月)。

此外，在东北有很早成立的白杨社(吉林，十二年九月成立，穆木天等三人主持，以"发表文艺的创作，促进吉林新文坛"为宗旨)，到了次年二月刊物《白杨文坛》出世，由天津《新民意报》附送。同时奉天方面亦成立了东光社，以"研究国故，提倡东三省新文学"为宗旨，出版了《东光周刊》，继续至廿一期。东光社的基本似在新民的文会中学。十三年五月，吉图县又有绿意诗社，有定期刊《绿意》。又有启明社之《启明》(十三年四月，《新民意报》副刊)。奉天的基督教青年会也办了半文艺的《奉天学生》(十三年四月)。在江西省，有乐平星社的《洎声》(十三年)，南昌心弦社的《心弦》(十三年)，又有非卖品的《呐喊》(南昌，十四年五月)。在安徽黟县，有芙蓉社的定期刊《芙蓉》(十二年三月)。在山西有国立山西大学曙社的半月刊《醒狮》(十四年一月)，太原有红光文学社的《红光》。又在青岛，出版过《青痕》。

　　上面这些材料,根据了《小说月报》各期的《国内文坛消息》,而当时《小说月报》则只据收到的刊物或通讯,未尝有意地去搜集,因此实际上从民国十一年到十五年这时期内全国各地新生的文学团体和刊物也许还要多上一倍。然而即就此不完全的材料看来,已经见得当时整个中国到处有新文学活动的踪迹。

　　这一大活动的主体是青年学生以及职业界的青年知识分子。他们的团体和刊物也许产生了以后旋又消灭(据《星海》上册的附录,则在民国十三年上半季全国的文艺刊物尚有周刊十五种,旬刊十种,半月刊二种,月刊三种,季刊十种,不定期刊十三种,共五十三种,自然这统计也不完全,只据了《星海》编者所见到的而已),然而他们对于新文学发展的意义却是很大的。这几年的杂乱而且也好像有点浪费的团体活动和小型刊物的出版,就好比是尼罗河的大泛滥,跟着来的是大群的有希望的青年作家,他们在那狂猛的文学大活动的洪水中已经练得一付好身手,他们的出现使得新文学史上第一个"十年"的后半期顿然有声有色!

四

　　民国十年八月的《小说月报》有一篇文章分析那时候大多数的创作小说反映了怎样的社会生活(《小说月报》十二卷八号,郎损的《评四、五、六月的创作》)。自然,这篇文章所根据的材料只是那一年的四五六三个月,而且在此三个月的范围内也一定有不少作品未为郎损所及见;然而这篇文章发表的时期恰恰正当新文学史上第一个"十年"的前半期与后半期的交点,所以我们不妨把它的分析,作为前半期的研究的基础,从而更与后半期的创作比较一下。

　　这一篇文章根据了那时候三个月中间已发表的小说一百二十余篇来研究它们的题材,思想,与技术。作者所用的方法是"类别这三个月里的创作,显出它们各所描写的社会背景的一角,然后再考察同属于一类的创作有什么共同色彩与中心思想,描写的技术可有几个不同的格式"。于是第一,他告诉了我们的,是一百二十几篇小说在题材的分野上——

　　属于男女恋爱关系的,最多,共得七十余篇;

农村生活的,只有八篇;

城市劳动者生活的,更少了,只得三篇;

家庭生活的,也不过九篇;

学校生活的,五篇;

一般社会生活的(小市民生活),约计二十篇。

但是,写到一般社会生活的二十篇,实际上大多数还是把恋爱作为中心,而"描写家庭生活的九篇,实在仍是描写了男女关系"——恋爱,所以"竟可说描写男女恋爱的小说占了全数百分之九十八"了。因而作者的结论是:大多数创作家对于农村和城市劳动者的生活很疏远,对于全般的社会现象不注意,他们最感兴味还是恋爱,而且个人主义的享乐的倾向也很显然。

那么,占了总数百分之九十八的恋爱小说写得怎样呢?

作者告诉我们:那时候最多的恋爱小说不是写婚姻不自由,便是写没有办法解决的多角恋爱。然而两者有一个共同的毛病,——观念化。"人物都是一个面目的,那些人物的思想是一个样的,举动是一个样的,到何种地步说何等话,也是一个样。"这些恋爱小说内的主角大抵不是作家自己就是他的最熟悉的伴侣,可是一搬上纸面尚不免观念化,无怪那极少数的描写农村生活和城市劳动者生活的作品更其观念化得厉害!

郎损这批评,也许是太苛刻了一点。我们知道第一个"十年"前半期的创作很有一些是在他的批评的例外的。就拿那些在《小说月报》上发表的作品来看罢,落华生的几篇(《命命鸟》,十二卷一号,《商人妇》,十二卷四号,《换巢鸾凤》,十二卷五号),都是穿了恋爱的外衣而表示了作者的宇宙观和人生观。冰心女士和叶绍钧的作品企图解答人生是什么。不过郎损的批评在指出那时候创作方面最普遍的现象这一点上,是值得注意的。他这不完全的"考察"至少已经触到了那时候(第一个"十年"的前半期)创作界的两个很重大的缺点了。这两个缺点,第一是几乎看不到全般的社会现象而只有个人生活的小小的一角,第二是观念化。

这两个缺点,当时有许多人注意。怎样克服这些缺点呢?许多人的见解并不一样。从当时的青年群内(包括了青年的作者和读者)发出来的最普遍的呼声只是很干脆的一句话:让它自由发展就好了!《小说月报》十三卷各期的通讯栏内就记录着一部分这样的现象。)但是空空洞洞一句"让它自由发展"显然不是当时实际所需要。十二卷七号的《小说月报》有特别的一栏"创作讨论",企图把这问题更具体的研究一下。参加这讨论的,共有九位,在现今看来,其中有一位署名说难的《我对于创作家的希望》最为切实了(这位说难,记起来好像就是胡愈之)。他这篇文章指出了作家们除"感情的锻炼修正和艺术力的涵养之外,实际社会是不能不投身考察的。文学(广义)中之文法语法方面,是不能不分心研究的。旧来之语体小说,是不能不参考的。新闻纸第三面的纪事,是不能不多看的。而且街谈巷议和许多外行人的议论,也是不能不虚心听受的"。可是当时青年的创作家或有志于创作的青年却不耐烦下那样的水磨工夫,当时一般的风气是灵感一动振笔直书,而且认为既是灵感的产物就一定不会不好。

当时评坛方面没有继续不断地指出这种刻苦的"水磨工夫"的必要,自然也是个很大的错误。然而创作界的贫弱单调在当时也还另有原因。在客观上,当时一则西洋文学名著被翻译介绍过来的,少到几乎等于零,因而所谓"学习技巧"云者,除了能读原文,就简直谈不到;二则,普遍于全国的新文学大活动还没起来,广大的青年群众内的文艺才能尚未觉醒。在主观上,当时的青年作家大多数是生活单调的学生,生活以及由生活产生的他们的意识,一方面既限制了他们的题材,另一方面又限制了他们的觅取题材的眼光。第一个"十年"前半期的创作界之所以寂寞而单调,不外是这一些原因。

倘使我们将民国十年(一九二一)当作一条界线,那么,即使在《小说月报》的范围内,我们也就看见了那"界线"之后(民国十一年,《小说月报》十三卷),已经有些新的东西。

我们看见了描写学徒生活的《三天劳工底自述》(利民,《小说月报》十三卷六号),我们又看见了描写年青而好胜的农村木匠阿贵的悲哀的《乡心》(潘训,《小说月报》十三卷七号),我们又看见了很细腻地表现了卖儿女的贫农在骨肉之爱和饥饿的威胁两者之间挣扎的心理的《偏枯》(王思玷,《小说月报》十三卷十一号),我们又看见了巧妙地暴露世俗所谓"孝道"的虚伪的《两孝子》(朴园,见同上)。这几篇,不但在题材上是新的东西,就是在技巧上也完全摆脱了章回体旧小说的影响,它们用活人的口语,用"再现"的手法,给我们看一页真切的活的人生图画。这几篇小说的作者像彗星似的一现就不见了（利民和朴园各人只有一篇，王思玷写过七八篇，最早的一篇是发表在《小说月报》十二卷十二号征文栏的《风雨之下》，到一九二四年以后就不见他了，潘训总共只做了九篇，都收在《雨点集》内，一九二五年以后也就不见他再作），他们留给我们的，很少，可是单单这少数的几篇也就值得我们再来提起了。

许多面目不同的青年作家在两三年中把"文坛"装点得颇为热闹了。自然，这所谓"热闹"，比起最近五年来（比方说，一九三零到三四年罢），是远不及的，但比起一九二二以前的五年来，正犹最近的五年（说是新文学史上第二个"十年"的后半期罢），比那时（第一个"十年"的后半期）要热闹得多一般。那时有满身泥土气的从乡村来的人写着匪祸兵灾的剪影（如同徐玉诺），也有都市的流浪者声诉他"孤雁"似的悲哀（如同王以仁），也有渴慕"海"的自由者"疯人"似的说教（如同孙俍工），也有以憎恶的然而同情的心描写了农村的原始性的丑恶（如同许杰）。创作是在向多方面发展了。题材的范围是扩大得多了。作家的视线从狭小的学校生活以及私生活的小小的波浪移转到广大的社会的动态。"新文学"渐渐从青年学生的书房走到了十字街头了。然而是在十字街头徘徊。

这一时期，两种不同的对于"人生"问题的态度，是颇显著的。这时期以前——"五四"初期的追求"人生观"的热烈的气氛，一方面从感情的到理智的，从抽象的到具体的，于是向一定的"药方"在潜行深入，另一方面则从感情的到感觉的，从抽象的到物质的，于是苦闷彷徨与要求刺激成了循环。然而前者在文学上并没有积极的表现，只成了冷观的虚弱的写实主义的倾向；后者却热狂地风魔了大多数的青年。到"五卅"的前夜为止，苦闷彷徨的空气支配了整个文坛，即使外形上有冷观苦笑与要求享乐和麻醉的分别，但内心是同一苦闷彷徨。走向十字街头的当时的文坛只在十字街头徘徊。

现在，我们回顾第一个"十年"的成果，也许会有一个疑问：为什么我们的"新文学运动"的初期跟外国的有点不同？在我们这里，好像没有开过浪漫主义的花，也没有结写实主义的实；我们的初期的作品很少有反映着那时候全般的社会机构的；虽然后半期比前半期要"热闹"得多，但是"五卅"前夜主要的社会动态仍旧不能在文学里找见。

　　这一个问题,大概要分做两半截来看。第一,假使承认"五四"运动是反封建的运动,则此一运动弄得虎头蛇尾。第二,"五卅"虽然激动了大部分的青年作家,但他们和那造成"五卅"的社会力是一向疏远的,——连圈子外的看客都不是。"生活"的偏枯,结果是文学的偏枯:目前我们大概只能说到这里为止了。

五

　　本书选载的作品,就限于上面所说的第一个"十年"里发表过的。而且按照出版家的计划,本书的材料主要的是文学研究会各位作家的作品。①

　　也有并没加入过文学研究会,可是亦未必属于别的文学团体,而且除在一九二六以前的《小说月报》或《文学周报》发表了几篇作品以后,近来久已不见,而这些散见的作品亦未有单行的结集,——现在也选在这本书里。这就是利民的《三天劳工底自述》,王思玷的《偏枯》等三篇,朴园的《两孝子》,张维祺的《赌博》,以及李渺世的《搬后》等两篇。

　　也有的是他本人已有单行本的短篇集,早先也是什么文学团体的分子(照出版家的计划,这就应当归入本丛书的《小说二集》),但是一则因为分别搜采的缘故,二则作风上和本书全体是调和的,于是也就选进了。这就是王任叔的《疲惫者》,李劼人的《编辑室的风波》,许志行的《师弟》,以及其他。

　　材料范围已经交代清楚,现在再说几句编选后的感想罢。

　　首先,是四位久已不见了的作家:利民,王思玷,朴园,李渺世。这四位,很早就写小说,而且恐怕只有《小说月报》发表过他们的作品(或者说,他们发表了的作品,只有《小说月报》上那几篇)。他们在那时候,自然是所谓"无名作家"。他们的身世,我们不大了了,只知道利民和朴园那时住在北京(我记得他们的稿子是从北京寄的),王思玷大概是山东人(我记得他的稿子都从枣庄寄的),而李渺世则在陇海

----

　　① 后来有一个朋友告诉我,王鲁彦也是文学研究会会员,我把他漏掉了。于是想到记错或漏掉的,一定还有。至于王鲁彦,则本丛书的《小说二集》已经有,省点事,我不去要求"移交"了。因为我这里也侵犯着《小说二集》的管辖权呵!

路的观音堂车站（？）做事。后面两位投到《小说月报》社的稿子，大概还不只那已发表的几篇，就拿已发表的来说，有的写得并不好，有的却实在不坏。他们的作品在当时一般的作品中间，我以为有值得注意的两点，就是题材方面不是单调的学校生活和恋爱，技巧方面也有自己创造的地方。

《三天劳工底自述》（利民）那样的作品放在今日的文坛也许并不出奇，但在十一年（一九二二）上半年，它是"奇货"；因为它并不发议论（在作品中间装进一套新思想的议论是那时的流行风气），然而旧式作场里学徒生活的黑暗，旧式作场掌柜对于"念过书的孩子"的不欢迎，——一般手艺人对于"念书"这事的特别观念，都表现得很亲切，很生动。而且它的文字也不是"文中之白"（这又是那时的流行品），而是道地的"口语"，它的对话是活人嘴巴里的话，很切合篇中"人物"的身分。在这短短的一篇里，至少有三个"人物"写得不算不成功，就是管账的陈先生，"小师叔"和"师哥定儿"。定儿写得尤其好。他这个被损害了的孩子，手艺还没学得半点，却已接受了掌柜的以下直到"小师叔"这般人的"意识的衣钵"。我们同时觉得这定儿有点讨厌，却又对他十二分同情。而这一切，作者都从琐细然而真切生动的"人物"的动作中表现了出来，并没用过半句的抽象的"议论"。作者大概并没发心想做"文学家"，他写了这一篇，以后不再写了；这一篇发表是发表了，但并没有引起注意。因为那时大家正热中于"人生观"，——觉得一篇作品非有个簇新的中心思想不可，像《三天劳工底自述》那样的作品，自然会被轻轻滑过。当时此种"注重思想"的倾向，压力是很大的；我虽然把这篇《三天劳工底自述》在《小说月报》上发表了，却并没替它"鼓吹"。那时我也是"问题小说"的热心人。

同样以个人自身的经验为题材，而且这题材也是跨过了学校生活和恋爱关系这狭小而被用滥了的范围的，在《小说月报》十三卷三号（民国十一年三月）上还有李开先作的一篇《埂子上的一夜》。这是描写四川的"棒老二"绑人勒赎。这用进了不少的"黑话"。这是努力想表现"异样情调"的。作者李开先大概是"研究文学"的人罢（他那时是北大学生），他有翻译，他这篇《埂子上的一夜》也用了吻合"人物"身分的活生生的对话，——这在当时也是很难得的；不过他写那几个绑匪写得并不好，那个"满脸煤灰的老二"也不能在我们脑筋上留一个较为深刻的印象。他这小说中唯一的主角是被绑的"我"，他也企图描写这个"我"的心理，可是不大成功。他又颇有说明那产生"棒老二"的四川的特殊社会背景的企图(这一点是重要的),然而他只观念的地从那个"我"的"胡思乱想"中点逗了几句,显然太不够了。这一篇,我没有选取;但是我这里特地说到它,想借它来指出那时候曾有不少的青年作家在找取广大的社会现象来描写,然而太不注意到他那题材中所包含的"问题",结果便也和太热心于"提出问题"犯了同样的失败。

所以要点不在一位作家是不是应该在他的作品中"提出问题",而在他是不是能够把他的"问题"来艺术形象化。在这一点上,我以为朴园的《两孝子》是那时候比较成功的作品。《两孝子》的题材是当时流行的问题之一——"形式的虚伪的孝"。作者用了很轻灵的笔触写出社会所认为"孝"的儿子只是"形式的虚伪的",而社会所认为"不孝"的儿子却实在真懂得怎样去"孝"。这一篇作品,很有巴尔干那些小国的作品的风味:轻灵袅娜,有野花似的香气。它那完全是口语的很美丽很自然的文字,那独特的创造的技巧,似乎即在今日也还是难得的。

王思玷最早的作品是《风雨之下》(《小说月报》十二卷九号)。这是应征文。小说月报社在十二卷五号用"风雨之夜"的题目征求短篇小说或长诗。王思玷的一篇就是入选的五六篇中之一,是用一个老农的自述描写农民在自然界的两个死对头——风和雨。作者对于农民生活的熟悉,在这里已露端绪。他后来在《小说月报》上又发表过六篇小说,《偏枯》(十三卷十一号),《刘并》(十四卷二号),《归来》(十四卷五号),《瘟疫》(十四卷十二号),《一粒子弹》(十五卷七号),《几封用 S 署名的信》(十五卷八号)。这六篇里头前四篇全是农村描写,后二篇却是所谓"非战文学"。本书选了《偏枯》等三篇。是打算在他那极少数的作品中选出了能够表示他的全面的东西。三篇之中,《偏枯》在技巧上最为完美。他用了很细腻的手法描写一对贫农夫妇在卖儿卖女那一瞬间的悲痛的心理。他的文字也许稍嫌生涩些,然而并不艰晦;他那错综地将故事展开的手法,在当时也难得的。他描写了站在"母性爱"与"饿死"的交点上进退两难的可怜女人的心情。他又描写了那几个不知道大祸已在门边的小儿女的天真。他又描写了那大一点的阿大对于未来的命运的敏感。他又描写了那个丈夫(患着偏枯症的)是比较"理知些",咬紧牙关下的决心。他又描写了中间人的张奶奶(没儿没女的老婆子)滴着同情的而且也是母性爱流露的眼泪。这是三千字左右的短篇,然而登场人物有六个,而这六个人物没有一个不是活生生，——连那还在吃奶的三儿也是个要角，不是随手抓来的点缀品。而在六个登场人物以外，还有一个不登场的人物，买了那阿大去的和尚，却也是时时要从纸背跃出来似的。

在《偏枯》中，作者对于他所表现的"人生"取了冷观的态度。他这冷观，在《瘟疫》中他试要摆脱而变为"幽默"。《瘟疫》的题旨是老百姓怎样怕兵。军阀铁蹄下的山东人的作者对于兵的感想不会好的，他用了"幽默"的笔调写一个小村上的居民怎样想用消极的手段来挡那些丘八太爷的驾。然而也因为是"幽默"，他不免太夸张，结果他这篇《瘟疫》就有点像一幅不大近人情的"谑画"。《几封用 S 署名的信》是作者最后的作品（就《小说月报》所登载的说，这是最后的），他终于抛弃了最初的纯客观的态度，热情地诅咒"内战"的罪恶。他用了书信体，他不写战地的情形，不写士兵，他描写一个下级军官怎样由"升官发财"的梦跌在现实的泥淖里，终于觉悟了他在那无名目的混战中的真实的地位。我们猜想来，作者大概未尝有战争的亲身经验，他很知道怎样回避他所不熟悉的事物，所以用了书信体，而且注重在心理描写。这要跟我们近几年来的战争文学一比，他这篇自然不能往成功的淘里算，可是在十三年（一九二四）的非战文学中（他这篇发表在那时《小说月报》的非战文学专号），已经是很好的了。同时他还有一篇《一粒子弹》（《小说月报》十五卷七号），那是他企图从正面描写战争的，那就更差。在《几封用 S 署名的信中》，至少那下级军官心理的分析是成功的。而且像他所指出来的下级军官在战争中的真正地位，那时候的许多非战小说也都没有写到。

企图从特殊的社会生活的一角里找出题材来的，在那时候还有李渺世。他是铁路上的职员，而他所在的地方又有矿工场，他有意地想描写"近代机器文明"的黑暗面。但是他并不能抓住了中心点。他给我们看的，只是浮面的，片段的，而且他自己的态度根本也只是个站在圈子外的"人道主义"的旁观者的（例如他的《这里的世界》，见《小说月报》十五卷十二号）。他对于这个特殊的社会生活的知识，也许并不怎样贫乏，然而他缺少了真正的透视和理解，他不能把他的材料好好地分析组织，试来一个大规模的全面的表现。他只拾取了零碎的触不到核心的片段，印象的地写了出来。他在《小说月报》上发表的作品，一共有七篇，都犯了同样的毛病：印象的片段。《买死的》（选在这里了）是他最好的一篇，但是他的缺点也很明显地留在那里。一个不幸的人在鬼眼似的灯光下,在交缠的毒蛇似的铁轨上,躺着断气的时候,一群冷酷的"幸福的人"却将死者的"命运"作为谈笑的资料,并且掠夺了他仅有的数十块钱,——这一幅鬼戏图给我们的印象很深刻,但是从那位死者的"不幸"的遭遇上,作者并没有指陈什么更深切的原因,反而给我们一个"人生无常之感"。在题名叫做《伤痕》的一篇里(《小说月报》十五卷五号),作者用了陀思妥以夫斯基式的眼光在"龌龊的湿漉漉的抹布的绉褶里找出灵光来",但是也像《罪与罚》的作者一样,我们这位作家既已"找得"了,便满足在自己创造的美妙的幻像中了。他憎恨丑恶的现实,他在丑恶中感到窒息似的苦闷,他曾经试想逃避;表现了这样心情的,是他的《搬后》(原见《小说月报》十四卷二号,也选在这里了)。可是搬到"屋前是高山岗,遮断了山外的天。……屋后也是高山,……除了几只飞倦了的鹰上去休息外,简直没有人在那里发现",这么一个所在,他还是逃避不开现实的丑恶。有人的地方就有丑恶。这是作者在《搬后》中的沉痛的认识。逃是逃不了的。那怎么办呢? 于是作者的第二步"发展"就是在龌龊的"抹布"绉褶里找出"灵光"来给自己陶醉。《伤痕》中有这么一小段:"我坐在炉边,虽然觉得今夜的灯光比较往时特别温柔和皎洁,但隔壁客人的房里,时时透出一阵阵的鸦片烟气,和一股浊烈的上等白丸的玫瑰香味,使人闻着难受,而仿佛像要呕吐似的,胸中十分郁塞,颇想开开窗户,放入些清冷的空气来。继念窗外正有岗丁站着,开开窗未免使他局促,而且雪下得那么大,于是打消了这个念头,重想出一种抵抗的方法:立即把门关上,抽开木盒点起一枝雪茄。动作上虽做得这样完备,心感上却仍是觉着不快,似乎连安坐都反了胃口似的,立起身来,低着头在屋中来回的盘旋。……"这是他在龌龊的"抹布"绉褶中发现"灵光"以前的心情,跟《搬后》的,相差不远。从《搬后》的"逃避"到《伤痕》的"找出灵光来",相隔不过一年,然而在他心灵上的旅程,这是长长的一段。而且这两种态度常常迂回再现。而介于这两者之间,在他全体的作品上投了浓厚的色彩的,是旁观者的"人道主义"。

　　李渺世的作品虽然很少,而且每篇又都很短,几乎可说是"随笔",不是小说,又他在表现特殊的社会生活这一点上,虽然是失败的(像我在上面所说),然而他反映了那时候多数知识者对于现实的丑恶那种又憎恨又没有办法的心情——这一点,却是成功的! 他不自觉地得到了反面的成功。如果就这方面看来,我以为他的作品比利民、朴园、王思玷他们三位的作品实在是更深刻,更复杂,而且更多些历史的社会的意义!即如在技巧上,他也并没逊于那三位。不,他还有那三位所没有的深密的心理描写。

六

当时文学研究会被称为文艺上的"人生派"。文学研究会这集团并未有过这样的主张。但文学研究会名下的许多作家——在当时文坛上颇有力的作家,大都有这倾向,却也是事实。

冰心最初的作品例如选在这里的《斯人独憔悴》,是"问题小说"。《冰心小说集》共收二十八篇,大部分作于一九一九到一九二三年,而且大部分即使不是很显明的"问题小说",也是把"人生究竟是什么"在研究探索的。《超人》发表于一九二一年,立刻引起了热烈的注意,而且引起了摹仿(刘纲的《冷冰冰的心》,见《小说月报》十三卷三号),并不是偶然的事。因为"人生究竟是什么?"支配人生的,是"爱"呢,还是"憎"? 在当时一般青年的心里,正是一个极大的问题。冰心在《超人》中间的回答是:世界上人"都是互相牵连,不是互相遗弃的"。她把小说题名了"超人",但是主人公的何彬实在并不是"超人"。冰心她不相信世上有"超人"。隔了一年多,冰心又发表了《超人》的姊妹篇或补充——《悟》。在这一篇里,冰心更进一层,说:"地层如何生成,星辰如何运转,霜露如何凝结,植物如何开花,如何结果……这一切,只为着'爱'!"然而《悟》发表的当时,对于青年方面的影响,或者说,青年方面来的反应,却反不及《超人》那样多。这原因,倘从《悟》的本身上去找,是找不到的。这是因为《悟》与《超人》中间虽然只隔开一年多,然而中国青年对于"人生问题"已经起了很大的变化,一部分的青年已经不愿再拿这个问题来自苦,而另一部分的青年则已认明了这问题的解答靠了抽象的"爱"或"憎"到底不成。①

---

① 冰心的小说有北新出版的《冰心全集》中的《冰心小说集》一册,内除最后的三四篇以外,全是一九二六年以前的作品。

在庐隐的作品中,我们也看见了同样的对于"人生问题"的苦索。不过她是穿了恋爱的衣裳。最好的例就是她的《海滨故人》。

庐隐最早的作品也是"问题小说"。例如《一封信》写农家女的悲剧(《海滨故人》集页二),《两个小学生》写请愿运动(同上书页二二),《灵魂可以卖么》,写纱厂女工生活(同上书页三二)。然而从《或人的悲哀》(《小说月报》十三卷十二号,一九二一年十二月),到《丽石的日记》,"人生是什么"的焦灼而苦闷的呼问在她的作品中就成了主调。她和冰心差不多同时发问。然而冰心的生活环境使冰心回答道:是"爱"不是"憎",庐隐的生活环境却使得庐隐的回答全然两样。在《海滨故人》这四万字左右的中篇小说里,我们看见所有的"人物"几乎全是一些"追求人生意义"的热情的然而空想的青年在那里苦闷徘徊,或是一些负荷着几千年传统思想束缚的青年在狂叫着"自我发展",然而他们的脆弱的心灵却又动辄多所顾忌。这些"人物"中间的一个说:"我心彷徨得很呵! 往那条路上去呢? ……我还是游戏人间罢!"(《或人的悲哀》)这是那时候(一九二一年顷)苦闷彷徨的青年人人心中有的话语! 那时他们只在心里想着,后来不久就见于行动。所以,在反映了当时苦闷彷徨的站在享乐主义的边缘上的青年心理这一点看来,《海滨故人》及其姊妹篇(《或人的悲哀》和《丽石的日记》)是应该给与较高的评价的。[①]

同样的心情,我们在孙俍工的《前途》里也看到了。这一篇借火车开行前旅客们的忙乱,焦灼,拥挤,以及火车开行后旅客们的"到了么?""几时才到?""能不能平安无事的到?"——种种期望的心情,来说明"人生的旅途"上那渺茫不可知的"前途"。在《前途》的篇首,作者引了《庄子·天运》篇的几句话:"天其运乎? 地其处乎? 日月其争于所乎? 孰主张是? 孰纲维是? 孰居无事,推而行是? 意者其有机缄而不得已耶? 意者其运转而不能自止耶? ……敢问何故?"作者已经把自己的题旨说得非常明白。

然而跟庐隐不同的,孙俍工抑住了主观的热情的呼号,努力想用理知的光来探索宇宙人生的"何故"。倘使我们说他的《命运》(《小说月报》十三卷十二号,民国十

---

① 庐隐的作品有《海滨故人》(短篇集,商务),《曼丽》(短篇集),《灵海潮汐》(短篇集,开明),《玫瑰的刺》(中华),《女人的心》(长篇,四社),《象牙戒指》(长篇,商务);除《海滨故人》及《曼丽》外,余皆为一九二六年以后的作品。

一年十二月)表示了他的探索的半途,那么,他的《海的渴慕者》(《小说月报》十四卷三号)就表示了他的探索的终点了。不过这"终点"并不是"前途"中提出的"何故"的答复,而是跨过了"何故"这一关的一种对于人生问题的主张——"我们应当怎样做!"

这就是他的"安那其思想"。这在《几篇不重要的演说词》(《小说月报》十三卷十号)已经露了端倪,可是到了《海的渴慕者》(这两篇的时间前后相差半年光景),他以"安那其思想"的说教者的姿态出现了。在《几篇不重要的演说词》内,他借了几个青年的嘴巴分析了当时青年们思想上的分野,他也企图说明这些"分野"所以形成的原因(他这说明并不十分成功),他把一个代表他的正面思想的"重要的人物庞人俊"藏在"幕后"不使上场,直到篇末,这才为"补足这个缺陷的缘故,把他底三则日记抄在这里,作为……结论"。而这"重要的人物庞人俊"就被作为"安那其思想"的代表。然而虽则如此,他还有点动摇不定,《命运》这一篇(比《几篇不重要的演说词》后两个月发表)就表示了他在"半途"时——动摇不定时无心流露的悲哀的叹息。这一篇写觉悟的女性之终于成为"家庭的奴隶",最后只能承认了"不可幸免的命运",而且说"隐忍着苦痛挨过这无聊的生命罢!"作者在《命运》中也企图分析那终于要把女子造成"家庭的奴隶"之根本的原因,但是他的唯心论的眼光使他得不到真实的根本原因,于是在自己的不正确的观照下他茫然自失,发了悲哀的结论。

可是作者并不是安于半途的人,虽然他缺乏透视的目光和全般地对于人生的理解。他对于人生的态度是严肃的,他有倔强的专注一面的个性。所以他不久就完全跳过了"敢问何故"这一阶段,他就直捷痛快地选取了他认为合理的"我们应该怎样做"。

《海的渴慕者》的主人公就是这样一个人。这第三人称的"他"虽然有时近于虚无主义者,但大体上还没有走到"虚无主义"而是一个"安那其"。"他"不满于世间的诈伪,卑劣和不平等,"他"到处看见了诈伪,卑劣,不平等,"他"愤激到发狂,然而他并没有终止那一切诈伪,卑劣,以及不平等的方案,他也不信有任何完善的方案,更不信有任何人可以被委托去执行。那么"他"没有憧憬的对象么?倒也不然。"他"有的。那就是"海"。"海"代表了他理想中的"自由"——绝对的自由。"海"是茫茫然阔大无边的,这固然说明了"他"所寻求的是至广至大自由的"人生",但也说明了"他"所寻求者只是像"海"那样茫茫阔大而没有分明界说的"自由"。"海"的渴慕者的"他"狂热地叫着什么都不要了,只要"海",然而如何使他主观地"不要"的东西客观上成为没有,他却是想也没有想到的。

这一种"安那其思想"的痕迹,在孙俍工后期的作品里又渐渐淡了起来。他渐渐从"一切都要不得"变到"人道主义"了。在《隔绝的世界》(《小说月报》十四卷五号),他慨叹于梦想"美"的艺术家不知道"灵"的风景的背后有一幕悲剧;在《家风》(《小说月报》十六卷九号)里,他用了感伤的调子写那老年的节妇的心灵上的寂寞;而在《归家》(《小说月报》十四卷十号十一号)这中篇内,他对于当前的社会变动也不深求其光明面与黑暗面的所以然,而"为人类的前途忧虑着战慄着"了。

一九二六年以后,他似乎已经绝念于创作。①

七

冷静地谛视人生,客观的地,写实的地,描写着灰色的卑琐人生的,是叶绍钧。他的初期的作品(小说集《隔膜》)大都有点"问题小说"的倾向,例如《一个朋友》,《苦菜》和《隔膜》。可是当他的技巧更加圆熟了时,他那客观的写实的色彩便更加浓厚。短篇集《线下》和《城中》(一九二三到二六年上半年的作品)是这一方面的代表。

要是有人问道:第一个"十年"中反映着小市民智识分子的灰色生活的,是那一位作家的作品呢? 我的回答是叶绍钧!

他的"人物"写得最好的,是小镇里的醉生梦死的灰色人,如《晨》内的赵太爷和黄老太这一伙(短篇集《城中》页九七);是一些心脏麻木的然而却又张皇敏感的怯弱者,如《潘先生在难中》的潘先生以及他的同事(短篇集《线下》页一九五),他们在

---

① 孙俍工的作品有短篇集《海的渴慕者》和《生命的伤痕》(皆民智书局出版);前者包含小说十八篇,后者包含小说三篇,剧本二篇。这些都是一九二六年以前的作品。

虚惊来了时最先张皇失措，而在略感得安全的时候他们又是最先哈哈地笑的；是一些没有勇气和环境抗争，揉揉肚子就把他的"理想"折扣成为零的妥协者，如《校长》中的小学校长叔雅本想换掉三个坏教员，但结果因为鬼迷似的面允了三个中间的一个仍旧"蝉联"，于是索性把三个一齐都留任下去了（《线下》页八一），又如《祖父的心》中的西医杜明辉夫妇（短篇集《火灾》页一三一），没有勇气违反"祖母"，却也没有勇气完全丢开自己的"理想"，结果只能悲哀地望着自己的"理想"出神；是圆滑到几乎连自己都没有，然而又颇喜欢出风头的所谓"学者"，如《演讲》中的主人公"他"（《城中》页四一），是神经衰弱的很会幻想的，然而在失恋后连哭一场的热情都没有的惫懒人，如《一个青年》中的连山（《线下》页一二一）。[1]

然而在最初期（说是《隔膜》的时期罢，民国八年到十年的作品），叶绍钧对于人生是抱着一个"理想"的，——他不是那么"客观"的。他在那时期，虽然也写了"灰色的人生"，例如《一个朋友》（短篇集《隔膜》页三九），可是最多的却是在"灰色"上点缀着一两点"光明"的理想的作品。他以为"美"（自然）和"爱"（心和心相印的了解）是人生的最大的意义，而且是"灰色"的人生转化为"光明"的必要条件。"美"和"爱"就是他的对于生活的理想。这是唯心的地去看人生时必然会达到的结论。

在"发展"的过程上跟叶绍钧很相近的，是王统照。他的初期的作品比叶绍钧更加强调着"美"和"爱"。但是他所说"爱"和"美"又是一件东西的两面。他的"美"和"爱"的观念也跟叶绍钧的稍稍不同。他以为高超的纯洁的"爱"（包括性爱在内）便是"美"；而且由于此两者的"交相融而交相成"，然后"普遍于地球"的"烦闷混扰"的人类能够"乐其生"而"得正当之归宿"。《沉思》是从反面来说明这个"理想"的（短篇集《春雨之夜》页八）。画家韩叔云自然和那个"五十多岁的官吏"完全是两种人，然而韩叔云之不懂得"美"与"爱"的真谛，实在和那蠢俗的"五十多岁的官吏"差不多。做模特儿的女子琼逸是作者理想的"美"与"爱"的象征，她本来是通过了艺术的媒介给人生快乐光明的，但是因为摧残"美"与"爱"的"五十多岁的官吏"——他是"功利"，"权势"等等的化身，既然只知道自私的占有，而那个自命为能形象的

---

[1] 叶绍钧的作品在一九二六年以前发表的，有短篇小说集四本：《隔膜》（商务，民国十一年）、《火灾》（商务，民国十二年）、《线下》（商务，民国十四年）、《城中》（开明，民国十五年）；又有《未厌集》（商务，民国十七年），其中共十篇，前五篇也是一九二六年的作品。

地创造了"爱"与"美"的画家韩叔云也对她不了解,结果她只好"怎么也不到韩叔云画室里去作裸体模型了,也不到戏院里去扮演了,在春日的黄昏,一个人儿跑出城外,在暖雾幕住的亭子里,独自沉思!"(短篇集《春雨之夜》页一六)

王统照又从正面写了"爱"与"美"之伟大的力量;这就是《微笑》(《春雨之夜》页一一九)。一个青年的小偷,被捕后关在牢房里,有一会却因无意中得到了一个女犯人的微笑,就胡思乱想起来;后来他由同监的老犯人嘴里知道了那女犯人的身世,并且悟得她那温和的微笑不是"留恋的,不是爱慕的,……更不是如情人第一次具有深重感动的诱引的笑容",而是广博的爱人类爱一切的慈祥的微笑,于是这年青的犯人便得了"深沉与自己不可分解的感触,仿佛诗人在第一次觅得诗趣,却说不出是什么来一样"。终于他被这"微笑"超度了,在一年刑期满后出狱便成为一个勤苦的工人。"神秘的不可理解的微笑,或者果然是有魔力的,自那个微笑在他脑中留下了印象之后,他也有些变幻了。直到出了那个可怕的,如张开妖怪之口的铁门以后,他到了现在,居然成了个有些智识的工人"(《春雨之夜》页一四四):这是他工作中自觉的意识。但是超度了他的那"微笑"的本身却是"终身监禁"。在这里,作者又象征的地说明了因为"爱"与"灵"的化身尚未有"自由",所以人生的真善的境地,还不能实现。

《春雨之夜》(王统照的第一短篇集,民国十年到十二年的作品)所收的二十个短篇就有这样一种"理想的"基础。从这理想的诗的境界走到《山雨》那样的现实人生的认识,当然是长长的一条路。这路中间的里程碑就是这里所选录的《车中》以及稍后的《漫天风雪忆牢骚》(曾见《小说月报》不记何卷何号)等等,数量并不多。他的长篇《一叶》和《黄昏》大体上也是属于他这"路"的中段。然而也正像他的初期的作品比叶绍钧的更"理想",他的第二期的"客观"的作品也没有叶作的那样冷冷地静观。诗人气质的王统照始终有他的热情![1]

和叶、王二人同时在民国十年到十二年的文坛上尽了很大的贡献的,还有落华生。

---

[1]　王统照的作品已有单行本者为《春雨之夜》(商务),《霜痕》(新中国),——以上皆短篇;《一叶》和《黄昏》(皆长篇,商务)。一九二六年以后他搁笔了多时,所作极少,最近二三年他又写得多些了,长篇《山雨》就是前年发表的。

他的作品从《命命鸟》到《枯杨生花》，在"人生观"这一点上说来，是那时候独树一帜的（他的题材也是独树一帜的）。他不像冰心，叶绍钧，王统照他们似的憧憬着"美"和"爱"的理想的和谐的天国，更不像庐隐那样苦闷彷徨焦灼，他是脚踏实地的。他在他的每一篇作品里，都试要放进一个他所认为合理的人生观。他并不建造了什么理想的象牙塔。他有点怀疑于人生的终极的意义（《空山灵雨》页一七，《蜜蜂和农人》），然而他不悲观，他也不赞成空想；他在《缀网劳蛛》里写了一个"不信自己这样的命运不甚好，也不信史夫人用定命论的解释来安慰她，就可以使她满足"的女子尚洁，然而这尚洁并不麻木的，她有她的人生观，她说："我像蜘蛛，命运就是我的网。蜘蛛把一切有毒无毒的昆虫吃入肚里，回头把网组织起来。他第一次放出来的游丝，不晓得要被风吹到多么远；可是等到粘着别的东西的时候，他的网便成了。他不晓得那网什么时候会破，和怎样破法。一旦破了，他还暂时安安然然地藏起来；等有机会再结一个好的。人和他的命运又何常不是这样？所有的网都是自己组织得来，或完或缺，只能听其自然罢了。"（短篇集《缀网劳蛛》页一三五—六）同样的思想，在《商人妇》里也很力强地表现着（《缀网劳蛛》页四七）。

这便是落华生的人生观。他这人生观是二重性的。一方面是积极的昂扬意识的表征，（这是"五四"初期的），另一方面却又是消极的退婴的意识（这是他创作当时普遍于知识界的），所以尚洁并没确定的生活目的，《商人妇》里的惜官也没有；作者在他的一篇"散记"里更加明白地说："在一切的海里，遇着这样的光景，谁也没有带着主意下来，谁也脱不了在上面泛来泛去，我们尽管划罢。"（《空山灵雨》页三五）

落华生是反映了当时第三种对于人生的态度的。[1]

在作品形式方面，落华生的，也多少有点二重性。他的《命命鸟》、《商人妇》、《换巢鸾凤》、《缀网劳蛛》，乃至《醍醐天女》与《枯杨生花》，都有浓厚的"异域情调"，这是浪漫主义的；然而同时我们在加陵和敏明的情死中（《命命鸟》），在尚洁或惜官的颠沛生活中，在和鸾和祖凤的恋爱中（《换巢鸾凤》），我们觉得这些又是写实主义的。他这形式上的二重性，也可以跟他"思想上的二重性"一同来解答。浪漫主义的成分是昂扬的积极的"五四"初期的市民意识的产物，而写实主义的成分则是"五

---

[1] 落华生在一九二六年以前的作品收在短篇集《缀网劳蛛》和散文集《空山灵雨》（商务）。

四"的风暴过后觉得依然满眼是平凡灰色的迷惘心理的产物。

八

　　这一时期,描写农村生活的作家有徐玉诺,潘训,彭家煌,许杰。

　　徐玉诺是一个有才能的作者,然而他在尚未充分发展之前,就从文坛上退隐了。他在一九二三—二四年顷,创作力颇旺,一九二六年起,就没有看见他(我不知道他是否尚在人间)。这一位《将来之花园》(诗集)的作者正像叶绍钧在短篇小说《火灾》内所写,一方面是热情的,带点原始性的粗犷的,另一方面却是个 Diana 型的梦想者,(《火灾》内的言信君就是徐玉诺);前者的表现是他的小说,后者的是他的诗。不过在诗一方面他的成就比在小说方面似乎要高些。他留给我们的小说只有很少的几篇,而且处处表示了他只是刚刚在开步。

　　然而从这少数的篇幅中我们看见他有向更高阶段发展的基本的美质。这在《一只破鞋》和《祖父的故事》中很觉明显。第一,他的对话是活生生的口语;第二,他的人物描写全没有观念的抽象的毛病;第三,他写"动作"是紧张的,但亦自然,并且他也不是不能够描写心灵上的轻淡的可是发自深处的波动(例如《祖父的故事》)。

　　不过在这一切优点之外,他的小说有一个大毛病就是没有组织。诗人气氛很浓厚的他提起写小说的笔时,只是将他所有的印象单纯地再现,没有经过组织分解,抽出"典型的"什么来。不然,照他那样丰富热烈的生活,(他是河南人,他的故乡的特殊生活他是一个实际参加者,叶绍钧的《火灾》内有一部分的描写),他应当给我们更多些。①

　　潘训的《乡心》在《小说月报》十三卷七号(十一年七月)发表的时候,他大概还在浙江第一师范读书。那时候,描写农民生活的小说还是很少,《乡心》的出现,是

---

　　①　徐玉诺的小说并没有单行本。在《小说月报》上发表的,有《在摇篮里》二篇(十四卷五号及七号),《一只破鞋》、《寂寞》、《灰色人》(后二者只可算是速写,皆见十四卷六号)、《到何处去》(十四卷八号)、《祖父的故事》(十四卷十二号)、《往事一闪》(十五卷一号)。诗集《将来的花园》,商务出版。

应得特书的。

　　这一篇小说虽然并没写到正面的农村生活，可是它喊出了农村衰败的第一声悲叹。主人公阿贵是抱着"黄金的梦"从农村跑到都市去的第一批的代表。阿贵是好胜的青年木匠，他的离开农村到都市，虽然一方面由于"好胜"，但他和"千里做官只为钱"的"投机者"的心理是不同的；隐藏在他"好胜心"背后的，是债务的压迫。这一点，《乡心》里写得很明白。然而到了都市的阿贵也仅仅能够生活；"出乡来，也总如此住住，究竟有什么好呢？"倔强好胜的阿贵也终于这样悲叹。我们从这青年农村木匠的故事看到了近年来农民从农村破产下逃到都市而仍不免于饿肚子的大悲剧的前奏曲。

　　作者后来在他的小说集的自序里说："《晚上》等四篇，都以作者故乡的农人为题材。我的故乡的生活，是一味朴素的生活。在物质的生活的鞭迫下，被'命生定的'一句格言所卖，单独地艰苦地挣扎着。这四篇小说中，便都是这种人物。"①

　　这一段作者自己的话，在《人间》（《小说月报》十四卷八号），《牧生和他的笛》（十五卷十号），以及《晚上》各篇内，也许恰合。（尤其是《人间》内的主人公火吒司是"命生定"论者的代表）。但是在《乡心》中，阿贵这倔强者正是对"生定"的"命"在抗争，虽然好像终于要失败。《乡心》之所以比《人间》等三篇更为杰出，就为的《乡心》写了农村人物的两种典型："命生定"论者的阿贵的父母，以及对"生定"的"命"挣扎的阿贵。然而阿贵的挣扎也还是盲目的。因此他的本性的倔强虽然使他不肯屈伏，（回到他家乡去），但他掩不了心中的悲哀。在我们面前的阿贵的姿态，不是坚定的，挺起胸膛朝前面看的，而是盲目的，悲哀的，低着头，忍住了眼泪苦笑的。

　　在这里，我们应当连带讲一讲王任叔的《疲惫者》（已经选在本书里了，原见《小说月报》十六卷十一号）。这一篇的主人公运秧驼背也是个倔强汉，也曾离开了他的故乡到"下三府"（指旧时的杭，嘉，湖三府）去想"发财"，然而五十多岁回来时，他毫无所得，只留下个本性的倔强。少年的梦已经过去了，他变成一个"闲汉"。他不再想和"生定"的"命"挣扎了，可是他在"命"前低头的时候，还是要说几句强话的。

----

　　①　潘训在一九二五年以后没有创作。他虽然开始创作很早，可是他写得不多；他好像只有收在《雨点集》内的九篇，这集子用了田言的笔名，民国十八年亚东出版。

我们在这运秧驼背身上看见了盲目挣扎者的后半世的下场。他已经没有悲哀,他有的是冷笑,有的是对于阿三那种趋炎附势者的憎恨和蔑视。他虽然时时几天没有饭吃,然而他不肯偷,不肯拍马屁,他是保持着高贵的胜利者的姿态的。

用了更繁杂的人物和动作把农村生活的另一面给我们看的,是彭家煌和许杰。这两位的初期的作品(他们开始创作差不多是同时的)有一些共同点:两个都是纯客观的态度,两个都着眼在"地方色彩",两个都写了农民的无知,被播弄。(不过在彭家煌的悲喜剧的《怂恿》内,播弄的主动者是"人",而在许杰的悲剧的《惨雾》内却是农民们自己的原始性的强悍和传统的恶劣的风俗。)

彭家煌的独特的作风在《怂恿》里就已经很圆熟。这时候他的态度是纯客观的(他不久就抛弃了这纯客观的观点)。在这几乎称得是中篇的《怂恿》内,他写出朴质善良而无知的一对夫妇夹在"土财主"和"破靴党"之间,怎样被播弄而串了一出悲喜剧。浓厚的"地方色彩",活泼的带着土音的"对话",紧张的"动作",多样的"人物",错综的故事的发展,——都使得这一篇小说成为那时期最好的农民小说之一。[①]

和《怂恿》同样富有"地方色彩"的,是《活鬼》。(短篇集《怂恿》页八三)。在这一篇的诙谐的表面下,有作者对于宗法社会的不良习俗的讽刺。富农某,因为财旺丁不旺,就放任他的寡媳和女儿去偷汉,可是"她们没有成绩报销出来,老农可不能不预备身后了",他赶紧给他的十三四岁的孙儿荷生娶了个年龄比荷生大十来岁的老婆,这才一无牵挂的溘然长逝。这个孩子新郎的大新娘自然会接受她婆婆的衣钵的。过不了一年,荷生的家里就常常闹鬼了。荷生不知道他所怕的"鬼"正是他的大了十多岁的老婆所招来而且欢迎的。他去请了他在小学校读书时的好朋友——校里的厨子,出名是有家传的驱鬼符的,——到他家里住宿,帮同赶鬼。这个"赶鬼人"就宿在荷生的房里,跟荷生一床,荷生的老婆睡了同房的另一床。第一二夜,的确还有鬼响,但是被"赶鬼人"一声嚷骂,就没有了。后来半个月里简直再没有鬼在窗外闹响了,"赶鬼人"也只好自回他当差的学校里。然而"赶鬼人"一去,

---

① 彭家煌的作品已有单行本者,为《怂恿》(开明),内八篇,皆一九二六年前所作;此后的作品,有短篇集《喜讯》(现代),《皮克的情书》(现代),及《在潮神庙》(良友)。他死于一九三三年。

"鬼"又来了。这一夜没有月光，荷生一听得石子在屋顶上响，就抖抖地起来拿了猎枪朝窗外放了一枪。枪声过后，窗外起了一阵脚步声，跑入竹林去了。荷生第二天到小学校里找他的好朋友"赶鬼人"，哪知不在。后来这"赶鬼人"就从此不见。

彭家煌早期的都市生活的描写，收在短篇集《怂恿》内的，例如这里选录的《Dismeryer 先生》以及另外的几篇（《到游艺园去》，《军事》，《势力范围》），也还多少有点纯客观的态度，至少是他对于当面的现实还没有确定的见解。这是他前期的作品和后期的不同的地方。

他不幸无寿，所以他留给我们的作品也不很多。

许杰却是个生产丰富的作家。他写了很多的农村小说，而且大部分是一九二四—二六这三年中的作品①。最近四五年来，他几乎没有什么新作。

许杰开始创作大概在一九二三年下半年。他最初的两年光景，一气里给了我们十多篇农村生活的小说，其中长的如《惨雾》，有三万多字，短的亦常在一万字以上。在那时候，他是成绩最多的描写农民生活的作家。他是浙江台州人，他的题材多取自他的故乡。一九二五年起，他转了方向，写都市中流浪的青年群的生活了；《火山口》内十个短篇全是这一类的作品。但在一九二四年他专注于农村生活的时候，他亦有过一篇流浪青年的描写，就是收在短篇集《惨雾》内的《醉人的湖风》。

正像他的题材是两方面的，他的作风也有两个面目。他的农村生活的作品几乎全是客观的写实主义的，而他的都市中流浪青年生活的作品却是热情的感伤的，多少还有点颓废的倾向。这，他在短篇集《火山口》的自序内有一段诚恳的自白。

他的农村生活的小说是一幅广大的背景，浓密地点缀着特殊的野蛮的习俗，（如《惨雾》中的械斗，《赌徒吉顺》中的典妻），拥挤着许多农村中的典型的人物。他常常能够提出典型的人物来，可是他不能够常常写得好。他只有一两个是写得相当成功的，例如《赌徒吉顺》中的主人公吉顺，《大白纸》中的大白纸；但这些都是畸形的人物，他们在转形期的社会中是一些被生活的飞轮抛出来的渣滓，我们只有从反面去看时，这才能够在他们身上认出社会的意义。自然，我们这位作家也写另一

① 许杰的短篇小说集有《惨雾》（商务，内七篇），《飘浮》（南京书局，内六篇），以上为一九二六年以前所作。《火山口》（乐华，内十篇，据作者自序，大半作于一九二五到二六年），《椰子与榴莲》（现代，内十篇），《暮春》（光华，内二篇）。

方面的人物，——在生活河里冲波激浪的人儿，例如《隐匿》中的善金，可是写到这一类人物的时候，作者就常常失败。就拿《隐匿》来说，居于主人公地位的善金，我们只看见一个侧影，而且这侧影在小说中出现的时候已经是"一个没有灵魂的躯壳"，是生活中的败将，也快要成为生活的飞轮抛出来的渣滓了。

　　但是除开这一些不讲，那么，最长的《惨雾》是那时候一篇杰出的作品。这一篇里，人物描写并不见得成功，但结构很整密。也有些地方不简洁，但全篇的气魄是雄壮的。

　　《赌徒吉顺》(在短篇集《惨雾》中，页二五九)是颇为细腻的心理描写。吉顺的落在赌的魔手中，一方面固然由于都市的罪恶伸展到农村，而另一方面也由于农村的衰败和不安引起了人心的迷惘苦闷，于是要求刺激，梦想发财的捷径了。在堕落中的吉顺，只奉一个上帝，就是金钱。他第一次拒绝了典妻，就因为他刚刚赢了钱；第二次他在"名誉"和"金钱"二者之间挣扎了片刻，终于还是金钱得胜，他决定要典妻了。然而因为代价不像他所希望的那么多，于是在"名誉"的辩解下，他觉得典妻这事到底不好。这辩解是他失败(典妻不成)后的自欺。主宰他的，到底还是金钱，不是什么抽象的名誉。

　　假使我们说《惨雾》所表现的是一个原始性的宗法的农村(在这里，个人主义是被宗法思想压住的)，那么，《赌徒吉顺》所表现的就是一个经济势力超于封建思想以上的变形期的乡镇，而这经济力却不是生产的，是消费的，破坏的。

九

　　因为这一篇"导言"的目的，只想说明新文学第一个"十年"里创作小说发展的概况，以及这一时期文学上几个主要的倾向，所以我不打算再啰苏地把上面不曾讲到过的作家一一讲几句了。这几位没有讲到的作家，虽然或者是所作不多，或者是他在新文学小说以外的部门贡献得更大，或者是应当放在第二个"十年"里，但是他们在这一时期的贡献有它的历史的价值，并且给当时的青年作者以很多技术上的榜样。为要指出过去这十年中曾经有多少作家从各方面把我们这小说一部门装点得花团锦簇,我们这本书里一定不能够缺少了他们的作品,然而我请读者自己去欣赏罢,我不再噜苏地讲我的感想了。①

　　但在结束本文以前,我要再请读者注意,因为本书的范围限于文学研究会的各位小说作家,所以这篇导言的论述也不得不以此为范围。在这一时期的文学上的重要倾向中,我没有讲到创造社以及其他文学团体。不用说,创造社以及其他文学团体是代表了这一时期整个文坛上的几个最大的倾向的,但是我这里却包括不进去,这要请读者去读本丛书的《小说二集》和《三集》。还有文艺理论,诗,戏曲,散文等专辑。

三月十日,一九三五。

　　(录自赵家璧主编《中国新文学大系》第3集《小说一集》,上海文艺出版社1981年版,第1—32页)

---

　　① 这里介绍他们已经出版的单行本:郑振铎,《家庭的故事》(开明,大多数是一九二六年以后的作品)。罗黑芷,《醉里》(商务),《春日》(开明,有一九二六年的作品)。黎烈文,《舟中》(泰东)。赵景深《栀子花球》(北新)。敬隐渔,《玛丽》(商务)。许志行,《孤坟》(亚东)。李劼人,《同情》(中华)。徐志摩,《轮盘》(中华)。王任叔,《殉》(泰东);《监狱》,《阿贵流浪记》,《在没落中》(乐华),《破屋》(新学)。

《中国新文学大系》小说二集·导言

鲁　迅

一

　　凡是关心现代中国文学的人，谁都知道新青年是提倡"文学改良"，后来更进一步而号召"文学革命"的发难者。但当一九一五年九月中在上海开始出版的时候，却全部是文言的。苏曼殊的创作小说，陈嘏和刘半农的翻译小说，都是文言，到第二年，胡适的《改良文学刍议》发表了，作品也只有胡适的诗文和小说是白话。后来白话作者逐渐多了起来，但又因为《新青年》其实是一个论议的刊物，所以创作并不怎样着重，比较旺盛的只有白话诗；至于戏曲和小说，也依然大抵是翻译。

　　在这里发表了创作的短篇小说的，是鲁迅。从一九一八年五月起，《狂人日记》、《孔乙己》、《药》等，陆续的出现了，算是显示了"文学革命"的实绩，又因那时的认为"表现的深切和格式的特别"，颇激动了一部分青年读者的心。然而这激动，却是向来怠慢了绍介欧洲大陆文学的缘故。一八三四年顷，俄国的果戈理(N.Gogol)就已经写了《狂人日记》；一八八三年顷，尼采(Fr.Nietzsche)也早借了苏鲁支(Zarathustra)的嘴，说过"你们已经走了从虫豸到人的路，在你们里面还有许多份是虫豸。你们做过猴子，到了现在，人还尤其猴子，无论比那一个猴子"的。而且

《药》的收束，也分明的留着安特莱夫（L.Andreev）式的阴冷。但后起的《狂人日记》意在暴露家族制度和礼教的弊害，却比果戈理的忧愤深广，也不如尼采的超人的渺茫。以后虽然脱离了外国作家的影响，技巧稍为圆熟，刻画也稍加深切，如《肥皂》、《离婚》等，但一面也减少了热情，不为读者们所注意了。

从《新青年》上，此外也没有养成什么小说的作家。

较多的倒是在《新潮》上。从一九一九年一月创刊，到次年主干者们出洋留学而消灭的两个年中，小说作者就有汪敬熙、罗家伦、杨振声、俞平伯、欧阳予倩和叶绍钧。自然，技术是幼稚的，往往留存着旧小说上的写法和情调；而且平铺直叙，一泻无余；或者过于巧合，在一刹时中，在一个人上，会聚集了一切难堪的不幸。然而又有一种共同前进的趋向，是这时的作者们，没有一个以为小说是脱俗的文学，除了为艺术之外，一无所为的。他们每作一篇，都是"有所为"而发，是在用改革社会的器械，——虽然也没有设定终极的目标。

俞平伯的《花匠》以为人们应该屏绝矫揉造作，任其自然，罗家伦之作则在诉说婚姻不自由的苦痛，虽然稍嫌浅露，但正是当时许多智识青年们的公意；输入易卜生（H.Ibsen）的《娜拉》和《群鬼》的机运，这时候也恰恰成熟了，不过还没有想到《人民之敌》和《社会柱石》。杨振声是极要描写民间疾苦的；汪敬熙并且装着笑容，揭露了好学生的秘密和苦人的灾难。但究竟因为是上层的智识者，所以笔墨总不免伸缩于描写身边琐事和小民生活之间。后来，欧阳予倩致力于剧本去了；叶绍钧却有更远大的发展。汪敬熙又在《现代评论》上发表创作，至一九二五年，自选了一本《雪夜》，但他好像终于没有自觉，或者忘却了先前的奋斗，以为他自己的作品，是并无"什么批评人生的意义的"了。序中有云——

　　我写这些篇小说的时候，是力求着去忠实的描写我所见的几种人生经验。我只求描写的忠实，不搀入丝毫批评的态度。虽然一个人叙述一件事实之时，他的描写是免不了受他的人生观之影响，但我总是在可能的范围之内，竭力保持一种客观的态度。

　　因为持了这种客观态度的缘故，我这些短篇小说是不会有什么批评人生的意义。我只写出我所见的几种经验给读者看罢了。读者看了这些小说，心中对于这些种经验有什么评论,是我所不问的。

杨振声的文笔,却比《渔家》更加生发起来,但恰与先前的战友汪敬熙站成对跖:他"要忠实于主观",要用人工来制造理想的人物。而且凭自己的理想还怕不够,又请教过几个朋友,删改了几回,这才完成一本中篇小说《玉君》,那自序道——

　　若有人问玉君是真的,我的回答是没有一个小说家说实话的。说实话的是历史家,说假话的才是小说家。历史家用的是记忆力,小说家用的是想象力。历史家取的是科学态度,要忠实于客观;小说家取的是艺术态度,要忠实于主观。一言以蔽之,小说家也如艺术家,想把天然艺术化,就是要以他的理想与意志去补天然之缺陷。

他先决定了"想把天然艺术化",惟一的方法是"说假话","说假话的才是小说家"。于是依照了这定律,并且博采众议,将《玉君》创造出来了,然而这是一定的:不过一个傀儡,她的降生也就是死亡。我们此后也不再见这位作家的创作。

二

　　"五四"事件一起,这运动的大营的北京大学负了盛名,但同时也遭了艰险。终于,《新青年》的编辑中枢不得不复归上海,《新潮》群中的健将,则大抵远远的到欧美留学去了,《新潮》这杂志,也以虽有大吹大擂的预告,却至今还未出版的"名著绍介"收场;留给国内的社员的,是一万部《孑民先生言行录》和七千部《点滴》。创作衰歇了,为人生的文学自然也衰歇了。
　　但上海却还有着为人生的文学的一群,不过也崛起了为文学的文学的一群。这里应该提起的,是弥洒社。它在一九二三年三月出版的《弥洒》(Musai)上,由胡山源作的《宣言》《弥洒临凡曲》告诉我们说——

> 我们乃是艺文之神；
>
> 我们不知自己何自而生，
>
> 也不知何为而生；
>
> ……
>
> 我们一切作为只知顺着我们的 Inspiration！

　　到四月出版的第二期，第一页上便分明的标出了这是"无目的无艺术观不讨论不批评而只发表顺灵感所创造的文艺作品的月刊"，即是一个脱俗的文艺团体的刊物。但其实，是无意中有着假想敌的。陈德征的《编辑余谈》说："近来文学作品，也有商品化的，所谓文学研究者，所谓文人，都不免带有几分贩卖者底色彩！这是我们所深恶而且深以为痛心疾首的一件事。……"就正是和讨伐"垄断文坛"者的大军一鼻孔出气的檄文。这时候，凡是要独树一帜的，总打着憎恶"庸俗"的幌子。

　　一切作品，诚然大抵很致力于优美，要舞得"翩跹回翔"，唱得"宛转抑扬"，然而所感觉的范围却颇为狭窄，不免咀嚼着身边的小小的悲欢，而且就看这小悲欢为全世界。在这刊物上，作为小说作者而出现的，是胡山源、唐鸣时、赵景沄、方企留、曹贵新；钱江春和方时旭，却只能算作速写的作者。从中最特出的是胡山源，他的一篇《睡》，是实践宣言，笼罩全群的佳作，但在《樱桃花下》（第一期），却正如这面的过度的睡觉一样，显出那面的病的神经过敏来了。"灵感"也究竟要露出目的的。赵景沄的阿美，虽然简单，虽然好像不能"无所为"，却强有力的写出了连敏感的作者们也忘却的"丫头"的悲惨短促的一世。

　　一九二四年中发祥于上海的浅草社，其实也是"为艺术而艺术"的作家团体，但他们的季刊，每一期都显示着努力：向外，在摄取异域的营养，向内，在挖掘自己的魂灵，要发见心里的眼睛和喉舌，来凝视这世界，将真和美歌唱给寂寞的人们。韩君格、孔襄我、胡絮若、高世华、林如稷、徐丹歌、顾瑓、莎子、亚士、陈翔鹤、陈炜谟、竹影女士，都是小说方面的工作者；连后来是中国最为杰出的抒情诗人冯至，也曾发表他幽婉的名篇。次年，中枢移入北京，社员好像走散了一些，《浅草》季刊改为篇叶较少的《沉钟》周刊了，但锐气并不稍衰，第一期的眉端就引着吉辛（G. Gissing）的坚决的句子——

　　　而且我要你们一齐都证实……

　　　我要工作啊，一直到我死之一日。

　　但那时觉醒起来的智识青年的心情，是大抵热烈，然而悲凉的。即使寻到一点光明，"径一周三"，却更分明的看见了周围的无涯际的黑暗。摄取来的异域的营养又是"世纪末"的果汁：王尔德(Oscar Wilde)，尼采(Fr.Nietzsche)，波特莱尔(Ch.Baudelaire)，安特莱夫(L.Andrev)们所安排的。"沉自己的船"还要在绝处求生，此外的许多作品，就往往"春非我春，秋非我秋"，玄发朱颜，却唱着饱经忧患的不欲明言的断肠之曲。虽是冯至的饰以诗情，莎子的托辞小草，还是不能掩饰的。凡这些，似乎多出于蜀中的作者，蜀中的受难之早，也即此可以想见了。

　　不过这群中的作者们也未尝自馁。陈炜谟在他的小说集《炉边》的"Proem"里说——

　　　但我不要这样；生活在我还在刚开头，有许多命运的猛兽正在那边张牙舞爪等着我在。可是这也不用怕。人虽不必去崇拜太阳，但何至于懦怯得连暗夜也要躲避呢？怎的，秃笔不会写在破纸上么？若干年之后，回想此时的我，即不管别人，在自己或也可值眷念罢，如果值得忆念的地方便应该忆念。……

　　自然，这仍是无可奈何的自慰的伤心之言，但在事实上，沉钟社却确是中国的最坚韧，最诚实，挣扎得最久的团体。它好像真要如吉辛的话，工作到死掉之一日；如"沉钟"的铸造者，死也得在水底里用自己的脚敲出洪大的钟声。然而他们并不能做到，他们是活着的，时移世易，百事俱非；他们是要歌唱的，而听者却有的睡眠，有的槁死，有的流散，眼前只剩下一片茫茫白地，于是也只好在风尘颠洞中，悲哀孤寂地放下了他们的箜篌了。

　　后来以"废名"出名的冯文炳，也是在《浅草》中略见一斑的作者，但并未显出他的特长来。在一九二五年出版的《竹林的故事》里，才见以冲淡为衣，而如著者所说，仍能"从他们当中理出我的哀愁"的作品。可惜的是大约作者过于珍惜他有限的"哀愁"，不久就更加不欲像先前一般的闪露，于是从率直的读者看来，就只见其有意低徊，顾影自怜之态了。

　　冯沅君有一本短篇小说集《卷葹》——是"拔心不死"的草名，也是一九二三年起，身在北京，而以"淦女士"的笔名，发表于上海创造社的刊物上的作品。其中的《旅行》是提炼了《隔绝》和《隔绝之后》（并在《卷葹》内）的精粹的名文，虽嫌过于说理，却还未伤其自然，那"我很想拉他的手，但是我不敢，我只敢在间或车上的电灯被震动而失去它的光的时候；因为我害怕那些搭客们的注意。可是我们又自己觉得很骄傲的，我们不客气的以全车中最尊贵的人自命"这一段，实在是"五四"运动之后，将毅然和传统战斗，而又怕敢毅然和传统战斗，遂不得不复活其"缠绵悱恻之情"的青年们的真实的写照。和"为艺术而艺术"的作品中的主角，或夸耀其颓唐，或衒鬻其才绪，是截然两样的。然而也可以很归于平安。陆侃如在《卷葹》再版后记里说："'淦'训'沈'，取《庄子》'陆沈'之义。现在作者思想变迁，故再版时改署沅君。……只因作者秉性疏懒，故托我代说。"诚然，三年后的《春痕》，就只剩了散文的断片了，更后便是关于文学史的研究。这使我又记起匈牙利的诗人彼兑菲（Petöfi Sándor）题 B.S. 夫人照像的诗来——

　　　　听说你使你的男人很幸福，我希望不至于此，因为他是苦恼的夜莺，而今沉默在幸福里了。苦待他罢，使他因此常唱出甜美的歌来。

　　我并不是说：苦恼是艺术的渊源，为了艺术，应该使作家们永久陷在苦恼里。不过在彼兑菲的时候，这话是有些真实的；在十年前的中国，这话也有些真实的。

三

　　在北京这地方，——北京虽然是"五四运动"的策源地，但自从支持着《新青年》和《新潮》的人们，风流云散以来，一九二〇至二二年这三年间，倒显着寂寞荒凉的古战场的情景。《晨报副刊》，后来是《京报副刊》露出头角来了，然而都不是怎么注重文艺创作的刊物，它们在小说一方面，只绍介了有限的作家：蹇先艾、许钦文、王鲁彦、黎锦明、黄鹏基、尚钺、向培良。

蹇先艾的作品是简朴的,如他在小说集《朝雾》里说——

　　……我已经是满过二十岁的人了,从老远的贵州跑到北京来,灰沙之中彷徨了也快七年,时间不能说不长,怎样混过的,并自身都茫然不知。是这样匆匆地一天一天的去了,童年的影子越发模糊消淡起来,像朝雾似的,袅袅的飘失,我所感到的只有空虚与寂寞。这几个岁月,除近两年信笔涂鸦的几篇新诗和似是而非的小说之外,还做了什么呢? 每一回忆,终不免有点惨寥撞击心头。所以现在决然把这个小说集付印了,……借以纪念从此阔别的可爱的童年。……若果不失赤子之心的人们肯毅然光顾,或者从中间也寻得出一点幼稚的风味来罢? ……

诚然,虽然简朴,或者如作者所自谦的"幼稚",但很少文饰,也足够写出他心曲的哀愁。他所描写的范围是狭小的,几个平常人,一些琐屑事,但如《水葬》,却对我们展示了"老远的贵州"的乡间习俗的冷酷,和出于这冷酷中的母性之爱的伟大,——贵州很远,但大家的情境是一样的。

这时——一九二四年——偶然发表作品的还有裴文中和李健吾。前者大约并不是向来留心创作的人,那篇《戎马声中》,却拉杂的记下了游学的青年,为了炮火下的故乡和父母而惊魂不定的实感。后者的《终条山的传说》是绚烂了,虽在十年以后的今日,还可以看见那藏在用口碑织就的华服里面的身体和灵魂。

蹇先艾叙述过贵州,裴文中关心着榆关,凡在北京用笔写出他的胸臆来的人们,无论他自称为用主观或客观,其实往往是乡土文学,从北京这方面说,则是侨寓文学的作者。但这又非如勃兰兑斯(G.Brandes)所说的"侨民文学",侨寓的只是作者自己,却不是这作者所写的文章,因此也只见隐现着乡愁,很难有异域情调来开拓读者的心胸,或者眩耀他的眼界。许钦文自名他的第一本短篇小说集为《故乡》,也就是在不知不觉中,自招为乡土文学的作者,不过在还未开手来写乡土文学之前,他却已被故乡所放逐,生活驱逐他到异地去了,他只好回忆"父亲的花园",而且是已不存在的花园,因为回忆故乡的已不存在的事物,是比明明存在,而只有自己不能接近的事物较为舒适,也更能自慰的——

> 父亲的花园最盛的几年距今已有几时,已难确切的计算。当时的盛况虽曾照下一像,如今挂在父亲的房里,无奈为时已久,那时乡间的摄影又很幼稚,现已模胡莫辨了。挂在它旁边的芳姊的遗像也已不大清楚,惟有父亲题在像上的字句却很明白:"性既执拗,遇复可怜,一朝痛割,我独何堪!"
> ……
> 我想父亲的花园就是能够重行种起种种的花来,那时的盛况总是不能恢复的了,因为已经没有了芳姊。

无可奈何的悲愤,是令人不得不舍弃的,然而作者仍不能舍弃,没有法,就再寻得冷静和诙谐来做悲愤的衣裳;裹起来了,聊且当作"看破"。并且将这手段用到描写种种人物,尤其是青年人物去。因为故意的冷静,所以也刻深,而终不免带着令人疑虑的嬉笑。"虽有忮心,不怨飘瓦",冷静要死静;包着愤激的冷静和诙谐,是被观察和被描写者所不乐受的,他们不承认他是一面无生命,无意见的镜子。于是他也往往被排进讽刺文学作家里面去,尤其是使女士们皱起了眉头。

这一种冷静和诙谐,如果滋长起来,对于作者本身其实倒是危险的。他也能活泼的写出民间生活来,如《石宕》,但可惜不多见。

看王鲁彦的一部分的作品的题材和笔致,似乎也是乡土文学的作家,但那心情,和许钦文是极其两样的。许钦文所苦恼的是失去了地上的"父亲的花园",他所烦冤的却是离开了天上的自由的乐土。他听得"秋雨的诉苦"说——

> 地太小了,地太脏了,到处都黑暗,到处都讨厌。人人只知道爱金钱,不知道爱自由,也不知道爱美。你们人类的中间没有一点亲爱,只有仇恨。你们人类,夜间像猪一般的甜甜蜜蜜的睡着,白天像狗一般的争斗着,撕打着……
> 这样的世界,我看得惯吗?我为什么不应该哭呢?在野蛮的世界上,让野兽们去生活着罢,但是我不,我们不……唔,我现在要离开世界,到地底去了……

这和爱罗先珂(V.Esoshenko)的悲哀又仿佛相像的,然而又极其两样。那是地下的土拨鼠,欲爱人类而不得,这是太空的秋雨,要逃避人间而不能。他只好将心还给母亲,才来做"人",骗得母亲的微笑。秋天的雨,无心的"人",和人间社会是不会有情愫的。要说冷静,这才真是冷静;这才能够和"托尔斯小"的无抵抗主义一同抹杀"牛克斯"的斗争说;和"达我文"的进化说一并嘲弄"克鲁屁特金"的互助论;对专制不平,但又向自由冷笑。作者是往往想以诙谐之笔出之的,但也因为太冷静了,就又往往化为冷话,失掉了人间的诙谐。

然而"人"的心是究竟还不尽的,《柚子》一篇,虽然为湘中的作者所不满,但在玩世的衣裳下,还闪露着地上的愤懑,在王鲁彦的作品里,我以为倒是最为热烈的了。

我所说的这湘中的作家是黎锦明,他大约是自小就离开了故乡的。在作品里,很少乡土气息,但蓬勃着楚人的敏感和热情。他一早就在《社交问题》里,对易卜生一流的解放论者掷了斯忒林培黎(A.Strindberg)式的投枪;但也能精致而明丽的说述儿时的"轻微的印象"。待到一九二六年,他布告不满于自己了,他在《烈火》再版的自序上说——

> 在北京生活的人们,如其有灵魂,他们的灵魂恐怕未有不染遍了灰色罢,自然,《烈火》即在这情形中写成,当我去年春时来到上海,我的心境完全变了,对于它,只有遗弃的一念。……

他判过去的生活为灰色,以早期的作品为童骏了。果然,在此后的《破垒集》中,的确很换了些披挂,有含讥的轻妙的小品,但尤其显出好的故事作者的特色来:有时如中国的"磊砢山房"主人(屠绅)的瑰奇;有时如波兰的显克微支(H.Sienkiewicz)的警拔,却又不以失望收场,有声有色,总能使读者欣然终卷。但其失,则又即在立旨居陆离光怪的装饰之中,时或永被沉埋,倘一显现,便又见得鹘突了。

《现代评论》比起日报的副刊来,比较的着重于文艺,但那些作者,也还是新潮社和创造社的老手居多。凌叔华的小说,却发祥于这一种期刊的,她恰和冯沅君的大胆、敢言不同,大抵很谨慎的,适可而止的描写了旧家庭中的婉顺的女性。即使间有出轨之作，那是为了偶受着文酒之风的吹拂，终于也回复了她的故道了。这是好的，——使我们看见和冯沅君、黎锦明、川岛、汪静之所描写的绝不相同的人物，也就是世态的一角，高门钜族的精魂。

<h1 style="text-align:center">四</h1>

　　一九二五年十月间，北京突然有"莽原社"出现，这其实不过是不满于《京报副刊》编辑者的一群，另设《莽原》周刊，却仍附《京报》发行，聊以快意的团体。奔走最力者为高长虹，中坚的小说作者也还是黄鹏基、尚钺、向培良三个；而鲁迅是被推为编辑的。但声援的很不少，在小说方面，有文炳、沅君、霁野、静农、小酩、青雨等。到十一月，《京报》要停止副刊以外的小幅了，便改为半月刊，由未名社出版，其时所绍介的新作品，是描写着乡下的沉滞的氛围气的魏金枝之作：《留下镇上的黄昏》。

　　但不久这莽原社内部冲突了，长虹一流，便在上海设立了狂飙社。所谓"狂飙运动"，那草案其实是早藏在长虹的衣袋里面的，常要乘机而出，先就印过几期周刊；那"宣言"，又曾在一九二五年三月间的《京报副刊》上发表，但尚未以"超人"自命，还带着并不自满的声音——

　　　　黑沉沉的暗夜，一切都熟睡了，死一般的，没有一点声音，一件动作，阒寂无聊的长夜呵！

　　　　这样的，几百年几百年的时期过去了，而晨光没有来，黑夜没有止息。

　　　　死一般的，一切的人们，都沉沉的睡着了。

　　　　于是有几个人，从黑暗中醒来，便互相呼唤着：

　　　　——时候到了，期待已经够了。

　　　　——是呵，我们要起来了。我们呼唤着，使一切不安于期待的人们也起来罢。

　　　　——若是晨光终于不来，那么，也起来罢。我们将点起灯来，照耀我们幽暗的前途。

——软弱是不行的,睡着希望是不行的。我们要作强者,打倒障碍或者被障碍压倒。我们并不惧怯,也不躲避。

这样呼唤着,虽然是微弱的罢,听呵,从东方,从西方,从南方,从北方,隐隐的来了强大的应声,比我们更要强大的应声。

一滴水泉可以作江河之始流,一片树叶之飘动可以兆暴风之将来,微小的起源可以生出伟大的结果。因为这个缘故,我们的周刊便叫作《狂飙》。

不过后来却日见其自以为"超越"了。然而拟尼采样的彼此都不能解的格言式的文章,终于使周刊难以存在,可记的也仍然只是小说方面的黄鹏基、尚钺,——其实是向培良一个作者而已。

黄鹏基将他的短篇小说印成一本,称为《荆棘》,而第二次和读者相见的时候已经改名"朋其"了。他是首先明白晓畅的主张文学不必如奶油,应该如刺,文学家不得颓丧,应该刚健的人;他在《刺的文学》(《莽原》周刊二十八期)里,说明了"文学绝不是无聊的东西","文学家并不一定就是得天独厚的特等民族","也不是成天哭泣的鲛人"。他说——

我以为中国现代的作品,应该是像一丛荆棘。因为在一片沙漠里,憧憬的花都会慢慢地消灭的,社会生出荆棘来,他的叶是有刺的,他的茎是有刺的,以至于他的根也是有刺的。——请不要拿植物生理来反驳我——一篇作品的思想,的结构,的练句,的用字,都应该把我们常感觉到的刺的意味儿表现出来。真的文学家……应该先站起来,使我们不得不站起来。他应该充实自己的力,让人们怎样充实他自己的力,知道他自己的力,表现他自己的力。一篇作品的成功至少要使读者一直读下去,无暇辨文字的美恶,——恶劣的感觉,固然不好,就是美妙的感觉,也算失败。——而要想因循、苟且而不得。怎样抓着他的病的深处,就很利害地刺他一下。一般整饰的结构,平凡的字句,会使他跑到旁处去的,我们应该反对。

"沙漠里遍生了荆棘,中国人就会过人的生活了!"这是我相信的。

朋其的作品的确和他的主张并不怎么背驰,他用流利而诙谐的言语,暴露,描画,讽刺着各式人物,尤其是智识者层。他或者装着傻子,说出青年的思想来,或者化为渝腿,跑进阔佬们的家里去。但也许因为力求生动、流利的缘故罢,抉剔就不能深,而且结末的特地装置的滑稽,也往往毁损掉全篇的力量。讽刺文学是能死于自身的故意的戏笑的。不久他又"自招"(《荆棘》卷首)道:"写出'刺的文学'四字,也不过因了每天对于霸王鞭的欣赏,和自己的'生也不辰',未能十分领略花的意味儿。"那可大有徘徊之状了。此后也没有再看见他"刺的文学"。

尚钺的创作,也是意在讥刺,而且暴露,搏击的,小说集《斧背》之名,便是自提的纲要。他创作的态度,比朋其严肃,取材也较为广泛,时时描写着风气未开之处——河南信阳——的人民。可惜的是为才能所限,那斧背就太轻小了,使他为公和为私的打击的效力,大抵失在由于器械不良,手段生涩的不中里。

向培良当发表他第一本小说集《飘渺的梦》时,一开首就说——

> 时间走过去的时候,我的心灵听见轻微的足音,我把这个很拙笨地移到纸上去了,这就是我这本小册子的来源罢!

的确,作者向我们叙述着他的心灵所听到的时间的足音,有些是借了儿童时代的天真的爱和憎,有些是借着羁旅时候的寂寞的闻和见,然而他并不"拙笨",却也不矫揉造作,只如熟人相对,娓娓而谈,使我们在不甚操心的倾听中,感到一种生活的色相。但是,作者的内心是热烈的,倘不热烈,也就不能这么平静的娓娓而谈了,所以他虽然间或休息于过去的"已经失去的童心"中,却终于爱了现在的"在强有力的憎恶后面,发现更强有力的爱"的"虚无的反抗者",向我们介绍了强有力的《我离开十字街头》。下面这一段就是那不知名的反抗者所自述的憎恶——

> 为什么我要跑出北京?这个我也说不出很多的道理。总而言之:我已经讨厌了这古老的虚伪的大城。在这里面游离了四年之后,我已经刻骨地讨厌了这古老的虚伪的大城。在这里面,我只看见请安,打拱,要皇帝,恭维执政——卑怯的奴才!卑劣,怯懦,狡猾,以及敏捷的逃躲,这都是奴才们的绝

技！厌恶的深感在我口中,好似生的腥鱼在我口中一般;我需要呕吐,于是提着我的棍走了。

在这里听到了尼采声,正是狂飙社的进军的鼓角。尼采教人们准备着"超人"的出现,倘不出现,那准备便是空虚。但尼采却自有其下场之法的:发狂和死。否则,就不免安于空虚,或者反抗这空虚,即使在孤独中毫无"末人"的希求温暖之心,也不过蔑视一切权威,收缩而为虚无主义者(Nihilist)。然而巴札罗夫(Bazarov)是相信科学的;他为医术而死,一到所蔑视的并非科学的权威而是科学本身,那就成为沙宁(Sanin)之徒,只好以一无所信为名,无所不为为实了。但狂飙社却仅止于"虚无的反抗",不久就散了队,现在所遗留的,就只有向培良的这响亮的战叫,说明着半绥惠略夫(Sheveriov)式的"憎恶"的前途。

未名社却相反,主持者韦素园,是宁愿作为无名的泥土,来栽植奇花和乔木的人,事业的中心,也多在外国文学的译述。待到接办《莽原》后,在小说方面,魏金枝之外,又有李霁野,以锐敏的感觉创作,有时深而细,真如数着每一片叶的叶脉,但因此就往往不能广,这也是孤寂的发掘者所难以两全的。台静农是先不想到写小说,后不愿意写小说的人,但为了韦素园的奖励,为了《莽原》的索稿,他挨到一九二六年,也只得动手了。《地之子》的后记里自己说——

　　那时我开始写了两三篇,预备第二年用。素园看了,他很满意我从民间取材;他遂劝我专在这一方面努力,并且举了许多作家的例子。其实在我倒不大乐于走这一条路。人间的酸辛和凄楚,我耳边所听到的,目中所看见的,已经是不堪了;现在又将它用我的心血细细地写出,能说这不是不幸的事么? 同时我又没有生花的笔,能够献给我同时代的少男少女以伟大的欢欣。

此后还有《建塔者》。要在他的作品里吸取"伟大的欢欣",诚然是不容易的,但他却贡献了文艺;而且在争写着恋爱的悲欢,都会的明暗的那时候,能将乡间的死生,泥土的气息,移在纸上的,也没有更多,更勤于这作者的了。

五

临末，是关于选辑的几句话——

一、文学团体不是豆荚，包含在里面的，始终都是豆。大约集成时本已各个不同，后来更各有种种的变化。在这里，一九二六年后之作即不录，此后的作者的作风和思想等，也不论。

二、有些作者，是有自编的集子的，曾在期刊上发表过的初期的文章，集子里有时却不见，恐怕是自己不满，删去了。但我间或仍收在这里面，因为我以为就是圣贤豪杰，也不必自惭他的童年；自惭，倒是一个错误。

三、自编的集子里的有些文章，和先前在期刊上发表的，字句往往有些不同，这当然是作者自己添削的。但这里却有时采了初稿，因为我觉得加了修饰之后，也未必一定比质朴的初稿好。

以上两点，是要请作者原谅的。

四、十年中所出的各种期刊，真不知有多少，小说集当然也不少，但见闻有限，自不免有遗珠之憾。至于明明见了集子，却取舍失当，那就即使并非偏心，也一定是缺少眼力，不想来勉强辩解了。

一九三五年三月二日写讫。

（录自赵家璧主编《中国新文学大系》第4集《小说二集》，上海文艺出版社1981年版，第1—18页）

《幽僻的陈庄》题记

沈从文

廿一年我在某某大学教小说习作，起始约有廿五个人很热心上堂听讲，到后，越来越少，一年以后便只剩下五个人了。五个人中还有两个是旁听的。只因为每个选课者皆想从这一堂上得到一点创作的知识。不止知识，他们还需要的是"秘诀"，或"简要方法"，以便学来处理自己的故事。（许多人以为创作只是记录一个故事，只要有故事写下就成！）但这个工作从我说来，既无秘诀可言，也并无如何神奇，且工作真不简要，就更无传述这简要方法的可能。我告他们的只是一个作家必须做的事情。说的话或者过于老实，把"创作"或"文学"看得太容易，因此失去了它原有的神秘与尊严，使这些朋友很失望，于是他们自然就改选其他有用课门去了。这件事想来我应当抱歉。我原本以为这些青年朋友皆当真想从事于"创作"，皆有志于"文学"，可是事实上，他们却是来"上课"的。他们如上别的课程那样，听着，记着，下堂时就照样去看看书，于是完了。有些人或稍稍不同，然而总还抱了与上国文课差不多的态度上堂，这能学个什么？

我要他们先要忘掉书本，忘掉目前红极一时的作家，忘掉个人出名，忘掉文章传世，忘掉天才同灵感，忘掉文学史提出的名著，以及一切名著一切书本所留下的观念或概念。末了我还再三说，希望他们忘掉"做作文"、"缴卷"。能够把这些妨碍他们对于"创作"认识的东西一律忘掉，再来学习应当学习的一切，用各种官能向自然捕捉各种声音、颜色同气味，向社会中注意各种人事。脱去一切陈腐的拘束，学会把一支笔运用自然,在执笔时且如何训练一个人的耳朵、鼻子、眼睛,在现实里以至于在回忆同想象里驰骋,把各样官能同时并用,来产生一个作品。我以为能够这样,这作品即或如何拙劣,在意识上当可希望是健康的,在风格上当可希望是新鲜的,在态度上也当可希望是严肃的。写成后,若认为失败了,也不过是把这个作品放在过去的标准中比较,得到一个不可免的失败罢了。然而毫无可疑,第一个作品即或失败,能用这种方法态度继续作下去,却可望来日在另外一个作品得到相当的成功。倘若作者不以失败为意,有魄力,有毅力,能想法多多认识社会各方面,了解他们的言语、爱和憎,悲哀或悦乐,一支笔又学会大胆恣纵无所畏忌的写下去,这个人所读的书即或不多,还依然能写出很完美很伟大的作品!

我说的话与一个"在学校时读书出学校时教书"的学生不甚相合,那是很自然的。

在那里两年我并不失望,因为五个同学中有个旁听者,他所学的虽是英文,却居然大胆用我所说及的态度和方法,写了许多很好的短篇小说。他是北方人,所写的也多是北方乡下的故事。作品文字很粗率,组织又并不如何完美,然篇章中莫不具有一种泥土气息,一种中国大陆的厚重林野气息。他已明白如何把握题材,所缺少的,不过一种处置题材的精巧技术而已。几年来在《现代杂志》、《文艺副刊》、《国闻周报》用笔名隽闻发表的一些短篇创作,读者只要稍加注意,得到的印象,必与我意见相差不远。中国倘如需要所谓用农村为背景的国民文学,我以为可注意的就是这种少壮有为的作家。这个人不独对于农村的语言生活知识十分渊博,且钱庄、军营以及牢狱、逃亡,皆无不在他生命中占去一部分日子。他那勇于在社会生活方面找寻教训的精神,尤为稀有少见的精神。

现在他把他写的一个长篇给我看,这四百面的长篇巨制,据他说来,还只是计划里四部曲中的一部。看完了这个作品,我很感动。他那种气概就使人感动。对于这个作品的得失,读者的批评说的一定更中肯。一个为都市趣味与幽默小品文弄成神经衰弱了的人,是应当用这个乡下人写成的作品,壮补一下那个软弱灵魂的。

一九三五年二月十八日作

(录自《沈从文文集》第 11 卷,湖南人民出版社 2013 年版,第 38—40 页)

农民文学底再提起

任白戈

伟大的现实,是不容许我们闭目不顾的。虽然,有些人还在背向和逃避,有些人还在粉饰和歪曲,但现实依然是现实,就是在一般的文学上也有了显著的反映了。最近嚷着的"几乎所有的作家全写农村去了"这不是一个很好的说明吗?

目前的中国,谁能说农村不是一个伟大的现实呢?应该反映现实的作家,自然不能不以农村作为对象。这是必然的,也是当然的,我在以前的文章中已经说过了。但留下了的所谓"单调"问题还需要我们底作家用实践去解决。

这儿所说的"实践",应该是指的作家底整个创作过程罢。如果作家底整个创作过程是将认识过程也包含在内的话,那我们就不得不首先要求作家对于目前的农村有一个正确的认识。同时,对于自己所要创作的东西底性质和意义的了解是必要的。于是,我们便不得不想起前几年曾经一度提起过的农民文学。

什么叫做农民文学呢?至今也还没有一个鲜明的概念在一般人们底脑子里。中国虽然是一个很大的农业国家,而且素称是以农立国的,但农民却一向没有得着尊重。文学从来就是隶属于少数的高贵的人们的:不是帮忙的道具,便是帮闲的玩艺,当然与不被尊重的农民丝毫无份。一种歌咏田园底风光或民间底疾苦的作品倒是有的,但那也不过是士大夫之流底抒幽泄怨之作,与一般农民底生活情感却相差得非常之远。可以说,自古以来中国是没有所谓农民文学的。"五四"以后,一部分文人学士底笔总算是间或光顾到农民身上去了,又因为这时一切文学上的样式和手法都从外国入了中国,其间确已产生了一些直切描写农民的作品,但随着"民间文学"口号底提起,就连杜甫,白居易,陶渊明等等也成了农民作家,而一部歌功颂德的诗经却变为最早的农民文学了。这时,其实还是没有什么真正的农民文学可以说的。最近十年,一种历史转动底轮机课到了中国农民底身上。农民再不是以前那样不识不知的了,他必得张开自己底眼睛用自己底手腕和头脑来创造一个新世界。花一般的理想,火一般的感情,铁一般的意志,都从他们底现实的生活或英勇的行为中表现出来。还是创造新世界的水门汀,同时也是结合伙伴们的大喇叭,他们底工程师和歌鼓手便随着出来了。于是,所谓农民文学也就随着生长起来。只要知道了这点,我想农民文学这个概念已经比较鲜明了吧。概括地说:所谓农民文学,就是将目前正在历史底任务之下喘息着的农民底现实的生活或英勇的行为表现出来的一种文学。

理论性总是落在事实底后面。近几年来,我们却连农民文学这个名词也不大听得见了。这,一方面自然是受了环境底限制,一方面也未尝不是由于对这个名词底内容没有确定的把握。有些人,一定以为农民文学只是一种同路者文学,因为在历史底任务中农民演的是同路者的角色,更应该提起的而是那种作为主导者的一层底文学。有些人,或许以为农民文学就是以农民为中心的一种文学,因为农民在中国社会中一向占着主要的地位,只要将农民自身底生活、欲求、感情、意识表现出来便得了。自然,还有其他的见解。单就这两个见解来说,前者未免过于公式化了,结果是全部取消了农民文学,后者却又未免过于朴素化了,结果也是反而将农民文学底真正的意义彻底取消。在这种情形之下,不待说农民文学是会连一个名词也保不着的。

谁也会知道:中国目前的这种社会变革运动并不是一种以农民为中心的独立的农民运动,虽然农民也成了这种运动底主要的担当者,但他却要受一种主导的力量底引擎。即是说,他必得随着那以全人类底解放为究结的一种集团的步伐进行。不!倒不如说他本身就必得成为那集团之一员。很明显的,这种运动一方面是要解决农民自身底一切经济的政治的问题,一方面也就是全人类底解放之到达。离开了目前这种运动底实践,不了解其间底现实的关联,单凭一种基础理论来抽象地逻辑,或将它从整个运动中切离出来作为一个自为自在的东西看待,无论如何是不会了解农民文学底真正的内容和意义的,为了破除一切的误解,为了确立农民文学底内容和意义,我们不得不将中国农民在历史上所处的地位以及目前所担当的任务略加叙述。

中国长期沉滞在封建社会中,这是一个周知的事实。封建社会底经济基础是建立在土地上的,而一般农民便为其直接的生产者与被剥削者。所谓"普天之下,莫非王土;率土之滨,莫非王臣",那无非表明王就是大地主兼统治者。在政治上,自然是唯我独尊的独裁政治。社会阶级底构成好像埃及底金字塔,农民便是压在底面的最下一层。土地与农民成了王及其从属者底私有品,同时也就成了他们底掠夺品,列代底战争和诸侯底割据都可以在这儿找着说明。农民始终是被榨取和屠杀的,及到迫不得已揭竿而起的时候却又为另外的野心家所利用,归根结底乃不过是换了另外的一个统治者,对于他们自身底地位依然没有一点改善。但在另一方面,统治者却不能不尽力讲求统治他们的手段了。然而到底总不外乎文武两途:文是愚民政策,武是黩武主义。也有一二谋臣想从土地上去解决农民底问题以免他们底叛乱,例如王安石之提起所谓井田制度,但那只是给历史添了一点材料。除了农民自身去争取,土地是永远得不到手里的。然而土地之获得,却是农民问题解决底重要关键。到了太平天国时代,一般的农民已不像随着朱元璋和刘邦等跑的农民那样简单了,所以洪秀全们提出了一些比较动听的口号。自义和团事变通过"五四"、"五卅"两个时代到一九二七年,这时期底农民,不但改变了容貌,就连心脏也改变了。他们一方面承继着过去的战斗精神,一方面开拓了一条崭新的光明大道。这一条大道是一条彻底解放他们自身的大道,同时也是一条达到全人类底解放的大道,在这条大道中,必然地要挽着他们底先行者一致去铲除当前的障碍,战取这胜利的前途。彻底的民权和土地底获得是一个先决的条件,首先要将中国从半封建性的半殖民地性的绝境中挽救出来,这是目前中国农民底主要的任务。

根据以上的认识了,我们很可以大胆地这样说:农民文学既不是一种同路者的文学,也不是一种与主导者分离的独立的文学;由于中国目前这种社会变革运动底人物与担当者底合流及其命运与前途底同一,它本身就是属于这种运动的一种集团的战斗的文学。

这样一来,也许有人要说将农民文学底范围似乎规定得太窄狭了,然而,其实不是的。在目前的形式之下,作为一个问题提起的时候,我们自然是从正面将它积极的提起,而且给它一个高度的规定。我们并没有说过这样的话:只有表现前进的农民底英勇的行为的才是农民文学。历史底任务是普及于一般的农民的。能够将那种使农民去直接担负起历史底任务的必然过程或情景表现出来的作品亦就是农民文学。军阀底横暴,地主底剥削,豪绅底压迫,官吏底贪污,在在都是被表现的对象。但有一个必要的条件:不能离开现实的农民和农村。

目前中国底农村,不待说是正在一天一天愈加破产下去。除了原来受着的封建势力底剥削和压迫愈加剧烈以外,一般的农民还得受国际资本主义及其买办等底种种的榨取,各地底农民银行和所谓农民消费合作社等等便是榨取底主要机关。连年不断的内战,人工造成的天灾,早已使一般的农民流离失所了。再加上叠出不穷的苛捐勒派,杂税预征。结果只有使一般的农民咆哮起来为他们底生存而战。退一步说,有些是抛弃自己世世代代的卢墓和父母妻子逃之四方了。最初还以为城市是逃命的所在。那知道连产业预备军底资格都不能获得。广大的失业的人群正在街头巷尾颠沛饥寒着,要回到农村又再回不去了。到底谁处是他们底安身立命的地方?腰中既无半文的压累,他们只好跳高啊!目前全国正在奔腾着的洪流,不正是由此汇集起来的吗?这种现实的形势,我们底作家是不能不在着笔之前首先认识清楚的。

萧罗诃夫底《已开拓了的处女地》应该说是农民文学中一部典型的作品吧。在这部作品里,我们一方面闻着种种家禽家兽底声音,一方面感着那主人公由农民底意识转变到另一种意识的脉搏底自然的跳动。这是值得我们的作家借鉴的,所以最后特别一并提起,希望大家将这部具体的作品来代替我可以不必再说的话!

(原载 1935 年《质文》第 4 号)

关于乡土文学①

茅　盾

新近有一部小说悄悄地——说它是悄悄地出版了,因为一些文坛消息家没有提到过,出版家也没有登过大幅广告。这书名为《他的子民们》,作者名马子华②,颇为陌生的一个名字。

新近这样悄悄地出现的文学作品,据我所见,还有一部萧红作的《生死场》,——也是小说。

《生死场》的背景是"九一八"以后的东北农村,但《他的子民们》却是西南边鄙的"土司"的治下。

这里,不打算谈《生死场》;读者可以在鲁迅的序言中认识它的价值,也可以在胡丰③的读后记中略窥作者的艺术的手腕。这里只想谈谈《他的子民们》。

这是个中篇,用第一人称写的。作者的"跋"里说:"南中国,封建制度是更深的表现于那特有的土地生产关系上。这中篇所描述的一切故事的发展,除了人名地名以外,向壁虚构者少,而真确的事实倒很多;至少在主题方面始终都还顾及到,那么,这篇东西读者如果把它当作报告文学来看,多少总是还可以的。"

---

①　茅盾:《关于乡土文学》,载《茅盾全集》第 21 卷,人民文学出版社 1991 年版。本篇最初发表于一九三六年二月一日《文学》第六卷第二号。署名蒲。

②　马子华,一九一二年生,原名马钟汉,云南洱源人。他的中篇小说《他的子民们》,一九三五年由上海春光书店出版。

③　胡丰,即胡风(1902—1985),原名张名桢,又名张光人,湖北蕲春人,诗人,文学评论家。

在这里,作者所谓"南中国,封建制度是更深的表现于那特有的土地生产关系上"一语,是这部小说的一个要点。莎土司(小说中的统治者)对于"他的子民们"是封建领主对于奴隶的关系;农民耕种的土地是莎土司所有的,农民的负担(赋税),莎土司可以任意增加,——莎土司的一句话就是法律;金沙江边的含有金质的泥沙也是莎土司所有的,淘金沙的人也是不能不像奴隶一般只为了莎土司而工作;甚至农民自己的女儿也是莎土司所有的,莎土司一眼看中,就可以无条件取去,厌倦了时就可以杀死。

森林中的野物也是属于莎土司的,辛苦的猎人们一定要把最贵重的猎获物贡献给土司。然而又有蓝眼睛带十字架的人们跟莎土司同样强暴地抢去了猎人们的生活资源,所有山上林间的野物都成为蓝眼睛带十字架的人们的禁脔,猎人们要是敢一动,就会送了性命。莎土司并不管这些"闯入者",只是照旧向"他的子民们"勒索贵重的兽皮和鹿茸。

这就是"他的子民们"生活的情形。除了空气,他们什么都没有;除了死,他们就是一辈子的作奴隶作牛马。

小说中的主人公"我"(阿权)本来是农民。他的"运命"是一般农民所共通的"运命":劳力的结果,一大半贡献了土司,一小半被债主所剥削。阿权一家在再也活不下去的时候,便只好将"种了很多年的那块田交还了土司官",把相依为命的那条耕牛给了债主抵债,阿权一个人离开了家,去另找生活之路。他是去跟他的住在后山的表哥打野物。这是阿权他们所知道的第二条生活之路。如上所说,猎人们单单供应土司官已经供应不了,何况又来了蓝眼睛带十字架的人们?于是挨过了一年的猎人生活,阿权又不得不再找第三条活路:这就是淘金沙。

江边有的是金沙。然而只有进了土司所设的工场才能淘摸。淘金沙的人有数百,都是奴隶般工作着。土司官有武装的监工,有很坚牢的跟囚笼一般的工人住的木房,有严密的搜查(恐防工人淘得了金沙隐匿不报)。他们淘金沙的人连自己也吃不饱,不用说养家了。并且他们的生命也操在监工们的手上;找一点错处,杀了工人,把尸身抛在江里,这就是监工们的管理法。

终于,在快要"封江"以前,总管带了四箱金沙和几个武装的监工去贡献给土司官,而且余留下的几个武装监工一心只想到邻近的村子里找姑娘开开心的当儿,那一群淘金沙的奴隶挣断了他们的链索了！他们把武装拿到自己手里,杀了余留的监工,自由自在淘着金沙。而当土司官派了兵来剿伐他们时,他们又从那荒凉的江边冲进了他们所自来的村子,号召着林子里和田里的弟兄一同起来打倒那专制魔王——莎土司了。

结果,他们是失败的。他们的弓箭和棍棒以及极少的新式武器,敌不过土司官的武装齐备的五百兵。

作者在"跋"中说:"这个中篇是在一九三三年初冬开始动笔的,那时,我受到了一点意外的变故,事后带着失望和感伤的情绪写它。内容上,描写上,无意间受到的影响很深,把整篇小说渲染上无限的灰色的气氛。以后重读一遍颇不满意……"作者这自白也许对的,然而就全体而观,这部小说的故事,仍然不失为"悲壮"!

土司官的"子民们"当在田间在林子里过着各自的分散的奴隶生活时,就不能掀起那样悲壮的动作;这一点,是作者现实地描写的地方。然而淘金沙的奴隶终于不能不有悲壮的失败,也是作者现实的描写的地方。这对于在纱灯场带了伤,幸而逃到莎土司势力范围以外的阿权,将是一种很宝贵的经验,不过故事到这里也就完了。

描写边远地方的人生的作品,近来渐渐多起来了;《他的子民们》在这一方面的作品中,无疑的是一部佳作。作者似乎并不注意在描写特殊的风土人情,可是特殊的"地方色彩"依然在这部小说里到处流露,在悲壮的背景上加了美丽。

关于"乡土文学",我以为单有了特殊的风土人情的描写,只不过像看一幅异域的图画,虽能引起我们的惊异,然而给我们的,只是好奇心的餍足。因此在特殊的风土人情而外,应当还有普遍性的与我们共同的对于运命的挣扎。一个只具有游历家的眼光的作者,往往只能给我们以前者;必须是一个具有一定的世界观与人生观的作者方能把后者作为主要的一点而给与了我们。

(原载 1936 年《文学》第 6 卷 2 号)

(录自《茅盾全集》第 21 卷,人民文学出版社 1991 年版,第 86—89 页)

《从文小说习作选》代序

沈从文

先生，真亏你们的耐心和宽容，许我在这十年中一本书接一本书印出来。花费金钱是小事，花费你们许多宝贵时间，我心里真难受。我们未必有机会见面或通信，但我知道你我相互之间无形中早已有了一种友谊流通。我尊重这种友谊。不过我虽然写了许多东西，我猜想你们从这儿得不到什么好处。你们目前所需要的或者我竟完全没有过。过去一时有个书评家称呼我为"空虚的作家"，实代表了你们一部分人的意见。那称呼很有见识。活在这个伟大时代里，个人实在太渺小了。我知道的并不比任何人多。对于广泛的人生种种，能用笔写到的只是很窄很小一部分。我表示的人生态度，你们从另外一个立场上看来觉得不对，那也是很自然的。倘若我作品不合你们的趣味，事不足奇，原因是我的写作还只算是给我自己终生工作一种初步的试验。你们喜欢什么，了解什么，切盼什么，我一时尚注意不到。我虽明白人应在人群中生存，吸取一切人的气息，必贴近人生，方能扩大他的心灵同人格。我很明白！至于临到执笔写作那一刻，可不同了。我除了用文字捕捉感觉与事象以外，俨然与外界绝缘，不相粘附。我以为应当如此，必须如此。一切作品都需要个性，都必浸透作者人格和感情，想达到这个目的，写作时要独断，要彻底地独断！（文学在这时代虽不免被当作商品之一种，便是商品，也有精粗，且即在同一物品上，制作者还可匠心独运，不落窠臼，社会上流行的风格，流行的款式，尽可置之不问。）先生，不瞒你，我就在这样态度下写作了近十年。十年不是一个短短的时间,你只看看同时代多少人的反复"转变"和"没落"就可明白。我总以为这个工作比较一切事业还艰辛,需要日子从各方面去试验。作品失败了,不足丧气,不妨重来一次;成功了,也许近于凑巧,不妨再换个方式看看。不特读者如何不能引起我的注意,便是任何一种批评和意见,目前似乎都不需要。如果这件事你们把它叫做"傲慢",就那么称呼下去好了,我不想分辩。我只觉得我至少还应当保留这种孤立态度十年,方能够把那个充满了我也更贴近人生的作品和你们对面。目前我的工作还刚好开始,若不中途倒下,我能走的路还很远。

这世界上或有想在沙基或水面上建造崇楼杰阁的人,那可不是我。我只想造希腊小庙。选山地作基础,用坚硬石头堆砌它。精致,结实,匀称,形体虽小而不纤巧,是我理想的建筑。这神庙供奉的是"人性"。作成了,你们也许嫌它式样太小了,不妨事。我已说过,那原本不是特别为你们中某某人作的。它或许目前不值得注意,将来更无希望引人注意;或许比他们寿命长一点,受得住风雨寒暑,受得住冷落,幸而存在,后来人还需要它。这我全不管。我不过要那么作,存心那么做罢了。在作品中我使用"习作"字样,不图掩饰作品的失败,得到读者的宽容,只在说明我取材下笔不拘常例的理由。

先生,关于写作我还想另外说几句话。我和你虽然共同住在一个都市里,有时居然还有机会同在一节火车上旅行,一张桌子上吃饭,可是说真话,你我原是两路人。提到这一点你不用误会,不必难受,我并没有看轻你的意思。你不妨想象为人比我高超一等,好书读得比较多,人生知识比较丰富,道德品性比较齐全,——总而言之一切请便。只是我们应当分开。有一段很长很长的时间,你我过的日子太不相同了。你我的生活,习惯,思想,都太不相同了。我实在是个乡下人。说乡下人我毫无骄傲,也不在自贬,乡下人照例有根深蒂固永远是乡巴佬的性情,爱憎和哀乐自有它独特的式样,与城市中人截然不同!他保守,顽固,爱土地,也不缺少机警却不甚懂诡诈。他对一切事照例十分认真,似乎太认真了,这认真处某一时就不免成为"傻头傻脑"。这乡下人又因从小飘江湖,各处奔跑,挨饿,受寒,身体发育受了障碍,另外却发育了想象,而且储蓄了一点点人生经验。即或这个人已经来到大都市中,同你们做学生——我敢说你们大多数是青年学生——生活在一处,过了十来年日子。也各以因缘多少读了一点你们所读的书,某一时且居然到学校里去教书。

也每天照例阅读报纸,对时事发生愤慨,对汉奸感觉切齿。也常常同朋友争论,题目不外乎中国民族的出路,外交联俄亲日的得失,以至于某一本书的好坏,某一个作品的好坏。也有时伤风,必需吃三五片发汗药,躺一两天。机会凑巧等到对于一个女子发生爱情时,也还得昏头昏脑的恋爱,抛下日常正经事不作,无日无夜写那种永远写不完同时也永远写不妥的信,而且结果就结了婚。自然的,表面生活我们已经差不多完全一样了。可是试提出一两个抽象的名词说说,即如"道德"或"爱情"吧,分别就见出来了。我既仿佛命里注定要拿一支笔弄饭吃,这支笔又侧重在写小说,写小说又不可免得在故事里对于"道德"、"爱情"以及"人生"这类名词有所表示,这件事就显得划分了你我的界限。请你试从我的作品里找出两个短篇对照看看,从《柏子》同《八骏图》看看,就可明白对于道德的态度,城市与乡村的好恶,知识阶级与抹布阶级的爱憎,一个乡下人之所以为乡下人,如何显明具体反映在作品里。这不过是一个小小例子罢了,你细心,应当发现比我说到的更多。有许多事情可以说是我的弱点,但你也应当知道我这个弱点。

我这种乡下人的气质倘若得到你的承认,你就会明白我的作品目前和多数读者对面时如何失败的理由了。即或有一两个作品给你们留下点好印象,那仍然不能不说是失败!因为我作品能够在市场上流行,实际上近于买椟还珠。你们能欣赏我故事的清新,照例那背后蕴藏的热情却忽略了;你们能欣赏我文字的朴实,照例那作品背后隐伏的悲痛也忽略了。原因简单,你们是城市中人。城市中人生活太匆忙,太杂乱,耳朵眼睛接触声音光色过分疲劳,加之多睡眠不足,营养不足,虽俨然事事神经异常尖锐敏感,其实除了色欲意识和个人得失以外,别的感觉官能都有点麻木不仁。这并非你们的过失,只是你们的不幸。造成你们不幸的是这一个现代社会。就文学欣赏而言,却又有过多的理论家和批评家,弄得你们头晕目眩。两年前,我常见有人在报章杂志上写论文和杂感,针对着"民族文学"问题,"农民文学"问题有所讨论。讨论不完,补充辱骂。我当时想:这些人既然知识都丰富异常,引经据典头头是道,立场又各不相同,一时必不会有如何结论。即或有了结论,派谁来证实?谁又能证实?我这乡下人正闲着,不妨试来写一个小说看看吧。因此《边城》问了世。这作品原本近于一个小房子的设计,用料少,占地少,希望他既经济而又不缺少空气和阳光。我要表现的本是一种"人生的形式",一种"优美,健康,自然而又不悖乎人性的人生形式"。我主意不在领导读者去桃源旅行,却想借重桃源上行七百里路酉水流域一个小城小市中几个愚夫俗子,被一件普通人事牵连在一处时,各人应有的一分哀乐,为人类"爱"字作一度恰如其分的说明。文字少,故事又简单,批评它也方便。只看他表现得对不对,合理不合理。若处置题材表现人物一切都无问题,那么,这种世界虽消灭了,自然还能够生存在我那故事中。这种世界即或根本没有,也无碍于故事的真实。这作品从一般读者印象上找答案,我知道没有人把它看成载道作品,也没有人觉得这是民族文学,也没有人认为是农民文学。我本来就只求效果,不问名义;效果得到,我的事就完了。不过这本书一到了批评家手中,就有了花样。一个说,"这是过去的世界,不是我们的世界,我们不要"。一个却说,"这作品没有思想,我们不要"。很凑巧,恰好这两个批评家一个属于民族文学派,一个属于对立那一派。这些批评我一点儿也不吃惊。虽说不要,然而究竟来了,烧不掉的,也批评不倒的。原来他们要的他们自己也没有,我写出的又不是他们预定的形式,真无办法。我别无意见可说,只觉得中国倘若没有这些说教者,先生,你接近我这个作品,也许可以得到一点东西。不拘是什么,或一点忧愁,一点快乐,一点烦恼和惆怅,甚至于痛苦难堪,多少总得到一点点。你倘若毫无成见,还可慢慢的接触作品中人物的情绪,也接触到作者的情绪,那不会使你堕落的! 只是可惜你大多数即不被批评家把眼睛蒙住,另一时却早被理论家把兴味凝固了。你们多知道要作品有"思想",有"血"有"泪",且要求一个作品具体表现这些东西到故事发展上,人物言语上,甚至于一本书的封面上,目录上。你们要的事多容易办! 可是我不能给你们这个。我存心放弃你们,在那书的序言上就写得清清楚楚。我的作品没有这样也没有那样。你们所要的"思想",我本人就完全不懂你说的是什么意义。

提到这点,我感觉异常孤独。乡下人实在太少了。倘若多有两个乡下人,我们这个"文坛"会热闹一点吧。目前中国虽也有血管里流着农民的血的作者,为了一时宣传上的"成功",却多数在体会你们的兴味,阿谀你们的情趣,博取你们的注意。自愿做乡下人的实在太少了。

虽然如此,我还预备继续我这个工作,且永远不放下我一点狂妄的想象,以为在另外一时,你们少数的少数,会越过那条间隔城乡的深沟,从一个乡下人的作品,发现一种燃烧的感情,对于人类智慧与美丽永远的倾心,康健诚实的赞颂,以及对于愚蠢自私极端憎恶的感情。这种感情且居然能刺激你们,引起你们对人生向上的憧憬,对当前腐烂现实的怀疑。先生,这打算在目前近于一个乡下人的打算,是不是? 然而到另外一时,我相信有这种事。

先生,时间太快,想起来令人惆怅。我的第一个十年的工作已快要结束了,现在从一堆习作里,选了这样二十个短篇,附入几个性质不同的作品,编成这个集子,算是我这个乡下人来到都市中十年一点纪念。这样一本厚厚的书能够和你们见面,需要出版者的勇气,同时还有几个人,特别值得记忆,我也想向你们提提:徐志摩先生,胡适之先生,林宰平先生,郁达夫先生,陈通伯先生,杨今甫先生,丁西林先生,这十年来没有他们对我种种帮助和鼓励,这本集子里的作品不会产生,不会存在。尤其是徐志摩先生,没有他,我这时节也许照《自传》上所说到的那两条路选了较方便的一条,不到北平市去做巡警,就卧在什么人家的屋檐下,瘪了,僵了,而且早已腐烂了。你们看完了这本书,如果能够从这些作品里得到一点力量,或一点喜悦,把书掩上时,盼望对那不幸早死的诗人表示敬意和感谢,从他那儿我接了一个火,你得到的温暖原是他的。如果觉得完全失望了,不妨把我放在"作家"以外,给我一个机会,到另外一时,再来注意我的工作。十年日子在人事上不是个很短的时期,从人类历史说来却太短了。我们从事的工作,原来也可以看得很轻易,以为是制造馎馎食物必需现作现卖的,也可以看得比较严肃,以为是种树造林必需相当时间的。我希望我的工作,在历史上能负一点儿责任,尽时间来陶冶,给他证明什么应消灭,什么宜存在。

一九三六年

（原载《从文小说习作选》,良友图书印刷公司 1936 年版）

（录自《沈从文文集》第 11 卷,花城出版社 1984 年版,第 41—47 页）

关于描写工农

林默涵

我们现在还没有真正从工农出身的作家，一时也大概不会就有。工农大众是被剥夺了使用文学的可能的，许许多多的天才都被这不良的社会制度埋没了。但在将来，他们是总要从泥土中走出。并用他们自己的声音来歌唱他们自己的爱憎的吧，这是可以期待的。

不但还没有出自工农的作家，而且，描写工农的作品也不多见。对于我们的作家。最感兴趣的，还是知识分子，他们是被写得最多。也比较的要算写得最好。而工农大众却很被冷落了，尤其是工人，几乎还没有看到一个成功的塑像。

这是不足怪的。因为我们的作家都是知识分子，不同的出身，不同的生活和经历，使我们的作家与工农大众之间不能没有隔膜。但如果说，我们的作家一般的是生长在农村，和农民联系较深，写起农民来还比较的有把握；那么，工人阶级，却完全是一个新的势力。对于我们的作家是同样生疏，而且他们又是一出现就光芒万丈，炫耀得使人不容易看清他们的真正的姿态。所以，虽然有些作家也曾努力于想去刻画他们，却总是很少成功：不是照着自己的样子，把他们写成了婆婆妈妈的知识分子；就是凭着幻想，把他们描写得奇形怪状，令人疑为是别一个星球上的居民；再不然，就把他们写成像流氓拆白一样的人物：歪戴的帽子，斜睨的眼睛，三句不离"他妈的"。我们的作家大抵都在大城市里住过，对于这样的流氓拆白倒是见得较多,较为熟识的,便把他们的嘴脸误栽到工人身上去了。

　　这种情形,在苏联的艺术界也曾经发生过。在勃路维齐的《列宁论艺术》一文中,说明列宁看了某个画家的描绘工人生活的作品后,曾非常忿怒地批评道:"看那些粗大的颈项,他们显然是不正常的,至少要比常人的颈项大三倍! 而在这种颈项上,却安着一个小脑袋,弯扭得像一个猴的头颅装在一只狮子身上一样。再看那些长过膝骨的手,和那又粗又大的手指,那些长在弯曲的腿上的大脚,和别的一切决非人身上所相称的可能的部分吧。完全的不合理,不调和,不合比例。你在这样的描绘劳动人民的图画上,是不能够不感到艺术家的耻辱的。他或者是不愿意,或者是根本不能很好地描绘出工人来。"

　　这不是也很值得我们的作家和画家们警惕的吗? 我们的画家不是也常常把工农画成非常奇怪的模样——为了要表示反抗的精神而故意把眼睛画得凶恶可怕,张着血红的巨口,举着大过脑袋的拳头的吗? 诚然,工农的手是拿锤子,握锄头的,不像少爷小姐们只会拿筷子、叉麻将的手那样纤细,但也应当有一定的比例。那样的表现法,决不是艺术的夸张,而是拙劣的歪曲。

　　我们不认为只有描写工农的作品才是革命的,写出一个知识分子的进步转变的情形,它可以影响其他相似的知识分子,使他们也跟着走来。这样的作品当然也于工农有益。但我们却以为可以而且应该要求作家们更多的去注意和描写工农的生活与斗争。因为他们是革命队伍中的主力,他们的英勇奋斗的姿态,有着更深厚的感召和激发人心的力量。

　　要写工农,就得对于工农有深切的了解,不但熟悉他们的外形,而且深知他们的灵魂,不但知道他们的生活,而且理解他们的思想,这样才能够真实地表现他们。尤其是关于为我们的作家所最陌生的工人。在这里抄引列宁的一段话,使我们能够获得一个概括的本质的了解,应该不是没有意义的吧——

　　"我常常惊奇着那些才从机器和轮盘后面走出来的人们所具有的那种非凡的刚健和特别的英雄气概。细察一下他们的聪明的、正直的,和表情丰富的脸。那种可以胜任地完成他们所决定的一切工作的果断的坚定的信念吧。在这坚强的人们中间有着怎样一种果决的、肯定的风度呵。在这些人们中间,只要你看他们一下或者跟他们作一次谈话,他们那种气概就会感染你的。……他们是一些带着无限的新兴阶级的严肃和骄傲的人们,是能够创造一个新世界的人们。为什么不在画布和大理石上表现这样的姿态呢? ……"

八月二十七日

(原载 1942 年 8 月 31 日《解放日报》第 4 版)

揭起乡土文学之旗

上官筝

我们的新文学运动，自"五四"时代开始活动以来，就具备了"乡土文学"的特色。自然，我应该先在这里对"乡土文学"作一个简略的解释，我在这里所说的"乡土文学"，就是指那一种反映社会现实，暴露人生真态，具备民族特有的性格，和把握了时代的意义与人民的要求，以及赤裸裸的呼吸于中国乡土之间的文学作品而言。

在这里，可以引用一点别人的话，以便使我的意思更为明了。关于乡土文学在我们的文坛上存在的情形，周豫才先生在《新文学大系·小说二集》的《导言》①里说过：

> 在北京这地方，——北京虽然是"五四运动"的策源地，但自从支持着《新青年》和《新潮》的人们，风流云散以来，一九二〇至二二年这三年间，倒显着寂寞荒凉的古战场的情景。《晨报副刊》，后来是《京报副刊》露出头角来了，然而都不是怎么注重文艺创作的刊物，它们在小说一方面，只绍介了有限的作家：蹇先艾，许钦文，王鲁彦，黎锦明，黄鹏基，尚钺，向培良。
>
> 蹇先艾的作品是简朴的，如他在小说集《朝雾》里说：

---

① 此书名误，应为《中国新文学大系·小说二集》。

"……我已经是满过二十岁的人了,从老远的贵州跑到北京来,灰沙之中彷徨了也快七年,时间不能说不长,怎样混过的,并自身都茫然不知。是这样匆匆地一天一天的去了,童年的影子越发模糊消淡起来,像朝雾似的,袅袅的飘失,我所感到的只有空虚与寂寞。这几个岁月,除近两年信笔涂鸦的几篇新诗和似是而非的小说之外,还做了什么呢? 每一回忆,终不免有点惨寥撞击心头。所以现在决然把这个小说集付印了,……借以纪念从此阔别的可爱的童年。……若果不失赤子之心的人们肯毅然光顾,或者从中间也寻得出一点幼稚的风味来罢? ……"

诚然,虽然简朴,或者如作者所自谦的"幼稚",但很少文饰,也足够写出他心曲的哀愁。他所描写的范围是狭小的,几个平常人,一些琐屑事,但如《水葬》,却对我们展示了"老远的贵州"的乡间习俗的冷酷,和出于这冷酷中的母性之爱的伟大,——贵州很远,但大家的情境是一样的。

这时——一九二四年——偶然发表作品的还有裴文中和李健吾。前者大约并不是向来留心创作的人,那篇《戎马声中》,却拉杂的记下了游学的青年,为了炮火下的故乡和父母而惊魂不定的实感。……蹇先艾叙述过贵州,裴文中关心着榆关,凡在北京用笔写出他胸臆来的人们,无论他自称为用主观或客观,其实往往是乡土文学,从北京这方面说,则是侨寓文学的作者。但这又非如勃兰兑斯(G.Brandes)所说的"侨民文学",侨寓的只是作者自己,却不是这作者所写的文章,因此也只见隐现着乡愁,很难有异域情调来开拓读者的心胸,或者眩耀他的眼界。许钦文自名他的第一本短篇小说集为《故乡》,也就是在不知不觉中,自招为乡土文学的作者,不过在还未开手来写乡土文学之前,他却已被故乡所放逐,生活驱逐他到异地去了,……

看王鲁彦的一部分的作品的题材和笔致,似乎也是乡土文学的作家,但那心情,和许钦文是极其两样的。……他听得"秋雨的诉苦说"说:"地太小了,地太脏了,到处都黑暗,到处都讨厌。人人只知道爱金钱,不知道爱自由,也不知道爱美。你们人类的中间没有一点亲爱,只有仇恨。你们人类,夜间像猪一般的甜甜蜜蜜的睡着,白天像狗一般的争斗着,撕打着……这样的世界,我看得惯吗? 我为什么不应该哭呢? 在野蛮的世界上,让野兽们去生活着罢,但是我不……唔，我现在要离开世界，到地底去了……"这和爱罗先珂（V.Esoshenko）的悲哀又仿佛相像的，然而又极其两样。那是地下的土拨鼠，欲爱人类而不得，这是太空的秋雨，要逃避人间而不能。他只好将心还给母亲，才来做"人"，骗得母亲的微笑。……（《且介亭杂文二集》页二四，三闲书屋版）

我们由这里所能看到的，存在于我们的文坛的"乡土文学"，其第一个特点便是对于"乡土的怀念"。这种"怀念"所以产生的原因，当然是由作者对于乡土的关切来的。而这种"关切"的情怀，也就是"乡土文学"的基点。

不过，只是这样的解释，还嫌不够，如果把"乡土文学"理解为是一种对于"乡土怀念而产生的文学"，那乡土文学的范围，就未免过狭了。虽然我们不能否认，乡土文学就是对于乡土怀念而产生的文学。我们在这里，可以把对乡土怀念这样的情绪，更进而分为两点，第一，是由于封建思想的熏染，对于乡土的怀念，不过是一种传统的保守的惰性。第二，则是由于民族的历史，和地域的环境，忠于自身与本土的关联，因生活的经验与习惯的造诣，而选取了乡土的题材。——我们所要强调的，是后一点。

作家忠实于自己的生活，并认识自己的生活，且能把握了自民族的性格与特质，而写出来的文章，自然就是"乡土文学"。我们无需列举：托尔斯泰，屠格涅夫，普式庚和高尔基的例，在他们那些作品里，我们可以见到纯正俄罗斯的灵魂，是太真切而且太显明了。我们只要就近以《阿Q正传》为例，也一样的可以由那里见到"乡土文学"的特征。

鲁迅的《阿Q正传》，描写一个大时代的变动中，所影响于一个农民的一段"传奇"，在这里我们见到中国农村的面面：地主兼绅士的赵太爷，新起来在乡村里承继统治势力的"假洋鬼子"，无知无识的农民，以及男女关系的故意隔阂，和封建者怎样利用了这种隔阂以保全他们的利益，这一切都是到现在还存在着的事态，因为是"真实"，所以对读者也"感动"。阿Q典型了中国国民的性格，同时，他的穿插更明确的显示了中国的社会，所以我们可以说《阿Q正传》是一篇杰出的"乡土文学"作品。同时，我们更可以确认，《药》也是，《故乡》也是，《孔乙己》也是。因为在本质上，它们是类似的。

　　但在这里我所说的"乡土文学"，也并非指描写农村生活的"农民文学"而言，自然"农民文学"也许就是"乡土文学"的主体，因为农民在全国人口的比例上，占了百分之八十的绝对多数。不过，"农民文学"也并不能代表"乡土文学"的全意。我们知道，任何一个国家，都有其独自的国土（地理环境），独自的语言，习俗，历史，和独自的社会制度。由这些历史的和客观的条件限制着的作家，他在这国土，语言，习俗，历史，和社会制度中间生活发展，其生活发展的具象，自然有一种特征。把握了这特征的作品，就可以说是"乡土文学"。

　　所以"乡土文学"是民族底的，是国民底的。

　　中国新文学运动的萌芽，虽然就是"乡土文学"的萌芽，然而"乡土文学"的发展，却并没有经过意识的，显明的，领导的发扬与扶植。中国新文学运动，和其他的文化运动同样，接受了西洋思想的刺激，同时也为复杂的多面的西洋思想所迷惑。因之便呈现了混乱，多元，和畸形发展的场面。这当是也为中国社会现实所决定，而且更说明了中国之半封建，半资本主义，半殖民地的社会性质。

　　中国新文学运动的兴起，开头是新兴资产阶级对于封建社会的反抗，文学活动便是这两种意识形态的斗争。所以自由主义被介绍到中国来了，吉卜林的呼号也被介绍到中国来了。在形式上先要求了语言（工具）的革命，而提出了"文学的国语"和"国语的文学"的口号，又介绍了非中国传统的作法（创作过程与原型）及未为中国作家注意的题材。这许多改革都是由翻译外国作品而引起并实践的，连保守主义者林琴南（他代表的是封建势力），也以为外国文学作品中不乏"班马之笔"，而大批的译述了欧美的小说，并承认了这些作品在文学上的价值。这便是封建势力的不自觉的败北。为时势所迫，除去经史子集，诗词歌赋之外，国粹家亦不得不尊重大小仲马，逊更斯，司各得，以及他们的《茶花女》，《块肉余生记》，《撒克逊劫后英雄略》……的存在，而在李太白，杜工部，《三国演义》和《西厢记》之外，还看到了另一个新世界。

　　初期的翻译者，除去在绍介异国作者的思想外，更重要的也还是移入他们的文体与风格，以便使中国的新文学运动有活动的样本。《新青年》，《新潮》，和其他"五四"时代前后的几个刊物，从事翻译的工作者，大抵都是抱了这种观念的。周豫才先生和周作人先生合译的《域外小说集》，包括 O. Wilde, A. poe, Maupassnt 及法

国,俄国,丹麦,芬兰等各国家的作品。周豫才先生在该书的序言中云:

> 域外小说集为书,词致朴讷,不足方近世名人译本。特收录至审慎,迻译
> 亦期弗失文情。异域文术新宗,自此始入华土。使有士卓特,不为常俗所囿,
> 必将犁然有当于心,按邦国时期,籀读其心声,以相度神思之所在。则此虽大
> 涛之微沤与,而性解思惟,实寓于此。中国译界,亦由是无迟莫之感矣。(一九
> 〇九——见全集单行本《集外集拾遗》页十四)

便是这样的意思。

自然,把作者的思想吸取到中国来的动机也是一个极大的主力,尤其是在"国语革命"相对的成功之后,获得了新文学活动的新武器,这样的要求就更为迫切。本来文学的内容与形式是不能分开的有机体,绍介外国文学的形式,也就绍介了外国文学的内容,而且当时更有一个特异之点,中国是被压迫的弱小民族,客观的要求是这个民族的解放,独立与自由,因之当然绍介的外国作品,也以欧洲被压迫民族的文学作品为多。周氏合译的《域外小说集》,便大都是这一类的作品。周豫材先生在《题未定草》中说:"……'介绍波兰诗人',还在三十年前,始于我的《摩罗诗力说》。那时满清宰华,汉民受制,中国境遇颇类波兰,读其诗歌,即易予心心相印……后来上海的小说月报,还曾为弱小民族作品出过专号,……"(《且介亭杂文二集》页一七三)云云。翻译者的苦心,寄托是很长远的。盖当时译者,每借他人之酒,以浇自身之愁,这现象一直到现在也还依然存在,这也就是能使各民族间的精神相互共鸣,显示文学力量作用的神圣。对此可以引用平心先生解释的话,他在《论鲁迅的思想》中,有一节曾这样说道——

> 虽然士大夫的一群在那里高唱变法维新,富国强兵,但笼罩全中国的,仍
> 然是缺少反抗精神和进取精神的暮气。这使得一向痛愤民族麻木的鲁迅再也
> 无法沉默了。他断然发出反抗喊声来排拒那种"顺世和乐之音",提倡进取精
> 神来击退那种"宁蜷伏堕落而恶进取"的死气,发扬进化思想来打破那种"无希
> 望,无上征,无努力","不撄人心"返朴归真的幻梦。(以上引语都见全集卷一,

《坟》页五九—六一)。《摩罗诗力说》便是这时候针砭时病唤起民心的一篇辉煌有力的作品,比起他在四年前为《浙江潮》写的《斯巴达之魂》是更雄烈更明朗地宣扬了他的战斗思想。这篇论文虽然主要的内容是介绍西方富有反抗精神的诗人,但作者的着眼点分明是借外国诗人的战斗事迹和反叛思想来号召反抗与进取;更具体点说,就是要推动民族革命和民主革命,打破向来麻痹人心乐天知命安分守己的奴才传统。他赞美撒旦(佛语谓之"摩罗"),就因为撒旦敢于反抗,敢于战斗。自然他所要颂扬的是"立意在反抗,指归在动作,而为世所不甚愉悦"(《摩罗诗力说》)的地上撒旦,是"敢说,敢笑,敢哭,敢怒,敢骂,敢打,……击退可咒诅的时代"(《华盖集》)的人间摩罗。拜伦,雪莱,普式庚,莱尔芒托夫,密开威支,斯洛伐支齐(G.Slowacki),斐象飞(Petöfi)一流的诗人正是这种撒旦或摩罗的化身。鲁迅的意思并非要中国文人个个都变成像拜伦一类的诗人,他是要中国人民特别是有推动民族进步之责的智识分子学习拜伦他们的精神。(页一八七—一八八)

这种解释是正确的,而且我们也可以见到,在那时所介绍的异国文学,也是以其该国之特异的"乡土"为题材的文学作品最多,且也最能引起读者的兴趣。

中国的新文学运动就是在这种气运里生长起来的,"五四"运动以来从事新文学运动的进步的工作者,都或多或少的具备了这样的自觉,中国民族的厄运,迫使他们要不断的挣扎,奋斗,和争求生存的权利。虽然我们也听到无告的呻吟和懦弱的叹息,然而在灵魂的深处,均存有如火的愤懑;在理想的边缘,也有孩子似的喜悦,因为他们的经验都还在萌芽,而创造的乐园,也还有待于开始。

这时候更多的介绍了易卜生,大托尔斯泰,雨果,巴尔扎克,杜思退益夫斯基,安特列夫,司汤达尔,屠格涅夫,以及新俄的同路人作家群,和美国的休士,杰克伦敦,S. Lewir……同时,也绍介了日本的武者小路实笃,有岛武郎,长与善郎,岛崎藤村,和谷崎润一郎,以及以后的左派诸作家等。

同时在中国也兴起了各种各样的文艺"派别",外国有"超写实派",我们也有"超写实派";外国有"人文主义",我们也有了"人文主义"。不过有许多"派别",却都可以用"象征派"来包括。——与此对垒的是"写实主义",即为人生的文学,相反的一派谓之曰为艺术而艺术的文学。

这种说法似乎很不通情理，虽然，事实确是如此。象征派的被中国作家引用，在文学的部门里，大概是开首于诗歌的部分，"五四"运动之后的诗歌由固定的形式解放了，胡适之，康白情，谢冰心，都在尝试用"白话"来作诗。可是以后有些人的"白话诗"实在比"文言诗"还难懂，于是便有人谓之曰：此乃是"象征诗"。还说是受了法国作家的影响云云。

自然这是个颇为恶毒的贬词。

中国社会复杂而混乱，有些内地的乡村里还在过着半原始的生活，而有些都市，却已经走到二十世纪文明的极端。这些"文明人"的生活，荒淫无耻，安逸堕落，他们也有当作商品的爱情，也有虚伪廉价的悲哀，也有手握着屠刀的慈善，也有些毫无目的和理由的愤懑与唠叨。可是生活决定着他们，使他们看不见这个世界的真实面目，于是我们便可以见到出现于他们的笔下的佳人才子，嫖客妓女的罗曼斯，林黛玉似的小姐自述，张君瑞式的公子偷情，三角四角五角六角的恋爱，诸如此类，还有些奇奇怪怪的现象，一时也说不完。有人甚至提倡过"第三种人"的文学，说他在胖子和瘦子中间，正好偏偏的不胖也不瘦。

然而"乡土文学"也仍在这混乱的氛围中得以继续的发展，几年来文坛上几个有意义的论争，都有意或无意的助长了"乡土文学"的建设。而且在实绩上，也很有了一些可以夸耀的作品。

《阿Q正传》我们不用再说了，茅盾的《子夜》，十九章五百七十六页的大著作，由一九三一年十月写起，到一九三二年十二月才脱稿，以吴老太爷的劳碌致死为起点，而整个画出了一九三〇年左右中国大都市——它的模特儿是上海——的全貌。投机商人，银行家，工厂主，买办西崽……以及工人和无产者。同时作者更兼顾了农村，因为那毕竟是都市繁荣的原动力。这书博得了一致的好评。同时作者以《春蚕》为题名而收集的短篇小说集中的作品，也都是可以举列为"乡土文学"的，《春蚕》写农家收获蚕丝的生产过程中发生的时代故事，后来还拍成电影。

沈从文本是惯于以小市民的恋爱故事为题材的（例如《八骏图》），然而他因为生在湘沅，深深体会了当地的风习，而又在北国游学，有机会把家乡的生活，再现于纸上，所以他的作品，更带了乡土气味，使我们能够在他的作品里，更深而更切的认识并热爱中国。如果一定要举一个例,中篇小说《边城》就是。

还有老舍的《赵子曰》和《老张的哲学》,那都是充满了中国气味的创作,老舍的所以成功,不在幽默,而在抓住了中国人民的灵魂,《赵子曰》和《老张的哲学》无不如此。欧阳山也是个深认识了中国精神的作者,他把广东话和广东人一块儿搬到纸上来了。此外如果我们还要更多列举这样的作品,我们还可以提出张天翼的《清明时节》,周文的《烟苗季》,蹇先艾的《盐的故事》,萧军的《八月的乡村》,萧红的《生死场》,端木蕻良的《科尔沁旗草原》等。

我的意思不是说"乡土文学""古已有之",今日的神经衰弱家可以不必疑虑。我的意思是说,"乡土文学"是历史的要求,它自己已经在那里发展了,我们应该用我们的力量,来引导并整理它,使它能正确的,迅速的,向理想的目标发展下去。

可是还有不得不加以解释的,"乡土文学"不是"农民文学",也不是"国民文学",更不是"民族文学"。

我们来讨论这几个问题。

"乡土文学"的内容之广延,已在上面说过了,"农民文学"只是"乡土文学"之中的一部题材而已。在全人口中,农民固然占了绝大的多数,按照常识的判断,应该说以农民生活为题材的作品,一定也占有较优的比例。然而事实却并不如此。我们知道,新文学的工具,是把握在新兴资产阶级和小市民层手里的,乡村教育落后,还没有能够培养出农民自己的作家,今日的文艺工作者,大多出自小有产者层和小市民层,他们不熟悉农民的生活,反之对他们自己的生活,当然较为亲切。

这是一种什么生活呢? 我们知道,中国的社会性质是多面的,一方面还在保持着半封建的状态,一方面已经走向资本主义的途中,所以在小市民层,也染了资本主义的意识形态。并且又为其特殊的环境所影响,也有愤懑和自觉,自然,也有那无望的痛苦的"世纪末的悲哀"。在这样的生活之中,我们可以见到不少出色的人物,周朴园,鲁大海,四凤,周冲,张乔治和《北京人》里的一些角色,在城市里荒淫无耻的生活中,正有一些还没有全部灭亡其固有的朴诚性格的人们,彼等更明快的显示着"中国的灵魂",我们一见《北京人》里那些人物,就切实的感到他们是"中国人",不是英国人或法国人,那是我们自己的生活,为我们所熟悉于精神和意识之中的。

这领域,并不小于农民。

"乡土文学"很容易和"国民文学"相混,而且事实上我们也很难为他们划出一条明确的界限。较比可以指出的一点,我想也还是"乡土文学"的积极性和它对于乡土——这是现实的具象——之强调把握,较之"国民文学"更为切实之处。

徐蔚南先生于《文学百题》中,对于"什么是国民文学?"的解释,说:"各国文学虽各自有国家的特色,可是文学之是否为国民的文学,却还有待于'意识'这一个要点,就是说,要是意识自己国家的特色,表现自己国民的文化,而对于后代文化创造是有一种力的有所贡献的文学,才是国民文学"云云。"对于后代文化创造是有一种力的有所贡献的"这样的大企望,也许有些作家是有的罢,不过如果整天耽想于这样的企望之中,恐怕就离变成神经衰弱症患者不远,而结果也未必能产生什么了不得的作品,"文学"固然是宣传——这是辛克莱说的话,可是说教未必就是"文学"。

倒是周作人先生说的"国民文学",与"乡土文学"的意义很有些相近了,他在《与友人论国民文学书》中说:

> 承示你同伯奇兄的论国民文学信,我觉得对于你们的意见能够充分了解。传道者说:"日光之下并无新事。"我想这本来也是很自然很平常的道理,不过是民族主义思想之意识的发现到文学上来罢了。这个主张的理由明若观火,一国的文学如不是国民的,那么应当如何,难道可以是殖民的或遗老的么?无论是幸不幸,我们既生为中国人,便不自主地分有汉族的短长及其运命。我们第一要自承是亚洲人("Asiaties"!)中之汉人,拼命的攻上前去,取得在人类中汉族所应享的幸福,成就所能作的工作,——倘若我们不自菲薄,不自认为公共的奴才。只可惜中国人里面外国人太多,西崽气与家奴气太重,国民的自觉太没有,所以政治上既失了独立,学术文艺上也受了影响,没有新的气象。国民文学的呼声可以说是这种堕落民族的一种兴奋剂,虽然效果如何不能预知,总之是适当的办法。

> 但是我要附加一句,提倡国民文学必须提倡个人主义。我见有些鼓吹国家主义的人对于个人主义竭力反对,不但国家主义失其根据,而且使得他们的

主张有点宗教气味,容易变成狂信。这个结果是凡本国的必好,凡别国的必坏;自己的国土是世界的中心,自己的战争是天下之正义,而犹称之曰"自尊心"。我们反抗人家的欺侮,但并不是说我们便可以欺侮人;我们不愿人家抹杀我们的长处,但并不是说我们还应护自己的短。我们所要的是一切的正义:凭了正义我们要求自主与自由,也正凭了正义我们要自己谴责,自己鞭挞。我们现在这样的被欺侮,一半固然是由于别人的强横,一半——至少至少一半——也在于自己的堕落。我们在反对别人之先或同时,应该竭力发掘铲除自己的恶根性,这才有民族再生的希望,否则只是拳匪思想之复活。拳匪的排外思想我并不以为绝对的非是,但其本国必是而外国必非的偏见,可以用"国粹"反抗新法的迷信,终是拳匪的行径,我所绝对反对的。有人信奉国家主义之后便非古文不作,非古诗不诌,这很令我怀忧,恐正当的国家主义要恶化了。我们提倡国民文学于此点要十分注意,不可使其有这样的流弊。所以我仿你的说法要加添几句,便是在积极地鼓吹民族思想以外,还有这几件工作:

　　　　　我们要针砭民族卑怯的瘫痪,
　　　　　我们要消除民族淫猥的淋毒,
　　　　　我们要切开民族昏愦的痈疽,
　　　　　我们要阉割民族自大的疯狂。

(《雨天的书》页一六五)

　　周作人先生对于"国民文学"的解释,所谓"国民文学",由这文章看起来,实在就是"国民"的"文学"的意思。一般"国民文学"论者,往往流于保守和复古的倾向,周先生的见解,对于此点是清算了的,而且甚至提出更为积极,充满自觉意味的口号,使"国民文学"的内容,接近了"乡土文学"。然而在性质上却仍旧不能越出"谴责小说"的范围,我们所说的"乡土文学",较之"国民文学"——此指进步的国民文学而言——有更为积极的两种特质:第一,它恳切的把握现实,暴露现实,并指示现实,所以不再只是单纯的"谴责小说";第二,"乡土文学"是社会性的,此点与国民文学的立场不同,所以其性格,也就更为尖锐和深入。

一般的所谓"国民文学",和"民族文学"同样,流入于帝国主义之侵略政策的某种宣传谋略之中,帝国主义的"国民文学"与"民族文学",往往是疯狂夸耀其自民族的优越,而抹杀他民族之生活的权利,以达成膨胀其榨取的势力,因之其作品的题材,也就有意或无意的躲避了现实,或寄托于往古的英雄传奇,或自负其国家的尊大,以为天之骄子,唯此一人,他种他族,均为奴卑,由是而造成国民傲慢之心,这实是"国民文学"和"民族文学"的本质和使命。然而在弱小民族中的"国民文学"与"民族文学",因为背景不同,表现自然也就有了差异,模仿者当然也有,事变前——一九三〇年以后——就曾经有过一度"民族文学"的论争,"民族文学"的主张者虽然发表宣言,谓,"我们很明了艺术作品在原始状态里不是从个人的意识里产生,而是从民族的立场所形成的生活意识里产生的。在艺术作品所显示的不仅是那艺术家的才能,技术,风格和形式;同时在艺术作品内显示的也正是那艺术家所属的民族底的产物";又说:"文艺的最高的使命,是发挥他所属的民族精神和意识。换句话说文艺的最高意义就是民族主义"云,然而因为其本身的条件不够,视野过狭,不能把握现实,甚至抹杀了现实,所谓"文艺的最高意义就是民族主义"云云,在论据上已经踏了空,所以不久就风消云散了,和"国民文学"一样,以后就没有人再来提起。

虽然如此,我们也还不能不承认"乡土文学"中所含有的"国民文学"和"民族文学"的性格,对于进步的"国民文学"和"民族文学"的性质,在"乡土文学"中,是都应该保存着的。"乡土文学"和"国民文学"与"民族文学"的差异,其主要之点,还是对于现实的认识和把握的不同,出发虽然相似,异途就不能同归了。

"乡土文学"要正确而且坚决的把握现实。

我们为什么要在今日提出"乡土文学"的要求来呢?我们今日提出"乡土文学"的要求,其动机和企图,可以分两端来说:

第一,"乡土文学"是克服今日文坛堕落倾向的唯一武器。今日的文坛,充满肉麻的色情文艺和颓废的感伤气氛,其原因,便是由于作者脱离了现实。在这个大时代里,一切动乱,矛盾,激荡,处处发生着前所没有,和所不能想像的现象。而以此动乱为契机,那另一方面,如从另一个角度观察,则也在生长,发展和建设,战争使中国一步向前迈进了三十年,最少也有一个世纪的四分之一,这一回连乡村也见到无线电收音机,和可以改作拖引机的坦克车了。战争也破坏文化,然而也建设文化——它是个建设文化的过激分子。

现在战争还没有停止,世界各处都在响着炮火,由北纬七十度向南一直到赤道线止,无处不在放射着机关枪和各式各样的炮弹。人民流血,死亡,伤害……用这个代价来清算今日社会的种种问题。

寄生在这社会上的有闲阶级,他们的命运将以这场大战争的闭幕而收场,这已是命定的趋势,顺了自然法则演化,无人可以阻拦。对于这样的事情,他们自己也看得很明白,知道极难拯救了。因之,便来了无望的悲哀;在这悲哀的背后,便是尽情的享乐,堕落,自戕,用自暴自弃的法子来促成他们的早日死亡。

在我们的文坛上,就是如此的,我曾经一再说过"五四"运动以来活动于文坛的文学工作者多是小市民出身,在这些小市民中,觉醒的分子和没落的分子开始分化,那没落的有闲阶级,就变成文坛的娼妇。

与此相反,是中国的乡土层,——农民,小市民,勤劳的劳动者和小商人,他们在兢兢业业,为生活挣扎,为争求生存的延续,不惜一切牺牲——灵魂和生命来作购求的代价,而他们又是那样柔善,懦弱,沉默,却又雄浑有力,不怕一切的磨难和试练,这是中国民族的灵魂的所在,这才是中国民族的真正的代表人。

如果作家能认识了这样的现实,同时并把握了这现实,他就不会再去斤斤于个人的身边琐事,肉麻的恋爱故事,低级的下作趣味,廉价的感伤悲哀,那一些无聊的可卑的玩意儿了。

"乡土文学"便是要求来把握这现实,认识这现实。能够把整个创作生活寄托于这现实之中,文学作品的健康,那是不用顾虑的了。前年北方文坛曾有过关于"色情文学"的论争,可是论者也多还没有能看到这一点,如果提出"乡土文学"的口号来,色情文学——不是指性爱的描写而言,而是指整个作者意识和表现内容的荒淫与无耻而言——不用论辩,自然迎刃而解。

第二,"乡土文学"是引导文学活动走入"现实主义"范畴的向导。我们先不管"现实主义"在今日的种种派别,例如那写实主义和浪漫主义的写实主义等等之类,至少,我们应该承认,"现实主义"是今日文学活动之一个共认的最高的指标。

"乡土文学"所以能够由保守的"国民文学"和自傲的"民族文学"中独立起来,

完全是凭借了对现实的把握和认识的正确这一点,"乡土文学"倘不能把握和认识现实,就要仍旧跌落到"国民文学"或"民族文学"或其他狭隘的文学理念中去,所以响应"乡土文学"的从事者,势非切实的把握现实和正确的认识现实不可,倘不如此,就没有意义了。

不仅是形式上的"现实主义",在内容——题材的取舍和主题的处理上(这里将毫无蔽遮的暴露出作者的意识)——"乡土文学",也完完全全是"现实主义"的。

今日的文学活动,通过"乡土文学",而达于"现实主义"的领域,在这一点上,"乡土文学"是有着特别意义的。

"乡土文学"规正今日文坛的堕落现象,引导对人生充溢怀疑感和冷漠感的作家正视生活与现实,清算他们的虚无主义的成分,粉碎他们"为艺术而艺术",对于文学的历史使命之漠视,和歪曲的错误见解;同时,也培养并教育提炼真正"乡土"的作者,出身于"乡土",并具备"乡土"的意识形态的作家。

"乡土文学"并在现实主义的条件下,暴露现实,分析现实和指导现实。

所以"乡土文学",是有社会意义的。

"乡土文学"的特质,已经由以上两点说明,它的最显著的特征是什么? 也就是我们要从那里下手来进行这个伟大的实践呢?

第一步,我以为先应该来强调作品的"地方色彩"。

强调地方色彩是现实主义的基点,作者所最合理的写作是取材于他所最熟悉的生活。从没有出过北京城的作家,要写火奴鲁鲁的椰子林里恋爱故事和巴黎街头的歌女生活,那成绩的价值,是很难想象的。反之,倒是北京城的皇宫和城垒,对他熟悉一点。一个作家,要忠于他的作品。

强调地方色彩并不是保守和固持,反之,却是更深的把文学和生活浸蕴在一起,机械论的文学论者,对于这一点是不理解的,这一点只就国际的读者的批评,就可以证明它的正确性了。好像周豫材先生也说过这样话,他说在国际上的声誉,也是富有乡土色彩的作品,才能引起异国人的注意和兴趣,反过来说,我们所爱读的外国作家的作品,也是以绘画他们自己国家的国民生活的东西,才能使我们更感动,更理解,更同情。而有些作家以中国为题材的作品,却不能引起我们的更大的注意,赛珍珠的长篇《大地》,所以能获得甚多的关心的原因,第一,我们读那书实在还抱了另外一种心情,是要看看外国人对我们说了些什么。第二,《大地》的故事中,也有外国人——作者私生活综合的化身——的作为角色参加,这一点在题材上说起来,站在作者的立场,也可以说是与上义相反的"乡土文学",这是能够吸引我们的一点。第三,她的取材,是中国的现实社会,这是引起我们注意和在美国能使作者成名的主要原因。

可是作者终于因为自身的立场,与中国国民隔膜,所以她看到中国社会,仍是书斋里的中国社会,不是真正现实的中国社会,所以《大地》也只能因为题材的别致而风行一时,在文艺的价值上,——艺术的价值和社会的价值——并不能得到较高的评价。由此我们可以见到,还是以本身的生活范围为题材,就是强调地方色彩,容易获得成功,赛珍珠在这方面她是利用了的,她把她——作者构想的主人公——的周围抹上地方色彩,只单纯在这一点上看,她是很成功的,她之所以失败,乃是由于对现实认识还不十分充分的原故。

所谓强调地方色彩,当然也并不是专指取材于农村的乡村景物而言,而是泛指整个中国的"乡土",此"乡土"的领域,乃是中国整个的国土;上海,广州,天津,汉口,虽然和其他的世界上别国的大都市具有类似之点,然而仍具有中国的特色,仍有作者所可汲取和发扬的具象,这是可以断言的。

不单是具象,所更应汲取和发扬的还有生存于这"乡土",具备这"乡土"之特色的灵魂和性格。我们要发掘这灵魂和性格,使它典型并具体起来。

这工作,已经有人在注意,并作着了。

周豫材先生在王希礼(B.A.Vassiliev)译本的《阿Q正传》序言中说:

……我虽然已经试作,但终于自己还不能很有把握,我是否真能够写出一个现代的我们国人的灵魂来。别人我不得而知,在我自己,总仿佛觉得我们人人之间各有一道高墙,将各个分离,使大家必无从相印。这就是我们古代的聪明人,即所谓圣贤,将人们分为十等,说是高下各不相同。其名目现在虽然不用了,但那鬼魂却依然存在,并且,变本加厉,连一个人的身体也有了等差,使手对于足不免视为下等的异类。造化生人,已经非常巧妙,使一个人不会感到别人的肉体上的痛苦了,我们的圣人和圣人之徒却又补了造化之缺,并且使人们不再会感到别人的精神上的痛苦。

我们的古人又造出了一种难到可怕的一块一块的文字；但我还并不十分怨恨，因为我觉得他们倒并不是故意的。然而，许多人却不能借此说话了，加以古训所筑成的高墙，更使他们连想也不敢想。现在我们所能听到的不过是几个圣人之徒的意见和道理，为了他们自己；至于百姓，却就默默的生长，萎黄，枯死了，像压在大石底下的草一样，已经有四千年！

要画出这样沉默的国民的魂灵来，在中国实在算一件难事，因为，已经说过，我们究竟还是未经革新的古国的人民，所以也还是各不相通，并且连自己的手也几乎不懂自己的足。我虽然竭力想摸索人们的灵魂，但时时总自憾有些隔膜。在将来，围在高墙里面的一切人众，该会自己觉醒，走出，都来开口的罢，而现在还少见，所以是也只得依了自己的觉察，孤寂地姑且将这些写出，作为在我的眼里所经过的中国人生。

（《集外集》页六三—六四）

可见要发掘我们的灵魂，也是一件很坚苦的工作，第一便要有"作家的自觉"。然后才能向一切恶劣的倾向争斗。

在今日的大时代中，中国社会正在急趋变化，文艺工作者为完成所负伟大的历史使命，应集合于一"乡土文学"的旗下，实践此一历史的课题，而领引文学活动归返于主流，并强健起来这主流的活跃和力量。

总结我的意见，可归纳成如下数点：

第一，"乡土文学"的要求，是今日文学活动的历史课题。

第二，"乡土文学"的性格，是现实主义的，民族底的，国民底的。

第三，"乡土文学"的从业，要求作者正视现实，把握现实，并且是一个现实的战斗者。

第四，在时间性和空间性上，"乡土文学"是中国新文学运动中之一流派。

民国三十二年五四节在北京

（原载 1943 年 1 月 1 日上海《华文每日》第 10 卷第 1 期）

乡土文学的问题

上官筝

自从去年以文艺交换对北方文坛的刺激为契机,而引起乡土文学的呼号之后,各方响应者甚多,有的刊物出了特辑,还有的文艺团体开了座谈会,我们固无论其特辑的内容和座谈的结论如何,总之是这一要求已经得到文学活动的各角落的注意了。《中国文艺》八卷一期和二期的"文艺谈",也连载有谭凯先生的文章;"乡土文学"的口号虽然提出来也有了六个月的过程,然而直到现在为止,实在还没有建树起具体的理论体系。大家能坦白的发表意见,集思广益,使一切意见集中起来,在今日贫乏的文艺活动中,这事情是很可喜的。

谭凯先生说"乡土文学"的提倡"……是为了小说内容的贫乏而发的。因为在这几年来我们的创作几乎是千篇一律的儿女故事,我们读到外国的作品常使我们生出一种自然的惭愧。所以为了扩大小说的内容有提倡具有地方色彩'乡土文学'的必要。在这一目的下,因为作者自己最熟悉自己的乡土,所以写出的故事一定较为生动有色"。并谓提倡"乡土文学"的"主要的原因还是对于颓废和贫穷的创作反抗",而它的"出发全在于'真实'"。

同时,谭凯先生还有忧惧的两点:

第一,他恐怕"乡土文学"流入于"不是用本地土话描述,如《海上花列传》之类,就是记偏僻的见闻的东西",而范围狭小,限于地域性,或"只能流行于一部分的领域里,而不能像别的作品那样得到广大的读者"。

第二，是"乡土文学"的用语和取材问题，也就是上项的引申，他说："大概乡土文学的最下者是方言土语的写作，作者和读者只希望新奇换一换口味，所以作品的内容尽可谈天话地，只靠表面那些叽里咕噜的字句已可动人声色。这正如不懂外国语者爱听'洋人'说'洋话'的道理一样，一点也谈不到文学价值。其次是描写特殊风土人情也只是表面的呆板事物，作者的手法既不能'活现'，读者也只走马看花般的看过去"云云，而失掉了艺术的效果。

谭凯先生的意见，是很重要而且正确的，不过，我还想再补充几点。

我们提出"乡土文学"的要求，其动机和企图，是认为"乡土文学"是克服今日文坛堕落倾向的唯一武器，才拿这武器来引导今日的新文学运动，归复于历史的主流。所以如此的原因，乃因为我们所要求的"乡土文学"，是要正确的认识现实，把握现实，而且在形式和内容上，要彻头彻尾的现实主义和具备民族底的与国民底的性格，这样的"乡土文学"，才是历史所期待的，才能"对于颓废和贫穷的创作反抗"。

原来今日文坛的堕落与贫乏，也并非完全是由于作者多喜欢取材于"儿女故事"的原故，事实上文学作品无论到任何时代，除去特殊的"例外"之外，恐怕也离不开"儿女故事"，因为"儿女"实是这社会中的主角，作者不来取主角当模特，却要只搬一块石头么！屠格涅夫是世界公认的大作家了，他的六部名著，《罗亭》和《贵族之家》等等，就一直是利用了"儿女故事"，我们能说这闻名世界的六大名著没有文学价值么！所差异的是作者是不是认识了现实和把握了现实，与表现在作品中的作者的意识，是怎样的见解而已。

进步而天才的作者在何时何地，和任何角落，透过他的意念，都能够找到有意义的题材。——我的意思是说，作家在他生活的这个范围之内，即作者的"我乡与我土"之内，他都可以找到他所要表现的意念和他所要发掘的灵魂，自然，"儿女故事"也是这许多题材中的一部，我们所反对的，不是作家的取材于"儿女故事"，而是作家把"儿女故事"和现实分离，使之成为空幻而空虚的梦忆，好像爱人们只亲嘴，喝点露水，唱句情歌，就可以成仙飞升，不动烟火，用不着吃人间的粮食了。即不是人间的真实，因之内容也就浅薄可笑，毫无价值了。我们提倡"乡土文学"的口号，一是要求作者将视野放展，深入作者的"我乡我土"，充实并多面作者的耕耘地带（这一点谭凯先生在《再谈乡土文学》中已经说得很清楚，而且那见解也是很可珍贵的)。同时,一是促进作家的现实主义的把握。这两点本来是互有关联的,真正现实主义,要切实的认识现实并把握现实。

　　所以我讨论今日的文学活动的贫困,不应再着眼于表面的"儿女故事"上,应当更进一步的指出作家的脱离现实上,对于那一些自命为进步的作家,整天"杀呀!""死呀!""热呀!""妹妹呀!""哥哥呀!"的被"新文艺腔"迷了眼睛的作者,我们更应该指明并批判他们的错误。

　　谈到用什么话来写"乡土文学",这是个大问题,又牵涉到中国文字的改革上来了,不是三五句话所可以说明白的。不过我们又可以先有两个基本的认识:第一,现行的"白话",虽然是"五四"时代,经过了一次"国语革命"的"革"了"命"的文字,然而本身仍然存在有若干缺点的,还不足以完全负起表现我人今日之语言思想的任务。而直到现在为止,距离全语言统一的时期尚远,更用了这不三不四的"新文言",所以真正用以表现中国的——即作者"我乡我土"——国民底的和民族底的情绪,是很困难的,这也是造成"新文艺腔"的一个重要原因。第二,我们应该有一个公平的信念,我们没有理由强定北京话为"国语",要求全中国的国民都来说"北京话",把"北京话"定为"国语",要全国的同胞都来学这"官话",这是毫无科学根据,而且极为野蛮的一个无理取闹的策略。

　　中国的语言随着中国社会的变质,在将来一定要有"统一"的那一天,那时候一定要有一种"新国语"产生,这"新国语"是不是"北京话",我们不得而知。然而用常识来判断,我想一定不是,因为北京不过是中国的一部分,北京话也不过是流行中国几个地区的方言,它怎么能统一,并代表了全中国呢? 不过在将来的"新国语"中,"北京话"也许占一个主要的成分,这倒可以确信,因为"北京话"确是在中国流行着较为广阔的地域了。

　　新文学运动者,在语言统一的任务上,应负有使之沟通的义务,这一课题的实践,便是汲取并文字化各地的流行的方言,新文学运动是个"国民大众的文学运动",("五四"运动中的"国语文学"运动是这运动中的一环),新文学倘如脱离或忽略了国民大众的现实语言,它的生命便将僵死而完结了。所谓"乡土文学",既是强调了"我乡我土",当然更应当注意于方言的汲取和吸收,如此便第一,它尽了在语言的统一上的历史的使命,第二,因为汲取和吸收了方言俗语的缘故,它本身的文学价值,也提高了,它更能确切的提炼出并把握住中国的"乡土"的性格了。

谭凯先生所疑惧的《海上花列传》的成为问题,和"描写特殊风土人情",可是那些"特殊风土人情也只是表面的呆板事物,作者的手法既不能'活现',读者也只走马看花般的看过去"的"记僻陋的见闻的东西",我想那只是作者的意识和技巧的问题,与语言和"乡土文学"要求的本身无关。我们不能把这两桩事混为一谈。

可是如果用起方言土语来,不就如谭凯先生所怀疑的,成了"洋人"的"洋话"了么!我们的回答是,也并不一定如此,如果习惯起来,一样可以懂得的。原因很简单,因为那也是中国话,并非"洋人"的"洋话",例如《海上花列传》述赵朴斋初至上海,与张小村同赴"花烟间"时情状云:

> ……王阿二一见小村,便窜上去嚷道:"耐好啊!骗我,阿是?耐说转去两三个月哦,直到仔故歇坎坎来。阿是两三个月嘎?只怕有两三年哉!……"小村忙陪笑央告道:"耐勿动气,我搭耐说。"便凑着到王阿二耳朵边,轻轻的说话……

这里边的一些苏州话,北京人突然看起来,自然是费解的,可是习惯起来,也就明白了。那后一句,不用习惯,也可以知道就是北方话的"你不要动气,我跟你说"的意思。其实北方话又何尝不是"方言",外地的人听了也是一样莫名其妙的,不信你便念一段给广东人或福建人试试看。

其实把方言引入文学作品中的事,已经有许多人在作着了,举例来说,沈从文的写湖南话,欧阳山的写广东话,老舍的北京话便是。应用方言以刻画人物的性格,有时更为浮出和动人(尤其在对话上),我想这将成为"乡土文学"的特色,也将成为"乡土文学"之可贵的一点。

自然,谭凯先生的意见是很可贵的,他第一就阻拦了误解乡土文学者走入歧途的去路,在乡土文学刚刚被人注意的时候,这也是很重要的一着罢!

当然,对于"乡土文学"我们也还需要有更明确的解释,和更多更热烈更多面的讨论与辩难,大家的意见才能真正集中,问题才能真正展开,所以很盼望谭凯先生的意见提出,就是这一课题的开始。

[原载 1943 年 6 月《中国文艺(北京)》第 8 卷第 4 期]

论乡村小说的写作

许 杰

这是许杰先生读过王西彦先生写的《村野恋人》以后，给王先生写了一封长信。王先生把信寄给我看了，并且说："士仁先生的指摘很正确，很有力量，很能使我心折。"按《村野恋人》的重庆版已列为良友文学丛书之一，东南版印行后，也颇使读者注意。而许先生的这封信，说出了许多小说写作上的方法，可以作为极出色的一篇论乡村小说的文艺批评读。为了眉目清楚，我加了一个总题，又分为七小章，每章各列一副题，有少数地方以无关大旨，经我删去的，则加以"略"字。这样分法，使之更适宜于副刊刊载，为此特向作者致歉。

——《东南日报》"笔垒"编者

人生与写作的实践

西彦兄：你的《村野恋人》，我在收到的那一天，便花了一个下午和晚上的时间把它看完了。写得真好！这倒不是我的客气话，因为它有这种吸引力，迫着我，一定要一口气把它看完，就是证明。

我现在掩卷想想，觉得好处实在太多了，譬如人物的生动与刻画的周到，故事的动人与结构的严谨，以及乡村风物的美丽的描绘等等，都是见证，我不过在这里对你举例。要是要我写起批评来,这种地方是不难写上许多篇幅的。但是,我现在是在对一个作者说话,作品的好处,你自己也看得出来,别人也看得出来,要是我还在滔滔的讲这些话,你会觉得有些讨厌的,是吗? 我现在写这封信的目的,只是想对你说一说我认为可以商讨的地方。(略)如果你以为我的话还有一部分理由,那末,或者还可以作你写作时的参考。

我从前也曾写过乡村小说,但后来却不敢写了。我不敢写的原因,现在想想,大概是因为:一、我近年的生活已经离开了乡村,对于乡村的认识,慢慢的有些模糊起来。二、我近年来的认识,同过去也有点不同。我在过去,觉得有题材可写,于是信笔写来就是。写就之后,再也不去想,有机会发表就给送去发表了。可是现在呢,我却时常想起一些理论问题,终于这边想想,那边想想,结果是这也不对劲,那也不对劲,于是就不敢写了。比方以乡村小说来说吧,我理想中的乡村小说,应该是通过现代的科学精神,而提炼了乡村的落后意识,指示人生与社会的前途的;但是,在这一点上,我却做不到。我想,这或者是我的学力、我的生活认识不够的缘故;或者,是现代的乡村生活,它的现实的情形,还根深蒂固的和封建意识胶结着,我们无法给他显现出新生的气氛的缘故。但不管是怎样的原因,我的写不出东西来,却是一个事实。在这里,你听了我的申诉或者会笑着说,你是中了什么公式主义的毒素了吧! 是的,我有时也这样想。但是,我自己却克服不过来,而且对于这点意见,这点认识,又仍旧还不肯放弃。我时常想,这一定是我自己的学力,或者我的人生实践和写作实践不够到家的缘故了。

如果我这一点见解还有几分可取之处,那末,根据我这一点认识,我说你的《村野恋人》也难免有这种毛病。

悲剧的造成

这里,我先说一说我对于悲剧的观念。我想,关于造成悲剧的横加的力,也就是所讲造成悲剧的因素的力,是跟着人类演进各阶段而演进的话,是无庸我来再加说明的。希腊的悲剧是命运悲剧,悲剧的主宰者是神,是命运;文艺复兴以后的悲剧,是意志悲剧,或者人生悲剧,造成悲剧的主动者是悲剧的遭际者自己的意志和行动。而近代的悲剧,却是社会悲剧,造成社会悲剧的动力,则是社会制度与社会组织。这些情形,你自然比我知道得更加清楚。因为这非但可以用希腊悲剧、莎翁悲剧及易卜生的社会问题剧等转化的情形可以证明,就是从人类思想的演进,从神权时代,到玄学时代,再到科学时代的说法,也可以证明的。从普通的意义上说,人类的悲剧的造成,是因为人类为自己的幸福而努力的结果,终于得不到幸福,战胜不过另一种造成悲剧的动力,因而就造成了不可避免的命运。所以,从理论上说,不可避免的,势逼处此的,所谓必然的悲剧,或悲剧的必然,是最可悲,最能引起人们同情的,而在艺术的意味上说,同时也是最上乘的悲剧。如果悲剧在某一点成分上说来,仍旧有偶然的或者可以有避免的可能的,那末,这种悲剧至多只能引起别人的一些同情或者惋惜而已,于悲剧的意义上,是不见得怎样高明的。不过,人类的思想有进步,当神权时代,以为神的意志或命运是无可逃避的力量的时候,我们固也觉得命运悲剧的可悲;但等到人类的思想,进步到对神或是命运的存在发生怀疑时,命运悲剧就失去了时代的意义了。同样的情形,当人类走进了近代科学的阶段,认为个人的意志或是主观的理念,并不一定就是支配力量的中心时,意志悲剧也会失去了时代的意义。近代的悲剧,已经跟随社会科学的昌明,跨过了易卜生社会问题剧的阶段,它是非但纯客观的提出了一个问题,而且主客观综合的指出造成悲剧的症结之所在,暗示或者诱导人们,去避免或者解决这种悲剧的方法了。

我们时常说,文艺是反映人生,又是指导人生改进人生的;如果这话是不错的话,一个作家的对于悲剧的题材的处理,就不应该仅仅注意到反应,而忽略了指导与改进的。同时,如果我们时常说的,文艺是时代的反映又是时代的先驱的话是不错的,那末,一个作家的处理乡村生活的题材,我们也就有权要求,一面反映现实,一面又通过这个现实,而指导着将来了。

时代悲剧

根据着这两点理由,我要对你的《村野恋人》,提出两点小小的意见:

第一，你在这本作品中，把庚虎一家，以及庚虎本人的运命，太渲染得过分了。你在全书中，一开头的时候，就说出庚虎一家的不幸，说是命中注定的，而接着，又借着全村子的人们的眼光。——譬如金魁爷，譬如集中在春五娘酒店中的一些人物，特别是那位走过广东和上海的浪荡汉，这位乡村里的清谈家歪嘴老八，说出他们一家的悲剧的定命。而你自己，也在第四十四节的末尾上，慨叹地说着："呵，命运是怎样一个折磨人的鬼魔！"此外，你还用"神仙父亲"的故事，作为这乡村里青年男女热烈的恋爱的引子，用那一座神秘的竹林，以及那一对在神秘竹林中双双自杀的青年男女，作为衬托，你到处在暗示着他们的恋爱和他们的恋爱的悲剧的定命之不可免。你好像在说，庚虎和小金兰的恋爱的热烈是传统的，里面有"神仙父亲"的气质或"风水"的，而他俩的悲剧的结局，也是定命的，而且要继承着神秘竹林中的那对吊死鬼的衣钵或做他们的替身。

这种地方，如果从小说的结构的严谨说，这是十分成功的。可是，如果从悲剧的意义上说，这种命定的悲剧，就可以使人怀疑，不一定算得上是时代的悲剧了。

是的，你也可以说，庚虎与小金兰的悲剧演出的定命，你也承认，若说不是时代的悲剧，你却不能首肯。你说，庚虎与小金兰，在你笔下安排着的，可显然不是神秘竹林中那一对情死者的重演，庚虎是死在我们的民族敌人手里的，而小金兰也没有自杀。对的，你已经尽了你最大的努力，你要把这颇带原始性的乡村男女的恋爱故事和这个抗战时代联系起来，而且要把这幕悲剧造成的动力或者罪魁，加在民族敌人的身上，这都是你煞费苦心的企图。

但是，我得追问，如果庚虎他们的恋爱，他的悲剧的结果是定命的，必然的，那就根本和敌人没有什么关系；如果一定说有关系，充其量，也只不过是命运之神，假借于敌人之手就是了，与敌人的怎样凶残与横暴，又怎能说得到呢？再说，庚虎的被拉夫与被击死而终至于不能回来，虽然也是可能有的事实，但毕竟偶然的成分超过必然的因素，必然的成分太少，悲剧的意义与力量，也会被减少了许多去的。我们试想，和庚虎同时被敌人拉夫过去的，另外还有两个农人；而那两个农人，都活着逃回来了，只有庚虎不幸，他的行动给那失掉人性的暴徒发觉了，才遭了枪杀。我们姑且莫说庚虎也有活着逃回的可能，就以这村子被拉的三个农民来说，庚虎的不幸的遭际，也只是三分之一的可能罢了。我们说过，悲剧的遭际，必是逼得非如此结果不可,这才是最大最成功的悲剧。如果其间还有几分可以幸免的成分,那么,这悲剧的教训,只是教人投机,找机会避免这不幸而已。你得想想,这种幸免的心思,难道可以让它在读者的胸坎滋长的吗?

因此,我对于你的《村野恋人》的结局,提出几点意见,即一、庚虎他们的悲剧,不应该是命运悲剧,而应该强调着时代的意义,使之造成一个时代悲剧。二、庚虎的结局,不应由这种偶然性很大的遭际所支配,所造成,而应该出于一种悲剧的必然的安排,使他不得不走上这一个结局。三、全书对悲剧的气氛的渲染,似乎不应该如此强烈。

农民意识的贴合

其次,我说你把落后的乡村生活和带着原始风味的农民意识,没有和这抗战时代的时代精神和时代意识,调剂得非常贴合;也就是说,你要使这乡村男女的恋爱故事,和这抗战建国的大时代连结起来,要以那种乡村男女的恋爱的内容,通过这个大时代的洗礼,再把他创造成一个时代悲剧的这一种企图,是并不怎样成功的。

这工作实在非常难! 中国的乡村农民与其意识,和现代的进步的意识,也实在离得太远。一个作家,在自己的脑子里摇荡着的是现代的意识,但现实的农民生活与其意识,却是封建的落后的典型,你至少也有点和我一样,中了一点所谓理论的毒! 你觉得纯客观的写了,与时代没有关系,对人生没有什么意义与贡献,你不肯那样做。于是你想,你得把农民的生活,和这抗战时代结合起来,你要努力造成它,使它成为时代的悲剧。是的,你这见解是对的,你的效力也不算白费。因为我同你说过,我也有过这种见解和这种企图,只因自己觉得无此能力,因而不敢动笔就是了。

不过,我也得对你不客气的说出,我觉得你的这个努力,却也不见得十分成功。如果我的推测不差,那么,我说,你所写的乡村生活的题材,是你过去在乡村生活留下来的影子,现实的乡村,特别是在这几年来受过敌人的炮火的洗礼的乡村,究竟情形如何,你也难以把推。至于你现在脑子中摇荡着的现代意识和所谓文学家的良心,却是你的现实的存在。你如今要把这两者协调起来,如果你的生活认识,是足够运用,而且游刃有余的话,你是不会感觉得勉强的。如果你的生活认识,你的写作实践,不能支配这一种隔阂,那么,你虽则也花了很大的努力,但这中间的接缝之处,却仍旧未能粉刷得了的呵!

如今,我对于你的《村野恋人》,也有这种感觉。

你这小说的开始,是以"神仙父亲"作为引子的,而这,也是世代相传的,充满着原始牧歌的传奇故事。接着下去的,是他们两对青年男女的私恋,你时时引用着神秘竹林及其情死者的故事,做了他们的陪衬,而这些,就一点也闻不到时代的气息。及到十三节以后,你才叙到兵役抽签,叙到春五娘小酒店中关于抗战和关于委员长的谈论。从这以后,你的小说的发展便分着两条线索,一面写他们的恋爱的进行,一面则在不时的写着时局的紧张与变化。自然,你这两条线的发展,在一个紧要的地方,是合拢了,而且他们的恋爱结局,也和敌人的流窜结合起了。但在事实上呢,这两条线中间,却始终还存有一条很阔的裂缝,要是我们有意把这接触到抗战的一部分抽开,对于全篇故事的发展,也不见得有什么影响。你说这是为什么呢,我说是因为你写乡村生活,写庚虎他们的恋爱,还没有把这时代,这时代气息,渗透在他们的生活与恋爱中,而使之成为有机的组织的缘故。

牧歌生活的幻灭

我说这话,你也许认为不大合适,说是揣摸不到作者的匠心。或者你也会说,这一批乡村农民的生活,原来就与现代生活离得很远,你要勉强给他们装上现代头脑,于事实也未能切合。但是,我得指出,人类的生活,总脱不了经济的支配;抗战以后,中国的农村,已经普遍的受了通货膨胀的影响,农村生活的牧歌式的自给自足情形,恐怕已经不容易在某一个偏僻的地方找到。抗战开始以后,中国各地农民生活所亲身受到的,第一是救国公债的摊派,第二是乡村保甲的各种捐款,第三是壮丁的抽调,……这些事情,没有一种不与他们的生活连结得非常紧密,深深地打入他们宁静而朴实的心坎。但是,你在这作品当中,却到处融漾着抒情的气氛,牧歌的情调,似乎他们的经济生活,是有别世界,大家都乐天安命,不食人间烟火似的。自然,你也会说,你这作品的主题,乃是青年农民的恋爱的悲剧,关于他们的经济生活部分,自然无法涉及;至于抽丁的事,则已在作品中说起,也不能就说与时代毫无关系。你的这些说话,也许很对;但依我的推测,你之所以写到抽丁,原来只为敌人流窜的伏线,并不曾留意要把这摇荡乡村生活的宁静的大事,当作他们生活当中有机的一部分。至于他们的经济生活,你却在有意无意之中,完全给它忽略了去。我总觉得,在你的笔下,庚虎一家的生活,乃是一个自耕农,而且是一个贫农。试想,这历代单传,历代都充满着寡妇的哀伤的家庭,能不在这农村经济破产,农产物狂跌的抗战时代,渐次转化而为赤贫? 在过去的时候,靠着像庚虎这样的年青力壮的农民,和安隆奶奶及小隆婶婶们的勤俭的操作,这种家庭,本是可以维持下来的;但在这抗战的时候,却就非在这巨大的经济浪潮中,被卷到赤贫或破产的地步不可了。依我的推想,你这小说的发生的时代,当在太平洋战事发生,及联合国宣言以后,——因为在这部作品中,你曾经借着歪嘴老八的口吻,说出"我们的委员长是世界四大领袖之一",及"世界四大领袖"等语——而联合国宣言,则是发表于1942年元旦,从此以后,才有四大领袖的名称。如果这个推测不错,那么,我得确定,这一次的敌人流窜凤尾岙附近,该是指的三十一年四五月间的浙赣战事,而这小说的发生地点,也该是我们家乡一带的浙东。

　　根据这一点理由,则在抗战以后四五年的浙东农村,无论地方如何偏僻,但那种充满原始牧歌式的生活,以及自给自足、乐天安命的经济情形,似乎是不可能存在的。你在这个作品当中,你曾经写虎妹托庚虎买把梳子,并且嘱咐多买一把,送与小金兰的事,写庚虎卖鸡买牛的事,写小金兰和她的母亲去看龙灯,并且在小馆子里吃点心的事,而特别时常写到的,是春五娘小酒店的吃酒买卖的事,……这些题材,都是直接涉到经济生活的,但你却没有一笔提到通货膨胀及物价高涨等话。这难道是你有意避开的吗? 再说,近代中国的农村,无论哪一个偏僻的角落,就是不受这一次战争的影响,也早就在殖民地深化下的帝国主义剥削与封建剥削之中,你那种一开始就在纸面上洋溢着的原始的牧歌的气氛,又怎么能够存在的呢? 在近代中国农村中,贫富悬殊的情形也是显然存在的,就是这偏僻的凤尾岙,我想也不能例外。但是,我在你这部作品当中,却看不到这乡村的经济的全貌,更不能看出一个剥削者的面影。这究竟是为的什么呢？是你有意避免的吗，还是你在写作时没有顾虑得到呢？因而就造成这种遗憾的呢？如果说是前者，作兴你也可以这样自认，但你的企图是不值得的。如果说是后者，我却未敢如此肯定。不过，我可用你自己所写的元宵玩龙灯的故事，证明你的疏忽，以及，你之所以忽略了经济生活的描写的原因。小金兰和她的母亲到镇上去看龙灯，便是在那年敌人在四五月间充实凤尾岙一带的元宵；而在前一个冬天的日子，敌人也早有进攻省城的谣传以及时常有一架或是几架太阳飞机在凤尾山顶的飞翔的事迹。在这样的紧张的时局当中，我想，便是农民们每年有这种风俗和这种兴趣，而我们的当政当局，却一定是不答应的。但是，我们要问，我们的作者为什么要把当时代错误的龙灯穿插在这个故事当中呢？如果我可以代你回答，那么，我说，这是你出身在农村，是一个农家之子(根据你《一双鞋子》自序)，因而你喜爱农村，喜爱农村生活的纯朴与天真，你牢记着这些生活，这些镜头，因而这生活这镜头，也常常在你的脑子里浮现，你憧憬着这些生活的幻象是不可复现，及到一有机会，你就在有意无意之间，编织入你的作品当中了。

便是这样情形，我说你在写作中有一种矛盾，有一条裂痕。你不能把你现实的认识，去调遣你脑中原有的题材，你不能克服，也不能调和这些矛盾，你更不能操纵这些题材，使它服从于你的主观，作为你的主观的注释，完成你的创作的企图，因而你的作品，就生出这种裂痕来了。我的这样的替你解释，你说还有一部分是颇合你的实际没有呢？

"命运"与写作实践

我上面说的，你写这个农村中的农民生活，你忽略了他们的经济全貌，这不过是主要的一点，此外，如你写玩龙灯与看龙灯，你写牛市，你写清明节"踏青"的习俗，甚至说到庚虎、金豹两对恋人的恋爱故事，都可以发觉到这些情形。特别是你自己在字里行间流露出来的意识，到处以他们的思想为思想，他们的观点为观点，你爱他们，你站在他们的一旁，你替他们同情，也替他们解释。你这种工作，从一方面说来,是非常成功的。因为我们读者,已经受了你的笔力的感染,几乎也把自己带到凤尾岙去,目击着这一切,不,这两对青年男女的牧歌式的恋爱过程与其结局,我们也从你的笔下,分开,他们的快乐与悲哀,这完全是你的努力的成功处。但是,在另方面呢,你自己也因为喜爱这种农村生活与它的善良而热情的男女,你就无意中把自己陶醉在这一个境界中;你忘记了现在,忘记了你现在的主观,你把一些定命的、原始的、封建的意识,以及许多陋俗的故事,也不加批判的给接受过来了。是的,你也可以说,要写乡村小说,如果要避免这些乡村生活的特质与其习俗,这就会造成乡村小说的致命伤,那倒还不如不写的好。可是,我的意思,却不是这样。我是说的批判的接受,我不是说的阉割,或是避免。这就比方对于命运的强调吧,你借着这农村里的人物,由他们的口吻,自己去说说,倒也罢了;但你自己的叙述,却是应该稍稍加以批判或是提示的。但在这种地方,你只因爱之深,思之切,无形中受了他们的感染,便无形中受了他们的影响,替他们说教,把你自己写作时的任务完全忘记了。这里我且举两句例子,一句是"偶然往往是人生的主宰"(第九节),一句是"这场巨大的灾祸,已把他们的命运紧紧的连系在一起了"(第四十一节)。至于我在上面曾经引过的那句"呵,命运是怎样一个折磨人的鬼魔!"则更是代表着你的见解,和他们的思想的统一的证明。不然的话,难道我们现在还想复古到乡村纯朴里去吗?但这一点,我晓得你是不是的,因为你把这悲剧的主题,牵连到这一次的抗战,就是很显然的证明。

我说,你一面不肯放弃现代的观点,一面又憧憬着乡村的纯朴而可爱的生活,你是把这些原先的故事式的故事,编织入抗战建国时代的故事里,而你的写作实践,又不能克服这种矛盾,不能操纵支配,甚至于批判这些题材,使他们为你所利用,因而就在无意之间流露出这条裂缝来了。

文艺批评的现实性

我这样说法,你或者会嫌我太苛刻了吧!是的,我也这样想。我对于你这部作品,实在不敢这样忍心的指责。因为从全体说来,这的确是一部好作品,茅盾的《霜叶红似二月花》，我还只读了他的第一册，没有看过他的全部；其余许多作家写的东西，据我的偏狭的眼光，近年出版的东西，没有一部可以和这本《村野恋人》相比拟的。你的作品，自有你存在的价值，我的指责，也绝对不会影响它的毫厘。只因为我自己也有此同感，只因我也非常敬爱你的劳作与你的前途，我便这样不客气地说了。（略）

这本《村野恋人》的好处，我几乎一点也没有说起，如果有这种机会，有一个闲暇，我想光从你的描写手法，如同人物描写，自然描写，心理描写等，都可分写几篇文章。

至于你运用成语谚语的丰富与自然，你对动植物名词的熟识，与所用的名物的丰富，要是有功夫列举出来，对于文艺青年的教训与影响，也是很大的。但是这些，我都不想在这里论列。（略）

此外，还有两点无关紧要的意思，一并附在这里。第一，金豹与虎妹的恋爱，是从金豹听了他爸爸对于小金兰的关心以后，用回忆的方法来补叙的。原文是"大约在三个月以前，……"于是就展开他们初恋的一幕。我说这三个月的"三"字，应该改作"半"字或者"一"字。我的设想，金豹与虎妹，也应该是热情的，是"神仙父亲"的遗风，他们两个人的性格，固然有些和庚虎小金兰不同，他们比较的沉默，也比较的幸福，但在他们尝到初恋的滋味以后，说是一直就蕴埋在自己的心里，甚至有三个月之久，一点也没有表现，似乎是绝对不会的。更何况他们这一次的热情复燃，相互追求，又相互逃避的情形，还在受到了庚虎与小金兰的事情暴露与暗示以后呢！庚虎与小金兰的恋爱，是什么时候，什么机缘开始的，你没有交代。你在一开始的时候，就写小金兰与庚虎在早晨浓雾中河边的幽会，可知他们的开始，还当早些。青年男女的恋爱，大概在开始的时候，是慢慢的接近的，所以时间也比较的长些，及到后来，恋爱愈来愈热烈了，于是便心心念念的，一日紧似一日。所以，如果这样推测起来，庚虎与小金兰的开始恋爱，也应该在个把月之前。而因此呢，金豹与虎妹的事，却似乎不能延长到三个月以前之久了。即以金豹与虎妹的本身而论，他们那一种初恋时热烈的拥抱，已是纯爱的表现，从此以后，绝对不能够再沉默到三个月的。根据这点理由，我说这三个月的"三"字，要改作"一"字或者"半"字，因比较紧张比较合理些，不知你以为如何？

又,你在三十一节中,写庚虎去买牛以前,家里来了两只燕子,说安隆奶奶认为这是吉庆的鸟,要庚虎先给他管理好旧窠,这都没有什么。但是,你写燕子的地方,似乎写得太过于"通人性"了,似乎有些不近事实。你写燕子的地方,说安隆奶奶弄水弄米给它在凳子上啄食,而它也毫不避人,真的前来啄食,而且它也懂得人语似的,这就未免太过渲染了些。因为据我的经验,这样懂人性的燕子,非但没有看到过,而且也没有听说过呢! 在行文方面,如果要有什么指责的话,我倒要指责这一点了。不过,这是极小极小的事,实在是无关大体的。

我是比较现实的人,我在文学的见地上,也颇倾向于现实主义,但我却不敢以什么现实主义者自居。不过,你看了我的说话,你总也晓得.就是在比较细微的地方,都不肯轻易放过的。在这里,我得声明我的态度,我的一切指责,几乎都是从这种态度出发的。如果换个态度,来看你的这部小说,那么,我想,你这小说的好处,当被发现得更多,而这些被我指责的微疵,恐怕也就完全隐盖了吧?

话说多了。就此带住。顺颂

善安

许杰　八月四日

(载 1945 年 8 月 19 日至 27 日南平版《东南日报》"笔垒")

艺术与农村

赵树理

　　只要承认艺术是精神食粮的话,那末它也和物质食粮一样,是任何人都不能少的。农村有艺术活动,也正如有吃饭活动一样,本来是很正常的事;至于说农村的艺术活动低级一点,那也是事实,买不来肉自然也只好吃小米。

　　在历史上,不但世代书香的老地主们,于茶余酒后要玩弄他们的琴棋书画,一里之王的土老财要挂起满屋子玻璃屏条向被压倒的人们摆摆阔气,就是被压倒的人们,物质食粮虽然还填不满胃口,而有机会也还要偷个空子跑到庙院去看一看夜戏:这足以说明农村人们艺术要求之普遍是自古而然的。广大的群众翻身以后,大家都有了土地,这土地不但能长庄稼,而且还能长艺术。因为大家有了土地后,物质食粮方面再不用去向人求借,而精神食粮的要求也就提高了一步。因而他们的艺术活动也就增多起来。

　　农村艺术活动,都有它的旧传统。翻身群众,一方面在这传统上接收了一些东西,一方面又加上自己的创造,才构成现阶段的新的艺术活动。

　　据我所见到的,成绩最大的是戏剧和秧歌。凡是大一点的村子,差不多都有剧团,而秧歌在一定的季节,更是大小村庄差不多都闹的。按传统来讲,这两种玩意儿,在过去地主看不起,穷人们玩不起,往往是富农层来主持,中农层来参加,所表演的东西,无论在内容上形式上,都彻头彻尾是旧的,只是供他们乐一乐就算。群众翻身以后,自然也不免想乐一乐,可是在农村中,容人最多的集体娱乐,还要算这两种玩意儿,因此就挤到这两种集团里来。可是新翻身的群众,对这两种玩意儿感到有点不得劲——第一他们要求歌颂自己,对古人古事兴趣不高;第二那些旧场旧调看起来虽是老一套,学起来却还颇费工夫,被那些成规一束缚,玩着有点不痛快。在这种情况下,他们便对这两种东西加以大胆的改造——打破了旧戏旧秧歌的规律,用自由的语言动作来表演现实内容。这种做法出来的东西,不但是懂艺术的看了不过瘾,就是村子里学过这一道的人,虽然一面也参加在里边,一面却也连连摇头,大有"今不如古"之叹。不管这些人怎样不满,而这种新戏新秧歌却照常办公,并且发展得很快。从他们每一个作品的整体看来,虽然大多数难免不成所以,但差不多都有它的独到之处,而这些独到之处又差不多都是我们想象不到的。

农村的音乐,其传统与戏剧秧歌同,只是现阶段成绩比较坏。在农村中,自乐性质的"吹吹打打"集团,名义虽有"八音会"、"十样锦"等之不同,但其为"吹吹打打"则一,在历史上也是地主看不起,穷人玩不起,只有富农领着中农干的。群众翻身后虽然也把它接收过来,但没有耐性去学细吹细打,只能打一打大锣大鼓。

与音乐相近的则有歌曲:这方面在历史上虽有小调存在,且也有人利用过,但却不能说就是小调的发展。农村的小调倒是农村无产阶级的东西,不过大都是些哼哼唧唧的情歌,不但是唱的人自以为摆不到天地坛上.就是勉强摆上去也不成个气派,因此在过去就不能在公开的场合去唱。可是一般人都有"唱"的冲动,而历史上没有唱的东西,在实在憋得吃不住的时候,就唱几句地方旧戏来出出气。抗战以来,作音乐工作的同志编了一些抗战歌曲,填补了这个历史上的空子,于是就开了农村唱歌之风。群众翻身以后,此风更发展了一步,几乎是男女老少无人不唱,无时无地不唱,碰上个下乡工作的同志便要求教他们些新歌,可惜这方面的供给量太少,以至于有些把打蝗的歌拿到结婚的会上去唱的。此外,在小调方面也有很大的发展,特别是运用在戏剧上。

在图画方面,群众也有要求:翻了身的群众,有了桌子,桌子上也有了插瓶镜子之类,墙上却也有了字画。他们对那些旧的中堂字画感不到满足(也可以说是没有那些雅兴),并且为了不忘共产党,也都爱在中间挂几张毛主席、朱彭总副司令等领袖像。他们买不到时,好写写画画的人就自己画。这些画往往还画得像个人形,可是你要硬说像谁就很难确定,原来画的是毛主席,下边写上朱总司令,别人也看不出来。把这些画像贴到中间,在旁边还挂上一些不知何时何人结婚的龙凤喜联。

在诗歌方面,空白很大:文化界立过案的新旧各体诗,在现在的农村中根本算是死的。而新旧小调、歌谣、快板之类,虽然也有浓厚的诗味,但究非好的诗作。目前《王贵与李香香》、《圈套》(后一篇载太行文联编的文艺杂志)这一类作品确可以填补这一空白,但产量还少,仍须大家多写。

最后谈到小说:"五四"以来的新小说和新诗一样,在农村中根本没有培活了;旧小说(包括鼓词在内)在历史上虽然统治农民思想有年,造成了不小的恶果,但在十年战争中,已被炮火把它的影响冲淡了,现在说来,在这方面也是个了不起的空白。

这一切(此外或者还有,但不必尽举了),除了空白以外,其余活动起来的东西,不论它怎么不象话,也得承认是属于艺术范围内的。就那么多的成绩,就那么多的缺点,就那么多的空白,我们在艺术岗位的工作者,对这应取什么态度呢? 按这活动的现象说,实在难令人满意,可是我们老向他们表示不满,自己就在不便之处,因为我们即在这岗位上,人家就会把这笔"不满"的账过到我们名下来。为大家服务的任务是肯定了的,我们的工作岗位是暂时确定了的,那么我们的主要业务就是"满足大众的艺术要求",因此就要求我们各种艺术部门的工作同志们(在前方直接为兵服务者除外),分别到农村对各种艺术活动加以调查研究,尽可能分时期按地区作出局部的总结,再根据所得之成绩及自己之素养,大量制成作品,来弥补农村艺术活动的缺陷和空白。

农村所需要的艺术品种类之多,数量之大,有时都出乎我们想象之外。办一份杂志,出一份画报,成立一个剧团,作一篇小说,很容易叫文化工作者圈子里边的人普遍知道,可是一拿到农村,往往如沧海一粟,试想就晋冀鲁豫边区这一块地方,每一户翻身群众要买你五张年画,你得准备多少纸张? 每一县一个农村剧团的指导人,就需要出多少戏剧干部? 在这人力不敷分配的时候,后方艺术界的同志们,即使全体总动员投入农村,也只能是作一点算一点,作一滴算一滴,哪里还敢再事踟蹰呢?

为文化程度较高的人制作一些更高级的作品,自然也没有什么不可,不过在更伟大的任务之前,这只能算是一种副业,和花布店里捎带卖几条绸手绢一样,贩得多了是会占去更必要的资本的。至于说投身农村中工作会不会逐渐降低了自己的艺术水平，我以为只要态度严肃一点是不会的。假如在观念上认为给群众作东西是不值得拿出自己的全付本领来，那自然不妥当，即使为了给群众写翻身运动，又何曾不需要接受世界名著之长呢？织绸缎的工人把全付精力用来织布，一定会织出更好的新布，最后织到最好处，也不一定会引诱得巴黎小姐来买。

（原载《人民日报》1947 年 8 月 15 日版）

向赵树理方向迈进

陈荒煤

我们这次文艺座谈会,首先讨论了赵树理同志的创作,大家认为:要检讨一年来边区的文艺创作,最好对赵树理同志的作品有比较一致的认识。他的作品可以作为衡量边区创作的一个标尺,因为他的作品最为广大群众所欢迎。

经过好多天热烈的讨论与研究,所接触到文艺方面的问题很多,但在一些基本的问题上,我们都获得一致的见解。最后,大家都同意提出赵树理方向,作为边区文艺界开展创作运动的一个号召!

赵树理同志的创作有哪些是我们应该向他很好学习的呢? 根据我们的了解,有以下三点:

第一,赵树理同志的作品政治性是很强的。他反映了地主阶级与农民的基本矛盾,复杂而尖锐的斗争。他是站在人民的立场来写的,爱憎分明,有强烈的阶级情感,思想情绪是与人民打成一片的。

赵树理同志的几部重要作品,无论其主题与题材都各不相同,但他的笔都尖锐的掘发着农村现实中的基本矛盾:一面是兴旺、阎恒元、李如珍之流,地主恶霸及其狗腿们,在军阀混战、抗战、敌伪统治时期,甚至在新民主主义政权下面,无不牢牢相靠,纠缠在一起,尽其一切力量盘踞在人民头上,保持其吸血统治;一面是一群被"压碎"了的贫苦农民及新生的一代"小字辈"的人物,他们遭受地主阶级的剥削压迫,逐渐觉悟团结起来,一旦投身到斗争中去,就以不可抑止的热情与力量,爆发了大翻身运动。而且锻炼得那样刚强和坚定,产生了铁锁、冷元等广大群众的代表人物,新农民的形象。这两个对立的阵营在赵树理同志的笔下划分得非常清楚。他的作品,从《小二黑结婚》到《李家庄的变迁》,就是描写了这两个阵营在各种不同的场合、时间与事件中所发生的斗争,不可避免的,微妙复杂,尖锐残酷的斗争。

赵树理同志的笔只要一触及地主阶级,就极其深刻具体的揭发他们的阴险凶毒,活灵活现的刻画出地主阶级可憎恶的典型。当笔转到农民及小字辈的人物身上时,笔下就处处流露出了充分的同情和热爱,笔尖跳动起来,他把这些在苦难中斗争中生长起来的新农民写得多么亲切可爱啊!他对于这些人物的歌颂,歌颂他们的年青与热情,斗争中的勇敢和机智,以及对地主的仇恨。他对落后的农民也有讽刺,但是同情的,宽大的,希望他们改变的。即便如"二孔明",我们也不能丝毫感到是可"憎"的。

赵树理同志的作品从各个角度反映了解放区农村伟大的改变过程之一部分。无论故事的安排,人物的心理、行动、思想感情的描写,都从不使我们感到很不自然,矫揉造作,这是什么原因呢?我们认为这就是因为他有鲜明的阶级立场,他和他作品中的人物一同生活,一同斗争,思想情绪与人民与他所表现的农民的思想情绪完全融合的结果。这也是知识分子文艺工作者首先要学习的一点。

固然,赵树理同志出身贫苦农民家庭,生长在农村,熟悉群众生活,但他养成了这一作风与习惯;住在村里就参加驻村工作,住在农民家里就首先了解自己的房东,随时注意调查研究,他和一个农民一样的和农民生活在一起,非常具体的了解人民。这一点也是应该很好学习的。

第二,赵树理同志的创作是选择了活在群众口头上的语言,创造了生动活泼的、为广大群众所欢迎的民族新形式。

赵树理同志创作的最大特点,在全部叙述与描写时也运用了简练而丰富的群众语言。这些语言在描写群众的心理,行动,以至写景,同样被证明是很生动,很有魄力!这些活生生的口语在创作中全部的运用,特别在今天来表现当前农村激烈的动荡,斗争的生活,新农民的形象……较之生硬的智识分子气味语言,又如何显得新鲜、明朗,活泼而有力啊!

惟有群众的语言才能创造群众所欢迎的民族新形式,因此也才能反映当前的群众生活与斗争。赵树理同志的作品是很好的证明。我们认为。树理同志创作上语言形式方面所获之成就，是由于有以下的特点：

一、选择群众的活的语言，树理同志选择用语时，首先考虑群众听不听得懂。他以前写文章，先考虑他父亲（一个贫苦农民）是否能听得懂，以后先考虑他儿子（一个区村干部）是否能听懂。凡是群众口头不常用的词句，他在写作时就尽量避免用，必须选用时，一定加以注释。总之，用他自己的话来说。就是运用"活在群众口头上的语言"。

二、着重写故事。群众的习惯与传统是不容易接受没有故事的读物的。树理同志的作品故事性都强。也因之，他在结构方面主张第一要"顺"，流畅、有条理、有头有尾，其次要"连"，连结一气，头绪清晰，单纯。

三、不论人物，风景都不作单独冗长的叙述与描写，都是夹杂在行动中来叙述描写。人物的心理与个性也是在自己的行动中来表现，或者通过旁人的观察（有阶级性的）来表现人物的形象、心理与行动。总之，他所描写的人物与环境都是被着重的安插在斗争的行动中间，不作与现实斗争无关的叙述与描写。

这些特点除了说明赵树理同志创作表现方法上也贯彻着群众观点，也说明了他很熟悉民间形式，尊重民间形式。他的创作很明显的批判的接受了中国民间小说的优秀传统，然而他以今天群众的活的语言描绘了当前的斗争现实，经过自己的提炼，他创造了一种新形式。这种新形式是通俗化的。但我们却不能以为，仅仅是通俗的语言、文字就能产生新形式，过去有许多通俗化的工作经验已经证明了。丰富的现实内容必须经过相当的艺术加工，又突破旧的艺术形式，才能产生新形式。换句话说，丰富的内容与新颖的形式是一致的，谐合的，赵树理同志的作品就是如此。他的作品，内容与形式是一致的，大众化与艺术性是很好的结合起来了。他的创作是人民大众的艺术，很好的艺术。

第三，赵树理同志的从事文学创作，真正做到全心全意的为人民服务。他具有高度的革命功利主义，和长期埋头苦干，实事求是的精神。

十五年前，赵树理同志就有过这样的思想，也曾做过这样的写作：要"夺取封建文化阵地"。他感到中国当时的"文坛太高了，群众攀不上去，最好拆下来铺成小摊子"。他立志要把自己的作品先挤进《笑林广记》、《七侠五义》里边去，然后才能谈得到"夺取"。赵树理同志早先从事写作的目的就是如此。

十余年来,树理同志坚持通俗化工作,在小报纸副刊、在街头,在剧团……写过不少小说、快板、小戏及其他文字,生活与工作都曾遭到相当的挫折,但始终如一坚持了夺取封建文化阵地的志愿。工作中从未计较过个人的名誉、地位,也不想把自己的创作当作"艺术"——那种脱离群众的艺术。也不是为了表现自己,为了成为一个作家,才立志写作,他写作的动机和目的,都是为了群众的,为了战斗的,为了提出与解决某些问题的,现在是如此,抗战前就是如此,因此他不多写,更不乱写,用他自己的话来说:是要"老百姓喜欢看,政治上起作用!"

这两句话是毛主席文艺方针最本质的认识,也应该是我们实践毛主席文艺方针最朴素的想法,最具体的做法。

赵树理同志的创作就是最朴素,最具体的实践了毛主席的文艺方针,因此他获得如此光辉的成就! 这是他在生活、思想情感与创作准备各方面都早已成熟,又经过长时间实事求是的奋斗与努力的结果。

因为以上我们所能共同认识到的几点,我们觉得,应该把赵树理同志方向提出来,作为我们的旗帜,号召边区文艺工作者向他学习,看齐!

当然,方向不是模型,向赵树理同志学习,走赵树理方向,绝不会限制了文艺创作更进一步的自由发展,限制文艺创作的形式的多样性。

赵树理同志的创作,创造了一种新形式,这新形式也仍会继续发展,更趋完美。单纯的从形式来模仿是不能解决问题的。文艺工作者今天的根本问题仍是与工、农、兵思想情感相结合,也惟有如此,才能最后的真正的解决了形式问题。自然,知识分子出身的文艺工作者还必须下决心,毫不留恋的抛弃那种用知识分子语言来表现的形式。这也还不是那样很容易的一件事情。

今天来回顾一年来的边区创作,我们应该肯定:从爱国自卫战争及土地改革运动中所涌现的一大批新的作品,都有了新的气息。都比较朴素生动,更接近口语化,或多或少都发掘了群众的语言,这是一个可喜的现象。但较之今天这样伟大变动的现实来,我们的创作的成绩就太微小了。为了更好的反映现实斗争,我们就必须更好的学习赵树理同志! 大家向赵树理的方向大踏步前进吧!

(原载《人民日报》1947 年 8 月 10 日版)

论文艺创作底几个基本问题

路　翎

本文系就香港《大众文艺丛刊》第二辑,乔木先生底论文《文艺创作与主观》里的某一些论点,及同一丛刊第一辑荃麟先生执笔的《对于当前文艺运动的意见》里面的性质相同的论点,提出讨论。因为手边没有保存材料,有些必要的引证不能做到,这里只能就实践要求上对这几个论点加以解释。

一、主观的精神要求究竟是指什么？

好几年来,我们底文艺界就在谈论着主观的精神要求和客观主义这两个问题。《对于当前文艺运动的意见》一文里这样指出:主观的精神要求这一说法,是针对着当时文艺上的麻痹,机械,冷淡等等情况而提出来的,因为这种情况底原因就是"作家热情衰退,生命力枯萎,缺乏向客观突入的主观精神",就借用这个说明也可以的。那么,提出主观的精神要求或战斗要求,就是要求作家成为一个有勇气,正视现实,不以表面的事物为满足,执着战斗并且追求战斗的历史公民,要求作家成为真正的活在人民里面,真正的保卫人民的存在。客观主义(并不是《大众文艺丛刊》里所指的自然主义,因为在中国,并没有那种构成它自己底艺术体系的自然主义),就是指的文学上的贫困和冷淡,满足于表面上的观念和图像,除了对于逼着他不能不看见的已经成形的战斗麻痹地呼唤几声以外，对于一切实际而具体的，社会生活内部的战斗都没有感觉。更用不着说主动地要求战斗了——指的是这样的一种情况。在这个具体的情况和具体的理解上，主观这个说法，并不是指哲学意义上的所谓精神决定物质，也不是唯心意义上的强调意志或幻想，也不是强调简简单单的什么"内在精神世界的描绘"，在抽象的意义上说的"作家的个人人格力量"；客观这个说法，并不是指本体论意义上的物质世界，也不是指事物底真实的运动本质，这是明明白白的事情。相反的，主观要求，是指的如实地去把握事物运动本质的要求；客观主义，是指的脱离了事物底运动本质（即满足于表面的观念、图像），游离了在真实意义上说的客观；主观要求，是指在战斗实践中如实地去把握客观，即历史真实的要求，客观主义，是指本质上的反客观。所以，通过作家底从历史负担而来的主观的精神要求，才能达到真正的客观主义，即革命的实践主义，而我们文学上的那种"客观主义"——旁观主义，则恰恰是萎缩的，不去看见现实底战斗实质的主观主义，这应该也是明明白白的事情。主观精神要求，是指对于作家底行动性和实践性的要求，并不是主观主义，这应该是极为明显的。但《大众文艺丛刊》里却指摘它是个人主义的文艺思想，并且说它"不把问题从阶级基础上，从社会经济原因上，而却从个人的基础上出发；不是首先从文艺与社会关系上，而只是从文艺与作家个人关系去认识问题；不了解一个革命者的主观战斗力是从实际革命斗争锻炼出来的……"这完全是指鹿为马的说法。主观的精神要求这一说法，正是从历史负荷和迫切的战斗任务下面提出来的，正是要求着文艺与社会斗争的关系，正是要求着革命斗争底锻炼。但必须加重说明的是，这社会斗争和革命斗争，并不仅仅是成形的斗争，而是非得包括着对这个封建的中国的实际而具体的斗争，一切种类，一切场合，无处不在的斗争不可的，并不仅仅是《丛刊》的同人们所理解的"实际斗争"。因此，《丛刊》的论文底根据着上面的论点的演绎，完全是不相干的；引用法国左翼批评家 Cornu 底关于资产阶级颓废文学的论文，也只是显出了自己们的不了解和论点的混乱。

文学是通过感性的存在。文学只能是通过作家底战斗要求所表现出来的物质世界底感性的存在。所以问题是在于作家是有着怎样性质怎样程度的主观的战斗要求。在这个立场上，提出对于为人民，在人民里面的战斗实践的意志的要求来，提出对于战斗内容的真实的把握的要求来，提出对于客观世界底运动本质的把握的要求来，是完全必需的。唯有在运动着（斗争和实践着）的人们，才能掌握在运动中（在斗争着和实践中）的物质世界底本质。

二、什么是真正的和人民结合？

和人民结合，是新文艺运动的唯一的生命和基本的内容。没有了和人民结合的起点，新文艺根本就不会产生。但在新文艺底战斗、前进的路上，是有过和有着不少的内在的阻碍的：冷淡的客观主义缺乏和人民结合的诚意，公式主义歪曲了和人民结合这一要求底实质，主观的幻想家看不见真实的人民，色情文艺和市侩掮客玩弄着人民。到了今天，历史现实提出了更强大的和人民结合的要求。它对一切知识分子提出这个要求来，也对文艺提出这个要求来。然而，公式主义的观点仍然在歪曲着和人民结合这一课题在文艺斗争里面的实质。乔木先生说：

> 不管一个小资产阶级作家在他个人生活的范围内的主观态度如何自以为正确⋯⋯假若他不走到工农群众及其斗争中间去，他是不能和人民结合的。

这是说的"小资产阶级作家"。

> 任何自以为正确的主观态度和坚强的批判意志，都不能代替一个作家从这一生活到那一生活，这一阶级到那一阶级'血肉'转变的客观事实。（旁观——林）

这是说，"任何"作家都应该改变自己底生活。

> 任何作家和群众一道，在战场上进行阶级斗争，都不能代替作家在自己灵魂内进行的阶级斗争⋯⋯但假若有人从此反过来认为，只有作家底自我斗争，

才是真枪实剑——群众（包括作家在内）在战场上前进的实际斗争并不重要……那就又走到另一个极端去了。

这是说，一方面要到战场上去斗争，一方面要在灵魂内斗争。

话，看来是很漂亮的。但首先，"小资产阶级的作家"，并不是一个绝对的范畴，无论就出身说或思想要求上说，都是如此的。例如，在严格的阶级意义上讲的小资产阶级作家（像先前的徐志摩和现在的某些作家），他们原来就和工农敌对，怎么会走到工农里面去？例如，以人民，民主为投机手段的小资产阶级作家（像姚雪垠之类），问题也就不能放在到不到战场或工农中间去这个提法上面。例如，面对现实，有进步要求的，在创作里面追求这个时代的人生真实的小资产阶级作家，他们和人民的结合有强有弱，他们带着的本阶级的弱处或多或少，但他们是在斗争着的，像现在的许多作家，那么，他们的和工农的更强的结合也不可能是一律地直接地到战场和工农中间去，而是推动他们通过他们的各种道路各种过程来加强他们在生活上在创作上的斗争，也就是和工农的道路的汇合的斗争，等等，在原则的理解上或实践的要求上，不可能也不应该用"到战场或工农中间去"这把机械的大刀把"任何"小资产阶级作家一律砍掉的。这不但不是否定和工农的结合，而且正是为了通过实践的过程去达到和工农的结合的，至于"任何"作家里面的真正的战斗的作家呢，他却是一开始就和人民血肉地联系着的，他原来就不管在那里，不问是在社会行动上面和灵魂里面，都在战斗着的，因为不然的话，就没有这么一个战斗的作家。我们可以说，这样的作家，如我们底鲁迅先生，他是已经脱离了原来的小资产阶级出身和要求，已经血肉地从这一个阶级转变到那一个阶级，不然的话，他是不会有正确的主观态度和坚强的批评意志的。但这样的非形式的转变，即内容变革，仿佛是原来有人民的内容的作家，原来活在人民里面而看不见人民的作家，一听到乔木先生等的吆喝就会跑到战场上去，就会加上一点原来如果没有现在也不会有的什么灵魂内的斗争.就可以解决了问题似的。

我们要说，这样的原来没有人民的内容的作家，即是拖到战场上去，也是不中用的。姚雪垠之流不就是战场上回来的么？而原来就从人民里成长，服从着他底脱离本阶级的历史要求的战斗的作家，是到处都是战场，到处都在斗争。我们所说的战场,是在一切方面和封建的中国作战的战场,而乔木先生底战场只有一个,即前线。作家是应该到前线去的。不过,作家底到前线去,却不是为了去做什么作家,进行什么灵魂内的神奇鬼怪的斗争,而是为了去参加前线的斗争,以至拿起枪来。我们坚决地拥护作家上前线去参加斗争,以至拿起枪来,为前线底伟大胜利献出他底鲜血和生命,如果有这个需要的话!但这里呢,却是在谈文艺创作这一问题,甚至还没有谈到作为文化运动的主要任务之一的对工农士兵的直接的教育这一问题。我们只能说,乔木先生的观点不幸正是机械的前线主义的观点。

我们说,到处都是战场;特别对于战斗的知识分子和文艺作家,应该到处都是战场。对旧的意识文化,旧社会的奴役关系,旧的人生感情作战,需要、能够写巨大的内容的东西就写巨大的内容的东西,需要、能够写短小的东西就写短的东西,需要、能够做直接的文化教育工作就做直接的文化教育工作,需要、能够拿起枪来就拿起枪来——在一切地方和人民结合,绝对服从我们底神圣的历史要求的命令,但首先需得看他,这作家,有没有这样的因吸收了社会斗争底血汁而来的战斗要求或主观要求这难道不明白吗?

而乔木先生和《丛刊》底同人们一再提到的"向人民学习"这一课题,也不是一个静止不变的,孤立的行为。"自我斗争"也并不是脱离行动的心理行为,它是作为实践的行为底原因或结果和实践一道前进的,它本身就是实践:否则那叫做什么自我斗争?乔木先生说:"向人民学习还不够,……指出自我斗争的必要,是完全适当的"等等,他是把自我斗争和向人民学习看做"这个不够,那个加一点"的两回事情。"向人民学习"是不是一个实践的过程呢?那么,他同时包括了自我斗争的。

作为社会的人的作家,作为革命战斗的一员的作家,并不是生活在空气中的。他到处都是和人民在一道,只要看他有没有那个从社会斗争底血汁内吸收来的战斗的主观要求——又是主观要求!——只有生活在奇怪的法则中的理论家,才会以为只有战场上才有人民,而别的地方都无人民。有人民处即有战场。人民是什么?人民是,社会生产关系中的被剥削者,也包括社会生产关系中的中立者,即小资产阶级。甚至还包括即使不是中立者却客观上对历史的发展无害或有用的中小资产阶级。那么,从被剥削者底血汁中生长,作家也是人民;他并非活在太空中的奇怪的人类。他而且应该是人民底先进。从这个理解,向人民学习以至和人民结合才有可能。凡是承担着我们时代底庄严的历史要求,在社会斗争底血汁底哺育下成长的作家,知识分子,凡是随时随地要求战斗和实践战斗,进行着脱离本阶级以至保卫人民的战斗的作家,知识分子,在内容上说,他们原是在各各的程度上和人民结合着:他们底战斗力从人民来,直接地依赖着人民,在内容上说,他们原是在各各的方式上向人民学习着的。在我们底了解,向人民学习,就是了解人民和作家自己,追求这个了解,在强大的为人民的爱和憎之中认识世界的意思。它不应该是形式上了解的那所谓学习。"学习人民底坚强!""学习人民底坚强和彻底!"就是这个意思。如果是形式的了解,那就好像"坚强、彻底"等等是可以从什么技巧上学到的,那就是笑话了。政治家应该向人民去学习政治,文艺家应该向人民去学习文艺,这个说法只有在这个理解上才能得到意义:政治家和文艺家所去学习的并不是现成的,形成了的就可以拿过来应用的一套文艺和政治技术,而是去学习,怎样地才能为人民做得更好,怎样地才能使人民接受这政治、文艺的武器,怎样才能真的实现人民底历史要求,即使这武器、这要求在目前人民底主观感受上还是不能了解,即使这武器、这要求在目前甚至被人民用他们底旧社会里来的成见反对着(注意:反对!),但在客观上,这要求是非实现不可的真正属于人民的要求。真的政治家,以及文艺家,都要有这种辨别何者是人民底真正的要求的能力和实践这要求的魄力;这就得自己首先有这个要求。这是常常会错误的,这是不如讲几句思想观念上的空洞的话那么方便的,但是,这是绝对必须的。这里就需要学习,不断地学习和改正错误。学习,是为了和人民一同前进;启发人民,和人民底成见和旧习惯奋斗,推进人民,同时也就把人民带到学习里面来。譬如说,一个农业家,一个真的为人民的农业家,他应该去学习了解人民在农作及其社会关系中的各种情况,经验,常识,采取他们,但是他们并不能就因此而放弃他所承担的世界性的进步经验和领导原则。这学习、了解、追求,是为了和人民一道走到新的农业境地里去,自然不是要他也去和农民一样的相信和迷信旧的,不可靠的经验,常识。文艺家,真的文艺家在文化斗争底任务里去学习了解人民底被压抑着的文艺要求和简单的文艺经验,在文艺创作和精神斗争底要求和任务里去学习和了解人民底生活状况,精神实质,行动力量,却并不是为了向他们简单地去学习文艺,而是在和人民共命运的道路上启发人民,从而和人民一道向新的道路前进。落后的经验应该向世界性的经验学习,世界性的经验应该在落后的经验中去实践自己,取得自己底真正的存在。这就是向人民学习这一课题的真实意义,这更是现阶段向人民学习这一课题底真实的意义。这也就是伊里奇的关于坚持理论领导这一辉煌论点,和关于"先锋队"这一指示的意义。而我们底理论家,左一个向人民学习,右一个向人民学习,左一个到人民大众中间去,右一个到人民大众中间去,却不了解这向人民学习和到人民中去的具体内容。他们所理解的只是形式的学习和结合。

三、"几千年的精神奴役创伤"

我们说,某一历史要求,某一客观上被需要着的东西,甚至在人民底主观情况上还被压抑着,因此被他们底成见和旧的习惯反对着,但真的政治家或文艺家却必须克服这成见和习惯,从而找到一条实践这历史要求的道路。找到这一条路,这就是向人民学习这一课题底实在的意义。政治家和文艺家同时克服着自己底阶级出身的弱点、偏见及在实践中所犯的错误,这就是自我改造这一课题底实在的意义。我们说,人民甚至会用他们底旧习惯来反对,这是重要的。我们底人民在客观的历史要求上是一个威严而伟大的存在(即阶级斗争的存在),这是我们今天的战斗所以能够发生和进展的原因,但在这半个中国,不可否认,也不容天真地乐观,我们底人民在主观情况(即旧习惯和旧意识底控制)上仍然是相当落后的。我们所生活、斗争的差不多是世界上最落后的一个国家,我们底斗争因此是长期的、艰苦的、多方面的。我们以为,凡是认真地在战斗着的人们,都应该承认这件事情。我们以为,承认这个正是因为有了必胜的光明的决心,承认这个是一件好事情。这并不就是"夸大了黑暗的力量"。我们所认识的人民里面的旧习惯和旧情绪,旧道德观点和旧人生观,不是别的,正就是"几千年的精神奴役底创伤"(胡风),但乔木先生嘲笑地说:

为什么这样强调下水并不等于游泳这一点呢?因为担心人们有被淹死之虞。为什么会被淹死,原来,海水里充满了妖魔鬼怪,人民满身带着"奴役底创

伤"！为什么不告诉作家，到人民中间去，人民主体是健康的；而却要一再强
调，当心啊，他们身上有疮疤呀，会传染的呀，不，会毒死你的呀？因此，要有
"批判的力量"，只是具有了"批判的力量"，才能保证你身体健康，你的关系是
和人民"结合"，而不是向人民"投降"，……《逆流集》的作者把问题这样提法，
是不是实际上一开始就产生了"拒绝和人民结合"的后果？

他接着又说：

> 不承认广大的……群众有缺点，是不符合事实的，但在本质上……人民是
> 善良的，优美的，坚强的，健康的……(请参阅原文)

无论是《逆流集》的作者胡风先生，无论是别的人们，都没有说过人民在本质上
是不健康的这句话。而是说，人民底身上存在着"几千年的精神奴役底创伤"，也就
是乔木先生所不得不承认的"他们底缺点主要的也是剥削者……统治他们的结
果"。无论是谁也没有说过人民对这创伤，即乔木先生所说的缺点，即奴役关系底
结果负责的话。然而，这创伤却是沉重的，多少年来致人民于死命的，这精神奴役，
是比外表上的奴役还要利害的，因为它是控制了人民底精神，它是杀人不见血的；
它是使被杀者自己都不知道是怎样被杀的。它是用着吃人的礼教，忠臣孝子的感
情，三从四德的规范，仁义道德的温情来进行着看不见的屠杀的。它，这精神奴役，
是使得人民在被屠杀之后还要感激它的。它蒙蔽了人民底精神，歪曲了人民底感
情，使得人民看不见世界底真实。它是并不如乔木先生所说的"缺点"那样容易解
决。它是血淋淋的创伤，不是那么轻飘飘的"缺点"。

而且这创伤并不就纯粹在人民身上，它也在我们底作家、知识分子的身上。在
战斗的作家，知识分子，在精神负担上讲，人民底创伤也是他底创伤，更是他底创
伤，在历史现实上讲，他正是从对这些创伤的沉痛的战斗里走过来并且还在走着
的。所以，如果他没有批判即斗争的力量，他早就死在这创伤下了。他并不是为了
到人民里面去，这才批判一下什么的，他是原来就和人民结合着(这是他唯一的生
机)，原来就在"水"里的。因此，他底批判人民身上的奴役的创伤这一行动就不能

不同时也就是痛烈的自我斗争,而且,他底批判,并不是简单的如乔木先生所说的指出什么缺点来,他底批判同时就是向旧社会进军,宣告旧社会底死亡。这不是消极意义上的接近人民,以至于如乔木先生所理解所谴责的在人民里面去保存作家个人自己。对于战斗的作家,即如胡风先生所说的首先有着一个"战斗的实践立场,和人民共命运的实践立场"的作家,他们底行动就是向旧中国斗争,即向人民身上的精神奴役的创伤,也就是旧中国的妖魔鬼怪斗争,也就是向作家底承受着这同样的创伤的自我进行斗争。这是说,不能向旧中国投降,但乔木先生却觉得说不能向旧中国(重复地说,即人民和作家身上的精神奴役底创伤!)投降就等于说不能向人民投降,这是一种什么理解呢? 那么,乔木先生底嘲笑是什么意思呢? 他说这种原是和人民结合着的战斗内容就是"拒绝和人民结合",是什么意思呢?

乔木先生说:"人民有缺点,而且可以批判",把作家和人民先天地对立起来,何等的飘飘然。他说:"向人民学习看来是一种很容易的事情,大家都懂得的;其实很多人并不懂得,而且在这里面更没有多少人真正做过。"这话是极不错的。形式主义和机械主义观点的理论家,冷淡的虚伪的客观主义者,他们看不见具体的,就在他们身边、街上、贫民区里、工厂和农村里的带着创伤而又向前奔突的活生生的人民。他们原来就并未活在人民当中,他们把作家和人民先天地看成两回事情。我们以为,向人民学习,就是"长期地无条件地全身心地到工农群众中去"而且"地无分南北",并不能仅仅是靠形式上的所谓和人民在一起。而向人民学习,就是我们前面所说的打通一条实践的路的意思,并不是仅仅去向人民学什么技巧。这个,就诚然是很多人,乔木先生也在内,"并不懂得的"。

我们底理论家们,是把"向人民学习"、"和人民结合"、"批判人民身上的奴役创伤"、"自我斗争"等等互相孤立和对立了起来,从而贯彻他们底机械观点的。他们认为向人民学习和自我斗争是两回事情,以为和人民结合和批判奴役创伤,即批判旧中国是两回事情。在我们底理解(实在是重复而又重复),对自己的战斗,同时也就是对人民里面的奴役创伤的战斗,正是对旧中国的战斗,也正是和人民结合与向人民学习。我们底理论家所以在这些机械的混乱的理解上盘旋,实在是由一种无可救药的先验主义和"爬行的经验论",把所有的知识分子,作家战斗内容都看成是孤立的小资产阶级性的。

四、关于知识分子和个性解放

今天中国的知识分子、作家,大部分都出身于小资产阶级,今天底革命的政治家也大半出身于小资产阶级。但他们是在社会斗争底血汗的哺育下长大,接受了世界性的斗争经验和理论领导,进行了或进行着脱离本阶级的沉重的斗争(即自我斗争,也就是乔木先生所说的从这种生活到那种生活的血肉转变),负担着中国底重大的历史任务和历史要求,成了人民底先锋队的。这一类的人们,伟大的战士和无名的战斗员们,在中国现代历史上是一个辉煌的存在。他们之所以能够成为这样的存在,就在于他们有着被社会斗争底血汗哺育了的战斗的意志,献身的主观要求(不要害怕!)以及和人民结合底基本行动。而如果他们不首先就和人民结合,他们就不会有这样的意志和决心。这是不能像于潮先生所说的"爬到人民的心上去疼他们"那样少爷似地轻佻的。

而他们,我们底觉醒的知识分子们,首先就是从我们底理论家所害怕的"个人的反叛"出发的,这个人的反叛,在我们底理解,也就是社会性和群众性的行动。它是在个人底生活范围内发生的,反映着一代的群众要求行动。所谓个人的反叛,是在这个特定的意义上说的,因此,狭小的为个人利益的争斗,见风转舵的投机,失意少爷的牢骚等等,在主导的内容上游离着甚至敌对着我们时代底历史要求,在真实的意义上就并不能叫做什么叛徒。必须有这反映着历史群众底客观要求的这反叛的个人的主观斗争要求,才能真正地达到和人民结合。在这代表着和反映着历史群众要求的个人对他底原来的出身,即对封建社会的战斗里,原来就闪耀着这个时代底社会战斗的雄伟的姿影,因此他不是孤单的;首先在他自己底主观感觉上,他就不是孤单的,唯有这样,战斗才有可能。但我们底理论家却把这叫做"强调自我,拒绝集体"。

但应该进一步理解的是,反叛者或战斗者,在没有获得正确的思想立场之前,在没有和人民底强大的社会斗争(即今天的人民斗争)实际汇合之前,也还是要反叛、战斗的,他并不能等到有了正确的思想立场和汇合了斗争主力之后再去反叛、战斗,而只有通过这反叛、战斗,他才会痛苦于自己底错误,要求这思想立场争取这主力汇合,从而掌握这思想立场,推进他底和主力汇合的战斗内容。这思想立场和战争主力并不是随便就可以站上去或站进去的东西,也不是形式地存在着的东西,它必须在战斗实践中被化为这战斗者底血肉,化为他底存在底本质的核心部分。在这个意义上所形成的战斗者底精神,我们就称它为人格。多少年来,多少知识分子堕落了,这原因难道就是因为缺乏我们底理论家所理解的形式上的思想立场么?不是的!他们底那"思想立场"甚至还常常是很漂亮的哩。这就是因为,他们原就没有站到真实的思想立场上来,原就没有把这思想立场化为他们底血肉和基本生命,原就没有战斗。

说到这里,我们就可以接触到我们底理论家所害怕的"个性解放"了。我们要说,那些堕落者,那些游离着人民的知识分子,他们原就没有能够进行这个个性解放的斗争。

旧中国的性质,是封建的。人民里面的创伤,也是来自几千年的封建统治的。个性解放的要求,是反封建的基本历史要求;它是反映在生活内容里面的经济解放的要求。不错,个性解放的要求是由欧洲的资产阶级提出来的,但那是革命的资产阶级,而革命的资产阶级,法国大革命的资产阶级,在那个历史阶段上,是代表着一代被压迫的人民的,是全民性的。在中国,由于封建势力底强固和新兴的资产阶级底先天不足和特殊的软弱,它刚刚开始行动就和封建势力妥协了。而它底领导权,迅速地就转到工农阶级及其先锋队手里去了。革命的任务,反封建的任务既然由工农阶级及其先锋队来执行,作为反封建的基本行动的个性解放这一行动就一定也带着新的社会性质,这就是说,它已经不是资产阶级性的个性解放(在中国,资产阶级只能有个性堕落和丑恶的放纵),它已经进展到工农大众底中间;而革命的知识分子(注意,并非资产阶级)底个性解放的要求和行动,反封建的要求和行动,就反映着和推进着工农群众底这个客观上的历史要求。这就是说,在中国,任务虽然是反封建(也就是反帝),但这个任务却不是堕落的资产阶级所能够执行的,它是由革命的工农及其同盟者的知识分子来执行的。

个性解放,也就是社会斗争;不然,这受着封建底束缚的个性如何解放呢?而且这是一切场合一切方面的行动和斗争,一切场合一切方面的反封建反堕落的资产阶级。个性解放,是从封建的诸关系下解放出来的意思。资产阶级是不能够把个性解放这一任务进行得彻底的,因为它底历史要求到了某一点就停止了! 工农大众及其先锋队却能够,而且必需把它进行得彻底。

但我们底理论家却一提到个性解放就联想到资产阶级的那一大串逐渐堕落的行动,好像资产阶级把这任务执行坏了,我们就不要去执行它似的。好像今天的中国既然没有了资产阶级的战斗,也就没有了这一任务似的。于是,他们把个性解放看成个人主义,看成"超阶级的人性论与人格论","死和虚无的象征",这样战战兢兢,真是叫人不知道从哪里说起。

要求个性解放的立场,就是战斗实践的立场,这战斗,反封建,是一切方面的,其中包括着对旧的道德观点,旧的人生情操,自私的哲学,投机取巧的态度,逃避现实的心理,以及各样的妖魔鬼怪的斗争,它要求着成为新的性格,成为真正的人,成为真正的这个时代的战斗者:要求着而且进行着真正的和人民结合。所以,个性解放,也就是自我改造,群众性的个性解放,也就是群众底觉醒和改造。

我们底那些知识分子,原来就没有这一斗争,他们只是伪装着一个思想立场而来骗取名利的。我们的光荣的先锋队们,战士们,却是从这里出发并在这条路上前进着的。因此,像我们理论家的这种形式主义的论点,在客观上是达到了否认我们底战斗的知识分子在革命的大潮里存在的价值,抹杀他们的出发点和真实的道路,取消了"五四"以来的斗争传统和迫切的真实的反封建任务,他们叫大家都以形式主义的机械论点为满足,好像扛着旗子就等于战斗似的。他们不能接受世界性的战斗传统并且消化它,就希望整个地取消它和推翻它。

"人民底原始的强力"吗? 他们就把"原始"两个字摘出来了! "个性底积极解放"吗? 他们就把"个性"两个字摘出来了,吓,个人主义! "人民底原始的强力"是什么? 它就是,反抗封建束缚的那种朴素的、自发的,也就常常是冲动性的强烈要求,这种自发性是历史要求下的原始的,自然的产儿,是"个性解放"的即阶级觉醒的初生的带血的形态,它是革命斗争和革命领导底基础。看不见这个的理论家们,他们所说的革命是建立在什么基础上面的? 故意抹杀这个的理论家们,他们的用心何在?

五、文艺究竟是什么和表现什么？

现在，我们可以回过头来说到"文艺究竟表现什么？"或"文艺究竟是什么？"这个问题了。

文艺，是通过精神斗争而表现着和推进着特定的时代的特定的人群底社会斗争底武器。从而它是阶级斗争底武器。

我们底新文艺，首先是被社会斗争底血汁所哺育，被世界性的文艺斗争传统和经验所领导，因而获得了力量，要求着这个时代的斗争，然后才表现这个时代的斗争，因此也推进这个时代的斗争的。这表现，是指真实的本质的表现，使革命者欢呼使统治者战栗的表现。马克思说："认识就是胜利"，就是指不可能不包括行动的真正的认识，因此，在文艺，真实的表现就是胜利。这样它也才能转化为物质的力量，并且生发物质底力量。它是社会斗争中的精神斗争的武器，它是实际斗争中的文化斗争的一翼。

实际斗争和精神斗争，并不是相互孤立地对立的两件东西。精神斗争是从实际斗争中生发，被实际斗争所领导所要求，反过来又要求和推进实际斗争的。因此精神斗争就不是什么飘渺的事情，也就不可能不同时就是实际斗争。

文艺是客观世界底反映或表现。客观世界就是作家和文艺也参与在内的斗争世界。反映或表现，就是如实地把握这斗争世界底本质，因此也就是斗争。艺术家，需要把客观对象变为他自己的东西，这就是说，在艺术家的主观上，必须进行对他自己的强烈的斗争，以完全把握客观的运动的世界。没有这抛弃弱点和个人偏见的主观斗争，是不能把握客观世界底真实的。但首先，必须"艺术家为一定的对象及形象所吸引"。如果不被吸引，如果没有感觉，缺乏战斗要求即对客观世界的要求，如果根本看不见对象及其形象，文艺创作就不会有起点。我们的文艺家大家都看到一群对象及其形象的，这里的问题是，怎样的对象及其形象才是真实的呢？问题更应该是，这个艺术家是被怎样的对象及其形象所吸引呢？即，他有着怎样的对现实世界的主观要求呢？因为，有了怎样的要求，他才通过怎样的爱憎去深入对象。他如果对于和人民结合没有血肉的关系,他就看不见人民这个对象底真实。如果他底主观全然违反着历史要求,即他的主观完全被偏见和偶然性所控制,他就根本看不见世界的真实,更不用说把握它。如果他的主观满足于表面上的解释,没有追求客观世界的运动本质的要求,他就只能说几句空洞的话。怎样才能表现出某一对象的真正的存在及内容来而不失于表面和浮面,问题是在人怎样看它,而人怎样看它,又是被人从怎样的道路里走过来,即从怎样的社会存在里斗争过来所决定的。

仅仅能看见表面上的东西,仅仅用自己的冷淡的灰暗的心情(即主观)去看见世界灰暗的外表的,就是我们文学上的客观主义。前面说过,它就是主观主义,因为它是用它的充满着个人性的消极的主观去看见世界的这一外表的,而这一外表,倒又是存在的,不过,仅仅是外表。仅仅用现成的论点去归纳现实的表现,而不去看见现实的发展内容究竟适用不适用于这现成的论点,因而说了空话,歪曲了现实甚至事实上敌对着现实的,就是公式主义或机械主义,它也是一种主观主义。为什么?因为它所运用的是充满着偏见的懒惰的主观,而它所缺乏的,正就是和偏见斗争,向现实内部突进,真正的能够作为陶铸客观内容的主体的,执着于追求客观内容的主观及其战斗热情。

因为客观现实不是摆在那里等待照像的,所以需要向客观现实突进。因为客观现实就是"活的人,活人的心理状态,活人的精神斗争",所以要求作家坚持着强大的精神斗争,即对活的自己和活的对象的斗争。这样的斗争而得来的成果,自然也就是实际斗争的成果,也就才能推进并生发实际斗争。

但是乔木先生说:

　　仅仅"理解具体的被压迫者或被牺牲者的精神状态",就能"揭发封建主义底残酷的本性和五花八门的战法"了吗?仅仅"理解具体的觉醒者或战斗者心理过程"就能"表现出先进人民底丰沛的潜在力量和坚强的英雄主义"了吗?如何才能"理解……"呢?更重要的是,理解……也好,表现"活的人,活人的精神状态,活人的精神斗争"也好,但文艺究竟为什么要表现这些,表现这些的目的是为了什么呢?为了表现它而表现它么?如果说,文艺底基本任务就是"反映一代的心理动态"，但"一代的心理"究竟是什么？为什么要反映它？为了反映它而反映它么？（中间提到的都是胡风先生的话——林）

如果我们说，反映，表现，就是斗争，乔木先生，依着他的习惯就会问起来了，为什么要斗争呢？为了斗争而斗争吗？以及其他等等。如果我们说，理解被压迫者或战斗者的精神状态和心理过程，也就是参与被压迫者或战斗者底斗争（否则，是不会"理解"的），而这参与斗争，要求斗争，在封建主义及其五花八门的战法下，在各样的场合和各样的姿态里的斗争，这所形成的战斗方向及战斗性格，以及其中的负担、弱点、特定的社会色彩，就是一代的心理动态，乔木先生，依着他底习惯就会问了，为什么要参与斗争与要求斗争呢？为参与与要求而参与与要求吗？以及其他等等，和自大无知如乔木先生者谈这些，是永远纠缠不清的吧。他简直把理解被压迫者和战斗者，和封建主义作战并揭发他底样相这一遍及全中国的实践看得像是打呵欠那么容易，在他，理解，根本不等于战斗，只是看一张官僚布告和读一份烂报纸一样简单，所以，他就有了他底这种"理解"，而发出责难来，问道："仅仅理解就行了吗？"我们因此也颇愿意投到乔木先生设定了的巧妙的圈套里去，回答说：不错，仅仅理解，就行了的。乔木先生就是要我们跳到这个"仅仅理解"的圈套里去，以便捉住几个唯心论的俘虏算做他底"战果"，那我们又何必不"君子成人之美"呢？是呀，仅仅理解就行了的，因为，理解，反映，表现，就是乔木先生所不"理解"的真正的血肉的和人民结合的斗争。乔木先生还有一个漂亮的圈套：

理解活的人及其心理状态重要，为什么理解活的群众及其实际斗争就不重要呢？

我们也就索性跳下去吧。是呀，活的人！乔木先生以为怎样才是活的人呢？难道活在空中，不在群众及其实际斗争中间的才是乔木先生底活的人吗？难道"活的人"，乔木先生底"活的人"，就果真是和活的群众誓不两立么？如果我们也像乔木先生那样设圈套，我们就要问了——模仿乔木先生底方法——活的人不重要，未必死的人才重要吗？未必群众可以不是活的人么？而且，请问乔木先生，什么是文学上的典型创作呢？乔木先生弄不清楚了,陷在自己的那些圈套里了。于是他说：

> 决定的问题还不在此,决定的问题是个人和社会,个人的心理状态和他的
> 生活斗争——这两者之间的关系：究竟个人的存在决定社会的存在呢？还是
> 社会的存在决定个人的存在呢？是个人的生活斗争决定个人的心理状态呢？
> 还是个人的心理状态决定个人的生活斗争？人们可以说,从一粒沙中看到一
> 个世界,从一个人的灵魂看整个时代的动向,但应该想一想,真的只从一粒沙
> 中可以看到一个世界吗？真的(注意,圈套又来了。——林),一个世界只有从
> 一粒沙中可以清楚地看到吗？真是每一粒沙中都有一个完整的世界吗？而且
> 应该想一想,表现这沙中世界("一代心理动态")究竟是为了什么呢？

这回我们不要跳到圈套里去了吧。真的吗？天呀！真的一粒沙中可以看见世
界吗？于是乎就马上变成,真的一个世界只有从一粒沙中可以清楚地看到吗？妙
极了。但是不幸,乔木先生底故做惊奇,引人入"胜"的办法是没有用的,真的,真的
一粒沙中可以看见世界；从一颗典型的、活的沙里,是不仅可以看见世界,而且必须
看见世界的。但乔木先生底那一粒沙,却正如他底那个活的人一样,是一粒不幸之
极的孤立的,偶然的,被偏见抓过来的死的沙。至于乔木先生底"还是社会决定个
人呢？还是个人决定社会呢？"之类就简直更不相干了。但也得回答一句,就是,社
会的存在决定个人的存在,但个人的存在也作用于社会的存在,因为,这有着作用
社会的力量的个人,也就是社会斗争的存在。不然的话,个人只好睡在那里被决定
了：生下来就是小资产阶级的那些人,岂不只好等死吗？他已经被乔木先生决定
了,还要斗争,要求什么劳什子呢！

因此,"表现这'沙中世界'(一代的心理动态)究竟为什么呢？"那就只好去回问
乔木先生自己了。

乔木先生底这些堂堂的理论,才真是"值得严重考虑的问题","不可避免地会
在实际上产生各种不健康的创作影响及批评倾向"的。乔木先生所理解的"心理状
态","沙中的世界"是不包括斗争内容的静止的孤立的东西,无怪乎他要把它和社
会斗争机械地对立起来,而害怕着社会斗争会变成表现心理状态及精神斗争的手

段。乔木先生所理解的活的人是并无社会典型的活在太空中的人，无怪乎他要在这个"个人主义"的风车前面大声呐喊了。乔木先生又把在文艺里面表现这实践着斗争内容和时代要求的活人的心理状态说成"心理描写"。有世界文学和中国新文学底斗争传统在，也有现实主义底指导理论在，这一切基本问题原是明明白白的，但乔木先生却嘲笑地说：

> 那么，心理状态最复杂的大概是文艺创作的最好的题材，写这些才是真正的现实主义，而那些不写复杂心理状态主要写政治斗争的作品，都可被排定为公式主义的了……假若有人从而否定新文艺的革命功利性，从而事实上走上了精神重于一切的道路是不是可能呢？

这些话只证明了乔木先生底低能，对文艺斗争底不了解，和性急的前线主义。不论是写直接的政治斗争与否，都要通过具体的内容，活的人——典型环境的典型性格——的。如果不是这样，如果没有这一主观斗争，那就不管写什么都是公式主义或虚伪的客观主义，这不是明明白白的吗？心理状态最复杂，自然不会一定是文艺创作底最好的题材——这样提出问题来只能是由于根本的糊涂——但如果那是典型的心理状态，即典型的斗争和发展状态，那恰恰是文艺底最好的题材——文艺创作底本质的内容，这典型的心理状态（典型性格），就恰恰又正是政治斗争，不但是直接的政治斗争，而且是广泛的彻底的政治斗争，比乔木先生们所理解的还要深入得多的政治斗争，因此也不是什么把政治还原为平凡生活。这是"否定了新文艺底功利性"吗？这是"走上了精神重于物质的道路"吗？这是"超阶级的人格论"吗？可怜的唯心主义和个人主义底幻影啊！人格，说句笑话，未必革命家就不要人格吗？未必真的像市场上看行情做买卖，"以今日之我打昨日之我底耳光"，而且沾沾自喜吗？如果真的有这样的"以今日之我打昨日之我的耳光"的论客，不客气地说，我们就要以昨日之他打今日之他的耳光的！

乔木先生们，在论及文艺创作主观要求，以及和人民结合这些问题的时候，是犯了如此的不看见现实的、主观的机械主义的错误。而且那论点是非常的混乱。在论及作为我们底文艺斗争里面的基本要素的主观斗争要求的时候，不觉地或有心地替公式主义做辩护,替投机家和懒虫们做辩护,指望着把新文艺底相应着这个时代的客观历史要求的这一斗争要求,这一和人民结合,向现实深处搏斗、变革生活的斗争要求,推到唯心论的泥沼里去。在论及和人民结合这一基本课题的时候,空泛地说着到人民中间去,而不看到战斗的作家和知识分子原就在人民当中,而作家们底缺点是在于主观上看不见无处不在的,就在他们身边的人民底真实,而看不见这真实,则是因为没有这生死存亡的严重的要求。并且不了解表面上的,形式上的和人民结合与真正的和人民结合之间的区别,即投机家和战斗者底区别。以前线主义的机械观点来要求作家们,而不了解前线是建立在什么基础上面的,并且不了解,作家们底基本的任务是在于实践他们底服务于历史要求(即基本的,广泛而深入的,实质上的政治要求)的艺术斗争和文化斗争,特别空洞地了解着向人民学习这一课题,把作家,知识分子,即觉醒者和先进人民底自我斗争看成相互孤立的两回事情。在论及文艺创作的时候,把活的人,即典型的人看成外于群众的存在;把人民身上的创伤看成与作家不相干的存在,并且,因为不想和害怕和这些创伤斗争,就把这些创伤,即封建中国底各个角落的血迹看成不关紧要的。而在论及知识分子的时候,取消了革命的知识分子们底重大的任务,抹杀了他们底在革命大潮里的存在价值及前锋价值。在事实上,达到了否认理论以及世界性的先进经验底领导的结果。把封建的中国看成一个轻易地就可以击败或消灭的存在,从而在事实上减低了迫切的斗争的要求和坚持的斗争勇气。

中国底斗争是需要坚持的。政治斗争或实际斗争的胜利,并不就能结束这个布满了几千年的精神奴役创伤的中国,它只是一个新的开始。为了彻底地消灭旧文化,旧道德观点,旧的人生态度和感情,旧的家庭关系和男女观点,需要坚持的艰苦的斗争。现在是进行着摧毁封建社会的主力,摧毁封建社会底有形的存在的斗争,对于封建社会底无形的存在(严格地说,也不能是无形的!恐怕只有对于两眼看在天上的人们,才真的是"无形"的吧),在人民精神里面存在着的旧的道德情操,狭小的保守的人生观点,以及家庭制度男女关系之间的不自觉的奴役观点,对于这一切的斗争,需要很多年的时间的;也不能抱着经济基础解决了一切全解决了的等待主义的态度,因为,在这些里面流过血,流着血,将来也要流血的。这就决不是能在"较短的时间内毕其功于一役"的事情。而对于这无形的封建中国的斗争,我们底战斗的文艺,在过去、现在和将来都是一个有力的武器。和实际斗争并进,为实际斗争所要求并且要求更强地开展实际斗争,作为文化斗争的一翼的我们的新文艺,是一个有力的武器,是在这一个要求下,进行着在政治及文化斗争各部门里面的我们新文艺底实践,例如征服旧形式或民间形式的实践的。我们底新文艺将在这斗争里前进,征服弱点,而得到伟大的成果。

　　　　　　　　　　　　　　一九四八,五,二六,在旧中国的一个乡村。

　　上面所说的这些,是"追随"着乔木先生们底论点的。实在都是现实主义、文艺创作、和文艺实践底基本问题。由于乔木先生们有意或无意的歪曲,这些问题已经呈显出可惊的混乱,一面也就显出了我们底理论家们底可惊的无知。这原因,说是由于对于现状的一种空洞的焦躁而急切的心情,倒是可以理解的罢。但必须说明的是,对于现状的空洞的焦躁和急切,是必须用实践来克服的。乔木先生们所批判的对象是存在于这半个中国底文艺,自然首先就应该理解这半个中国文艺实践斗争底现状;自然首先就应该理解,虽然实践底方法和姿态上和那半个中国因客观条件而有所区别,但在本质内容和本质要求上却不应该有什么不同的。如果一定要站在高处,只看见这半个中国客观环境上的黑暗,因而认定在这环境中的文艺实践的主观存在力量也一定黑暗;如果看见这是封建和殖民地的中国,就认为这环境中的新文艺传统和文艺斗争要求也只是封建和小资产阶级的存在,那才是真正的"夸大了黑暗的力量"——抹杀了新文艺斗争的起点——糊涂之极的。其次,乔木先生们应该记着,他们是对中国新文艺事业在说话,对因为客观上的必需(即出版事业,文化交通等等)而在旧中国城市里困斗着的新文艺事业说话,对在压迫下的新文艺在说话,他们是也有分担这一份迫害和加强这一份苦斗的责任的——他们应该记着,在前线需要流血,在封建迫害下的困斗也是需要流血的,没有那种"饱食安居"的便宜;自外于他们所夸大却又害怕人家夸大的黑暗力量,就并不是什么漂亮的事情。他们应该记着,站在斗争底外面发号施令,站在高处说空话,固然吓得倒老实人,却并不是什么忠实的事情。他们更应该记着,他们那个"首先,是对于自己的批判"里面所轻描淡写地指出来的抗战期间在文艺底统一战线问题上,在文艺思想要求的问题上所犯的错误,正就是由于他们自己底纵容;那时候,被他们现在所歪曲的这个主观的精神要求即内在的真实的思想战斗要求,正是坚决地反对着那一切错误的。反对着对姚雪垠之流的色情文艺和市侩路线的纵容,反对着放弃思想要求去和张恨水梅兰芳的"统一",反对着他们即在现在也一字不提的,在城市工作中最主要的戏剧这一部门底特别的堕落,反对着对才子神童吴祖光之流的纵容的。现在他们收获果实了吧! 却仍然那样地轻描淡写,这,就不能不是对于历史和人民的罪恶!

他们更应该记着,并且公诸大众,他们在从前说过怎样的话,以及他们批判自己的过程是怎样的。应该记着,中国人民及其优秀分子们流了这么多的血,是为了什么而流的。

二十九日夜附记

(原载《泥土》1948 年第 6 期,署名余林)

也算经验

赵树理

近几年来，过分推崇我的朋友们，要我谈谈写作的经验，可是我一次也没有谈。一个并非专门写作的人，写了几个小册子，即使有点经验，也不过是些生活和其他工作中的经历，作为"写作经验"来谈，我总觉得不好意思。现在又有几位朋友要我谈，我用上边的理由回答了他们，他们有人说："那些'经历'也可以谈谈。大家既然要你谈，你要太固执，人家就要误会你是摆架子。"好！谈就谈谈吧！

先从取得材料谈起：我的材料大部分是拾来的，而且往往是和材料走得碰了头，想不拾也躲不开。因为我的家庭是在高利贷压迫之下由中农变为贫农的，我自己又上过几天学，抗日战争开始又做的是地方工作，所以每天尽和我那几个小册子中的人物打交道，所参与的也尽在那些事情的一方面。例如:《小二黑结婚》中的二诸葛就是我父亲的缩影，兴旺、金旺就是我工作地区的旧渣滓,《李有才板话》中老字和小字辈的人物就是我的邻里，而且有好多是朋友；我的叔父，正是被《李家庄的变迁》中六老爷的"八当十"高利贷逼得破了产的人。同书中阎锡山的四十八师留守处，就是我当日在太原的寓所。同书中"血染龙王庙"之类的场合，染了我好多老同事的血，连我自己也差一点染到里边去……这一切便是我写作材料的来源。材料既然大部分是这样拾来的，自然谈不到什么搜集的经验，要说也算经验的话，只能说"在群众中工作和在群众中生活，是两个取得材料的简易办法"。

再谈谈决定主题：我在做群众工作的过程中，遇到了非解决不可而又不是轻易能解决了的问题,往往就变成所要写的主题。这在我写的几个小册子中,除了《孟祥英翻身》与《庞如林》两个劳动英雄的报道以外,还没有例外。如有些很热心的青年同事,不了解农村中的实际情况,为表面上的工作成绩所迷惑,我便写《李有才板话》,农村习惯上误以为出租土地也不纯是剥削,我便写《地板》(指耕地,不是房子里的地板)……假如也算经验的话,可以说"在工作中找到的主题,容易产生指导现实的意义"。

　　语言及其他:我既是个农民出身而又上过学校的人,自然是既不得不与农民说话,又不得不与知识分子说话。有时候从学校回到家乡,向乡间父老兄弟们谈起话来,一不留心,也往往带一点学生腔,可是一带出那等腔调,立时就要遭到他们的议论,碰惯了钉子就学了点乖,以后即使向他们介绍知识分子的话,也要设法把知识分子的话翻译成他们的话来说,时候久了就变成了习惯。说话如此,写起文章来便也在这方面留神——"然而"听不惯,咱就写成"可是";"所以"生一点,咱就写成"因此",不给他们换成顺当的字眼儿,他们就不愿意看。字眼儿如此,句子也是同样的道理——句子长了人家听起来捏不到一块儿,何妨简短些多说几句:"鸡叫"、"狗咬"本来很习惯,何必写成"鸡在叫""狗在咬"呢?至于故事的结构,我也是尽量照顾群众的习惯:群众爱听故事,咱就增强故事性;爱听连贯的,咱就不要因为讲求剪裁而常把故事割断了。我以为只要能叫大多数人读,总不算赔钱买卖。至于会不会因此就降低了作品的艺术性,我以为那是另一问题,不过我在这方面本钱就不多,因此也没有感觉到有赔了的时候。这些就是我在运用语言和故事结构上所抱的态度,也可以算做经验。

　　我所能谈的经验只此而已,至于每个具体东西的写作过程,都是普普通通不值一谈的,因而也就不多谈了。

1949 年 6 月 10 日

(原载《人民日报》1949 年 6 月 26 日版)

乡土小说理论的变异与沉寂

在大连"农村题材短篇小说创作座谈会"上的讲话

邵荃麟

在我们这些年来的作品中,以农村的生活为题材的作品数量最大。作品成就较大的也都是农村题材,像《红旗谱》、《创业史》、《山乡巨变》、《暴风骤雨》等等。短篇也是这样。搞《三年小说选》,中选的九十多篇,写农村的四十多篇,比较好的三四十篇,占一半以上。这情况很自然。五亿多农民,作家大部分从农村中来,生活经验比较丰富。另一方面,农民问题在中国革命中间特别重要。毛主席说民主革命主要是农民问题,农民百分之八十团结起来革命就能成功。毛主席在《论人民民主专政》中说:"严重的问题是教育农民。"要把人口最多的农民的思想觉悟提高一步,这是社会主义建设重要的一个环节。这个客观现实一定要反映到作品中来。所以农村题材写得多是自然的。

这方面有很多经验,值得探讨一下。十几年来农村变化很大。人民公社的方向是正确的,是解决全民与集体唯一的道路,从集体化走向全民所有,这条道路肯定是正确的。以前还没有完全摸清楚这个规律,再加上有自然灾害,一个时期在农业上造成相当严重的挫折。一九五七年、一九五八年一直是增产的,一九五八年以后生产大幅度下降,农村矛盾就突出了。国家处在困难时期、非常时期,调整工农关系是最主要的问题,巩固工农联盟是社会主义建设的严重问题。有了六十条,情况比较好一些,但还是有困难。现在是全国团结起来,克服困难。作家们是关心这个问题的。大家也常常谈到庄稼问题。作家怎样来服务这个政治? 因此,怎样描写农村题材,正确反映农村中的问题,是作家们的重大责任。由于农村发生了问题,也引起创作上的新问题。

三年来农村题材小说比重最大。一九五九年少一些,一九六〇年多些,一九六一年多些。侯金镜同志说一九六〇年、一九六一年,公社问题明确起来,写得多了。到今年又写得少了。情况还摸不大准。因此又写得少些了。怎样来认识这些新的问题,需要探讨一下。要谈创作,先要把农村问题、工农关系问题谈谈。这个问题恐怕是世界历史上还没有完全解决的。人民内部矛盾包括工业与农业的矛盾,这个问题是必然会发生的。自然灾害、工作缺点问题,使得这个矛盾突出了。即使没有后者,也会有这个问题。工业化要积累资金,要有劳动力、原料、土地等等。这些东西,在资本主义国家,是靠侵略别的弱小国家来解决;社会主义国家不行,因此存在这个矛盾。

马克思最早定了一个以农业为基础的原则。列宁很早死了,来不及解决这个问题。斯大林没有解决这个问题,因为他在理论上不承认工农业矛盾是人民内部矛盾。工业、农业这个剪刀差,供求问题,在一九五七年前我国情况是比较好的,但是,农业上升也赶不上工业上升,所以五年计划一宣布,矛盾看得就明显了。最早我们建设是抄人家。后来,毛主席就写了《关于正确处理人民内部矛盾的问题》。现在最主要矛盾是工农矛盾。一九五八年"大跃进"时候,工农业发生了剪刀差,一九五九年更大,所以今年要让一批工厂下马。去年下半年是有意识大幅度下降,以取得平衡。这个教训很大。这个教训换来了经验,毛主席提出农业为基础,工业为主导。提出农、轻、重,这是找到了一条规律,是列宁、斯大林都没有解决的,是政治经济学中重大的问题。这个很大的变化,对我们的认识很有帮助,集体的方向是不能动摇的。现在要摸索到集体化的规律,有规律就有办法,这个信心是有的。情况已弄清,规律已找到。所以周扬同志强调我们现在可以说已找到了这条光明大道。规律找到,还要进一步解决具体问题。文学的任务就是要在这时加强思想教育,这是非常重要的。集体与个人的统一问题,个人与集体意识的解决,这就是灵魂工程师的任务。社会主义教育是我们文学的根本任务。作品写人与人的关系,灵魂状态的变化。有小农思想,有集体个体观念,是有许多思想问题的,有不少群众在困难面前是丧气的。在变化中,人的意识问题出来了。比如偷窃、儿童的道德问题,都需要进行教育。西戎同志写的《赖大嫂》,在养猪问题上,就有许多想法。好心干坏事,也是普遍的。"五风"中有些是很坏的,但大部分也不是坏的。灵魂工程师要对人民进行社会主义教育,所以这个会很有必要,开会的目的就是这样。今天感到,农村题材最重要的是如何反映人民内部矛盾,把这作为最主要议题,以此为中心,围绕讨论创作问题,也不限得过死。反映内部矛盾不是今天才提出的,解放后一直有这个问题。刚解放,是翻身、反封建问题,《暴风骤雨》、《活人塘》等等都是。到"过渡时期",内部矛盾就突出了,成为主要的东西。《不能走那条路》就是一九五三年提出来的,这是内部矛盾,一九五三年后就成了中心问题。《三里湾》、《山乡巨变》、《创业史》、《春种秋收》、《桥》都是写的这个问题。我们已差不多有十年的经验了。《创业史》写得很好,从父子矛盾的统一,来概括了各种意识的斗争。党支书是一个蜕化分子。出现梁生宝这样的英雄人物,而把矛盾集中在梁三老汉身上,逐步解决集体化中的各种问题。《三里湾》里的范登高,爬得高,跌得重,改编成电影,却搞成了"花好月圆"。我们这些小说,一个是写了合作化过程,一个是新的农民。《山乡巨变》的邓秀梅也非常艰苦,是一家一家做工作的。这个教育作用是不小的。我们写的都比较多。这三年还是写了矛盾的。从这些矛盾反映出了"大跃进"。"大跃进"不能与浮夸混为一谈,从这三年来看,作家还是坚持了现实主义,追求浪漫主义,写刮"五风"还是少数。另外一方面,革命精神、新的道德观念写得也很充分。创造了各式各样的人物,这三年短篇还是有所发展的。另一方面,作品中接触到相互间的矛盾就比较少了。分析原因,公社化是一下子来的,议论比较少;合作化纠纷长,时间也长。那时也强调写革命精神。同时与简单化的理论批评也很有关系。写了矛盾就来指责,编辑部对《李双双小传》现在也还有人认为不能编选。这个变动很大,所以作家也有个认识过程。经济基础的变动反映在意识上的矛盾,写的就较少。一九六一年就写实事求是与浮夸对立,《实干家潘永福》、《乡下奇人》也是这一类。发表颇不容易,读者还来指责。《沙滩上》是侧面写的,《甸海春秋》也是如此。今年写得很少。《赖大嫂》写农村妇女的个体思想,有两种看法。《河北文学》发表了一篇老坚决与王大炮的斗争,这说明已出现了一些这类作品。总理说,人民内部矛盾是大量存在的,作家应该去写。有人以为写矛盾就是群众与群众的矛盾。我的理解,矛盾是广泛的,主要有工农业,有生产问题,有分配问题。作品要写人,写农民,也会遇到各种不同阶层的人的问题:有的不愿意养猪,有的愿意养;农民之间也有许多错综复杂的矛盾。总的讲,是个体经济的思想与集体主义思想、国家利益与个人利益之间的矛盾,这是主要的。官僚主义之类也是可以写的,但主要不是这些。如《赖大嫂》,就不是领导与被领导的问题。《老坚决外传》就写了领导与被领导的问题。一九五七年写的多,后来反过来怕写领导,又不敢碰。处理内部矛盾也有不同的态度,从右的修正主义来强调内部矛盾,就会把它夸大而导致否定社会主义,认为无产阶级专政没有优越性等等。从"左"的方面来看则是否认这个矛盾,粉饰现实,回避矛盾,走向无冲突论。回避矛盾,不可能是现实主义。没有现实主义为基础,也谈不到浪漫主义。革命现实主义就不能不接触矛盾。粉饰、回避是写不好的。要写,首先是阶级分析,要有一个看法,从矛盾说明一个思想,这值得探讨,要从具体中去看,去解决,哪一些可以写,哪一些不可以写。有人认为什么都可以写,我看不一定。这与宣传党的政策有关。比如农村有些干部,蜕化成敌我矛盾,像恶霸似的,能不能写? 划条线也很难,编辑也很难,可以讨论一下。总之,回避矛盾是不行的。写,是为了克服矛盾,是为了教育人民。为矛盾而写矛盾,也是不行的。

其次,环绕这个中心问题还有什么问题? 主要是人物创作问题。作品是通过人物来表现的。近来的作品,写了各种人物,创造了很多的艺术形象。一九五四年前后,概念化的东西很多。最近几年,纯粹从概念出发的,还不太多。性格化比较突出,《张满贞》《耕云记》里的气象员、《静静的产院》中的谭大婶,都各有个性。创造的人物绝大部分是先进人物:倔强的老头,生龙活虎的妇女,生气勃勃的青年。强调写先进人物、英雄人物是应该的。英雄人物是反映我们时代的精神的。但整个说来,反映中间状态的人物比较少。两头小,中间大;好的、坏的人都比较少,广大的各阶层是中间的,描写他们是很重要的。矛盾点往往集中在这些人身上。我觉得梁三老汉比梁生宝写得好。亭面糊这个人物给我印象很深,他们肯定是会进步的,但也有旧的东西。毛主席也说,要写各种各样的人物。分析一切人、一切阶级,这样就更丰满了,写得更丰满更深刻。只有把人物放在矛盾斗争中来写,不然性格不突出。比如林黛玉,如不把她放在爱情的矛盾中心,就不可能突出。所以,要研究人物与矛盾的关系。有些简单化的理解认为,似乎不是先进人物就不典型。一个阶级只有一个典型,这是完全错误的看法。从这个理论出发,又发生拔高问题。要人物高,这就容易把人物孤立起来。

再谈谈题材的广阔性与战斗性的关系。《人民文学》提出所谓"边缘题材"即很危险,去年提出后就好一些了。上海今年也提出多样性与战斗性的矛盾。不是提倡写小人物,日常生活中,我们还是可以看到有不少可歌可泣的人物。如《看愚公怎样移山》,作用很大。还有一些这类报道,教育群众,意义很大;不是写灰溜溜的,就是人民内部矛盾,这点也要说清楚。

我们当然也可以写不是直接与生活斗争有关的,也不要把写内部矛盾与战斗性对立起来。

关于深入生活问题,可以总结一下。最近,作家下去也有些困难。把作家看作"机关人",老赵、康濯下乡去,也感到有这问题。国家与个人矛盾也反映在这问题上。

现在,再着重谈谈创作问题。

已接触的问题是:

第一,当前农村人民内部矛盾主要内容到底是什么?工农、集体与个体、领导与被领导、工作作风、缺点同正确等方面的问题,都摆出来了。主从关系怎么摆?而矛盾的主导一方面是什么?

第二,作家要正确反映农村人民内部矛盾,目的同意义是什么?用什么方法来描写?

第三,作家在认识和描写当前农村生活的内部矛盾时,如何根据政策理解现实,达到政治性跟真实性一致?(不能说政策跟生活总是一致的,有一定的矛盾。)

第四,怎样从描写人民内部矛盾中反映出建设社会主义、教育农民的长期性、艰苦性、复杂性,通过这来表现现实中劳动人民的积极的力量、积极的因素。要写消极的和积极的斗争,但主导的是积极的因素。这个问题也是很复杂的,不能简单化。

第五，写积极因素、艰苦奋斗，但是不可能不接触缺点错误这一面。怎样正确地反映我们必然要接触的缺点错误？同修正主义的暴露人民怎样区别？发生了怎样写、哪些暂时还不能写、投鼠忌器的问题。

第六，反映这种艰苦性、复杂性，主要的是创造人物。究竟什么叫做典型环境典型性格？典型环境到底怎么写？还有个创造英雄人物的问题。怎样克服过去创造人物性格的单纯化和简单化的毛病？总之，现实生活愈挖得深刻，性格也就更丰富，战斗性也就更强。怎样理解战斗性，通过写反面人物能不能表现战斗性？

第七，对报刊批评简单化的意见。

工农业失调、"五风"、自然灾害引起了整个国家暂时困难中间突出的矛盾。从性质讲，还是社会主义社会中生产力和生产关系的矛盾，是非对抗性的，正确处理不会变成敌我矛盾。它的内容究竟是什么？我个人以为还是国家、集体、个人三者之间的关系中产生的矛盾，最主要的是这个东西。由于国家工业发展快，征购任务大，集体就负担大；集体负担大，集体同个人也产生矛盾。就搞自留地，包产到户。搞自留地，包产到户，不是农民今天反对集体化，而是农民对集体保证他的利益不放心。这个矛盾也反映到农民的思想意识中间，就是集体主义思想同个体小农经济思想的矛盾。这本来是长期存在的，而现在表现得比较尖锐。还有领导与被领导关系、工作作风、方法方面的矛盾。最紧张时期——"五风"时期是过去了，但矛盾不是没有了。总之，归纳起来还是国家、集体、个人方面的矛盾。使矛盾如此突出，这同工农业比例失调有关系。主导方面还是巩固发展集体利益的方向。这个不能动摇。今天国家要解决农民群众的一些问题。反过来，农民今天还是要注意国家和集体的利益，而不应当背道而驰。今天要搞粮食，国家不得不对农民作一些让步。退步是不是走回头路？以退为进，恐怕不能叫走回头路。目的是为了前进，为了社会主义的利益，为了巩固工农联盟，巩固发展集体经济，还是为了国家利益。工业的压缩也是如此。

创作问题，我们不是客观主义的反映矛盾，而是为了团结教育人。反映矛盾，克服矛盾，是文学为政治服务一个具体的重要内容。既反对粉饰现实、回避矛盾，也反对主观主义的为写矛盾而写矛盾。或者更坏,片面地夸大矛盾。在革命现实主义基础上有革命浪漫主义。反对"写真实"的假现实主义,也反对浮夸的浪漫主义。

听到周扬同志谈到中央最近会议(编者按:指八届十中全会)的传达以后,有两点感想:

(一)农村形势有所好转,"五风"基本过去,解决农村问题的道路明确了,工农业关系,工业支援农业,商业上的措施,精简城市人口……等等。那天会后,赵树理很兴奋,道路找到了。

(二)找到了道路,困难还是很多,矛盾还是很复杂。斗争是长期的。集体化、机械化要二十五年。有困难,有办法,前途是光明的。前年、去年主要是克服"五风"的问题,现在,有残余,但基本上过去了。现在,主要是:国家利益、集体利益、个人利益的调整问题。在农村是:如何巩固集体化道路,发展生产。包产到户的问题,各省都有,应该怎么看?有的同志提出矛盾的主要方面是什么?在现实生活中,必须用阶级观点来加以分析。据陶铸、王任重同志的调查报告,只有百分之十主张单干,百分之六十坚决主张走集体化道路,百分之三十愿意走集体化道路。从这里可以看出,在人民内部,在农村和农民内部是有阶级斗争的,这种情况也反映在我们干部身上。

近三四年来,大家得到这样一个教训,任何事情——农村问题也是这样,首先方向问题上不能动摇。在农村问题上,也作了不少让步,甚至粮食也开放自由市场,但在方向上决不能动摇。人民公社是发展社会主义农业、解决农业集体所有制和全民所有制的关系,走向共产主义的道路。任何事情都是逐渐完备起来的。我们没有人怀疑集体化的方向,但是必须看到这条道路是长的、复杂和曲折的。一九五八年有人说,两年零八十天就可以进入共产主义,现在看来是可笑的。我们现在对于长期性、复杂性、艰苦性的估计是否已经充分了呢?小队所有制订出三十年不变。是否认为太长了些?基本机械化需要二十年,这样说不能算太长。搞创作的,必须看到这两点:方向不能动摇,同时要看到长期性、复杂性、艰苦性。没有后者,现实主义没有基础,落了空;没有前者,会迷失方向,产生动摇。这是一个革命者的世界观问题，是革命理想和求实精神相结合的问题。如何团结全国人民克服困难，这是我们作家在当前形势下的责任。复杂的农村斗争，首先在文学上反映出来，让全国人民了解这一形势；其次，个人主义还是集体主义；国家观念、整体观念要在生活中起作用。注意通过艺术形象，团结全国人民，克服困难，巩固发展集体主义。其次，在干部中，"五风"虽已基本上消除，但主观主义、官僚主义的工作作风仍然存在，这是人民内部矛盾的一个方面，如何通过艺术形象进行批评。总起来说，三个方面：生产关系；对农民进行社会主义、集体主义教育；工作作风方面。

第一点应当肯定，小说——包括农村题材，革命性很强。尽管有些作品内容显得空乏，现实主义不强，但是革命斗争精神很强。反映"大跃进"的作品，除少数的站不住以外，都反映出了斗志昂扬、意气风发的革命精神。《山鹰》这个作品，我也觉得有些缺点，但这个作品也是应该肯定的。杜鹏程的《飞跃》，我觉得有些缺点，但是它反映的革命气概，也是要肯定的。

在现实性方面，我们的有些作品也达到了相当的深度。有些作家对农村斗争的长期性、复杂性、艰苦性有深刻的认识。这次会上，对赵树理的创作一致赞扬，认为前几年对老赵的创作估计不足，这说明老赵对农村的问题认识是比较深刻的。柳青的《创业史》的现实主义成就，应该加以充分估计。孙犁同志写农村的小说，如《铁木前传》，现实主义也是相当强的。又如李准，从《不能走那条路》到《耕耘记》，不同程度地反映了农村生活的变化。

总的看来，革命性都很强。而从反映现实的深度，革命斗争的长期性、复杂性、艰苦性来看，感到不够。在人物创作上，比较单纯，题材的多样化不够，农村复杂的斗争面貌反映得不够。单纯化反映在性格上，人与人的关系上，斗争的过程上，这说明了我们的作品的革命性强，现实性不足。

《老坚决外传》这个作品，在地方刊物上也应该肯定，有教育作用。缺点是人物性格单纯化。名副其实，处处坚决；王大炮更加单纯化。短篇小说很短，只能强调人物的一点，但这个作品使人感到单纯化，人物在作品中提出问题到解决问题很快，没有反映出人物性格的复杂性。杜鹏程的《飞跃》写人的精神状态的飞跃；飞跃是量变到质变的过程，是可能的，但是作品中，这个过程写得不够，是作者人为的

"飞跃"。怎样表现革命的复杂性、艰苦性,怎样更深刻地反映当前农村的复杂、尖锐的矛盾,使革命性和现实性更好地结合,是大家所追求的。

如果说,农业是国民经济的基础,现实主义则是我们创作的基础。没有现实主义,就没有浪漫主义。我们的创作应该向现实生活突进一步,扎扎实实地反映现实。茅盾同志说的现实主义的广度、深度和高度,这三者是紧密相连的,罗曼·罗兰说,高尔基是从"黑土里生长出来的,而又把自己的根须伸入到黑土的深处去"。柳青、赵树理、李准、刘澍德在农村中生活的基础都是厚实的。除熟悉生活以外,还要向现实生活去突进一步,认识、分析、理解……这是大家所追求的。现实主义深化,在这个基础上产生强大的革命浪漫主义,从这里去寻求两结合的道路。

如何表现内部矛盾的复杂性,看出思想意识改造的长期性、艰苦性、复杂性;更深地去认识、了解、分析、概括生活中的复杂的斗争,更正确地去反映人民内部矛盾,是我们作家的新的任务。

封建社会、资本主义社会的矛盾是对抗性的矛盾(写资产阶级浪子,写他本阶级的对抗性的矛盾),社会主义的内部矛盾是非对抗性的。写作的目的也不一样,那时写内部矛盾是为了动摇资本主义的基础(马克思说,我们的现实主义是为了动摇资本主义的乐观主义)。我们写人民内部矛盾,恰恰相反,是为了巩固和保卫我们的社会基础。我们不可能得出这样的结论:写人民内部矛盾,写不出激动人心的作品。如阿·托尔斯泰的《苦难的历程》,写出知识分子精神生活的艰苦历程。鲁迅的作品以及郭老的《凤凰涅槃》也是如此。农民的道路也是如此。柳青《创业史》的引言:"创业难";杜鹏程《在和平的日子里》的主题是:在和平的日子里不和平。我们的作家看到了这一点。为什么说,写敌我矛盾比内部矛盾易于激动人心,主要是对内部矛盾的复杂性、尖锐性认识不足。艺术作品强大的感染力量是从生活中复杂、尖锐的斗争中产生出来的。

要写人民内部矛盾,有一种流行观念,就是要写缺点;写得不好,帽子戴上,因而不好写,这看法是不对的。人民内部矛盾,当然包括官僚主义、主观主义等工作上的缺点,但不仅仅是这些。写人民内部矛盾,无非是写无产阶级在社会主义建设时期,怎样克服阶级与阶级之间,以及自身内部的矛盾,不断前进。人物性格只有在矛盾、斗争中才能表现出来。马克思说，人物性格是社会关系的总和。不是为了矛盾写矛盾，而是为了通过写矛盾显示出生活斗争的真实性，以此教育人民、团结人民。现实主义是创作的基础，生活是现实主义的基础。写出好作品的作家，必然是深入生活的；但只是深入生活，不一定写得出好作品。创作有它自己的规律。周扬同志说得好，作家创作应该写所见、所感、所信。我补充几点：作家应有观察力、感受力、理解力。光感受还不行，还应有理解力——理解是通过形象及逻辑思维进行的，要有概括力。没有概括力，写不出好的作品。在我们社会里，独立思考往往被忽略。作家当然应该了解政策，但是应该通过自己的思考去了解、认识。赵树理同志对生活的理解、独立思考能力强，杜鹏程同志的感受力很强，茹志鹃同志的观察力很强。不体察入微，对现实的分析、理解就不深。没有强大的理解力、感受力、观察力，就不可能有高度的概括力。有了前面几个条件，概括就会水到渠成。提高文化修养，学习古人和外国的经验，无非为了帮助我们提高这些方面的能力。

作品中能给人以新的思想，这和作家对生活的理解有关。短篇小说有它的特点。人物成长、变化的过程，在长篇中问题不大，在短篇里要写出人的性格历史的过程，需要更强的概括力。在某种意义上说，短篇小说比长篇更难写。将一个复杂的东西，通过艺术的概括，以小见大，像树干的横断面，可以看出年轮及树木的性格。复杂与单纯的关系，通过单纯看出复杂，从一粒沙看整个世界，这与单纯化不同。鲁迅、契诃夫，在这方面的成就值得我们学习。鲁迅的《风波》，通过晚餐席上的风波，反映出辛亥革命时期农民没有起来，注定了失败的悲剧；主题与《阿Q正传》相同，这是经过长期观察得来的。鲁迅对辛亥革命的失败，理解得很深刻。现在，有些好的短篇小说，在一定程度上也进行了这样的概括。

短篇创作碰到的另一个问题，即在不多的篇幅中，提出矛盾，解决问题，但是不可能，怎么办？《赖大嫂》就遇到这样的问题，有些批评者批评赖大嫂思想没有转变成集体主义。是否非要写出解决问题不可？如果水到渠成，可以解决；否则，也可以指出方向，让读者自己去得出结论。《四年不改》就得到这个效果。短篇小说创作在进行概括时，抓住一点，让人看出前因后果就行了。

风格问题，平平常常与轰轰烈烈的问题，根本问题在生活基础。各人有各人的风格。最近几年,在成熟的作家中间,风格形成了。让各人发展自己的风格,从平常中见伟大也好,含着微笑看生活也好,皱着眉头看生活也好。有人说茹志鹃写的人物不够高大,缺乏浪漫主义,她自己也有些动摇。

人物问题、矛盾的复杂,归根结蒂在人物性格。写不出人物性格,怎样反映出斗争、反映出内部矛盾的复杂性、尖锐性?英雄人物,八条、九条标准,衣服不同,面孔一样。典型化的法则是现实主义的基本问题。典型的说法,有这么一个过程:高尔基说,看十个、二十个商人,才能创造出一个典型的商人,这是通俗易懂的说法;后来苏联有一种说法,成了加在一起。马林科夫在十九大提出反对平均数,典型不是大量存在的,是萌芽的东西,这也对。但从大量中概括出来的也应该算是典型,否则,只写萌芽,路子就窄了。无论萌芽也好,大量存在的也好,必须是在生活土壤中产生出来的。典型是社会本质的力量,有它的道理,但也容易被误解。只写阶级本质,结果面孔一样。落后的东西,用谢德林的怒火烧掉,这对反映人民内部矛盾来说就不一定合适。后来批评马林科夫的论点,提出个性问题,个性与共性的统一性,也不是那么简单。苏联现在也不大讲阶级共性,而是全民的人性,强调全民是共同的人性。我们认为,还是恩格斯讲的"典型环境中的典型人物"。一个阶级一个典型,是有害的理论。去年读了《城市姑娘》,觉得不应该这样理解。恩格斯是讲环境和人物的关系,在一个典型环境中间,有各种各样性格的人物,在一定环境中,写出各种人物之间的关系。我们的作家,是不会相信一个阶级一个典型这种理论的。但是,这种理论加给创作的压力还是很大的。写英雄人物,谁也没有规定必须写缺点,但有发展过程,在克服、斗争中发展过来。怎样从艰苦奋斗、复杂的斗争中成长起来?《创业史》中的梁生宝,是最高的典型人物,但我不认为是写得最成功的。梁三老汉、郭振山等也是典型人物。谈《红旗谱》,只谈朱老忠;但严志和也是成功的典型。赵树理《锻炼锻炼》中的小腿疼,受到责难。作家对简单化、教条主义、机械论的批评应当顶住。提高、拔高的问题,也是从一个阶级一个典型来的。"拔高"就是拔到他们所订下的标准上去。

创造人物,根本问题是熟悉人、了解人,但也反对那种如实描写的自然主义倾向。提高无非是概括,是典型化,将人物性格概括起来,使它更加突出。

理想主义与理想化不同。

茅公提出"两头小、中间大",英雄人物与落后人物是两头,中间状态的人物是大多数,文艺主要教育的对象是中间人物,写英雄是树立典范,但也应该注意写中间状态的人物。

创造人物主要依靠人物的行动,言行反映出他的心理状态,行动表现出矛盾的具体化的东西。写人物,应该注意写出人物的心理状态——心理就是灵魂——这是灵魂工程师的任务。

风格,每个作家可以不同,主要是从现实、从生活出发,在现实生活的基础上探求两结合的道路,团结人民,教育人民,克服困难,向我们的目标前进。

（根据记录稿整理）

一九六二年八月

［录自邵荃麟著《邵荃麟全集》(第一卷上),武汉出版社 2013 年版,第 420—435 页］

寄农村读者
——谈谈《艳阳天》的写作

浩 然

这本小说《艳阳天》跟同志们常见的那种本子有点不一样了。那本比较厚一些；这本比较薄一些；在内容方面，也稍微有一点变化。为什么一本书出两种本子呢？我现在就跟同志们简单地交代一下。

一

我是个农民孩子。从土地改革，打国民党反动派，到办互助组、农业社，我都是跟农民同志一块儿走过来的。我从心眼里爱农村，爱农村的社会主义建设。常言说："创业难，守业更难。"这句话一点不假。回过头来想想，我们从开始搞互助组，一步一步地发展到今天的人民公社，经历了多少困难和关口啊！特别是1957年，那是一个不平常的年头。

那一年，匈牙利反革命暴乱事件发生以后，国际上的帝国主义、修正主义和反动派，勾结起来刮起一场"反共"的黑风。这股子风影响到正在蒸蒸日上的新中国；趁着我们的整风运动，城市里的一些牛鬼蛇神对我们的党和社会主义发起进攻；这股风很快又波及农村，那些被打倒的阶级，那些曾经压迫和剥削过我们的敌人，闻风蠢动，煽动农村里的一些不坚定的人跟我们闹矛盾，企图使我们离开社会主义这条光明大道。我们决不允许他们胡作非为,一场有历史意义的、激烈的阶级斗争就展开了。

在这场斗争里,我看到我们贫下中农的革命志气、硬骨头精神,他们自觉地起来保卫社会主义,坚决走社会主义道路;他们是农村顶天立地的栋梁!我也看到,我们的党和我们的人民血肉相连,任何力量都不能把我们拆散;看到社会主义在每个人的心里扎了根儿,谁也拔不掉。因此,我进一步认识到:我们的事业是伟大的,是任何力量不能战胜的。

在这场斗争里,我还看到阶级敌人的丑恶面貌:看到他们阴魂不散,平常装老实,一有风吹草动,他们就要借尸还魂!我也看到,那些走社会主义道路三心二意的人,那些总是迷恋单干的人,怎样上了敌人的圈套;他们自己吃了亏,也危害了集体。因此,我又进一步认识到:阶级斗争并没有"熄灭",而是越来越曲折、复杂了。

这场革命斗争,震动了每一个革命者,也锻炼了每一个革命者,它的意义是伟大的,影响是深远的。其中的许许多多问题,都值得我们永久深思,永久铭记在心。事情过去好几年了,每逢想起它,我心里都是翻翻腾腾地不能平静;每当我在工作中遇到困难,都能从这种回忆里得到前进的力量。

我想用文艺形式,把我当时的所见所闻所感记录下来,跟大家一块儿经常温习温习它;也想把它介绍给那些没有经历过这场斗争的年轻人。为了永远记住这场斗争的胜利,为了发扬这场斗争的精神,永远不忘阶级斗争,我决心要写这本书。

二

1957 年国庆节,我就动手写了。一边捉摸,一边学习,一边练笔,写写停停,停停写写,经历了六七个年头。党的八届十中全会坚定了我的信心,也给了我很大的力量,领导和同志们给了我很多具体的指导和支持;同时,这六七年里学习毛泽东同志的著作和生活斗争实践,提高了自己的思想认识,也补充了许多新的素材。于是,集中了一段时间,我把《艳阳天》完成了。一共写出两卷,现在已经出版的是第一卷。

　　在写这本书的时候，我希望能够写得通俗、生动、真实，能让工农兵喜欢看，特别希望能够把它送到农民同志手里。可是，尽管我把自己的全部热情和力量都使上了，我还没有把它写好。因为，一本成熟的作品，是跟作者的政治思想成熟、生活积累成熟和艺术锻炼成熟连在一块儿的。"碌碡打墙石（实）顶石"，一点假也掺不了。我还年轻，这三个基本条件都很差，所以没有把这本书写好。

　　这本书出版以后，我参加了几次农村读者座谈会，同时也接到许多农村读者的来信。同志们给了我热情的鼓励，使我深受感动；在会上和信里，大家对这本书的思想、内容、形式各方面，都提出许多宝贵的意见，也提出了一些要求。其中不少的同志说到，作品写得太长，他们劳动斗争很紧张，看太长的书不方便；也有的同志提出，这本书的价钱太贵，他们购买有困难；还有的同志具体地指出这本书里某些内容可以删减，也可以不要。这些意见给了我很多的启发和教育。

　　我们写作的目的就是为工农兵服务，只有工农兵读着方便、喜欢，才能达到服务的目的，我们才算完成了任务。我一定要按着工农兵的意见办事儿。我把同志们提出来的意见列了一个单子，反复地想过：有的意见很好，可是要等我作很多努力之后才能消化；有的意见，只要有决心，又肯做，是立刻就能够做到的。就算一下子还不能做得很好，也可以一边做着，一边改进，一边提高。反正我一定要按着工农兵的需要来做。一句话，要为工农兵服务得好一些。

三

　　这次修改的主要方面是压缩篇幅，让它尽可能短小些，干净些。可是，光是为了短，把主题思想削弱了也不行，把生活内容简单化了也不行，还不能损害它的故事性和艺术性；只动皮毛，而不伤筋骨，这就是这本书删节时候的主要依据。

　　具体改动的地方，大体上有这样几点：第一，突出人物，把那些跟人物关系不大的细节减少或者删除了，如风景描写等；也删去一些次要人物的历史介绍；能用行动表达人物内心活动的地方，就把静止的内心描写简略了一些。第二，突出正面人物形象，突出主要的矛盾线，让这条线更清楚明白。因此，在写正面人物和主要人物的地方,还加了些笔墨,而反面人物和次要人物虽然一个也没有减少,但在描写他们活动的地方作了一些删节。第三,故事结构上也稍有改变,把倒插笔的情节,尽力扭顺当了,让它有头有尾;某一件事儿正在发展着,又被另一件事儿岔开的地方,也挪动了一下,让它连贯一气,免得看着看着摸不到头脑。同时,还按照一位生产队干部同志的意见,给每一节加个小标题,起点内容提要的作用。第四,语言也稍加润色,特别是一些"知识分子腔"和作者出来在一旁发议论的地方,只要我发现了,就全改过来;因为推敲不够,原版本有一些不切实和不妥当的字眼儿,也尽力找出来改正了。

四

　　这本书是整个作品的第一卷,在我写作的时候,尽力使它能够独立存在,也就是说,在描写这场斗争的第一个回合已经是有头有尾了。话说回来,它毕竟还是一本书的一半儿,整个矛盾斗争也刚刚铺开,人物、情节跟后边的东西还有密切关联,因为第二卷的故事发展跟第一卷的结尾地方只隔三天时间。所以在写作和删节这个本子的时候,也不能不作全面考虑。

　　我在前边说过,这本书没有写好,缺点还很多。它的缺点不是作些删节就可以弥补的;同时,同志们提出的许多好的意见,也不是这样一点修改就可以做到的。没有做到的地方,有的是因为作者的水平限制,我将以贫下中农的硬骨头精神,来刻苦努力;有的是因为情节发展关系,比如,反面力量最后没有彻底揭发和处理的问题。在第二卷里,正气一定得大大地发扬,最后达到完全胜利;邪气一定要被战胜,最后得到应得的惩罚。因为我们的斗争生活的本身就是这样,作者没有权利不这样写,也不应当不这样写。

（本文是作者为《艳阳天》第一卷删节本写的前言,略有删节）

（原载《光明日报》1965 年 10 月 23 日版）

学习典型化原则札记

浩　然

一

最近，我在舞台和银幕上，连续几次观看和学习革命样板戏《杜鹃山》，很受教育。同时，读到《杜》剧组写的经验介绍文章，又听到《杜》剧组作的经验介绍报告，更受启发。这使我们不仅看到了辉煌矗立的艺术大厦，而且看到了这大厦建设施工的图纸。如果细细地揣摩，寻根觅节，而后心领神通，会使我们更具体、更深刻地理解毛主席《在延安文艺座谈会上的讲话》中提出的文艺创作的典型化原则。把这样的理解再运用到生活实践和艺术实践中去，会使我们的创作水平大大地提高一步。

《杜鹃山》剧组的经验介绍文章的题目是《疾风知劲草，烈火炼真金》。这句话不仅对革命样板戏的创作经验是个很形象的概括，而且，对社会主义文艺通过典型化的矛盾和斗争，塑造无产阶级英雄典型这个根本途径，也是个极生动的提示。

《杜鹃山》受到工农兵热烈欢迎，感动和教育了千千万万观众。我听到不少革命老前辈反映：他们看了演出，好像又回到了过去在毛主席领导下从胜利走向胜利的革命征途上,重温了历史斗争的经验,加深了对历史斗争经验的理解,提高了执行毛主席革命路线的自觉性。

《杜鹃山》所反映的革命历史生活我没有经历过。可是通过看演出,我了解了那个时期的矛盾和斗争,了解了那时期矛盾、斗争的结果之所以取得胜利,是因为有了无产阶级的先锋队——共产党的领导,是因为党组织忠实地执行了毛主席的革命路线。这就使我们进一步认识到今天只有加强党的一元化领导,坚决执行毛主席的无产阶级革命路线,才能巩固发展革命的大好形势,取得更大的新胜利。

党是领导一切的,党必须指挥枪,而不能枪指挥党。这是历史的经验,也是今天和今后,永远要坚持的真理。

我还掂了掂手里的笔——这个武器,也必须坚定不移地听从党指挥!

……

《杜鹃山》取得这样的教育效果,不是借助抽象道理的说教,也不是凭着对历史现象的介绍达到的。它是通过革命的现实主义和革命的浪漫主义相结合的创作方法,把作品所要表现的那一历史阶段的矛盾、斗争生活加以典型化,变成了历史的形象再现,变成了活生生的历史。

我们现在的确还有一些这样的作品:不遵循典型化的原则,而是局限于"真人真事",对生活照葫芦画瓢地生搬硬套;没有真实可信的矛盾斗争,或一群"好人""和平共处",或来一场人为的"误会法";没有既符合生活规律,又符合艺术辩证法的矛盾斗争的发展、激化和转化,只有为情节而情节,为故事性而故事性的杂乱的事件堆砌,等等。

为什么会出现这样的情况呢?

我认为:在这些作者中间,主观上反对把日常生活中的矛盾、斗争典型化,反对通过典型化的途径塑造无产阶级英雄典型,这种人有,但是极少数;因为受修正主义文艺路线的影响,世界观没有得到很好的改造,立场没有很好转变,或"怕"字当头,因而走着邪道,这不是个别的;主观上想遵循革命文艺典型化的原则进行创作,但又没有深刻理解这个原则,或虽有一知半解,又不能在实践中正确运用,这应该是多数。

这个估计也许是不准确的。不管怎样,我们一定要努力、尽快地解决这个重要问题。

在重温毛主席关于文艺创作典型化原则、学习革命样板戏创作经验的时候,我回忆起两件往事。这是两件非常细小的往事。

那是二十多年前,我们党为了巩固农村社会主义阵地,打击资本主义势力(高利贷),发动群众试办信用合作社。这是一种新生的革命事物,值得宣传鼓吹的新事物。

我当时正在一家地方报纸当记者,奉命赶到"信用"工作开展得比较好的平谷县采访。我走了许多村庄,耳闻目睹许多生动事例,很受教育,连续写了几篇新闻报道和经验介绍的文章。

有一天,我来到一个村,正跟信用社主任谈工作,忽见一对青年夫妻来到对面屋乡政府办公室打离婚。

信用社主任仄着耳朵听了几句,要求停一下再谈,走过去看了看。过了一会儿,他满脸笑容地转回来,对我说:"我觉着就有点奇怪。打离婚哪有这么和和气气地一块儿来,一块儿走的呢?"

我好奇地问他怎么回事。

他说:"我跟他们一细打听,这小两口感情本来挺好,就是因为去年种的那几亩地被虫子咬了,没收成;眼下日子过不去,就要离婚,各奔前程。"

我又问他是不是开了离婚证。

他豪爽地说:"我们信用社是干什么的?我答应马上贷给他们一部分钱,买些粮食,再搞起家庭副业,很快就接上收成了。"

这件事使我感到很有意思;信用社主任的精神面貌和工作作风使我很感动。我觉得把这样的事和人写成文艺作品,可以非常生动地说明开展信用活动的优越性……

几天后,我真的把小说写出来了。自己看一遍很得意,忍不住拿给区里一位同志看看。

那位同志看后,既没有对这件真实生动的事情表示感叹,也没对我的写作技巧加以赞美,反而不以为然地摇摇头,笑了。

我问他笑什么?他说:"这小两口太怪了。感情很好的,因为一时的生活困难就离婚？要是我，就算没信用社，宁可借高利贷去！"

当时，年轻而又自负的我，不仅没有认真地考虑这番话，倒暗暗笑他"不懂眼"。

我把稿子带回省会，请几位"懂眼"的同志看了。没料到，他们几乎都说我的作品所反映的人物和事件不真实。

我理直气壮地反驳他们：作品中所写的东西，不光时间、地点、情节是真实的，就连人物的名字都一字不差，不相信的话，可以打电话核对。

他们说：这篇作品不真实，不是指生活中是不是果有其事，因为它太罕见、太怪僻、太特殊，因此不典型；我们是人民当家做主的国家，互助合作又蓬勃开展，因为生活所迫而妻离子散的事例有多少？

……

这件小事情，给了我很大的震动和启发。主观上要热情歌颂社会主义制度，同时又是根据真实的生活材料写作，却会得到相反的结果。

在那一段比较长的时间里，我写了不只一篇类似这样自己认为真实，又有些得意的作品，都被同志们以为"不真实"、"不典型"否定了。为什么会有这种现象，同样经过较长的时间学习和实践，我才渐渐地有所觉悟。

从马克思主义的唯物论认识论来讲，"感觉只解决现象问题"，"感觉到了的东西，我们不能立刻理解它，只有理解了的东西才更深刻地感觉它"。社会生活是错综复杂的，粗与精、伪与真常常掺存在一起。作者个人亲眼看到和感觉"真实"的现象，并不一定真实；只有那些带有普遍性、反映了生活的本质和主流的东西，才是真实的，才具有典型意义。

马克思主义的文艺学说告诉我们，革命文艺要真正发挥推动历史前进的作用，艺术真实就应该高于生活真实。艺术真实所要求的是本质的真实，历史的真实，而不是个别的事实。列宁说得好："一切事情都有它个别的情况。如果从事实的全部总和、从事实的联系去掌握事实，那末，事实不仅是'胜于雄辩的东西'，而且是证据确凿的东西。如果不是从全部总和、不是从联系中去掌握事实，而是片段的和随便挑出来的，那末事实就只能是一种儿戏，或者甚至连儿戏也不如。"要使自己在纷纭的社会生活中做到去粗取精，去伪存真地把握住本质和主流的生活素材，而后在毛主席关于文艺创作典型化原则指导下进行艺术构思，就必须弄懂列宁所阐述的观点,学会运用他指示的方法。

举出这件细小的往事,还只能说明问题的一个方面。如果我们学习、运用典型化的原则,从这样的事件中错误地接受教训,以"多"为真、为典型,凡是相类似的生活现象多,就认为真实、典型;少,就认为不真实、不典型,这又走上了另一个极端,依旧是没有正确地坚持革命文艺创作的典型化原则。

这里,我想再说说另一件往事。

新中国刚刚建立,婚姻法公布了。在这个问题上,普遍的和大量的,也就是"多"的生活现象是什么样的呢?广大青年热烈拥护,自由恋爱,而一些没有从旧的传统观念解脱出来的家长坚决反对,最后在党组织和群众组织积极支持下,青年男女成全了美满婚姻——这样的事件,几乎走到哪一个村都能遇到几起。其间,基本符合这一生活原样,艺术表现形式相类似的作品出现了不少,而且流行一时。这样的作品真实不真实?典型不典型?

我就遇到不少的农民,包括青年,当然主要是老年,他们就认为不真实,不典型。有一次,我甚至遇到这样一件事:一个老贫农满有兴趣地跑十几里夜路去看戏,一发现演出的是这类要搞自由恋爱的女儿跟父母作坚决斗争的节目,扭头就走;几天后提起此事来还十分气恼。

他质问我:难道当父母的都不愿意儿女幸福吗?都想害他们吗?编戏的人了解父母的心吗?

这使我深思起来。婚姻法是要消灭封建残余,从身心上解放劳动人民,使他们团结起来,走新的道路,建设新中国。这不仅符合青年男女的切身利益,也符合作父母的老一辈农民的切身利益。因此,不仅青年们拥护,老年们也应当拥护;我们的作品应当真实地反映这样的主流和本质,教育他们同心同德地团结一致,齐步向前,而不应相反。当然,这个新事物刚出生。老年人热烈拥护的事例比较起来不像青年们多而明显,但老年中这个较少数的现象,对这一部分人民群众来说,却代表着生活的本质;用发展的眼光看,现在的不普遍,随着时代的进展、人们政治觉悟的提高,终究会起变化,变得普遍起来。事实上有两种少数:一种是旧事物的残余,一种是新事物的萌芽,我们要善于严格地加以区别。凡是属于新生的革命事物,今天是少数,明天一定会成为多数。文艺工作者的任务,正是应当敏锐地、及时地抓住暂时还不普遍、还处于萌芽状态的新事物,大胆地、热情地加以鼓吹,促使它们迅速发展壮大。

有了这样一些认识,我开始留神发掘生活中这方面的新的人物和事件,后来写了那篇《喜鹊登枝》——这是我发表的第一篇正式的小说。

在初学写作阶段,这两件细小的事情,使我对文艺创作典型化的原则有了个初步的理解;使我明确了,要坚持文艺创作典型化的原则,必须在马列主义、毛泽东思想指导下,处理好文艺作品与实际生活的辩证关系。

毛主席指出:"人类的社会生活虽是文学艺术的唯一源泉,虽是较之后者有不可比拟的生动丰富的内容,但是人民还是不满足于前者而要求后者。这是为什么呢?因为虽然两者都是美,但是文艺作品中反映出来的生活却可以而且应该比普通的实际生活更高,更强烈,更有集中性,更典型,更理想,因此就更带普遍性。革命的文艺,应当根据实际生活创造出各种各样的人物来,帮助群众推动历史的前进。"这一教导科学地、深刻地阐明了革命文艺的典型化原则,论证了文艺创作与社会生活的辩证关系,对革命文艺反映社会生活的特点、规律和目的,也是一个高度的概括。

按照毛主席的教导,来检查一下我们自己的文艺创作实践中存在的问题,我个人觉得,作者在搞创作的时候,不是从现实生活中直接吸取素材,而是只关在屋里模仿、想象和编排,这是造成作品"不真实"、"不典型"的一个重要原因。文艺创作典型化,是源于生活,高于生活的。离开了"源",离开了对生动丰富的社会生活的了解和熟悉,提炼、概括又从何谈起呢?长期地、无条件地深入火热的革命斗争生活,是我们能不能坚持文艺创作典型化原则的一个关键问题。

另外,作者在表面上也到生活中去了,但是,自己对要写的作品缺乏明确而又正确的指导思想,对生活自然主义地反映,或采取"猎奇"的态度,也会造成作品"不真实"、"不典型"的状况。我们应当努力把生活现象中能够充分反映本质的"突出"的东西,跟偶然的、非本质的"特殊"的东西区别开来;概括艺术典型的原料,要大量地吸收前者,而尽力地摒弃后者。

二

人类的社会生活是文学艺术创作的唯一源泉。但是，社会中的一切现象不一定都能变成文学艺术作品。因此，只是把生活中一些普通的、常见的东西像堆土、做垛那样，加在一块，综合起来，也不等于文艺创作的典型化。

文学艺术是观念形态的东西。革命作品，是社会生活在革命作家头脑中反映的产物。那么，到底反映什么，又怎么反映呢？这是我们学习典型化原则的时候，要首先明确的问题。

毛主席教导：“文艺就把这种日常的现象集中起来，把其中的矛盾和斗争典型化，造成文学作品或艺术作品，就能使人民群众惊醒起来，感奋起来，推动人民群众走向团结和斗争，实行改造自己的环境。”

典型化的根本任务，就是把社会生活中的“矛盾”和“斗争”典型化。唯有典型化了的“矛盾”和“斗争”，才是造成文学作品或艺术作品的基本内容。

我觉得，一个写作者对这个问题做到真正的理解和接受，又确信不疑地加以坚持，是能不能写出革命文艺作品的根本条件。

把日常生活中的矛盾和斗争典型化，其前提是作者能够抓住生活中的矛盾和斗争的原始材料，而后再进行艺术的取舍、提炼、概括等等加工和制作，使它源于生活，又高于生活。这就要求作者首先得承认我们生活中存在着矛盾和斗争，并且善于在日常生活中发现和把握这些矛盾和斗争。这是个世界观的问题。作者有什么样的世界观，就有什么样的立场、观点和方法。

用辩证唯物主义的世界观，即用无产阶级世界观来观察社会生活，就会坚定不移地认为，没有矛盾就没有世界，没有斗争就没有发展，矛盾和斗争是普遍的，绝对的，是客观存在的，是社会发展的动力。正如毛主席英明指出的：“社会的变化，主要地是由于社会内部矛盾的发展，即生产力和生产关系的矛盾，阶级之间的矛盾，新旧之间的矛盾，由于这些矛盾的发展，推动了社会的前进，推动了新旧社会的代谢。”跟辩证唯物主义世界观相对立的，是唯心主义和形而上学的世界观。这种世界观把世界看成是精神的产物,看作是静止不变的,或者是原地不动的循环返复。

那么,作为一个文学作品的创作者,应当有什么样的世界观,在两家对立的世界观中,究竟站在哪一边? 这是丝毫不能含糊的问题。这是关系到我们能不能正确地观察、分析、研究社会生活,对现实生活得出正确结论的一个重要问题。

回忆起来,在民主革命阶段,我是承认阶级之间的矛盾,承认新旧之间的矛盾的。因为地主富农就在喝我们的血,吃我们的肉,敌人的炮楼就在离村几里远的镇子上;他们在政治上压迫我们,在经济上剥削我们,自己的生命随时都有被他们夺走的危险。"消灭封建地主!""打倒蒋介石,解放全中国!"这样的口号我喊得很响;防奸防特、支前运粮、跟担架,确实有一股子拼命精神。后来呢,我跟广大农民一起,在党的领导下斗倒了地主富农,打败了国民党反动派,中华人民共和国成立了。接着,又搞起农业合作社,"大家都凭工分吃饭,全一样了"的思想,影响着我。在区里搞领导工作的时候,我就抓生产,抓生活。当了新闻记者,我就歌颂生产、生活中的新人新事。这时候,对地主富农的破坏捣乱也打击,对旧的思想也批评,但是,并没有从阶级斗争、从巩固无产阶级专政这个根本方面看问题。这样的现象,从我当时写的作品里十分明显地表现出来了。读者能看得很清楚。

有什么样的世界观,就有什么样的文艺观。文艺创作中的"无冲突论",是社会上"阶级斗争熄灭论"的反映。不从我们写作者头脑中肃清这种流毒,就不能加强和提高阶级斗争观念和路线斗争觉悟,即使在主观上拥护社会主义,热爱工农兵英雄人物,也会身在矛盾和斗争的漩涡中视而不见;面对叱咤风云的英雄们见而不识。没有看清,没有理解日常生活中的矛盾和斗争,又怎么能够进行正确的典型化的艺术提炼和概括呢?

为什么一个劳动人民出身的我,经受过阶级剥削和压迫,跟阶级敌人面对面地斗争过,又对他们的本质有一定了解,还会受到"阶级斗争熄灭论"的影响,忘记了阶级和阶级斗争呢?

这种现象尽管在写作《艳阳天》的时期,也就是在毛主席在八届十中全会发出"千万不要忘记阶级斗争"的伟大号召之后,已经较为彻底地解决了;经过无产阶级"文化大革命"和批林批孔运动,在实践方面和理论方面又有了较大的提高,但是,总结一下过去的经验教训,进一步提高认识,仍然是十分必要的。这样做,能提高我们的自觉性,有利于继续革命。

我认为,根本所在,还是个世界观的问题。从世界观上说,我还不是一个真正的马克思主义者。正如列宁所说:"谁要是仅仅承认阶级斗争,那他还不是马克思主义者,他可能还没有走出资产阶级思想和资产阶级政治的圈子。用阶级斗争学说来限制马克思主义,就是割裂和歪曲马克思主义,把马克思主义变为资产阶级可以接受的东西。只有承认阶级斗争、同时也承认无产阶级专政的人,才是马克思主义者。马克思主义者同庸俗小资产者(以及大资产者)之间的最大区别就在这里。必须用这块试金石来测验是否真正了解和承认马克思主义。"我承认了阶级斗争,同时,多年来,一直搞的是无产阶级专政的工作,但是,对无产阶级专政的理论没有搞清楚,对无产阶级专政的任务没有弄明白;我只看到社会主义制度的优越性,没有认识到社会主义历史阶段阶级斗争的长期性和复杂性。只把自己当作一个无产阶级的歌手来看待,并没有当一个无产阶级在上层建筑其中包括各个文化领域对资产阶级实行全面专政的冲锋陷阵的战士来要求!

承认了民主革命时期的阶级斗争,但把蒋家王朝打垮了,把地主富农斗倒了,把明摆着的反革命镇压了,把暗藏的反革命挖出来了,还有没有阶级斗争呢? 我们无产阶级掌权的国家越来越强大了,我们的社会主义制度越来越巩固了,还有没有旧社会复辟的危险呢? 对于这些问题,我没有在思想、实践上给予明确而又正确的回答。

这就是我的经验教训!

在毛主席的伟大思想指引下,我在写《艳阳天》的时候,对这个问题开始觉悟;经过党内第九次和第十次路线斗争,通过对马列主义、毛泽东思想的学习,还有无情的事实教育,在动笔写《金光大道》的时候,我的觉悟有了进一步的提高。

"社会主义社会是一个相当长的历史阶段。在社会主义这个历史阶段中,还存在着阶级、阶级矛盾和阶级斗争,存在着社会主义同资本主义两条道路的斗争,存在着资本主义复辟的危险性。要认识这种斗争的长期性和复杂性。要提高警惕。要进行社会主义教育。要正确理解和处理阶级矛盾和阶级斗争问题,正确区别和处理敌我矛盾和人民内部矛盾。不然的话,我们这样的社会主义国家,就会走向反面,就会变质,就会出现复辟。我们从现在起,必须年年讲,月月讲,天天讲,使我们对这个问题,有比较清醒的认识,有一条马克思列宁主义的路线。"这是一条坚持社会主义道路,巩固无产阶级专政,防止资本主义复辟,把无产阶级革命进行到底的革命路线。

写《艳阳天》的时候,首先是学习了毛主席在八届十中全会上的讲话,思想上受到启发。同时回忆了一九五七年,右派分子向我们党进攻在农村引起的一些具体的斗争实例。概括、提炼这个题材的时候,所针对的当时农村开展"四清"运动揭露出来的问题,几乎都局限于基层单位,即人民公社的大队。右派分子进攻的那场阶级搏斗,已是历史,是我们战胜资产阶级妄图复辟的历史;"四清"运动,当时已经把广大群众发动起来,更是胜利在望。所以,我的思想认识上的基点,只达到了"存在着资本主义复辟的危险性",从而要通过自己的文艺创作,配合"要进行社会主义教育"的指示。教育群众提高警惕,防止资本主义复辟;只要我们热爱社会主义,有一股子革命硬骨头精神,又能处理好各种不同性质的矛盾,就能胜利——人物设计,情节安排,是以这些为指导思想的,开篇的那两句"题词":"真金不怕火炼","乌云遮不住太阳",可以说是我当时对问题认识深度的一个简要的概括。

那么,写作《金光大道》的时候,我对在无产阶级专政理论的认识方面有所提高的问题是什么呢?

问题在路线上,具体地表现在"就会"这两个字上。在写《艳阳天》的阶段,我的注意力只在基层,或者说较多地看到下边问题的严重性。对上边,尤其高一层领导,只注意到党外的右派,没有多考虑地富反坏右在党内的代理人。这种状况,经过无产阶级"文化大革命",得到改变。所以从写《艳阳天》的时候认识到我们这个社会主义国家"存在着资本主义复辟的危险性",在写《金光大道》时候,我进一步认识到"不然的话,我们这样的社会主义国家,就会走向反面,就会变质,就会出现复辟"。在《金光大道》里所表现的矛盾斗争,不仅涉及区里,而且写了县一级领导干部,并展开了面对面的斗争。尽管我表现得很不理想,但《艳阳天》里的矛盾斗争只局限在一个村,虽然牵扯到乡一级,却连一次会议都没写,这是很能说明我的认识水平和理解程度的。这种认识的发展,写第二部的阶段,比写第一部的阶段又有所加深。

写第一部的时候,从我们党内揪出了一个窃取一部分权力的叛徒、内奸、工贼刘少奇,这个事实,在写《艳阳天》的时候没有,我对毛主席指出的我们的主要敌人是党内走资本主义道路的当权派这一极其重要的理论理解不深,没有想过我们党中央还隐藏着一个资产阶级司令部,这是我的思想和认识的局限性。

对照毛主席的指示:"中央出了修正主义,你们怎么办?很可能出,这是最危险的。"我的认识有了新的突破,理解了在我们党内有一条跟毛主席无产阶级革命路线相对立的修正主义路线,它代表着被打倒的地富反坏右的利益。我认识到,我们的文艺作品,必须努力地表现两条路线的斗争,才能本质地反映时代,更好地为无产阶级政治服务。同时,苏修叛徒集团竟把列宁缔造的第一个社会主义国家变成了赤裸裸的社会帝国主义,从另一个方面推动了我的认识,打开了眼界和思路。写第二部的时候,又揭出了林彪反党集团,我的思想震动很大。林彪这个反党集团的头目,历史上既没有坐牢自首当过明牌特务,后来乔装打扮得那样容易骗人,然而,他反革命的手段更其毒辣、凶恶。如果不识破他们,消灭他们,资本主义一定会在中国复辟,千百万劳动人民就会人头落地了。在参加这场斗争中,结合生活和文艺创作实践,比较认真地读了几本马列和毛主席的基本理论著作,学习了革命样板戏的创作经验。这样,才使自己认识、理解生活的能力和艺术地再现生活的能力有所提高。

马列主义、毛泽东思想是一个革命文艺工作者选取题材、提炼主题、塑造人物、结构情节——典型化过程的唯一的锐利武器。政治思想水平的提高,不仅使作者心明眼亮,选得准、看得深,还能使作者胆大勇敢。

在对构成《金光大道》的生活素材进行典型化的过程中,仅在典型人物设计方面,一些同志就给我提出了一大串问题。例如:五十年代的高大泉,政治觉悟不能那么高;张金发的言行不可信,能否把他写成暗藏的坏人;县长谷新民如果解放前被捕的时候当了叛徒,解放后执行修正主义路线才合逻辑,等等。这些都是属于典型化的问题。我是严肃对待的,但最后坚持了我自己的意见。因为我认为,像现在作品表现出来的这样做,才符合典型化的原则,才能表达出我要写"中国农村两条路线斗争"这个愿望。比如说,张金发、谷新民这两个人,可以写成像同志们建议的那样的典型。典型人物不能只有一种。那样做,不仅是他们加一段罪恶历史问题,也不仅是他们的典型的个性变了,实际上,使整个作品的典型环境也跟着变了:张金发和谷新民都成了《艳阳天》里的马之悦,高大泉不就等于萧长春了吗? 岂不是把表现党内两条路线斗争为主线的作品改为以表现阶级斗争为主线的作品了? 这在主题的提炼上,是深化了,还是浅薄了? 我认为其结果是后者。

当然,不要说早期写作的《艳阳天》,就是近期写作的《金光大道》,在贯彻执行毛主席关于文学艺术创作典型化原则方面都做得十分不够。主要原因,是我的世界观还没有得到很好的改造。

还有一个重要之点,我认为是必须强调的:我们把生活中的矛盾和斗争典型化,并不是为了单纯地揭露矛盾、暴露问题,而是为了解决矛盾,解决问题,即是"就能使人民群众惊醒起来,感奋起来,推动人民群众走向团结和斗争,实行改造自己的环境"。所以我们是积极地、能动地反映生活中的矛盾和斗争。这就要求我们全面地理解毛主席典型化的原则,以党的基本路线为纲,以革命样板戏为榜样,写好矛盾的革命转化,朝着人民的方面,朝着有利于巩固无产阶级专政的方面转化。

社会主义社会是一个相当长的历史阶段,阶级斗争还会长期存在,党内的路线斗争还会长期存在。我们的笔要跟上时代的脚步,首先要使我们的思想跟上时代的脚步;跟上时代的脚步,不能随大流,糊糊涂涂地跟,必须心明眼亮地跟上新的革命形势下的阶级斗争、路线斗争发展的脚步;唯有这样的"跟上",才是真正的前进,否则,必定落伍掉队!

我们一定要刻苦地攻读马列和毛主席的书,把对资产阶级专政的理论搞清楚;在学习、生活、创作中,自觉地、不断地改造自己的主观世界;同时把革命样板戏的经验学到手。这样,我们才能成为文艺革命的战士,在无产阶级专政条件下继续革命的光辉灿烂的大道上走到底!

(《天津文艺》1975 年第 3 期)

是"现实主义"文学，不是"乡土文学"

——有关"乡土文学"的史的分析（节选）

王　拓

近几年来，不能确知是从什么时候开始，"乡土文学"这个名词，渐渐在许多报纸杂志上，和许多爱好文学的朋友们的嘴上经常地出现，并且还渐渐有形成为文学创作上的一股主要潮流的趋势。对于这样的趋势之是否适当，就我所知，是很有一些不同的意见存在于作家和读者中的，而且不论是赞成或反对的人，恐怕都还夹杂着一些文学的和非文学的理由在里面。同时，在喊了那么一段时间的"乡土文学"的现在，究竟什么叫做"乡土文学"，它的定义如何？也似乎还是非常的笼统含混，还没有人公开地为它说出一个明确的意思来。

我认为在讨论这个问题之前，如果先让我们来回顾一下一九七〇年至一九七二年这段时间的台湾，在政治、经济与社会各方面的重大变化，可能会有助于我们对这个问题的了解。我一向主张，文学的研究应该把它放在当时的历史与社会的客观条件上加以考察，才能理出一个清晰的面貌来。而从一九七〇年至一九七二年这段时间，正是台湾在最近过去的几年内，遭遇到最重大冲击的时期，它对思想界、文化界与青年学生的影响，至今还留下许多可以寻找的明显的痕迹。

一、一九七〇年至一九七二年的台湾社会

在这段时间里,对我们来说,发生过几件极具震撼与冲击性的重大事件,依照时间先后来排列,它们依次是:

1. 一九七〇年十一月开始的钓鱼岛事件。

2. 一九七一年十月二十五日联合国大会。

3. 一九七二年二月二十一日美国总统尼克森访问北京。

(下略)

……这段时间的台湾社会,由于国际重大事件的冲激,与经济不平衡的发展,而产生了强烈的反抗帝国主义,与反抗殖民经济和买办经济的民族意识和社会意识,要爱国家、爱民族,要关心社会大众的生活问题。

而这正是刺激时下所谓的"乡土文学"蓬勃发展的时代背景。

二、一九四九年以后台湾文学的回顾

任何一个时代的文学发展,主要的是受它当时的政治、经济与社会等客观的条件所决定,如果当时客观的历史条件对某种文学来说,没有达到一定程度的成熟,就无法要求它的文学能超越时代而成为主流。这也就是说,在一九七〇年以前的台湾文学界,并不是没有人在主张以台湾乡土为写作背景的"乡土文学",而是因为在此之前的台湾社会,在客观的条件上没有为这种以乡土为基础的"乡土文学"提供一个成熟的环境,所以即使有人在提倡、在耕耘创作,仍然还是无法成为当时文学界的主流。为了使这个问题有一个更清楚的面貌,在这里让我们把一九四九年以后的台湾文学历史作一次简明的回顾,应该是有意义的。

一九四九年之后的头几年间,由于政治的与社会的种种巨大的变动与不安,台湾社会在思想上实际是陷于近乎真空的状态。在文学上,那批从大陆来台的作家,

经过长期内战的煎熬，和政治上、生活上的不安定，要不是走进学院里与现实脱节，就是写一些僵硬刻板的八股文学，几乎没什么建树可言。而这个时期的台湾本土成长的作家，如杨逵、吴浊流、钟理和、钟肇政等等，却又因为长期接受日本殖民主义的教育，用中文写作的能力都还有待重新磨练；同时又因为某些客观环境的理由，在这段时间内，几乎都保持着深沉的静默。

朝鲜战争爆发以后，美援物质开始大量倾入台湾，政治上的安定渐渐带来了经济上的活力，一批新兴的商人开始在社会上抬头，在美援的经济和物质下成为这个社会的中上阶层。而渐渐的，原来穿军装拿武器侵略中国的日本人，却换了一身装扮，穿着西装、提了〇〇七的皮包重新又进入台湾，开始对台湾进行另一种面目的——经济的侵略。台湾就这样在美国与日本的经济殖民主义下，以廉价的劳工与农产品换来了一定程度的经济成长与繁荣。

在这个阶段的台湾知识界与思想界，中国传统的那一套儒家思想在当局的提倡维护下，虽然还勉强维持了一个表面的空壳，实际上却完全抵挡不住与西方资本主义经济俱来的那套个人主义思想和自由民主的价值体系。在美国所提倡与领导的全球性冷战政策下，生活于台湾的知识分子，开始大量地吸收西方的思想：个人对集体、自由对极权、民主对专制，这一套思想的二分法。而对于中国在近代历史上反抗帝国主义侵略的民族主义传统，却又完全的割断了、忽略了！

生活在台湾的文学作家，便在这种纵的方面割断了自己的民族传统，横的方面却又盲目地放开胸怀吸收西方资本主义的思想和价值观念的情形下，开始了他们盲目模仿和抄袭西方文学的写作路线了。

但是，西方资本主义社会实际又是怎么样的情况呢？资本主义的本质是赚钱和占有，表现在人与人或国与国之间的行为便是激烈的"公平竞争"——实际上是弱肉强食、适者生存。在这种情形下所造成的结果是：

　　　　一方面由于贫富的悬殊和市场的争夺，使他们不能不发动各种有形无形的战争；一方面由于内在矛盾的日益扩大，也使他们不能不濒于崩溃的边缘。所以历史学者汤恩比（Arnold J. Toynbee）说："由于机械发明的大大成功，西方中产阶级加重了战争和阶级制度这两个病症，且使之成为全然不治的痼疾。

阶级制度现已可能造成社会不可挽回的分裂局面,而战争可能毁灭人类全体。因为西方最近的技术发明,已将这种享有特权的少数和非特权的多数在世间财物上分配不平等的情形,从以往的不可避免的邪恶,变成不可忍受的不公平。"有了这些因素,中产阶级固然面临了莫大的危机,即一般人也在这种商业文化的侵蚀下,使得人与人的关系由互相利用、互相排斥,而形成不同形态的伤害。……(中略)在这种失却对人虔敬的现实下,人们因缺乏互助、了解而呈现的孤独、寂寞、疏离……等等,自然是俯拾即是。

因此,挣扎在如此处境下的现代人,便普遍地产生了一些症状……(中略)一方面他的神态显得非常傲慢,一方面他的意志却表现得极为薄弱而易于冲动;因此对于意志的丧失特别敏感,也因此经常感到厌世和恐惧,而对于道德观念和善恶之分更是混淆不清;为了解除这些病状,他们便不能不寻求人工的刺激,以求达到昂奋;于是,除了烟酒之外,性欲便成了慰藉寂寞的主要方式;而由此不断的、过度的刺激的结果,便产生包括性欲在内的官能倒错症;因此不仅同性恋与乱伦的事实增多,音感和色感也陷于错置和混乱之中;然后随着刺激的升高,感官生活的花样也就为之层出不穷,直到个人完全崩溃为止。[1]

而在这样的资本主义社会里的西方文学作家们所反映出来的西方社会,当然不是个人、民主自由的焕发,而是个人的失落、自由的可怕、社会的僵化、神的死亡等等。

它们的主题是两个佛洛依德的本质:杀人(或自杀)和性。艺术本身退化为刺激杀人的动机和肉欲之物,成了娱乐和消遣的工具。[2]

随着中世纪艺术价值的崩溃,很快地,它开始发展它那与生俱来的病态特质,渐渐成为较少创造性,但越来越病态、退化、消极和无条理的艺术。它降为社会的脏物。代替上帝的,它的英雄和主角是飞仔、罪犯、娼妓、神经病患,以

---

[1]　引自尉天骢:《路不是一个人走得出来的》四三—四五页,联经出版。
[2]　引自尉天骢:《路不是一个人走得出来的》四六页,联经出版。

及被遗弃的人。它喜好之布景是监牢,和停车间、女房东、奸妇、妓女或诱奸者的睡房;夜总会、酒吧或沙龙;阴谋者的办公室或者弥漫着谋杀和其他罪恶之街市。……①

这种文学和艺术所透露的是,欧洲文艺复兴以来维系西方人的价值体系的倒塌和毁灭。艾略特的《荒原》、奥登的《不安的年代》、卡夫卡的梦魇世界、卡缪的荒谬世界、海明威的死亡世界,还有像失落的一代、愤怒的一代、被打垮的一代等等,这些具有代表性的文学,是现代西方作家合伙同唱的西方文化的挽歌。

而台湾的作家就在美、日殖民主义经济制度和美式教育制度下,不知不觉地学习着西方人的感情和思维方法,跟随他们世纪末的颓废的世界观,仿效它们麻木、荒谬、病态的姿态,不断地透过报纸杂志广泛地介绍艾略特、卡夫卡、沙特、卡缪、D.H.劳伦斯等等,还利用西方文学批评的理论和方法来解说《荒原》、《城堡》、《异乡人》是何等伟大的作品,甚至还回过头来,用这些西方文学批评的理论和方法来规范、品评台湾乡土成长的作品。这种现象就造成了台湾文学界相当普遍的缺乏具有生动活泼、阳刚坚强的生命力的文学作品,而到处散发着迷茫、苍白、失落等等无病呻吟、扭捏作态的西方文学的仿制品。而他们又自封为社会的上等阶级,对一般不能理解其伟大作品的凡夫俗子,持着一种傲慢的、不屑一顾的态度。

然而,在这样的社会风气与文学风气下的台湾社会,还是仍然有一批人顽强地、固执地坚守在他们生长的泥土上,以他们生活的乡土为背景,真诚地反映了他们所熟知的社会与生活现实,甚至于企图用乡土的背景来衬托近代中国民族的坎坷,例如吴浊流的《亚细亚的孤儿》和钟肇政的《台湾人三部曲》中的《沉沦》,都以极大的篇幅来综摄历史的进展,以凸出民族的颠沛和个人的悲歌。而像钟理和则是真诚地反映了现实生活上的艰辛,充满了写实主义感人的力量。这种以民族历史与个人生活为写作题材,以实际生活的乡土为背景的具有现实主义精神的创作方向,在当时那种以模仿西方的精神和技巧,以反映中产阶级的堕落、颓败、麻木和倒

---

① 　引自尉天骢:《路不是一个人走得出来的》七七—七八页,联经出版。

错的生活为主的台湾文学界里,之没有得到太多的注目是可以理解的。然而,我们也不能忽视了这一股一直默默潜在的力量,当整个社会的客观条件发生变化时,他就会慢慢取代过去那些僵死的、虚伪的文学风尚,而成为文学上的主流,帮助我们更快地走向一个更健康更正确的道路。而一九七〇年后的台湾社会,正替这种反映现实的文学风尚准备好了必要的成熟的条件。

一九七〇年至七二年这段时间里的台湾社会的变化,已如上述,而它反映在文学上的,首先就是对过去二十几年里的文学风气的严厉批判:

> 在现实中,工厂、盐村、农村都有许多问题,我们的教育制度在新旧社会交替下也有很多值得探讨的地方,但我们的作家却不去面对这些困境,反而把外国人的问题,和我们这里还没有发生的问题,一窝蜂的接收过来,把别人的病当成自己的病,别人感冒,我们立刻打喷嚏。所以,目前台湾的现代文学,与台湾的现实生活脱了节,不但自己的病不敢去面对,而且许多小说、新诗,都是有意无意地与生活距离很远。在这种情况下,我们多么需要一种健康的写实艺术和文学。但是,很遗憾的,我们所接触的却是一些知识分子自渎的作品。个人去自渎倒也罢了,然而他们不但不肯承认这个事实,反而打着现代主义艺术至上的理论,来"美化自己的丑陋"。①

> 我们认为:现代文学最大的任务不是别的,而是在于如何透过艺术把人们从以往那种伤害、斗争中引向一个合乎理性的新社会。为了达成这一点,一个艺术工作者无可逃避地应该对他生存的环境有所了解,……(中略)只有根植于生活之中,以无比的爱心去拥抱这个世界的痛苦和快乐,我们的艺术才能同中华民族的命运一样,在经过漫长的悲怆和挣扎之后,成为安慰众生的声音。②

这种在文学上严厉批判过分洋化,过分盲目地仿效西方文学的堕落、颓败和逃避现实的风气;要求文学应该根植于现实生活,和民众站在同一地位,去关心拥抱

---

① 引自尉天骢:《路不是一个人走得出来的》五三页,联经出版。
② 引自尉天骢:《路不是一个人走得出来的》一四九页,联经出版。

社会的痛苦和快乐的这些主张，和七〇年后台湾社会在国际重大事件冲击下所导致的思想上的觉悟——反帝国主义的民族意识的高度觉醒、反对过分商业化的经济体制，和关心社会大众的现实生活的社会意识之普遍提高，都采取着一致的步调，而且正好与那股二十几年来一直默默耕耘着的、以乡土为背景、忠实地描写个人的悲欢与民族的坎坷的作家和作品所表现的健康的、富有活力的现实主义的精神结合在一起了。

三、是"现实主义"文学，不是"乡土文学"

前面我们把一九七〇年至七二年的台湾社会，和一九四九年以后的台湾文学作了一次简单的回顾，我认为这正是造成时下所谓的"乡土文学"能够蓬勃发展，且渐渐在文学创作上有成为主流趋势的时代背景和客观环境。现在，我想进一步试着来讨论有关"乡土文学"的一些问题。

许多人在谈起"乡土文学"时，留给我一种印象，就是所谓的"乡土文学"是以乡村为背景，以乡村人物的生活为主要描写对象，并且在语言文字上运用许多方言的作品。这样的作品之所以会被时下爱好文艺的知识青年和社会大众所接受和喜欢是可以理解的。因为一九七〇年后的台湾社会，如前面所分析的，在一连串国际重大事件的刺激下，政治、经济和社会环境都有着重大的改变，反对帝国主义的民族意识和反对财富分配不均的社会意识普遍觉醒和高涨。为了反对帝国主义，在文化上便自然要求对本位文化重新作一次新的认识、估价和肯定，以作为建设新的本位文化的基础；为了反对垄断社会财富的少数寡头资本家，自然会对现行的经济体制下各种不合理的现象加以批评和攻击、自然要对社会上比较低收入的人赋予更多的同情和支持。又因为帝国主义者是以一种伪善的经济合作的姿态来到台湾进行其丑恶的经济侵略，所以社会上的反对帝国主义和反对寡头的资本家常常是互相联系着，甚至是合而为一的。而在这种情形下，那些以乡村为背景、以乡村人物为主要描写对象的文学作品，便同时满足了社会大众这两种不同的感情需要。因为在西方资本和外来文化的冲击下的台湾社会，都市被西化的程度已经和欧美的大都市没有太大的差别,这不仅是表现在表面可见的建设方面,甚至也表现在人的思想、价值观念和生活态度上。而乡村虽然在工商经济的渗透下也产生了很大的改变,但它较之都市毕竟保留了较多的传统文化的特色和纯朴的生活面貌;同时,乡村人物在激剧转变的社会里、在极力提倡工商经济发展的政策下,往往都是一群被牺牲、被忽视的人,他们收入少、生活水准低、工作辛劳。因此人们很容易地,就可以从这些以乡村社会和乡村人物为题材的小说中,满足他们民族主义和社会意识的感情。

但是,这样的作品是不是应该就称之为"乡土文学"? 或者说,这样的作品是不是除了称之为"乡土文学"之外,就没有更适当的称谓了呢? 我认为这是一个很值得讨论的问题。

就我所知,有许多人是把所谓的"乡土文学"理解作"乡村文学",认为它只是以乡村社会和乡村人物为题材,并大量运用闽南语的文学。但是就我们前面的分析,这种文学之所以会被普遍接受并引起广泛的重视和爱好,是基于一种反抗外来文化和社会不公的心理和感情所造成的。因此所谓的"乡土文学"事实上是相对于那些盲目模仿和抄袭西洋文学、脱离台湾的社会现实,而又把文学标举得高高在上的"西化文学"而言的,在这种意义下,把"乡土文学"理解为"乡村文学"虽然不能说完全没有道理(它的道理本节上文已略作说明),但是,却很容易引起一些观念上的混淆以及感情上的误解和误导。首先,它使人们可能想到都市和乡村的对立,进而使人们误以为只有以乡村和乡村人物为体材的文学作品才是"乡土文学",而排斥了以都市和都市人为题材的文学作品。如果"乡土文学"真是这样的意义,那么这种"乡土文学"便太过狭隘、太过拘限和封闭了。它将无法担负起反抗"西化文学"和建设我们的民族文学的重任。二、因为乡村人物的语言仍然是以闽南话为主,而时下一些被认为是"乡土文学"的代表作品之所以被重视,一部分原因即在于这些作家对台湾方言模拟的运用圆熟、神似。这当然对于汉语词汇的更加生动和丰富有极大的帮助和贡献,但是如果太过强调,便很容易使人陷入一种偏狭的、分裂的地方主义的观念和感情里。三、在机械文明的影响和工商经济的渗透下,乡村社会的某些特色是必然要没落和消失的,例如牛车之被汽车火车所取代、耕牛之被耕耘机所取代、煤油灯之被电灯所取代、进步的医药取代迷信的巫医等等,以及随着这些物质文明俱来的某种思想和感情的改变,都是历史和社会发展的客观规律,不因为人的主观愿望而有所改变。如果太过感情地拥抱这些乡村社会和人物,以致忽略了历史和社会发展的客观事实,便很容易使人们陷入一种怀旧感伤的情绪里,而成为一种"乡愁文学"。

再就一般人经常提及的较具代表性的"乡土文学"作家来看,较早的如吴浊流、杨逵、钟理和、钟肇政等;较晚的如王祯和、黄春明等,他们的某一部分代表性的作品,虽然在取材上是以乡村为背景,以乡村人物的生活为主要描写对象,并在方言的运用上显现圆熟的技巧,但是他们所要表现的,并不止于地方的风俗人情,他们作品的可贵,并不在于这些表面的特征,而是在于作品中所反映的现实生活中的人的感情和人性反应,他们的悲欢,他们的奋斗、挣扎和心里的愿望,而透过这些作品能使我们对这个社会和人多增加一些了解和关切。这样的作品如果用一般所谓的"乡土文学"——即"乡村文学"来概括它,我认为也是很不适当的。

钟肇政先生——这个被肯定为台湾光复以来的第一代"乡土文学"的代表作家之一 ——曾经这样说:

> 我认为"乡土文学"如果要严格的赋予定义,我想是不可能的,没有所谓"乡土文学"。用一种比较广泛的眼光来看,所有的文学作品都是乡土的,没有一件文学作品可以离开乡土,我看到的许多中外的文学作品,百分之九十九还是有它的乡土味,因为一个作家写东西必须有一个立脚点,这个立脚点就是他的乡土。或者,我不如说,那是一种风土。……"乡土",人人的眼光都放在那个"乡",说那是乡下的、很土的,这种说法我是不能赞同的。那么"风土"呢?你在都市里头也可以有一种风土,不管你说你的作品是什么世界路线的,但也离不开风土。①

钟先生在这里所说的"乡土",如果我们的理解没有错误的话,所指的应该就是台湾这个广大的社会环境和这个环境下的人的生活现实;它包括了乡村,同时又不

---

① 　引自《出版家》杂志五二期,页六四。

排斥都市。而由这种意义的"乡土"所生长起来的"乡土文学",就是根植在台湾这个现实社会的土地上来反映社会现实、反映人们生活的和心理的愿望的文学。它不是只以乡村为背景来描写乡村人物的乡村文学,它也是以都市为背景来描写都市人的都市文学。这样的文学不只反映、刻画农人与工人,它也描写刻画民族企业家、小商人、自由职业者、公务员、教员以及所有在工商社会里为生活而挣扎的各种各样的人。也就是说,凡是生在这个社会的任何一种人、任何一种事物、任何一种现象,都是这种文学所要反映和描写、都是这种文学作者所要了解和关心的。这样的文章,我认为应该称之为"现实主义"的文学,而不是"乡土文学";而且为了避免引起观念上的混淆以及感情上的误解和误导,我认为也有必要把时下所谓的"乡土文学"改称为"现实主义"的文学。

而这种文学作品在今天之能够引起一般读者那样广泛的共鸣与爱好,例如黄春明的《莎哟娜啦·再见》描写日本商人腰缠万贯到台湾来糟蹋台湾的妓女;以及杨青矗所写的一系列的工人小说,都得到普遍的重视和极高的评价——这正印证了我们在这篇文章里所分析的:台湾社会自一九七〇年来,由于客观环境的刺激和教育下普遍觉醒的民族意识,和普遍提高的社会意识所要求、所期待的,正是这种文学。

这种"现实主义"的文学是根植于我们所生所长的土地上,描写人们在现实生活中的种种奋斗与挣扎、反映我们这个社会中的人的生活辛酸和愿望,并且带着进步的历史的眼光来看待所有的人和事,为我们整个民族更幸福更美满的未来而奉献最大的心力的。

(原载 1977 年 4 月 1 日《仙人掌》第 2 期)

坟地里哪来的钟声？

银正雄

一九七一年，王拓有一篇小说《坟地钟声》发表于当时颇受文坛重视的《纯文学》杂志，后来这篇小说收入王拓最近的小说集《金水婶》里。王拓在《坟》内描写的是一所学校的内部种种，这所学校就是"八斗子小学"。我们知道，王拓是在"基隆市的小渔村八斗子"土生土长的①，他在《金水婶》一书里所写的便是一系列的八斗子故事。王拓企图在这本书内把从小到大的所见所闻以及他的感受，完全写入这本书内，为从未到过八斗子的城里人勾勒出捕鱼社会的生活状态，让他们了解讨海人是生活在什么样的环境下。《坟地钟声》所讨论的教育在王拓而言，自然是重点之一。

在《坟地钟声》中，王拓借着学校工友老潘②和渔村里的渔民来看一所小学内部腐败的情形。在这所"八斗子小学"里，王拓间接展示给我们的：是校长和女佣人通奸，是老师间的勾心斗角和公然大吵，是老师和学生家长的为了补习费而冲突。在这样一个混乱的环境下，从事教育的人自然无心致力于学校的建设，也自然导致了一场悲剧的发生：在一场"不过是比平常大一点的地震而已"之下，一栋才建了半年多的厕所倒塌了，压死了一位正在如厕的小学生。

---

① 见《金》书后的作者介绍。

② 是八斗子里的外乡人，一个退伍的老兵。

　　这样的一个故事,经王拓历历写来,叫我们惊心不已,因为我们发现在整篇小说中,除了工友老潘就没有一个人是清醒的。而工友老潘之所以清醒主要在于他是个外乡人,是个不属于八斗子的圈外人,他能不受当地渔民的迷信力量所左右,然而他却由于地位问题人微言轻,正如他所说的:"暮鼓晨钟",对于沉沦而不想自拔的人终归是徒然。沉沦而不想自拔,恐怕也无力自拔的人是谁呢? 第一个当然是学校的校长和老师们,其次才是八斗子渔民。然而,我们认为作者在这篇小说中最主要的用意是在攻击这所小学的教职员,八斗子渔民的迷信正是他借以攻击的工具。八斗子渔民认为厕所倒塌,校长家闹鬼都是学校误占坟地才招来的报应,因此他们才请道士招亡魂驱除恶鬼,但恶鬼是驱除不了的,因为鬼由心生,而且活生生的化成人的形象了,八斗子小学的不肖教职员便是恶鬼的转生。这就是王拓所要展示给我们看的。

　　毫无疑问,这是一篇乡土气息非常浓厚的作品,背景是基隆市的小渔村,小说语言用的有土色土香的闽南语,刻画的人物除了不负责任的教育工作者,泰半都是拙朴而又鄙俗的讨海人,如此我们应该可以把它列为"乡土文学"的作品而无疑问。

　　但是我们要问,这样的乡土文学作品反映的是什么? 我们怀疑的是王拓写这篇小说的动机。当然暴露社会黑暗面的小说不是不能写,而且是绝对应该写,同时我们也认为作者有选择小说素材的权利,而这项权利又应该是为读者或批评者的我们,应该尊重而且不能干涉的。然而我们也觉得,小说作者不应该滥用了这项权利,小说作者或者其他文学类型作品的作者固然可以"为艺术而艺术",但却不能不考虑他的作品小至对个人、社会、国家,大至对人类所构成的影响,而这便是读者或批评者读一篇作品时所应该要问的。从前孔子曾说:"学而不思则罔,思而不学则殆。"孟子也说:"尽信书,不如无书。"我们想,这可作为我们研究文学作品的参考。而且我们也认为只有作者、读者能坦然的彼此交换意见和礼让的彼此尊重,我们的文学才会更有前途。

　　我们何以会怀疑王拓在写《坟地钟声》时的动机? 我们是由他所表现的技巧看出端倪。在这篇小说中,王拓使用的是全知观点,照说用这样的观点最能掌握住小说中每个人物的心理变化和情节过程,这是因为作者高高在上,好比站在山顶观看尘世,对于故事中的人物不容易有喜怒好恶的偏爱感,也不易流入主观叙述的窠曰。但是，这篇作品给我们的感觉却全然不是如此，我们从它的字里行间反而嗅到一股浓浓的火药味，我们只觉得王拓对教育工作人员很不满，对他们中某些不肖分子很气愤，因此他借工友老潘的感觉，来道出自己心中的话：

> 想起这件事情，老潘就觉得痛心，学校里有热情有爱心的老师多得很，但是，这世界原来就是这样，大多数的好人总是被少数几个败类给害了。

这些败类做了什么害群的事呢？

小说一开始，王拓用直接而强烈的手法，让我们看见渔民满福和黄老师火爆的一场争吵。这场争吵的关键在于补习费，满福的孩子阿生挨了黄老师的体罚，阿生母亲认为这是因为他们没交补习费，老师就借故痛打她的孩子，因此逼着她丈夫满福找黄老师理论。而黄老师却坚持自己责罚阿生，不是因为补习费问题，是由于阿生偷了大家的东西，他认为自己没有做错。结果是满福犯了众怒，被半推半赶的逐离学校。作者虽没有直言谁是谁非——因为吵架在火头上，本来就口无遮拦不能算数的——但王拓却借着这样的安排，点出了教育人员的理屈——恶性补习本来就一直是教育界的一颗毒瘤，当然引不起读者好感。同时，作者更借此埋下一个伏笔，小说中，满福骂说："……干——猪狗禽兽都不如。做老师？做老师还去勾搭别人的女人？新闻部都刊得那样大，呸！你以为你做老师稀罕？高尚？干——垃圾鬼！……"

"勾搭别人的女人"正是王拓要攻击的第二个教育界的疮疤。

在这篇小说中，一共有两个从事教育工作的人做了这种"万恶淫为首"的事，一个是李奇谋老师，另一个便是渔民阿火仔口中的秃头校长。但这两个人是否真勾搭女人，尽管作者有意让我们以为是真的——因为他借李、黄两位老师的争吵和阿火仔说他无意间看到校长和女佣人通奸的经过，来表示他这一看法，我们却觉得很有问题。首先以为王拓在处理李老师和黄老师的争吵情节上，使用的对比技巧有很大的问题存在，因为李老师究竟有没有"勾搭别人的女人"，在法律上是要求证据的，不能靠传闻就把人一口堵死，小说中，黄老师骂李老师：

"……垃圾鬼！人家骂的是谁？妈的！我都不好意思说你，你倒教训起我来了。报纸刊得那么活灵活现,当明星的是什么人,我破坏学校名誉?……"

"报纸刊得那么活灵活现",王拓并没有指明报纸报道的是什么,但却会使读者联想起前面满福骂的"勾搭别人的女人"的话,于是认为原来李老师就是那个"勾搭别人的女人"的害群之马。在电影中,导演常常用表面上看似无干的几项事物,经摄影机的镜头透过对比的处理,使观众明白导演所要表达的真意。但在这篇小说中,作者用这种蒙太奇的手法对李老师是不公平的,因为报纸的报道不尽可靠,而作者却借此使读者产生教育界是一团糟的印象。

其次,校长和女佣人阿桃的通奸,只有阿火仔一个人看到。他在什么时候看到的呢? 小说中,阿火仔说是"前几天我挑鱼到学校宿舍去卖"时看到的,卖鱼的时间绝对不会是晚上,那末就是白天了,这就是使我们产生在时间上不可能的感觉。因为身为校长的人,想必是一个读过书的知识分子,他白天必然有许多事务要处理,他再欲火中烧也不会笨到把校务完全推开,在光天化日之下就同女佣人干起可能惹火烧身的勾当。我们不信这位校长会没有顾忌,既有顾忌,那末阿火仔的说法就有问题。然而,王拓何以要如此写呢? 我们推敲了一下,也许王拓有意把这座学校写成是一座上梁不正下梁歪的学校,因为连校长都是一个禽兽不如的东西,无怪乎老师要下效其行了。而小学生阿顺仔的惨遭压死,实际上可以说就等于死在这批人的手里一样,因为他们只顾财和色,当然忽视了学校的建设。作者借渔民的嘴中道出这所学校原来是盖在坟地之上。其实就在影射八斗小学就是坟地的化身,而坟地居然会传出钟声岂不是一件咄咄怪事? 作者的题目《坟地钟声》用在这篇作品上,实具莫大的讽刺性。

平心而论,我们不能否认我们的教育界,的确发生过王拓所指责的这些怪现象,问题在攻击并非就解决了问题,因为破坏毕竟只是手段,建设才是它的目的。但如果是恶意的攻击就另当别论,因为它根本就无意建设。纯就小说而论,校长和李老师是否真的和别人的女人通奸实在很成问题,而作者却运用了暗示的技巧,有意使我们认为他们是干了使孔门蒙羞乃至摧残民族幼苗的坏事,使我们不得不怀疑作者创作这篇小说的动机何在?

此外,即使小说中的校长和李老师真的干了如作者所指责的恶事,我们也认为作者的态度很有问题,因为我们觉得人生在世,没有一个人天生就愿意自甘堕落,我们也相信世界上没有一个人是百分之百的坏蛋。每一个人的行为都必然有他们的原因,正如王拓写这篇小说有他的动机一样。如果王拓真的关怀教育问题,那末,他是不是应该追问何以黄老师要恶性补习?校长和李老师为什么"勾搭别人的女人"?我们觉得如果王拓真是用心在此,则他小说的重点应是深入挖掘的探讨、描写这三个角色的生活,而非像目前显示在我们面前的以暗示、烘托的手法来丑化他们行为的一篇小说。

因此我们以为一个小说家,一个真正对他小说事业抱着虔诚、谦虚的小说家,他在创作一篇小说之前,态度应该是严肃、诚恳而慎重的。他对于他所要表现的人物应该是没有不平之心,他应该解脱喜怒爱憎这些足以影响他创作的因素,尽管他笔下的人物个个都有喜怒哀乐的感情,在他则应跳离;他了解但是他不陷入。不然他一旦陷入了,他喜欢这个就会憎恶那个,他的小说势必有偏颇,而他所要表达的观念也就必然会产生负面的作用。

也许有人会认为《坟地钟声》不过是王拓的一篇作品,我们不能因此而定论他的作品的价值。事实上,收在《金水婶》一书中的其他作品如《蜘蛛网》、《祭坛》、《金水婶》等都不可避免的在创作动机与叙述态度上有令人怀疑的地方,而这样的影响又是相当叫人担心的。

但是,真正使我们忧虑的倒不是王拓作品的价值好坏问题,我们以为单就王拓的作品而言,没有人会否认它是"乡土文学",然而使我们关怀忧虑的也在这里;因为"乡土文学"早在一九六〇年到一九七〇年间便已根植、发芽,而最近又有人高喊在文学上要"回归乡土";但荒谬的是,我们却不知"乡土"为何?它代表着什么?要如何回归?我们一切都不知,竟然有人就跟着行动了,而我们看到了所谓"乡土文学"的王拓的小说,我们不得不忧虑,也不得不怀疑"乡土文学"是不是走入了一个偏差的方向?万一是,那末隐藏在这背后的心态就很值得探讨了。

本来,提倡"乡土文学"是绝对应当的事,因为就它所发生的背景而言,乃是对一九六〇年代甚至到现在,都可能还有的文学逐渐倾向西化的一种反动。因此如果提倡"乡土文学"是旨在使我们的文学返璞归真,那末它是一种绝对有意义的文学运动,我们应该举双手赞成。犹记得黄春明的《看海的日子》、《锣》、《癣》、《苹果的滋味》,以及王祯和的《嫁妆一牛车》发表时,带给我们的怦然心动的喜悦。那时,

"乡土文学"作品所表现的精神确实是拙朴而纯真,给当时的文坛注入一股清新健康的气质。我们觉得今日我们若真是要提倡"回归乡土",该以鼓吹、恢复文学内在的拙朴纯真的生命力为其依归,才有意义。

然而,一九七一年后,"乡土文学"却有逐渐变质的倾向,我们发现某些"乡土"小说的精神面貌不再是清新可人,我们看到这些人的脸上赫然有仇恨、愤怒的皱纹,我们也才领悟到当年被人提倡的"乡土文学"有变成表达仇恨、憎恶等意识的工具的危机,譬如我们今日讨论的《坟地钟声》便是一例,在这篇作品中,我们感觉不到作者悲天悯人的胸怀,也不觉得里面的人物有什么可爱的地方,更体会不到"乡土"作品中应有的那份纯真精神。

更叫人遗憾的是,原来写"乡土"小说写得那么温煦甜美的黄春明、王祯和,我们在他最近的作品中,也竟然找不到他们原来拥有的"乡土"精神了。

以黄春明的《莎哟娜拉·再见》而论,它是一篇非常情绪型的作品,作者极可能是在激动的状况下来写它的,因为小说中含有太多作者的意见,而这种意见很明显是作者借书中主角的嘴巴说出来的。因此读者在这篇作品中所得到的,完全是作者的诉诸说教,而非从全篇作品的感悟而来。《莎》文的故事重点,是叙述日本商人玩弄台湾妓女与对当前大学生崇洋媚外的嘲讽。然而我们却从这里发现了几个值得商榷的问题,第一是故事主角与大学生的对立,由小说中,读者都已知他是未失真纯的乡土人物,而后者却是面目可憎的都市人物,在作者的安排下,前者越显单纯而后者越显卑鄙,我们觉得这是不公平的。当然,现实而又自私自利的大学生在我们这里不可讳言没有,然而值得挖掘的是这个不良现象的病根,但黄春明并没有去讨论它,反而借夸张的嘲讽来表达这个现象。我们认为这正是倒果为因。而由此引出的大学生不知有国家的问题,自然显得偏颇而且不公平,同时我们认为黄春明提出的民族观念实在是情绪化而又狭隘的。

可惜的是,当时的批评家为狂热的爱国热情所蒙蔽,他们以为黄春明这篇小说既写日本人又责大学生,相当富于民族气概,颇值鼓励,于是便劈劈啪啪的鼓起掌来,然而他们忘记了建立在情绪上的民族意识是危险的,是不健康的,他们只知爱国是对的,不知盲目的、偏颇的、狭隘的、情绪化的爱国热情常常也会引起反面的影响。他们不惜花费笔墨去歌颂他、赞美他,使得黄春明受到了鼓励,再接再厉写出了一篇以台北中山北路为背景，讲越战时来台湾度假的美国大兵玩台北妓女的故事为主的《小寡妇》。可是我们的批评家这时却噤口不言了，也许这回黄春明写的老美是我们的忠实盟友，使得他们有了顾忌，不敢再多说什么了。我们且不提《小寡妇》在文学价值上的等而下之，我们痛心的是，从这两篇作品中，再也找不到黄春明早期作品中拥有的清甜纯真的"乡土"味道了。

王祯和的《小林到台北》，则是另外一种情形。在小说中，小林出身于乡下，是个非常拙朴的年轻人，他到台北是希望能做出一番事业，然而当他看到他服务的航空公司一些职员的丑恶嘴脸，却使他非常气愤，认为这些人真是败类，都市到底不如乡村。我们承认，在台北这个大都市中确实存在许多假洋鬼子，他们的作为的确令人齿冷。但问题是假使今天我们把这批假洋鬼子都赶尽杀绝，再过几年我们仍然会看到又有一批新的假洋鬼子出现在我们的社会里，这是因为我们只注意到了现象的发生就破口大骂，而不知反省造成假洋鬼子的背后因素。我们相信没有一个人天生下来就是假洋鬼子，他们之所以成为人所痛恨的假洋鬼子，一定有他痛苦无奈的原因。也许在他们年轻时，他们也痛骂他们的上司是假洋鬼子。然而为什么假以时日他们居然也变了？我们觉得一个小说家如果有意探讨这个问题，那末，他就应该深入挖掘这个原因，否则今天王祯和借小林的口痛骂某些人是假洋鬼子，他敢担保多年后，他笔下的小林不会成为这些势利而又自私无比的高级华人中的一个？在王拓的小说《金水婶》里，金水婶三个令人齿冷的儿子，便是从八斗子这个拙朴无比的渔村走出去的，他们的不孝、贪婪与原来就生活在都市里的人根本就没有两样。

然而王祯和小说的问题也正就是王拓所犯的毛病，在他们的小说中，他们都利用烘托、对比的技巧刻画出乡土人物的拙朴与都市人物的恶劣的强烈对照。然而乡土人物个个都是可爱、天真、纯朴的吗？实际上我们从他们的其他作品中也会发现这些乡土人物有他们自私、愚昧之处，我们也不信都市人物真是坏得无可救药了，但是我们若去观察他们的作品，就会发现他们根本很少甚至没有提到关于这些都市人物是否也在挣扎向善（如果他们真的很坏）的问题，这正好反映他们小说中流露的自大而又偏狭的地域观念。为什么这些乡土人物到了都市会以后会变得那么坏？为什么活在工商业社会底层下的都市人在他们的作品中就真的那么黑心？

他们对于社会难道一点贡献都没有？而我们的"乡土文学"作家都不会回答这些问题，我们也不得不怀疑他们在创作时有没有想过这些问题。

"乡土文学"走到今天居然变成这个样子，真是令人寒心，而今天又有人高喊在文学上要"回归乡土"了。问题是"回归"什么样的"乡土"？广义的"乡土"民族观抑或偏狭的"乡土"地域观？如果走的是后面这条路，我们要问那跟三十年代的注定要失败的普罗文学又有什么两样？我们值得"回"这样的"归"吗？我们相信，答案是否定的。我们认为今天在文学上不仅仅是要"回归乡土"，更重要的是要从"乡土"中重新出发，走向"民族文学"走向"世界文学"的殿堂。我们要使我们的文学能在"世界文学"中占重要的地位。而今天我们当务之急是要恢复我们"乡土文学"的本来面目，就是要使我们的文学作品能再洋溢一片温馨、纯真，有清新、健康的生命力的精神，这才是我们今日的目的。

（原载 1977 年 4 月 1 日《仙人掌》第 2 期）

台湾乡土文学史导论

叶石涛

台湾的特性和中国的普遍性
美丽之岛

中国台湾位于副热带的台风圈内,四周海洋环流着汹涌的黑潮,因此雨量丰沛,四季如夏,木草青翠欲滴,难怪航经台湾海峡前往日本的葡萄牙水手会高喊"Illa! Formosa!"而赞不绝口,从此台湾就被欧美人称为"美丽宝岛"了。这样的瑰丽大自然和副热带的气候,的确给居住在此地的历代种族带来深刻的影响,塑造了他们一种独得的性情;这便是勤劳、坦率、耿直、奋斗、忍从以及富于阳刚性。在研究乡土文学史上,这岛屿的大自然及种族性,毫无疑问的,是重要的决定性因素之一。

由于有此瑰丽如绘的风土、丰饶的物产,因此自古以来台湾岛是四周种族垂涎、窥伺之地。从旧石器时代开始,可能有矮黑人或从长江流域被驱逐的暹罗系种族及中国北方的华夏族等种族已经定居在此。进入新石器时代以后,玻里尼西亚、美拉尼西亚等太平洋种族,以及从南方漂流过来的马来系种族、中国大陆的原住种族等接踵而来,似乎在语言、文化、宗教方面迥不相同的许多种族杂居在此地,其中某些不被淘汰的种族便成为山地同胞的祖先。这些种族似乎拥有相当高度的文明,这只要看到从台湾各地出土的彩陶、黑陶文化遗物,台湾东部的太阳巨石文明的遗迹就不难明白了。

大陆的影响

然而,始终给台湾带来重大影响的是一衣带水的中国大陆的中华民族。台湾的少数民族能够摆脱新石器时代,直接迈进铁器时代,毫无疑问是来自大陆的影响(甚至吸烟习惯也可能是由大陆传来的呢!);史前时代的事迹,除散见于中国历代史书以外,几乎无从查明。不过,自踏进有史时代开始,台湾接二连三地受到异族的蹂躏和统治,其被压迫、摧残的历史事迹,倒斑斑可考。

由于台湾孤悬海外,有时与祖国大陆的文化交流断绝,因此,难免在汉民族为主的文化里,搀和着历代各种遗留下来的文化痕迹。如果我们仔细考察台湾的社会、经济、文教、建筑、绘画、音乐、传说,便处处不难发现富于异域情趣,有异于汉民族正统文化的地方。在这孤立的情况中,则各种文化熔于一炉的过程中,台湾本身建立了不同于祖国大陆文化的浓厚乡土风格。然而,台湾独得的乡土风格并非有别于汉民族文化的、足以独树一帜的文化,它乃是属于汉民族文化的一支流。纵令在体制、艺术上表现出来浓厚、强烈的乡土风格,但它仍然是跟汉民族文化割裂不开的;台湾一直是汉民族文化圈子内不可缺少的一环;因为台湾从来没有创造出独得的语言和文字。因此,当我们回顾台湾乡土文学史的时候,我们不得不考虑到它的根源以及特殊的种族、风土、历史等的多元性因素,毫无疑问,这种多元性因素也给台湾乡土文学带来跟大陆不同的浓烈色彩,朴实的风格、丰富的素材,以及海中岛屿特有的,来自遥远之地的,像黑潮一样汹涌地流进来的崭新异域思潮影响。

"台湾意识"——帝国主义下在台中国人精神生活的焦点
"台湾乡土文学"的意义

那么,到底什么叫做"台湾乡土文学"？这种文学是由哪一个种族所写的？作品的主题应该包括些什么？它是光写台湾一块狭窄地域的文学而排斥他域性吗？——是探求普遍的人性或只限于描写特殊的台湾一地的事物？我以为南非白人作家 N.歌蒂玛(Nadine Gordimer)在她的著作《现代非洲文学》里,开宗明义地给"什么叫做非洲文学？"所下的定义,恰好可以拿来应用在台湾乡土文学上。她说:"所谓非洲的作品就是非洲人本身所写的作品,以及在非洲这块土地上,曾经在精神层面和心理层面上有过跟非洲人同样共同经验的人所写的作品;在这种情况下,绝不受语言和肤色的制约。"

很明显的,所谓台湾乡土文学应该是中国台湾人(居住在台湾的汉民族及少数民族)所写的文学。然而由于台湾在历史里曾经有过特殊遭遇——被异族如荷兰人、西班牙人①、日本人窃占几达一百多年的惨痛历史,所以在这块土地的乡土文学史上,亦留下了使用外国语言所写的有关台湾的作品;甚至台湾人本身也使用统治者的语言去写作,这只要回忆一下日据时代众多台湾作家的作品,个中情况也就不难明白。

"台湾意识"

尽管我们的乡土文学不受肤色和语言的束缚,但是台湾的乡土文学应该有一

---

① 见方豪《六十他定稿》(下册)《台湾的文献》:"万历四十七年(一六一九)即有西班牙教士乘船遇风,在台湾登陆,但略作调查,旋即退去。至天启六年(一六二六)西班牙人始由菲律滨率舰队到达台湾北部,活动于基隆、淡水八里岔、金包里、关渡、三貂角、苏澳之间,传教重于通商。至崇祯十五年(一六四二)为荷人逐出;共窃据十六年。"

个前提条件,那便是台湾的乡土文学应该是以"台湾为中心"写出来的作品;换言之,它应该是站在台湾的立场上来透视整个世界的作品。尽管台湾作家作品的题材是自由、毫无限制的,作家可以自由地写出任何他们感兴趣及喜爱的事物,但是他们应具有根深蒂固的"台湾意识",否则台湾乡土文学岂不成为某种"流亡文学"?我们以为一部分留美作家的作品,假若缺少了这种坚强的"台湾意识",那么纵令他们所写的在美国冒险、挨苦、漂泊、疏离感等的经验和记录何等感人,也不算是台湾乡土文学……不过这种"台湾意识"必须是跟广大台湾人民的生活息息相关的事物反映出来的意识才行。既然整个台湾的社会转变的历史是台湾人民被压迫、被摧残的历史,那么所谓"台湾意识"——即居住在台湾的中国人的共通经验,不外是被殖民的,受压迫的共通经验;换言之,在台湾乡土文学上所反映出来的,一定是"反帝、反封建"的共通经验以及筚路蓝缕以启山林的,跟大自然搏斗的共通记录,而绝不是站在统治者意识上所写出的,背叛广大人民意愿的任何作品。

帝国主义和封建主义下的台湾

那为什么台湾乡土文学始终是"反帝、反封建"的文学呢? 这道理非常明显;因为在以往的历史里,台湾人民一直在侵略者的铁蹄蹂躏下过着痛苦的日子。除去短暂的明郑三代及清朝二百多年的统治以外,我们被殖民者荷兰人和日本人直接统治的惨痛经验;即令是明郑三代和清朝时代,我们仍免不了在殖民者的虎视眈眈之下,苟延残喘。

荷兰殖民时代

荷兰人首先侵入澎湖,其第一次在明万历二十二年(一六〇四),第二次在天启二年(一六二二),之后乃定居于台湾本岛直到永历十五年(一六六二)被明郑赶走为止,先后约有六十年之久。在这漫长的时间里,荷兰人留下了有关台湾的政治、经验、传教等庞大文献。我们在最后一任台湾太守揆一（Coyett et Socii）与其同事所写的《被忽视的台湾》一书里，可以看到殖民地台湾的现实情况；这算是以统治者的眼光看到的第一手报道文学吧？如众所周知，在台湾谁控制了土地和农民，谁就是此地不折不扣的"王者"。然而，直接统治台湾的揆一之流的荷兰官员，其实只是个荷兰东印度公司的雇员罢了；而那东印度公司并非位于金字塔的塔顶，它的上面还有荷兰联邦议会存在，东印度公司必须受荷兰联邦议会主权的支配，因此此东印度公司拥有的一切土地便属于议会所有，台湾土地的所有权亦通过议会的特许而授给公司，再由公司租给农民。我们不难看到殖民者的层次井然如金字塔似的劫掠组织，君临在台湾人民的头顶上。

因此，荷兰人令我们先民耕田输租，以受种十亩之地，名为一甲。分别上、中、下则征粟，其陂塘堤圳修筑之费，耕牛农具籽种，皆由荷兰人资给，这便是所谓"王田"了。[①] 在这种封建的土地生产制度下，荷兰人是最大的田主，农民只是个纳租的佃农罢了；也许是与佃农还差一筹的农奴吧！因为荷兰人不仅控制了土地和生产工具，而且所有经济大权一把抓，骑压在台湾人民头上的关系。因此不堪被奴役的先民纷纷揭竿而起来反对暴政，其中最著名的当推在二层行溪河畔溃败的郭怀一未获得成功的革命吧！

明郑藩镇时代

明郑收复了台湾以后，仍然沿袭荷兰人的土地制度，得以形成坚固的封建社会。郑氏复台后，荷兰人的"王田"被接受，成为官田，而郑氏宗党及文武职官亦招佃耕垦，这便是"文武官"私田，除此而外还有镇兵屯垦的营盘田存在。因此，几乎所有的土地都被控制在官府手里，农民充其量只是缴纳田赋、丁税的工具而已。尽管郑氏的赋税并不苛酷，但是在这金字塔似的专制封建社会里，一般人民的生活可能不算富裕吧？而且郑氏的社会经济的一部分须仰赖于对外通商；前后通商的有

---

① 见郑喜天《台湾史管窥初辑》中《明郑晚期台湾之租税》。

日本、琉球、朝鲜、菲律宾、澳门、暹罗、麻六甲、爪哇等地,大都拿糖、白鹿皮去购买火炮、望远镜、铅、铜等的战争武器,可见郑氏的经济一部分乃由外国所控制。

清　代

清朝统治台湾有二百十二年。直到光绪廿一年日本北白川宫能久所统率的日本侵台军入侵台湾为止。在这漫长的清朝统治期间中,民族革命运动大约兴起了四十多次之多。真可以说是"三年一小反,五年一大反"。清代领台,承袭明郑时代遗制,后来土地所有制度逐渐改为"大租小租"制度。原来,台湾在清代时,私人垦荒的风气颇盛。由富人出资招募移民开垦荒土,那富人便称为垦首,移民则称为佃户;佃户须向垦首永久缴纳一定的租谷,这便是所谓大租。后来佃户之中亦有人将其垦好的土地转让与人耕作,征收一定的租谷,这便是小租。换言之,一块土地上同时有两个"不劳而获"的业主存在。这种不合理的双重剥削的土地制度,到了清末才由刘铭传办理"清丈赋课",认定小租的业主权,但并不完全取消大租的权益。然而,在小租业主的田地上从事劳动的佃农,仍然是"没有土地"的穷光蛋罢了。日本据台后,一九〇四年公布大租权整理律令,收购大租权才把大租消灭。[①] 然而,日本制糖会社和三井、三菱等大财阀的侵入,从台湾农民手里又掠夺了大约台湾全部耕地一成半的肥沃美田。因此日据时代"没有土地"的佃农,大约占有全体农民60%到70%之多。清代,大租小租的土地所有制度有效于建立专制的封建社会;官僚和大租小租等地主勾搭在一起,形成统治阶层,一般农民只是任他们劫掠、欺凌的可怜虫而已。

清末到日本领台的时代

到了清末列强帝国主义的侵入,使得台湾沦为英国金融帝国主义者嘴里的一

---

① 见叶荣钟《台湾民族运动史》。

块肥肉。自从一八五八年开埠通商以来,台湾的金融经济都被控制在列强手里。台湾的米、糖、茶等重要物产都由妈振馆(即英文 merchant 也)所垄断收购,生产者须忍受层层的中间剥削。英、美、法、德等列强相继派领事,划地为租界,设商行,建栈房,轮船出入,台湾同祖国大陆一样已是道地的次殖民地了。①

日本人是不折不扣的殖民者,他们全盘接受列强的经济权益,成为台湾人民唯一的统治者。从此以后,台湾人民在日本帝国主义的镇压榨取和岛内封建地主的双重欺凌下,沦为三餐不继的赤贫。

台湾乡土文学中的现实主义道路
帝国主义下台湾生活的现实意识

如上所述,台湾人民一直在外国殖民者的侵略和岛内封建制度的压迫下痛苦呻吟;这既然是历史的现实,那么,反映各阶层民众的喜怒哀乐为职志的台湾作家,必须要有坚强的"台湾意识"才能了解社会现实,才能成为民众真挚的代言人。唯有具备这种"台湾意识",作家的创作活动才能扎根于社会的现实环境里,得以正确地重现社会内部的矛盾,透视民众性灵里的悲喜剧。当一个作家在描写他生存的时代时,现实的客观存在固然会决定作家的意识,但作家的意识也会反过来决定存在;而这时候,构成作家意识的重要因素之中,积累下来的民族的反帝反封建的历史经验,将占有一方广大的领域。民族的抗争经验犹如那遗传基因,镂刻在每一个作家的脑细胞里,左右了他的创造性活动。台湾作家这种坚强的现实意识,参与抵抗运动的精神,形成台湾乡土文学的传统,而他们的文学必定有民族风格的写实文学。

"台湾乡土文学"中的现实主义

台湾乡土文学所采取的写实主义手法,并非现代欧美作家肆无忌惮地在作品

---

① 见林曙光《台湾地方人物趣谈》中《顺和栈沧桑史》。

里所追求的那种肉体、精神两层面的无穷尽的异常性；因为欧美作家的意识，已被发狂的世界——即资本主义社会的拜金思想——所侵蚀，是穷途末日的畸形世界，这完全和我们乡土文学的历史经验背道而驰。我们的写实文学，宁愿描写冰山浮现在海面上的那一部分可视的一角，而冰山隐没在海里的那不可视的部分，只是我们的"掌握"之中罢了。我们虽不否认那潜藏的深层心理的存在，但这部分并不成为主要描写的对象。普鲁斯德、D.H.劳伦斯、乔伊斯，带给我们的，只是"破坏的形象"而已；这种文学可能带我们走进死亡和毁灭的深渊。因此，我们的写实文学应该是有"批判性的写实"才行。我们应该学习十九世纪的伟大作家巴尔扎克、史当达尔、迭更司、托尔斯泰、普希金和果戈里的典范，以冷静透彻的写实，同被殖民的、被封建枷锁束缚的人民打成一片，去描写民族的苦难才行。须知写实主义之所以会发挥它的价值，就在于反对体制的叛逆所产生的紧张关系存在的情况下，始有可能。写实主义手法里一向存在着明、暗两个层面，那"明"的一个层面是简洁、清晰、富有诗意的；而在"暗"的那一个层面却是讽刺、曲解、幻想以及阴森的；而唯有统合明、暗两个层面的写实文学，才够得上是完美的民族文学。

有待整理的文献

从荷兰殖民时代到日据时代，有关台湾的政治、社会、经济、种族、风土、历史、文化的文献真可以说是不啻汗牛充栋了。光说荷兰人的外交文书、报告书、函牍、航海日志等多得不计其数，其中较著名的，除上述《被忽视之台湾》之外还有 Zeelandia 城日记(热兰遮城日记)、巴达维亚城日记等。此外，日、英、法、葡等国家有关台湾的文献五花八门，种类繁多。至于中国人本身所写的记录，除正史之外，尚有许多宦游人士所著的诗文。雅堂先生在《台湾通史》卷二十四《艺文志》卷头写着："台湾三百年间，以文学鸣海上者，代不数睹"；他共列举了宦游人士著书八十种凡一百六十卷。而对这未经整理和评价的浩繁卷帙，我们心情毋宁是惨痛的。

郁永河文学

那么,现代人的观点来看,从荷兰殖民时代到台湾割让这将近三百年间的宦游人士的吟咏诗文及游记,真的都是属于稗官野史之流,没有留下一部经得起考验的、富于民族色彩的写实文学吗? 这也并不尽然! 我以为仁和郁永河所写的《稗海纪游》是一部台湾乡土文学史上永不能磨灭的伟大写实作品,可以比美安德烈·纪德的《刚果纪行》吧! 郁永河的文章跟《刚果纪行》一样,流贯整篇作品的是脉脉搏动的浓厚人道精神;他用卓越的观察力和分析力,栩栩如生地记录下来清朝领台初期,离荷兰、明郑三代不远的汉番杂居的社会情况。他使用正确、简洁、有力的笔触如实地描画殆尽台湾那雄壮、美丽的风土;榛莽未辟的荒原、蛮烟瘴疠的山河,莫不跃然于纸上。他的作品透露出来的是跟大自然抗争的人类,充满斗志,永不屈服的精神。

郁永河是浙江杭州人,生平喜欢游历探险。康熙三十五年冬,正当他由浙江到福建游历时,福州火药局爆炸成灾。典守者负偿,欲派人到台湾采硫。当时的台湾俗称“埋冤”,无人敢前往。郁永河虽是个羸弱书生,但毅然接受这采硫的差使。康熙三十六年春,他从厦门动身到台湾,而后从台南往北投出发。这路途的艰辛及沿途所见风物的描写,把写实文学的精华发挥得淋漓尽致。当我们读到他描写北投采硫的情况时,禁不住打自心底深处涌上一股激动之情;那硫气蒸腾的山谷景象无异是人间地狱。我们透过他的文笔领略到那死谷带给人的可怕印象。

毫无疑问,郁永河的锐利眼光没有放过汉番之间存在的矛盾。他洞悉土番被欺凌的悲惨情况。郁永河是深恶痛绝这种“种族歧视”和剥削的。他用花布七尺以换取土番一筐硫黄的作法,充分证明他富有仁爱宽厚的精神;这不正是福克纳关怀黑人的,悲天悯人的胸怀吗?

台湾文学中反帝・反封建的历史传统
武装抗日时代

　　光绪二十一年,清廷把台湾割让给日本,台湾人民誓死反对,同年五月反抗割让,冀复归祖国于来日的"台湾民主国"诞生。但这"共和国"是短命的,只维持了十天光景:"共和国的国徽黄虎,捲缩着长尾巴,由于失去给养而倒地毙命。"①"台湾民主国"虽然溃灭,但是台人的武装抗日民族革命并没有停止。自光绪二十一年到民国四年约二十多年间,民族抗日运动如火如荼地展开,一直到余清芳的噍吧哖事件以后才逐渐趋于平静。台人的武力抗暴招致日本殖民者疯狂的镇压和杀戮。以噍吧哖事件为例,台湾人民惨遭屠杀的,约有三万人之谱,包括幼儿、老人在内。难怪,这给一个台湾作家的脑里刻下了难以忘怀的印象,并决定了他探求真理的生涯。杨逵曾经在一次访问时,心有余悸,满腔悲愤之中说出了下面的话:"我九岁时,发生噍吧哖事件,那时成天有日本的炮车轰隆轰隆从我家经过。这个形象一直影响我,幼小的我,就在那时受到很大的打击!"②当然这岂只止于日本殖民者的隆隆炮车轮声?后来我们在另一位前辈作家吴浊流的小说《无花果》里,曾读到他家在抗日革命战争里被焚毁的始末。

被凌辱的农民

　　从荷兰殖民时代到日据时代,我们数次生活在殖民者的铁蹄下,英勇抵抗,并努力挣脱加在我们身上的封建枷锁。由于台湾经济一直以亚洲式稻作生产方式为其基础,所以被损害最惨重的,莫过于占大多数的农民了。日据时代的乡土文学,

---

① 见 James W. Davidson,*The Island of "Formosa"*。
② 见杨素绢编《压不扁的玫瑰花》。

大都把农民作为主要描写的对象，其道理在于此。然而农民在得不着任何外人帮助的环境下所做的反抗，往往换来的是挫败和屈辱。特别是像日本殖民者这种顽强的敌人，农民赤手空拳的武力抗争几乎是无效的，得到的只是野蛮的报复。

非武装抗日时代

在日据时代初期二十年间，用武力去抵抗的时期黑暗、绝望的时代；不用说，在如此的一个时代里，文学是几乎不存在的。台湾的乡土文学是以非武力抗日的政治、社会蓬勃的启蒙运动为背景而开展过来的；这正如国内的"五四"运动刺激了三十年代文学的开花和结果一样，每一种文学运动必有其时代、社会的背景，作家好比是反映时代风暴敏感的一枝晴雨计。

当我们回顾日据时代文学时，我们可以把它二十多年的历史分作三个阶段；分别是一九二〇年代的"摇篮期"，一九三〇年代的"开花期"及一九四〇年代的"战争期"。这三个阶段尽管是连续割裂不开的，但每一个时期都有其明显的特征；我们可以在每一个时期的主要作品里看到反帝、反封建思想的开展、深化、反动、衰微等的各种特色。

台湾文学的"摇篮期"

一九二〇年代的"摇篮期"文学是属于由资产阶级与知识分子领导的民族运动的一翼。① 这只要看到台湾文化协会的政治运动以揭櫫启发民智、灌输民族思想、提倡破除迷信、建立新道德观念，改革社会为其目的就不难明白。② 因此反映在文学上的是革新的、进步的反帝反封建思想；新旧文学论争，提倡白话文，可以说是符

---

① 见叶荣钟《台湾民族运动史》中"凡例三"。
② 见林载爵《日据时代台湾文学的回顾》。

合时代潮流,吻合政治启蒙运动的文学主张。白话文运动以民国十二年黄呈聪所写的《论普及白话文的新使命》及黄朝琴的《汉文改革论》两篇论文为其嚆矢。接着留学北京的张我军投身于主张新文学的阵营,极力鼓吹以北京官话为基本的白话文运动。他用清新的笔触以"建设白话文学,改造台湾话"为主题,前后发表了《糟糕的台湾文学界》、《为台湾的文学界一哭》、《揭破闷葫芦》等评论。引起了新旧文学孰是孰非的热烈论争。由今天看来,用语体文去写作乃是天经地义的原则,何劳大家费心费力地争论不休?难免令人有啼笑皆非之感;但以当时墨守成规的旧文人而言,这种主张真叫人惊骇,无异是"洪水猛兽"。因此,旧文学的拥护者得到日本汉诗会及汉诗人的援护,主要地以日文报纸的"汉文栏"和雅堂先生的《诗荟》为中心,挺身反击。但这论争以革新派掌握文坛主权而告结束。在这论争里,我们可以看到文学的新旧论争其实是观念之争,旧文学方面所代表的是传统的封建思想,而新文学方面所代表的是反传统的革新思想;这和国内的"五四"运动如出一辙。尽管代表旧文学一派的旧文人不见得没有民族思想,但是日据时代的文学始终是和台湾的现实环境息息相关的,它属于中国抗日民族革命运动不可割裂的一环。但他们显然未能看透旧文学所拥护的封建旧式体制,其实是殖民者最好的统治工具。如果要打倒殖民者,必须连根铲除封建体制,否则统治者和封建地主阶级必然会勾搭在一起,形成一堵难以攻破的铜墙铁壁。

在此时期里(一九二五年前后)已有先驱性的作品出现;如张我军的处女诗集《乱都之恋》及小说《买彩票》,赖和的《斗闹热》,杨云萍的《光临》等。这些作品大都发表在《台湾民报》上。《台湾民报》是启蒙时期的为民喉舌。它在奠基台湾乡土文学上扮演了重要的角色。一般说来,一九二〇年代约十年间的乡土文学,尝试性的作品较多,离成熟还有一段距离。然而它却酝酿着更高层次的发展。原来这时期的文学受到第一次世界大战后的民主思想,特别是威尔逊所提倡的民族自决理论显著的影响以及和国内"五四"运动遥遥呼应,颇有些反帝反封建的色彩。[1] 这在新旧文学论争,台湾白话文运动,罗马字化运动等一连串的主张和行动上表现出来。然而,假若缺少了此时期的一番激烈论争以摸索文学的使命和评价,磨练表现

----

① 　见大学廿三期陈少廷《五四与台湾新文学运动》。

的技巧,那么一九三〇年代约八年间的"开花期"也就无从发展开来。

台湾文学的"成熟期"

第一次世界大战后的世界性经济恐慌给殖民地台湾带来越来越恶劣的情况;特别是日本殖民者剥削下的佃农几乎无以为生,农村的凋敝使得农民的觉醒加速发展。在这种经济情况下,反帝反封建已不再是观念的游戏,而是跟穷苦大众息息相关的生活现实。因此,资产阶级的民族革命运动——即台湾文化协会等的启蒙运动——业已失掉往昔的指导力量,代之而掌握时代潮流的社会主义革命理论,渗透于台湾各阶层的人民之间,逐渐变成民族革命运动的主要思想意识。

《台湾文学》

一九三〇年,以台湾作家王诗琅、张维贤、周合源,日本作家平山勋、藤原泉三郎等人为中心结成的台湾文艺作家协会,主张"确立新文艺!""文艺大众化!"和日本的 KOPF 联系之下刊行了中日并用的《台湾文学》。中、日作家初次合作的这文学杂志,是以反抗殖民者的共同思想为基础发展的染上了浓厚的统一阵线的色彩。

《福尔摩沙》

次年一九三二年,以东京留学生张文环、王白渊、巫永福等人为中心,组织了台湾艺术研究会,同时刊行了三期文艺刊物《福尔摩沙》("Formosa")。他们标榜"愿作台湾文学的先驱者,建立台湾独得的文学,积极整理及研究乡土文艺,创作真正的台湾纯文学……"由此可见,《福尔摩沙》的政治性淡薄,似乎较注重文学的创造发展和乡土风格。张文环后来主编《台湾文学》,有《山茶花》、《夜猿》、《艺妲之家》、

《论语与鸡》等小说发表。去年(一九七六年)在日本刊行了日文长篇小说《滚地郎》,证明了他的创作能力并未衰退,同时他的富于乡土色彩的写实主义的文学风格,也仍然令人喜爱。

《台湾文艺》

　　毫无疑问,在中、日作家的合作里仍然存在着令人困惑的各种矛盾和问题,这使得中、日作家的统合活动容易瓦解。因此,接着出现的是清一色由中国台湾作家本身所组织的台湾文艺联盟;主要包括赖和、张深切、黄得时、郭水潭等作家。他们在台中举行台湾文艺大会,开会中始终有剑拔弩张的警察在场监视。然而,他们终于顺利通过了规章,发表了宣言。这次大会高唱"推翻腐败文学,实现文艺大众化"、"拥护言论自由及文艺大会"、"破坏偶像、创造新生"。有鲜明的旗帜,明显地表露出来强烈的抵抗精神。台湾文艺联盟前后刊行中日文并刊的杂志《台湾文艺》共十五期。在第二号卷头,张深切曾经阐明台湾文艺联盟的根本精神而如此写道:"我们的杂志并非为'艺术而艺术'的艺术至上派,而是为'人生而艺术'的艺术创造派。"由此看来,尽管他们的主张非常动人,可是似乎缺少了尖锐的意识形态,而且组织是松懈散漫的,往往令人分不清是作家的团体,抑或作家和读者共同组织的团体。

《台湾新文学》

　　针对这两种文艺团体。杨逵后来在《文学评论》上写了《台湾文坛的现今情况》一文,批判了台湾文艺作家协会和台湾文学联盟,同时指出台湾的进步性文学所面对的社会性问题与文学大众化问题。他以为文学既然是表现生活的手段,那么台湾新文学运动应革除"吟风咏月"、"无病呻吟"的文学游戏,致力于追求文学的"控诉"精神,排除自然主义文学那种绵密的黑暗层面的描写,追寻光明,唤起人们心底深处的"希望"(Vision)。

基于上述的信念,杨逵便主编了《台湾新文学》杂志。《台湾新文学》一共刊行了十四期,由于一九三七年台湾总督下令禁止汉文栏,压制汉文刊物,终于不得不停刊。《台湾新文学》曾经刊行了一期《高尔基特辑号》;由此可见这杂志所追求的思想意义何在了。《台湾新文学》的主要作家有赖和、杨逵、叶荣钟、吴新荣、郭水潭等人。

日文作品

一九三〇年代末,已有许多以日文写成的佳作陆续问世;以杨逵的《送报夫》为首,接连有吕赫若的《牛车》,龙瑛宗的《植有木瓜的街镇》等作品被刊登在日本著名的文学杂志;这证明了台湾作家在日本语文的运用驾驭、小说的技巧方面已经可以和日本文坛的第一流作家并驾齐驱。至于这是否是台湾作家的光荣和屈辱,那是另外一个值得令人深思讨论的问题。总之,在"开花期"里,无论是以中文写作的作家或以日文写作的作家,似乎都一致倾向于写实文学,而且也颇能掌握社会情况中的矛盾、对立、纠葛等的诸样相,鞠躬尽瘁地为民族解放尽了力。

特别是赖和,他的创造力在此时期里有如喷泉似地涌了出来。套用杨逵的话来说,赖和有"伟大的思想和气节"。此时期里他的小说有《浪漫外记》、《丰作》、《惹事》、《赴了春宴回来》、《一杆秤子》以及《善讼人的故事》等,主要描写殖民者那一副狰狞的面孔。台湾平民(农民)的苦难忧苦,新旧士绅的反叛或迎合。不过赖和真正关怀的,倒是被损害最重的农民。而在描写统治工具的愚蠢和弱点之际,他同时肯定了蛮横无理的统治是不会永远存在。[1]

---

[1]　见夏潮六期梁景峰《赖和是谁?》。

抵抗运动的跃进

一般说来，"摇篮期"的台湾乡土文学是跟随着"六三法撤废运动"、"台湾议会设置运动"、"台湾文化协会"等的资产阶级民族运动而发展开来的。领导者是富裕的地主阶级和知识分子为主，深受梁任公的影响；认为台湾民族运动的方式应效法爱尔兰人之抗英，厚结日本中央显要以牵制总督府对台人之苛政。[①] 但是也由于采取了这种温和的迂回方式之故，后来这民族运动也就难免一败涂地了。须知对于顽强的敌人，这种方式是太失之于"厚道"了。殖民者绝不会平白把民主自由送给被殖民者。随着台湾殖民地社会内部矛盾的激化，旧文化协会等运动逐渐衰亡，完成了它历史的使命。跟着抬头的新一代领导者，已经得到历史的教训，深知不流血安得自由的道理，他们接受崭新的思潮，学习民族运动开展的新方式，摒弃了妥协和迎合。"开花期"的乡土文学充分反映了许多新的抵抗经验。因此，此时期的文学有坚强的信念以告发和控诉殖民者，并富有参与实际运动的热诚。然而时代的转变，给这"开花期"的文学带来了惨痛的一击。

"战争期"的台湾文学

一九三七年"七七事变"发生。一九三九年第二次世界大战爆发。这使得日本殖民者一面加紧侵略大陆和东南亚细亚，一面在殖民地台湾忙着钳制言论，控制台湾人民的思想。以民国二十六年的禁止汉文及刊物为开端，殖民者加强摧残反帝反封建思想，奖励穿"国民服"，常用"国语"（日语），改姓名为日本姓氏等推进了一连串的皇民化（奴化）运动，设立运动的指挥中枢"皇民奉公会"。日本作家群起响应，陆续设置"皇民奉公会文化部"和"文学报国会台湾支部"，进一步地企图用枷锁

---

① 见叶荣钟《台湾民族运动史》。

套住台湾作家。在当局的支持下成立的"台湾文艺家协会",尽管标榜为作家自主性的亲睦团体,其实说穿了,只不过是企图使台湾作家穿上奴化的新衣,为殖民者卖命罢了。

屈　服

在这种日渐恶劣的处境里,除非怀有透视未来理想社会的坚强信念,否则动摇和投降是免不了的。于是有些台湾作家有犬儒主义式的逃避,有些作家有奴颜婢膝的行为,但并非所有台湾作家都屈服的。尽管在"大东亚文学者大会"席上的台湾作家之中,有人做了"感谢皇军"之类的愚蠢发言,但像杨云萍就有不同凡响的发言;他反驳日本作家片冈铁兵的信口雌黄,一针见血地指出很少有日本作家认识台湾文学的事实,且进一步理直气壮地要求日本政府补助研究亚洲文学的经费。

对　立

在这战鼓声中,尽管套住作家心身的枷锁那么沉重,但仍有两个文学团体存在而活动。其一是以日本作家西川满、滨田隼雄、池田敏雄及台湾作家邱永汉、黄得时、龙瑛宗为中心的"文艺台湾"集团;另外一个是以台湾作家张文环、吕赫若、吴天赏、王碧蕉、张冬芳以及日本作家中山侑、名和荣一、阪口襦子等为主的"台湾文学"集团,而这两个文学团体形成了"思想上对立的两个阵营"。黄得时曾经在《晚近台湾文学运动史》里写道:"上述两种杂志同样是代表台湾的文学杂志。但各具有迥然相异的特色;则'文艺台湾'的成员七成为日本人,以成员互相的向上发展为惟一的目标;刚好相反,'台湾文学'的成员多为台湾人,为台湾全盘文化的向上及新人不惜开放纸面,努力使之成为真正的文学磨炼的园地。因此,前者的编辑因过分追求美而流为趣味性质,乍看很美,但因小巧玲珑远离现实生活之故,得不着一部分人的高度评价。正相反'台湾文学'以写实主义贯彻始终,富于野性,纸面上洋溢着

'雄心'和'刚毅'的精神。"

　　不过,支配着这两个文学团体的思想意识皆没有尖锐化,所以也有人认为这两种杂志"相差无几"。

被压迫者和流浪者

　　在强权的威压下不可避免地,有良心的作家若不是噤若寒蝉,否则就只好暗地里期待解放的一天到来而默默写作。但是曾经写过《送报夫》的杨逵,在这篇小说里,把被压迫阶级的满腔愤怒和辛酸透露出来,且使日本作家德永直心折而说出:"小说里弥漫着美国资本主义征服印第安人时候的血腥气味。"杨逵并没有向殖民者屈服。他在两幕戏曲《扑灭天狗(疟疾)》里,假装提倡扑灭天狗运动而以辛辣的讽刺刻画出榨取农民的高利贷李天狗的一副嘴脸。在差不多一样时期里,另一个作家吴浊流,冒着生命的危险,偷偷地写着著名的长篇小说《亚细亚的孤儿》。这是描写没有归宿的台湾知识分子到处流浪、漂泊、寻找安居之地的小说。但是真的台湾人是没有归宿的吗?这种知识分子的彷徨和疏离感是否为当时所有台湾人民的心声?吴浊流的这篇小说毫无疑问的正确地刻画出台湾知识分子的精神历经路程,亦说到了台湾人民在日本殖民者统治下的苦闷和痛苦,但被损害最惨重的农民是否感觉到同样的苦闷?事实上这些劳动者在这篇小说里并没有位置,他们也无从参与这被放逐的流亡生活,恐怕他们也无暇顾及这种"奢侈"的苦闷吧?

中日作家的统一和对抗

　　在这两种文学团体里,都有中、日作家携手合作。然而在第二次世界大战下的中国台湾作家和日本作家的合作关系中,存在着许多复杂的根本矛盾,和多元性的因素;究竟殖民者和被殖民者之间有难以弥缝的裂痕存在,民族性的对立阻碍着双方真正意愿的沟通,所以这种合作未能带来更高次元的统合,反而往往招致不欢而散的结果。台湾作家的日本经验大都是痛苦，不愉快的。然而一味苛责日本作家也是不公正的，有一小撮日本作家的确具有远见和关怀的。如果借用张良泽在《钟理和作品中的日本经验与祖国经验》一文结尾话来说明，也许来得妥切。他写道："近代中国民族的厄运，应该由中国民族自己负责，我们不能全归罪于外来民族。"

新生代台湾作家的前途

以新旧文学论争为其开端的日据时代台湾乡土文学，在第二次世界大战的炮火洗礼之中逐渐趋于瓦解和溃灭，但它的根本精神仍然由新一代的台湾作家所承继；从光复到现在的这三十多年来的此地文学的蓬勃发展，证明了这种精神永不磨灭，犹如那不死之鸟一般，从一片灰烬中重又飞翔起来。但是这三十多年来的台湾乡土文学所指向的路线，是否通往光明和理想的坦荡大道，而不是窄门？的确值得我们深思。忝列为台湾作家中的一个老朽作者，我应该说我底心情毋宁是痛苦而沉重的；夜半为噩梦所惊醒而低头回忆之时，真有禁不住夜长梦多之感呢！

（原载 1977 年 5 月 1 日《夏潮》第 14 期）

"乡土文学"的盲点

许南村①

最近拜读了叶石涛先生的一篇力作:《台湾乡土文学史导论》,深觉得这篇文章是近两年间出现的、自五十年代以来已不得一见的、运用了新的历史科学以讨论文学的好文章。

在这篇文章里,叶先生指出中国台湾由于它的地理的、历史的条件,在精神生活上,自有它的特点,同时也有中国的一般的性格;叶先生也从一九四五年以前的台湾社会经济史上,指出帝国主义和封建主义,一直是在台湾的中国人民现实生活最大的压迫。因此,反对帝国主义、反对封建主义的主题,一直是过去台湾作家最当关切的焦点。叶先生也从而指出历史上"台湾文学"之现实主义的传统——有别于堕落的、为写实而写实的自然主义——应是具备明显的改革意识的现实主义,以及具备类如巴尔扎克作品的,带有强大的、自发的、倾向性的现实主义。

但是,文章里有一个重要的论题,即作者对于"台湾乡土文学"一词,尚没有十分明确的界定。从《台湾乡土文学史导论》的篇名去看,令人有一个印象,即台湾还有别的文学,例如"民俗文学"、"城市文学"等等,而作者是为其中特定的范畴内的文学——"乡土文学"写史,从而度之。可是就导论的内容去看,作者把从郁永和到吴浊流之间的,即四〇年代以前的台湾重要的文学作家和作品都包罗进去,其实便

① 编者注:陈映真的笔名。

是一部近代的、在台湾的中国文学的历史。那么,所谓"台湾乡土文学史",其实是"在台湾的中国文学史"。至少,就叶先生看来,一九四五年以前的台湾的文学,是"乡土文学"吧。

台湾的新文学所发生的社会环境,是一个殖民地—资本主义的社会形成和发展阶段的社会。在这个社会里,一方面是旧式封建的土地关系趋向终结,一方面是半封建的、小农的土地关系和日本现代化垄断资本同时并存。日本在台湾的垄断资本,以糖业资本为主要。制糖工业和农业有深刻的关联。当时台湾农民的三分之一,就是为日本制糖会社提供剩余劳动的蔗农。其他的工业,能集结工人达五百名以上的工厂,几乎没有,而且大多和农业生产部门,有紧密的关系。因之,农村和农民,便成为当时日本帝国主义下台湾社会物质的——从而人的——矛盾之焦点。叶先生所说,日据时代台湾作家关切的焦点集中在农村和农民,便正好反映了这一个具体的现实。

那么,如果日据时代的台湾的文学家,大都以农村和农民为创作的题材,并不是出于当时的作家主观喜好,而是出于那个特定历史时期的特定的条件下的文学任务。如果叶先生是以日本殖民时代的台湾的文学,有农村、农民的特点,而据以称台湾的文学为"乡土文学",恐怕不能表现出"乡土"以上的、更具实质性的东西吧。

"乡土文学"一词,沿用已有数年,如果从连雅堂算起,已有五十多年了。近来,文学思想界正在对于"乡土文学"的意含,展开厘清的工作。钟肇政在去年说:"……没有所谓'乡土文学'。"他认为"所有的文学作品都是乡土的,……因为一个作家必须有一个立脚点,这个立脚点就是他的乡土"。倘然有人以"乡下的"、"很土的"眼光去看,钟先生就"不能赞同"了。石家驹以为,"乡土文学"在取材农村的时候,"反映了尚未完全被外来文化吞食的,或者正在向广大农村地带伸展巨爪的外来文化,作着痛苦的……抵抗的农村中人的困境……"但是他却认为在"反省、考察和逼视'落后'地区中的人,在泛滥而来的外来强势的、支配的社会底、经济底冲击下的处境"这个主题上,"乡土文学"和"其他成长于整个六〇年代的许多杰出的台湾年轻文学家的文学主题,有共同的地方"。那么,就在这个"共同的地方","乡土文学"便消失了它的独特性。

王拓把"乡土文学"和二十多年来台湾的"西化文化"对比起来看。相对于"西化文化"之没有民族风格,脱离台湾的具体社会生活、文学语言和形式的西方化,乡土文学表现了中国的民族情感,表现了台湾具体的社会生活,并且从民众所广泛使用的语言中,求取语言丰富的宝藏。王拓且进一步把乡土文学和其所产生的时代,即六○年代末期以至七○年代初的岛内外政治、经济的条件,联系起来理解,从而扩大地视为中国的现实主义文学的一个组成部分。

是的。放眼望去,在十九世纪资本帝国主义所侵凌的各弱小民族的土地上,一切抵抗的文学,莫不带有各别民族的特点,而且由于反映了这些农业的殖民地之社会现实条件,也莫不以农村中的经济底、人底问题,作为关切和抵抗的焦点。"台湾""乡土文学"的个性,便在全亚洲、全中南美洲和全非洲殖民地文学的个性中消失,而在全中国近代反帝、反封建的个性中,统一在中国近代文学之中,成为它光辉的、不可割切的一环。台湾的新文学,受影响于"五四"启蒙运动和与之密切关联的白话文学运动,并且在整个发展的过程中,和中国反帝、反封建的文学运动,有着紧密的关系;也就是以中国为民族归属之取向的政治、文化、社会运动的一环。抵抗时代的台湾文学之中国的特点,应该也是叶先生所关切的,但却令人觉得在这篇优秀的文章中着笔不力。

除非强调台湾抵抗时期文学之中国的特点,文中所提出的"台湾立场"的问题,就显得很暧昧而不易理解。

"台湾立场"的最起初的意义,毋宁只具有地理学的意义。它在近代的、统一的中国民族运动产生之前,相应于中国自给自足的、以农业和手工业为基础的中国社会经济条件,而普遍存在于中国各地。

然而在日本占据台湾,使台湾社会变成一个完全的殖民地社会之后,"台湾立场",有了政治学的意义。台湾的社会矛盾和殖民地条件下的民族矛盾,互相统一。在社会经济上被榨取的当时台湾的农民、工人和市民阶级,在民族上绝大多数是在台湾的汉民族;而在社会经济上居于榨取和支配地位的资本家,在民族上又压倒性的是日本人。在被压迫者的一方,则以"台湾(人)立场"和"日本(人)立场"对立起来。

有过这样的立论:台湾沦为日本殖民地之后,日本在台湾进行了台湾社会经济之资本主义改造。台湾从陷日前的半封建社会,进入日据时代的资本社会。在台湾的资本主义社会形成过程中,近代新都市兴起,而集结这些新的近代都市中的,是一批和过去的、封建的台湾毫无联系的市民阶级。他们在感情上、思想上和农村的、封建的台湾的传统没有关系,从而也就与农村的、封建的中国脱离了关系。一种近代的、城市的、市民阶级文化,相应于日本帝国对台湾之资本主义改造过程;相应于在这个过程中新近兴起的市民阶级而产生。于是一种新的意识——那就是所谓"台湾人意识"——产生了。立论者将它推演到所谓"台湾的文化民族主义",倡说台湾人虽然在民族学上是汉民族,但由于上述的原因,发展出了分离于中国的、台湾自己的"文化的民族主义"。

这是"用心良苦"的分离主义的议论。

让我们先看日据时代的台湾资本主义改造的实体。日本占领台湾后地籍的整理;山林沼泽的国家管理;赋税的法律改革;土木工程的兴建;农产品——蓬莱米、甘蔗、番薯——的商品化改造;地主阶级纳入中央集权政府之下而打破其封建权力——即收夺了地主在地方上政治、法律和经济上独立的权力;制糖工业的日资垄断,农民的雇佣劳动者化……确实使台湾的社会进入了"不同"于同时代中国大陆的社会阶段。

但是,我们应该看到这一切变化的殖民地性格。基本上,日据时代台湾的资本主义化有一个上限,那就是在日本帝国主义经济圈中,台湾必须以属于"工业日本、农业台湾"的限制之下。因之,在日据时代,台湾的工业一般不发达,而且又一般和农业生产部门分不开。例如当时最大的工业,即日资的制糖工业,工厂规模不大,而且离开广大的甘蔗生产部门,台湾的制糖企业是无由想象的。

再就当时台湾本地的资本家来说,据矢内原的研究,大都是从过去的封建土地资本转化而来。和土地资本无关的资本家,只有汉奸分子和股票投机分子。更重要的是,台湾本地的资本家只有分得利润之权,而无直接经营和管理之权。

这样看来,在日据时代的台湾,是台湾,是农村——而不是城市——经济在整个经济中起着重大作用。而农村,却正好是"中国意识"最顽强的根据地。再就城市来说,由于台湾本地资本家也同受日本殖民者在经济上、政治上的压迫,有反日的思想和行动。而这些城市中小资本家阶级所参与领导的抗日运动,在一般上,无不以中国人意识为民族解放的基础。这是只要熟悉日据时代台湾民族运动和文学运动的人所深刻理解的。因此,在这个阶段中的"台湾意识",除了叶先生所不惮其烦地、坚定指出的"反帝、反封建"的现实内容之外,实在不容忽略了和台湾反帝、反封建的民族、社会、政治和文学运动不可分割的、以中国为取向的民族主义的性质。如果叶先生的"台湾意识"论,是以台湾这一地区,在其殖民地社会的历史阶级中台湾的中国人民反对帝国主义、反对封建主义、追求国家统一、民族自由的各种精神历程为内容,那么,它便首先是中国近代史上追求中国的独立,和中华民族彻底的自由的运动中的一部分。只有从局部的观点看,在对抗日本侵略者的层面上去看问题时,有反抗日本的、反抗和日本支配力量相结托的台湾内部封建势力的"台湾意识";但从中国的全局去看,这"台湾意识"的基础,正是坚毅磅礴的"中国意识"了。

也许叶先生的论文,是以台湾的文学之中国的性格为一种"自明的"认识,而未着意加以申论。但笔者有鉴于海内外对于台湾的文学寄予日益深切的关怀,乃就读后的一点粗糙的感触,引申成文,盼望一切真诚关切台湾的文学的各界,再作进一步的讨论。

台湾的中国新文学,于半个多世纪的时间中,在荆棘中顽强地抽长、开花。近廿五年来,新一代台湾的中国文学作家,在暂时的受支配于倾销而来的美日文学之后,在最近开始了对殖民地时代台湾先辈作家之再评价和再认识的工作。先辈作家的历史责任感;他们和野蛮而黑暗的现实毅然对决的气魄;文学题材的社会性、民族性和现实性的传统,糅合新一代作家对中国语言和方言语言的较为熟悉的把握,我们可以十分乐观的态度肯定台湾的文学,必然会有更大的丰收,为整个中国文学贡献出我们应有的贡献。在这一点上,我们又很不能理解叶先生对"新一代的台湾乡土文学"作家的将来,何以抱持着那么语焉不详而又怵目惊心的悲观的态度了。

(原载 1977 年 6 月《台湾文艺》革新第 2 期)

文学来自社会反映社会

陈映真

一、文学和社会

我总觉得，文学像一切人类精神生活一样，受到一个特定发展时期的社会所影响。两者有密切的关联，因为一个时代有一个时代的"时代精神"。以欧洲的浪漫主义时代来说，它在文学方面有各别国家和民族的不同，但和前一时代——即所谓的"拟古典时代"的文学相较，浪漫主义文学有一共同的特点，即个人的苏醒和解放。文学中奇诡的幻想；对于神秘、恐怖的激情；叛逆的热情；对于肉体的、活跃的"人"底苏醒；夸大的感伤主义；对于传统道德、纪律、观念等诸束缚的反抗和强烈的自我中心主义等，风靡了整个欧洲，如果从全局去看，浪漫主义时代的宗教寻求个人与神之间的直接的交通——即通过读经和祈祷直接从上帝求取灵感，而不是通过层层的神职阶级体系；在政治上的"自由、平等、博爱"，乃至于经由革命而打倒封建贵族专治，建立近代市民民主政体；在经济学说上有了以个人为社会幸福最高裁判的资本主义经济学说。其他在音乐、绘画、哲学、法律理论上，都浸淫了一种新的精神，即所谓浪漫主义的精神。许多思想史家都说，这种精神，是某一个年代，某一个国家的某一个人——例如法国的卢梭，喊出某一个主张——例如卢梭的"同归自然",引起共鸣,成为强大的风潮。然而,如果有一个用功的学生问:为什么这个精神不早一天或晚一天发生,为什么在"拟古典"时代和"浪漫"时期之间的所谓"前浪"时期,也同样有思想家表现出同样深刻,同样敏锐的个人以苏醒和解放的思想,却未蔚成气候? 那么,这些思想史家,怕是难于解答的。因此,另外有些思想史家,便在每一个思潮背后,找社会和经济的根源。于是他们发现到,就在浪漫主义思潮昂扬的时代,已是欧洲在产业革命之后,工业资本主义开始发展的时代。现代工业生产,创造了史无前例的社会财富,建立了前所未有的新兴城市,以及一群新的人类——产业资本阶级。这些人和过去的封建的、贵族的传统毫无瓜葛,他们以新的生产手段,创造了一个充满发展前途的、富裕的新世界。物质财富的开发和生产、科技的发展,对于前所未知的世界的不断征服……使他们以新的态度肯定了人的能力和价值。他们敢想、敢做,而且想了、做了,就产生空前巨大的成果。对于新兴的工业资本阶级,"人"苏醒了、解放了。一切封建贵族的价值和成就,相形见绌。于是他们像甫进入青春时期的少年一样,内心充满了热情、好奇、自信、反叛、创造、幻想、感伤等情绪。这便随着新兴工业资本阶级在经济社会上的领导性,而领导了整个欧洲的精神生活。它表现在文学上,就有了文学的浪漫主义;在政治上,有了自由主义和民主主义;在经济上,有了亚当斯密的以"最大多数人的最大幸福"指导的资本主义经济学;在宗教上、音乐上、绘画上和哲学上,也都有同一个浪漫精神贯穿其间。一个时代的"时代精神",一定有它作为时代精神的基础的根源的,社会的和经济上的因素。我这样讲,绝对没有要告诉大家:社会或经济是文学绝对的唯一的影响因素的意思,就好像数学上的变数一样,比方说 $X=2Y$ 这函数的关系,只要 X 值改变,Y 的值一定也变。文学和社会、政治、经济的关系,并没有这么机械,这么呆板。我们只是说:社会或经济是思想或精神生活(当然也包括文学)的一个比较重要的因素。

二、三十年来的台湾社会

今天我们要谈的是三十年来的台湾的社会与文学,让我们先谈谈三十年来台湾的社会经济,也许可以找出一些特点。我们知道,一九五三年是美援正式参加台湾经济的一年,一九六五年是停止美国经济援助的一年。只要研究台湾经济的人都知道,美援对于台湾经济发展有很重要的作用。日本在太平洋战争以前,有意要把台湾造成日本帝国主义南侵的基地。从那时开始,它才在传统的"农业的台湾"、"工业的日本"政策上做了一次修改,于是台湾的工业开始有了比较大规模,比较重要的工业设施。但是不久,二次大战到了晚期时受到盟国的轰炸,经济封锁和通货膨胀的结果,整个地残破了。光复之后我们来到台湾,当时台湾的经济可以说几乎完全瘫痪,快到破产的阶段。当然,一些基本的工业设施和工务工程还在。为了使社会安定,为了提高经济,以免和许多战后国家或地区一样,受到共产主义在贫穷地区滋长,美国即根据这个政策,援助台湾以及战后的西欧。其目的就是在稳定经济,防止左派力量成长;另一目的就是创造一个有购买能力的市场。我们晓得美国在第二次大战里愈打愈有钱,生产力愈来愈高。所以他在欧洲和其他地区,就必须用经济性的援助来帮助他,一方面稳定当地的政权,使得不被赤化,一方面创造一个有购买力的市场,来买美国的东西。同样,美援在台湾整个经济和财政上有非常重大的功能,甚至于在决定台湾哪一种工业应如何做,都得经过美国同意和审核才能动用他的钱。可是,事实上,这十几年来,台湾地区从公营事业慢慢地开始成长了,特别是韩战以后,越战之后更是蓬勃发展。而在这十九年来的经济生活里面,美国的资金、技术、资本、政策和商品,对我们台湾经济有绝对性的支配性的影响。一九六五年美援停止,并不意味着美国经济因素对台湾影响的终止,就好像他所宣称的一样,他认为台湾已是一个在经济上可以"自立"的地区,当然,能否自立是另一个问题。他的意思是说,台湾已经可以自己生产一些比较初级的东西,而且有了相当的购买力了。一九六五年以后,美国对台湾在经济上采另一种参与的方法,即投资的方式,就是资本上的输出。银行一家一家地设立,美国资本的工厂亦然。美援停止之后,日本资本也来台湾了。一直到今天,日本的资本、技术和商品对台湾有非常显著的影响。《中华杂志》一直如此大声疾呼:我们和日本的关系每年都是入超。一直到这两年,我们才开始进行六年经济计划。此一计划有一基本精神,就是要用我们自己力量站起来,开始有了十项建设的设施,开始有资本密集工业的筹划。这一切目的都是为了摆脱过去三十年来太过于偏重外来资本、外来技术影响而做的努力,也许这努力很困难,可是值得我们支持。这是一条好的道路。不错,三十年来,台湾的经济即使像今天这样,已经有了某种程度上的成长,是在什么样的条件下发展的呢? 就是:开始是美国,后来是日本的资本和技术的一种绝对性的影响下成长出来的。这是三十年来台湾社会经济非常重要的特点。

三、西化——三十年来台湾精神生活的焦点

在这样的社会经济特点下,我们来回想一下这三十年来台湾经济生活的各个方面,就可见到一个特点,就是——西化,受西方的影响或东方日本的影响很大。首先,我们看政治上的影响,我们所要讨论的不是我们的政治设施,而是其他的政治上的运动和想法。在五十年代和六十年代交接时,有一个自由化运动,那时候有一家被禁止了的杂志——《自由中国》杂志,是"在野党"和党外政治运动的机关刊物。它的方向是西方的议会民主主义,他们所要求的是政治上的西方式自由民主,他们想依照西方的样式组织"在野党",他们的理想和目标完全是西方的议会政治路线。当然,这也反映了刚刚在台湾随着经济成长而成长起来的、新的台湾的民族工商阶级在政治上的要求。这是我们政治上的目标,直到今天我们还有很多人要求政治上的民主和自由化。我这样说,并不在对这个运动作什么价值的判断,我只是告诉大家;这个运动和整个三十年来的西方经济对台湾的支配有不可分离的关系。其次,从一般思潮来看,我可以举出一家"自动关闭"的《文星》杂志。那时有一位作家,一连串地写了许多文章,其中表现的思想,无非是个人主义和对权威的怀疑和反抗。在中国未来的方向和道路的问题上,提出了一个口号——"全盘西化"。甚至于大声疾呼:为了要全盘西化,我们应该不惜牺牲,连西方的缺点也照单全收之。从思想内容上看,并没有新奇的地方。我们知道中国在一九二〇或三〇年代,就有过这种"中西文化"孰优的论战,而且讨论的很深刻、很广泛。从全局去看,基本上这个问题已经解决了。可是,由于台湾在一九四九年之后,由于各种因素,和整个中国近代思想传承发生了断绝,所以在发展的过程上,必须把这些老的,似乎在中国已经解决的问题,重新在台湾再绕个小圈。从台湾的整个历史看来,这

是件非常有趣的事情。这和台湾由于帝国主义和中国大陆分离有很大的关系。比方在早期，台湾也有白话文的论争，但在时间上距中国大陆的白话文问题的讨论已经十年左右了，就是说中国大陆的白话文已经辩论过，在基本上，问题已经解决，而且在白话文已于中国大陆的许多文学作品中开花结果的十年之后，台湾才开始讨论这个问题。还有像中西文化论战也一样，七十年代以后的新诗论战也可作如是观。西方式的个人主义、自由主义对权威的反抗，对自由的向往或对西方倾倒的心态，是三十年来台湾革新思潮的主流。最后，我们再看看，这三十年来台湾的学术界和科学界是怎样的情形。在谈这问题之前，我介绍同学读一篇文章，即第一〇五期的大学杂志里头，李丰医师写的《把医学从殖民地的地位挽救回来》。这篇文章是这么开始的，她说：她是一个医师，台大医学院是个教学医院，每个礼拜要举行一次临床病理讨论会。三十年来，这个讨论会中所使用的语言，是一种以中文语法夹杂英文语汇的特殊语言，由于行之已久，大家习以为常，早已不觉得奇怪了。可是，有一次，来了一位刚从美国回来的李治学医师，他很努力的用中文在这个讨论会上做报告，结果引得全场哄堂大笑。原来在这二三十年来，大家习惯于那种中不中西不西的语言，如今突然换成中文，讲起来可能反而显得蹩脚，于是大家竟然因为奇怪而笑了起来。可是，在场的李医师觉得很沉痛，她说："中国人在中国的地方，因为使用中国的语言来讨论中国人的病情，而引起哄堂大笑，却没有人以为是很大的笑话；也没有人认为是一个很大的讽刺。中国人在中国的地方，替中国人看病，却要用扭扭弯弯的外国文字来写病历；中国人在中国的地方，使用中国的材料做研究，却要用似通非通的外国文字来写论文，也没有视为是笑话，也没有人认为是一件很讽刺的事……"接着作者又举出我们邻近的日韩，很远处的欧美，指出这些国家中，没有一国的医生使用外国的语言文字来讨论他们本国的病例，写论文的。……她说：我们学生苦读了十几年，好不容易考上了大学，第一件最令他迷惑的是外文的教科书，如海浪滔天而来，搞的昏头转向，天天翻字典。如此整个台湾的教育变成了外国高等教育的预备教育，台湾有些学子好容易捱到了个博士，报纸上偶尔也登载一下，但是，在整个学术市场上，就绝对比不上在外国绕了几圈回来的人。这个问题我们一点也不陌生，我想大概除了中文系之外，没有一系的教科书不是外国人写的，甚至还有些学校的系主任和很多老师也是外国人。在基本上，我并不是反对外国的东西，我一直认为外国的经验中好的东西我们要接受，外国的东西我们要有批判的分别的加以吸收。然后用到我们民族的具体情况上。我们要了解：什么叫教科书呢？教科书就是一个国家的学者专家，用他的学术上的成就，面对他们自己的民族或国家的具体问题，提出解答的方向，然后把他的解答和方向，交给他的下一代，使他的下一代能按照自己的智慧、自己的成就去面对自己的问题。然后一代代的传承下去，没有一个国家的教科书是用别的国家的语言写的。就拿医学来说吧，也许我们想：全世界的癌症一定都一样，所以美国人治疗癌症的经验，一定也会变成我们的经验。可是，外国有色人种在鼻咽癌和肝癌上的病例很少，但在台湾却很多。假如你是医学院的学生，你读了外国的内科学，那么在肝癌那一章，也许你就发现书上说这病例很少见，他们没有多少资料研究。关于肝癌的解答，你在这本以外国情况为基础的教科书上是找不到的。实际上，在台湾，我们在鼻咽癌和肝癌的研究上已有相当的成就。可是，我们的有关研究论文并不是写给我们看的，而是用弯弯扭扭的英文发表在别的国家的医学杂志上。对于外国医生，他是看了只是了解有这么回事，对他们没什么实际的价值。但是对于台湾的医学教育却是一项不可饶恕的损失。这个问题值得每个同学想象，如果开始的十年我们从没有变成有，需要借重外国人的经验，外国已有的成就，这是我可以同意的。然而三十年来我们整个学术界和大学教育，读的是别人要他们的子弟解决他们自己特殊问题的教科书，二三十年我们的老师很少用中国的语言，以中国的材料，针对中国具体条件写成教科书给我们读。你们应有权力要求老师写这种教科书。"对西方的附庸化"，是台湾学术界或者说是科学界的一般情况，至于其他的社会生活更不用说了，尤其最近十年来台湾学生生活普遍有了显著的改善，家庭生活富裕化，甚至在台湾正景气时，有学生自己搞起贸易来了。这并不是年轻人的错误，是这个客观而具体的环境下所造成的。再说我们的音乐系，在二三十年来的教育下，没有培养出一个真正具有中国民族风格的音乐家，音乐系的学生成天和外国的音乐为伍，充其量只培养一个外国音乐的很好解释者，那就是演奏家。可是，他们花那么大的力气，那么多的心思，经过那么痛苦的煎熬，学的竟都是外国的东西，从来没有自己民族的声音。我曾听过一位教授说：没有一个音乐上具领导性的国家不是音乐民族主义者。他以德奥为例，他们的音乐教科书从小学到专门大学，多半都是他们的民族作家。愈低层的音乐教育愈多是他们自己的民族音乐,他们的民谣,他们民族几千年来的歌声。绘画更不用说了,我们可以从我们学生的画展中看出纽约、巴黎、东京的影子,毕卡索的影子,许多我们在画册上熟悉名字的影子。文化上精神对西方的附庸化,殖民地化——这就是我们三十年来精神生活突出的特点。这一认识也许使我们惊愕,但却是不争的事实。此无他,唯一的解释,我想,是由于我们整个实际社会生活就是笼罩在别人强势的经济支配下的缘故。我们的附庸性文化,只是社会经济的附庸化的一个反映而已。

四、文化附庸中的台湾文学

在这样的精神环境,让我们回顾这三十年来台湾文学是怎样的一个情形。在台湾年轻一代文艺工作者成长的时期,我也参与了一点,所以我可以就这个问题做一回想,和大家做个探讨。首先,我要介绍的,当然是标示文学运动最重要的标志——文学同人杂志。先说当时由夏济安主编的《文学杂志》。它有两个组成部分,第一个部分是介绍西洋的东西,西洋的思潮和西洋的作家;第二部分是因为当时来台不久,新一代的台湾作家尚未成长,而当时的几个作家都是以回想在过去大陆上的经验为创作的题材,所以我替它起了个名字,叫"回忆的文学"。《文学杂志》中主要的这两个部分,并没有现实上台湾生活的反映。但很重要的一部分还是西方东西的介绍,用很大的热心加以评介。另外一本《笔汇》杂志,虽然和学院离得较远,却依然被笼罩在一片西化的潮流之下。"五月书会"的一些成员,当时,还只是师大艺术系的学生,整天在《笔汇》上搞"康定斯基"、"达达主义"、"超现实主义",在文学上,《笔汇》也花不少力气介绍外国的作家、批评和理论。主要的真正执导他们文学道路和思想的是西方的东西。《现代文学》更不用说了。它可以说是私人办的当时台大外文系的习作杂志。《现代文学》的同人,把学自课堂和阅读的西洋文学,以中文实践。"五四"新文学的传承中绝了,他们就在西洋文学中找传统,模仿西方文学的内容和形式,从事创作。这样说,绝不是在批评或嘲笑他们,在社会经济全面附庸于西方的时代,文学艺术不向西方"一面倒",才是不可能的。《现代文学》培养了很多优秀的作家,像白先勇、陈若曦、欧阳子、王文兴等。再说一九六六年创刊的《文学季刊》。如今看来,西方的东西在这个杂志中仍然占有很大的支配力。我们也曾花过很多力气,把还看不太懂的西方文学评论很吃力的翻译出来,然后登了出来,同时又介绍作家和流派等等。当然,我们也培养了许多作家,如大家非常喜爱的黄春明,产量较少但非常卖力精工的王祯和,还有现在作风已改变的施叔青。不过,《文学季刊》和《现代文学》毕竟有些不同之处,后者是全心全意的往西方走,而前者一直在寻找自己的道路,或者主观上愿意走自己的路。而这寻找的工作在一九七〇年以后有了很大的进步。我在《文学季刊》开始写些随想的东西,当时也曾把一些不必要的英文字眼夹在文章里,显然是崇洋媚外。当时,我对西方的影响已经有了反抗的意思。可是,即使如此,我还是乐此不疲,甚至到今天,有时候和人讲话偶尔还有几句英文单字。这是一种心态,是整个文化空气之下,我们的处境。

五、七〇年代的变化

在一九七〇年代的开始,客观事物和我们精神生活都有很大的变化。首先是国际政治上的撞击,一九五〇年代开始的"自由世界和共产世界两分"的世界冷战的时代,已经慢慢结束了,趋向于多元化世界。在一个时代结束,另一新时代在形成的过程中,我们受到很大的撞击。……我们过去一个劲往西方看,一个劲往东方日本看,总觉得人家好,所有美好的名词都和美国、日本连上关系。可是,到了七十年代以后,我们突然发现这些我们奉以为师、视以为友的"自由世界"重镇,竟冷酷地背弃了我们。一些本来似乎还很遥远的事,似乎跟我们没关系的事,忽然一下子都来到我们眼前了,使我们措手不及。这是国际上的变化。再说经济方面:经六〇年代末年到一九七四年,由于世界性景气,我们遭逢前所未有的繁荣时期。在这个时期中,一方面是社会财富的增加,一方面也显示出工商经济体制内部的问题:显著的是财富分配的问题,工人的工作条件问题,工人的职业疾病问题,农村、渔村、矿区的社会问题等,引起了青年和社会深刻的关切。再加上"钓鱼台事件"的勃发,首次启迪了战后年轻一代爱国情绪和民族主义的情感,真切地感觉到依附于强国下自己民族的危机。过去,我们对台湾岛的感情和认识,是地图上像秋海棠的一片叶子。我们只在中国现代史的课堂上,读到帝国主义的侵略时,悲忿一番,过会儿就忘了。……

1. "保钓"后的思潮和文学

这一切的变化,使年轻的一代,从原本只知引颈"西"望反转来看自己的本身、自己的社会、自己的同胞和自己的乡土,他们喊出了一个口号,"要拥抱这个社会,要爱这个社会"。于是,有了社会调查的运动,到山地、渔村、矿区等去调查当地的实际生活情形,他们也展开了服务运动;青年们带着一颗赤诚的心,到孤儿院、老人院去慰问。总之,他们开始关心自己校园以外的事物,关心实际的社会生活,当然这些关心也许还欠深入,但从发展的过程说,这是三十年来第一次在台湾的青年字典中有了一新的汇词——"社会意识"、"社会良心"和"社会关心"。在这样的思潮下,台湾文学也有了转变,那就是以黄春明、王祯和为代表的"乡土文学"。这一个时期的文学作家,全面地检视了在外来的经济、文化全面支配下,台湾的乡村和人的困境。他们不再支借西方输入的形式和情感,而着手去描写当下台湾的现实社会生活和生活中的人。在文学形式上,现实主义成为这些作家强有力的工具,以优秀的作品,证实了现实主义无限辽阔的可能性。这一时期的文学思想,表现在一个讨论战上,即"现代讨论战"。在这个论战中,相对于"现代时"之"国际主义"、"西化主义"、"形式主义"和"内省"、"主观"主义,新生代提出了文学的民族归属,走中国的道路;提出了文学的社会性,提出了文学应为大多数人所懂的那样爱国的、民族主义的道路。他们主张文学的现实主义,主张文学不在叙写个人内心的葛藤,而是写一个时代、一个社会。

2. "乡土文学"

说到"乡土文学",有趣的是:一般所称"乡土文学"的代表作家如黄春明和王祯和等,都不同意将他们的文学称为"乡土文学"。中国新文学在台湾的发展,有一个过程。经过六〇年代晚期以前的"西化"时代,在七〇年的前夕和七〇年代初年,作家开始以现实主义的形式,以台湾社会的具体生活为内容,检视西方支配性影响在台湾农村所造成的人的困境。七〇年代以后,杨青矗的工厂和王拓的渔村成了小说的主要场景。他们在现实生活中找题材,找典型的人物,在现实的生活语言中,调取文学语言丰富的来源。在这一个意义上,王拓说:"是现实主义文学,不是乡土文学。"对"西化"的反动和现实主义,是这一个时期文学的特点。

从历史来看,"乡土文学"是抗日文化运动中提出来的口号。由于深恐中国文学在殖民地条件下消萎;由于中国普通话和闽南话之间的差异;由于日据时代台湾和祖国大陆的断绝,当时,伤时忧国之士,乃有主张以在台湾普通使用的闽南话从事文学创作,以保中华文学于殖民地,而名之为"乡土文学"。

当然,今天情况已有很大的不同,但相对于过去"乡土文学"有强烈的反日帝国主义的政治意义,今天的作家,也在抵抗西化影响在台湾社会、经济和文化上的支配,具有反对西方和东方经济帝国主义和文化帝国主义的意义。毫无疑问,由于三十年来台湾在中国近代史中有其特点,而台湾的中国新文学也有其特殊的精神面貌。但是,同样不可忽视的,是台湾新文学在表现整个中国追求国家独立民族自由的精神历程中,不可否认的是整个中国近代新文学的一个部分。

3. 殖民地时代反日抵抗文学的再评价

也就在七〇年代的前夜,一些优秀的、年轻的文艺史学家,如张良泽、林载爵和梁景峰,开始着手整理日据时代台湾抵抗文学的历史。一直到今天,《文季》、《中外文学》、《夏潮》、《大学杂志》等,陆续不断地有介绍和评介日据时代台湾抵抗文学的文章。这和三十年来,文学性杂志上一味评介西方文学的事实,有多大的对比,多大的不同,这些前行代民族文学家,在过去近三十年中,由于文艺界以洋为师,"西洋"挂帅,竟被湮没了将近三十年的时间,随着时代的变化,和"现代诗论战"、"乡土文学"同时,开始了对先行代抵抗的民族文学家予以再认识和再评价,是有它的必然联系性的。

先行代抵抗的民族文学家给予我们的教育是什么? 首先,是他们有明显的历史意识,他们的文学,强烈表现了整个近代中国抵抗帝国主义的历史场景。其次,这些作家表现了勇于面对当时最尖锐的政治、经济、社会和文化诸问题,不逃避,不苟且,在抵抗中,正面表示了人类至高的尊严。再次,他们毫不犹疑地采取具有强烈革新意识和倾向的现实主义,作为他们文学表现的工具。对于台湾先行代民族抵抗作家的再认识和再评价,无疑地将成为新一代在台湾的中国文艺家最好的教材,承传这一伟大而光辉的传统,发扬而光大之。

六、结论

七〇年代以前,台湾不论在社会上、经济上、文化上都受到东西方强国强大的支配。在文学上,也相应地呈现出文学对西方附庸的性格。

七〇年代以后,因着国际政治和岛内社会结构的变化,开始了检讨和批判的时代。"保钓运动"激发了民族主义和爱国主义的热潮,掀起了社会服务和社会调查运动;社会良心、社会意识首次呈现于战后一代的青年之中。在这个变化下,文学在创作上以现实主义为本质的所谓"乡土文学"的文学思潮,展开对西方附庸的现代主义的批判,提出文学的民族归属和民族风格,文学的社会功能;在文学史上,前行代台湾省民族抵抗文学的再认识和再评价,使日据时代民族抵抗文学中反帝、反封建的意义得到新一代青年的认识。从文学长期向西方一面倒到文学的民族认同;从逃避主义、现代主义、"国际主义"和主观主义,到文学的民族归属,到文学的社会功能,到文学的现实主义;从评介西方文学到对台湾先行代民族抵抗文学的再认识和再评价,是一条漫长的发展演变过程,有一定的历史、社会、经济的基础。而我们也从而可以肯定,新一代青年,将沿着这一条曲折迂回的道路,开发一种以台湾的中国生活为材料,以中国民族风格和现实主义为形式,创造全新的文学发展阶段,带来中国新文学在新阶段中的一次更大的丰收!

(本讲稿由杨丰华小姐整理,谨此致谢)

(原载 1977 年 7 月 1 日《仙人掌》第 5 期)

乡土文学怎样"乡土"?

何 欣

文学本身是进步的,我们必须吸收我们祖先(远的,近的)遗留给我们的宝贵的文学与精神遗产,但是我们要把这遗产中精华接受过来时,应该有批判的态度。

近来我才听到许多人在谈论乡土文学,尤其是在一些喜欢当代小说的青年之间,乡土文学似乎已经代替了当年流行一时的存在主义或"失落的一代"了,而且它"还渐渐有形成为文学创作上一股主要潮流的趋势"①这股"潮流"不但表现在文学创作方面,也表现在艺术的各领域内,如"史惟亮等人的采集民歌,英文《汉声杂志》介绍传统地方民俗,《雄狮美术》的推介洪通、朱铭和文化造型问题的探讨,《艺术家》杂志把洪通造成社会新闻,《云门舞集》从乡间请来祭神舞蹈《八家将》,《文学季刊》王祯和、黄春明、施叔青以地方语言来创作和新起的《夏潮》杂志的相继提出钟理和、杨逵、吕赫若、赖和……的文学作品,都可以归并到七〇年代(有些在六〇年代末期已经开始'回归乡土')这一波澜壮阔的文化运动中"②。就是说,音乐、雕刻、舞蹈、文学都"同归乡土"了。

为甚么七〇年代会产生了这一"波澜壮阔的文化运动"呢?它的社会与心理背景是甚么呢?简言之,是台湾的知识青年在近年来国际姑息逆流的冲击下,觉悟到

---

① 王拓:《是"现实主义"文学,不是"乡土文学"》,《仙人掌》杂志第一卷第二号《乡土与现实》页五五。
② 蒋勋:《起来接受更大的挑战》,前书,页六七。

的是"产生了强烈的反抗帝国主义,与反抗殖民经济和买办经济的民族意识和社会意识,要爱国家、爱民族、要关心社会大众的生活问题"①。这种重振民族意识与大汉声望的感情产生了对外来思想与事物的抗拒,尤其是反映"个人的失落、自由的可怕、社会的僵化、神的死亡等等"②。西方的文学作品,不仅是消极的推拒,而是极为严肃地批判它对于中国当代作家的明显的影响。"但我们的作家……反而把外国人的问题,和我们这里边没有发生的问题,一窝蜂的接收过来,把别人的病当成自己的病,别人感冒,我们立刻打喷嚏。所以目前台湾的现代文学,与台湾的现实生活脱了节,不但自己的病不敢去面对,而且许多小说、新诗都有意无意地与生活距离很远。"③。

这种要求与批评当然是对的,我们的作家应该以我们自己的生活为写作的素材,写我们的问题,我们的解决方法,我们的期望,我们的奋斗,以及引导我们自己勇往直前的力量,作家们挤在西方文学作家群中,做人家的应声虫,唱别人的连自己也不太了解的歌,其作品当然是不和谐的。作家们被号召回到自己的土地上来,脚踏实地地看看自己同胞的生活,但是这"回归乡土"如何表现出来呢? 从倡导乡土文学或乡土文化的诸君子的文章中,我们获得一个印象,就是作家以及其他的艺术家——画家、雕刻家、音乐家等——唯一的一条道路是从台湾的民间生活与传统中寻找素材,画家必须向洪通看齐,舞蹈要从乡间请来祭神舞蹈"八家将",戏剧家继承歌仔戏的传统,文学必须是描写台湾乡村里的卑微小人物,因为论者偏重于介绍这样的艺术与作家。而使我们产生了这种印象,当然他们这番奋力提倡"回归乡土"的心意能得到我们的同情的了解,我们的艺术与文学当然不能只在外来的主义的边缘上兜圈子,必须在自己的文化中生长与发展,但只是拘束于"乡土文学"的圈子里吗? 也许这是很多人最关心的问题。

首先我们必须要问,究竟甚么是"乡土文学"呢? 至今我们还没有看到一个能够令人满意的定义。

---

① 王拓:前文,页六三。
② 王拓:前文,页六六。
③ 尉天骢:《路不是一个人走出来的》,联经出版社,页五三。

被"肯定为台湾光复以来的第一代乡土文学的代表作家之一"①的钟肇政先生说:"我认为'乡土文学'如果要严格的赋予定义,我想是不可能的,没有所谓'乡土文学'。用一种比较广泛的眼光来看,所有的文学作品都是乡土的,没有一件文学作品可以离开乡土,我看到的许多中外的文学作品,百分之九十九都是有它的乡土味,因为一个作家写东西必须有一个立脚点,这个立脚点就是他的乡土。或者,我不如说,那是一种风土。'乡土',人人的眼光都放在那个'乡',说那是乡下的,很土的,这种说法我是不能赞同的。那么'风土'呢? 你在都市里头也可以有一种风土,不管你说你的作品是什么世界路线的,但也离不开风土。"钟肇政先生很明显地否定了"乡土文学"这个名词,他选择了"风土"。

文学作品里表现"风土",但它不是文学中的一类,如"乡土文学"所暗示者。那么风土是甚么呢? 就我们普通人所了解,它指的应该是某个特殊地区的人民的传统、生活方式、风俗习惯、历史、宗教信仰和其他特有的性质。如果这一理解不错的话,所谓"乡土文学"应该相当于西方文学中的地区主义(regioualism)加上地方色彩(local color)。地区主义不如干脆就译成"乡土文学"罢。在西方,乡土文学曾是一个特别的文学运动,主张"回归土地",主要的是以农村生活对抗工业主义,这批作家对现代文明厌倦了,他们认为现代文明和工业主义摧毁了人性。这个运动在德国由巴泰尔斯(Adolf Bartels)和莱因哈德(F. Lienhard)领导,态度与思想是趋于保守的,后来同希特勒的国家社会主义合流。挪威曾获诺贝尔文学奖的古努特·汉苏恩(Knut Hamsun)也是歌颂土地和乡村生活的可爱,他在其代表作《土地的成长》中曾说:"人面对着自然,才能感到大自然的亲切。最后胜利的还是属于回到土地上来的人。"②但他后来也成为拥护德国纳粹党的挪威叛徒。在美国,也有一批作家拥护农业主义的,兰逊(John Crowe Ransom)创办了一份特刊,叫做 Fugitive(一九二二—二六),他们要特别强调美国的南方,对抗代表工业主义的北方,后来愈发展愈趋保守的调子,我们可以从爱伦·泰特(Allen Tate)的论文中看出这一基调来。这也许不是我们所理解的"乡土文学"罢? 乡土文学应该是某些作家有

① 这一句和下面钟肇政的话,均引自王拓文。
② 参看何欣编译的《欧美文坛杂话》(纯文学出版社)对他的介绍。

一种倾向，就是把他们的作品放置于一个特别的地点（locality），详细的叙述这个地点（或曰地区）的一切地理、历史、文化、生活习俗等等，因为这一切能影响这里的居民的生活和命运，所以也深深影响了作家笔下的人物们的人格与动机。如此在作品里以某个特殊地区为背景的"乡土风味"，应该是钟肇政先生所说的一个作家必须有的"立脚点"吧。

一位作家在创造其作品的世界时，所使用的材料当然仍是现实世界，而不是一个空中楼阁，他使用的材料既是现实，那么他个人的生活经验无疑是重要的，他能够写出真实动人的世界，一般说来，是以他个人在其中生活的世界为蓝本。因为他生活的世界中的一切是他所熟知的，不但是熟知，它们也构成他的思想感情的一部分。他生活过的那个世界本身必须就具有特殊兴趣，因此在他所写的故事里扮演着重要角色。这样的"乡土文学"通常多是写实的，所关怀的多是乡村地区或小城生活，罕有以大都市生活为中心者。为了写某个特殊地区，他必须使这个地方非常突出、非常鲜明，因此他必须描写这里的衣物、风俗等等，还使用这地方的特殊方言——这里的居民的特殊语言等。但这些景物的描写对于故事的发展和人物行动的动机并没有决定性的影响力，这些描写只是装饰，也就是我们所谓的"地方色彩"，"乡土文学"中必然会具有丰富鲜丽的地方色彩，尤其是某些异国情调的色彩，例如英国小说家吉普林（Rudyard Kipling）描写印度，康拉德在《黑暗的心》里描写非洲等。这些作家的态度并不一定是保守的、偏狭的、怀旧的，也许我们该举一些例子说明比较更妥些。钟肇政先生说"百分之九十九"的作家都有乡土味，也许这比例过高了些，但我们翻开任何国家的文学史，都不难看到为数颇多的作家有这种"乡土味儿"。英国写实主义大师亚诺德·般奈特（Arnold Bennett）的《五城故事（*Anna of the Five Towns*)》、《老婆子的故事（*The Old Wives Tale*)》等的背景就是他的故乡汉利（Hanley）——汉利是六个制陶中心的小城之一，他在故事中写成五个，可能是念起来好听吧。哈代也是常常被提到的富有乡土色彩的小说家，他的《回来》、《康桥市长》、《苔丝姑娘》等都是以维西克斯（Wessex）的乡村为背景，故事中的人物生活在其中。乔治·爱利奥特（George Eliot）的《亚当·彼德》里的布努克斯敦（Broxton）是她记忆中的儿时生活的环境再现。美国的威廉·佛克纳模仿海明威写了《军饷》，模仿赫胥黎写了《蚊子》，都是失败之作，他听从朋友的劝告，返回自己生长的南方,写出了以故乡牛津镇为背景的小说,使他成为二十世纪著名小说家之一。《烟草路》的作者凯德威善写乔治亚州的穷白人,和他同时成名的伐莱尔(James T. Farell)则以芝加哥南区为背景,写出他的不朽名著《斯塔兹·洛尼干(Studs Lonigan)》,刻画那些爱尔兰移民的愚昧无知和他们生活其中的没有文化的环境。约翰·斯坦贝克许多小说都以加利佛尼亚州,塞林纳斯镇(Salinas)为背景,因为他在这里出生,在这里度过他的童年。舍伍德·安德森(Sherwood Anderson)的《俄亥俄州的温斯堡(*Winesburg, Ohio*)》里那个中西部的小镇也是他后来写的《穷白人》、《黑笑》等中的背景。安德森被认为是地区文学在第一次大战后美国小说家回自己故乡找创作泉源的倡导者。

爱尔兰的文艺复兴始于一八七八年,在这一年奥格拉底(O'Grady)的《爱尔兰史:英雄时期》出版,这本书激起了爱尔兰知识分子的新的民族精神,爱尔兰的作家们希望产生一种表现塞尔特传统和复兴爱尔兰的文化的文学,以脱离英国文学的束缚,他们回到自己的文学遗产里,写过去的英雄和爱尔兰的黄金时代。这种新的文学产生了乔治·穆尔(George Moore)、戈里戈利夫人(Lady Gregory)、约翰·辛哲(John M.Synge)、A·E们的光辉夺目的戏剧和诗,使爱尔兰的文学在二十世纪成为不可忽视的一支。无疑他们的作品里是充满爱尔兰精神和"风土"的。

就以当前许多小说家而言,他们的作品中也不乏乡土味道。陈纪滢先生的《荻村传》里写的便是河北省的一个乡村,而这个具有代表性的村庄是河北省的每一个乡村,村中的居民是"保守、愚蠢、贫苦、狡诈、盲昧,永远是被支配者,然而他们中间也有智慧、忠实和乐天知命的大众"。陈先生熟习这些人的特性和观念,便以他们的生活环境为题材①。林海音女士的小说则多半以北平中下层人家的生活为背景;司马中原先生的小说也都有浓厚的北方气息等等。作家们以自己生活环境为写作题材,因为,如刘绍铭先生所说:"(台湾本地)作家……凭着自己丰富的想象,为他们故乡里一条荒凉大街,一间客人和酒保都在打瞌睡的咖啡店赋予丰富的生命力,本地小说家容易产生强烈的爱憎感。"②诚然如此,一个人对他所熟知的事物

---

①   参看陈纪滢先生的《荻村传》的序《傻常顺儿这一辈子》。
②   刘绍铭选《台湾本地作家短篇小说选》(1976年)序。

容易有强烈的爱憎感，因为他对他熟习的一草一木都有特殊感情，难怪他们喜欢写自己的故乡中的人物了。这里所谓的故乡当然不仅限于狭义的乡村。芝加哥是伐莱尔和索尔·贝娄的故乡，伦敦是狄更斯的故乡，北平是林海音的故乡。不会有人主张所谓的"乡土"只限于乡村吧？如果把作家们拴在乡村，硬叫他们写农民的生活，这不应该是提倡"回归乡土这一波澜壮阔的文化运动"者的本意。文学是多样性的，其可贵也在其多样性。

王拓先生也不认为乡土文学只限于写农村的生活，虽然时下论及"乡土文学"作家们的作品多半在取材上以乡村为背景，他说："……应该就是台湾这个广大的社会环境和这个环境下的生活现实；它包括了乡村，同时又不排斥都市。而由这种意义的'乡土'生长出来的'乡土文学'，就是根植在台湾这个现实社会的土地上来反映社会现实，反映人们生活的和心理的愿望的文学。它不是以都市为背景来描写都市人的都市文学。这样的文学不只反映、刻画农人与工人，它也描写刻画民族企业家、小商人、自由职业者、公务员以及所有在工商社会里为生活而挣扎的各种各样的人……"①既然如此，根本就没有打出"乡土文学"这面旗帜的必要，这样简单的一个名词常常会使人误解，因为从字面上了解，它的含意实在太偏狭了。

因此，在前面引述的这段文字中，开头就说，"……应该就是台湾这个广大的社会环境和这个环境下的人的生活现实"，我们也会同样提出一个问题，为什么非是"台湾这个广大的社会环境"？当然我们会理解到，因为今天居住在台湾的作家，台湾是他们唯一的生活环境，他们的所闻所见和所接触的现实生活与人物都在台湾。作家们既然要面对现实、反映现实，自然就离不开台湾。我个人觉得这乃是加给作家的一个枷锁，就是要他站立在此时此地的一个小圈圈里。如果我们说一部成功的作品普遍性和永恒性，是超越时空限制的，也许不能令每个人都相信，但是文学作品的确不能钉死在此时此地上，如果是这样，我们今天就不会再欣赏《红楼梦》，更不必说欣赏莎士比亚或杜斯陀益夫斯基了，然而我们还是欣赏他们，为什么呢？今天我们读《离骚》仍有亲切之感，并不觉得那是很久以前一个失意人的感慨，与我

---

① 王拓：前文，页七二—七三。

们的现实距离很遥远,因此与我们无关呢? 为甚么仍能引起我们的共鸣与爱好呢? 其对我们冲击力之强烈,恐怕甚于此时此地的一些感情洋溢的声嘶力竭地喊叫,而且我怀疑那些喊叫的声音是否会持续得像《离骚》那样久,因为文学作品——真正的文学作品——的价值不寄于几句泄愤的话上。前边我曾提到爱尔兰文艺复兴时代的作家们重返爱尔兰的文化传统中,从爱尔兰的传统中去挖掘足以能表现爱尔兰的一切,包括爱尔兰过去的历史,叶芝的 *The Wanderings of Oisin* 就是写一个传说中的人物。当然我不是说作家们必须从历史中去找民族精神与文化的代表人物,但也不必非要求作家们写出此时此刻的问题。

基本问题,我个人认为,是作家的立场和态度。同样的现实生活,在作家个人的心灵的镜子上反映出来的映像,必定会有差异。作家们在从现实中选择他的素材和人物时无可避免地会有相当的主观,也就是说,对同样的一个客观事实,不同个人会产生不同的爱憎和不同程度的爱憎,而且一个人往往不会看到全体而只看见一部分,这一部分被独立出来,被夸大、被美化或丑化,在美化、丑化的过程中,作者必然会把自己的思想意识注入其中,因此作家自身的态度占有很重要的地位。今天我们所要求于作家的是他个人必须有强烈的爱心与信心,他对于自己的文化、自己的民族精神要有爱心,对于自己民族的前途有坚定的信心。具有了这样的感情,他的作品才能产生震撼的力量,这一点我想是大家所同意的吧? 我们不希望我们的作家们怀着自卑感及羡慕的眼光向读者介绍那些他个人眼花缭乱的舶来品,硬塞进自己同胞的生活里。但这不意味盲目的排斥与排他,作家站稳了自己的立场时,必须辨别哪些是善、哪些是恶,必能辨别哪些是健康的、哪些是病态的,这样才不会胡涂地跟着美国的畅销书走,才不会一味地拥抱着那些荒谬。处处有严肃的工作者,他们为了全人类的真正幸福而献身;处处皆有荒淫无耻的人,他们只看到逸乐,凡是严肃的工作者都是同志。当然一位作家必须能够以其敏锐的眼光看清楚严肃工作者是"为什么"而工作,志同道合,才能共同携手为实现目标而共进。作家们该考虑如何实现这个目标。

最后我提出我个人的一种保守的看法,就是文学本身是进步的,我们必须吸收我们的祖先(远的、近的)遗留给我们的宝贵的文化与精神遗产,但是我们要把这遗产中的精华接受过来时,应该有批判的态度。我们的文学、艺术已经有数千年的历史，在这长长一段时间的发展中，必定是后者优于前者，由单纯而步入复杂。今天我们要"回归"到自己的文化中时，是否就是接受那些近似原始的形式呢？洪通的绘画在哪方面可以供现代画家去吸收并发扬呢？是否以歌仔戏代替了目前在内容形式早已超越它的戏剧呢？制造新闻——轰动一时的新闻——是一回事。如果我们的文学作品必须是泄愤的喊叫或民间小调的话，我想，我宁愿读读《诗经》和与我在时空方面都很远的《浮士德》！

（原载 1977 年 7 月《中央月刊》）

乡土文学与民族精神

尉天骢

　　中国本是个农业国家，为了生存，人们必须一代又一代地用自己的血汗来耕耘自己的土地；由于现实世界的一草一木都是辛苦的代价，因此人们对于土地、对于同胞、对于国家民族的感情也就特别深刻而真挚；而且不管自己生长的地方如何贫穷，也不管自己有朝一日在外地如何飞黄腾达，最后他所选择的归宿之处却仍然是这个地方。通常人们说"狗不嫌家贫"，以及诗歌中所说的"胡马依北风"、"越鸟巢南枝"、"狐死正丘首"等等，都强烈地显示出他们的乡土之情。这种乡土之情不仅结合起来成为人们关心现实、改造现实、开拓现实的力量，而且一代一代累积为中华民族的共同精神。这种精神说起来也许很抽象，但诉之于历史，它却是一股非常坚强的力量；尤其在外患很严重的时候，透过它更使人认识到中华民族的耐力；远的不谈，就拿抗日战争来说吧，以我们的工业和国力很多人都认为不是日本的对手，然而，我们装备很差的军队，和只有红缨枪和大刀的游击队，却把日本打败了。是什么使得中国人能够前仆后继地勇于去牺牲呢？主要的便是人们的乡土之情。

　　然而，近百年来，由于我们在抵抗帝国主义侵略的战争中遭到一连串的挫败，遂使很多人对自己的国家和民族失去了信心，有其一些买办型的学者更一面倒地由全盘否定中国文化的价值而主张全盘西化起来。他们只看到中国人裹小脚一类的事实而看不到欧美帝国主义侵略的事实，以至于就在洋人面前极端自卑起来，特别在近三十年来的国难当头，他们面对破碎的河山，竟不断地大叫什么"中国中国你使我发狂"、"中国中国使人耻辱"起来，甚而希望自己死后能够葬在大英帝国的西敏寺。拿这种人的态度与古人"狐死正丘首"、"狗不嫌家贫"的态度一比,拿中华民族坚苦的庄敬自强和这些人的逃跑一对照,我们便会知道,不是中国使这种人感到耻辱。相反地倒是这种人让中华民族感到耻辱。大概也是这种人作祟,就产生了今天报纸上常见的"资金外流"和"人才外流"的现象。① 面对这种情况,我们的"民族主义"和"乡土文学"便被鼓动出来了。

然而,这类人不但不躬自检讨,反而用戴帽子的战术说民族主义和乡土文学会与国外留学界的"回归"、"认同"合流。其实这不但是说不通的,而且还显露出这些人对三民主义的无知。为什么呢? 因为正如胡汉民先生说的,三民主义中的民族主义、民权主义、民生主义都不是三个孤立的主义,它们三个是彼此有连环性的,也就是说,民族主义是民权主义和民生主义的民族主义,它不是单一的民族主义,而是同时具备了民权主义和民生主义精神的民族主义,成为一种独立自主的自由、民主、平等的生活方式;而不仅仅指的是狭隘的感情。

同样的,乡土文学也是以此为基础的,它是民族精神在文学上的表现,而且是民权主义和民生主义的民族精神在文学上的表现。这话怎讲呢? 因为三民主义是进取的、乐观的,因此我们所说的乡土文学绝对不应该仅仅停留在怀旧的夜郎作风上;因为三民主义是在争取国家的独立和民族的生存;所以,我们所说的乡土文学也必然是反对分裂的地方主义的;当然,它也必然地要反对崇洋媚外的买办作风的。这样说来,乡土文学也就不是指专写农村或工厂生活的作品了,只要是爱国家、关心民族前途的作品,都是乡土文学,譬如军中作家所写的作品就是最好的乡土文学作品,为什么呢? 因为如果没有深厚的乡土感情,那些人就不会抛头颅、洒热血,执干戈以卫社稷的,所以,它不仅有浓厚的乡土之情,同时面对世界上的事物还强烈的表现着好恶、是非的严格的辨别。这样说来,"大兵文学"也就是乡土文学最前卫的表现了,说这话并不是阿谀,因为比之于学院派的闭门造车,这种文学是最了解现实发展的方向的。

在今天一些崇洋、逃避、苟安之不良作风中,我们相信在自己祖国的土地上,乡土文学是会开花结果的。

(原载 1977 年 8 月《国魂》第 381 期)

---

① 其实,连自己国家都不顾的人,只能称之为人渣,不能称之为人才。

什么是健康的文学？

杨青矗

问：你对乡土文学有什么看法？它成为现阶段文学的主要趋势代表了什么意义？

答："乡土文学"这个名词很容易被歪曲为：一、写乡村的文学；二、偏狭地域观念的文学；三、故意挑拨社会矛盾。第一项是由于字面的错觉，其实所谓乡土，都市也是乡土。二、三项是因为我们处境特殊，所引起的误解。

一般称乡土文学即是关心自己社会的写实文学，具有地方色彩和民族性，著者写他身边此时此地的大众的欢笑与痛苦，由现实至人性，反映他们的心声，启发社会的改进与人性的向上，其实这是所有为人生而艺术的作品的共同点，以乡土名之实在很笼统。

近来对乡土文学有提倡的，也有反对的。提倡者要作家走出象牙塔，深入社会各阶层了解现实状况，为人生而艺术，负起文人对社会应尽的言责；反对者所持理由是提倡乡土文学有偏狭的地域观念，又怕写社会现实，会"落入敌人的口实"。其实陈若曦的《尹县长》、黄春明的《锣》都可说是乡土文学，只是各人立脚点所借以了解的社会不同而已。陈写的是大陆乡土，黄写的是宜兰乡土；凡写的是以中国的某一土地为背景，以当地社会发生的现实，都是中国的乡土文学，何必过敏说有地域观念。写台湾乡土的人，局限于他生于此，只了解他身处的社会状况，一份责任心抒写自己乡土所发生的爱与恨，他无法像陈若曦到日夜梦萦的大陆住一段时间，去感受自己这块大乡土所处的苦难，为这一代的中国人做见证，他只有写他自己身处的乡土，为它尽一份绵薄的责任，并无不对。近来一些知识分子掀起写乡土的高潮，无非要作家们不要跟在洋人屁股后面迷失自己，为自己的社会创造自己的东西，提倡的有外省人也有本省人，这是社会的需要，相信大家都没有偏狭的地域观念。

作家以其对社会敏锐的感性，透过文学形式让大家感受到社会大众的真相并无不可，何必动辄以"会落入敌人口实"来扣人帽子。一时以"会落入敌人口实"为借口，萎缩隐藏，贪官得以掩护，民瘼难于上达，民怨难伸，反而会被敌人的心战利用。我相信我们都无意去做虚伪的宣传，除了国家机密之外，一切所作所为都应光明磊落，无所不能公开；凡事做到对内无愧于百姓，向外就不足畏落入敌人口实。这才是负责任、肯担当的大有为的做法。否则瞒过敌人，骗不了身历其境的民心；让作家有什么写什么，大家面对现实，大公至正，知耻知病，谋求改进；以至诚感人，才能赢得民心。

问：什么是健康文学？

答：有些灰色、苍白、做白日梦的作品一眼就可看出它不健康之处。但有些写现实的作品被诬为偏差不健康，对虚伪歌颂读之令人发毛的作品反而被视为健康。

以小说来讲，主题能激发人性向上，使读者要把小说中所呈现不合理的社会现象求改进的，就是健康文学。但若以取材来看它是否健康那就不合乎逻辑了；小说必有冲突，冲突包括大自然的灾害，达到理想目标的种种挫折，人性的阴私、罪恶，社会不合理的现象和黑暗面——这些都是不健康的，而小说家的任务就是从不健康的开刀，割清烂肉，达到健康的目标。如何把看不到阳光的挖出来晒太阳，以作品的力量引诱（或逼迫）读者为黑暗点灯及扬弃人性的阴私走向光明，各人有各人的写法，题材的不同也有不同的写法。有的可以谆谆善诱，写理想人物让人学习，这是最受管文艺政策的人欢迎的健康路线。但对待那些麻木不仁的人这种文章等于蚊子叮牛角，不痛不痒无动于衷。这就要改用以毒攻毒的手法：以子之矛攻子之盾，找出病源，重重一击，让他心痛吐血，痛定思痛后豁然觉醒。这种手法往往会被诬蔑为偏差、不健康。

作品的健康与否？有时要看你站在什么角度来看它。写社会现实的作品，有人动辄骂为偏差,以会落入敌人口实的帽子扣人。要看作品有否偏差,也要看作家是否深入了解社会各地各阶层的真相,他的着眼点有否偏差。从象牙塔里透出的偏差视线看正常作品,作品当然被视为偏差。总而言之,不管是谆谆善诱或以毒攻毒;只要写的真,用意善,境界美,即是健康的作品。

(原载 1977 年 8 月 1 日《夏潮》第 17 期)

乡土文学就是国民文学

赵 光 汉

　　近来，文学界对乡土文学开始进行了一连串的讨论，使得在对脱离现实、自我中心的文学内容施以严正的挞伐后，呈现了蓬勃生机、活泼焕发的乡土文学，在成长茁壮的路程中遭遇了一些批评。由脱离现实转为注重现实，由自我中心变为社会中心，由颓废的现代主义文学转为健康的乡土文学，说明了在台湾的中国文学的进步，而就目前所遭遇的批评而言，说明了乡土文学的面貌还处在复杂、歧异、误解的情况中，所以我们必须再次检讨乡土文学的内容，肯定乡土文学正面的、积极的、健康的意义，让文学在"回归乡土"的运动上担负起创造性的任务。

　　目前，对乡土文学的批评不外三点：

　　第一，乡土文学的视野和气度有限，虽能风行一时，但终不免流于偏狭的地域主义，所以只是文学的变异，而非常道。

　　第二，从现实出发的乡土文学，由于凝视现实，因此，不再清新可人，赫然有仇恨、愤怒的感情表现，动机是不纯正的，而所提出的民族观念、爱国热情也是盲目的、偏颇的、狭隘的和情绪化的。

　　第三，乡土文学描写的只是台湾乡村里的卑微人物，唱的是民间小调，人物分类过于狭窄、简单。

　　要回答这些指摘，势必要了解过去与现在的乡土文学表现了什么？何以乡土文学就是国民文学？乡土文学的重心和范围为何？我们反对什么样的乡土文学，主张什么样的乡土文学?

一、乡土文学表现了什么?

台湾的乡土文学大致以过去日据时代站在民族立场创作的文学作品及现在注视社会现实,与国家前途的作品而言,那么,这些作家在作品中表现了什么?

过去日据时代的作家,由于处在被统治的地位,因此凡具有民族大义的作品,无一不呈现了国家沦亡,民族被压迫、侮辱,民权被掠夺,民生被剥削、榨取的各种痛苦的情状,新文学的先驱者赖和,就是以"忍看苍生含辱"的悲愤心情从事创作的,《惹事》一篇,描述了"维持这一部落的安宁秩序,保护这区域里的人民幸福,那衙门里的大人所饲的"一群鸡,因为凭借这种关系,竟也特别受到邻人的敬畏,结果由于这群鸡闯进邻人菜园被逐出园,而使邻人遭受这位警察大人的横暴殴打,这个屈辱是被压迫者最大的屈辱;《一杆秤仔》中一个老实菜贩秦得参的秤子本是正常,却被有权力的警察诬为造假,在长期受压迫后,只好走上绝路,最后是"市上亦盛传着,一个夜巡的警察,被杀在道上";《不如意的过年》中,抱着"做官不会错,现在已经成为定理,所以就不让错事发生在做官的身上"的查大人,凭着权势,甚至连儿童也要加以戏弄。吕赫若的《牛车》,其情节、图像就更加悲惨了,杨添丁被警察逼吓得晕死过去;再以杨逵的小说来说,其内容的真实性,完全反映了当时政治、社会的情况及一群被侮辱、被损害的中国人的生活,而他笔下的知识分子也就是在经历了殖民统治者的种种欺压手段后,终于醒觉了民族意识,投入积极的反抗行动;吴浊流的《亚细亚孤儿》不正是异族统治下,一个青年彷徨、逃避、觉醒、行动、发疯、终结的历史记录吗? 这些作家均一致地以理性的态度,坚毅的民族精神,反抗帝国主义的统治。

而帝国主义对台湾的统治,除了民族的压迫、民权的蹂躏外,尚进行民生的掠夺,所以这些作家也同样以忠实的笔写下了殖民地的榨取经济政策下,台湾人民受苦受难的诸般面相。赖和的《丰作》,主角添福自信甘蔗的收成会好,制糖会社的人也说他必得奖励金,但等到收成要卖给会社时,恰巧相反,连耕作的成本都拿不回来,他是被玩弄欺骗了,然而也只能叫骂"伊娘咧!会社抢人"而已,这个描写充分暴露了日本帝国主义的横暴;杨逵的《送报夫》,在描写日本制糖公司为了开办直营农场,而强制收买村民的土地一幕,则是一个凄惨无比的故事,主角的父亲公然叫喊"是我们的耕地,我们要在那里耕种才能活命,……不能卖就是不能卖……"结果日本人将这"支那猪"捉去毒打,不久气死了,母亲卖了旱田,送儿子到东京寻出路,最后母亲也上吊自缢。杨逵《模范村》里一群老百姓的众生相,吕赫若《牛车》里的杨添丁、阿梅都是广大的中国台湾人被剥削下的缩影。

因为反对帝国主义者的残酷统治,人民权利的被剥夺,经济的无情榨取,很自然的这些作家也连带的对买办型、走狗型的人物加以严厉的批判,对存有旧社会陋习的落伍人物也提出了纠正。赖和笔下的新旧知识分子,绝大部分都是有钱有闲的一群,他们和统治者是互相妥协的,过着悠闲的生活,下棋、上咖啡馆、写文章、卖江湖医术,无聊了,就喝酒作乐、打麻将、吃鸦片,赖和暴露了他们自私自利的虚伪本色。杨逵的《模范村》描写了"大鱼吃小鱼,小鱼吃虾子,虾子吃泥巴,而且有小鱼帮大鱼吃小鱼和虾子"的变态社会,也描写了那位该被打倒的谄媚日本警察、欺压佃农、并和日本警察商量整自己儿子的阮老头,他们的面目都是丑恶的。吴浊流更是将买办型、走狗型人物的可耻和卑下,描绘得淋漓尽致,《先生妈》里新时代的医生钱新发,在皇民化运动中,各种名誉会长的狗牌挂满一身,穿和服、改日本名字唯恐不及。《陈大人》里的走狗大人是一个更突出的例子,当上了日本巡查,便成了最好的统治工具,无恶不作却得意忘形,最讽刺的是,陈大人最后还是被统治者整肃了。这些卖身求荣、投机腐化的丑恶小人,都是上述作家要严厉批判的对象。

对外反抗异族压迫、剥削,对内批评买办、走狗和旧社会人物,就是日据时代在台湾的中国文学的本色,杨逵说过:"抗战中,台湾文学界主要分为两大派,一是以日人西川满为中心的勤皇派,鼓吹着勤皇主义,为日本军阀的征服与版图的拓展而扬眉吐气,另一派是我们台湾同志的民族文学派。"①因此,在一定的意义上,"乡土文学"有着与"皇民文学"对抗的积极表现,更进一步,作家在作品中表达了与祖国结合的意愿。杨逵的《模范村》是最好的代表,卢沟桥的炮声响了之后,阮新民便潜

---

① 杨逵,《光复话当年》。

回祖国参加革命,在台湾的陈文志把他留下的一箱书一本本的翻阅着,"尽是政治、经济、社会这类难懂的书,他拿起一本三民主义,再来是一本中国革命史……他恨不得一下子就把这许多书通通挤到脑里去"。

从这些文学作品所表现的内容来看,日据时代的台湾文学在意义上便绝不仅仅是地方性的,而是很自然的连结在波澜壮阔的全中国历史潮流里,作品中的每一个小人物都刻上了近代中国苦难、奋斗的痕迹。割让台湾是中国的惨剧,所以秦得参夫妇、杨添丁、被侮辱的老百姓、无名孩童便都是中国的;帝国主义侵略中国,使得民族产业受到搜刮,所以添福、气死了的父亲、无数的村民便都是中国的,在拯救、建设新中国的过程中,必须铲除买办、走狗,所以钱新发、陈大人也是中国的。通过秦得参夫妇、杨添丁、添福、钱新发、陈大人和无数的民众,我们看到近代的台湾,当然,我们更看到了近代中国,所以我们必须把日据时代的台湾文学放在全中国的历史格局上来考察、体认。

同样的理由,我们也需要以这个观点,来看待现代注重现实的作品。现实是社会进步的探测器,年轻一代的作家以理性的态度,"吾土吾民"的同胞爱和强烈的民族情感关照了现实,发为作品,像黄春明的《莎哟娜拉,再见》写尽了日本商人隐藏在经济优势背后的民族自大狂的丑恶面目,嘲弄了当前大学生的崇洋媚外心理,《苹果的滋味》讽刺了在长期崇洋媚外风气下中国人的无知、麻木、没有主张、不知反抗等习性;杨青矗的作品表达了现实公、民营工厂里各类工人所遭受的问题和待遇,道出了工厂内某些不合理的制度和他们的生活感受,这些工人实实在在地生活在这个社会的基层,贡献了力量给这个社会,而不是侯健教授所说的是"在任何社会下,大概会被淘汰的人物"。张系国、王拓在最近的作品中也描写了就职于中小企业的人物的形象,吴晟的诗描写农村的景象和传统农民的性格,这些作家的作品无一不表现了目前民族的际遇、经济的结构和社会的情况,人物是个别而具体的,但意义却是整个台湾的、全中国的。这样子的乡土文学,虽然是具有特殊性的,但也具有中国的,甚至全世界的一般性。表达了在台湾的中国人的遭遇,内容包括了民族、民生、民权三大问题,因此,这样子的乡土文学也就是全民的文学了。

二、乡土文学就是国民文学

所谓国民文学，即用日常生活的语言，以文学的形式表达民族、民权、民生三大问题的民众化文学，平实而不浮华，真实而不虚伪，落实而不悬空，将个人与社会，个人与民族紧密地结合，反映全体民众的生活面貌。

以民族问题而言，就是国民文学中的民族文学，用理性的态度，描述当前的或历史的民族际遇以及这些际遇中强大民族对弱小民族的欺侮事实、弱小民族对强大民族的反应。因此一方面要反对阻碍民族主义前途的文学，暴露违反民族主义文学的丑态。排除一切阻碍民族进展的思想，一方面要唤醒民族情感和意识，促进民族向上发展的意志，表现民族在增长自己光辉的进程中一切奋斗的历史，所以民族文学不仅在表现已经形成的民族意识，并创造出民族的新生命。它的主题应该是：

① 民族的：因为民族被侵凌了，所有作品，需要与民族的争解放、求自主有关，促进民族的觉醒，恢复民族的自信心。

② 写实的：孙中山先生明示宇宙间一切道理，都是先有事实才有思想，文学亦然，所以当代所发生的事实与问题，足可反映民族遭遇者，都能成为材料。

③ 前进的：民族文学绝不是颓废、消沉、堕落的东西，而是要有前进奋斗的精神，譬如抗日救国时，就不可如鹿桥一般将一所流亡大学变成一片无限风光的乐土，青年男女是"尽情地美，不羞不惧地美，又欢乐地美"的虚妄。

④ 知耻的：描写民族受压迫、屈辱的残苦面，谋求民族地位及个人地位之改善。

中华民族近百年来的主题就是反抗强暴，文学自应站在民族主义的立场上，打击崇洋媚外的心理，反对买办、走狗，激发民族情感，创造民族的新生命。

以表达民权问题而言，就是国民文学中的平民文学，因为民权主义求政治上的平等，所以是平民的、民众的，而非贵族的、少数的，内容上要消除特权，并可以描写军阀、政客、贪官污吏的罪恶，在深入描写全体民众的生活中，显示民主势力的伟大。中国文学在这方面已有良好传统,如《儒林外史》、《水浒传》、《官场现形记》、《老残游记》都描写当时少数特权和贪官污吏鱼肉平民的事实。精神上不应只是呼号个人的痛苦,应该代表多数民众来呼号,在复杂社会现实中的冲突、压力,决不只是单独的个人所感受,只有集合全体民众共同走上新的生活之途径,个人才有出路,如果仅是个人内心生活的描写,个性的表现,结果必种下个人主义的流毒,违反平民文学的目标。

以表达民生问题而言,就是国民文学中的社会文学,因为民生就是"人民的生活、社会的生存、国民的生计、群众的生命",所以要反映我们的社会问题,反映帝国主义经济侵略所带给民众的痛苦,反映当前的经济现象,指出某些不合理的制度,消除剥削,以趋向更美好的社会,内容可以描写各类民众的心态,他们的感受和思想,他们的遭遇和反应,可以描写现代人物的陋习,指出他们的腐败和落伍,让社会更新、健全。所以任卓宣先生说:"形式上的社会文学,是一种最通俗的能深入下层民众的文学。原来国民中受教育的情形不一样,所以智识程度不一样,有可称为智识分子者,有可称为劳动人民者。后一种为'农工生产者等广大劳动民众'。他们是社会的基础,又是国民中的大多数。文学不能遗忘他们,而他们必须享有文学。这就是社会文学了。我们也可以把它叫做劳动文学。"

综合了民族文学、平民文学、社会文学三种形式的就是全民的文学,这种文学必须将个人放在社会的框架上,地方放在全国的框架上来分析、观察;这样表现个人的,也就是社会的;表现地方的,也就是全局的;它有各种处境和丰富的情感。同时,因为民族主义是打破种族上的不平等,对外国人争平等,民权主义是打破政治上的不平等,对本国人争平等,民生主义是打破社会上的不平等,对贫富争平等,这"打破"和"争",就是战斗的意思,所以这种文学也就是革命的文学,既是革命的文学,因此如同革命民权具有排他性一样,这种文学也有排他性,排斥一切崇洋媚外、封建遗老遗少、生活腐化等文学,对这些人要提出严厉的批判,让他们不致危害民族的利益的前途。文学是生活中的产物,为描写生活的一种,是属于民众的,应使它深深植根于民众之中,应使他们理解它和喜爱它,应使文学在全民的感情、思想、意志中结合他们并鼓励及安慰他们的心灵。因此,国民文学也反对脱离现实,文学必须是事实的关照,借着作品健全人生,激发人心,因此,站在国民文学的立场上,我们可以说:滚开! 风花雪月鸳鸯蝴蝶的滥情文学;滚开! 喷出轻烟似的悲哀的感伤文学;滚开! 叫青年人上咖啡馆、迷失、自杀的颓废文学。

我们说过,乡土文学的一贯内容就是以关照现实,表达民族、民权、民生三大问题,批判了汉奸、买办和走狗,与民众、与中国相结合,所以从上述观点来看,乡土文学就是国民文学。

三、乡土文学的重心和范围

乡土文学中的特殊风土和地方色彩是乡土文学可爱的地方,但不因此失其全民、全国的国民文学意义,所以乡土文学不可误解为"乡下的、很土的"文学,"乡土"是指吾人生长的地方,乡土文学即是指反映吾人生长地方的民族、民权、民生等种种问题的文学而言,地理上包括乡村,也包括都市,人物上包括了士农工商军等各种身份,也就是包括了知识分子、农人、工人、商人、军人。

在我们生存的地方,知识分子在历史的演变中,表现了怎样的进步性和落伍性;农人在社会结构转变的过程中,表现了怎样的感受;工人在目前的工厂里,面临了哪些不合理的制度;商人在现代社会中的角色和影响力;军人保乡卫国的战斗性,都是乡土文学可以表现的内容,乡土文学本来就不局限在狭隘的人物分类中。

乡土文学也不只是风行于现在,在中国文学史上它具有源远流长的传统,《诗经》有浓厚的乡土之情,《离骚》也有乡土之情,所以屈原最后必须回到自己的故土,汉代的古诗也是乡土之情的,因此乡土文学是中国文学的常道。更进一步,能唤起民族情感,激发爱国热忱亦必以乡土之爱为出发点,抗战时期热血澎湃的爱国歌曲,如《松花江上》、《思乡曲》、《白云故乡》、《长城谣》等均表达了乡土之思、之爱,所以爱乡土就是爱国家。

诚如何欣先生所说:"我们的作家应该以我们自己的生活为写作的素材,写我们的问题,我们的解决方法,我们的期望,我们的奋斗,以及我们自己勇往直前的力量",这正是乡土文学的方向,以这个方向为基准,我们反对恋旧的乡土文学,真正的乡土文学必须是立足于现实的社会,正视历史的进展,而非从现实的社会中逃避。我们也反对偏狭的地方主义的乡土文学,只看到小圈子,看不到大社会,更碰不着历史,然而只要正确认识乡土文学的国民文学本质,自然可以化除偏狭的地方观念,将地方人物与全民、全国联系、结合。

乡土文学以它注重现实,分析、反省、批判、进取的积极精神,丰富了中国文学的内容,并矫正了过去文学路线的偏差,自有其不可磨灭的价值。哲学上说,共相不可能脱离殊相而独立,文学的普遍性、世界性完全建立在个殊的独立存在,胡秋原先生也说过:"其实,一切文学都是乡土文学。科学是有普遍性的,但文学总是乡土的文学;一时代、一民族的文学——中国文学、希腊文学,法国、英国、德国、俄国文学。因为一个作家总是用他的民族的语文,写他所在的环境的。各国的文学之所以有世界性、普遍性,而能为以后和他国的人所欣赏者,乃由于人类有共同心理,有共同的爱恶。最成功的作品,乃是最能在特殊中表现普遍的人心的东西……"①吾人不可因为乡土文学被少数人误解,而否定它的存在。民众的、中国的乡土文学是正确而进步的。

(原载 1977 年 8 月 1 日《夏潮》第 17 期)

---

① 杨逵,《羊头集》序文。

中国文学的大传统

王晓波

胡秋原先生在《谈"人性"与"乡土"之类》一文中,说到当前文学之争,是"满足现状与不满现状之别",并且还说"赞成现状固然是人性,不满现状也是合乎人性的"。徐复观先生也在《瞎游与眯游》一文中说,不准文学不满,"实际是抹煞人性"。兹就中国文学之传统作一探讨,愿为二先生作一注脚。

一

中国文学起源于诗,那么就从《诗经》谈起吧!

"诗"在中国古代,最初是一种民歌。当时没有什么大众传播工具来表达民意,民意也不会因为大众传播工具的垄断而被垄断。因此,执政者要了解民意就必须知道"诗"。据说周代有"采诗"之官,其工作就是到处去搜集这种民意以为执政参考之用。《诗经》之集成是否是如此"采"来的则不得而知。

至于《诗经》的内容,据孔子说是"诗可以兴,可以观,可以群,可以怨"(《论语·阳货》)。班固也说"诗"是"男女有不得其所者,因相与歌咏,各言其伤"。(班固《汉书·食货志》)因此,无论如何说,"诗"必须是包括"可以怨"的;又无论怎样的解释,"怨"总不是"赞成现状"的,而是"不满现状"的。汉人论诗,说《诗经》有"美"有

"刺"。"美"是赞成好人好事,而"刺"则是抨击坏人坏事的。《诗经》,究竟"怨"了些什么,"刺"了些什么,兹摘录几条以为参考。

"瞻卬昊天,则不我惠。孔填不宁,降此大厉。邦靡有定,士民其瘵。蟊贼蟊疾,靡有夷届。罪罟不收,靡有夷瘳。"(《诗经·瞻卬》)

"旻天疾威,天笃降丧。瘨我饥馑,民卒流亡。我居圉卒荒。"(《诗经·召旻》)

"国虽靡止,或圣或哲。民虽靡膴,或哲或谋,或肃或艾。如彼泉流,无沦胥以败。"(《诗经·小旻》)

"抑此皇文,岂曰不时? 胡为我作,不即我谋? 彻我墙屋,田卒污莱。曰予不戕,礼则然矣。"(《诗经·十月之交》)

"哀我征夫,独为匪民。匪兕匪虎,率彼旷野。哀我征夫,朝夕不暇。"(《诗经·何草不黄》)

此外,还有《硕鼠》等更为大家所知。这些"诗"不能不说是充满了哀怨和不满,而孔子却说:"诗三百,一言以蔽之,曰思无邪。"(《论语·为政》)另外,《论语》中,孔子提到《诗》还说过:"兴于诗,立于礼,成于乐。"(《泰伯》)"不学诗,无以言。"(《季氏》)"子所雅言,诗,书,执礼,皆雅言也。"(《述而》)这难道是孔子"不重视是非善恶"吗? 殊不知重视和同情民生疾苦就是"善",就是"是";反之就是"恶",就是"非"。把民生疾苦的表达,当成"丑化社会",则孔子复起必说"小子,鸣鼓而攻之,可也"!

另一中国文学的起源则为"楚辞",其中最有名者为《离骚》;司马迁说:"离骚者,犹离忧也。"班固说:"离,犹遭也。骚,忧也。明己遭忧作辞也。"王逸说:"离,别也。骚,愁也。"项安世以楚语伍举"德义不行,则迩者骚离,而远者距违"而言"屈原离骚必是以离畔为愁而赋之"。戴震说乃是屈原"盖遭谗放逐,幽忧而有言,故以离骚名篇"(《屈赋通笺》,卷一离骚)。不管各家的解释如何,总之《离骚》不是喜乐的象征,而是"不满现状"之作。身为大夫的屈原,为何不满? 他说:

"长太息以掩涕兮,哀民生之多艰","怨灵修之浩荡兮,终不察夫民心","哲王又不寤。怀朕情而不发兮,余焉能忍与此终古"。(《离骚》)

"皇天之不纯命兮,何百姓之震愆,民离散而相失兮,方仲春而东迁。"(《哀郢》)

"霾两轮兮絷四马,援玉枹兮击鸣鼓,天时怼兮威灵怒,严杀尽兮弃原野。"

（《国殇》）

　　"严杀尽兮弃原野"是屈原哀战士；"哀民生之多艰"的"民"当指农、工、商，尤其是指农民。屈原只哀百姓之疾苦，而不哀脑满肠肥者的"痴肥症"，是不是"很容易陷入阶级对立的错误"呢？

　　从《诗经》到《楚辞》，从历史上我们可以看到西周东迁和六国覆灭，但这决不是文学"使得社会恶化"的结果。孔子说，"我观周道，幽厉伤之"。至于《楚辞》，是大夫屈原的文字之作，当时的社会既无文字的传播工具，根本到达不了民众，当然也无由"使得社会恶化"。真正"使得社会恶化"的原因，乃是当时贵族官僚以聚敛之所得，过其荒淫奢侈之生活，故言"燕赵之收藏，韩魏之经营，齐楚之精英，几世几年，剽掠其人，倚叠如山；一旦不能有，输来其间。鼎铛玉石，金块珠砾，弃掷逦迤，秦人视之，亦不甚惜"。所以，杜牧说："嗟夫！使六国各爱其人，则足以拒秦；秦复爱六国之人，则递三世可至万世而为君，谁得而族灭也？"（杜牧，《阿房宫赋》）

　　文学是人民的心声。它要使人警惕，使社会归于美善的。

二

　　秦统一了天下，在"焚书坑儒"、"偶语弃市"的"政策"下，倒是一扫"不满"之声，如：

　　"皇帝之德，存定四极。诛乱除害，兴利致福。节事以是，诸产繁殖。黔首安宁，不用兵革。六亲相保，终无寇贼。……功盖五帝，泽及牛马。莫不受德，各安其宇。"（《琅琊台石刻》）

　　"皇帝奋威，德并诸侯，初一泰平。……男乐其畴，女修其业，事各有序。惠被诸产，久并来田，莫不安所。"（《碣石门石刻》）

　　秦始皇怕这样的文学，大家看不到，所以公布在公共场所；怕以后的人看不到，所以还刻在石头上。但是，秦的社会是否因文学的美化就真的美起来了呢？如果是的话，为什么"戍卒叫，函谷举，楚人一炬，可怜焦土"！

　　其实文学只是社会的反映而已，如照相，岂有丑人怨照相师之理？但它也是一面镜子,要大家照照,来整自己之容的。

"文章西汉两司马。"相如虽赞成现状,但他和同时辞赋家之作品,亦未忘讽谏。太史公则是不满现状的。《古诗十九首》虽不知何人所著,唯钟嵘言:"古诗眇邈,人世难详,推其文体,固炎汉之制,非衰周之倡也。"汉衰之际固兵祸连结;即盛汉之时,亦对外战争不断。无论战争的胜败都将造成出征战士的妻离子散,其哀怨之情,在《古诗十九首》中就反映了出来。如:

"行行重行行,与君生别离。相去万余里,各在天一涯。道路阻且长,会面安可知。胡马依北风,越鸟巢南枝。相去日已远,衣带日已缓。"

"孟冬寒气至,北风何惨慄。愁多知夜长,仰观众星列。三五明月满,四五蟾兔缺。客从远方来,遗我一书札。上言长相思,下言久离别。"

这也是《盐铁论》中的《文学》所言:"古者无过年之繇,无逾时之役。今近者数千里,远者过万里,历二期。长子不还,父母愁忧,妻子咏叹,愤懑之恨发动于心,慕思之积痛于骨髓。"(桓宽,《盐铁论·繇役》)并且把这种"咏叹"比作《诗经》的杕杜、采薇之作。

所引诗句提起"胡马"、"北风",这可能与汉代伐匈奴有一定的关系。伐匈奴之时,是汉的鼎盛之时,也是中国历史上有数的强盛之时,而不免于征夫的"妻子咏叹",并且是"愤懑之怨发动于心"的"不满现状"。

魏晋南北朝是大动乱时期,恐怕连当朝的皇帝都"不满现状"了。到了唐代,是中国的盛世,并且,唐诗在中国文学史上的辉煌地位是无人能抹煞的。讲到唐诗便不能不讲到诗仙李白和诗圣杜甫。他们的作品难道又是满意于现状的吗?

李白的生活是狂放不羁,是豪侠,是天才诗人,而又诗如其人,不拘一格。当时唐虽繁荣,然乱象已露,且群臣耽于逸乐。李白当年虽曾有贵妃捧砚,力士脱靴的际遇,但却放弃那盛唐上流社会的腐化奢淫的生活,情愿到处流浪。自称"安能摧眉折腰事权贵,使我不得开心颜"。这样的天才诗人恃才傲物,当无忧无虑,无哀无怨才是。但他洒脱狂放乃因"哭何苦而救楚,笑何夸而却秦。吾诚不能学二子沽名矫节以耀世兮,固将弃天地而遗身"。他"但愿长醉不用醒",也是为了能"与尔共销万古愁"。

李白狂放的遗世态度固不足为训,但我们不能不了解诗人的情怀。当他到当年梁孝王的梁园凭吊时,想到梁孝王当年的腐化奢靡,不禁感叹"梁王宫阙今安在? 枚马先归不相待。舞影歌声散绿池,空馀汴水东流海",而自言"沉吟此事泪满衣,黄金买醉未能归",最后道出心声,"歌且谣,意方远。东山高卧时起来,欲济苍生未应晚"。李白又何能不心怀苍生? 所以,他亦曾极力攻击权贵们的荒淫无度,他说:

"大车扬飞尘,亭午暗阡陌。中贵多黄金,连云开甲宅。路逢斗鸡者,冠盖何辉赫。鼻息干虹蜺,行人皆怵惕。世无洗耳翁,谁知尧与跖。"(李白,《古风二十四》)

并且,他也直接反映战乱的民间疾苦,他说:"去年战,桑干源;今年战,葱河道。洗兵条支海上波,放马天山雪中草。万里长征战,三军尽衰老。……烽火然不息,征战无已时,野战格斗死,败马号鸣向天悲。乌鸢啄人肠,衔飞上挂枯树枝。士卒涂草莽,将军空尔为。乃知兵者是凶器,圣人不得已而用之。"(李白,《战城南》)

另外,如写战争的还有《古风》十四、十九、三十四等篇;写民间疾苦的有《丁都护歌》,《宿五松山下荀媪家》、《江夏令》等。

诗圣杜甫与李白同时而稍晚,其作品呕心沥血者皆为生民请命,"朱门酒肉臭,路有冻死骨"就是他的名句。他将权贵荒淫和民生疾苦对比的写法,更彻底揭露了权贵荒淫之罪恶和可耻。

他的名诗《兵车行》、《新安吏》、《潼关吏》无一不是言战祸中的民生疾苦。并且,以《丽人行》、《哀王孙》直刺贵妃兄妹的荒淫和他们的祸国。讲老实话,在杜甫的诗中,权贵的荒淫和民生的疾苦是对立的。但究竟是权贵祸国,还是杜甫将社会"丑化"以后才祸国的? 这个答案难道还不清楚吗?

唐代"文起八代之衰,道济天下之溺"的韩愈亦自称:"遑遑乎,四海无所归;恤恤乎,饥不得食,寒不得衣。滨于死而益固,得其所者争笑之,忽将弃其旧而新是图,求老农老圃而为师。悼本志之变化,中夜涕泗交颐。"(韩愈,《上宰相书》)

在韩愈以道自重,以道自任之提倡下,宋明至清,中国的文学传统,亦莫不以民生疾苦为关注的对象。历代有攻讦皇帝,煽动叛乱而遭文字狱者,但从未闻有关心民疾,而遭"丑化社会"之罪名。甚至于中国文学有同情官逼民反者,如被批判之《水浒传》,亦未闻有批评家以施耐庵为有罪。《西游记》虽是神怪小说,而亦多刺当时之政治及社会现象。

此无他,乃是因为中国文学,是以《诗经》和《楚辞》为其传统的,并且,中国传统的政治哲学是民本主义。早在西周初年就有"民之所欲天必从之"、"天视自我民视,天听自我民听"的说法,一切的统治者当知古代的圣王"禹思天下有溺者,犹己溺之也;稷思天下有饥者,犹己饥之也"。宜民志,达民情,为生民立命,关怀民生疾苦,是中国文学的大传统。今天居然有人对描写饥溺无告之民的文学,不思有所改革,反斥他们"丑化社会",此亦"三千年来未有之巨变也"!

三

一百三十年来,中国在帝国主义的侵略下,民生凋敝,战乱不绝,人民颠沛流离。这样的民生疾苦必然会反映到文学上的,亦即帝国主义的侵略和中国人的反抗。新文学运动,也是由"五四"后爱国潮流中起来的。其后新起的俄帝欲利用中国人对西帝日帝的反抗以囊括中国,而发动普罗文学。于今有人提到三十年代文学,以为都是"左倾"的。胡秋原先生谓:"于今许多人以为三十年代就是左倾时代,这又是一莫大错误。三十年代是一个很复杂时代。左派之起,固由于他们的组织力,亦种种形势促成。西方国家许多作家左倾成为风气;国民党之种种措施又逼成之。但是,等到日本侵略促成中国民族主义之高潮时,左翼联盟亦受到冲击而瓦解。"

抗战中该有多少爱国主义作品?只是二十多年来,台湾一直依赖美国成性,而不知民族主义。更进而买办文人的兴风作浪,欲杜绝民族主义,除西化文学外,把所有大陆时代的文学一概归纳之为"左派"文学。

台湾整个思想界在崇洋媚外了二十多年之后,正如胡秋原先生所说的"民族主义也是不死之根。正如每一次日本的侵略常促成民族主义之兴起一样,一九七一年日本侵略钓鱼岛,在青年中刺激了民族思想,并影响了所谓乡土文学运动"。胡先生是参与三十年代的人物,而笔者则是直接参与"保卫钓鱼岛运动"的青年。"钓运"刺激我们思想上的反省,使我们重新在崇洋媚外的思想风气中,找到了三民主义。另外,一些爱好文学的朋友,在与大陆文学断绝的情况下,找到了日据时代反日爱国文学的传统。所以,在评述这一类文学的论述中,我们总可以找到对三民主义的直接引述,和三民主义的思想影响。

············

"多难兴邦,殷忧启圣"。文学是民族的心声,今天文学首先又回到民族历史的主流,亦为我国人自立自强之精神表现,相信在上下一心的自立自强的努力下,中国的国运终将否极泰来!

（原载 1977 年 11 月《中华杂志》第 172 期）

乡土文学之我见

齐益寿

一、台湾乡土文学之历史

在"五四"运动前后,中国掀起了一股十分蓬勃的新文学运动。这股新文学运动的风,不久便吹到还是日本殖民地的台湾来。当时鼓吹新文学反对旧文学最力的是张我军,他的《糟糕的台湾文学界》(一九二四)、《为台湾的文学界一哭》(一九二四)、《请合力拆下这座败草丛中的破旧殿堂》(一九二五)、《绝无仅有的击钵吟的意义》(一九二五)、《揭破的葫芦》(一九二五)等论文[①],都是挞伐旧文学鼓吹新文学的力作。我们知道新文学要作白话文,不作文言文,这是文学形式的革命。但是把这个新的表达形式,也就是白话文,介绍到台湾来,却发生了问题。因为在当时台湾读书识字的人不懂国语的是太多了,叫他们读白话文作白话文都很困难。这样白话文在普及上便成了问题。此外,在殖民地的语文政策下,作为我们民族语言之一的闽南语,受到日语的蚀化,有日渐消减之虞。而民族语言之兴衰直接关系到民族精神的存亡。基于上述两个因素,当时有人就主张试验以方言——闽南语来

---

① 《张我军文集》,纯文学出版社 1975 年版。

写作,而被称为"乡土文学"。台湾史学家连横在所编《台湾语典》四卷中有云:"此年以来,我台人士,辄唱乡土文学,且有台湾语改造之议,此余平素之计划也……夫欲提倡乡土文学,必先整理乡土语言……"①以后,"乡土文学",遂演变成赞成与反对两派,展开历时二年多的"乡土文学"论战。反对派的理由,据陈少廷的归纳,有三点:"一、台湾话粗杂,不足为文学的利器;二、台湾话纷歧不一(闽粤相殊,各地有别),无所适从;三、台湾话文中国人看不懂,所以他们主张普及中国白话,可期人人能懂中国国语,能写中国国语文,以沟通两地的文化。"②由此可见,当时无论正反两派,都是立于中国大民族的立场,反对外来殖民文化的侵蚀同化,这也是当时最为凛然不可犯的文学精神所在。便是以日文写作的重要作家,像吴浊流、杨逵等人,无不秉此凛然不可犯的民族精神,在作品中坚决表达了反对日本的殖民政策,表达了对乡土民族的热爱。

日据时代这一场历时二年多的"乡土文学"论战,虽然没有什么结论,但论战的双方所共同表露出来的反对外来殖民文化的侵蚀同化,强调自尊自重的民族精神,则不能不说对光复以后新成长的如今在四十岁上下这一代的作家,如王祯和、黄春明、陈映真、杨青矗、王拓等人,有相当程度血缘上的关系。这些作家,虽然在成长的过程中有的曾经迷失在外来的炫目的文化中,但为时甚短。在短暂的迷失之后,都能迅速自我纠正,落根于民族的土壤。这样,就使他们的作品,跟一些长期纠缠在过客心理、移民心理中的作家的作品,呈现出颇不同的风味。或许就是因为这样,他们才被称为今天的乡土作家吧? 像王祯和的《小林来台北》,黄春明的《苹果的滋味》、《莎哟娜拉·再见》、《小寡妇》、《我爱玛莉》,乃至《小琪的那一顶帽子》,陈映真的《唐倩的喜剧》等作品,都从不同的角度,以不同的题材,对外来文化或文明的侵蚀同化,作了冷静深刻的暴露或强烈辛辣的讽刺。

从一九四九年到一九七一年之间,似乎很少听到有什么人在喊"乡土文学"。今天的"乡土文学",它的出现,据我了解,是前几年一些报纸副刊和杂志,大量介绍洪通的书,朱铭的雕刻,这些当时都被称为"乡土艺术";有了"乡土艺术",才跟着有

---

① 陈少廷编:《台湾新文学运动简史》,联经出版事业公司,第 64 页。
② 陈少廷编:《台湾新文学运动简史》,联经出版事业公司,第 74 页。

人喊"乡土文学"。乡土艺术的本质是强调"土"的;"土"是跟"洋"相对的。为什么到了一九七一年,或者说为什么到了七十年代,许多人才突然发觉"土"的东西可贵呢? 当然是有原因的。因为从五十年代后期到六十年代,我们的文化界正泛滥着从西洋移植进来的现代主义的思潮,当时最具代表的口号,就是:"要横的移植,不要纵的继承。"这一移植,就完全不加批判地输入西方社会开始步入堕落状态下的各种心态,例如无根、迷失、苍白、荒谬、败北、孤绝、败德、淫乱等等。其实并非人类没有希望,而是二次世界大战后亚非国家纷纷独立了,使很多西方国家失去殖民地,失去海外市场及原料的供给地,于是他们觉得光景大大不如从前,不得不悲观起来。但是,那时我们还不了解现代主义这种思潮的背景,再加上我们有我们本身的痛苦,造成"盈盈一水间,脉脉不得语"的悬隔,因此心理上好像正可以配合西方人的口味,而跟着大喊特喊无根的一代,失落的一代。这是从社会心理方面来看的。若从经济、军事、政治上来看,则更明显。自一九五三年开始至一九六五年是我们接受"美援"的时期。"美援"之后,我们还接受"日援"。然后又进入外人投资时期。生产虽然是发展了,所得虽然是增加了,但技术不能独立,对外的依赖性是相当大的,难免不被牵着鼻子走。如此一旦世界的局势有了波动,我们只有哑巴吃黄莲了,像七二年的尼克森访问大陆……直到今天,卡特、范锡仍然没有放弃尼克森的老路。这些都给我们很大的震动,并刺激我们去检讨,过去过分对外依赖的失策,而喊出"庄敬自强"的口号,进而开始关怀自己的处境。"土"的东西便因此而觉得可贵起来。于是乡土艺术就在这样的背景下冒出,洪通的书大摆长龙,朱铭的雕刻轰动一时,还有施叔青等人对古老的市镇庙宇,也常作怀旧式的凭吊访问,以满足大家对乡土情感的发泄。一时"乡土! 乡土!"之呼声震天,今天的"乡土文学"这个名词,恐怕就是在这一片呼声中被逼出来的吧? 而王祯和、黄春明、陈映真、杨青矗乃至王拓,也一个个被逼成为乡土作家了(这大概是他们做梦也没有想到的)。但是黄春明、陈映真和王拓已公开表示不接受任何乡土作家的头衔,黄春明和王拓两人甚至对"乡土文学"这个名词都做了某种程度的否定。我所知道的"乡土文学",其来历大致如此。

二、乡土文学是什么

我以为世界上有两种乡土文学：一种是一般的乡土文学，一种是特殊的乡土文学。一般的乡土文学，其内涵不外是田园牧野的风光，民众的生活和信念，是一种具有地方特色情调的文学。这种文学，世界各国都有。特殊的乡土文学则产生在一种文学受外来文化压制侵蚀到不能忍受的程度之后，便觉醒起来，开始反抗，要求独立自主，反对崇洋媚外，这时从崇洋媚外中觉醒起来的而落实到本土精神的文学，也叫做乡土文学，是广义的乡土文学。为使跟以地方特色情调为对象的一般的乡土文学加以区别，姑名之为特殊的乡土文学。这种特殊的乡土文学，在二十世纪初年的美国便发生过。去年十二月号的《传记文学》有一篇唐德刚回忆他老师胡适的文章，其中谈到胡适留美时美国新崛起的乡土文学。他说：

> 在胡适留美期间（一九一〇——一九一七），美国文学还未能完全脱离西欧文学——尤其是英、法文学而独立。虽然那时已产生很多所谓的"乡土文人"，但是美国的经院派，尤其是"哈佛派"里的作家和批评家仍然以英法留学生为主体（费正清就是美国留英学生的最后一辈），他们盘踞要津。"长春藤盟校"之内的崇高位置，土作家们是打不进不去的。那些睥睨一切的英法留学归来的大学阀、大文阀，对当时英国和欧洲大陆的绅士作家（Genteel Writers）可说是奉若神明，而对美洲出产的土包子文学是不屑一顾的。……因此当时美国文学有一种所谓的"缙绅传统"（Genteel Tradition）。这些绅士们板起道学脸孔，摇头摆尾，恨不得做白金汉宫御膳房的茶房才过瘾。……这时美国文学改革运动，对文学技巧上却没有太大的争执。他们争的是文学的内涵；是以美国社会文化背景为主题的乡土派文人向经院派革命的抗争。换言之，所谓美国文学改革便是这批洋、土二派的攻防战。是土派文人向爬望常春藤高墙的封

建崇欧的文学堡垒的攻防战！①

　　由此可见当时美国乡土派文人，正如我们今天的乡土文学一样，也是反对"崇洋媚外"的，反对从英国和欧洲大陆移植进来的"缙绅传统"，要求文学内涵必须"以美国社会背景为主题"的本土现实为依归，反对灵魂悬离美国土地的舶来品。

　　特殊的乡土文学，与其说是文学上的一种派别，不如说是文学潮流变革的一种信号，是文学由虚伪变为现实，由外国文学的附庸变为独立的民族文学、本土文学的一种信号。

三、目前乡土文学何以遭受误解

　　大凡文学潮流将要发生大变革之际，必然会有新旧两派的对立和论战。对立是因为彼此所拥护的对象不同，故不能不对立，论战是用来分胜负别雌雄的武器。然而在论战进行的过程中，有一方因为求胜心切，以为用文字武器的方法收效太慢，甚至预感到难以取胜，那么自会自作聪明地以为多用几种武器是比较安稳的。在这些新武器之中，散布谣言就是第一种，使得以耳代目的人，诚惶诚恐，如丧考妣。收到这种效果之后，第二种新武器，便是根据这些"客观反应"，公开给对方戴帽子。然而帽子是不长根的，可以戴来戴去，尚非万全之策。譬如有人喊："狼来了！"结果呢？却反被人家指为色狼。这岂是始料不及？为了万无一失，便再使出第三种新武器，那就是暗打报告。既公开戴帽子，又暗地打报告，便达到"以公开掩护秘密"，自以为也就万无一失了。然而如此一来，一场对象宗旨鲜明的论战，在多种武器所放射出来的烟雾下，也就不得不显得迷迷茫茫。目前一般人对乡土文学之所以纷纷扰扰，误解丛生，我以为多少跟这种"多用武器，以策胜利"的论战中的"人性"有关。

　　况且，一般人心目中的乡土文学，大概只有上述"一般的乡土文学"，对"特殊的

---

　　① 唐德刚：《"新诗老祖宗"与"第三文学中心"》，《传记文学》第187期，第62页。

乡土文学"则缺乏认识,这恐怕是目前的乡土文学遭受误解的最大原因吧？以地方特色情调的概念去读那些目前被认为是乡土作家的作品,则不能没有困惑。因为在这些作品中固然不乏乡土风光的描写,但,为什么也跑出来台北市中山北路花花世界的《小寡妇》呢？为什么还跑出来大都市人潮汹涌的《春牛图》以及员工成百上千的《工厂人》呢？这如何叫读的人不产生困惑？

假如我们能放下地方特色情调的概念,而从"特殊的乡土文学"的概念去把握目前的乡土文学,那么,这些困惑,我相信是可以消释的。

四、小结

台湾的乡土文学,无论是日据时代乡土文学的奔走呼吁,或是光复后新乡土文学的作品,主要是"特殊的乡土文学",而非"一般的乡土文学"。"特殊的乡土文学"是在本土文化受外来文化压制侵蚀到不能忍受的程度之后,开始反抗开始觉醒的文学。它反对崇洋媚外,而拥抱自己的大地。它是向建立具有本土精神民族风格的文学的接生婆。世界上有哪一部伟大的文学作品是不具本土精神和民族风格的？我们的乡土文学,若能在表现本土精神民族风格之余,尚力求技巧的上达,我相信前途是光明的。

（原载 1978 年 2 月《中华杂志》第 175 期）

乡土小说理论的复兴与拓展

建立北京的乡土文学

刘绍棠

八〇年,北京的农村题材小说大大增产,而且单位面积产量不低。与其他题材的小说相比,不再过于后进;从气势上看,大步流星赶上来了。

专业作家中,林斤澜、浩然、我和谌容,都写出了一些反映农村生活的新作,长、中、短篇,各有路数;虽不必一一列举,我却要特别提出浩然的中篇小说《浮云》(发表在《新苑》丛刊八〇年二期)。这是他乔迁通县,养精蓄锐之后的初试锋芒;这部中篇,表现出浩然在过渡中的新动向——笔墨着力于描写他所熟悉的农民和农村的时代命运。

但是,最令人为之耳目一新的,还是几位在农村题材小说的创作上颇有新突破的业余作者。刘锦云和王毅合写的《笨人王老大》、《山伯》,刘国春的《养老女婿》、《婚俗小记》,王梓夫的《幸福,你在哪里》、《爱情,你在哪里》,以及孟广臣、尹峻青等的作品……都以浓郁的泥土气息,鲜明的地方色彩,富有特点的生动语言,质朴真实的人物形象,扎扎实实地展现在我们面前,写得真好!

好就好在他们的创作真正是从生活出发,人物、故事、语言都真正是从生活中来,而不是靠故弄玄虚和皮毛模仿的玩花活儿以哗众取宠。他们的作品实实在在,不尚浮华,经得住拿到生活中去检验。

我们运河滩的农民,戏称作家的创作是柳条编鸡笼。是的,鸡笼是必须用柳条(或荆条……)来编的,创作是必须来自生活的;而玩花活儿的作品,正如肥皂沫儿吹出的鸡笼,一戳就破。

我始终牢记,五四年一个下着雨雪的冬日,冯雪峰同志对我讲过的一句话,无论是论文,还是小说,都要经得住反问。我认为,对于小说的反问,就是拿到生活中去检验它的人物、语言、情节、细节……那么,某些爆响一时,貌似堂皇而令人眼花缭乱之作,一经检验便会暴露出金玉其外,败絮其中。

我每读上述几位业余作者的小说,便如身临其境,感到实有其事,确有其人,与作品中所描写的农村和农民,共同着命运,共鸣着心声,信服而感动。同时,也为他们的作品没有得到应有的评价而深感不平。

应该重视北京文学创作中的农产品!

因此,我感到有必要响亮地提出建立北京的乡土文学的主张。

八〇年夏秋两季,我应邀到吉林、河北、湖北参观访问,以文会友,广泛接触了省、地、县的专业作家、业余作者、文学爱好者和读者。我说了很多话,其中一大话题,就是对世界,我们要建立中国的国土文学;在国内,我们要建立各地的乡土文学。我们必须在文学创作中,保持和发扬我们的中国气派与地方特色。各国之间,各地之间,文学创作可以互相交流、渗透、借鉴、影响……但是说到底,却不能张冠李戴,互相混合,拼凑而成配料上大同小异的无国界文学或通用机械产品。我的这个主张,得到不少引为同调的知音,一个大型文学丛刊已经委托我主办一期乡土文学作品专辑。

现在,建立北京的乡土文学,时机也已经成熟了。因为,一批水平很高的作品,实力很强的作者,已经头顶着高粱花,跃上北京的文坛。今后,只要更自觉,更自信,更坚决,更追求,师承前辈而有所出新,借鉴外国外地而为我所用;那么,有的写京东平原,有的写京西山地,有的写长城塞北,有的写近郊菜区……热烈地拥抱我们的地母,北京的乡土文学必将在八一年形成、发展、繁荣,而得到公认。

（原载《北京文学》1981年第1期）

关于"乡土文学"

孙　犁

去年冬天，绍棠来津晤谈时，曾说：他要给一个刊物编一个特辑，名叫"乡土文学"，到时要我在前面写几句话。对于绍棠，我是"有求必应"的，因为我知道，他不会给我出难题。他的一些想法，我也常常是同意的。但在谈话当时，我并没有弄清这四个字的含义，也没有细想为什么绍棠要编辑这样一组文章。我还是点头答应了。过了两天，当他同一群人来舍下合影留念时，他又对我说了一次，我说："我年老好忘，到时候你催促我吧！"

前几天绍棠果然来信催稿了。对于绍棠，我一向也是"有催必动"的。对这个题目，仍觉茫然，不得要领。因此，我托邹明同志写信去问，究竟要我写些什么。绍棠的回信未到，我已经沉不住气，只好在这里揣摩着写。

记得鲁迅先生，在许钦文初写小说时，曾称他的小说为"乡土文学"。我想，这不外是，许钦文所写都是浙江绍兴一带的人物故事、风土人情，甚至在人物对话方面，也保留了一些方言土语。所以鲁迅给了他这样一个称呼。这个称呼，很难说是批评，但也很难说是推崇。因为，鲁迅自己也写了很多篇以家乡人民生活为背景的小说，他并没有自称过这些小说为"乡土文学"。别人也没有这样称谓过，也不应该这样称呼。这已经不是什么"乡土文学"，而是民族的瑰宝。

说实在的，我对"乡土文学"这个词儿，也就是有这么一些印象，其中恐怕还有错误之处。

我又联想到绍棠这些年的一些言论和主张。他在好几个地方说,他是"一个土著",他所写的是"乡土文学",是田园牧歌。他又说,他写得越"土",则外国人看来就越"洋",等等。

看来,他好像是在和别人赌什么不忿,自己要树立一个与众不同的标榜。

这可能也有客观方面的激励,我是不大清楚的。我看的当代作家的作品很少,不敢冒充了解当今的文坛。

就我个人的认识来说,我以为绍棠其实是可以不必这样说,也可以不必这样标榜的。因为,就文学艺术来说,微观言之,则所有文学作品,皆可称为"乡土文学";而宏观言之,则所谓"乡土文学",实不存在。文学形态,包括内容和形式,不能长久不变,历史流传的文学作品,并没有一种可以永远称之为"乡土文学"。

当然,任何艺术品种,都有所谓民间的形式,或称地方的形式,例如戏曲。但是,这种形式并非永久不变的,它要进入都市,甚至进入宫廷。一为文人墨客所纂易,就不永远是乡土的了。艺术又是不胫而走的,不分东西南北的,宫墙限制不住它,城墙也限制不住它,它又可以衣锦还乡,重新进入荒山僻野,为那里人民所喜爱,并改变着那里人民的艺术爱好、艺术趣味。

古之于今,今之于古,外洋之于中国,中国之于外洋,其规律也是如此。

在文学史上,南宋以来,又有所谓"市民文学",好像是与"乡土文学"对立的。其实这一名词,也很难成立。平话形式的梁山故事,固然可以说是"市民文学",但一成为《水浒传》,就很难这样说。城市是个非常复杂的所在,人也是很混杂的,它固然可以是首善之区,藏龙卧虎;但也可以是罪恶的渊薮,藏污纳垢。以城市来划定一种文学形式是不稳定的,因此是不科学的。

凡是文艺,都要有根基,有土壤。有根基者才有生命力,有根基者才能远走高飞。不然就会行之不远,甚至寸步难行。什么是文艺的根基呢?就是人民的现实生活,就是民族性格,就是民族传统。根基也在受内在和外来的影响,逐渐变动。

因此,凡是根基深的文学艺术,它就可以为当时当地的人民所喜爱,它就可以走到各个地方去,为那里的人民所接受,它就可以传之永久。

绍棠当前所写的,所从事的,只要问根基扎得深不深,可以不计其他。我以为绍棠深入乡土,努力反映那一带人民的生活和斗争、风俗和习惯,这种创作道路,是完全可以自信的,是无可非议的。自己认真做去就可以了,何必因为别人另有选择,自己就画地为牢,限制自己? 作家的眼睛,不能只注视人民生活的局部,而是要注视它的全部。绍棠不要把自己囿于运河两岸。没有一成不变的"乡土文学",就像人间并没有世外桃源一样。不管多么偏远的地区,人民的生活,也在不断变化。外来的东西,总是要进来的,只要民族的根基深,传统固,自信力强,那是没有什么可怕的,也无须大惊小怪。

　　当然,我们不能提倡媚外文学。在三十年代,鲁迅把那种讨好外国人,以洋人的爱好为创作标准的文学,称作"西崽相"的文学。

1981 年 2 月 18 日午饭之后记

(原载《北京文学》1981 年第 5 期)

关于乡土文学的通信

雷 达 刘绍棠

绍棠同志：

你好！

听说你已从东北回京，便想到写一封信，把久蓄心中的，关于乡土文学的一些思索告诉你，以求商榷。假如你没去乡下，切盼回音。

你在创作实践上，为建设和发展新的乡土文学，努力地探索着，又不断撰写文章，呼吁发展新的乡土文学。我在读了你的一部分作品和文章后，掩卷之余，不独牵动了自己的乡土之思，而且引起了我探究乡土文学的兴趣。

我总感到，自"五四"新文学运动至今，乡土文学在我国文坛上是一个非常重要的文学现象，可谓一大流派（当然其中又包含许多小的风格支派），拥有大量的作家和丰富的作品。可是，迄今为止，我们对乡土文学的研讨，或者说从乡土文学的角度对一些作家作品的研讨，却显得薄弱无力。"乡土文学"的发展和提高，对于丰富我国社会主义文学的画廊，对于提高描写农村生活的作品的艺术感染力，对于发展艺术风格流派的多样化，都很有实际价值。而这种对创作的实际价值，正是我思考得比较多的。

前两年还有人在说，写农村生活的东西快成"冷门"了，恐怕往后也不会拥有太多的读者，言下大有门庭凄寂之意。如果这指的是用老套子，老眼光，老手法写农村的现象，我是赞同的；如果以为今日的农村已经提供不出足以动人的诗情，不再成为读者需要的和文学描写的一个重点了，那我则认为大谬不然。几年来的创作实践已经很有力地证明，真正写得好的，特别是把时代特色和乡土特色巧妙融合起来的作品，大有读者在。叶蔚林的《在没有航标的河流上》，你的《蒲柳人家》，还有孙继忠的《甜甜的刺莓》等获奖作品，呼声之高，读者之众，已是有目共睹的实情。古华的《芙蓉镇》，谭谈的《山道弯弯》(《芙蓉》八一年第一期)，也颇得读者的赏识。以上五部中篇小说，堪称典型的乡土文学作品，它们恰恰是在大专院校的所谓"八十年代青年"中流传得广泛，议论得热烈。这不是很有点出人意外吗？其实，不是出人意外，而是引人深思。苏小明唱《乡间小路》，远征唱《赶牲灵》，王洁实、谢莉思唱《康定情歌》，那掌声绝不比现代派的音乐作品稀落，为什么？可以说，《绣荷包》，《赶牲灵》等歌曲所反映的传统的生活方式已经远离了我们，但这些作品的艺术寿命却并没有丧失。由此足见，我们这个国度，人们是多么需要乡土作品；而乡土文学的发展，对于丰富和推进新时期的文学，又具有多么不寻常的意义啊！可惜，我们从这个角度上思考、探求得太少了。

那么究竟什么是乡土文学呢？又好像没有明确的界说。像《辞海·文学分册》一类权威性的工具书中，我查了一下，连"乡土文学"的条目都没有，不免令人惘然。但是，就我有限的见闻来说，"乡土文学"不但是客观存在，而且是一个巨大的存在。鲁迅先生在《中国新文学大系·小说二集·序》中，就比较详细地谈到过"乡土文学"。他谈到，在"五四"运动退潮期，文苑荒凉之际，倒也有一批乡土派作家崭露了头角。他提到了蹇先艾，许钦文，王鲁彦，黎锦明等不少人的创作，并说："蹇先艾叙述过贵州，裴文中关心着榆关，凡在北京用笔写出他的胸臆来的人们，无论他自称为用主观或客观，其实往往是乡土文学。"鲁迅虽然没有给乡土文学下个定义，但从他对这些乡土作家的评述中，可以感到，这些作品，基本上都是写作者的故乡的，又基本都写他们童年、少年时代在故乡的见闻和留下深刻记忆的人物故事的。这也许可以看作当时乡土文学的一些基本特征吧。这其实也是很有道理的。左拉有一篇叫《论小说》的文章，其中有这样一些话："有些小说家甚至在巴黎生活了二十年，却仍然是个外省人。他们对自己乡土的描绘方面是出色的，但一接触到巴黎的场景，便寸步难行了。"何以如此呢？左拉解释说，"童年时间的印象无疑是更强烈的，视觉吸收了最先触动他的图景；以后，瘫痪症就来了"。左拉固然在谈"真实感"的问题,但这些话,我以为对于乡土文学产生的缘由,它的真切动人的艺术力量的来源,是说得很明白的。很切合于鲁迅所谈的那些"乡土文学",或者"从北京这方面说,则是侨寓文学的作者"们的实际情形的。

其实,我国新文学运动中的乡土文学流派的真正的发轫者,就是鲁迅先生自己。他笔下的未庄,土谷祠,乌篷船,咸亨酒店,带有浓厚的故乡风物的特色不说,就是他笔下的祥林嫂、闰土、豆腐西施、九斤老太、鲁四老爷……直至《社戏》中童年的伙伴们,也无不活现出故乡人物的面影。正由于此,周遐寿才能够专门写一本《鲁迅小说中的人物》详加"考证"。当然,鲁迅小说的思想艺术是很高超的。而且他不光写故乡,写农村,也写知识阶层,历史人物,但不能不承认,从风格流派的意义上说,他的一部分作品确属乡土文学的范畴。应该说,沈从文先生是乡土文学的又一个极具代表性的人物。他从事乡土文学创作的时间相当长,约从二十年代起直到四十年代不曾懈怠,著作丰富,其《边城》、《丈夫》等一系列作品,以其淳朴动人的湘西乡情与乡愁,流传不衰。大革命之后,又有一些重要的乡土作家出现。例如叶紫,他的小说大都以一九二七年前后故乡湖南益阳农村生活为题材。如果说,与以前的乡土文学不同了,那就是他的作品如《星》、《电网外》、《丰收》等强烈地表现了农村的阶级斗争,又不失其乡土本色。鲁迅给了他很高的评价,说"这里的几个短篇,都是太平世界的奇闻,而现在却是极平常的事情。因为极平常,所以和我们更密切,更有关系"。"文学是战斗的"这一响亮口号,就是鲁迅在叶紫的《丰收》的序文中喊出来的。抗日战争爆发,乡土文学与时代的脉搏、民族的命运一起跳动,贯注了新的内容。我们也许会想到《八月的乡村》的作者萧军,《生死场》、《呼兰河传》的作者萧红,还有像沙汀、骆宾基等不胜枚举的名字。这许多作家的作品,确如鲁迅说的:"作者的心血和失去的天空、土地,受难的人民,以至失去的草、高粱、蝈蝈、蚊子,搅成一团,鲜红的在读者眼前展开,显示着中国的一份和全部。"(《八月的乡村》序)在解放区,特别是毛泽东同志的《在延安文艺座谈会上的讲话》发表之后,乡土文学注入革命的新鲜血液,获得明确的方向,取得了空前的发展。赵树理是"山药蛋派"的开山祖师,也是当时乡土文学的一面旗帜。当时出现的乡土文学特色浓厚的作家的名字,是很难举得完全的。全国解放后的情况就更为壮观。在三湘四水,代表人物有周立波;在关中平原,代表人物有柳青;在吕梁、太行山区则有马烽、西戎等人;在荷花淀上,代表人物是孙犁……至于后起之秀的名字,就无法计算得完备了。以上总的意思无非是想说明,乡土文学确实存在着,而且各个时期都有发展和更新,很值得文学界重视和深入研究。

说了这么多,好像还是没有说清乡土文学的含义。不久前读到茅盾在一九三六年写的《关于乡土文学》一文,很有收益,也觉得对乡土文学的认识有些明朗化了。他是借评论一部叫《他的子民们》的中篇小说来阐述观点的。其中有一段至关紧要的话:"关于乡土文学,我以为单有了特殊的风土人情的描写,只不过像看一幅异域的图画,虽然引起我们的惊异,然而给我们的,只是好奇心的餍足。因此在特殊的风土人情而外,应当还有普遍性的与我们共同的对于运命的挣扎。"我依照自己对鲁迅、茅盾等大师关于乡土文学的论述,作了如下的理解。

我认为,所谓乡土文学指的应该是这样的作品:一、指描写农村生活的,而这农村又必定是养育过作家的那一片乡土的作品。这"乡土"应该是作者的家乡一带。这就把一般描写农村生活的作品与乡土文学作品首先从外部特征上区别开来了。二、作者笔下的这一片乡土上,必定是有它与其他地域不同的,独特的社会习尚、风土人情、山川景物之类。三、作者笔下的这片乡土又是与整个时代、社会紧密地内在联系着,必有"与我们共同的对于运命的挣扎",或者换句话说,包含着丰富广泛的时代内容。以上三条不知说得对不对?它的意思也就是,通过一片特殊地域里的生活和斗争,从一个侧面,再现出大时代、大社会的流动和发展。至于说乡土文学一定应该是写自己家乡的(指一片地域,不是一个具体的村寨),看起来似乎有点狭隘化,但我以为这一条决不能去掉,去掉就不成其为乡土文学。沈从文就说过,他"笔下涉及社会面虽比较广阔,最亲切熟悉的,或许还是我的家乡和一条延长千里的沅水,及各个支流县份乡村的人和事。这地方的人民爱恶哀乐,生活感情的式样,都各有鲜明特征。我的生命在这个环境中长成,因之和这一切分不开"。(《沈从文小说选集·选集题记》,一九五七年人民文学出版社出版)的确,离开了湘西,也就不复有沈从文了。

我还认为,探讨乡土文学的特征与源流,绝不是在定义和概念上兜圈子、做文章,而是与我们今天的创作直接有关的。不知你是否有所感,多少年来,配合"政策",写"运动",写"路线",搞得许多农村题材作品面目大同小异,人物相像,故事雷同,谈不上浓郁的地方色彩。现在虽有改观,但弄得不好,又会折入"轻车熟路"。而乡土文学强调,首先要写自己熟悉的,而且要写出独特的风土人情,这就有助于改观作品千篇一律的弊端。对一个地域特有的社会习尚、风土人情的生动描绘,是大大有助于增强作品的艺术感染力的。鲁迅强调这一点:"我想,现在的世界,环境不同,艺术上也必须有地方色彩,庶不至于千篇一律。"(致何白涛信)又说:"现在的文学也一样,有地方色彩的,倒容易成为世界的,即为别国所注意。"你的《蒲柳人家》得了奖,也确实写得不错,其中北运河滩特有的色彩和情调,就是引人注目的原因之一。叶蔚林笔下的潇水,古华笔下的湘南山镇,贾平凹笔下的陕南山地……各有一股诱人的芳香。当然,强调地方色彩,绝不意味着玩赏过时的风俗。生活日日更新,农业现代化的步伐虽然慢,但也已经带来风俗的变易,也带来了自行车、手表和收音机之类的生活资料,旧的生产方式的解体是不可避免的。即使如此,我仍然认为,地方色彩会变化,但不会消失,它将以新的独特形态表现出来。而昔日的生活也还大有潜力可挖,汪曾祺同志的《受戒》、《大淖纪事》,不是享有很多读者吗?

地方色彩很要紧,但更要紧的还是时代色彩。我认为,"风土人情"四个字中,"人情"二字应是乡土文学的灵魂。过去写农村,搞惯了"阶级斗争"、"路线斗争",委实把"人情"二字抛到了九霄云外。孰不知不管是何等斗争,都是透过特殊的"人情"表现出来的。毛泽东同志说过,要表现"人民大众的人性",这不但是具体的,而且在各个地域的表现方式也不会相同。试看你的《蒲柳人家》,几乎一章牵出一至两个人物,写了何满子,望日莲,周檎,一丈青,吉老秤,牵牛儿,柳罐斗,云遮月……一大串人物,他们个性各异,淘气的,柔婉的,文秀的,仗义的,憨厚的,洒脱的,粗鲁的,深沉大度的,真所谓"燕赵多慷慨悲歌之士","蒲柳人家出英才"。那么,系结着这众多人物的纽带是什么呢?是劳动者的父子情、爷孙情、邻里情、男女情、豪侠情,一句话,人民大众的人性和人情。这种"情"在抗日战争风云怒卷之时,显得分外强烈动人。如果你光写运河滩的风土,没有写出人情,作品就没有骨头和灵魂;

如果你也写"人情"，而写法是老一套的秘密联络，登台演讲，大打出手，没有真情，那就不管多热闹，也不会是乡土文学作品了。再说《芳草满天涯》，我非常喜欢。喜欢的不止是你写了"四害"横行时，老百姓不买"四人帮"的账，保护受难的干部和知识分子。更主要的是，你塑造了碧桃这位充满劳动者崇高道德美的农家少女。她忍辱含羞，抚育遗孤，无所奢求，一派正气，从柔弱的身躯里焕发的人情的力量，催人落泪。记得茅盾评论萧红的《呼兰河传》时说："它是一篇叙事诗，一幅多彩的风土画，一串凄婉的歌谣。"你的《芳草满天涯》，也是"叙事诗"，也是一幅"多彩的风土画"。只是由于时代的前进，它不仅"凄婉"，同时又是昂扬的一串歌谣。我觉得引用这段话来谈读你的作品的感受是适宜的，也许正因为乡土文学作为一大流派，有着某些共同的艺术特征吧。

作为一封信，已写得够长了，但要说的话似乎还有好多，只好克制一下了。最后，想提一点共同探讨的问题。田园牧歌式的生活是一定要结束的，现代化的马达声会越来越响，这是潮流所趋，你认为面对此情势乡土文学的前景如何？以往的乡土文学中，不少是讴歌小农田园生活的美和诗意，肯定的是"小生产"的人，"小国寡民"的人。目前由于农村的现行政策，创作中也并非没有这种苗头。这种现象该如何看待？从一些资料看，台湾的乡土派文学已经在表现手法和技巧上向现代派学习了，而现代派也在学习乡土派注目下层社会的特点了。我们的乡土文学要取得发展、丰富、提高，在新时期文学中发挥更大的作用，又该从何处着手呢？很想听到你的意见——关于乡土文学的历史、特征、现状、发展等方面的意见。

谨颂

撰安

雷达

1981 年 9 月 21 日夜

雷达同志：

收到你和我探讨乡土文学问题的长信，非常高兴。

两年前，我提出建立乡土文学的主张，得到不少志同道合的作家的赞同，并且与我并肩努力乡土文学的创作。我也得到十几家文学丛刊和月刊编者的支持，愿意为我提供充分的篇幅，发表我的乡土文学作品。

我多么希望文学理论工作者能助乡土文学一臂之力，给乡土文学的建立与发展以推动。

今年，从五十年代便与我结下深交的鲍昌同志，在《新苑》文学丛刊一九八一年第三期上，发表了题为《论文学的地方色彩》的长文。在我的同辈人中，他是集教授、文艺理论家和小说作家于一身的三位一体人物。对文学创作的乡土特色问题，有很多独到、精辟和发人深思的见解与论述。此外，方晴、方顺景、张同吾等同志在他们的评论文章中，也为乡土文学进行呐喊。现在，你又对乡土文学产生强烈的兴趣，而且提出许多大有见地的看法与我探讨，这必将有助于乡土文学创作的进一步开展。

小说创作的一窝蜂现象，已有初步的改观。我相信，文学理论研究和评论工作也将改变一拥而上的"挤电车"风气。

一个作家在创作上提出自己热衷的主张，正是全面而又综合地反映了作家本人的立场、观点、经历、教养、学识、气质和情趣。理论家应该严肃对待，花点功夫进行研究和分析。如果他的主张是积极的、正确的、有益的，就要扶助他；倘若他的主张是消极的、错误的，甚至是有害的，就要扭转他。理论家可有偏爱，但不可有偏向，因为你搞的是科学。

乡土文学这个词儿，我最早见于鲁迅先生的《中国新文学大系·小说二集·序》。毛泽东同志在五十年代曾多次号召编写乡土教材，以教育青少年热爱家乡，热爱祖国，热爱人民。因此，某位理论家指责我的建立乡土文学的主张是从台湾趸来的货色，未免数典忘祖。一般说来，理论家应该是有学问的人，但是不知他何以把鲁迅先生和毛泽东同志写过的文字忘掉了，也许是为了彻底反对"神化"吧？

在我阔别文坛二十二年，重新恢复创作权利，第一次出席北京文艺界聚会的发言中,我即宣告要"一生一世讴歌生我养我的劳动人民",并且仍然保持"田园牧歌"的风格。七九年我发表的长篇小说《地火》、《春草》、《狼烟》,以及《芳草满天涯》等八个短篇小说,都写的是我的家乡大地的风云烟雨,讴歌的是我的乡亲父老兄弟姐妹的多情重义。一九七九年底,面对着当时五光十色的文学主张和创作现象,我又对自己的创作进行反省和深思;林斤澜同志在他的《读〈蒲柳人家〉》一文中,曾以他的小说家的笔触,勾勒了我当时的景象。

我的创作向何处去?

从一九四九年十月发表第一篇习作算起,到七九年底,我在文学创作上已有三十年工龄,应该找到一条自己的路了。

仔细分析自己的短长,认识自己的局限性和特殊性,发现自己的有所能和有所不能,也就明确了在创作上的有所为和有所不为。于是,我决定致力乡土文学。

这是因为:

一、我在我的生身之地的弹丸小村,先后生活了三十年以上,是个土著;土生土长所形成的土性,使我只会写土气的作品。

二、在这三十余年中,童年遭遇三灾八难,是乡亲长辈们使我死里逃生;二十一岁以后经历了艰难坎坷的漫长岁月,是乡亲父老兄弟姐妹们扶危济困,我才大难不死。家乡是我的生身立命之地,乡亲们待我恩重情深。感恩戴德,我不能不满怀孝敬之心和报恩之情,描写和讴歌我的乡亲乡土。

三、我了解和熟悉我们那个小村的家家户户,男女老少;不仅了解和熟悉他们的音容笑貌,而且了解和熟悉他们的性格心理,以及只属于"这一个"的语言。

四、我了解和熟悉京东北运河两岸的历史、地理、风俗、习惯、人与人之间的关系和伦理道德观念,在说话和写作上,都能使用这个地区的生动、活泼、含蓄、优美、形象、富有诗情画意和音乐性的农民口语。

五、我自幼接受民间故事、小曲、评书、年画、野台子戏……的艺术熏陶,长大又深受中国古典文学的教养,因此我热爱创作方法上的民族风格,在表现手法上喜欢采用民族形式。

鲁迅先生是中国新文学的伟大宗师和奠基人,也是乡土文学的开拓者;他的小说《孔乙己》、《风波》、《故乡》、《阿 Q 正传》、《社戏》和《离婚》,不但写的是绍兴地方的农民生活,而且写出了富有地方色彩的绍兴农村的风土人情,是乡土文学的不朽丰碑。因此,乡土文学并非"世上本没有路";只不过后来走的人少了,荒芜了若干年月。

萧红的《呼兰河传》,沈从文先生的《边城》,孙犁同志的《铁木前传》,以及好几位各自具有本国和本民族风格特色的外国大作家的名著,都给我的创作以深刻的影响。

八〇年和八一年,我已经创作和发表的十三部中篇小说,《蒲柳人家》、《渔火》、《瓜棚柳巷》、《花街》、《草莽》、《水龙吟》、《荇水荷风》算是乡土文学之作,都写的是我童年时代的家乡风貌。《鱼菱风景》则是我运用乡土文学的手法,描写农村现实生活的试作。

通过创作实践,我总结出自己对于乡土文学的几点认识;当然,这算不上"成龙配套"的理论:

一、坚持文学创作的党性原则和社会主义性质;

二、坚持现实主义传统;

三、继承和发扬中国文学的民族风格;

四、继承和发扬强烈的中国气派和浓郁的地方特色;

五、描写农村的风土人情和农民的历史和时代命运。

我不是理论家,因而我的概括是不全面的,论点是有缺陷的。有的同志就向我提出,虽然不是写农村和农民的作品,但是具备了前四点的特征,也应该算是乡土文学。我希望得到理论家们的指正。

不过,我虽然认为乡土文学应该写农村和农民,却并不把所有写农村和农民的作品都算作乡土文学。

乡土文学有它特定的艺术范畴;我认为限定这个范畴的界标,就是我在上述概括的那几点。

大量写农村和农民的作品,重点不在于描写风土人情,而着重于反映人事和社会问题。它不一定具有强烈的中国气派和浓郁的地方特色,甚至没有多少民族风格,但是它揭示了农村和农民生活中的尖锐矛盾和重大斗争,很有政治价值,这是乡土文学所不能比拟的。

因此,乡土文学既有其鲜明的特殊性,又存在着突出的局限性。

乡土文学只是反映农村和农民生活题材的创作领域中的一个区域。

有人对我提倡建立乡土文学产生误解,认为我意在排他,这真是冤、假、错;乡土文学尚且不能囊括整个农村和农民题材,又如何能够在全部文学创作中一统天下？乡土文学只不过是文学创作百花园中的一畦野花,它更愿意开放在田野。

农村的生产方式和生活方式正在走向现代化。三中全会使农民富起来,我那个生身之地,不但有了汽车和拖拉机,而且有了电灯、电话、自来水、电影放映机。有的人家购买了电视、电扇、洗衣机和摩托车,居住条件比北京一般市民的平房住宅好得多,但是也带来了空气和水的污染,破坏了生态平衡。我在《蒲柳人家》中所描写的风光景色,差不多已经不存在了。那么,乡土文学是不是只能写往日,而不能写今天呢？

我的回答是,往日取之不尽,今天也用之不竭。

京、津、沪三大城市,可算是我国目前最现代化的地方了,但是有目共睹,这三大城市的风土人情,仍然存在着明显的差异。农村更是如此。

这种差异——特殊性和局限性,是为地方的历史传统、地理气候条件和生活习惯的不同所决定。近两三年来,我曾到东北和南方十多个省的农村走马看花,这些地方和我的小村一样,农民盖新房成风。但是,这些地方的新房样式,各有特色,而与我的小村的新房都不相同,究其原因,东北农村盖房特别考虑防风雪,南方农村盖房特别考虑防阴雨;因地制宜,各行其是。

我看,只要因地制宜这个词汇不消失,地方特色也就长存不已。

我那个小村,东、西、北三面各有一个邻村,相隔半里到二里,外乡人住上三年两载,也看不出它们之间的不同;而我这个生于斯,长于斯,活于斯的土著,却可以不假思索,列举出很多差异之处。

大道理我讲不了多少,我打算以《鱼菱风景》为开端,明年将全力以赴,投入描写农村现实生活风土人情的乡土文学创作。

　　你谈到,台湾乡土派文学已经在表现手法和技巧上向现代派学习。我从来认为,文学创作的表现手法,总是要不断丰富增新,技巧上也总是要不断取长补短。我对意识流手法很感兴趣;描写人物的胡思乱想、心理变态、歇斯底里、神经错乱,意识流手法比别的手法高超,我真想在写农民闹失眠,妇女闹癔症时,运用一下意识流手法;只是由于我现在尚未探明其奥妙,又羞于皮毛模仿,不敢乱来一气。但是,不管怎么丰富、增新、取长、补短,说到底还是不能丧失中国气派和民族风格。学习现代派而失掉了乡土文学的面目,那就是更名改姓,变成了倒插门女婿,算不得成功的经验。

　　说来说去,乡土文学的命根子,还是深入生活,下决心在一村一地打深井;而不要昨日走南,今日闯北,明天东奔,后天西忙,云游四方,露天采矿,摘几片浮光掠影,给自己的作品镀上一层彩色,那只能生产乡土文学的赝品。

　　这封信写得够长了。赶快打住! 所答非所问,或越看越糊涂之处,以后再说。也希望能有更多的同志参加讨论。

　　紧紧地握手!

绍棠

1981 年 10 月 3 日黎明

(原载《鸭绿江》1982 年第 1 期)

谈"乡土文学"

刘绍棠

一、乡土文学要坚持文学创作的党性原则

谈起党性，不要以为只有共产党才有，党性是阶级性的最高表现，无论哪个阶级都有党性。对于作家来说，不管你是不是共产党员，只要你是属于一定阶级的作家，都应具有党性。我来举个古代诗人的例子：杜甫是我国唐代现实主义大诗人。他写了"三吏三别"，很同情劳动人民的疾苦。他的诗，很多是在揭露阴暗面。但无论他怎样去写，他的最终目的都是要"致君尧舜上，更使风俗淳"。希望皇帝能像尧舜一样的圣明，希望他所代表的那个阶级振兴起来，当朝皇帝的统治更加巩固。

由此可见，阶级社会中的文学作品，总是表现着阶级的意识，从属一定阶级的作家，思想感情也都打着本阶级的烙印，他们对于生活的感受、认识和评价，就不能不受到一定阶级的立场、观点的制约和支配。因此可以说杜甫也是他那个时代有党性的诗人，是他那个阶级的代言人。

无产阶级革命文学是具有无产阶级的党性的文学。无产阶级革命文学的实践充分证明，坚持无产阶级革命文学的党性，不但不妨碍作家个人的创造性和创作自由，而且为作家发挥个人的创造性，获得真正的创作自由和加强文学的真实性，提

供了最可靠的前提。

我在南开大学一次报告会上讲到,"每一个阶级的作家都是有所为有所不为的,……即使是真实的东西,也是有所写有所不写的,无产阶级的文学更是如此"。一位同学在台下递上来一个条子说:"刘老师,您说作家要有所为有所不为,我觉得不应该这样。既然是真实的,就是存在着的;存在着的,就应该给予表现,就可以写。"当时,我拿着这个条子问是哪位同学写的,台下站起来一位女同学说:"是我写的。"我见是个女孩子,就开玩笑说:"你把你的学生证拿给我看看好吗?"她迷惑不解。我说:"我要看看你的学生证是不是贴着脸上长疮的照片。"

"我为什么要把长疮的照片贴在学生证上啊?"女学生说。

我问:"长疮时你怎么不拍个照片呢?"

"长疮时谁拍照片啊,怪寒碜的。"

我说:"你不在长疮时拍照片,更不会把长疮的照片贴在学生证上,这说明你对自己是看本质的。因为你是漂亮的,长疮时的不漂亮是暂时的,它不是你最真实的面目。所以你不想照相留念,更不想照这样的相片贴在学生证上。共产党的某些缺点是需要批评的,但有些事情是有其特殊原因的,是涉及许多方面问题的,应由党内采取措施去改正。可你非要把它揭露出来。这岂不是要共产党把长疮的照片贴在共产党的工作证上吗? 为什么你对自己是那样的公正,对共产党却是这样的不公平呢?"女同学无话说了。我认为这里所谈到的是一个严肃的文学的党性原则问题。

无产阶级文学是无产阶级革命事业的一部分,坚持无产阶级文学的党性原则,就要服从党的事业的需要,只有站在无产阶级立场上反映社会生活的文学,才能永远是生气勃勃的具有强大生命力的文学。因此搞乡土文学就是要坚持文学创作的党性原则。

二、乡土文学要坚持革命现实主义传统

我经常对一些爱好文学的青年人讲:现在外国有各种创作流派,你不要真信它,因为它是商品。比如你想学习外国的哪个作家——象征派、未来派或是什么

派。你刚要学,他又变了。在外国作家是商品,作品也是商品。他用象征派的手法写个剧本很畅销,老板就给他地位,给他钱,并写文章吹嘘他的象征主义。然而在资本主义国家,寻求刺激是主要的。随着社会的动荡,一两年后,再写象征派的剧本就不卖座了,老板就不要你了。怎么办呢?于是这位象征主义的作家只好改头换面,不久又改为未来主义了。很明显,这位作家是商品。

反映生活和表现生活的创作方法,是由指导它的世界观所制约的。上面我们谈到外国有那么多主义,老在变。打个比喻:就像一个喧闹的小溪,或是一个闪耀彩虹的池塘,尽管耀人眼目,却是无源之水,很快就会干涸。为什么呢?因为产生这些主义的思想基础是唯心论。

革命现实主义最本质的特点,就在于它的思想基础是马克思列宁主义。只有接受历史唯物主义和辩证唯物主义指导的革命现实主义,才能够反映现实的真面目,反映生活的本质、生活的内涵。近年来文艺在反映农村生活的广度和深度上都有了新的突破,为乡土文学发扬革命现实主义传统提供了有益的经验。如何在自己的作品中,把社会生活反映得更真实、更深刻,历来是态度严肃的现实主义作家们刻苦探求的课题。

乡土文学要坚持革命现实主义传统,就要着力去描写新时期的农村生活,塑造具有新时期时代特点的农村社会主义新人,创造出更为引人注目的成功的艺术典型。这是现实生活本身发出的召唤。也是我们从事乡土文学创作的作家,尤其要更加努力完成的时代使命。因此我们需要深入到农村四化建设的实际中去,熟悉和了解正在变化着的农村,以及活跃在变革农村现实中的一代新人。即使像我这样长期生活在农村,从事乡土文学创作的作家,也仍然需要重新去熟悉今天的农村生活。生活是文艺创作取之不尽的源泉。没有生活的长青之树,虽有较高的写作技巧,作家的妙笔也不会生出有生命力的花的。这也是革命的现实主义创作方法所要求于我们的。

三、乡土文学要保持和发扬强烈的中国气派
和浓郁的地方特色

先来谈谈什么是强烈的中国气派？

我们中华民族与世界其他各民族相比,有一个显著的不同,那就是很强的民族自尊感。举一个普通的例子。比如有一句骂人的话:"你还是中国人吗?"这和骂娘是一样的。这么大的荣辱观念,世界上其他国家和民族是少有的。如果骂一个美国人:"你还是美国人吗?"他可以回答你:"明天我就离开美国,因为美国的税率太高。我准备加入英国国籍,那里的税率低。"所以世界上任何一个国家的民族观念,都不像中国人表现得那么强烈。这可谓是强烈的中国气派的一个重要特征。

另外还表现在中国人的价值法则和道德观念上。譬如:我们中国人很重视民族气节。"贫贱不能移,富贵不能淫,威武不能屈。"敌人不管怎样折磨我,宁可死,也不投降。这和西方不一样。像英国有个规定:它的军队在什么情况,坚持多长时间后再投降,不被认为是可耻的。在中国任何情况下投降都是可耻的。这就是被中国人视为美德的中国气派。

还有,中国人与人之间的关系,和资本主义国家也不一样,资本主义社会的婚姻关系,对双方都有利,则可以维持下去。当一方受到经济上或某个方面的损失而提出离婚则不会受到舆论的谴责。这和我们的家庭、爱情、婚姻上的价值观念有本质的不同。我最近发表的中篇小说《乡风》,写了一个人离婚以后,父亲不仅不认他了,而且把离了婚的儿媳妇留在身边,并且给她找了一个对象,跟自己过日子。他的儿子不敢回家,因为他知道,回家是要被乡亲们戳脊梁骨的。《铡美案》这出戏,中国老百姓看了拍手称快,然而要按西方的价值法则,陈世美当然可以不要秦香莲。因为对等交换已经交换过了。陈世美要说,我当了状元喽,是高级知识分子喽。你没文化,什么都不懂,跟你没法交流,所以离婚。若不离婚,你的道德太不好了。这是和我们中华民族的传统美德大不一样的。

各个民族不一样,道德观念也不一样。所以在我们中华民族的小说里,就必须要反映我们民族的美德和革命的美德。从事乡土文学的创作更应该如此,以发扬

光大我们民族的光荣传统,保持强烈的中国气派。

接下去我们再来讲乡土文学要保持浓郁的地方特色的问题:

任何一个作家,都不可能手眼通天,对全世界上知天文,俯察地理,五湖四海,尽收眼底。没有那样的作家。所以中国的、外国的、古往今来的大作家。都是有地方特色的作家。鲁迅先生的小说,绍兴味。老舍的,北京味。赵树理的,晋南味。沈从文的,是湘西味。周立波的《暴风骤雨》有东北地方色彩,《山乡巨变》有湖南风味。孙犁写的是白洋淀和他的家乡安平县。可见名作家的写作,也要靠他的地方特色。每一个作家都有自己赖以生存的土地,都有不同的植根于生活的根须,都有不同的从生活中吸取营养和水分的办法。东北的土地长大豆,天津城东的水土长小站稻,洛阳的牡丹花移到别处就变种,南方的竹子栽到北方就长不高大。创作和生活的关系因作家而异。

每一个村的村风不一样,每一个家庭的家风不一样,搞乡土文学嘛,就得掌握这个不一样。掌握了这个,就是掌握了地方特色。

四、乡土文学要描写农村的风土人情和农民的时代命运

乡土文学主要是写农民,写农村,这是就目前来讲。写什么呢?乡土文学有它自己的特殊性,当然也有它的局限性。它的特殊性,主要是着重于风土人情的描写。写一个地方的特色,地方的人情,人情的美好。我们用批判的眼光也可以写一些落后的风俗习惯,但主要的是写美好的风土人情,写人的悲欢离合,写农民的历史与时代命运。但乡土文学也有它的局限性。它很难正面地直接地反映波澜壮阔的斗争。近年来,我的乡土文学小说,正面写矛盾、冲突、斗争的小说,没有。为什么呢?因为乡土文学离开了悲欢离合,风土人情,它在艺术上就失去了光彩。

我在《蒲柳人家》这篇小说里,就着力写了运河两岸的风土人情。我把运河两岸的风俗习惯,全写了进去。这其中虽有迷信的一面,但是它有一种美。"在葡萄架底下,听织女哭,听孩子哭",不是也很美吗?姑娘"乞巧",在七月初七烧个香,拿着红线,对着针鼻。在月光下穿红线,心里念叨着:我搞一个对象,要什么模样,什

么秉性。一穿,进去了;没错就是他了。当时,她们所想找的男人,无非是知冷知热,不打自己,不骂自己,能够有碗饭吃,理想是很低的。但这也不失美好。它显示了当时的少女对自己爱情的前途那种美好的希望。虽然这里也有迷信色彩,但是作家的倾向是很明显的。宣传的不是迷信的一面,而是希望、美好和祝愿的一面。那样一种风土人情的美,也是很动人的。

《蒲柳人家》是我开始乡土文学创作的第一篇小说。这篇小说不仅写了家乡风土人情的美,也写了家乡父老兄弟的生活命运。

我写了何满子这个顽童,怎样玩儿,怎样打鸟,怎样满地里野跑。我小时候就是这样,我最爱吃瓜,整天趴在瓜垄里不出来,混个水饱。我写了我们村里的两个童养媳和一个被亲姨母卖掉的姑娘,写了死要面子的何大学问,写了武艺高强的柳罐斗。我笔下的这些人物,在我生活过的土地上都能找到原型。我写了他们的命运,写了他们生活中的欢乐和悲哀,写他们的生活在时代变迁中所产生的变化。我写的主要是些农民。几千年的风雨浇铸了他们经久不变的品格:质朴、勤劳、善良,吃得苦,拉得动犁。尽管他们身上也有弱点,可我喜爱他们。他们身上都带着我所熟悉的影子,也寄托着我全部的心愿。他们尽管性格不同,却都是好人。他们没有出人意外的新思想,却有传统美德的闪光。只要有他们,生活就充满美好的希望。

五、我的创作体会

七九年底,我决定搞乡土文学,以乡土文学在文坛上求一安身立命之地。

我从小热爱生活,我的本位观念很强。我在我写的书《被放逐到乐园里》说我去的地方虽然不多,但也不少。风景秀丽的名山大川,不管多好,也没有我的家乡儒林村好。要说论风景,儒林村哪比得上"上有天堂,下有苏杭"的江南啊!儒林村的沙岗子也比不了天山、泰山、黄山啊!儒林村只有泥棚茅舍,柳棵子地。可是我还是觉得儒林村美。外边的人再好,对我很客气,很照顾,但那是客情,再好,也没有我们村的人好。说白了,你那村的姑娘再漂亮,也没有我们村的姑娘漂亮。我生于斯,长于斯,活于斯。所以我想我必须要写我们儒林村。搞乡土文学就要有这么个本位观念。

这就涉及一个问题。有些青年业余作者对我说:"作家常常讲要写自己熟悉的生活,深入生活。我就在村子住了这么多年,你能说我不熟悉吗?可我怎么写不出来啊!"他把一般情况下的熟悉和深入与文学创作的熟悉和深入等同起来了。其实又相同又有很多差异。比如我当县委书记,我对县里人民的情况,地理情况,经济情况都有准谱。当下达一件工作任务的时候,我知道调动哪几个公社行动。公社书记也是这样。但作家不一样。作家一方面要熟悉生产的程序和工作的过程(不一定要像公社、县委书记那样的熟悉),更重要是熟悉每一个一个的人。每一个人的指纹不一样,每一片树叶不一样。怎么不一样,公社书记可以不考虑这些。这个人脾气暴,那个人也脾气暴,一个类型,公社书记只是考虑怎么对他们做工作就行了。作家可不行。都是脾气暴的,我也要找出你们之间的差异来,找出你们之间的相同和不同,特别是不同来。作家要熟悉每一个一个的人。熟悉到什么程度呢?举个例子:在我的村子里,只要一听"咯咯哒,咯咯哒……"地叫,我就知道谁家的母鸡下了蛋。怎样检验你对他们熟悉了呢?一个重要的标志——语言。当这个人真正表达感情的时候,人和人在语言上存在着很大的差异,语言表达了他的个性。掌握不住这个,就说明你对这个人还不十分熟悉,只是浅尝辄止。我写小说先查户口。闭着眼睛想我们儒林村。从村东向村西挨家的数,再从村西到村东一家家数,指不定数到哪家,我的小说就出来了。写《蒲柳人家》这篇小说,我就调动了自己最熟悉的生活,最感动的生活,也调动了我熟悉的地方色彩。

另外,写小说还得有点形象思维,要善于联想。添枝加叶,添油加醋,你不会这个怎么写小说。吃柳条拉鸡笼——肚子里编。柳条你是吃下去了,你把它变成大便了,这可不行。写小说要形象思维比较发达,联想能力比较强,这就叫虚构。

比如我碰到一个人,假如我真对他感兴趣,我就要观察他,观察时,他却一闪而过,这就马上使我有一种联想。这种联想已经脱离这个人了,是调动我的生活积累的一种联想——这个人像谁呢?像我中学时代的一个同学,或是小学时的一个同学,或像大学时候的一个同学……总之,没有联想不能写小说。我最近写了一篇小文叫《灯下随感录》。我说:"生活像干柴,激情是烈火。干柴遇见烈火才能燃烧起来。"我有一堆干柴,你的火柴都湿了,你的柴火怎么能点起来?我有激情,又有充分的联想力,那么这干柴才能烧成熊熊大火。

我们初学写作的同志,往往不从生活出发,不从人物出发,而先从主体出发。比如写计划生育,如从抽象概念开始,你就要受到束缚,想不出来更好的东西。如果你生活丰富的话,你那村里可能有一个落后分子,生了八个孩子,还想追联号,追彩号,没有儿子不罢休。如果你是从他这里生发的,然后你就联系,那你就大有可能写,写得生动活泼。不从生活联想,总是从主题开始联想是不行的。《蒲柳人家》的联想,就是从我的童年生活开始的。

我还有点创作经验,知道怎样对素材进行剪裁。哪些是必要的,哪些是不必要的。不必要的,多好也得割爱。写小说就是要舍得删。为什么舍得删呢? 舍不得删就等于肉埋饭里了。我们村有个农民,他说他种西红柿有经验,就是舍得摘尖儿。县农业局的张技术员收拾西红柿,你看吧,简直是目不忍睹,残酷无情——真劈杈子,真掐尖儿。就是把那没用的东西全去掉,你看那西红柿,一茬一茬,又大又好看。写小说舍不得删还行? 联想那么多,第一稿时,也许没删那么干净,写出底稿来,搁一搁,再看,再把那些没用的东西删掉。用我的话说,删掉那些没用的东西,就好像春天脱了棉袄一样,突然浑身轻爽。

八〇年我写了《蒲柳人家》、《渔火》和其他作品后,又在考虑新的问题:我想我的小说应该往什么方向去啊? 乡土文学还应该怎样发展啊? 我想应该使自己的作品进一步民族化。

民族化有什么特点呢? 我想不外乎有这么两点:传奇性与真实性相结合。通俗性与艺术性相结合。中国有一句叫"无巧不成书"的俗话。给人家说故事,尽说一家老两口子,一儿一女有几亩地,日子过得挺富足的,完了。谁听啊? 你得说这老两口子出了什么事了,这一儿一女有什么奇巧故事。所以我认为传奇性与真实性相结合,情理之中要有意料之外,必然中要有偶然。奇巧的要奇得合情合理,巧得势所必然。小说在某种意义上讲也叫说"瞎话",它既是生活中有影子的事,又是生活中未必发生的事。你说得有鼻子有眼的,怎么问,他都圆得上来,这就叫滴水不漏,用北京的话说叫"不漏汤儿"。假如你的一捅一窟窿,不攻自破,那还行! 虽然你写的是意料之外,但情节上必须要合情合理。虽然是事出偶然,细节必须要真实。

还有通俗性与艺术性相结合。我们中华民族的小说,从宋朝开始有说书人,叫说话人,给说话人写的话便是小说的成型。所以小说一开始产生就富有群众性。这是我们文学的历史传统。中国以后的一些文人小说,文学语言和群众语言脱离。但是还有一种媒介,那就是说书艺人。许多优秀的古典小说,没有文化的人看不懂,但经过说书艺人的再创作和转述,劳动人民全知道。老百姓都知道张飞、赵云、诸葛亮,难道他们都看过《三国演义》吗? 所以说中国小说了不起。一个作家怎么才算伟大啊? 我看你所写的小说,经过一百年、二百年、一千年,人们还记得,你虽死犹生。像屈原的《离骚》,具有多强大的生命力啊!

我们中国小说的群众性,目前还为许多作家所不重视。什么叫群众性,群众性就是通俗。有好多人看不起通俗,认为通俗就是低劣,其实不对。通俗就是叫尽可能多的人接受。叫作雅俗共赏。《三国演义》农村老大爷爱看;郭沫若有学问,他也爱看。现在有些人,我说他们眼睛向上脸是朝外。就希望文艺界权威说我的小说好,就希望外国人,哪怕是香港的,说我小说写得好。这种人骨子里还潜藏着殖民地半殖民地意识。我看应该眼睛向下,面向老百姓,要让老百姓说你小说好,要让广大人民群众说你写得好。

中国文学的民族风格还有一点就是小说的动态描写。无论是小说、诗歌、散文,在写静的时候,都是动中取静。写静光用描写静的语言不行。"万籁无声"啦,"一片沉寂"啦……不行。夜很静,然后你说,窗根下的秋虫在低低地哀吟;远村,有一两声犬吠。你试试看,这比你用一百多个词有用得多。你非得在动中才能写出静。只有秋虫的哀吟和远村的犬吠,才使人感觉到,哎呀,真是安静得很。单纯地写静不行。这是辩证唯物主义的。一个人,一个事物,只有在行动中才显出它的本质来。你画一匹马,卧槽的马,膘肥腿壮毛发亮,缎子似的。你说,刘绍棠同志,这是匹好马吗? 我说,它可能是个瘸子。它趴着呢,你让它跑起来给我看看。奔马才是好马。写人也一样,一定要使人动起来。中国的散文和诗歌全是动的。我的小说,基本上都是让人走动起来。

最后谈几句小说的语言问题。五十年代,在小说的对话上我是用的农民口语,在叙述上是书面语,或叫学生腔。现在我注意到了这一点。作品在叙述语言上也能够跟群众打成一片,用农民的口语。比如"天时一变,不知哪块云彩有雨","一拳头砸不出一眼井","舌头尖子能压死人"……这都是农民口语。读起来没有文化的人能听得懂,我写的这些小说,读给农村老太太听,也都听得懂。学习人民群众的语言,必须深入人民群众的生活,熟悉人民群众的感情,理解人民群众语言的含义。我就爱听老太太们说话。我告诉你们,一个老头一个老太太,那是博物馆、活档案。他们说的你连听都没听过。另外学习语言要跟女同志学习。比如老太太、妇女的甩闲篇儿,那真是文学语言。含蓄、深刻。骂得你浑身起火星子,你还不敢捡起来。我们村的妇女隔着河跟苏庄妇女骂街,或是跟乡亲妯娌们之间开玩笑,虽然是有伤风雅,不太文明卫生的语言,但是你去掉那些不文明卫生的东西,都是了不起的语言,所以要向人民群众学习语言。

在写法上,中国小说最讲究以个性语言刻画人物的个性,以个性语言来暗示人物的心理。个性化的语言,并不是生活中某些人物语言的记录,而是作家根据作品中人物性格要求,经过选择、提炼、加工纳入作品的。这种个性化的语言,既有个性特征,又有共性特点。这样才能创造出个性和共性完美统一的典型形象。

我在《瓜棚柳巷》这篇小说里,就是通过个性化的语言,塑造了会武术的好打抱不平的姑娘柳叶眉。她劫住了人贩子的姑娘,要给她干哥(穷小学教员)当媳妇,人贩子的闺女还不太乐意。只听她对人贩子的闺女说了:"染缸里扯不出白布来……我给你找了个教书先生,人品出众,才高八斗,委屈了人家,便宜了你……"我这是"错把红土当朱砂"。其实她这是骂人哩,言外之意,你个人贩子的姑娘,是染缸里出来的,能攀上我干哥就不错了,还摆得什么谱。我这里就是用个性化的语言,活脱脱地表现出柳叶眉这个姑娘的活泼性格。

语言是文学创作中不可少的工具。古今中外的一切文学作品,都是用语言来塑造艺术形象,反映社会生活的。因此,人们通常把杰出的文学家,称为语言艺术的大师。

人民群众的语言是"很丰富的,生动活泼的,表现实际生活的",是文学语言"取之不尽,用之不竭"的源泉。学习人民群众的语言,绝不是抱着猎艳搜奇的态度,把群众的语言原原本本地记录,而是要花费很大的气力采摘和加工。还要把采摘的语言放在心坎上锤来炼去。要有大诗人杜甫的气魄"语不惊人死不休"。

(原载《农民文学》1984 年第 1 期)

我所理解的"乡土文学"

蹇先艾

近两年来,不知道为什么有些文艺报刊常常谈到"乡土文学"。一九八〇年,刘绍棠同志就提出了"乡土文学"的口号,而且他本人的作品取材于他的故乡——通县,不断努力创作,已取得了一些成绩。还有人专门写了文章来评议早期的"乡土文学"。追溯起来,这个名词始见于三十年代鲁迅先生为《新文学大系〈小说二集〉》写的序言。他认为:"凡在北京用笔写出他的胸臆来的人们,无论他自称为用主观或客观,其实往往是乡土文学。"他在序言里还指出了三点:第一,从北京方面来说,他们则是侨民文学的作者;第二,侨寓的只是作家自己,却不是这作者所写的文章;第三,他们的作品隐现着乡愁,很难有异域情调来开拓读者的心胸,或者炫耀他们的眼界。严格地说,早期的"乡土文学"和后来发展了的"乡土文学"是有所异趣的。据我所知,"五四"时期的乡土文学作者,大都是在北京求学或者被生活驱逐到那里,想找个职业来糊口的青年,他们热爱他们的故乡,大有"月是故乡明"之感,偏偏故乡又在兵荒马乱之中,"等是有家归未得",不免引起一番对土生土长的地方的回忆和怀念。作品有的揭露了旧社会的黑暗,有的表现了对劳动人民遭遇不幸的同情,有的描写了某些小乡镇的风习、人情。到了三十年代,"乡土文学"的题材、思想内容和艺术技巧,都有了新的更大的发展,不仅主题思想相当鲜明,而且塑造了生动的、感染力较强的各种人物形象。

我在学生时代,便开始学写小说和散文,其中《水葬》一篇虽然十分幼稚,却被鲁迅先生看中,把它选入了《新文学大系〈小说二集〉》,说它"展示了'老远的贵州'的乡间习俗的冷酷,和出于这冷酷中的母性之爱的伟大",我固然受到了鼓励,同时又感到惭愧。三十年代,我曾经在中华书局出版过一本《还乡集》,如果按照鲁迅对许钦文的看法,我好像在不知不觉中也自招为"乡土文学"的作者了。事实告诉我们:二十年代和三十年代的作者,尤其是北京的青年们,多数是在鲁迅的扶植下,或者受了他的小说的熏陶才从事写作的。实际上鲁迅就是一位最早的乡土文学作家。在我们同辈的作者们里面,王鲁彦倒确实更多地师承了鲁迅的笔致、风格,他的成就也远远超过了我们。

一九八二年,李旦初同志在《山西文学》连续刊载的《中国现代小说流派简介》中,把"乡土文学"列为现代小说流派之一,我觉得是值得商兑的。因为一个小说流派,起码要有它的理论或者主张,早期的"乡土文学"是没有什么理论的,三十年代似乎也没有,这是一方面;另一方面,"乡土文学"遍及全国,几乎每一个作家都写过他的故乡,有的写得多一些,有的写得少一些。一个作家一般总是写他所熟悉的地区和那里人民的生活斗争,而他对他的故乡的一切更为熟悉。自然他的故乡的人和事又随时在变化着,因此他必须继续去熟悉,否则生活和创作就会枯竭。谁都知道,作家创作的题材是多种多样的,涉及的地域也很广阔。作家不应当局限于一隅,长期打深井,还需要扩大他的视野,把点和面结合起来。例如,我们这里有一位新起的作家,在农村深入生活近二十年,果然写出了几篇优秀的短篇小说,最近他又到矿山机器厂和玻璃厂去体验了一段工人的生活。他这样做,是完全正确的,也是很必要的。这说明,我们的青年作家仍然要走和劳动人民相结合的道路。

有几位青年写信来问我,"乡土文学"究竟有些什么特征?我只能谈点我个人的看法,而且仅限于解放前的"乡土文学"。我认为,首先是作者热爱他的乡土,作品大抵都能揭露暗无天日、形形色色的怪现状,同情劳动人民,抨击或嘲讽反动统治阶级和剥削者;也表现了各地的习俗风光,使读者嗅到一股泥土气息;人物和语言带有浓厚的地方色彩,描写往往采用白描的手法,具有一种朴实简洁的风格。但是,过去的"乡土文学"并不是没有缺点的,有些作品的调子显得有点压抑、低沉,正面人物比较稀少,因此不容易看到理想的光辉。虽然有不少的"乡土文学"作品描写了劳动人民,但由于某些作者并没有参加过实际生活斗争,对劳动人民的生活、思想、感情,只是通过表面的观察或者间接有所体会,没有认真思考,便匆忙下笔,当然开掘就很难深入。特别是早期的"乡土文学"作者,思想修养和艺术修养都比较差,即使偶有可读之作,也不会怎样突出。至于以后的"乡土文学",因为有了马列主义的指导,中国共产党的领导,加上作家又深入了生活,成绩就斐然可观了。但是能追上鲁迅的《孔乙己》、《阿Q正传》、《祝福》和茅盾的《春蚕》、《林家铺子》那样的精品,为数并不多。

最后再谈一点,"乡土文学"一味写风土人情来开拓读者的眼界,增加一点知识,也不行,一定要讲究作品的思想性和艺术性,还要有时代感,不能醉心于写小儿女的恩怨,便忘记了时代。我记得很多年前,茅盾同志就在一篇文章里说过,"乡土文学"除了风土人情的描写之外,还应当有普遍性与我们共同命运的挣扎(大意如此)。这位文学大师的宝贵的经验之谈,仍然有很大的现实意义。

(原载《文艺报》1984年第1期)

谈谈风俗画

汪曾祺

有几位评论家都说我的小说里有风俗画。这一点是我原来没有意识到的。经他们一说，我想想倒是有的。有一位文学界的前辈曾对我说："你那种写法是风俗画的写法。"并说这种写法很难。风俗画的写法是怎样一种写法？这种写法难么？我不知道。有人干脆说我是一个风俗画作家……

我是很爱看风俗画的。十七世纪荷兰学派的画，日本的浮世绘，我都爱看。中国的风俗画的传统很久远了。汉代的很多画像石刻、画像砖都画（刻）了迎宾、饮宴、耍杂技——倒立、弄丸、弄飞刀……有名的说书俑，滑稽中带点愚蠢，憨态可掬，看了使人不忘。晋唐的画以宗教画、宫廷画为大宗。但这当中也不是没有风俗画，敦煌壁画中的杰作《张议潮出巡图》就是。墓葬中的笔致粗率天真的壁画，也多涉及当时的风俗。宋代风俗画似乎特别的流行，《清明上河图》是一个突出的例子。我看这幅画，能够一看看半天。我很想在清明那天到汴河上去玩玩，那一定是非常好玩的。南宋的画家也多画风俗。我从马远的《踏歌图》知道"踏歌"是怎么回事，从而增加了对"桃花潭水深千尺，不及汪伦送我情"的理解。这种"踏歌"的遗风，似乎现在朝鲜还有。我也很爱李嵩、苏汉臣的《货郎图》，它让我知道南宋的货郎担上有那么多卖给小孩子们的玩意，真是琳琅满目，都蛮有意思。元明的风俗画我所知甚少。清朝罗两峰的《鬼趣图》可以算是风俗画。幸好这时兴起了年画。杨柳青、桃花坞的年画大部分都是风俗画，连不画人物只画动物的也都是，如《老鼠嫁女》。

我很喜欢这张画，如鲁迅先生所说，所有俨然穿着人的衣冠的鼠类，都尖头尖脑的非常有趣。陈师曾等人都画过北京市井的生活。风俗画的雕塑大师是泥人张。他的《钟馗嫁妹》、《大出丧》，是近代风俗画的不朽的名作。

我也爱看讲风俗的书。从《荆楚岁时记》直到清朝人写的《一岁货声》之类的书都爱翻翻。还是上初中的时候，一年暑假，我在祖父的尘封的书架上发现了一套巾箱本木活字聚珍版的丛书，里面有一册《岭表录异》，我就很感兴趣地看起来，后来又看了《岭外代答》。从此就对讲地理的书、游记，产生了一种嗜好。不过我最有兴趣的是讲风俗民情的部分，其次是物产，尤其是吃食。对山川疆域，我看不进去，也记不住。宋元人笔记中有许多是记风俗的，《梦溪笔谈》、《容斋随笔》里有不少条记各地民俗，都写得很有趣。明末的张岱特长于记述风物节令，如记西湖七月半、泰山进香，以及为祈雨而赛水浒人物，都极生动。虽然难免有鲁迅先生所说的夸张之处，但是绘形绘声，详细而不琐碎，实在很叫人向往。我也很爱读各地的竹枝词，尤其爱读作者自己在题目下面或句间所加的注解。这些注解常比本文更有情致。我放在手边经常看看的一本书是古典文学出版社出的《东京梦华录》（外四种——《都城纪胜》、《西湖老人繁胜录》、《梦粱录》、《武林旧事》）。这样把记两宋风俗的书汇为一册，于翻检上极便，是值得感谢的，只是断句断错的地方太多。这也难怪。有一位历史学家就说过《东京梦华录》是一本难读的书。因为对当时的情形和语言不明白，所以不好断句。

我对风俗有兴趣，是因为我觉得它很美。我曾经在一篇文章里说过："我以为风俗是一个民族集体创作的生活的抒情诗。"（《〈大淖记事〉是怎样写出来的》）这是一句随便说说的话，没有任何学术意义。但也不是一点道理没有。我以为，风俗，不论是自然形成的，还是包含一定的人为的成分（如自上而下的推行），都反映了一个民族对生活的挚爱，对"活着"所感到的欢悦。他们把生活中的诗情用一定的外部的形式固定下来，并且相互交流，融为一体。风俗中保留一个民族的常绿的童心，并对这种童心加以圣化。风俗使一个民族永不衰老。风俗是民族感情的重要的组成部分。斯大林把民族感情列为民族的要素之一。民族感情是抽象的，看不见摸不着，但它确实存在着。民族感情常常体现在风俗中。风俗，是具体的。一种风俗对维系民族感情的作用是不可估量的，如那达慕、叼羊、麦西来甫、三月街……

所谓风俗,主要指仪式和节日。仪式即"礼"。礼这个东西,未可厚非。据说辜鸿铭把中国的"礼"翻译成英语时,译为"生活的艺术"。这传闻不知是否可靠,但却很有意思。礼是具有艺术性的,很好玩的,假如我们抛开其中迷信和封建的内核,单看它的形式。礼,包括婚礼和丧礼。很多外国的和中国少数民族的民间舞蹈常常以"××人的婚礼"作题目,那是在真实的婚礼的基础上加工而成的。结婚,对一个少女来说,意味着迈进新的生活,同时也意味着向过去的一切告别了。因此,这一类的舞蹈大都既有喜悦,又有悲哀,混合着复杂的感情,其动人处,也在此。中国西南几个民族都有"哭嫁"的习俗。临嫁的姑娘要把要好的姊妹约来哭(唱)一夜甚至几夜。那歌词大都是充满了真情,很美的。我小时候最爱参加丧礼,不管是亲戚家还是自己家的。我喜欢那种平常没有的"当大事"的肃穆的气氛,所有的人好像一下子都变得温雅起来,多情起来了,大家都像在演戏,扮演一种角色,很认真地扮演着。我喜欢"六七开吊",那是戏的顶点。我们那里开吊那天要"点主"。点主,就是在亡人的牌位上加一点。白木的牌位上事先写好了某某人之"神王",要在王字上加一点,这才成了"神主",点主不是随随便便点的,很隆重。要请一位有功名的老辈人来点。点主的人就位后,礼生喝道:"凝神,——想像,请加墨主!"点主人用一枝新墨笔在"王"字上点一点;然后再:"凝神,——想像,请加硃主!"点主人再用朱笔点一点,把原来的墨点盖住。这样,那个人的魂灵就进了这块牌位了。"凝神——想像",这实在很有点抒情的意味,也很有戏剧性。我小时看点主,很受感动,至今印象很深。

至于节日,那更不用说了。试想一下,如果没有那样多的节,我们的童年将是多么贫乏,多么缺乏光彩呀。日本人对传统的节日非常重视。多么现代化的大企业,到了盂兰盆节这一天,也要停产放假,举行集体的娱乐活动。这对于培养和增强民族的自信,无疑是会有好处的。

风俗、仪式和节日,是历史的产物,它必然是要消亡的。谁也不会提出恢复所有的传统的风俗,但是把它们记录下来,给现在的和将来的人看看,是有着各方面的意义的。我很希望中国民俗学会能编出两本书,一本《中国婚丧礼俗》,一本《中国的节日》。现在着手,还来得及。否则,到了"礼失而求诸野",要到穷乡僻壤去访问搜集,就费事了。

　　为什么要在小说里写进风俗画？前已说过，我这样做原是无意的。只是因为我的相当一部分小说是写家乡的，写小城的生活，平常的人事，每天都在发生，举目可见的小小悲欢，这样，写进一点风俗，便是很自然的事了。"人情"和"风土"原是紧密关联的。写一点风俗画，对增加作品的生活气息、乡土气息，是有帮助的。风俗画和乡土文学有着血缘关系，虽然二者不是一回事。很难设想一部富于民族色彩的作品而一点不涉及风俗。鲁迅的《故乡》、《社戏》，包括《祝福》，是风俗画的典范。《朝花夕拾》每篇都洋溢着罗汉豆的清香。沈从文的《边城》如果不是几次写到端午节赛龙船，便不会有那样浓郁的色彩。"风俗画小说"，在一般人的概念里，不是一个贬词。

　　风俗画小说的文体几乎都是朴素的。风俗本身是自自然然的。记述风俗的书原来不过是聊资谈助，大都是随笔记之，不事雕饰。幽兰居士孟元老《东京梦华录序》云："此录语言鄙俚，不以文饰者，盖欲上下通晓耳，观者幸详焉。"用华丽的文笔记风俗的人好像还很少。同样，风俗画小说所记述的生活也多是比较平实的，一般不太注重强烈的戏剧化的情节。写风俗而又富于浪漫主义的戏剧性的情节的，似乎只有梅里美一人。但他所写的往往是异乡的奇俗（如世代复仇），而且通常是不把梅里美列在风俗画作家范围内的。风俗画小说，在本质上是现实主义的。

　　记风俗多少有点怀旧，但那是故国神游，带抒情性，并不流于伤感。风俗画给予人的是慰藉，不是悲苦。就我所见过的风俗画作品来看，调子一般不是低沉的。

　　小说里写风俗，目的还是写人。不是为写风俗而写风俗，那样就不是小说，而是风俗志了。风俗和人的关系，大体有这样三种：

　　一种是以风俗作为人的背景。

　　一种是把风俗和人结合在一起，风俗成为人的活动和心理的契机。比如：

> 去年元夜时，
>
> 花市灯如昼。
>
> 月上柳梢头，
>
> 人约黄昏后。

又如苏北民歌《探妹》：

> 正月里探妹正月正，
> 我带小妹子看花灯，
> 看灯是假的，
> 妹子呀，试试你的心。

《边城》几次写端午节赛龙船，和翠翠的情绪的发育和感情的变化是紧紧扣在一起的，并且是情节发展不可缺少的纽带。

也有时，看起来是写风俗，实际上是在写人。我的小说里写风俗占篇幅最长的大概是《岁寒三友》里描写放焰火的一段。因为这篇小说见到的人不是很多，我把这一段抄录在下面：

> 这天天气特别好。万里无云，一天皓月。阴城的正中，立起一个四丈多高的架子。有人早早吃了晚饭，就扛了板凳来等着了。各种卖小吃的都来了。卖牛肉高粱酒的，卖回卤豆腐干的，卖五香花生米的、芝麻灌香糖的，卖豆腐脑的，卖煮荸荠的，还有卖河鲜——卖紫皮鲜菱角和新剥鸡头米的……到处是"气死风"的四角玻璃灯，到处是白蒙蒙的热气、香喷喷的茴香八角气味。人们寻亲访友，说短道长，来来往往，亲亲热热。阴城的草都被踏倒了。人们的鞋底也叫秋草的浓汁磨得滑溜溜的。
>
> 忽然，上万双眼睛一齐朝着一个方向看。人们的眼睛一会儿睁大，一会儿眯细；人们的嘴一会儿张开，一会儿又合上；一阵阵叫喊，一阵阵欢笑，一阵阵掌声——陶虎臣点着了焰火了。

（中间还有一段具体描写几种焰火的，文长不录。）

> ……火光炎炎，逐渐消隐，这时才听到人们呼唤：
> "二丫头，回家咧！"

"四儿,你在哪儿哪?"

"奶奶,等等我,我鞋掉了!"

人们摸摸板凳,才知道:呀,露水下来了。

这里写的是风俗,没有一笔写人物,但是我自己知道笔笔都着意写人,写的是焰火的制造者陶虎臣。我是有意在表现人们看焰火时的欢乐热闹气氛中表现生活一度上升时期陶虎臣的愉快心情,表现用自己的劳作为人们提供欢乐,并于别人的欢乐中感到欣慰的一个善良人的品格的。这一点,在小说里明写出来,也是可以的,但是我故意不写,我把陶虎臣隐去了,让他消融在欢乐的人群之中。我想读者如果感觉到看焰火的热闹和欢乐,也就会感觉到陶虎臣这个人。人在其中,却无觅处。

写风俗,不能离开人,不能和人物脱节,不能和故事情节游离。写风俗不能流连忘返,收不到人物的身上。

风俗画小说是有局限性的。一是风俗画小说往往只就人事的外部加以描写,较少刻画人物的内心世界,不大作心理描写,因此人物的典型性较差。二是,风俗画一般是清新浅易的,不大能够概括十分深刻的社会生活内容,缺乏历史的厚度,也达不到史诗一样的恢宏的气魄。因此,风俗画小说常常不能代表一个时代的文学创作的主流。这一点,风俗画小说作者应该有自知之明,不要因为自己的作品没有受到重视而气愤。

因此,我希望自己,也希望别人,不要只是写风俗画。并且,在写风俗画小说时也要有所突破,向生活的深度和广度掘进和开拓。

一九八四年一月二十二日

(原载《钟山》1984 年第 3 期)

风俗画与审美观

吴调公

如果说引起读者兴趣的是人物最富有深意的行动的火花,是引人入胜的人物与人物关系的发展、变化,那么,我却认为,人物行动背后的性格渊源和形成人物相互之间关系的发展、变化的历史土壤,更值得深深玩味。

性格渊源,人与人之间的关系的历史土壤,其因素自然是很多的。然而,写出了它们的时代和民族特色似乎更富有艺术魅力。

揭示了性格渊源,展现了时代折光,反映了民族特色,其成功因素是多方面的;但从我的审美实践看来,我特别萦念着小说的风俗画。譬如,《简爱》中前部那一个悲惨世界的人情风土就是够使人感到窒塞的。披着慈善外衣的孤儿院,除了生活的酷遇以外,还有精神的折磨。院长对学生的侮辱与虐待,难以下咽的饭食,一举一动都要奉行宗教仪式……等等。如果没有这些富有乡土气息的生活画面,主人公的孤傲和反抗的性格就不可能在活生生的宗教习俗的氛围里凝炼出来,那个阴湿冰冷的自然环境也就不可能同作者所揭露的资产阶级的虚伪残酷的社会环境融成一体。与其说这是扼杀儿童的风俗画,不如说更是十九世纪初期教权统治下英国人间地狱的一幅剪影。

当人们沉浸在风俗画的艺术境界中时,审美的心理特征表现为视野的广漠。人们经常被一些历史性和地理性的生动介绍所吸引,审美感受中混合着求知欲,而知识面的扩大又深化了人们的审美判断。比如,《复活》一口气写了女主人公玛丝洛娃的不幸遭遇和颠沛流离的生活。她是怎样碰上了一个个男人,而最后,终于流落到一家著名妓院,开始过着那种在"十个妇女当中倒有九个会以痛苦的疾病、早衰、死亡作为结局的生活"。人物命运的直接描写暂时就此打住,代之而起的是这样一幅沙俄时代陷入命运深渊的妓女生活的风俗画:她们先是怎样欢笑畅饮,然后怎样沉醉睡眠。下午三四点钟爬起来后,又是怎样喝咖啡,洒香水,试衣服,抹粉画眉;而当客人陆续到来后,更需要以音乐、舞蹈、吃糖、喝酒、抽烟和奸淫,向不同地位、不同年龄、不同性格的男人献媚,每到周末,她们还要上警察局去接受健康检查。那些检查官们,有的庄严苛刻,有的泯灭了人类的羞耻心,有的则带着嬉笑轻薄的态度。当读者了解了这些沙俄时代的罪恶的风土人情时,对被侮辱者的同情之心将会油然而生,从而对小说中女主人公的命运以至对沙俄时代的黑暗,自然也会进一步有所了解。

不用说,这种文学作品的风俗画既是时间艺术而又是空间艺术。它包括了在不同时间、不同空间的行动和事件;是妓女一天天、一月月、一年年生活的集中,也是上千上万妓女生活的概括。头绪多而笔触简,不同侧面的移转,速度极快,构成了读者的综合意象,展示了一定的社会、历史的生活画面。由于它具有概括性,所以人们的审美活动就不仅停止在风俗画本身之上,而必然引起联想。比如,我们可以从《复活》中妓女生活的风俗画,联想到中国的李娃、霍小玉,法国的茶花女,但首先联想到的更是玛丝洛娃。风俗画中综合描绘的一系列苦难,她当然都是有分的。这一来,读者的审美活动就能透过画面,用自己的想象补充托尔斯泰的直接描绘。尽管作者并没有花费过多笔墨用在玛丝洛娃的日常妓院生活上,但读者经过了想象补充以后,对女主人公的苦难的了解就更深广了。这就是风俗画在艺术欣赏中能调动读者心理活动的积极性;既要领会妓女苦难生活的风俗画,又要想象尽管在风俗画插曲中并未立即出现、但却必有其人的玛丝洛娃的苦难的潜在画面。这不仅充分说明某些风俗画的静中之动,也说明风俗画可以把主要人物和孕育、作用于主要人物的社会整体水乳交融地展现于读者之前,从而显示出既有活生生的"这一个"之美,但"这一个"却又是整体的成员。这正是谢林所说的:"提高到整体观念的人",他才是美的。(《艺术哲学·序论》)风俗画的特色是用烘云托月手法写出"人"的整体,把读者的审美对象作为时代和社会的某一侧面来理解的。

　　既然文学是人学,既然文学必须塑造出有心灵深度的人物浮雕,那么,风俗画的"整体"观点势必落实到人物的个性上,深入到人物的心灵深处,促使读者把风俗画的共性描绘因素和人物的个性描绘结合起来。因此,我们不妨从人物个性的当前活动引导出概括不同时空的风俗画,或者从风俗画的时代背景引出人物个性描绘,或者让读者从风俗画中看到即使主要人物并未出场,但却与当前风土人情、自然景物脉脉相关。除此以外,也让读者看到与风俗画打成一片的人物,是怎样在当前的处境中活动、思考、表现出千变万化的情绪;当然,也可以从风俗画中出场的有限人物的命运,看到大体与之相仿的人们的命运,并看到作为一个时代主潮的上层建筑、社会意识形态,以具体情景体现于风俗画之中,化为情节的有机成分。如《儒林外史》第十回,描写蘧公孙入赘,就在蘧公孙一系列行动中穿插了结婚风俗画。《红楼梦》第五十三,在以贾珍为主要线索的前提下,描绘了贾府除夕祭宗祠;而与此同时,也就像春云舒展一般,出现了年景安排和交租的风俗画。人,带出了情节,寓有风俗特征的情节。因为风俗特征恰恰是一定民族、时代、乡土的显著标志,对人物的思想、感情、性格、气质的孕育,具有重大作用,因而用人物行动去融合和引导出风俗画,其实质也就是处处体现了对人物的历史土壤的掘发。鲁小姐那样一个特定时代的女才子,是如何刁难新郎,结婚那天,戏子又是如何跳"加官"和"张仙送子",这些,都充分表现了"下江"一带绅富人家的习俗和科举气氛的浓厚。贾府的除夕祭祖和庄田送租,则是在封建末世钟鸣鼎食之家的场景。作者展开了这一系列画面,加强了人物的真实感;而读者接触到这一系列画面,也就更深入地领会到人物的社会背景。其结果,优秀作品的艺术美就不仅仅是通过人物活动本身给人们以逼真之感,如闻其声,如见其人,仅仅停止在美感的直观上,更重要的是作为审美主体的读者和作为审美对象的作品融为一体,人们得以将全部心灵倾注在富有民族性、乡土性和人情味的画幅之上,从感性阶段上升到理性阶段,理解鲁小姐婚礼背后的科举迷和贾府年景背后的外强中干。

　　卓越的风俗画所表现的社会性,应该是当时广大人民所倾心的最崇高的美的集中(包括对丑的憎恶的集中),是强烈的时代精神的反映。这种风俗画不是一枝一叶地仅仅出现在某些个别章节之中,而是以不同的具体画面反映了全书审美理想的整体。《水浒》中出现不少"黑店"的风俗画。尽管其中具体情况各有不同,但大体说来,不外是官逼民反甚或是劫富济贫的社会反映。《儒林外史》中科举考场的描绘,以及在莺脰湖、莫愁湖和西湖三处"雅集"中一些纨绔名士和无聊文人的附庸风雅的世态刻画,都表现了作者对封建科举制度之丑的讽刺和批判。这些,固然具体体现为人物本身的动作和人与人的关系,但从风俗、习惯来说,却又构成一幅特有的风俗画体系。

正因为这样,人们从卓越的风俗画中可以领会到作者的审美情趣的所在和生活仓库中所储存的特有宝藏。往往有这样一种情况,同一题材范围的风俗画,在不同作家的笔下各有其倾向和水平。有的洋溢着强烈的时代精神,通过风土人情的描绘表现出更为集中的美,或者批判了更为集中的丑,从而突出了作家的思想高度;有的却比较平淡,没有能从风俗画中透露出人物的典型环境,从而表达时代主潮。正如法国文学理论家丹纳所说:

> 风俗习惯与时代精神对于群众和对于艺术家是相同的;艺术家不是孤立的人。我们隔了几个世纪只听到艺术家的声音;但在传到我们耳边来的响亮的声音之下,还能辨别出群众的复杂而无穷无尽的歌声,像一大片低沉的嗡嗡声一样,在艺术家四周齐声合唱。(《艺术哲学》)

丹纳把"风俗习惯"与"时代精神"并提,意义十分深刻。卓越的风俗画应该扎根在渊远流长的民族土壤之中,表现民族作风、民族气派和民族的优良传统,也就是说表现出民族的时代性和先进阶级的审美观点。如果说民族特征不是凝固的,同样,风俗画的社会内容也不是凝固的。尽管艺术家和群众都受了一定时代的风俗习惯的熏陶和作用,但前者具有判别风俗习惯是精华还是糟粕的慧眼,而后者未必都有;前者善于铸成风俗习惯的典型细节,见微知著地反映出时代精神和先进美学理想,而后者未必都能。茶馆里调解纠纷,在旧社会是常有的事,然而未必都能从茶馆风俗画中看出新意。可沙汀笔下的其香居茶馆,却能从在四川几乎司空习惯的风俗画中,揭露出抗战期中国民党基层政权和地方腐朽势力的狗咬狗丑剧。至于老舍的《茶馆》,其时代精神则又不同。具有民族特色,反映时代精神,对两个作品说来是相同的;但由于题材和主题不同,风俗画所反映的时代精神的具体内容却各有特色。

由此可见,风俗画所显示的艺术美,关键在于社会环境的典型性之有无或高低。成功的风俗画应该是情节的有机成分,更应该是典型环境的有机成分。果戈理的《外套》中,沙俄时代有关小公务员生活的风俗画,是揭示作为小公务员之一的彼得罗维奇悲苦命运的手段之一,也是形成悲苦命运的根源,即腐朽黑暗社会的写照。对彼得罗维奇说来,那就是典型环境了。

但社会环境和自然环境不容分开,风俗画和风景画原来是相因为用的。鲁镇的祝福之夕,家家杀鸡宰鹅,忙着年终大典,让天地圣众歆享牲醴和香烟,这是风俗画。但与此同时,小说也描写了钝响的爆竹声,幽微的火药香,特别是透过"我"的"疑虑",感到祝福的空气一扫而空,这又是鲁镇祝福之夕的风景画,揭露了祝福气氛中吃人的罪恶。风俗和风景,水乳交融,这样的风俗画,由于气氛强烈,社会意识的深刻性就能够溶解在充满悲愤感情的诗的境界之中,而作者的控诉就激起了读者更深广的共鸣。为何气氛能强烈?情景交融的画面蕴含着时代精神是重要关键。

由此可见,卓越的风俗画必然包含着社会美的理想性因素,体现了在自然美和作家艺术创造中所显示的人的本质力量。作为这种本质力量的表现,可以包括不同审美范畴。譬如,有些风俗画好像奇峰陡起,天外飞来,具挺拔之态。如霍桑的中篇小说《红字》,一开头就出现了一个不幸的女人胸悬"红字",站在绞刑台上示众。究竟她犯了什么罪?是否真正犯罪?下面的故事会做出回答。开头处有关美国殖民时代教权统治下的这一段古老风俗画,节奏很凝重,很缓慢,意味着作者的悲愤、沉郁。但同样也怀着悲愤沉郁之情的乔万尼奥里的《斯巴达克思》,却又不同。一开头,小说展示了罗马角斗场的风俗画。由于题材是两个角斗士的拼死搏斗,由于作者的艺术风格倾向于波澜壮阔,所以在两个斗士的胜负处于扑朔迷离之中,情节不断变化,节奏显得跳荡、飞动、迅速。当然,随着作品中情节的变化,同一作品所包括的各个风俗画的风格节奏,也还有变化,不可能是始终如一的。(当然,它们也表现了作家风格的一贯性。)这变化,说明作者构思时审美对象的范畴和社会内涵不同,从而他们的审美态度和移情作用也就互有歧异。

(原载《钟山》1984 年第 3 期)

从现代小说的风俗画谈起

许志英

在我国现代文学史上，曾有"乡土文学"的提法。我不清楚究竟谁最先使用这一概念，但一九三五年鲁迅写《〈中国新文学大系〉小说二集序》时对它所作的阐释，我是有很深印象的。鲁迅提到的乡土作家诸如蹇先艾、许钦文、王鲁彦，尽管他们主观上不一定有意以"异域情调来开拓读者的心胸，或者眩耀他的眼界"，但他们的笔触不时在描写乡间的人和事，往往程度不同地显露出乡土气息。地方的世态人情、风土习俗以至生活方式的描写，也是形成他们的作品特色的重要因素。这几个作家中，也许蹇先艾所叙述的"老远的贵州"给我们的印象最鲜明，读了他的《水葬》不能不惊异于贵州乡间"水葬"习俗的冷酷，"和出于这冷酷中的母性之爱的伟大"。他后来的《在贵州道上》、《盐的故事》等小说也都有浓郁的乡土气息。二十年代中期，从民间取材的还有许杰、彭家煌、台静农等作家，似乎也可称为乡土作家。在争写着恋爱的悲欢、都会的明暗的时候，这批乡土作家能将乡间的生死、泥土的气息有声有色地移在纸上，是难能可贵的贡献。这也是鲁迅之所以称誉他们的主要原因。

其实，要说乡土作家，在"五四"新文学第一个十年间，鲁迅自然是成就最高的了。可以说上述作者没有一个例外，都受了鲁迅这样那样的启示。蹇先艾的《水葬》、彭家煌的《怂恿》、台静农的《红灯》、许钦文的《鼻涕阿二》、王鲁彦的《阿长贼骨头》等作品都分明可见鲁迅小说的影响。鲁迅小说诸如《风波》、《孔乙己》、《阿Q

正传》、《社戏》、《祝福》、《离婚》,关于浙东乡镇世态人情、风土习俗的描绘,是那样鲜明逼真、引人入胜,不仅成为他的小说的现实主义的重要特色,而且也为"民俗学"研究提供了极有价值的史料。"五四"新文学这一传统,到了三四十年代又有了别开生面的发展,茅盾、老舍、沈从文、吴组缃、沙汀、赵树理、孙犁等作家的不少作品都有鲜明的地方色彩,风俗画的手法或直承传统,或取法西洋,或熔中外于一炉,更为多彩多姿,不拘一格。

现代小说关于世态人情、风土习俗的描写主要有两种情况,一种是作为生活细节散落在作品的字里行间,斑斑点点,涉笔成趣;一种是作为生活画面出现,往往形成一种情景交融的意境,与故事情节的推进、人物形象的塑造甚至主题思想的开掘有这样那样的关系。关于前种情况,例子举不胜举;关于后种情况,试举两例:

> 最惹眼的是屹立在庄外临河的空地上的一座戏台,模糊在远处的月夜中,和空间几乎分不出界限,我疑心画上见过的仙境,就在这里出现了。这时船走得更快,不多时,在台上显出人物来,红红绿绿的动,近台的河里一望乌黑的是看戏的人家的船篷。
>
> ——鲁迅《社戏》
>
> 乡下人看戏,要拼着全部力气和一身大汗。戏唱到热闹中间……台下就象突然遇到狂风的河水一样,乱挤乱动起来。那些年轻力壮的小伙子们,讲究看戏扒台板,就象城里的阔人,听戏要占前五排一样。他们通常是小褂一扒,三五个人一牵手,就从人群里劈进去。挤到戏台前边,双手一扒台板,然后用千钧的力量一撅屁股,这一动作,往后说可以使整个台下的人群向后一推,摧折两手粗的杉篙,压倒照棚外的小贩,往前说,可以使戏台摇摇欲坠,演员失色,锣鼓失声……
>
> ——孙犁《风云初记》

这是两段关于乡间看戏习俗的描写,绘声绘色、生趣盎然。但仔细推敲又各有特色。前者是描写江南水乡临河搭台看戏的情状,时间在夜里,观察点在小船上,由远及近,远处看戏台恰似天上楼阁,时隐时显,及至近台才见"红红绿绿的动"和"一望乌黑"的船篷。整个风俗画面动中含静,气氛优雅和平。后者是描写北方农村看戏的盛况,着重表现小伙子们三五成群牵手"扒台板"的壮举,如实描写与大胆夸张相结合,形成了粗犷热烈的艺术格调。同样是看戏,南北竟有如此的差别,而作为艺术描写又都是极富魅力的。

文学中地方风俗的描写,最容易显示出文学的民族特色。鲁迅曾提出过木刻应杂入静物、各地方的风俗、街头风景,并认为"现在的文学也一样,有地方色彩的,倒容易成为世界的,即为别国所注意"。[①] 历史上有大成就的作家,无论是屠格涅夫还是巴尔扎克,无论是曹雪芹还是鲁迅,都注意地方色彩的描绘,从而显示出民族的心理,生活方式的独特性。别林斯基说:习俗"构成着一个民族的面貌,没有了它们,这民族就好比是一个没有脸的人物,一种不可思议、不可实现的幻象"[②]。一个民族的文学如果失去"民族的面貌",在世界文学之林中就很难有自己独特的地位。因此,文学的民族化是极为重要的。

文学的民族化必然要求广泛继承和发扬民族文学的优秀传统。但民族化并不仅仅意味着"古已有之"。被一个民族所接受所消融的外来文学因素也可以构成这个民族文学的特色。"'会摹仿'决不是劣点",我们所要的是"'会摹仿'又加以有创造"[③]。一个民族的文学不可能在完全封闭的情况下发展,特别是在交通工具、信息系统如此发达的现代。继承传统、发扬传统,取人所长、补己所短,这是我国文学特别是"五四"新文学的民族化的宝贵经验。因此,我们既反对笼统地提什么"向传统挑战"、全盘西化,也不赞成盲目排外、墨守成规。鲁迅主张的"拿来主义"是值得重视的,"没有拿来的,文艺不能自成为新文艺"。[④] 而所谓"拿来"就是"将彼俘来"的意思,决不是"彼来俘我",必须以我为主,要用自己的"脑髓"和"眼光"。去"拿来",就是通常所说的取其精华,去其糟粕。鲁迅以对待旧宅子的态度为例形象地说明了这个问题:"如果反对这宅子的旧主人,怕给他的东西染污了,徘徊不敢走进门,是孱头;勃然大怒,放一把火烧光,算是保存自己的清白,则是昏蛋。不过因为

---

① 《致陈烟桥》(1934 年 4 月 19 日)。
② 《文学的幻想》,满涛译《别林斯基选集》第 1 卷,第 27 页,上海文艺出版社 1963 年版。
③ 《且介亭杂文·从孩子的照相说起》。
④ 《且介亭杂文·拿来主义》。

原是羡慕这宅子的旧主人的,而这回接受一切,欣欣然的蹩进卧室,大吸剩下的鸦片,那当然更是废物。"①而如果以"孱头"来反对"昏蛋"、"废物",或以"昏蛋"来指责"孱头"、"废物",或以"废物"来否定"孱头"、"昏蛋",都是错误的,可取的是要以"沉着,勇猛,有辨别,不自私"的新主人的身份"自己来拿"②。"拿来"以后,丰富"中国作风和中国气派"。这样的文学既是有生气的民族文学,又是具有世界影响的文学。

　　　　　　　　　　　　　　　　　　　(原载《钟山》1984 年第 3 期)

---

①② 《且介亭杂文·拿来主义》。

关于乡土文学创作的一封信

——给周矢

王汶石

周矢同志：

您好！来信及寄来的大作均已收到并已拜读,望勿为念。主要读了《石城记事》八篇。其中,《鱼汤秘方》前已读过,并已曾写信给您,这次读的是其余七篇:《赝品》、《小弟》、《嫩蒸》、《张锡匠和他的锡匠铺》、《翠花庵的风流事》、《小城码头》、《甜儿》、《挑水阿二》。您的一组散文《陇西纪行》也文笔很美,我曾在《西安晚报》副刊上陆续读过,这次没有再细读,因我实在挤不出太多的时间了,请您务必原谅。

感谢您用您的那支朴素无华但却优美诙谐、生动有趣的妙笔,引导我游历了一趟美丽的石城。您给我描绘了石城的乡土人情,展现出一幅幅石城的风景画和风俗画,那儿的风俗民情是多么质朴多么淳厚啊！您让我结识了一大批石城的老居民,一批小人物,石城的芸芸众生,但他们却是构成石城社会的基础。贫穷的书画家邹子湘,剃头佬许红眼儿,屠户邓桥后,小弟,卖泥人的山东侉婆儿,做嫩蒸的高手唐三,村干部杨庆裕,祖传手艺遇到危机的张锡匠,善良而遭冤的哑巴,要求过人的生活的小尼姑妙玉,经营能人邓四达,小阿姨甜儿,挑水佬阿二,精明能干的孙三爹……透过他们的生活和他们的遭遇,您让我看到了过去现在几个不同时代的社会生活风貌,看到了时代的变迁和发展,既看到了过去,又看到了今天,看到了当前正在变化着的社会生活,又看到了变化着的生活的冲击波,在这些最普遍的劳动者和手艺人的思想意识和感情上所激起的微澜。

　　善于用凝练质朴娓娓动听的笔法介绍乡土风习,描绘风俗画和街镇小景,是您这一组乡土小说的突出特点。这是颇有一点中国风格和中国气魄的。中国古典小说,包括说评书,都很讲究向读者和听众讲述形形色色社会生活,包括社会生活常识和风土人物,行业内幕等等,通过这种介绍,给读者和听众增加一点社会生活知识。这也正是小说不同于诗歌、戏剧的特征之一,要做到这一点,作者就必须有丰富的生活阅历,社会生活知识广博,三教九流无所不晓,或至少专熟悉某一门某一流,在人世生活方面,应当是个杂家,是个万事通。作为一个作家,在生活中,他也应当处处留意、细心研究并记住这种种人和实际生活中的知识。可惜我们现在的不少小说家缺乏这方面的知识。在写作上,他们主张现实派,而在对生活的了解上,却只是印象派。写农村,不懂农事季节,写革命者的秘密斗争,却不懂地下活动的规矩。我们当今的小说家,多半是知识分子、课堂出身的作家,不少人没在社会生活中折腾过,因而天真单纯,对各行各业的社会生活实际不甚了了,因而就不可能在这方面教给读者什么生活知识了。您虽然年轻,但您的《石城记事》在这方面确有长处,例如,石城人和小商人之间的赊账,讨账,那个"欠去";石城人剃头和剃头佬许红眼儿的生意经;石城人吃水和挑水佬阿二的挑水生活,到石城来卖泥菩萨、转糖摸彩的山东佝婆儿的一套鬼把戏;石城年节给小孩红色的各种规则,等等。

　　更值得赞赏的是,您并不是孤立地讲述这些习俗的,而是把它和故事和人物紧密结合在一起,溶化在一起,成为小说和小说中人物性格描写不可或缺的一部分。您常常是把这作为小说的开头部分,这在结构技巧上是很好的。这好像是正书讲前的小段,但又不是与正文脱节的段子,而可以说是小说正文开始前的一种空镜头,由远渐近,很自然地让人物出场。而您又讲得娓娓动听,让人感到既新鲜又实在,既风趣又增添一些生活的知识。读者是乐于接受,而且是一种享受。这种结构方法和开篇,虽然是司空见惯、中外古今作家经常用的,但您来得简洁自然生动有趣,有您自己的特色。

　　在您所描绘的这一幅幅淡雅而各具特色的风俗画的背景上,您所塑造的石城人物,也是各具特色的富有个性的。您的确也是个描写人物的能手。最令人欣喜的是,在刻画人物的性格上,您的笔墨是十分真切自然的,是没有矫揉造作的痕迹的,自然而又突出,白描而又鲜明,这却是很不容易的,是需要一点子笔底的功力的。在这一组石城人物中,我认为写得最典型最有性格的是邹子湘、小弟、鱼香阁的老板曾二、卖嫩蒸的唐三、翠华庵的挑水工哑巴、石城的卖水人阿二。有些角色虽然只是几笔,您也把它勾勒得活灵活现,如像摆转糖摊儿的山东侉婆儿,剃头匠许红眼儿就是。您笔下的这些人物都是些最普通的小人物,他们既不能左右别人的命运,他们的生活也并无什么令人惊心动魄的故事,他们既不是生活的弱者,自然也不是生活的强人,您写的是他们日常的生活,而这日常生活又是极其平淡无奇的生活,要把这样的人物及其生活写得像您所写得这样生动鲜明,引人入胜,我认为您的成功之道主要在于:首先是您所勾勒描绘的石城的自然和社会生活背景是鲜明的有强烈特色的,独一无二的,像一幅幅写生一样真实的。人际之间那种朝夕相处的社会生活关系,也描述得十分准确、明晰而独特,石城人物,即便是小人物,生活在这样的一幅图画里,生活在这样的人际关系中,在这样的背景上活动,显示自身,又构成了这些人物的生活和个性特征的一个有机组成部分。人和他的生活环境之间以及人和人之间的关系的准确描述,是人物形象真实而生动的基础条件,其次,您笔下的这些石城居民,虽不是风云人物,他们的生活变迁虽不能令人感到风云突变,但他们毕竟也有自己的生活,而他们的生活变化,毕竟也与时代风云相连,对他们来说,祖传鱼汤秘方的命运,二分钱一担水的命运,一笸斗嫩蒸的命运,祖传锡器手艺的命运,以及尼姑庵挑水工哑巴和小尼姑妙玉之间的爱情的命运,并不比滑铁卢之役对拿破仑的命运,帝国主义坚甲利炮之于慈禧太后的命运,股票价格涨落之于亿万富翁的命运,以及家族矛盾之于柔密欧与朱丽叶的命运来得更不重要些。尘世上,由于在生产和生活中占据着不同的位置,人物,被世俗的偏见分为"大"、"小",但对每一个具体个人来说,命运无所谓大小,都是斤两等同的。您真实而细心地描述了这些石城小人物各自的生活和各自的命运,展现了他们的过去,现在和未来,表现了他们的愿望苦恼,忧心,欢乐或悲伤,揭示了他们一连串的内在的心灵活动和外部动作,这就把人物活脱脱地推到读者面前了。其三,您在为人物塑像时,笔墨也逐趋成熟。无论在肖像描写,动作描写,心理描写以及性格的介绍与分析上,您在选择典型事例和典型细节上,都是很细心,很注意准确性的,这种典型特征的选择,是可以使平淡无奇的生活素材或凝聚或铸造成鲜明突出的形象的。

这也就是白描在艺术上的难度和它的真正价值。最后，您的这些成就的取得，理所当然的也有赖于您的语言和文字的功力，文学这种语言的艺术，离开生动优美的语言和运用语言的技巧，或者语言苍白贫乏，其他一切便都将化为泡影。

您的语言是很好的小说语言，没有书生气，学生腔，报纸味，不拘于语法却又不违语法，重视口语化却不滥用土语方言，形象性强，乡土色彩浓，可贵的特点更在于，即便是叙述用的语言，也完全是石城居民的白话，显示着石城人的气质，情趣和性格，符合石城人日常语言的审美趣味和心理特征。这一点，也是我国古典小说家所一贯遵循和追求的小说的语言的艺术。幽默风趣，朴素自然，也是您的语言的一个可敬的特点。近几年来我国有些小说家表现出一种倾向，即追求辞藻的华丽与浮泛，动不动就用洋人来吓唬人，一写侦破，就讲那个吸烟斗的外国侦探，一写爱情，就请出古希腊的那位断臂的女神，要不就大谈哲理，玄而又玄，如此等等，不一而足。而您在语言上的风格，也正是继承我国小说家和文章家的传统作风。自然，适当的色彩还是必要的。

实事求是地说，您的这一组作品，其成就也是参差不齐的。在思想艺术上，也还是有某些不足之处的。最显著的缺陷是结尾。对短篇小说来说，结尾是十分重要的，它远比开头重要得多。因为结束处，故事的转折与结局，是小说是否真实的概括和反映了生活的最后一处紧要的决定性关头，是显示作品主题思想的地方；是显示作者的社会政治立场和作者的社会思想倾向的地方；是读者盼望已久，等待已久，渴望审美满足的准备拍案叫绝的地方，也就是说，是通篇作品思想与艺术的落脚点，是艺术的征服读者的最后决战的战场。它要求在完成作品的思想艺术的过程中，在长时刻，把作品猛推一笔，推向新的高度而漂亮的结束全篇。

您的有些作品，结束得还不够理想。比如《赝品》的结尾一笔，您写正直的穷书画家邹子湘，由于穷困，在裱画店老板骗诱下，为其描了郑板桥的字，制作了赝品，最后，他把这幅赝品换回来，悬挂在自己案头，以警诫自己，他的小孙子，也要把自己受骗得到的一块假银元(赝品)，挂在床头，以警诫自己，这些，是不是都有点造作。照生活现实来看，在旧中国，像邹子湘这样莫名一文的穷画家，违心地为人制造了赝品，最后，又用自己保存的郑板桥的真迹把赝品换回，他在内心的自责、愧疚，以及精神上所受到的打击，恐怕是他难于承受的，加上极端的贫穷，他的结局，恐怕是更加惨痛的悲剧。《鱼汤秘方》前信已详细讨论过。《张锡匠》一文中的结局，比《鱼汤》好些，但我想，他的女婿把他的锡匠铺改成生活服务社，专换铝壶锅底，如果他能兼容并蓄，把锡匠的活路也保留下来，一来满足继续使用锡器的居民的需要，二来也给张锡匠留下一席用武之地，似乎更风趣些。不过遗憾的是这篇小说，在构思和结构上，和《鱼汤》太相似，太雷同了。《小弟》的结尾处，也把小弟写得太成熟，有些拔高的痕迹。《翠华庵的风流事》，作为小说来说，似乎只写了一半，结束处远不是结尾的时候，好像只是"连续剧"上集的结束。《挑水阿二》的结尾是好的，自然，合理。其他几篇的结尾，也都可以令读者满意。

您来信说到，这些小说在发表时遇到困难，发表后，也不大容易引起评论界的注视。我想，除过其他种种原因，比如说，由于党的政策好，加上各地作家协会的努力，近几年国内的新作者，可以说是风起云涌，写小说的人多了，编辑部堆积的稿子多，一时排不上队，发不出来，您是一位新作者，还没有被广大读者和期刊编辑部、评论家所认识和熟悉，等等而外，是不是还有这样的原因：您所写的题材，是偏乡僻壤小城镇的小人物的小故事，他们的故事对他们来说是重要的，但它不是社会上普遍关心的。有关千万人生活和命运的重大社会问题，如像小说和电影《人生》中高加林和巧珍的生活和命运，关系到千家万户，牵动亿万人的情怀，所以，它一出现，就激起了读者的普遍关心。其二，您的小说中，虽然有好几篇也触及当前社会的改革与生活的变化发展对普通人的生活和命运带来的影响，但这些问题都太小，比如鱼汤祖传秘方，锡匠的祖传手艺，石城有了自来水，挑水阿二的手计，社会生活的变化，引起他们思想感情的变革以及把他们未来的生活出路问题，虽然是令人关心的，有趣的，但毕竟又是牵动面不大的凡人小事，缺少广阔深沉的概括性，这就难于在读者界和文坛上激起某种浪花，引起某种"热"。

不过，我倒以为您不必为此过分担忧，您所从事的这类乡土文学，大概由来就是这样一种命运，它从来不会一出台就风靡文坛，但它却会像家酿酒一样，其香味越陈越醇美，越醉人。

只是，如果可能，您还可以再多写一些，特别注意从全景出发，在继续讲述小人物的小故事或大故事的同时，争取也写一批石城的其他人物典型，更富于当今时代概括性的典型，即不同于阿二、张锡匠等一班平平常常的小人物，再写一些普通的石城居民中的中坚分子,推动石城历史前进的分子,和石城的"大人物"的典型,形成一卷石城的百人图,全景画,这样,您的石城记事,就会成为一部当代石城的生活教科书,它是会越来越显示出它的重要性的。

　　顺颂

夏安

王汶石

八五年七月九日

（原载《小说评论》1985 年第 6 期）

关于乡土小说

冯骥才

常说：一方水土养一方人。

被养的人该如何回报？这就说到写作人了。

写作人的生命根植在故土中。为了生命的充实饱满，他的根须便拼命吸吮这土里的营养与水分。土硬人硬，水咸人咸。他还与这土地上的万物众生，朝夕共处，摩肩擦背，苦乐相依，渐渐不单说话的口音相同，连模样都有些相像。历史文化，耳濡目染，生活风习，鼻浸舌粘；在一块土地上活久了，甚至骨头里也透着这乡土的气息与精髓。写作人总是从自己熟悉的世界里，去寻找最实在的感受。故土的一切，自然都会化为写作人笔端淌出的文字来。

然而，取材自己生活的小说，不一定是乡土小说。

乡土小说是要有意地写出这乡土的特征、滋味和魅力来。表层是风物习俗，深处是人们的集体性格。这性格是一种"集体无意识"，是历史文化的积淀所致。写作人还要把这乡土生活和地域性格，升华到审美层面。这种着力凸现"乡土形象"的小说，才称得上乡土小说。

进而言之，乡土小说又分两种。

这区分主要表现在叙述语言上。乡土小说中的人物对话，自然都是采用地方土话和方言俚语。关键是要看写作人的叙述语言。

有一种乡土小说的叙述语言，是写作人习惯的语言。写作人在写其他小说或文章时,也用这种叙述语言。这种小说只在内容上有乡土色彩,在语言却没有乡土因素。语言上没有自觉性,这样的乡土小说最常见。

另一种乡土小说在语言上很自觉。比如鲁迅写鲁镇的语言,与他写京都生活的语言,明显不一样。

这种乡土小说是把地方语言的某些特征提炼出来,刻意创造出一种有滋有味、极具乡土精神的叙述语言。在将生活语言变为叙述文体的过程中,筛除口语的粗糙,保留口语的生动,最终要达到一种很高的文学品位。这种叙述语言,既不是人物对话那种原型的生活口语,又与人物的对话语言构成一个艺术整体,使小说散发出强烈的地域精神与乡土韵味。于此,老舍和赵树理都很成功。

两种乡土小说,都能再现那"一方水土"的精灵。但后一种更具创造性,文学价值则更高。

我虽为浙江人,却生长于津门。此地风习,挚爱殊深,众生性情,刻骨铭心。世上的爱,乃是包括缺欠在内都爱,方为真爱。故此,乡土小说亦我最易动情来写的。自初写作之道时所作的《神灯前传》,及至最近面世的《市井人物》,皆属此类。看来我此情难断,一路还会写下去。

开端我写《神灯前传》、《鹰拳》、《逛娘娘宫》等小说时,尽管很痴迷于风土民情与地域性格的表现,但叙述语言乃是自己驾轻就熟的惯用的语言。只注意了时代性,却没有乡土内涵。这种语言,虽然也能描绘出地域文化的形态,却缺乏更强烈的乡土滋味和文字上的独创的审美价值。

此后写《怪世奇谈》系列中长篇小说时,才自觉于语言的改造。由《神鞭》始,继而《三寸金莲》、《阴阳八卦》,直至《市井人物》诸篇。渐渐由本乡本土的生活里营造出一种文字语言来。初使生涩,碍手碍脚,逐渐才精熟起来。

严格地说,一种小说应有一种专用的语言。比如鲁迅写《伤逝》和写《狂人日记》绝非一种语言,罗曼·罗兰写《约翰·克利斯朵夫》和写《哥拉·布洛尼翁》亦判然两种文体。语言是写作人对事物的感觉方式。两个作家对同一事物的感觉肯定两样,表述语言亦判然不同;一个作家对两种事物感觉不会一样,怎么能用同一种语言呢?

此理虽然很清楚,写作人常常并不自觉,一种语言用惯了,用熟了,便以不变应万变，一辈子始终一个腔调。往往使自己感觉麻木，使读者感觉疲劳。可是，换一种语言又何其艰难！有时真觉得像抓着自己的头发，想使自己离开地球一样。但如果终于创造出一种新的语言——即找到表述某种事物的特殊的语言感觉，又是何其快乐！仿佛真的抓着自己的头发，一下子离开了待腻了的地球。

依我之见，乡土小说叙述语言的创造，主要不是依据地方口语，而是依据地域群体性格中一种迷人的精神。因为，语言是表现精神的。比如津门，此地众生性格中的豪强炽热、快利锋芒、调侃自嘲，都是此地语言的特征。把握住这种精神和性格，才好从地方口语中提取真正必需的成分。当然，叙述语言是否具有魅力，最后还要看文字。文字的讲究、品格和形式美。倘若在文字的审美上不能站住脚，还得倒下。

依上所述，我将本人在乡土小说的写作，分做三个阶段；在目录上分段表明，显而易见。在排列上，先近后远，先新后旧。其目的，无非欲使读者先入为主地了解近期的、更成熟的我，以免把我早期之作当作重头戏。这种尾巴朝前的篇目序列，也表明我对自己写作的一种"自我评价"。

写作人的一生是尽力坦露，一味宣泄，如蚕吐丝，直至力竭。到后来，往往不知自己做过多少，甚至都做过什么。多亏选家慧眼有识，从中分拨摘拣，将散珠儿串成一条条有姿色的链子。此次，魏泉鸣教授和老友杨亮才先生决意选编我的乡土小说，并不嫌繁琐，亮才的夫人艳如与爱女亚楠也合家投入此项累人的"工程"，才使我知道自己竟写了几十万字的乡土小说。他们的感情与操劳令我心生感激，也让我看到自己所做的有限，该做的却太多。写作人如同在大海中驾驶独木舟，始终是四外茫茫，彼岸渺渺，唯有奋力划行，莫要停歇才是。

写到此处，忽觉应该停住，再多一字亦是赘言，于是大呼一声好了，就此撂笔。

（原载《文学自由谈》1995 年第 1 期）

论"都市乡土小说"

范伯群

一

"乡土文学"作为一个新文学流派是在"五四"以后自发形成的文学景观。1923年,周作人就提出应重视"乡土艺术"。作家要"把土气息泥滋味透过他的脉搏,表现在文字上,这才是真实的思想与文艺"①。1928年,茅盾也曾论及作品的"地方色彩",认为"地方色彩是一地方的自然背景与社会背景之'错综相',不但有特殊的色,并且有特殊的味"②。但他们皆没有谈及中国是否有一个"乡土文学"的流派的问题。直到1935年,鲁迅在为《中国新文学大系·小说二集》作序时,才正式提出"乡土文学的作家"这一概念,在剖析作品时,将蹇先艾、裴文中、许钦文、王鲁彦、黎锦明等青年作家的作品作为"乡土文学"的示范标本。自此,文学史家才沿用鲁迅的指认,将他们视为文学上的一个流派。有许多文学研究者则指出,鲁迅小说笔下的未庄与鲁镇就是一个具有象征意义的文化符号,开了"乡土文学"之先河。

---

① 周作人:《地方与文艺》,见《永日集》,岳麓书社 1988 年版。
② 茅盾:《小说研究 ABC》,见《茅盾全集》第 19 卷。

　　鲁迅在《中国新文学大系·小说二集·序》中说:"凡在北京用笔写出他的胸臆来的人们,无论他自称为用主观或客观,其实往往是乡土文学,从北京这方面说,则是侨寓文学的作者。"鲁迅指出,他们是"被故乡所放逐,生活驱逐他到异地去了",于是他们在从事文学创作时,就"将乡间的死生,泥土的气息,移在纸上……""活泼的写出民间生活来"①。鲁迅的主要意图是对这批青年作者加以揄扬与褒赞,但我认为其中也隐含着对他们的有分寸的批评:他们是一批寄居都市的游子,在都市中是无根的浮萍,他们缺乏对都市生活的较为深入的了解,因此他们一拿起笔来时,就只能动用自己的"原始积累"——熟悉的故乡的生活经历。也就是说,他们"胸臆"中的储存也仅仅是"乡土"中携来的货色,他们不约而同地选取了这唯一可行的创作通道,他们是靠着"回忆"在做作家;鲁迅既非常爱护,又很含蓄地指出他们的局限:"侨寓的只是作者自己,却不是这作者所写的文章,因此也只隐现着乡愁,很难有异域情调来开拓读者的心胸,或者眩耀他的眼界。"他们身居都市却写不出活泼泼的都市民间生活的广阔画卷来。

　　"乡土文学"流派的贡献是在于用"知识精英"的目光,看故乡的民间民俗生活,以人道主义与民主主义的现代眼光重新估价沉滞封闭的古老乡村生活,写出两种文化碰撞中的民族文化的积淀以及他们自己内心的悲愤与哀愁。他们写乡风旧俗,如水葬、冥婚、典妻、械斗、冲喜、拜堂……但他们不仅是为了揭示僻壤奇闻,他们还能在字里行间作犀利的文化批判,窥视人们的精神异化。有些乡土文学作家也是想使自己演化转换成"都市社会剖析派"的小说家的,但当他们要拓展题材时,往往只能用既定的概念框子去分析他们眼中的都市生活,大多显得板滞而带有说教味。看来以知识精英的姿态与目光去注视都市的民间生活,有时是会显现出格格不入的扭曲和居高临下的疏离。

　　但是,除了知识精英文学中的"乡土文学"之外,我们从另一个与之并列的文学创作的大系统中——即"大众通俗文学"中去进行一番考察,我们就能发现,还有一种可以称之为"都市乡土小说"的文学作品。目前,文学史研究者们正在逐渐取得共识,认为"鸳鸯蝴蝶——《礼拜六》派"是一个现代都市通俗文学流派,而本文要进

---

① 鲁迅:《中国新文学大系·小说二集·序》,见《且介亭杂文二集》。

而论证的是,这一都市通俗文学流派的作品中的最精华部分乃是它的都市乡土小说。

二

也许精英文学的评论家们在分析"乡土文学"作品时,往往只举那些描绘乡村或小城镇的生活风味的小说为例,于是形成了一种思维定势,似乎乡土文学就是写乡村或小城镇生活的地方特色的文学;但是当他们在作理论性的阐述时,"乡土文学"这个概念是既包括乡村,但又决不单单是指乡村。或许有人从周作人的"土气息泥滋味"等语句中得出结论,"乡土文学"就是"乡村文学"。但我觉得还是应从这些评论家们对乡土文学的总体界定中去作全面的理解。当周作人在论述"乡土文学"这个概念时,其第一层面当然是指某一乡村的独特的地域特色在文学中的反映;可是他在为"乡土文学"作界定时,还有第二层面的涵义,那就是泛指以文学为载体的反映某一地方居民的特殊的"风土的力"。周作人在1923年提出"乡土艺术"之后,就在同一年,他还说过:"不过我们这时代的人,因为对于偏狭的国家主义的反动,大抵养成一种'世界民'(Kosmopolites)的态度,容易减少乡土的气息,这虽然是不得已却也是觉得可惜的。我仍然不愿取消世界民的态度,但觉得因此更须感到地方民的资格,因为这二者本是相关的……""我于别的事情都不喜欢讲地方主义,唯独在艺术上常感到这种区别。……风土的力在文艺上是极重大的"①。在这里,他的"乡土"气息的对应概念是指"世界"共性。正如茅盾的文章中也认为乡土文学是泛指镌刻着某一地方的"地方色彩"的作品。茅盾说:"……民族的特性是不可忽视的,比民族的特性范围小而同样明显且重要的,是地方的特性。湖南人有湖南人的地方特性,上海人也有上海人的。"②这就是我们提出"都市乡土小说"这个概念的理论依据。

---

① 周作人:《旧梦·序》,载《自己的园地》,人民文学出版社1988年版。
② 茅盾:《小说研究ABC》,见《茅盾全集》第19卷。

上海是国际型的大都会,但它有自己的鲜明的地方特色:它与异民族的大都会纽约、伦敦、东京相比,除了大都市的共同点之外,它们各有自己独特的"民间面容";而与本民族的大都会北京、天津相比,它们除了民族共性之外,也各有自己的"错综相"。上海从一个滨海渔村起家,到宋代设镇,元代建县,而在清末它还是松江府治下的一个普通县城,其发展是渐进的。可是,自1843年开埠以来,在不到一百年的历史瞬间,它从一个只有十条街巷的"蕞尔小邑"一跃而成为"东方巴黎",成为远东第一大都会。那时的东京、香港等城市与她相比,皆不在话下。也就是说,在近代的1843年到现代的20世纪30年代,上海的巨变真是令人惊诧不已。它不像世界上有些大城市是台阶式的发展,它简直是坐上了直升机。

　　直到1843年上海开埠时,城北李家场一带仍是典型的自然经济下的田园风光。时人这样描述道:"最初的租界是以黄浦江、洋泾浜和今北京路、河南路为四至边界的150亩的地盘,这里的土地上大部分是耕作得很好的农田,部分是低洼沼泽地。许多沟渠、池塘横亘其间,夏季里岸柳盖没了低地,无数坟墓散缀在这里。"([美]卜舫济:《上海简史》,第3页)谁也没有想到,短短几年后,这块一直供养几十户人家的土地的价格,会几百倍、几千倍地暴涨,并导致整个社会以一种全新的观点来看待土地的价格和商业的地位。①

这就有它自己的特色了:它从雏型、兴建、伸展、建成乃至建成以后,它固有的农本主义文化积淀在两种文化冲撞中所激起的浪花;在它的都市现代化系统工程中的丰富多姿的民间民俗生活流变与平民百姓价值取向的演进以及他们心态的波荡,这些动感的图画都应在文学作品中得到充分的反映。这里不仅是物质上的飞跃,而且还有精神上的巨变。作为一个以农本经营为主的小县,除了它自己的本土居民之外,还有大量外来的移民(据说当时上海每6个居民中有5个是外来移民),他们的思想观念是怎样更新成为现代市民的? 这就是"都市乡土小说"的取之不尽,用之不竭的大好题材。有一位通俗作家就敏锐地感觉到上海有着林林总总的

---

① 熊月之主编:《上海通史》第5卷《晚清社会》,上海人民出版社1999年版。

书写不完的都市生活的素材：

> 有钱的想到上海来用钱，没有钱的想到上海来弄钱，这一个用字和一个弄字，就使斗大的上海，平添了无数奇形怪状的人物……高鼻子的骄气，富人的铜臭气，穷人的怨气，买办的洋气，女人的骚气，鸦片烟的毒气，以及洋场才子的酸气。……①

在这位作家所提及的许多生活面中，都可显示出浓重的乡土性。大量的用钱与弄钱的人涌进上海，也就有一个移民的乡民观念有待都市市民化的问题；洋人骄气十足却又人地生疏，他们是要靠买办的媚气来支撑的，而上海的买办先是从广州输入的，然后才由本土自培，或就近取材，这里又有许多乡土故事；女人的骚气是只指那些供人玩弄的卖笑女子而言的，她们是如何从四面八方汇集到这个"人肉超市"中来的？这里又有多少乡土血泪。而科举的废除，又使多少"士人"要到洋场来找寻新的安身立命的"位置"，从传统的士人变成洋场才子是需要大大拓宽自己的思维空间的，这里有着一个全新的调适过程。而反映上述诸种题材，特别是要在一个"变"字上做足文章，这却是都市乡土小说的强项。从总体上看，它的确写出了在这片烂泥滩上，如何榨出了亿万资产；也写出了乡民心态、移民心态在经历了渐变后的新的价值观念。都市乡土小说不仅较为忠实地反映了这一过程，还因为它具有符合大众欣赏习惯的优势，作为一种向社会中下层全面开放的文学作品，它又能反过来成为乡民与市民的形象教科书，成为从乡民到市民的"潜移默化"的引桥。

另一个与知识精英文学的"乡土文学"的不同点是，知识精英是侨寓在北京、上海而写作家本乡本土的民间生活，而都市乡土小说的作家中当然也有北京或上海的本地人，但大多数乃是"外来户"，他们却善于写异地的大都会生活。例如写《海上繁华梦》的孙玉声是上海人，而写《海上花列传》的韩邦庆是松江人，但当时上海乃松江府所辖的一个县治，因此也算他是本地人吧。可是写上海"都市乡土小说"的作家，大部分不是上海本地人，那么他们怎么会没有"侨寓"感，他们怎么会不与

---

① 张秋虫：《海市莺花》，春风文艺出版社1997年重印版。

现代都市生活产生隔膜，而是如鱼得水似地写出"异地"的"都市乡土小说"？这里有主客观的原因。从客观来说，他们虽不是本地人，但这些"土人"都是在科举废除后到上海来做"文字劳工"的，在中国人自己的新闻事业刚起步不久就参与办报办刊，成了大都市中的"报人"，通过办报办刊，他们熟悉了这个客居的异乡社会。且不说孙玉声，他既是本地人，又是与《申报》齐名的《新闻报》的"本埠新闻编辑主任"。而另一位有代表性的重要作家——苏州人的包天笑，作为客籍"报人"，他开始任职于上海第三大报《时报》，他在《上海春秋·赘言》中说："上海为吾国第一都市，愚侨寓上海者将及二十年，得略识上海各社会之情状。随手掇拾，编辑成一小说，曰《上海春秋》。"而作为安徽潜山人的张恨水也在北京做了五年记者，才开始动笔写《春明外史》这部长篇小说的。可见他们都有很好的客观条件。就主观而言，他们是完全融入了市民生活中去的。他们是以市民的目光看市民的喜、怒、哀、乐，从而去反映他们的动态生活。他们没有像知识精英文学的作家一样，习惯于以"封建小市民"这个概念来框范都市民间的许多生活现象，动辄嗤之以鼻。其实"封建小市民"这个概念并不属于马克思主义的阶级分析范畴。这仅仅是一个蔑称或是一顶帽子。例如在上海过去的里弄中，知识精英们可以看到许多"封建小市民"的言行，可是这些言行的"主人"可能是某纱厂的女工，或底子是乡间雇农的人力车夫，用阶级分析的"出身学"去衡量，他们最终还是革命的动力。或许是源于高尔基所写的剧本《小市民》，剧中的主人公别斯谢苗诺夫是个很庸俗而空虚的人。而我们再在"小市民"的头上冠以"封建"两字，作为一种狭隘、保守、自私、无聊、迷信的庸俗之辈的"代名词"。你看他们在"观赏"《火烧红莲寺》时那种狂热的态度，也许是极为可笑的，可是在不久之后的抗日战争中，那种支配他们在影剧场中狂呼的善、恶、邪、正的基本爱憎感，就是他们在前线战壕里义无反顾地献出生命的动力。知识精英容易以一种居高的视角"俯瞰"市民的生活情趣，可是都市乡土小说作家则往往取"平等"的态度去淋漓尽致地摹写他们的社会价值取向，是站在市民阶层当中去反映他们的"社会流行价值观"。所谓"通俗"，即是与"俗众"相通。这种以"平视"的态度写出来的作品，历来被某些文艺批评家视为只能反映出一种不加修饰的"低层次"和"爬行"的真实，但它们却为我们存留了当时的照相般的真实画面，在今天，研究这种不走样的客体，另有很高的学术价值。"这些畅销书是一种有用的工具,我们能够透过它们,看到任何特定时间人们普遍关心的事情和某段时间内人们的思想变化。"①

如此说来,我们是否排除了知识精英文学的社会分析派小说的"乡土性"? 问题似乎不能提得如此绝对。周作人在谈知识精英文学时说过:"中国现在文艺的根芽,来自异域,这原是当然的,但种在这古国里,吸收了特殊的土味与空气,将来开出怎样的花来,实在是可注意的事。……若在中国想建设国民文学,表现大多数民众的性情生活,本国的民俗研究也是必要的,这虽然是人类学范围内的学问,却与文学有极重要的关系。"②我认为,相对而言,我们的都市分析派小说的作家,是站在"世界民"的角度思考"普遍性"和"共同性"的问题的时间与机会比较多,作为"人类一分子"去思考社会的改革的步调与途径比较多;而对都市民俗的地方情趣的考察就比较少,对民间的三教九流芸芸众生接触得比较少。因此不能简单化地说他们的作品里没有乡土性,但相对而言,却没有都市通俗小说流派的作品中的民间民俗味那么浓。这是可以从都市乡土小说中的大量实例来回答这个问题的。

三

1894 年出版的《海上花列传》的第一章,作者韩邦庆无意中写了一个很有意思的开端,乡民赵朴斋到上海来找自己娘舅,谋求糊口生机。上海虽相传是"淘金之地",可是大马路上是没有黄金可拾的,这位移民在四处碰壁之后,只好脱下长衫,以拉人力车为生。某日被他的娘舅看到,以为是坍了他的台,就叫自己店里的伙计押着赵朴斋上回乡的航船,待店伙回去复命,赵朴斋就在航船将要离岸的一刹那间,一跃又上了"上海滩"。据鲁迅在《中国小说史略》中说,此人乃真人真名,后来他事业有成,在上海闯出了个世界,真所谓"英雄不怕出身低"! 不知是否是受了韩邦庆的影响,以后许多通俗小说都以外乡人来沪作为小说的开端。例如孙玉声的

---

① 苏珊·埃勒里:《畅销书》,见《美国通俗文化简史》,漓江出版社 1988 年版。
② 周作人:《在希腊诸岛·附记》,见《谈龙集》,岳麓书社 1989 年版。

《海上繁华梦》就是写谢幼安与杜少牧从苏州到上海,以各种诱惑对他们进行的考验作为这部劝惩小说的引线。而后来孙玉声又写了一部名为《黑幕中之黑幕》,开头就是写崇明人到上海从事商业等多种活动,其中有不少篇幅写到他们在商海中与各类外国人的瓜葛。接着是包天笑的《上海春秋》,以写苏州人到上海为开头,中间也写扬州人到上海安身立命。毕倚虹的《人间地狱》的开端是写杭州人到上海讨生活。严独鹤的《人海梦》是写宁波人到上海,而平襟亚的《人海潮》共有五十回,前十回写苏州,而后四十回写的是前十回中出现的苏州人纷纷到了上海,演出一幕一幕的人间活剧。中外小说中写"乡下人进城"的题材不乏其例,但中国现代通俗小说中将外地人到上海作为"文字漫游热线",主要是反映了当时上海这个新兴城市对周边破产农民的吸引力;同时也因为资金投向租界,不受国内政局与战事的影响,所以有许多内地的有钱人挟巨资到上海来落户。这的确如张秋虫所说,一类是来弄钱的,一类是来用钱的;当然也有些例外的,如严独鹤笔下的主人公华国雄是到上海来求学的。而姚鹓雏笔下《恨海孤舟记》中的主人公赵栖桐从北京到上海受聘参加办报。这两部小说后来皆涉及主人公参加了辛亥年间的有关革命活动。在小说中作家大多将上海比作一只漆黑的大染缸。可是有人偏偏说它是"染白缸"。在平襟亚的《人海潮》中,写一户苏州农村的赤贫人家逃荒到了上海,在极度无奈中将女儿银珠送进了妓院。那老鸨先是施以"安心教育",然后又灌输"前途教育":

> 你心里定定,不要胡思乱想,一个人看风驶篷,运气来,春天弗问路,只管向前跑。太太奶奶又没有什么窑里定烧的。一样是泥坯子塑成功的。你现在是个黄毛小丫头,说不定一年二年后,喊你太太奶奶的人塞满屋子,你还不高兴答应咧。

> 上海地方堂子里真是你们一只漂白缸,只要有好手替你们漂,凭你黑炭团一般,立时立刻可以漂得天仙女一般,可惜你们心不定,有了这只漂白缸不肯跳进去漂。阿因啊!像你这副样子,漂一下,一二年,一定弗推板。现在呢,现在呢,还讲勿到生意上种种过门节目,只要你一定心,我会得一桩一件教导你,学会了种种诀窍,生意上就飞黄腾达,凭你一等一的大好佬,跳不过你如来佛的手心底。你将来正有一翻好戏在后头。

日后,银珠果然漂成了明丽焕发、娇艳无比的红妓凌菊芬。她遇见同乡沈衣云,不仅没有半点骄气喜色,反而微微喟叹:"我吃这碗饭,也叫末着棋子。养活爷娘是顶要紧。当初爷娘弄得六脚无逃,我没有法想,只得老老面皮,踏进堂子门,平心想想,总不是体面生意经。结蒂归根,对不住祖宗,没有面孔见亲亲眷眷。……想我这样一个小身体,今生今世,再也没有还乡日子,几根骨头将来不知落在谁手里咧。……我见同乡人,真像亲爹娘一般。"后来她被卖给一个军阀做小妾,可是在新婚中,她的"丈夫"就被暗杀了。像这样反映民间移民的命运的小说,在都市乡土小说中是俯拾皆是的。

上海既是特大的移民城市,在衣食住行中,当然以住房为最紧张。历史上,上海有几次移民高潮,特别是战争时期,租界地区似乎成了一只保险箱。如太平军三次攻打上海,上海的房地产业,热得几乎发了狂。而包天笑的《甲子絮谭》则反映了1924年江浙军阀齐卢大战时的种种社会动态,其中涉及上海的房荒问题。写了一幢一楼一底的石库门,住了十一户人家。这实际上是为上海的"建筑民俗"留下珍贵的一页:

　　　　把前门关断,专走后门,客堂里夹一夹,可以住两家。灶间也取消,烧饭吃只好风炉的风炉,洋炉子的洋炉子。灶间腾出来,可以住一家。楼上中间,像我们这里一夹两间,可以住两家。至多扶梯头上搭一只铺,也可以住一家。有亭子间的至多也住两家。算来算去,也只好住八家,怎么能住十一家?

　　　　我告诉你嚛,他们在扶梯旁边走上去的地方,搭了一层阁楼,这阁楼就在半扶梯中间爬进去的。这里可以住一家。楼上扶梯头上也可以搭一个阁楼,也好住一家,并了你所说的八家不是已满十家了吗?还有一个方法,在晒台上把板壁门窗一搭,也可以住一家。这不是十一家了吗?

　　　　不差,我从前看见过一篇短篇小说,叫做《在夹层里》,就是讲的那种阁楼,在楼上楼下之间的,这真是太挤了。

这是长篇中人物的一席对话,让我们看到在难民潮中上海老百姓的居住状况。可是"从前看见过一篇短篇小说,叫做《在夹层里》"的,又是谁做的呢?也是包天笑。

如果上面所引的是写难民潮,那么《在夹层里》①写于1922年,却是反映移民城市中的贫民窟的拥挤。他写一个医生在为贫民义诊时,看到的民居条件极端恶劣的种种"惨况"。作品的结尾是很沉痛的:

> 上海房子本来是有夹层的,就是地板与天花板之间。后来工部局为防鼠疫起见,把所有人家的天花板拆除了,教鼠子没有容身之地。现在你所瞧见夹层楼,是人住的,不是鼠子住的,当然没有鼠疫发生,无庸拆除。可惜穷人的身体,还是和那些富人一般大小,要是穷人身体小的和鼠子一般大小,这个一楼一底的房子,可做好几层夹层咧。

与之对比的是乌目山人所写的《海上大观园》,上海当时的首富的房地产——哈同花园(小说中为罕通)的情景,这简直是豪宅中的豪宅了。这个取名"爱俪园"的,"总计园中共有楼八十,台十二,阁十六,亭四十八,池沼八,小榭四,十大院落,九条马路,七乘桥,大小树木,约八千有奇,花数百种,真是洋洋大观"。而园内"朝西那条马路,名曰'广学路'。曲折以达,一乘大桥临前,桥上造起牌楼,题'西风东渐'四字"。在爱俪园的"围墙之外,即后买之一百余亩,拟开辟'罕通路',作为官路,路西造数十条弄,拟取名'民德里',约有千余幢房屋出租,中间造小菜场,此是外面之布置,容后再述"。这是靠炒地皮和贩鸦片起家的英籍犹太人哈同大兴土木,造了两年又五个月才完工的私家花园的鸟瞰以及他作为当时上海最大的房产主的简略的写照。

在都市乡土小说中,对普通老百姓的生活起居的反映当然是很详尽的,如果要谈到衣着的时髦,小说中是存留着大量的民间民俗描写的。特别是女性的时尚沿革:即所谓晚清学妓女,民国学明星。在上海开埠以后,那种农本经济时期的美德,开始被视为落伍者所遵行的生活规范,如视"节俭乃无能者的寒酸";相反,在努力向财富表示敬意的同时,崇尚一种炫耀式的消费观念。人们在日常生活中,拼命的花钱是为了拼命的赚钱,因为越是表现自己有钱,自己的商业信用度也就越高。所

---

① 《甲子絮谭》与《在夹层里》均可见《包天笑代表作》,华夏出版社1999年版。

以在这些小说中对茶馆、酒楼、戏园、堂子、赌场等炫耀式消费场所的民俗描写是很充分的。于是,社交不再是一种单纯的休闲,而是一种谋生的必需。这些丰富的民间民俗的嬗变内容,我们不可能在这篇文章中去一一列举了。但过去有一种误解,认为都市乡土小说只是津津乐道一些民间的不登大雅之堂的琐事,无关宏旨的茶余酒后的谈助,其实也不尽然,都市乡土小说的题材是极其广阔的。如写中外商战的有姬文的《市声》,写中国最早的交易所及上海"信交风潮"成因的有江红蕉的《交易所现形记》,写民初政坛风波及军阀混战的有张春帆的《政海》,他还写过鸦片战争的起因的《黑狱》。因此,对这位写《九尾龟》的作者,也不能因为胡适说《九尾龟》是"嫖学教科书"而认为他仅给文学造成了负面影响。

都市乡土小说较为集中地写上海,是非常必要的,因为在国内外不少学者认为上海是开启现代中国的一把钥匙。但都市乡土小说写北京与天津的都市面容,也是极为出色的。张恨水的《春明外史》,陈慎言的《故都秘录》,叶小凤的《如此京华》,何海鸣的《十丈京尘》,皆是较为优秀的北京都市乡土小说。而刘云若的津门小说脍炙人口,戴愚庵的《沽上游侠传》、《沽上英雄谱》等使他成为写天津"混混小说"的专业户,通过他的小说我们可进一步懂得鲁迅杂文中所提及的"青皮精神"。

如果说,张秋虫用一个"钱"字概括近商的上海,那么叶小凤以一个"官"字来概括北京的"特种商品":

> 自古政府所在的地点,原不异官吏贩卖的场所。试睁着冷眼向北京前门车站内看那上车下车的人,那上车的,车从煊赫,顾盼谈笑里边,总带着一脸旌旗,此去如入宝山的气概;那下车的望门投止,有如饥渴,总带着几分苏子入秦不得不已的神情,这就可以略识政治界的结构哩。

而陈慎言在《故都秘录》的《序》言中说:"故都有三种特殊人物:'满贵族'、'清遗老'、'阔伶官'。"他这部长篇就是写民初特殊环境中的三种北京的特有土产的。他的小说中北京社会转型期中的若干特色是非常鲜明的。例如钱柏明做寿的场面就是一个北京官僚绅商所谓高层社会的缩影:

钱宅门前,汽车、马车,把一条胡同完全塞满。来宾可说是无奇不有。单就服装说来,有戴珊瑚顶穿团龙马褂的王公贝勒,有朝珠补褂拖小辫子的遗老,有挂数珠穿黄马夹红长袍的嘉章佛,有戴顶帽佩荷包的官门太监,有光头黄僧衣广济寺的和尚,有蓄长须阔袖垂地的白云观的道士,有宽袍阔袖拿大折扇的名流,有礼服礼帽勋章灿烂的总次长,有高冠佩剑戎装纠纠的师旅长,有西装革履八字小髭的官僚,济济一堂,奇形怪状,盛极一时。至于女界方面,福晋、格格、老太太、太太、小姐、少奶奶,一切服装,更是光怪陆离,说也说不尽。若把他们聚在一堂,尽可开一个古今服装博览会。

莫看这是服装打扮上的一番热热闹闹的描写,实际上是民国初年的各种政治社会势力的大聚会,平日里幕前幕后,钩心斗角,今天却趁钱府寿期,打恭、作揖、合十、军礼……汇流在一起来了。这样的场面在上海是看不到的。

在都市乡土小说中不仅有许多关于上海、北京、天津等大都市的五光十色、琳琅满目的民间民俗生活的仿真写生,而且对南京、苏州、杭州、扬州等文化名城亦留下许多珍贵的文字瑰宝。就以写南京为主要反映地域的姚鹓雏的《龙套人语》而言,他自谓,此小说是"记载南方掌故,网罗江左轶闻"。而戏剧界的老前辈,也是通俗小说家的冯叔鸾,虽不认识作者,也乐于为其写序;以为此书的内容"更廿年后,必将无人能悉,且无人能述"。此书在解放后,是根据柳亚子的三卷手抄本得以重印,改书名为《江左十年目睹记》。作为儒将的陈毅是深知此人的,姚鹓雏经陈毅的推荐,当选为解放后松江县的第一任县长。

《子夜》与《包身工》这些都市社会分析派的小说固然重要,但也需要都市中生动活泼的民间民俗生活与之相互补,才能视野更宽广地了解都市,了解中国。那些认为通俗小说是一堆垃圾的"因袭思想",它本身就是人们头脑中一堆垃圾,应该掷进历史的垃圾箱中去。

<h1 style="text-align:center">四</h1>

　　有些评论家认为,都市乡土小说所反映的生活面的确广阔,可是这些"都市乡土小说"作为一些社会学的资料尚可,作为文学作品,其文学艺术性实在欠缺。其实,就内容与艺术而言,知识精英文学与大众通俗文学这两类文学中皆有上、中、下品之分,皆有自己的优秀或拙劣的作品。这是不言而喻的。

　　就以我们上文所提及的《海上花列传》为例,它是被鲁迅归入狭邪小说门类的。但是有四位文学大师级的作家,对它推崇备至,褒扬有加:那就是鲁迅、胡适、刘半农与张爱玲。人们通常认为鲁迅对这部作品的评价是"近真"、"平淡而近自然"。其实鲁迅对它的最高评价是"……固能自践其'写照传神,属辞比事,点缀渲染,跃跃如生'之约者矣"①。这 16 个字是韩邦庆的自评,但鲁迅首肯他已"自践……之约"了。胡适不仅认真地考证了韩邦庆的生平,而且说它是"吴语文学的第一部杰作"②。刘半农称赞作品中的人物不是平面的,而是"立体"的,就像站在你面前一样真切。可见它的人物塑造也是一流的。作为一位语言学权威,他认为在"语学方面,也可算得很好的本文"③。而张爱玲在晚年花了十年时间,先将它译成英文,还将这部吴语小说"译"成普通话本,并说它是自《红楼梦》后,"填写百年前人生的一个重要空白"④。这部现代都市通俗小说的开山之作,就艺术性而言,可与知识精英文学的任何一部优秀的长篇小说相媲美,而它的都市"乡土性"也是极为浓重的。都市乡土小说作家中是有一批而不是一两个,其作品的艺术性都达到较高的水准。

　　还应该认识到,知识精英文学与都市乡土小说的艺术性的评定标准是应该按照它们的不同特色有着不同的要求。知识精英文学以塑造典型为其追求目标;而大众通俗文学中也有写得成功的典型人物,不过这类小说主要以"传奇"为其目的,

---

① 鲁迅:《中国小说史略》第 26 篇《清之狭邪小说》。
② 胡适:《海上花列传·序》,见远东图书公司《胡适文存》第 3 集。
③ 刘半农:《读〈海上花列传〉》,《半农杂文》第 1 册,星云堂书店 1934 年版。
④ 张爱玲:《国语本〈海上花〉译后记》,皇冠杂志社 1983 年版。

作品只要对读者产生强大的磁场,如出现了"《啼笑因缘》迷",出现了"霍迷"(《霍桑探案》迷),这在他们看来,才算莫大的荣耀。这才达到了"传奇"的目的。因此,知识精英文学崇尚"塑人",塑造在文学史画廊中永不磨灭的典型人物;而大众通俗文学则偏爱"叙事",能叙出传诸后代的奇事。而他们笔下的"奇",又往往与都市中出现的"新"字挂起钩来。他们是写大都市中民间民俗中的新鲜生动的故事以吸引读者,从中看到文化的流变创新,民俗的渐进更迭,有时还重彩浓墨地写出城市成型的沿革,而都市小说中的"乡土性"也赖以流露其间。因此,艺术性的评定的标准是应该各有不同的。而在过去这种有特色的叙事功能,往往被知识精英文学作家作为批评的对象。认为"在艺术方面,惟求报账似的报得很清楚。这种东西,根本上不成其为小说"①,其实,"惟求报账似的报得很清楚"却正是通俗小说异于知识精英文学的特点之一。它们的"精细的记述"正是文化味汁与乡土性浓郁的必有条件。例如在孙玉声的《海上繁华梦》的第 2 集第 5 回中,他"报帐"似的记录了 1893 年 11 月"上海开埠 50 周年纪念大游行",让读者看到欧风美雨登陆后的上海滩,在民俗方面的"中西合参":

> 耳听得一阵西乐之声,恰好洋龙会已来,冲前几个三道头西捕,两个骑马的印捕,一路驱逐行人让道。后边接连着十数架龙车,那龙车是扎着无数个绢灯彩,每一架有一班救火西人,一样服式,手里高擎洋油火把,照耀得街上通明,内中有部龙车,扎成一条彩龙,舞爪张牙,十分夺目。又有几部皮带车,装点着西字自来火灯,并有西人沿途施放炮竹取乐。后随着几部食物车,满载洋酒架非(即咖啡)茶等,预备会中人沿途取食,车上也扎有彩灯,真是热闹异常……

如果参看吴友如的《点石斋画报》为开埠 50 周年庆典所画的 9 幅图画,更能形象地看到中西合参的味道。外国救火车上,扎了一条地地道道的长长的中国龙灯,前面还有一个水龙戏珠的大火球光芒闪烁。因为在当时的上海,这西式的救火会是非

---

①　沈雁冰:《自然主义与中国现代小说》,载《小说月报》第 13 卷第 7 号。

常先进的东西,犹如今天的游行队伍中出现了新式的导弹一般,所以作了重点描写。下面不妨再来看一则中国的科举制度虽已废除,但西方的教育制度引进上海的初期,也竟有人借此使科举借尸还魂的。那是严独鹤的《人海梦》中写华国雄从宁波到上海来求学,他参加新式学校的入学考试竟与科举考试一般无异:

> 但见人头攒动,来考的倒也足有三四百人,都挤立在校门外。那两扇门却紧紧的闭着,门外有许多公差一般的人,在那里伺候。还有几面虎头牌挂在那里,牌上却写着不准抢替、不准怀挟等字样。等了好一会,里面跑出一个戈什哈来说道:“点名了。”顿时校门大开,有十几个人每人捎着一块高脚木牌,整整齐齐的走出来。每一面牌上写着三十个名字,应考的人须自己认清名字在那一块牌上,就跟着那一块牌进去。唱名,接卷……就放炮封门。……只见大厅上设着公案,一个人一蟒袍补褂红顶花翎,端端正正的朝外坐着……旁边站着一个人,戴着空梁红缨帽,穿着灰色布袍,在那里唱名。

试题当然是科举格式的,只有一门“英文翻译”是“新”的,题目却是要将“古气磅礴”的《尔雅》原句,译成英文。考生谁也译不出来。可是有一位学生却一挥而就,得了第一名。据他介绍经验:“教人翻《尔雅》明明是外行,我是猜透了这层道理,便故意造了些极长的字在中间,又随意加上些冠词和介词,看看好像很深的文字,其实完全弄玄虚骗外行罢了。”这就是当时的所谓“将科举、学校冶为一炉”的“一时矜式”。

这种“记账式”的小说,为我们记下了我国现代化过程中的一环一节一链,我们就是通过这环环相扣,节节相连,构成了现代化工程进度的长链,可以看到转型期中的一串蹒跚的步履足迹。社会的进步靠几个抽象的概念或许可以概括,可是能概括并不等于能真正懂得创业维艰的曲折进程。现代化的历史或许可以说是乡土性的逐渐冲淡,和世界一体化的共同点的不断增强,但淡出并不等于民族特点和地方色彩的泯灭。知识精英文学有他自己的优长,但不能因此一笔抹煞大众通俗文学的存在的必要性。只有读了都市乡土小说的若干代表作,才知道它的广博的内容和有自己特点的艺术性皆不容小觑。它不仅与知识精英文学中的社会剖析派小说相互补,而且还能与中国近现代史相互补。古代的历史偏重于帝王将相,改朝换代;现代的历史则写阶级搏斗的大势,以及政局的更迭。而都市民间民俗生活则配以老百姓的凡人小事,以及他们备尝的酸甜苦辣,最终来解开大势更序的民间的深层动因。岂不是微观与宏观相辅相成,相得益彰吗? 我以为这就是都市乡土小说对中国文学宝库的独特贡献!

（原载《文学评论》2002 年第 3 期）

乡土小说的现代审美特征

丁　帆

乡土小说的现代审美特征,决定于现代乡土小说的内质。对现代乡土小说内涵与外延的不同厘定,就会对其现代审美特征有不同的认识与理论概括。在已有的理论探讨中,有一种将乡土小说的内涵或外延不断扩张的倾向。不知从何时开始,有论者把"乡土文学"中的乡土小说概念扩大到整个小说范围之内,不管是什么小说,只要描写本土文化,就冠以"乡土意识"或"乡土精神",就认定其为乡土小说。于是,"市井小说"甚至是"都市小说"也都堂而皇之地被标识为有本土意识的乡土小说。这种概念的泛化或乱用,造成了理论上的混乱,也使乡土小说的现代审美特征难以把握。"乡土文学"虽然至少包含着广义的(指文化意识范畴)和狭义的(指题材范畴)两种,但就乡土小说来说,惟能明确狭义的规范,才能标识乡土小说文体的边界,凸现其现代审美特征,从而能够准确地叙述出它的历史性状态。

一、乡土小说的题材阈限与基本形态

典范意义上的现代乡土小说,其题材大致应在如下范围内:其一是以乡村、乡镇为题材,书写农耕文明和游牧文明生活;其二是以流寓者(主要是从乡村流向城市的"打工者",也包括乡村之间和城乡之间双向流动的流寓者)的流寓生活为题材,书写工业文明进击下的传统文明逐渐淡出历史走向边缘的过程;其三是以"生态"为题材,书写现代文明中的人与自然的关系。区划乡土小说的题材阈限,就是明确乡土小说的外延,从而确定乡土小说文体的边界。如果没有较为明确的题材阈限,乡土小说便名存实亡。当然,还须特别指出的是,随着时代的变迁,这里所勾画的题材阈限还会有所变化。但不论怎么变,绝不意味着把城市题材中揭示民族文化心态的作品也归于其类,尤其是从老舍小说沿革下来的"市井文化小说"(北京的许多小说家在这方面很有造诣)极容易和乡土小说的概念混淆,这自然是需要加以廓清的问题,在此不论。

有着较为明确的题材阈限的乡土小说,我以为,在两种文明冲突的大前提下,通常有三个不同的书写侧重点:一是揭示乡村文化的氛围,二是描写农民文化性格,三是深刻地揭示民族文化心理结构的本质特征,达到改造国民性的高度。就这三个侧重点而言,由于实际情形不同,我们不能说因为选择了哪个侧重点就决定了作品的质量。同样是写乡村文化氛围(亦称"风土人情"小说),有沈从文的"边城小说"和新时期湖南"湘军"作家群落的大手笔,当然也有众多只是"特写"式的展览风土人情的普通之作;描写农民的文化性格,有"陈奂生"式的愚钝和狡黠,有"抱朴"、"金狗"式的深沉和大智若愚。即便是在同一部作品之中,对农民文化性格的描写,也会呈现出多义性,就如《创业史》中的梁生宝和梁三老汉的性格描写,在不同时代,人们都会从他们身上看到不同的社会内涵。揭示民族文化心理结构的本质特征,试图达到改造国民性目的的作品甚多,但能达到《阿Q正传》水准的寥若晨星。《爸爸爸》从"寻根"的角度进入了一个两难的命题,因为缺乏鲁迅那样的自觉意识,小说的主题陷入一种游移与矛盾之中。《古船》因缺乏哲学批判的张力,在对传统的认同中,小说在命题上进入了尴尬的窘境,消弭了主题向更深层领域突进的可能性。由此可见,不论从哪一个侧重点切入,只要写到炉火纯青之境,就会是乡土小说的精品。

由上述三个侧重点可以概括出乡土小说的三种基本形态:乡土文化小说,乡土性格小说,乡土精神小说。这三种形态的乡土小说的共同点,除了要有上述较为明确的题材阈限之外,就是要致力于"风土人情"的描写。如果忽视鲁迅和茅盾用"地方色彩"和"异域情调"特征来规范乡土小说基本特征的深刻见地,乡土小说就很难与农村题材小说划清各自的边界。"地方色彩"和"异域情调"在很大程度上体现了一个民族特有的生存方式,它不仅有助于完成超时空、超伦理道德的人类学母题的阐释,而且能够满足人类几代人乃至更长周期的审美期待。更高层次的风土人情描写则与小说所阐释的文化哲学母题构成双向对应关系,二者的交融,既充分表现出乡土小说的美学特征,又深邃地揭示出民族文化心理的结构与状态。因此,无论是哪一种乡土小说,不管是偏重于文化范围也好,偏重于农民(这是包括"地主"在内的广义农民概念)性格也好,抑或偏重于乡土精神也好,都不能偏离对风土人情的描绘。失却了风土人情的描绘,乡土小说也就失却了赖以生存的依托。

二、乡土小说的外形内质与"三画四彩"

在论及与"风土人情"有关的"地方色彩"时,赫姆林·加兰说:"艺术的地方色彩是文学生命的源泉,是文学一向独具的特点。地方色彩可以比作一个无穷地、不断地涌现出来的魅力。我们首先对差别发生兴趣;雷同从来不能吸引我们,不能像差别那样有刺激性,那样令人鼓舞。如果文学只是或主要是雷同,文学就毁灭了。"①在加兰看来,地方色彩就是一种差异,差异就是魅力,差异就是文学艺术的生命力。或许,这也正是鲁迅和茅盾用"地方色彩"和"异域情调"规范乡土小说审美特征的深因。地域文化的差异性和落差性,深蕴艺术的魅力与生命力,也就永远是乡土小说表现的广袤空间。"地方色彩"与"异域情调"交融一体的"风土人情",可以展开为差异与魅力共存的风景画、风俗画和风情画。"三画",既是乡土存在的具体形相,同时也是描绘乡土存在形相的乡土小说的文体特征。

风景画不等于风景。风景,是乡土存在的自然形相,属于物化的自然美;风景画,是进入乡土小说叙事空间的风景,它在被撷取被描绘中融入了创作主体烙着地域文化印痕的主观情愫,从而构成乡土小说的文体形相,凸现为乡土小说所特有的

---

① 〔美〕赫姆林·加兰:《破碎的偶像》,见《美国作家论文学》,刘保端等译,生活·读书·新知三联书店1984年版,第84—85页。

审美特征。风景画,或曰自然景物自古以来就是诗性的栖居地。与诗歌相比,虽然小说的景物叙写尚未完全达到交融为一体的境界,但是随着小说文体的演进,小说中的自然景物叙写形式已逐渐复杂化,它已不仅仅被用来标识事件场景或烘托人物心境,同时还可以从一种移情对象转换为隐喻和象征的主要载体,从而承担起多种叙事功能。在乡土小说中,风景画同样承担着多种叙事功能:首先,它以特有的自然形相呈现出某一地域的"地方色彩";其次,作为一种地域文化隐含的精神结构的象征载体或对应物,由"场景"或"背景"换位或升格为与人物并置的叙事对象,从而获得相对独立存在的意义;再次,是乡土小说"个体风格"与"流派风格"的重要标识之一,譬如沈从文笔下的"湘西"、废名笔下的"黄梅故乡"与孙犁笔下的"白洋淀",显然都承担着多样的叙事功能。法国文艺理论家丹纳(Hippolyte Taine,1828—1893)对自然环境在民族精神、民族性格及与之相应的艺术精神中的生成作用特别看重。譬如,在论及希腊民族的艺术时,他认为,"在民族的事业上和历史上反映出来的,仍旧是自然界的结构留在民族精神上的印记"。希腊人"看惯明确的形象,绝对没有对于他世界的茫茫然的恐惧,太多的幻想,不安的猜测。这便形成希腊人的精神的模子,为他后来面目清楚的思想打下基础"①。以丹纳为宗师的茅盾在对乡土小说进行理论倡导与阈定时,虽然不太看重风景画,但同样不忽视其在乡土小说叙事艺术中的作用。1928 年,茅盾在撰写《小说研究 ABC》时说:"我们决不可误会'地方色彩'即是某地的风景之谓。风景只可算是造成地方色彩的表面而不重要的一部分。地方色彩是一地方的自然背景与社会背景之'错综相',不但有特殊的色,并且有特殊的味。"茅盾把风景看成是"地方色彩"构成部分,同时又强调要把自然背景与其所表现的社会内容紧紧地糅合在一起。所谓一"味"一"色"的"错综相",便是茅盾所强调的"人生相"与"自然相"水乳交融的特征。不论是把自然看作"精神的模子"还是视为"错综相"的构成部分,风景画都可以被理解为是承载乡土小说美学风貌的重要母体,是乡土小说赖以生存的巨大审美理由。因此,风景画不仅应是乡土小说作家自觉书写的对象,而且也应该是文学史家考量乡土小说历史性状态的一个重要标尺。

---

① ［法］丹纳:《艺术哲学》,傅雷译,人民文学出版社 1986 年版,第 255—256 页。

　　风俗画是构成乡土小说的又一要素。"风俗画"(genre painting)原是指绘画的一种题材,从广义上来说,它泛指日常生活场面;从狭义上来说,风俗画把各种主观属性的如戏剧性、历史性、礼仪性、讽刺性、说教性、浪漫性、感伤性和宗教性等成分压缩到最低限度,而把注意力集中在对人物典型、服饰和环境的准确观察以及色彩、形式和结构的美与分寸上。乡土小说中的"风俗画"是指对乡风民俗的描写所构成的艺术画面。风俗是特定社会文化区域内历代共同遵守的行为模式或规范,人们习惯上将由自然条件的不同而造成的行为规范差异,称之为"风",而将由社会文化的差异所造成的行为规则之不同,称之为"俗"。所谓"百里不同风,千里不同俗",就很恰当地反映了风俗因地而异的特点。风俗是一种社会传统,是"创造于民间,流行于民间的具有世代相袭的传承性事象(包括思想与行为)"①。某些当时流行的时尚、习俗会相沿成习,而原有风俗中的不适宜部分,也会随着历史条件的变化而改变,所谓"移风易俗"正是这一含义。风俗是在历史中形成的,因而它对社会成员有非常强烈的行为制约作用,在现实进程中它指导着社会成员的日常行为,从而形成具有浓厚"地方色彩"的具体生活事件。在乡土小说的风俗画中,这类具有传承性和现实性的乡风民俗,最常见的作用,虽然依旧是用来增强作品的地方特色和民族特色、为事件提供社会背景、为塑造人物性格服务等等,但在不少的文本中,已逐渐成为小说叙述结构的主体内容,承担起了新的叙事功能。譬如,汪曾祺的《受戒》《大淖纪事》等小说,作家不在意构筑完整、连贯的故事情节,也不在意塑造贯穿始终的主要人物,而是以具有浓郁"地方色彩"的日常生活展示乡风民俗对乡土社会人生的巨大影响。再譬如,在中国西部乡土小说中,那一幅幅流溢着动感和浓郁民俗色彩的风俗画,如藏女、帐篷、炊烟、奶茶的生活剪影,陋村、孤镇、独屋、苍凉的行者所组成的意象,以及转经轮的老人、叩长首的朝圣者、草原上的那达慕盛会、黄土高原的花儿会等,都是西部社会风尚、生活习俗、文化传统的凝固再现,是人与自然和谐统一的表述。它所释放出来的审美意蕴,是其他地域文学描写难以企及的丰富的美学资源。简言之,在乡土小说中,无论从广义还是狭义上来说,其"风俗画"描写,一是要突出其"地方色彩",二是要突出其审美的特征。无论感情的

---

① 　张紫晨:《中国民俗概况》,见张紫晨编《民俗学讲演集》,书目文献出版社1986年版,第222页。

投射或多或少，无论是浪漫主义的主观，还是现实主义的客观，这种"美"的特征应是乡土小说共有的要义。

风情画与风景画和风俗画的不同就在于它更带有"人事"与"地域风格"等方面的内涵，是带着浓郁的地域纹印的"风景画"和"风俗画"，以及在这一背景下的生活场景、生活方式、文化习俗、民族情感及人的性情的呈现和外露。现代乡土小说所展示的风情画面最为醒目的，就是那种具有浓郁地方色彩和民族色彩的朴实率真的人情、人性之美。从新生命的诞生到老人的葬礼，从邻里共处的嘘寒问暖到家人远离时的关切和思念，贯注于其中的就是人类那种最基本也最直接的爱，但就是这种简单明了到极处的爱却包涵了人性的最为深刻复杂的内容。譬如，我们可以从藏族的"戴敦"或"拉伊"（情歌）中，从裕固族的"头面"中，看到合于自然之律的忠贞与自由的结合；从哈萨克族"姑娘追"的戏谑或撒拉族"挤门"的诙谐里，看到涌动着的充沛的生命活力。从头饰着装到歌舞传情，从"抢婚"、"哭嫁"到"拒亲"、"骂媒"，各民族的每一个生活具象中无不蕴涵着非常独特的戏剧性因子。它不仅赋予了生存本身以极其浓郁的艺术化品性，而且在更为深刻的层面上激活了艺术本身所潜存的人性能量——生命的自由表达与艺术的自由表现在此形成了一种完美的对接。就此而言，风情画就是那种有别于其他地域种群文化的、特殊的民族审美情感的表现，这一审美要素在乡土小说的创作中变得明显而突出，成为乡土小说最特别的文体形相。

概言之，"三画"即风景画、风俗画和风情画，它们是形成现代乡土小说美学品格的最基本的艺术质素，赋予了乡土小说区别于其他文类的美学风格，以及魅力四射的生命力度。所以，乡土小说书写浓墨重彩的风景画、风俗画与风情画，将之与奇诡堂奥的人生结合，不仅能给人以审美享受，而且可以实现对人性的深刻揭示。如果说"三画"这一美学形态主要呈现为现代乡土小说的外部审美要求，使其具有浓郁的"地域色彩"和"风俗画面"，是现代乡土小说赖以存在的底色，那么，作为"三画"内核的自然色彩、神性色彩、流寓色彩和悲情色彩这一美学基调，便是现代乡土小说的精神和灵魂之所在。

自然色彩与"三画"有着密切的联系，它包含"隐"、"显"两个层面。一是风景画、风俗画、风情画的完美结合，这属于显性层面，是物化的自然与人化的自然的和谐统一在不同作家笔下的呈现。隐性层面是地域特有的生产方式、文化生态背景下的自然的人的存在,以及与之紧密相关的人的情感、思维方式、价值立场、世界观等,是人与自然的关系的产物。班固在《汉书·地理志》中极为精辟地论述了自然环境对于人的影响:"凡民函五常之性,而其刚柔缓急,音声不同,系水土之风气,故谓之风;好恶取舍,动静亡常,随君上之情欲,故谓之俗。"①这就是说,自然环境在很大程度上制约着地域人种的文化心理和行为准则,正所谓"一方水土养一方人"。地域自然环境与地域人群特有的生存状态和人文情感就造就了这样的关系。譬如,在广袤的西部,草原民族的游牧者与浩瀚的黄土高原的农民,其性格差异性是很明显的;同是游牧民族,藏族的内敛与蒙古族的奔放有鲜明的差别;同是信仰伊斯兰教的民族,维吾尔族性情欢快,带有游牧民族的开放个性特征,而坚守在黄土高原深处的回族,则表现出了矜持、孤独、沉默、忧郁的性情。这就是西部自然环境对人的统摄所形成的西部民族多元的性格、气质和思维方式。由此可见,地域自然环境对地域人种的宗教信仰、性格特征、文化心理、风俗习惯、民居建筑等起着重要的塑造作用,亦如韩子勇在论西部自然与文化的关系时所言:"没有哪块地方像这里一样,自然的参与、自然的色彩对历史文化发展进程的影响和制约如此直截了当地突现在历史生活的表象和深层。"②

　　神性色彩是部分现代乡土小说的又一美学基调,它使部分乡土小说充满了浓郁的史诗性、寓言性和神秘性。神性色彩的形成与特定地域的自然物象、普泛化的自然崇拜、隐秘的历史和虔诚的宗教信仰密切相关。首先,道家所追求的"天人合一"境界,在特定地域民族的日常生活中被世俗化和仪式化。人们依附在大自然的统摄下,通过与自然的默契来感应自然的启示,从而形成普泛化的自然崇拜,使人与自然的关系抹上神秘色彩。其次,对种族或家族起源、部族纷争、民族融合等遥远而神秘的历史和被岁月尘埃湮没的记忆的摹写,往往成为一种具有神性色彩的地域乡土历史的叙事模式。那些反复出现的"废墟"意象、身世隐秘的孤独行者、亘古不衰的英雄史诗、隐藏在历史尘埃深处的古堡和宫殿,抑或一个祭祀的场面,都

---

① 班固:《汉书·地理志》,中州古籍出版社1991年版,第273页。
② 韩子勇:《西部:边远省份的文学写作》,百花文艺出版社1998年版,第66—67页。

被蒙上了奇诡、隐秘的色彩。这不仅仅是特定地域的乡土小说获取历史沧桑感的一种手段和策略，也是一种无法回避的历史存在和渗入骨髓的烙印，"地方色彩"和"风俗画面"往往因此获得深邃而神奇的历史感。再次，宗教因素对于乡土小说的渗透，使其表现出浓厚的神性色彩。自然崇拜的繁盛使得一些民族的原始宗教非常发达，譬如横贯北方草原的萨满教和流行于雪域藏地的本教等就是其中的代表。再如自 7 世纪以降传入中国的伊斯兰教，在新疆、青藏高原的边缘和黄土高原腹地深深地扎下了根。浓郁的宗教氛围和宗教文化使特定地域包裹上了神秘主义的色彩，也使以此为书写对象的乡土小说（如陈继明的《寂静与芬芳》、石舒清的《清水里的刀子》等作品）具有浓郁的神性色彩。

　　流寓色彩是现代乡土小说的一个重要的美学特征，这与作家及其书写对象的存在状态密切相关。首先，乡土小说作家自己往往就是一个故土的逃离者与异域他乡的流寓者。一般来说，和现代西方乡土小说所不同的是，中国的绝大多数乡土小说作家，甚至说是百分之百的成功乡土作家都是地域性乡土的逃离者，只有当他们在进入城市文化圈后，才能更深刻地感受到乡村文化的真实状态；也只有当他们重返"精神故乡"时，才能在两种文明的反差中找到其描写的视点。从鲁迅开始，沈从文也好，众多的乡土小说流派作家也好，他们只有经受了另一种文化氛围的浸润后，才能从"精神的乡土"中发掘到各自不同的主题内涵。不论他们的精神向度与价值选择有多少不同，都会自觉或不自觉地在小说中熏染出羁旅他乡的流寓色彩。其次，以流寓者（如游牧民族，屯垦者，贬谪者，被动的移民，现代支边者，因躲避战乱、灾祸、饥荒而西行的流浪者，以及当下离乡离土的农民"打工者"等等）为书写对象的乡土小说，大都具有浓郁的流寓色彩。在这类乡土小说中，不论是创作主体还是书写对象，其存在的基本状态，就是"在路上"。荷尔德林（Friedrich Hölderlin，1770—1843）在《漫游》一诗中这样写道："离去兮情怀忧伤／安居之灵不复与本源为邻。"海德格尔（Martin Heidegger，1889—1976）对此作了进一步阐释，他认为接近"本源"的最佳状态是接近故乡，"还乡就是返回与本源的亲近"，所以，"那些被迫舍弃与本源的接近而离开故乡的人，总是感到那么惆怅悔恨"。[①]这里的"本源"，其

---

① 　［德］海德格尔：《人，诗意地安居》，郜元宝译，广西师范大学出版社 2000 年版，第 69—73 页。

实就是荷尔德林的"人充满劳绩,但还/诗意地安居于这块大地之上"①的存在境界。流寓者之所以要备尝离开故乡的流浪的痛楚,主要源于他们独特的生存方式和安放心灵的方式,这就是流寓的生活,以及对故乡和信仰彼岸的执着追寻。

悲情色彩是现代乡土小说的又一个重要的美学特征,这与作家及其书写对象的存在状态及相应的情感体验密切相关。在阈定乡土小说概念时,鲁迅首先强调的就是那种"隐现着乡愁",但又充满着"异域情调来开拓读者的心胸"的"乡土文学"。鲁迅提出的"乡愁",其意义,不仅仅是对乡土社会的悲哀和惆怅,也不仅仅是包含着同情和怜悯的人道主义精神,而更多的是以一种超越悲剧、超越哀愁的现代理性精神来烛照乡土社会封建结构中窒息"乡土人"(这个"乡土人"当然是整个国民精神的象征)的国民劣根性。譬如蹇先艾的乡土小说,既有那种乡愁之中对母爱伟大之歌哭和对乡间中人性戕害之冷酷的人道主义的愤懑内涵,又充分地展示了那个边远地区风土人情的"异域情调"之灰暗阴冷,有着动人的悲情色彩。鲁迅虽然只提到了无论是"主观或客观"(也即无论是"表现"还是"再现")都应表现出"乡愁"——博大的人道主义胸怀——的主题内涵,但这已具有"五四"文学母题不可超越的主题学意义。将"乡愁"阈定为乡土小说的美学基调是有其现实依据的。在工业文明与农业文明的冲突中,广袤的乡土虽然还是一个不可漠视的巨大存在,但正在逐渐淡出历史,从人类活动的舞台中心退居边缘,因此,乡土的历史性状态本身就充满悲情色彩。乡土社会人生的悲剧性也是乡土小说悲情色彩的内在根源,这一方面显示为人与自然或社会之间的矛盾,一方面也显示为人在对抗自身的过程中精神所遭遇的苦难与磨砺。二者的共同之处就在于,同样都显示着个体的自由意志与具体的生存境遇之间的不协调。这其中所包涵的悲情底蕴就是对地域乡土日常生活的不幸、苦难、毁灭及痛苦生命的最为集中的艺术化表现,而贯注于这类倾诉之中的正是那种自由的生命欲求与钳制这种欲求的外在力量之间的对立。正如英国美学家斯马特(Christopher Smart,1722—1771)所说的那样:"如果苦难落在一个生性懦弱的人头上,他逆来顺受地接受了苦难,那就不是真正的悲剧。只有当他表现出坚毅和斗争的时候,才有真正的悲剧,哪怕表现出的仅仅是片刻的活

① [德]海德格尔:《人,诗意地安居》,郜元宝译,广西师范大学出版社 2000 年版,第 69—73 页。

力、激情和灵感,使他能够超越平时的自己。悲剧全在于对灾难的反抗。陷入命运罗网中的悲剧人物奋力挣扎,拼命想冲破越来越紧的罗网的包围而逃奔,即使他的努力不能成功,但心中却总有一种反抗。"①确如其言,就是在把"反抗"降到最低的沈从文、汪曾祺等作家的乡土小说中,这种"努力"之后"不能成功"的"反抗"也依然存在,因而在他们淡然宁静的表象下面,掩饰不住地透露出悲情色彩。悲情色彩的地域差别是存在的,如果说中原文化给人的无常感更多地是宦海浮沉和名利场上的人际、人祸悲情色彩,那么,西部乡土小说中的悲情和无常感的产生,却更多属于生存的无常和命运的不可知,这是人与自然的基本冲突和相互改造的结果。不论有多少不同,贯注于乡土小说中的悲情色彩,不仅是构成作品内涵的基本要素,而且也是形成乡土小说叙述模式的重要元色之一。

　　构成现代乡土小说的艺术质素是多元而复杂的,而且,随着时代与社会的更替和演进,许多因子也随之加速裂变,其艺术质素的变化当然也就在所难免。但是,不管时代风云如何变幻,现代乡土小说的"三画四彩"审美特征都将在演变中保持着自己的基本形相,成为中国现代乡土小说比较恒定的内在质素与外在叙述模态。

　　　　（录自丁帆等著《中国乡土小说史》,北京大学出版社 2007 年版,第 19—28 页）

---

① 　[英]斯马特:《悲剧》,转引自朱光潜《悲剧心理学》,人民文学出版社 1983 年版,第 206 页。

乡土小说理论史的学术建构

关于"乡土文学"的有无之争

李玉昆

　　1980年,作家刘绍棠在吉林、河北、湖北等地的参观访问中,都大声疾呼创作"乡土文学"。在1981年《北京文学》第1期上他又发表《建立北京的乡土文学》一文,"响亮地提出建立北京的乡土文学的主张",号召北京地区的文学评论家"应当重视北京文学创作中的农产品"。他说:"我说了很多话,其中一大话题,就是对世界,我们要建立中国的国土文学,在国内,我们要建立各地的乡土文学。我们必须在文学创作中,保持和发扬我们的中国气派与地方特色。各国之间,各地之间,文学创作可以互相交流、渗透、借鉴、影响……但是说到底,都不能张冠李戴,互相混合,拼凑而成配料上大同小异的无国界文学或通用机械产品。"可以说这就是刘绍棠的基本主张了。事实上,作协不会成为"通用机械公司",而文学作品也不会成为"通用机械产品",但他提出我们的文学创作应该保持"中国气派与地方特色",无疑是正确的。在强调借鉴外国的艺术的时候,他的意见对于避免重蹈"洋化"的覆辙是很有意义的。

　　但刘绍棠的提倡还没有在创作上见多大效果,却引来了孙犁同志的一篇文章《关于"乡土文学"》(见《北京文艺》1981年第5期)。在这篇文章中,孙犁说:"就文学艺术来说,微观言之,则所有文学作品,皆可称为乡土文学,而宏观言之,则所谓乡土文学,实不存在。文学形态,包括内容和形式,不能长久不变,历史流传的文学作品,并没有一种可以永远称之为乡土文学。"他并且说,鲁迅曾称许钦文的小说为

"乡土文学","这个称呼,很难说是批评,但也很难说是推崇。因为鲁迅自己也写了很多篇以家乡人民生活为背景的小说,他并没有自称过这些小说为'乡土文学'。别人也没有这样称谓过,也不应该这样称呼。这已经不是什么乡土文学,而是民族的瑰宝"。

这就发生了"乡土文学"的有无之争。此后,赵遐秋、曾庆瑞在 1984 年出版的《中国现代小说史》中评论孙犁的论述说:"他在这里就当代小说家刘绍棠的创作道路进行讨论,自有其特殊的背景,绳之以现代小说的史实,却未为至当了。'乡土文学'作为一种历史的文学现象,在我们中国现代小说史上不仅确实存在过,而且已经形成了流派。"作为一部小说史,当然没有必要去细论"未为至当"在何处,而其他的研究者,似乎也没有重视这一与现代文学史和当前的创作密切相关的"有无"之争。但这一问题是应当引起重视的。

首先,从文学史的角度看,孙犁的说法有些是不确切的。

"乡土文学"的概念形成于二十年代的中期。一九二四年,玉狼在《鲁迅的〈呐喊〉》(见李何林编《鲁迅论》)中就说,《呐喊》的"特异的地方"之一就是"地方色彩"。这就指出了鲁迅小说的"乡土特色"。一九二五年初,张定璜在《现代评论》上发表《鲁迅先生》一文,文中说:"他的作品满薰着中国的土气,他可以说是眼前我们唯一的乡土艺术家。"那么既然称鲁迅是"乡土艺术家",鲁迅的小说自然是"乡土艺术"了。所以说,"乡土文学"的概念在此时已基本形成。孙犁说,别人没有谁称鲁迅的小说为"乡土文学",则显然是不确切的。这里我们还可以补充一例。苏雪林在《阿Q正传及鲁迅创作的艺术》中说:"我们应当知道鲁迅是中国最早的乡土文艺家,而且是最成功的乡土文艺家。""自从他创造了这一派文学以后,表现'地方色彩'变成新文学界口头禅,乡土文学家也彬彬辈出,至今尚成为文坛一派势力。"这里我们总不好说"他们只说鲁迅是'乡土文艺家'并没有说鲁迅小说是乡土文学"的话吧?

到了三十年代,乡土文学的概念则正式确立,而且赫然写入《中国新文学大系》。鲁迅在《中国新文学大系(小说二集)·导言》中,将蹇先艾、裴文中、许钦文、王鲁彦等人的作品称为"乡土文学"。鲁迅用这一概念去论述这些作家的作品,是批评还是推崇,或既不是批评又不是推崇呢? 翻开鲁迅的《导言》,我们的确很难用"批评"或"推崇"单方面地去概括鲁迅的意思。如他评论蹇先艾的作品说:"诚然,虽然简朴,或者如作者所自谦的'幼稚',但很少文饰,也足够写出他心曲的哀愁。他所描写的范围是狭小的,几个平常人,一些琐屑事,但如《水葬》,却对我们展示了'老远的贵州'的乡间习俗的冷酷,和出于这冷酷中的母性之爱的伟大——贵州很远,但大家的情境是一样的。"这段文字既有批评,也有推崇,单用一个方面去概括显然是不行的。鲁迅主要是论述他们的作品的特点和意义,指出作品的不足,当然鲁迅也顺便指出了乡土文学的一些特点,如所谓"隐现着乡愁",写出了"乡间习俗的冷酷",与欧洲的"侨寓文学"加以比较等,都是在说明当时的乡土文学的特色。但这一切只能说明鲁迅肯定了乡土文学的有,不能说明乡土文学的无。是推崇它的成功,还是批评这类作品的失败,只是说明这类作品的好坏,并不是说明这类作品的有无。其实批评的本身就说明了这类作品的存在。否则,连批评也不会有的。1936 年,茅盾在《文学》第六卷第二期上发表《关于乡土文学》一文。在这篇文章中,他说:"关于'乡土文学',我以为单有了特殊的风土人情的描写,只不过像看一幅异域的图画,虽能引起我们的惊异,然而给我们的,只是好奇心的餍足。因此在特殊的风土人情而外,应当还有普遍性的与我们共同的对于运命的挣扎。一个只有游历家的眼光的作者,往往只能给我们以前者;必须是一个具有一定的世界观与人生观的作者方能把后者作为主要的一点而给与了我们。"茅盾这里主要是指出乡土文学作品必须具有普遍性的意义,而不能陷入单纯的描写特殊的风土人情中去。然而,茅盾肯定"乡土文学"的存在却是一目了然的。此后,人们虽然没有把乡土文学当成多么重要的文学现象去研究,但也似乎没有人怀疑过这种文学现象的存在。事实上,文学史家所说的二十年代的乡土文学,除了鲁迅所论到的蹇先艾、许钦文、裴文中、王鲁彦等的作品而外,还包括着潘漠华、彭家煌、冯文炳、台静农、许杰、徐玉诺、李渺世、王任叔、沈从文、王思玷等人的一部分作品。孙犁忽略了上述这些文学史的事实,所以做出了不恰当的论断。

其次,孙犁的说法在理论上也是站不住脚的。

他那"微观"、"宏观"的论述,乍着好像很辩证,其实是以个性否定个性,以共性否定个性,以变化否定已有。的确"微观言之",各国、各地区、甚至各人的文学作品都有它的个性,而"宏观言之",各国、各地区的文学作品又有共同的特点。我们随便拿出一篇成功的文学作品都可以看到它独自的特点。但却不能说,也从来没有人说一切一样的作品都是乡土文学。因为乡土文学仅是一个文学流派,正像其他文学流派一样,它有自己的特点,不能包括一切。这恰如每一个人都有其独特的面貌特征,但不能说每一个人都是农民一样。而孙犁的论断,恰恰是以作品都有个性特点而断定都可称为"乡土文学",从而否定乡土文学的特殊存在。文学作品有其共同的特点,但这共同的特点不能取代各种流派的具体的特点。如文学作品的共同特点并不否定现实主义、浪漫主义、象征主义流派的存在。但孙犁的论法又是用文学作品的共性去否定不同地域、不同流派、不同作家的作品的具体特点。"宏观"和"微观"都是相对而言,如果只用文学是语言的艺术这一宏观去看,而不计其余,岂但"乡土文学"不存在,而任何流派的文学都不存在,甚至连诗歌、小说、戏剧这样的不同体裁的作品都可以说"不存在"。"微观"全是,"宏观"全不是,这显然是走了两个极端。用这样的公式去推论乡土文学的不存在固然不能使人信服,用这样的公式去推论一切文学,其结果必然是世界上只存在一种莫名其妙的"文学",当然更不能使人信服了。

　　孙犁说:"文学形态""不能长久不变",因此"历史流传的文学作品并没有一种可以永远称之为乡土文学"。这是一种很奇特的论断。文学是发展变化的,但这种发展变化也并不能否定文学流派的存在。就过去的而言,现代文学史上的乡土文学已是历史的存在,以后的文学创作无论发展成什么样子,那种历史的存在也不会再发生变化。决不会因为文学发展了,已有的乡土文学就不存在了。事实上,乡土文学的本身也是在发展变化中。二十年代中期出现的一批乡土文学作品就与鲁迅的作品有许多不同,而以后的乡土文学作品与二十年代中期的乡土文学作品又有许多不同。这只能说明它的变化,也正是需要我们研究的问题,而不能说明它的不存在。就现在而言,提倡创作乡土文学,也并不意味着照搬过去的乡土文学作品,事实上也无法模仿和照搬前人的乡土文学。因为农民的生活和思想发生了根本的变化,就是创作乡土文学也会不同于前代作品,但这并不妨碍一些作家去创作被称为"乡土文学"的作品。任何文学流派都是历史的现象,它或存在于某一历史时期,或连续存在于几个历史时期,或断续存在于几个历史时期。如大家公认的"荷花淀派",萌生于解放前,形成于解放后。更早的以前它不存在,以后也很难说就有一种可以永远称之为"荷花淀派"的作品。但这并不否定"荷花淀派"曾经存在,也可能过多少年之后有人又提倡写"荷花淀派"作品。那么文学创作的发展何以就否定乡土文学的存在呢？其实"荷花淀派"也具有乡土文学的特点，称这一派为乡土文学也并无贬低之意，看来孙犁有一种担心，似乎一称"乡土文学"就会降低作品的意义。所以他说鲁迅的作品"这已经不是什么乡土文学，而是民族的瑰宝"。其实这种担心是多余的。虽然民族的瑰宝不一定都是乡土文学，但被称作"乡土文学"的作品不一定不能成为"民族的瑰宝"。乡土文学只是一种文学流派的称呼，而这种称呼的本身并不表明作品的真正价值。这是很容易明白的道理。

这样看来，孙犁的观点是不能接受的。孙犁讲那些话的"特殊背景"我们是可以理解的，但由此而导致的对于乡土文学的误解，却不能不指出。

我们尽管不同意孙犁的论断，但不能不说他给我们提出了一个重要的研究课题，就是乡土文学这一概念的内涵和外延问题。过去对这个问题并没有说清楚，而且意见也似乎并不一致。如前面所提到的张定璜，他说鲁迅的小说"满薰着中国的土气"，所以称鲁迅是"乡土艺术家"。他用"中国的土气"去概括乡土艺术，那么他所说的"乡土艺术"，当是相对"洋气"而言的。他的意思大约近似于我们今天所说的"民族特色"，换言之，近似于刘绍棠所说的"中国的国土文学"。这是一种理解。鲁迅在《中国新文学大系（小说二集）·导言》中称许钦文等人的作品为乡土文学，那乡土文学的含义就与张定璜所说的不同。鲁迅虽然没有解释其含义，但就其所列举的作家和作品看，并不是相对"洋气"而言，而是指那些展现作者故乡的农村和小市镇的特殊生活风貌、表现作者的乡情的小说。鲁迅所说的乡土文学的内涵比较深，而外延比较小。但这两种意见并不矛盾。赵遐秋、曾庆瑞在他们的《中国现代小说史》中根据鲁迅和茅盾的论述，将乡土文学概括为这样一段话："本书所谓'乡土文学'这个流派的小说，就是作家真切地展示出一个地方的特殊生活风貌的小说。'这一个地方'，主要是作家故乡的农村或小市镇。这'特殊生活风貌'，或有农村或小市镇生活的破败，或点缀着冷酷的野蛮习俗，或在悲壮的背景上加上了美丽，又时时在伤感的故乡风中隐现着乡愁。"这概括基本上适用于二十年代的乡土文学作品。但对以后的乡土文学来说，那些具体的解释可就未必全适用了。孙犁所说的"微观言之"都是乡土文学，就牵涉到对乡土文学概念的理解问题。如果相对"洋气"而言，那么一国的文学作品岂不都是"乡土文学"了吗？

事实上,人们常说的乡土文学的外延是相当狭窄的。如上所说,它指的是表现作者的故乡的农村或小市镇的特殊生活风貌和作者的乡情的小说。它不包括小说以外的其他文学形式,不包括表现城市生活的作品,不包括那些虽然描写的是农村或小市镇的生活,也很有地方特色,但那地方不是作者的故乡的作品。如老舍的《骆驼祥子》、《四世同堂》等作品,虽然很有地方特色,但因为小说的背景不是"乡"而是"城",所以不说它们是乡土文学;周立波的《暴风骤雨》虽然写的是农村,但因为作品的背景不是作者的故乡,所以也不算在乡土文学之列。根据惯例,民间文学是不入"流派"的,所以民间文学也不被称为乡土文学。如果这样理解乡土文学的范围的话,当然就不能说所有文学作品"皆可称为乡土文学"了。

这样说其实也还近于模糊数学,只能是一个大致的范围。但这样的范围限定能否为多数人所接受呢? 没有把握。

(原载《河北学刊》1986 年第 2 期)

乡土文学的倡导（节选）

严家炎

　　"五四"以后乡土文学理论的最重要的倡导者是周作人。他从一九二一年起，就在一些文章中表示"对于乡土艺术很是爱重"，认为"风土在文艺上是极重大的"，如果"因反抗国家主义遂并减少乡土色彩"，那"是觉得可惜的"（《旧梦》序）。他为什么要提倡乡土文学呢？综合起来，大致有这样三条理由、三点根据：

　　第一，他认为"五四"新文学是从国外引进的，应该在本国、本地的土壤中扎根。而提倡乡土文学，就是促使新文学在本国土壤中扎根的重要步骤。一九二一年八月，他在翻译了英国作家劳斯（W. H. D. Rouse）为《希腊岛小说集》写的序文后说：

　　　　中国现在文艺的根芽，来自异域，这原是当然的；但种在这古国里，吸收了特殊的土味与空气，将来开出怎样的花来，实在是很可注意的事。希腊的民俗研究，可以使我们了解希腊古今的文学。若在中国想建设国民文学，表现大多数民众的性情生活，本国的民俗研究也是必要，这虽然是人类学范围内的学问，却于文学有极重要的关系。

　　　　　　　　　　　　　　　　　　　　　　　　——收入《永日集》

在另一篇文章里，他又说："风土与住民有密切的关系，大家都是知道的：所以各国文学各有特色，就是一国之中也可以因了地域显出一种不同的风格，譬如法国的南方普洛凡斯的文人作品,与北法兰西便有不同。在中国这样广大的国土当然更是如此。"(《地方与文艺》)也就是说,要使新文学的种子在中国本土生根开花,就得倡导乡土文学,就得研究本国的民风民俗。这是一个很好的见解。

　　第二,周作人认为,要克服文学革命后小说中出现的思想大于形象的偏向,要克服新文学在某种程度上的概念化的毛病,也应该提倡乡土文学,提倡有地方色彩的文学。他在一九二三年三月写的《地方与文艺》一文中说:

　　　　这几年来中国新兴文艺渐见发达,各种创作也都有相当的成绩,但我们觉得还有一点不足。为什么呢? 这便因为太抽象化了,执着普遍的一个要求,努力去写出预定的概念,却没有真实地强烈地表现出自己的个性,其结果当然是一个单调。我们的希望即在于摆脱这些自加的锁纽,自由地发表那从土里滋长出来的个性。

他又说:

　　　　现在的思想文艺界上也正有一种普遍的约束:一定的新的人生观与文体。要是因袭下去,便将成为新道学与新古文的流派,于是思想和文艺的停滞就将起头了。我们所希望的,便是摆脱了一切的束缚,任情地歌唱,……只要是遗传、环境所融合而成的我的真的心搏,只要不是成见的执着主张、派别等意见而有意造成的,也便都有发表的权利与价值。这样的作品,自然的具有他应具的特性,便是国民性、地方性与个性,也即是他的生命。

　　　　我们不能主张浙江的文艺应该怎样,但可以说他(它)总应有一种独具的性质。我们说到地方,并不以籍贯为原则,只是说风土的影响,推重那培养个性的土之力。尼采在《察拉图斯忒拉》中说:"我恳愿你们,我的兄弟们,忠于地。"我所说的也就是这"忠于地"的意思,因为无论如何说法,人总是"地之子",不能离地而生活,所以忠于地可以说是人生的正当的道路。现在的人太喜欢凌空的生活,生活在美丽而空虚的理论里,正如以前在道学古文里一般,这是极可惜的,须得跳到地面上来,把土气息、泥滋味透过了他的脉搏,表现在文字上，这才是真实的思想与文艺。这不限于描写地方生活的"乡土艺术"，一切的文艺都是如此。

第三，周作人还认为，中国新文学要想在世界文学之林中获得应有的地位，就必须发展乡土文学，必须发展充分具有本民族特色的文学。他在为刘大白《旧梦》写的序中说：

> 我相信强烈的地方趣味也正是"世界的"文学的一个重大成分。具有多方面的趣味，而不相冲突，合（成）能和谐的全体，这是"世界的"文学的价值，否则是"拔起了的树木"，不但不能排到大林中去，不久还将枯槁了。我常怀着这种私见去看诗文，知道的因风土以考察著作，不知道的就著作以推想风土；虽然倘若固执成见，过事穿凿，当然也有弊病，但我觉得有相当的意义。

可见，周作人提倡乡土文学，是有针对性的，是针对新文学存在的问题而做出的一种引导。周作人曾经在"五四"运动的当年提倡"问题小说"，给"问题小说"以很高的评价。但当"问题小说"出现概念化倾向、出现不好的苗头的时候，他又转而提倡乡土文学，这是很切合当时中国新文学运动的实际状况的。他当时的这种引导，是沿着"为人生"的路线进行的，并不像三十年代那样背弃了"为人生"的路线。

沈雁冰也是针对新文学初年出现的某些不健康倾向而加以引导的一位文学理论家。他和郑振铎同样倡导乡土文学，不过他有时把这叫作"农民文学"或"文学上的地方色彩"罢了。他在一九二一年写的《评四五六月的创作》一文中，批评了一些作家"只见'自然美'，不见农家苦"这类现象，主张像鲁迅那样真实地描写农村。他说："过去的三个月中的创作，我最佩服的是鲁迅的《故乡》。"他还认为，"鲁迅去年发表的《风波》"的价值，在于"把农民生活的全体做为创作的背景，把他们的思想强烈地表现出来"。当许地山的小说《换巢鸾凤》在《小说月报》第十二卷第五号刊出时，郑振铎以"慕之"的笔名写了一段《附注》：

> 这篇小说，是广东一个县的实在的事情。所叙的情节，都带有极浓厚的地

方的色彩(Local color)。广东的人一看就觉着他的"真"——非广东人也许不能领略到。中国现在小说界的大毛病,就在于没有"写实"的精神。上海有一班人自命为是写实派,可是他们所做的小说的叙述,都是臆造的。只有《新青年》上的鲁迅先生的几篇创作确是"真"气扑鼻。本报上的《命命鸟》①与此篇我读之也有此感。

沈雁冰在和陈望道、刘大白、李达共同编写的《文学小辞典》中,还专门设立了《地方色》一条来解释文学的地方色彩:"地方色就是地方底特色。一处的习惯风俗不相同,就一处有一处底特色,一处有一处底性格,即个性。"②正是在沈雁冰、郑振铎等推动下,《小说月报》《文学周报》成了倡导乡土文学的有力的阵地。这些刊物上发表的文章主张:"故乡的环境——即其风土情调——无论怎样都要反射到作家的胸中"③;"希望中国也有农民文学家,也有显克微支和莱芒忒",成为"民族灵魂的化身",成为"二三万万农民"的"代表呐喊者"④……当许杰短篇小说集《惨雾》出版时,《文学周报》发表李圣悦的评论文章——《〈惨雾〉的描写方法及其风格》,给予热情鼓励,把这类描写乡间穷苦农民生活的作品称为"不可多得的文艺"。可见,文学研究会的理论批评家——从周作人到沈雁冰,再到郑振铎、胡愈之等,无不是乡土文学的倡导者和拥护者。

　　蹇先艾先生在《文艺报》一九八四年第一期上发表过一篇文章,认为二十年代并没有乡土文学理论,因而也没有乡土小说流派。蹇先艾先生作为当事人,他的意见应该受到尊重。但是,上面我们列举的这些材料已经证明:二十年代的中国不但有过乡土文学理论,而且这种理论在实际上还产生了较为广泛的影响。正因为这样,连创造社的郑伯奇,也在一九二三年底写的《国民文学论》中对要不要倡导"乡土文学"的问题表示这样的态度(尽管他并不赞成"乡土文学"口号而主张"国民文学"口号):

---

　　① 《命命鸟》刊于《小说月报》第 12 卷第 1 号,郑振铎在《附注》中称它为成功地写出了缅甸风土人情的作品。

　　② 1921 年 5 月 31 日《民国日报》副刊《觉悟》。

　　③ 厂晶(李汉俊)译《犹太文学与宾斯奇》,《小说月报》第 12 卷第 7 号。

　　④ 化鲁(胡愈之):《再谈谈波兰小说家莱芒忒的作品》,《文学周报》第 156 期。

无论什么人对于故乡的土地,都有执着的感情。离乡背井的时候,泪湿襟袖的,固然多是妇孺之流,大丈夫所不屑为;但是一旦重归故乡的时候,就是不甘槁首乡井的莽男儿,也禁不得要热泪迸出。爱乡心的表现,不仅在这冲动一时的感情上。在微妙的感情里,也渗入了不少的爱乡心。故乡的山川草木亭园,常常蒙绕在我们的梦想里。不要紧的一种特别的食物,也可以引起我们很丰富的故乡的记忆。这种爱乡心,这种执着乡土的感情,这种故乡的记忆,在文学上是很重要的……实在是一部分文学作品的泉源。所谓乡土文学、乡土艺术,便是这种。国民文学不是这样狭小,它要把这乡土感情提高到一个国民共同生活的境地上去。乡土文学固然是很必要的,但是国民文学与写实主义结合到某程度上,它自然也可以发达。所以在现在提倡乡土文学,不如先建设国民文学:这是顺序上必然的道理。

我们从他这段话里,也可以知道当时不但有人提倡乡土文学,而且文学界还为此发生过争论。可见,蹇先艾先生虽然是过来人,他的有些记忆和判断不一定可靠。从历史事实出发,我们只能得出这样的结论:二十年代初期的乡土文学理论,对于乡土小说流派的形成,是起了重要作用的。

(录自严家炎《中国现代小说流派史》,人民文学出版社1989年版,第43—48页)

"五四"以来"乡土小说"的阈定与蜕变

丁　帆

　　当 20 世纪的新文学叩开了中国封闭的文学之门后,"五四"先驱者们从"铁屋子"外面吸纳了大量的新鲜空气,他们大量地翻译和介绍了西方的文明与文化。各种思潮,包括认知方式的汹涌而来,给小说革命带来了生机。然而,人们对于"乡土小说"的认识是从感性到理性,又从理性到感性,再上升到理性的二度循环。我们不能忽视梁启超等人的"小说革命"给"五四"新文学带来的影响。鲁迅的前期小说作为乡土小说审美感性的实验也许是无意识的,因为中国的乡村社会最能发掘出封建礼教的"吃人"本质,所以先生以"乡土小说"为载体。如果说"第一声春雷"是以其强大的思想穿透力震撼了整个中国大地的话,那么对认识这一"载体"的人却是寥若晨星的。只有张定璜后来在评论鲁迅《呐喊》时才认识到:"他的作品满熏着中国的土气,他可以说是眼前我们唯一的乡土艺术家。"[①]不管鲁迅在《狂人日记》等作品中是否有意识地采用了地域性的描写,然而其作品呈现出的"地方色彩"和"风俗画面"却是无可否认的。而几乎与之同时,周作人成了最早在中国文学提出"乡土文学"主张和对其概括进行厘定的理论家。这一点严家炎先生在其论著《中国现代小说流派史》中已作了详尽的论述,严先生认为周作人大力倡导"乡土文学"有三条理由和根据:"五四"新文学运动是从国外引进的,要在本国土壤上扎根,就

---

　　① 《鲁迅先生》,张定璜著,载《现代评论》1925 年 1 月号。

必然提倡乡土艺术；要克服思想大于形象的概念化弊病，就应提倡本土文学的地方色彩；要使中国新文学自立于世界文学之林，就必须发展本土文学，从乡土中展示民族特色。而周作人对"乡土小说"的阈定大体上是这样的：第一，体现地域特点。他认为："风土与住民有密切的关系，大家都是知道的：所以各国文学各有特色，就是一国之中也可以因了地域显出一种不同的风格，譬如法国的南方普洛凡斯的文人作品，与北法兰西便有不同。在中国这样广大的国土当然更是如此。"①在这里，周作人十分强调不同地区文化的差异性，抓住这种差异，作家也就可以造就小说的"异域情调"。第二，体现民风民俗中具有"个性的土之力"。这一点是针对新文学中的概念化而提出的，周作人要求作家"自由地发表那从土里滋长出来的个性"，"我们所希望的，便是摆脱了一切的束缚，任情地歌唱，……只要是遗传、环境所融合而成的我的真的心搏，……这样的作品，自然的具有他应具有的特征，便是国民性、地方性与个性，也即是他的生命"②。周作人这里阐述的"个性"显然受了尼采"忠于地"（"地之子"）的"超人哲学"的影响。但是周作人把这一"个体"生命的弘扬与揭示国民性、与描写地方色彩结合为一体，应该说是符合"五四"人文主义思潮的。因此他大力提倡文学"须得跳到地面上来，把土气息、泥滋味透过了他的脉搏，表现在文字上，这才是真实的思想与艺术"③。可见，新文学的先驱者们认为在"土气息、泥滋味里最能寻觅到揭示民族文化劣根性的描写点，亦最能张扬'五四'个性解放"之精神。这么说，周作人不是不要文学的主观意念，而是要把它埋藏在"乡土小说"民风民俗、风土人情之中。第三，体现人类学意义上的"人"。这点是周作人最早在 1921 年 8 月翻译英国作家劳斯（W.H.D.Rouse）《希腊岛小说集》译序中阐述的"本国的民俗研究也是必要，这虽然是人类学范围内的学问，却与文学有极重要的关系"。周作人当时所说的"人类学"是指自然科学范畴意义上的"人"，而非哲学范畴意义上的"人"，但他沟通了自然的人与文学上的人，则明显是试图把"人"放进哲学范畴之内进行考察的，这和他一再鼓吹尼采的"超人意志"、"个性精神"相一致。可惜这一理论命题当时并没深入下去，在创作中只有沈从文的小说试图用"生

---

① 《地方与文艺》，周作人著。
② 《地方与文艺》，周作人著。
③ 《地方与文艺》，周作人著。

命的流注"来尝试这一命题。一直到了八十年代中期,这个命题才重新进入作家的视界,得到较为深入的探讨。

　　在周作人越是本土的和地域的文学越能走向世界的理论张扬下,"五四"的一批文学理论家都主张把"乡土文学"的创作提到一定的高度来认识。茅盾和郑振铎等人也竭力鼓吹"为人生"的"乡土文学",这也为后来"乡土小说流派"的崛起奠定了理论基础。茅盾早在二十年代初就倡导"乡土文学"了,只不过他把鲁迅《故乡》、《风波》一类小说称为"农民文学"。他特别强调小说的"地方色彩",并把《小说月报》和《文学周报》作为乡土小说的发表阵地。他还在与李达、刘大白所编写的《文学小辞典》中加上了"地方色"的词条:"地方色就是地方底特色。一处的习惯风俗不相同,就一处有一处底特色。一处有一处底性格,即个性。"①显然,这里所指的"个性"绝非周作人所指望的"超人"哲学内涵,而是专指文学描写中的"地方色彩"而言的。作为"文学研究会""为人生"主张的核心人物,随着1925年前后"无产阶级文学"观的确立,茅盾在进一步阈定"乡土小说"时,就鲜明地提出了为"被损害和被压迫者"呼号的阶级内容。他一方面强调"乡土小说"因地方色彩引起的"自然美",同时又强调要把其所表现的社会内容紧紧地与之揉合在一起,当他在1928年撰写《小说研究 ABC》时,便为此作出了详尽的诠释:"我们决不可误会'地方色彩'即是某地的风景之谓。风景只可算是造成地方色彩的表面而不重要的一部分。地方色彩是一地方的自然背景与社会背景之'错综相',不但有特殊的色,并且有特殊的味。"这一"味"一"色"的"错综相",便是茅盾所强调的"人生相"与"自然相"水乳交融的特征。直到三十年代中期,当茅盾给"乡土小说"最后定位时,便把这两者相融合的特征作了特别的提纯,使"世界观"和"人生观"上升到"地方色彩"和"异域情调"之上,认为"在特殊的风土人情而外,应当还有普遍性的与我们共同的对于运命的挣扎。一个只具有游历家的眼光的作者,往往只能给我们以前者;必须是一个具有一定的世界观与人生观的作者方能把后者作为主要的一点而给与了我们"。②无疑,作为"乡土文学"的一次经典性概括,茅盾的这一理论对中国三十年代以后的

---

①　《民国日报》1921年5月31日副刊《觉悟》。
②　《关于乡土文学》,《文学》1936年2月1日版。

许多乡土小说创作起着至关重要的影响,尤其是在建国三十年内,更是作为一条准则而推行。

鲁迅是较早提出"乡土文学"这一术语的。然而,鲁迅在 1935 年提出这一概念以前,除了在自己的创作实践中自觉地用"地方色彩"和"风俗画面"来突出小说的表现力以外,并没有在理论上作过什么阐释。倒是周作人一再为"乡土艺术"呐喊,以此来消弭欧化小说的倾向,而标榜"地方色彩"和"土气息泥滋味"。鲁迅的自觉实践和周作人的自觉理论看来绝非偶然现象。忽略了这一现象,亦就削弱了周氏兄弟对新文学运动的贡献。当然,在二十年代初期,上海的《文学周报》连续发表过王伯祥的理论文章《文学的环境》、《文学与地域》等,但他并未像周作人那样打出"乡土艺术"的旗帜来,只是从描写方法入手来对"地方色彩"在小说中之地位进行阐述的。直至 1935 年鲁迅在给《中国新文学大系·小说二集》作序时才正式提出了"乡土文学"这一概念。这一概念比茅盾对"乡土文学"的概括早不到一年,然而鲁迅在"导言"中的那段话却引起半个多世纪的歧议。我以为只有重新深入地理解它,才能廓清"乡土"与"非乡土"之间的模糊认识。先生原文如下:

> 蹇先艾叙述过贵州,裴文中关心着榆关,凡在北京用笔写出他的胸臆来的人们,无论他自称为用主观或客观,其实往往是乡土文学,从北京这方面说,则是侨寓文学的作者。但这又非如勃兰兑斯(G.Brandes)所说的"侨民文学",侨寓的只是作者自己,却不是这作者所写的文章,因此也只见隐现着乡愁,很难有异域情调来开拓读者的心胸,或者眩耀他的眼界。许钦文自名他的第一本短篇小说集为《故乡》,也就是在不知不觉中,自招为乡土文学的作者,不过在还未开手来写乡土文学之前,他却已被故乡所放逐,生活驱逐他到异地去了。

鲁迅所言"凡在北京",也就是指那些从乡土社区走向大都市,甚至走向世界(留学于日本、欧美)的一代知识分子。可以毫不夸张地说,"五四"前后绝大多数文学革命和思想革命的"先驱者"们都是从乡土社会麇集于北京、上海这些大都市的。在极大的文化和文明的反差当中,他们感到了第一次作为"人"的觉醒。启蒙主义思潮促使他们拿起笔来,或抽象或形象地张扬人文主义思想。于是,为揭示中国最黑暗的一隅,乡土社区便成为其描写焦点。况且,作为一个永远难以抹去的"童年印象",乡土社会给这批文学家和思想家留下的"恋土情结"使其焕发出作为一个中国知识分子的强烈忧患意识。这和勃兰兑斯所说的"侨民文学"则是两码事。所谓"侨民文学"是用另一个世界、另一个民族的眼光来描写他(她)所居住国的文化现象。所以,鲁迅首先强调的就是那种"隐现着乡愁",但又充满着"异域情调来开拓读者的心胸"的"乡土文学"之要义。诚如蹇先艾的作品,既有那种乡愁之中对母爱伟大之歌哭和对乡间中人性戕害之冷酷的愤懑的人道主义内涵,又充分展示了那个边远地区风土人情的"异域情调"之灰暗阴冷。很明显,鲁迅对"乡土文学"只提到了无论是"主观或客观"(也即"表现"或"再现")都应表现出"乡愁"——博大的人道主义胸怀——这主题内涵,具有"五四"文学母题不可超越的主题学意义;再者,鲁迅强调了"异域情调"对于"乡土文学"的重要性。然而,我们不可能知道鲁迅当时为什么没有对"乡土文学"作更进一步系统性的理论阐释。或许是担心越是清晰的阐释就越阈限了乡土文学的发展罢。

可以看出,从周作人、王伯祥到鲁迅对"乡土小说"的阈定(即从 20 年代初到1935 年),是基本认同于"乡土小说"世界性母题的理论概括的,即把"地方色彩"("异域情调")和"风俗画面"作为其最基本的手段和风格。这里必须进行诠释的是,鲁迅在表述过程中提出的"隐现着乡愁",当然是指"乡土文学"所要渗透的作家主体观念。然而,"隐现"二字,表现了鲁迅在阐释主题上是和恩格斯的"观念愈隐蔽则对作品愈好"之艺术审美思想相一致的。鲁迅并不主张把人道主义胸怀的裸现来使"乡土小说"失却它的审美本质特征,他的创作实践就鲜明地表现出这一"隐现"的规律性特征。

显然,到了 1936 年,茅盾先生在给"乡土小说"作经典性概括时,异常鲜明地把它的世界观地位置于首位。无疑,这是为"为人生而艺术"的现实主义道路服务的,它推动了"乡土小说"在现实主义方向的迅速发展,亦给"乡土小说"走向一个较狭窄的创作地带提供了理论和概念上的根据。

毫无疑问,四十年代标志着中国文学进入另一个"纪元"的理论指导,是毛泽东的《在延安文艺座谈会上的讲话》。《讲话》从理论上确定的"为工农兵服务"的宗旨,阈定了一切文学艺术应倡导"民族风格"、"民族气派"。而"民族风格"和"民族气派"则又自然而然地寻觅到"乡土小说"这块最能体现这一宗旨的沃土。于是,赵树理的小说便成为中国四十年代至七十年代的一种"乡土小说"模式。研究它的生成和发展,我们可以明显看出,"乡土小说"从"地方色彩"和"风俗画面"的描绘逐渐褪色的过程。如果说赵树理四十年代的乡土小说能引起较大反响,那么它的主要吸引力仍是"地方色彩"和"风俗画面"(他小说画面与孙犁小说的风俗画面截然不同,前者体现在人物的言行之中,后者则体现在风景描写之中),人物之所以有活力,主要是那种"地方色彩"所给予人物的外部动作(如二诸葛、三仙姑等)的表现。而五十年代以后,赵树理的小说将"乡土小说"本末倒置了,"地方色彩"和"风俗画面"完全易位于对"问题"的阐释。正如他在《下乡集》中所言:他是带着问题去写小说的。每写一篇就是想解决一个农村社会中存在着的问题。这无疑是与茅盾1936年的《关于乡土文学》一文中阐释的把世界观和人生观作为第一要义的观点相吻合的。但是,像《锻炼锻炼》这样的作品,只能是引起人们对于农村社会问题的关注,而非"地方色彩"和"风俗画面"所引起的"异域情调"之审美餍足。赵树理作为《讲话》以后的"乡土小说"的第一代作家,尤其是作为新中国"乡土小说"的奠基者的中坚,他的影响是巨大的。尽管他的悲剧与他的"问题小说"相关联,但他的"乡土小说"写作道路亦无疑给五十年代至七十年代的众多乡土小说作家留下了不可磨灭的胎记。

　　很有意思的是,作为与赵树理几乎同时崛起的另一流派的代表人物孙犁的创作,之所以能保持其创作的生命活力,就在于他懂得艺术是一种间接的"隐现"。因而,他的乡土小说的影响虽然敌不过赵树理(这其中主要是政治原因),但他在文学史上的地位却是恒久的。作为"荷花淀派"的创始人,他的风格是与整个世界性的"乡土小说"母题相接近的。在他的小说中,那种浓烈的世界观意念被化作一种"背景性"的描述,而将笔墨集中于对风俗人情的描绘,以及对风景的描绘(风景描写中隐含着浓郁的"异域情调"),使他的小说形成了具有真正"民族风格"的、具有"地方色彩"的、"诗化"的"乡土小说"。他的"乡土小说"风格同样作为一种隐形的状态影响着新中国的一批"乡土小说"作家。同样是反映走合作化道路的乡土小说,周立波的《山乡巨变》之所以比《创业史》、《艳阳天》更有审美深度,就在于周立波对于风俗人情,对于风景画面的描绘使他的"乡土小说"形成了一定的诗情画意。这是与孙犁的"乡土小说"一脉相承的。虽然,这种风格在五十年代以后被政治的风浪所淹没,乃至受到批判,没能形成气候。但是,它所呈现的风格却属于真正的"乡土小说"。直到新时期,老作家汪曾祺才又重新恢复了这种"乡土小说"的风格。在追溯这种风格的渊源的时候,我们当然不能忘却它的鼻祖——废名、沈从文等"京派小说"家们对于中国乡土小说的巨大贡献。可以明显地看出,建国以后的"乡土小说"逐渐放弃了对"地方色彩"和"风俗画面"的描写,只剩下题材和内容贴近于"乡土"而已。不过,像历史题材的"乡土小说"则当别论。作为当代文学十七年的一面旗帜,《红旗谱》除了它较深的历史内涵外,主要是"地方色彩"和"风俗画面"给这部长篇小说增添了艺术的魅力,这点作者梁斌在自己的创作谈中说得很明白。

建国以后的三十年中,"乡土小说"的概念似乎就与"农村题材小说"等同,殊不知"乡土小说"的两大要义是其生存和发展的必然条件。然而,在三十年中,"乡土小说"除剩下题材特征而外,已没有疆域了,以至在"大一统"的"三突出"原则下,根本消灭了"乡土小说"的审美特征,形成了"乡土小说"历史沿革的断裂。

八十年代"乡土小说"重新崛起,从汪曾祺的创作开始,"地方色彩"和"风俗画面"又回到了"乡土小说"的本体之中。当人们冲出"伤痕"和"反思"以后,"寻根文学"的崛起,标志着"乡土小说"进入了一个更高的审美层次,一直到"新写实"小说,新时期小说的许多重大内容和形式以及审美经验的突破都是通过"乡土小说"这个试验场来操作演练的。

由于时代和社会变革的需求,新时期"乡土小说"的阈定呈现出了新的特征:除"地方色彩"和"风俗画面"外,首先,它恢复了"鲁迅风"式的悲剧美学特征;其次是历史使然,它的"哲学文化"意念在不断强化;而返归大自然与现代文明之间的冲突,则成为"乡土小说"描写焦点的眩惑。必须指出的是,有些新时期的理论家混淆了"乡土小说"和"乡土意识"之间的界线。忽视了"乡土小说"的题材特征,就等于消灭了"乡土小说"本身。

(原载《学术研究》1992 年第 5 期)

作为世界性母题的"乡土小说"

丁　帆

　　"乡土文学"作为农业社会的文化标记,或许可以追溯到初民文化时期。那么,整个世界农业社会的古典文学都带有"乡土文化"的胎记。然而这却是没有任何参照系的凝固静态的文学现象,只有社会向工业时代迈进时,整个世界和人类的思维发生了革命性变化后,在两种文明的冲突中,"乡土文学"才显示出其意义。诚如西班牙的伟大作家塞万提斯在17世纪初就写就了《堂·诘珂德》,它在很大程度上展示了风土人情的描写,但这种描写尚未进入工业社会视阈的观照,工业文明大都市尚未兴起,人们的心态还在整个农业社会文化的笼罩之下,其乡土作品只是静态的"田园牧歌",因此不论。我们知道,"乡土小说"的主要特征就在于"风俗画描写"和"地方色彩"。那么,这种特征大概最早始于西班牙16世纪和17世纪的文学作品。当然"风俗主义"(Costumbrismo)直到19世纪上半叶才成为一股强大的文学力量弥漫于散文和小说创作中。无疑,"风俗主义"对欧洲和美洲的地方派作家都有很大影响。

　　作为一种文学的种类和样式,最早出现的"乡土文学"(Local Colour)是在19世纪二三十年代。在南北战争以后,它以其独特体裁成为流行于美国的文学形式。它以地方特色、方言土语、社会风俗画而取悦读者,作为"乡土小说"先驱者的是J.F.库柏,他以自己的"边疆小说"而饮誉文坛。那么W.欧文和擅写西部文学的B.哈特也是一早期乡土小说的中坚。而曾一度在加利福尼亚为B.哈特工作过的美国著名作家马克·吐温就采用了乡土小说的方法来描述他家乡密西西比河的生活。

19世纪70年代,意大利兴起的文学流派"真实主义"则是以"乡土小说"作为实践活动,以此证明其文学理论主张的,以维尔加在1874年发表的《奈达》为提,到后来的《田野生活》、《乡村故事》、《马拉沃利亚一家》、《堂·杰苏阿多师傅》,维尔加以故乡西西里岛为背景,真实地描绘了下层人民的苦难生活,从而掀起了意大利十九世纪末"乡土小说"蓬勃发展的高潮。当然,更有影响的作家应该是像英国著名作家哈代的"乡土小说"创作了,如成为世界名著的《德伯家的苔丝》和《还乡》等作品,除了现实的批判深度外,主要是作家对于风俗和自然景物的惊人描绘。

20世纪以来,世界性的"乡土小说"的到来是有其必然性的,随着工业革命的深入发展,以及现实主义文学的巩固和现代主义文学的崛起,"乡土小说"作为一种"载体",大大促进了20世纪文学的发展,除了本世纪初挪威出现了"乡土文学"之外,现代风俗小说的勃起给人们留下了深刻的印象,它涉及欧洲的(尤其是英法的)一些作家,他们无疑是为"乡土小说"推波助澜。在美洲,几乎是和中国"乡土小说"崛起的同时,二十年代以威廉·福克纳为代表的"南方小说"在"乡土小说"的"载体"上进行着现代小说表现形式与风俗画面相融合的形式创造,"意识流"的血液第一次安详地在"乡土小说"的血脉中汩汩流动着。《喧哗与骚动》以乡土交响曲的形式奏响了具有"复调"意味的乡土小说"变奏"序幕。像另一位"南方小说"作家弗兰纳里·奥康托则通过南方风俗人情的描写来表现生活中的神秘。30年代,美国曾兴起一种人与自然角斗的"土壤小说",它们充满了泥土气息和地方色彩,其代表作有艾伦·格拉斯果的《荒凉的土地》和约翰·斯坦贝克的《愤怒的葡萄》,这也算是"乡土小说"的一支吧。

当然,人们还不会忘记这样一个事实,20世纪不可忽略的是拉丁美洲的文学运动,从本世纪初开始的"土著主义文学运动",在强烈地反映印第安人痛苦生活的同时,着重于本民族的民间风俗,宗教迷信,古老传统和日常生活的描摹。作为拉丁美洲文学先导,无疑,这种"乡土小说"的情绪一直影响到六七十年代的"拉美爆炸后文学",使拉美文学发生世纪性影响的并不仅仅依赖于其内容和形式的创新,还牢牢地附着于"乡土小说"这个具有地域美学效应的世界文化母题的审美因素。

从"土著主义"的"乡土小说"到"魔幻"、"心理"、"结构"现实主义小说中的"乡土情绪",可以说,拉美文学作家用"乡土小说"这个"载体"完成了跨世纪的"现实"和"现代"相交融的表现手法,令全世界刮目相看。

在俄罗斯文学中,我们可以追溯到屠格涅夫、契诃夫、托尔斯泰等文学巨匠的许多作品中的"乡土小说"印痕。即使是在苏联文学史中也不乏许多从事"乡土小说"创作的作家。从高尔基的作品始,直到七八十年代,苏联产生了"返乡题材文学"和"迁居题材文学",这些小说均属于世界性的"乡土小说",如拉斯普京的《告别马焦拉》、戈卢布科夫的《小泉村》、博罗德金的《屋檐下的太阳》、彼得罗相的《孤寂的榛树》、特卡琴科的《冬天的忙碌》、阿勃拉莫夫的《马莫尼哈》等。甚至包括艾特玛托夫的许多作品。这些小说均是在"两种文明"的冲突中,站在城与乡的交叉连结点上作出的新的价值选择的"乡土情绪"型小说,作为一个世界性的母题,它是人类面临着的共同选择。

那么,更毋须描绘法国文学运用"乡土小说"这一载体所创造出的世界小说名著的辉煌业绩了,从巴尔扎克的"外省风俗描写"到莫泊桑的那种冷峻的田园风光的描绘,甚至左拉的那种乡镇村民们的生活氛围的风土人情的摹写,都是充满浓郁的乡土色彩的风俗画。"新小说"后的诸多作品,都浸润着浓郁的乡村"地方色彩"和"风俗画面"。

在这里要特别提到的是美国的小说作家赫姆林·加兰对乡土小说的伟大理论建树,他早在 1894 年写就的理论著作《破碎的偶像》中就强调了"地方色彩"对文学的至关重要,他认为:"显然,艺术的地方色彩是文学的生命力的源泉。是文学一向独具的特点。地方色彩又以比作一个人无穷地、不断地涌现出来的魅力。我们首先对差别发生兴趣,雷同从来不能吸引我们,不能像差别那样有刺激性,那样令人鼓舞。如果文学只是或主要是雷同,文学就要毁灭了。"①当然,加兰对文学地方色彩的深刻见地并不局限对美国文学的扫描,他从历史和现实、理论和实践的"宏观"把握中,看出了地方色彩于各国艺术的必然联系:"今天在每一种重大的、正在发展

---

① [美]赫姆林·加兰:《破碎的偶像》,引自《美国作家论文学》,生活·读书·新知三联书店 1984 年 6 月第 1 版。

着的文学中,地方色彩都是很浓郁的。因此当代小说在俄国文学和挪威文学中达到前所未有的水平,而英国文学和法国文学在真实和真诚方面不如前者,正是因为缺乏这种地方色彩。"他甚至过激地提出了这样的结论:"应当为地方色彩而地方色彩,地方色彩一定要出现在作品中,而且必然出现,因为作家通常是不自觉地把它捎带出来的;他只知道一点:这种色彩对他是非常重要的和有趣的。"所以,他认为只有土生土长的人才能写出本国的地方色彩来,"对于美国作家来说,写作关于俄国、西班牙或圣地的小说是奇怪的、不自然的。他写这些国家不能像土生土长的人写得那么好"。因而加兰是很强调生长环境给作家的深刻而不可替代的艺术影响因素的。

当然,最为精彩的是加兰在《乡土小说》一节的论述中,对美国文学的前景描述是何等的精确,他的预言被福克纳、海明威以及"南方文学"的乡土小说创作所印证,他当时就看到了"黑人已经进入了南方文学",而且给南方文学所带来的"特有的忧郁的、神秘的和明朗的激昂情绪",以及浓郁的地方色彩。同时,他也看到了"北方小说还将在一个时期内具有地方色彩。它将描绘我们辽阔而广大的共和国里每一个地区的风俗和语言。它将抓住这些不断变化着的、被同化着的各个种族的生活,并描绘在炭笔素描之中,描写他们怎样适应新的条件,传达出这些过程的激情、幽默和无数的紧张情节"。最令人信服的并不止于加兰对于美国文学发展的经验总结,更重要是他看到了文学发展前景中的城乡对立必然导致的两种文学(乡土文学和城市文学)的冲突:"日益尖锐起来的城市生活和乡村生活的对比,不久就要在乡土小说反映出来了——这部小说将在地方色彩的基础上,反映出那些悲剧和喜剧,我们的整个国家是它的背景,在国内这些不健全的、但是引起文学极大兴趣的城市,如雨后春笋般地成长起来。"或许正是加兰看出了在世纪的转折点上,所必然会引起的各种不同文明的对立和冲突,这种冲突应该是整个国家和民族的,但它必须用"乡土小说"和"地方色彩"作为艺术的象征和载体来完成廿世纪人的情感(包括审美、道德、伦理等在内的大文化情感)转换。

作为一个世界性的文学艺术母题,"乡土小说"在中国现代文学中的情形是怎样的呢?

"五四"新文学运动作为中国进入 20 世纪文学的标帜,它是中国文学在遭受近代西方文明多次磨难后,反思封建文化封建保守性后所作出的选择。于是,在历史的转折点上,那个被固态化了的农业社会缩影——乡土社区的生存状态,皆成为当时思想家、艺术家们注意的焦点。因此,一切具有人文主义启蒙思想的价值判断在乡土文学领域内得以最形象的体现,应该说,是"五四"新文学运动反封建的意识首先找到了"乡土小说"这一"载体",作为中国新文学运动的先驱者之一,鲁迅从中国第一篇白话小说起就对"乡土小说"进行了不懈的探讨。同时,周氏兄弟亦鲜明地主张文学的个性在于地方色彩。也是在鲁迅的影响下,二十年代的中国几乎和世界性的"乡土小说"创作热同步,形成了具有浓郁民族特色的"乡土小说流派",这不仅在中国现代文学史上占有重要地位,同时在世界性的"乡土小说"创作中也与福克纳式的"现代"小说有着对应关系。无疑,从鲁迅开始的"乡土小说"创作无论作为一种主潮或是暗流,它一直成为20世纪中国小说的主干。二十年代的废名和三十年代的沈从文的"田园诗风"的乡土小说也独树一帜,它深刻地影响着许多后来的"乡土小说"作家。四十年代出现的赵树理当然为后来的"乡土小说"提供了另一种模式,虽然它遏制了"乡土小说"的发展,乃至"文化大革命"期间把"乡土小说"作为政治传声筒,使其堕落得惨不忍睹,但它为什么在"文化沙漠"时期还能成为一种"载体"存活下去呢(《艳阳天》、《金光大道》虽为"传声筒",但仍有"风俗画"和"地方色彩"的吸引力)? 这无疑也是"乡土小说"值得研究的课题。

当中国文学进入20世纪80年代的文体革命时代时,"乡土小说"简直成为风靡一时的实验"载体",从"伤痕文学"、"反思文学"到"改革文学",从"寻根文学"到"新潮小说",再到"新写实小说",可以说,绝大多数引起强烈反响的作品均来自新时期的"乡土小说"。作为一个民族文化心理结构基本处于农业化的国度,"乡土社区"结构的变化成为作家普遍关注的对象。

作为一种世界性的文学现象,"乡土小说"的创作不再是指那种18世纪前描写恬静乡村生活的"田园牧歌"式的小说作品。它是在工业革命冲击下,在"两种文明"的激烈冲突中所表现出的人类生存共同意识,这在20世纪表现得尤为明显。任何一个民族和阶级的作家都希望站在自己的视域内,用"乡土小说"这个"载体"来表达自己的世界观和文学观,因此,这就带来了对"乡土小说"的不同解释和规范。

正如前文所论,因为"乡土小说"是一个"载体",因此,无论是采用哪种创作方法的作家,都可能写出优秀的乡土小说来,那种误以为"乡土小说"就是现实主义创作方法的专利权者,确是一种误解,它是无法解释文学史上的许多乡土小说现象的。早期现实主义追求"地方色彩"和"风俗画面"则是刻意在追求一种精确的描写方法。正如最早提出现实主义这一概念的 G·普朗什所言:现实主义关心的是"城堡的门墙上嵌有一个什么样的有花纹的盾,旗帜上绣的是什么样的图案,害相思病的骑士是一种什么样的脸色"。① 因此,早期现实主义非常注重分析研究当时的地方生活风习,而且是冷静客观、中性地去再现自然。后来在巴尔扎克的作品中亦表现出对外省风俗人情的大量描绘,这不能不说是现实主义小说的传统风格的要义,那么和现实主义相近的自然主义和意大利的"真实主义"(在英语中"真实"和"现实"是同一个词 reality)都同时强调自己创作中的风俗描写和地方色彩。当然这两种主义在理论上是有很大一致性的,因为真实主义理论的起源就是左拉的自然主义,从中亦可窥见自然主义和现实主义之间的中介性沟通。左拉只是在自己的小说中注重了地方风俗的描写,然而,"真实主义"的倡导者们却是直接打出了"乡土文学"的旗号,在他们看来,"乡土小说"艺术上除了描写充满生活气息的风土人情外,还应吸收西西里民间的词汇和谚语,以此来丰富"乡土小说"的表现力。

其实,浪漫主义是非常讲究文学"地方色彩"的,尤其是十九世纪的浪漫主义更注重的是"田园牧歌"式的风景描绘,以此来寻觅被资本主义工业所吞噬的理想乐园,勃兰兑斯给浪漫主义的特征下过一个很精彩的论断:"最初,浪漫主义本质上只不过是文学中地方色彩的勇猛的辩护士","他们所谓的'地方色彩'就是他乡异国、远古时代、生疏风土的一切特征"②。虽然它和现实主义客观再现生活原貌有所不同,它是带着强烈的主观抒情性来描写风景如画的田园生活,以此来抵御资本主义"物"的侵袭。然而其采取的描写对象和现实主义是相一致的,尽管各种主义的审美价值判断各异。同样是对资本主义金钱关系的抨击,巴尔扎克对于风俗人情的描写隐隐渗透着深刻的批判力量;而乔治·桑从 1846 年以后创作的"田园小说"则

---

① [美]R·韦勒克:《批评的诸种概念》,四川文艺出版社 1987 年版。
② [丹麦]勃兰兑斯:《十九世纪文学主流》(第五分册),人民文学出版社 1982 年版,第 19 页。

以抒情的笔调描绘了大自然的绮丽风光,渲染了农村静谧的生活氛围,具有浓郁恬淡的浪漫主义色彩。前者是现实主义大师,后者是浪漫主义代表作家,但是他们在对乡土小说的描写中一致把焦点放在"地方色彩"和"风俗画面"的刻意追求上,这就证明"乡土小说"最起码的特征就是要具备这两点。美国南北战争以后所兴起的"乡土文学(local colour)"较准确的概念为:"它着重描绘某一地区的特色,介绍其方言土语,社会风尚,民间传说,以及该地区的独特景色。"①对于构成"乡土小说"的这两大要素,"地方色彩"似乎并不须解释,但是其中需要廓清的是一种种属概念的混乱。有的人以为只要写本民族的生活,对于世界来说,它就是"本土文学",就自然而然具有"地方特色"。然而将这样的作品放在本国的文学作品中,它的"地方色彩"就完全消弭了,看不出其"异域情调"来。倘使不突出某一地区的风俗、风物、人情生活,在一个有别于其他地域的狭小地区进行视界阈定描写的话,就不可能使作品具有"地方特色"。正如英国作家戴维·赫伯特·劳伦斯所阐释的那样:"每一大海都有它自己伟大的乡土精神。每个民族都被凝聚在叫作故乡、故土的某个特定地区。地球上不同的地方都洋溢着不同的生气,有着不同的震波、不同的化合蒸发、不同星辰的不同引力——随你怎样叫它都行。然而乡土精神是个伟大的现实。尼罗河流域不但出五谷,还出各种诡异的埃及宗教。中国出中国人,还要继续出,旧金山的华人迟早会不成其为华人,因为美国是个大熔炉。"②"地方色彩"就是"某个特定地区"对于"人物"的影响,为什么"乡土文学"派要注重地方土语方言和服饰等的描写呢,这是因为它打上了这一地区特定的文化标记。就像四川人改不了吃辣,山西人改不了吃醋一样的自然。那么,作为乡土小说作家,并不要求你表现民族的"共性",而是要求你表现某一地域的民族"个性"来,这与本国本民族的其他生存群体相异,当然也就更与别国民族的其他生存群体更加相异了。乡土小说作家应是面对"两个世界":第一是异于本国本土的世界;另一个就是异于本地本族(特指一个生存的"群落")的世界。忽视了后者,将不能称其为"乡土小说"。正如赛珍珠获得诺贝尔文学奖的描写中国农村的小说《大地》一样,它在外国人眼里似乎是

---

① 《简明不列颠百科全书》"乡土文学"条。
② [英]戴维·洛奇编:《二十世纪文学评论》,葛林译,上海译文出版社 1987 年 2 月第 1 版。

部描写中国的"乡土小说",然而在中国人眼里却没有多少乡土味,其原因是作者只了解普遍中国农民的生活习俗,以及宗教文学等。因此,"地方色彩"难以体现出来。那么,作为"风俗画"(genre painting)原是指绘画的一种题材,从广义上来说,它泛指日常生活场面,从狭义上来说,风俗画把各种主观属性的(如戏剧性、历史性、礼仪性、讽刺性、说教性、浪漫性、宗教性等)成分压缩到最低限度,而把注意力集中在对人物典型、服饰和环境的准确观察以及色彩、形式和结构的美与分寸上。那么无论从广义和狭义上来说,"乡土小说"取之"风俗画"描写,一是要突出其"地方色彩";二是要突出其美学的特征。无论感情的投射或多或少,无论是浪漫主义的主观,还是现实主义的客观,这种"美"的特征应是"乡土小说"共有的。

所以说,整个 19 世纪到 20 世纪初,"乡土小说"作为一个世界性的文学母题,已经用"地方色彩"和"风俗画面"奠定了各国"乡土小说"创作的基本风格以及它的最基本的要求。这种基本的风格和要求,虽没有成为世界性的理论经典,但成为各国"乡土小说"共同的自觉或不自觉的约定俗成,它不能不影响着中国 20 世纪自"五四"新文学运动以来的"乡上小说"之理论与创作实践。

(原载《南京社会科学》1994 年第 2 期)

回顾乡土文学论战

陈映真

1970 年代"台湾乡土文学"的提起,是针对 1950 年以降支配台湾文学二十年之久的、模仿的、舶来的"现代主义"文艺思潮的批判和反论。因此,没有先对于1950 年以迄 1970 年的台湾"现代派"文学做分析的认识,就不能充分理解 1970 年代的乡土文学运动。

1945 年到 1950 年,台湾文学从日本法西斯军国主义的沉重压迫中甦醒,陈仪当局以超额的掠夺,支应中国大陆内战无法满足的财政需要。陈仪集团在政治、财政、经济、司法上的独占支配,沉重的税负、苛酷的米糖收夺、社会终结期普遍的腐败⋯⋯使台湾作家和渡台大陆进步作家,以短评、短文、诗歌、随笔、评论的形式描写和针砭生活中存在的矛盾。对中国现当代文学的阅读,热情清算殖民地文化的残留和学习祖国语言、思潮,成为当时台湾作家、知识人和文化人的热潮。1931 年以后被日本战争当局镇压的现实主义、干涉生活、(反帝)反封建的文学传统快速恢复。就在这一个时期中,渡台大陆系文学评论家和本地作家、评论家之间,进行了一次"新现实主义"文学的论争。这论争的哲学、社会科学和历史学的水平,今日视之,有 40 年来不及的思想高度,尤其显示 40 年间台湾文艺思潮在极端冷战荒废历史中的退婴。

冷战和"现代主义"

1949 年国民党当局败退台湾。1950 年,朝鲜战争爆发。美国断然决定武装干涉台湾海峡。在第七舰队封禁海峡的同时,国民党当局放手进行一次彻底、坚决、全面的"反共肃清"(red purge)。从 1950 年以迄 54 年,估计枪决了四千人,并且以不等的刑期监禁了另外的四千人。其中最后释放的终身刑政治犯,仅仅在五年前获得释放。进步的文化人、作家、剧作家、评论家在这次肃清中悉数被杀或被囚。著名作家杨逵在 50 年被捕,判刑十二年。

为了美国西太平洋反共战略利益,美国以强权由外而内、由上而下地在本地无产阶级、资产阶级两皆衰微的台湾,设立"反共"国家安全体制下高度权威主义"国家"。内战和冷战的双重构造,在海峡分裂和对峙下使"反共"意识形态无限上纲。另一方面,美国经由扩大对台湾经济援助,透过教育体制的美国化改革和美新处的强力文化渗透,美国意识形态迅速取得霸权地位。台湾文学思潮至此发生巨变。

现实主义的、反帝反封建的、新民主主义的一切文艺思潮、文艺作品和创作实践,彻底遭到残酷的打击和禁绝。中国现当代文艺和文艺思潮在台湾完全断绝。

50 年代初期由当局和军部推动的"反共抗俄文艺"、"战斗文艺"虽然不了了之,但极端的反共主义支配了一切,遑论文坛。

在这个背景上,从美国新闻处,从香港,从精英大学的外国文学系,从大陆流亡来台汪伪时期的"法国象征"主义,从欧美画坛的画册,汇集成一股"现代主义"风潮。这个风潮主张文艺的绝对纯粹性,反对意义、反对具象、反对情节、反对故事。意义即内容的消失,相对地使形式不断地膨胀,在表现形式上(语言、叙述、构图、颜色)不断地晦涩化、怪异化。在艺术作品中历史、时间、人、社会随意义的消失而消失。外在一切约定俗成,可以沟通的符号被取消,作品流于人类最混沌的心理世界的、无政府的逆流。

《现代诗》、《现代书画》、《现代音乐》、《现代小说》、《现代(实验)电影》,在 50 年成为文坛显学。《五月画会》、《东方画会》、《现代诗》、《创世纪》、《笔汇》、《现代文学》、《文学季刊》、《欧洲杂志》……纷纷在50年以降结社和创刊。1950年到70年，是台湾经济由进口替代工业发展到依赖美日资本主义在太平洋分工中的加工出口基地的时代，是劳力密集的、加工轻工业的时代，却在美国意识形态统治下输入作为成熟期高度发展资本主义的文艺思潮"现代主义"。这和台湾战后资本主义化进程一样，有深刻的冷战政治意义。

现代主义的反历史、反意义、反政治性格，一方面和左翼反帝民族解放运动的现实主义文学针锋相对，一方面也符合大肃清时期恐怖气氛下不敢干涉现实的需要。现代主义也是崇扬欧美"自由世界"先进文艺的一个思潮。肃清的政治恐怖；土改中地主的消失；独立佃农农村的形成；农村女工流入城市；农业衰退……这些台湾社会重大的变化，人们不能在同时期"现代主义"文艺中找到蛛丝马迹。在反共富国强兵政策下，台湾战后资本主义的累积过程中，没有工人的可以感知的、意识化的反抗，正如没有现代主义文艺作品对充满变化和矛盾的社会和人，加以揭露与纪录一样。

西方校园的"左倾"和"现代诗论战"

60年末，受到大陆"文革"的影响，连续20年世界景气在先进资本主义社会中积累的矛盾，发展成北美、法国、东京知识分子的"反叛"潮流。反对美国对越南的干涉战争运动，黑种人民权运动；言论自由运动；民歌复兴运动；教育改革运动；对中国、越南和古巴革命的高度评价，激荡了美国、法国、欧洲和日本的校园和文化圈。校园思想和社会科学的激进化，启蒙了台湾和香港留美、留欧学生。

1970年，美国片面宣布将钓鱼列岛于1971年连同琉球群岛划归日本。留美港台学生和台湾的大学生不约而同地掀起反美、反日、"保卫钓鱼岛"运动。当局慑于美日政治影响，不但对美日示弱，反而对爱国学生施加政治恫吓。至此运动左右分裂。71年国际外交形势发生巨变，中华人民共和国在国际社会中日益引人注目，台湾知识界以"大学杂志"呼吁改革，并在"民族主义座谈会"中发生左右斗争，几位民族主义派在"台大哲学系事件"中遭受镇压，"保钓"风潮落幕。

正是在这样的背景上,1970 年到 1974 年,台湾文坛开展了一场"现代诗论战"。在 60 年代末接受了激进社会科学洗礼的海外知识分子,对于支配岛内文坛二十年的"现代主义"文艺的中心——现代诗,展开了强烈的批判。

1970 年,任教于新加坡大学的关杰明,发表了三篇论文,对于台湾现代诗提出了苛烈批判。现代诗中思想焦点的丧失、语言的荒废、文学的民族特色之不在等,成为批判的焦点。接着有许多论文提出文学关怀社会、文学描写民众的生活、文学为民族的命运发言,反对晦涩,主张文学应该人人能读。总之,文学的民族性、文学的民众性等 50 年"反共肃清恐怖"以来不曾被提起的现实主义、民众文学、民族文学等问题首次被提出,并以之批判台湾现代主义文学的买办性、模仿性的"恶质西化"。而被批判的现代派,很快地以政治指控回应,指责现代主义的批判观点有左翼、"唯物主义",为"中共统战"的嫌疑。现代主义批判的旗手有唐文标、关杰明、尉天聪、高信疆和蒋勋等。在同时期,蒋勋、吴晨已有深刻描写生活的诗创作发表。

1976 年,有一小股学术上、思想上的反帝民族主义的,并不强烈的波澜。吴明仁的"从崇洋媚外到民族意识的觉醒";林义雄的"知识分子的崇洋媚外";江帆的"现代人与现代化",批评了战后台湾文化界、知识界的买办化和"崇洋媚外"和"人心向外,人心媚外"的现象。1976 年,"使医学说中国话"的运动产生了"当代医学"杂志。这些年轻医生并刊行"健康世界"以推行医药卫生知识的普及运动。

乡土文学论战:现代诗论战的延长

1977 年前后,王拓、尉天聪、黄春明、蒋勋、江汉、张系国、舒凡和陈映真纷纷发表文章,讨论文学的社会基础、文学的发展方向、台湾文学的乡土意识、民族文学等问题,并且引起彭歌、余光中、司马中原、银正雄、朱西宁和大量党团作家和杂志的围剿、批评、反驳甚至政治指控。总的说来,77 年的乡土文学论战,思想内容上是 70 到 73 年"现代诗论战"的延长,然而在台湾社会分析上,台湾经济的"殖民地性"的提起,有新的发展。由于国民党和一些"自由主义"的批评家公开对乡土文学论者打棍子,彭歌并公开搞"点名批判",指控乡土文学既有"台独"之嫌,又有"工农兵

文字"之嫌。乡土文学批判被党和军方扩大到"国军文艺大会"上,一时风声鹤唳,
形势恐怖,但也因此使"乡土文学论战"比"现代诗论战"远远有名得多。

这时身经中国现代文字学几次重要论战的胡秋原先生,和徐复观先生,郑学稼
先生出面公开维护了乡土文学。日本学界也介绍了这次的论战。旅美长期研究台
湾文学的学者也为乡土文学辩护。论战虽无从自由、深入发展,却幸而免去了一场
文学争论的文字之狱。

极值得一提的是,在这场以乡土文学界和西化派文学界(余、彭)伙同党、政、
团、军的批评家之间的论争,另有文学界以外"自由主义"学者也参加了争论。现在
可以查到的文献有:张忠栋的"乡土、民族、自立自强",孙震的"台湾是殖民经济
吗?"董保中"谈工农兵文学"和"我们当前的一些文艺问题"等等。一般而论,论旨
在担心乡土文学"被共匪利用",中共工农兵文学在过去曾造成如何重大危害,当前
台湾文学存在着各种危害、有害的政治问题,台湾社会没有对外依赖和殖民地的问
题等等。

论战的缺失

70 年代台湾文学界的两次论战中,乡土文学阵营有两个重大的缺点。

缺点之一,是理论发展的不足。"乡土文学"、"民族文学"和"民众文学"都不曾
有科学的界定。对于"现代主义"的批判和分析,理论上也嫌贫弱。对于为什么以
民族文学、民众文学为主张,缺少进步社会科学为基础的论证与开展,王拓提出台
湾经济的殖民地性,有重大意义,但限于当时以政治经济学分析台湾社会的文献不
足,台湾社会科学一般地美国化和保守化,无法做出更深入的台湾社会构造体论和
台湾战后资本主义性质论。此外,由于政治上严苛的"反共"禁忌,争论无法有系统
地纵深发展,使乡土文学论——现代主义批判无法发展成体系性的理论构成。理
论的发展不足,对于其后台湾文学迅速的商品化和荒废化,以及运动的不曾持续发
展,起到重要的影响。

缺点之二,尽管乡土文学——现实主义文学理论有发展不足之处,但基本上批

判了现代主义,使现代主义基本上失去了文学理论霸权的地位。但是,理论争论以后,乡土文学一般地在创作实践上没有很好地跟上来,一般而言,没有或很少创意上好,思想上深刻的巨构。创作实践上的严重落后,是乡土文学道路一至 80 年代就比较容易地被都市文学、消费文学和新的模仿舶来文学(例如所谓"后现代主义文学")所淡化。

新的阅读和论述

现代诗论战以后,匆匆已二十年。二十年间,台湾社会、政治、思潮有巨大变化。重读、总结、批判地、科学地分析 1970 年代的文学论战及其思潮,时机应当成熟。目前的环境和条件,是比较有利于科学的、理性的论述。没有这些总结,就不能做好对于当前台湾资本主义——及其文化的讨论,从而从这讨论的基础上发展出当前台湾文学诸问题的新的讨论的论坛。

(原载《文艺理论与批评》1994 年第 2 期)

概念嬗变在文学批评中的意义
——20 世纪乡土文学研究历史的学术考察

陈继会

20 世纪即将走完自己的历史行程。如同旧历岁尾人们总要盘存家底、筹划来年,世纪之交学术意义上的"辞旧迎新"工作正在积极进行。本世纪我国学术发展的历史尽管留下了不少遗憾,但面对即将到来的新世纪,20 世纪并不只是一个张爱玲式的"苍凉的手势"。它是一片广袤的学术厚土,它是一份可供无限开掘的学术富藏。一切将取决于我们的自觉与眼光。

文学批评作为整个学术研究的一个有机组成部分,对其世纪流变趋势的学术考察,无疑是一个重要的话题。乡土文学的研究历史(理论建设与批评实践两个方面),作为 20 世纪文学批评历史的重要构成,其迷人的景观和自身意义,显示着其不可替代的价值。

"乡土"与"农村"的变奏

考察 20 世纪乡土文学研究的历史,我们饶有兴致地发现,纵贯于这一历史始终的重要批评概念的使用、嬗变,呈现出"乡土文学"—"农村题材文学"(农民文学)—"乡土文学"(乡村文学)这样一条变奏与回旋的轨迹。即从"五四"到 30 年代批评界普遍使用"乡土文学"的批评概念,到 40 年代批评界"农民文学"、"农村文学"批评概念的交叉使用，直到建国后"农村题材文学"批评概念的一元化，最后至新时期"乡土文学"(乡村文学)批评概念的再度使用，概念的嬗变、转化在 20 世纪乡土文学的研究中，显示出一种有意味的形态，涵蕴着丰富的学术价值。

"乡土文学"作为一个批评概念的确切命名和规范使用，无疑是鲁迅，继之茅盾(其间的差异，我们将在以后谈到)，这已是 30 年代中期的事情。但是，此前围绕着"乡土文学"这一批评概念，已有了不少的理论准备和铺垫。20 年代初，周作人在他的《地方与文艺》(1923)、《〈旧梦〉序》(1923)等文中，详细讨论了这一问题。这是一次比较自觉的将乡土与文学(文艺)问题作为一种文学(文艺)现象进行理论批评的研究实践。

周作人关于乡土文学的理论阐释，大体上是从两个方面展开的。一是从风土与文学的关系，阐释乡土文学的内涵；一是从地方色彩("地方趣味")之于世界文学的重要性，阐述建设乡土文学的意义和价值。在周作人看来，"风土与住民有密切的关系"(《地方与文艺》)，"风土的力在文艺上是极重大的"(《〈旧梦〉序》)。虽然，"我们不能主张浙江的文艺应该怎样，但可以说他(它)总应有一种独具的性质。我们说到地方，并不能以籍贯为原则，只是说风土的影响，推重那培养个性的土之力"。因此，周作人极力主张文学"须得跳到地面上来，把土气息，泥滋味透过了他的脉搏，表现在文字上，这才是真实的思想与文艺"(《地方与文艺》)。周作人还从地方色彩之于中国文学、之于世界文学的重要性，阐述乡土文学的内涵及其价值。他说，正是由于地域上的差别与个性，"所以各国文学各有特色，就是一国之中也可以因为地域显出一种不同的风格，譬如法国的南方普洛凡斯的文人作品与北法兰西便有不同。在中国这样广大的国土当然更是如此"。因此，他明确表示："我轻蔑那些传统的爱国的假文学，然而对于乡土艺术是很爱重；我相信强烈的地方趣味也正是'世界的'文学的一个重大成分。"(《〈旧梦〉序》)上述种种可以看出，周作人设定的乡土文学(文艺)的最根本的批评标准是其"独具的性质"，即乡土文学的地域特点、地方趣味，亦即乡土文学的"风土"特性，以及因为此种"风土"(乡风民俗)而造成的文学的"个性"特征。

周作人的理论既出，"乡土艺术"(乡土文学)这一概念及其批评标准即为大多数研究者所接受。或以"农民文学"、"农民艺术"①称谓，或直接使用"乡土文学"②
这一批评概念，讨论"乡土文学"或批评属于这一类型的文学创作。后者如郑伯奇，
尽管他不赞成"乡土文学"口号而主张"国民文学"，但他同样注意到"乡土文学"的
某些本质性的东西，他说："无论什么人对于故乡的土地，都有执着的感情。……这
种爱乡心，这种执着乡土的感情，这种故乡的回忆，在文学上是很重要的……实在
是一部分文学作品的泉源。"③

　　也许可以看作是对"五四"及其后乡土文学理论建设与批评实践的全面总结，
30年代中期，鲁迅和茅盾先后正式使用"乡土文学"这一批评概念进行现代文学批
评。1935年鲁迅在为《中国新文学大系·小说二集》作序时，说了如下一段话：

　　　　塞先艾叙述过贵州，裴文中关心着榆关，凡在北京用笔写出他的胸臆来的
　　人们，无论他自称为用主观或客观，其实往往是乡土文学，从北京这方面说，则
　　是侨寓文学的作者。但这又非如勃兰兑斯（G·Brandes）所说的"侨民文学"，
　　侨寓的只是作者自己，却不是这作者所写的文章，因此也只见隐现着乡愁，很
　　难有异域情调来开拓读者的心胸，或者眩耀他的眼界。许钦文自名他的第一
　　本短篇小说集为《故乡》，也就是在不知不觉中，自招为乡土文学的作者，不过
　　在还未开手来写乡土文学之前，他却已被故乡所放逐，生活驱逐他到异地去了。

　　在鲁迅之后，1936年茅盾在对现代文学的批评实践中（评论马子华的小说《他
的子民们》），论及"乡土文学"：

　　　　关于"乡土文学"，我以为单有了特殊的风土人情的描写，只不过像看一幅
　　异域的图画，虽能引起我们的惊异，然而给我们的，只是好奇心的餍足。因此
　　在特殊的风土人情而外，应当还有普遍性的与我们共同的对于运命的挣扎。

---

　　① 化鲁（胡愈之）在《再谈波兰小说家莱芒忒的作品》一文中使用过"农民文学家"（《文学周报》第156
期）的批评概念；沈雁冰在其《论无产阶级艺术》（1925年）中使用过"农民艺术"这一批评概念。
　　② 郑伯奇：《国民文学论》（1923年）。
　　③ 郑伯奇：《国民文学论》（1923年）。

一个只具有游历的眼光的作者,往往只能给我们以前者,必须是一个具有一定的世界观与人生观的作者方能把后者作为主要的一点而给与了我们。(《关于乡土文学》)

我们不厌其详地引述以上两人的论述,是因为其中有深意在。这里,值得注意的是鲁迅与茅盾的差别——他们对于乡土文学的理解,他们各自设定的批评标准,而这种差别正预示了或决定了日后由"乡土文学"向"农村题材文学"批评概念的嬗变,以及对于描写乡村、农民的文学作品的基本要求。显然,鲁迅强调的,或者可以说是鲁迅理解的"乡土文学"这一概念的主要内涵是"乡愁"与"异域情调"。前者主要指自我放逐或被放逐的一批现代知识者(现代作家)在其作品中所流露的怀乡与漂泊意识;后者主要指作品中的地方色彩、乡土风情。这两点也正是严格意义上的20世纪乡土文学所必须具备的。在茅盾的批评尺度里,他并不否认乡土文学中的"特殊的风土人情",但他实际上已把它们放在并不重要的位置。在茅盾看来,重要的是作者的"世界观与人生观",是作品对于广大农民"对于运命的挣扎"(亦即农民为改变自己命运而正在进行的阶级的斗争)的描写。茅盾对"乡土文学"这一批评概念内涵的界定,与20年代末、30年代初文艺界曾有过的关于"农民文学"的讨论一脉相承,其重要的社会文化背景是农民运动的普遍高涨,以及由"五四"人性解放的思潮向30年代阶级意识的觉醒的转化。

由"五四"到30年代,虽间或有"农民文学"之说的出现,但作为描写乡村生活的作品的主要批评概念是"乡土文学"。这种情况到了40年代出现了较大的变化。从文学的外部环境说,一种崭新的政治——经济社区(即抗日民主根据地,后称解放区)的出现;从文学自身说,延安文艺座谈会的召开,文艺的工农兵方向的确立,使得"五四"及其后带有浓重文化色彩的"乡土文学"批评概念的消失,代之而起的是"为工农兵服务的文学"、"农民文学"或少数的"农村文学"批评概念的出现;直到建国之后,规范的、定于一尊的"农村题材文学"这一批评概念出现于大大小小各类教科书和理论、批评文章中。在诸多的对于"农村题材文学"的批评实践中,一方面,文化的地域色彩日渐淡化。在批评实践中,我们几乎见不到"中原"、"吴越"、"荆楚"之类的称谓;另一方面,是政治与经济的地域色彩的强化。在批评文章中,我们常常可以见到的是,"××省、地",文学作品中的村镇称谓,一如批评文章中更为实指而少抽象。这种称谓的变化虽然是表层的东西,但它们在更深的层面上向我们表明,囿于建国之后的思想文化方针政策,文学观念已有了极大的变化。同此前的"乡土文学"相比,"农村题材文学"这一批评概念已重重地烙上了"反映论"、"工具论"(文学主要是或仅仅是一定时期农村社会政治生活、阶级斗争历史的形象"反映"和服务"工具")的印记。这种批评实践至"文革"走向极端。

新时期拨乱反正的最初几年,"农村题材文学"的批评概念仍通行于、流行于当代文坛,大约到了80年代中后期,"乡土文学"这一批评概念悄悄"复辟"。这一批评概念不仅频繁地出现于一些单篇的研究文章,而且一些编选出版者也正式使用这一概念(如中原农民出版社编选出版的《中国乡土小说丛书》)。后来,明白地以"乡土文学"作为研究方向的学术专著开始出现,如陈继会的《理性的消长:中国乡土小说综论》(中原农民出版社1989年版)、丁帆的《中国乡土小说史论》(江苏文艺出版社1992年版),以及即将出版的更为系统完备的《20世纪中国乡土小说史》(陈继会主编)。这一时期,研究批评界并非只是使用"乡土文学"这一概念,同时被用到的还有"乡村小说"这一批评概念,在对其内涵的理解以及使用上,二者实已相通,如赵园的《地之子:乡村小说与农民文化》(北京十月文艺出版社1993年版)。而"农村题材文学"这一批评概念则较少或有限制地被批评界所提到和使用。

很显然,"乡土文学"这一批评概念在近一个世纪的研究实践中,起伏消长,沉浮盛衰,走过了一个近似圆形的轨迹:乡土文学——农村题材文学——乡土文学。从这一轨迹看去,新时期乡土文学的批评实践似乎又回到五四,但细究起来,前后两段关于"乡土文学"批评概念的使用,并不是在同一个层面上的反复。一方面,随着创作界关注对象和表现方式的变化,乡土文学自身已有了较大的变化;另一方面,随着批评界的理论储积与视野的变化,"乡土文学"这一批评概念的内涵与外延都有了较大的拓展。

同是使用"乡土文学"这一批评概念,在周作人那里主要关注"风土的力","风土的影响",推重"土气息,泥滋味",即"地方趣味";在鲁迅那里则重在发现"乡愁"与"异域情调"。二者相比,鲁迅的"异域情调"与周作人的"地方趣味"大致相合,而鲁迅则发现并强调指出了乡土文学极为重要的一个特征"乡愁",即现代作家永远漂泊于都会与乡间的情感取向与精神存在方式。新时期对于乡土文学概念内涵的理解与界说,部分地吻合于上述二人之说,又有新的拓展。新时期的乡土文学研究者则更多地关注"乡土"的形而上的内涵,更多地关注 20 世纪中国社会现代历史转型中,处在东方与西方、传统与现代文化冲突中的"乡村",关注作为人类诗意栖居的"大地"的乡土。同一个批评概念,在其内涵上螺旋地上升了一个层面。

政治·文化·学术:嬗变的历史动因及意义

乡土文学这一批评概念在研究实践中的消长起伏,两次变奏,的确是一种有意味的学术现象,深藏于这一现象背后的历史动因,不仅是一批评概念嬗变的内在原因,同时也是 20 世纪学术发展的最基本的制约因素。

考察这一嬗变,我们会清楚地看到,社会政治思潮的变动是如何地影响和制约着 20 世纪文学批评的发展。一个明显的事实是,由 20 年代"乡土文学"向 40 年代至建国后"农村题材文学"批评概念的嬗变,中国的社会政治思潮的变动起了根本的作用。关于"五四"至 30 年代社会政治思潮的变动,鲁迅曾将其表述为:"最初,文学革命者的要求是人性的解放……大约十年后,阶级意识觉醒了起来。"[1]尤其是《讲话》发表之后,为工农兵服务的文艺方向的确立,使文学视野、观念起了根本性变化。这一变化的直接结果是,文学(在创作与批评两个方面)由原来的较为广阔的对"人"的关注转对"阶级"(农民)的关注,由"五四"及其后的表现农民"人"的苦难与觉醒,到 40 年代反映"阶级"(农民)的翻身解放。作家批评家由原来的比较关注主体的情绪、情感体验(如"乡愁"),到全身心地去感受体验农民的情感、心理。这些关注点的变化,其实在茅盾 1936 年的《关于乡土文学》一文中早给确定了。这一转化,于文学创作、文学批评,在某些方面如文学表现社会历史的进步,文学更具体地关注阶级的解放和大众的生活等,的确主题更为明确,风格更为明显;但在另外一些方面,如作为创作主体情感心理体验的"乡愁",特异的乡土风情的刻绘,以

---

① 鲁迅:《草鞋脚(英译中国短篇小说集)小引》。

及文学的"人性"深度方面,明显地有所失落。

　　彻底导致"乡土文学"这一批评概念在"变奏"中的"失声"是在建国之后。伴随着一种崭新的农村政治经济体制的建立,"农村"不再像"五四"及其后那样,在作家批评家笔下是作为文化形态的"乡土",成为"城市"的一种比照面存在。建国之后,源于近代以来都市首先被"洋化"——殖民化的耻辱记忆,城市一直被视为西方资本主义文化的扩散地和滋生地,始终是我们批判改造的对象,于是"农村"巍然存在,独立并抗衡于"城市"。这样"农村"就不能不以一种与其政治体制相适应的文学命名独标于文坛。加之"左"的政治思潮的影响,农村题材文学于是自然成为一定历史阶段农村阶级斗争的"反映物"和服务于这种反映的"工具"。农村题材文学作为一种有特定内涵的批评概念,已同"乡土文学"再无多少内在的关联。虽然,我们不能说乡土文学的研究在这一时期完全没有收获,但的确存在着不少失措。乡土文学批评实践中许多好的学术传统,令人遗憾地失落了。乡土文学之为乡土文学的许多特质的丧失,使得严格意义上的"乡土文学"成为一个熟知却又陌生的概念,那熟悉而又亲切的面庞日益变得模糊而又遥远。这失落带来的不仅是乡土文学研究自身的萎缩,同时也导致了乡土文学创作的萎缩。新时期乡土文学研究与创作的繁荣,无疑与思想解放改革开放的政治思潮有关。

　　考察这一嬗变,我们同样会清楚地看到,文化的开放与转化对20世纪文学批评的重要制约和影响。在我看来,正如同"农村"这一概念显示着比较浓厚的政治、经济色彩一样,"乡土"基本上是一个有着浓厚文化色彩的概念。确立这样一种理解,对我们考察问题是必要的。"五四"及其后,文化的开放,中国由传统农业文明向现代社会的文化转型是不待言说的事实。乡土文学这一批评概念之所以在彼时被广泛使用,正源于这种文化的潮动。周作人关注于文化开放文学变革后的中国现代文学的走向和出路(文学的民族个性、"地方趣味"),关注文化意义上的"乡土"之于文学的意义("风土"特性、"风土"之力);鲁迅关注乡土中国处于文化转型之中的现代知识者漂泊与回归的乡土情结("乡愁"),关注走入异地之后的文学家眼中的"乡土"("异域的情调",独异的乡土风情),其根源无不在中国文化的开放、转型,城乡文化的冲突、融会。新时期文化的再度开放,带来思想的解放和经济的振兴,使得整个社会生活,尤其是相对闭塞落后的乡村,呈现出一种变革、发展的新姿。

这种变化,直接带来了作家与批评家观念、视野的变化。特别是 80 年代初文化讨论热潮的兴起,更是直接触动了文学批评界。这一讨论以其理论的积累和理性的积淀,在更深更广的层面,直接渗透并改变了文学批评的实践。乡土文学这一批评概念再次被使用,既是人们对这一概念自身本就包含的文化内涵的确认,也是文学批评者更自觉地以文化的眼光观照文学的选择。这一选择使得批评家改变了既有的批评尺度和规范,他们不再像过去研究农村题材文学那样,习惯将这类作品视同乡村社会政治变迁的简单"反映物"和阶级斗争的"工具"。批评家们以更大的热情去关注"人"(农民)的存在和乡村社会历史文化的进程。关注乡村人特有的文化心理结构——人们的生活方式,行为模式,思维习惯,情感态度,道德准则,价值取向等。在"农村题材文学"研究中差不多给忽略的"异域情调"——独异的地方色彩、乡土风情,以及流贯于创作中的作家的现代"乡愁"——那种源于现代知识者独特的生存感悟,源于不同文化冲突的知识者的情感现象,被特别地注意到。正因此,乡土文学许多被长时间否定或遗忘的价值和功能被昭示出来。正是这种批评眼光和尺度的变化,批评家们才有可能倾力去揭示乡土文学在社会的、历史的、文化的、美学的、语言的诸多方面的丰富意蕴,从而广泛地发掘与展现出了乡土文学的价值功能。

上述考察提供了 20 世纪文学批评的一个有意味的个案、范例,透过它我们也许会从中寻找到带有普遍学术意义的东西,即概念嬗变在 20 世纪中国文学研究中的意义。

相对于普遍发展繁荣的 20 世纪西方文学批评,除开"五四"和新时期,20 世纪我国文学批评整体上显得较为沉闷、拘谨。这种拘谨与沉闷,不仅表现在研究理论、批评方法的呆板、单调,而且,批评概念也长时间处于守成少变、缺乏创新的状态。概念作为思维的基本形式之一,它反映事物的一般的、本质的特征。一个概念的复活或诞生,即标志着我们对某一事物特点、特征、本质的新的把握。因此,批评概念的创新和使用,作为批评理论与实践的前提和先导,很大程度上制约着批评的发展。概念在学术研究中嬗变、更新的程度,总是显示着研究者思维与创造的状态。正是在这一意义上,爱因斯坦认为"概念是思维的自由创造",并将这一思想贯穿于他的科学活动之中。也正是在这个意义上,现代物理学的主要创始人之一的海森伯甚至认为,物理学的发展实质上就是概念的发展。20世纪乡土文学研究的历史再一次表明:概念不是绝对永久有效的,而是可以嬗变的。只要原有的批评概念无法再准确地观照新的批评对象,无法适于新的研究领域,现实就需要、也一定会创造出一种适用于更广泛的研究领域、更能传达事物本质特征的批评概念,并将最终带来批评的发展和深化。相反,批评思维的呆滞,批评观念的僵化,批评概念的守成少变,或执于一端定于一尊,缺乏包容宽厚之气,则必然遏制、影响批评的发展。这正是概念嬗变之于20世纪文学批评发展的学术意义的最首要的一点。

　　20世纪乡土文学研究的历史还向我们表明,批评概念的嬗变必然引发文学观念与批评范式的变更。这是概念嬗变之于20世纪文学研究的学术意义的又一个方面。概念作为思维的基本形式之一,它反映的是事物的一般的、本质的特征。那么,当一些原有的批评概念复活或新的批评概念出现时,事实上已表明了人们对于事物(批评对象)的理解和认识呈现出新的变化。诚然,"乡土文学"并不是什么新的批评概念,它在新时期的再度使用是原有概念的"复活"。但这一"复活"至少向我们昭示了两个方面的意义:第一,它既是对被否定或遗忘了乡土文学特质的一种呼唤、恢复;第二,它同时又是对这一概念的重新命名和阐释。新时期乡土文学研究中,批评者较多地注意到乡土文学中蕴涵的现代知识者的漂泊与回归意识,文化怀乡的精神取向,以及"乡土"形而上地作为人类诗意栖居的"大地"的底蕴,等等,都是对乡土文学的重新命名和重新阐释。当我们将"乡土"视为一个文化的而非政治的概念时,这实际上已表明我们对乡土文学特性的理解和认定,即我们认定的乡土文学的应有形态、价值和功能,亦即我们的"乡土文学观"。

　　批评概念的嬗变引发文学观念的变更,必然逻辑地导致批评范式的变化。因为新的批评概念(文学观念)赋予文学的新的意义、价值、功能,显然非传统的批评范式(方法)可以阐释和涵盖的,如若不相应地创造新的批评范式,仍以传统的批评方式去操作,势必方凿圆枘,丧失批评的意义。这样的批评范例在20世纪乡土文学的研究中经常见到。譬如,关于文学背景的考察。当我们研究某一时段的"农村题材文学"时,我们较多地注意到的是社会政治、经济的变动之于作家的影响,从中见出这些作品的意义、价值与功能;但是,当我们考察某一时段的"乡土文学"时,其视野、尺度与批评范式自然要发生变化。譬如关于"五四"乡土文学背景的考察,我们必然地要注意到"五四"作为"文化运动"的意义,注意到"五四"文化开放带来的东方与西方、城市与乡村异质文化冲突之于一批"地之子"的意义,注意到他们永远地在"都市"与"乡野"之间漂泊不定的矛盾、尴尬的精神存在,注意到他们创作中那种双重批判(对于古老的乡村文化的批判和对被浸淫的畸形都市文化的批判)的文化取向,以及对于乡村文化眷恋与反叛的矛盾心态的文化价值和审美意义。这时,前者就主要地表现为社会政治学的批评,而后者则主要是文学——文化批评。文学批评概念的嬗变,引发文学观念的变化,同时又导致了批评范式的更变,这种结果,在批评者自己,最初也许并不全都自觉,但批评实践必然逻辑地达到这一结果。从不自觉到自觉,从自然为之到有意识的追求,文学批评不断得到发展,学术研究逐渐走向成熟。

世纪之交科学研究历史的学术反思是一种有意义的学术建设,上述关于批评概念嬗变之于 20 世纪文学研究意义的考察,只是一个极为粗糙、稚拙的实验,恳切希望听到严厉的批评驳难,从而引发出更多更具学术建设意义的思想与成果。

(原载《中州学刊》1996 年第 2 期)

农村小说：概念与内涵的演进

段崇轩

从"五四"到当今的 20 世纪中国文学中，有一种题材或模式的小说，始终没有确定的概念和相对稳定的内涵，这就是农村小说。我这里暂时拎来"农村小说"这一概念，也是一个模糊概念，只是想把它当作一只宽松的"大口袋"，一为用它便于涵盖属于这个范畴的各种概念，二为了叙述和论证的便利。在中国的现当代文学中，出作家最多、出作品最强的是哪一种文学？是农村小说，毫无疑义。即便是新时期文学，也是如此。但由于概念的模糊和内涵的不确定，直接影响着农村小说的研究与评论，同时也遏制着农村小说的创作发展。时下，城市小说是如火如荼地兴盛起来了，从 80 年代中期之后一度沉寂的农村小说，虽然近年来再度复苏，但它在自信而张扬的城市小说面前，依然显得"势单力薄"。这一不平衡的文学现象，有着复杂的社会、文化、文学等方面的原因。但我想同农村小说概念的混杂不清，内涵的变幻不定也有着一定的关系罢！名不正而言不顺，我们的作家面对沉重而迷惘的农村小说，确实有点"不知说什么"和"不知怎样说"的感觉，因此，认真清理一下农村小说的各种概念，检视一番各种概念的内涵及其演变，乃至重新确立农村小说的概念，就不是可有可无的事情了。

农村小说的名字（概念）之多，在中国的现当代文学中是罕见的。最常使用的有两种，一是"乡土小说"，二是"农村题材小说"。国内对农村小说颇有研究的学者，在他们的研究中，各持一端，自行其是，虽然都有侧重，但也常常出现交叉互换以至重合的现象。譬如青年学者丁帆，就把所有的农村小说统统纳入"乡土小说"的范畴；而中年学者刘思谦，则在研究中一直使用"农村题材小说"这一概念。他们研究的重心自然不尽相同，但研究的作家作品常常是一样的，于是一个作家、一部作品，便戴了两顶帽子，有了两种理解。这种研究的错位，盖出于概念不清所致。除以上两个常用的概念之外，还有农民文学、农村小说等一些概念。不可忽略的是，在这些概念的微小区别上，其实都深刻着时代的烙印。

在60多年的农村小说发展历程中，由于它始终处于一个特殊的、重要的乃至主流的位置，因此它的概念、内涵——或者说时代对它的要求，总是同社会、政治、经济等纠缠不清。鲁迅先生是中国现代小说的缔造者，同时也是中国农村小说的开创者，他在1935年《中国新文学大系·小说二集·导言》中，对塞先艾、许钦文、王鲁彦等六位作家作了概括和论述，称他们的作品为"乡土文学"(即乡土小说)，说："……凡在北京用笔写出他的胸臆来的人们，无论他自称为用主观和客观，其实往往是乡土文学。"并精辟地分析了这些作家创作中的"乡愁"情绪、"乡间习俗"、"异域情调"、"乡土气息"、"地上的愤懑"等等创作特征。鲁迅在这些作家作品中发现的，同时也是体现在他的《孔乙己》、《药》、《故乡》、《祥林嫂》等作品中的艺术特征。1936年，茅盾专门发表了一篇《关于乡土文学》的文章，系统和深化了鲁迅的论述，他说："关于'乡土文学'，我以为单有了特殊的风土人情的描写，只不过像看一幅异域的图画，虽能引起我们的惊异，然而给我们的，只是好奇心的餍足。因此在特殊的风土人情而外，应当还有普遍性的与我们共同的对于运命的挣扎。一个只具有游历家的眼光的作者，往往只能给我们以前者；必须是一个具有一定的世界观与人生观的作者才能把后者作为主要的一点而给与了我们。"在鲁迅和茅盾的论述中，乡土文学(乡土小说)的概念和内涵是十分清晰和确切的，乡土小说所突出的正是"风土人情"、"乡土气息"，自然还有鲁迅所谓的"乡愁"、"哀愁"，茅盾所说的"共同的对于运命的挣扎"。他们的论述，来自众多作家的创作实践，来自他们犀利而高远的理论眼光，是符合文学创作规律的科学概括。至于鲁迅、茅盾，现代文学史也常把他们列入"乡土小说"作家之列，但我以为他们既是乡土作家，而又超越了乡土作家，在他们的作品中，有了对封建主义、国民性的深刻透视和批判，有了对社会的整体观照。他们是超越题材、主义、流派的大家。农村小说产生甚早，但农村题材小说这个概念却是 60 年代初期才有了的。40 年代、50 年代这一阶段,由于社会的重心主要在农村,农村小说相当发达,其他题材的小说还很薄弱,因此把农村题材小说独立出来的必要性似乎还不大。这一时期,一般称"反映农村斗争和农民生活题材的小说"或"表现农村生活的小说"。60 年代初期,随着国家各行各业,如工业、国防、教育等方面的发展,反映这些领域的小说也逐渐热闹起来,于是,独占鳌头的农村小说便分家立户,有了"农村题材小说"这一独立的"户头",同时相对的便有了工业题材小说、军事题材小说、历史题材小说、教育题材小说等等。1962 年在大连召开过一次颇有影响和争议的小说创作会,会名就叫"农村题材短篇小说创作座谈会",于是农村题材小说这一概念就约定俗成了,一直沿用至今。从 40 年代开始,由于特定的时代要求和政治需要,农村小说创作自觉不自觉地纳入了政治文化意识形态之中,且随着时间的推移,农村小说意识形态化愈"化"愈深,成为农村革命斗争过程的被动记录,成为政治意识形态的特殊传媒。不可否认,在这数十年间,曾经产生过许多优秀的、杰出的作品,有的堪称"史诗"、名著,但政治意识形态特别是极"左"思潮的"干扰",确实使这些作品在艺术上受到了不同程度的损伤。农村题材小说这一概念的确立,使农村小说心悦诚服地纳入了政治话语体系,它的内涵也完全随着政治的变化而变化,失掉了农村小说固有的审美品格。这一阶段(特别是 60 年代之后)的农村题材小说,已同鲁迅、茅盾当年所论述的乡土小说,有了根本的差异,"风土人情"、"异域情调"、"乡土气息"等等已在作品中逐渐淡化,或者说仅仅成了一种点缀和附属物。代之而生的是虚假的现实、编造的矛盾和空想理想主义。我以为,农村题材小说是一个非文学概念,它是按照国家的产业、社会的行业来划分的,带有浓重的行政管理色彩,它特别容易纳入政治话语体系,因此,这一概念应当逐渐地放弃。农村小说是一个模糊的、笼统的概念,人们在口头上、文章中随意地使用,但并没有真正流行开去。至于乡村小说,虽然在文学史和评论家的文章中也偶然用到,但在大家的感觉中,似乎与农村小说、农村题材小说并没有多少不同,他们都是指表现农村和农民生活的一种小说,因此便有点冷落了它。应该说这是一个很有价值的概念,特别是今天,在乡村与城市既交融又对峙的情状下,现实的农村给文学提供了从未有过的生活内容。我们完全可以赋予它全新的内涵,用它来取代过去农村小说的一大堆概念。

在农村小说的所有概念中,农民文学(农民小说)是一个特殊的概念,它主要是指作为一个文学流派的"山药蛋派"作家的作品。赵树理说:"我每逢写作的时候,总不会忘记我的作品是写给农村读者读的。"马烽也说过:"我写作,心目中的读者对象就是中国农民及农村干部。至于其他读者喜欢不喜欢读,我不管。"写农民,农民看,是这派作家长期的执着追求。在一个特定的历史时期,"山药蛋派"作家创造了农民文学的辉煌。

我们来比较一下几个概念之间的细微差别。乡土小说虽然也可以写得深邃、博大,像鲁迅、茅盾的小说,但它毕竟强调的是"乡土性",并依此为创作宗旨。概念确切,可内涵较为狭窄。农村题材小说侧重的是"行业性",在跨行业、跨学科已经成为时代趋势的今天,断然地以题材来划分小说的做法,显然是不科学的,同时也是非文学的。这也正是今天一些作家感到农村题材小说本身的局限性而"转移阵地"的一个原因。农民文学(农民小说)追求的是小说的"农民化",它要求作品在内容和形式上都是"通俗的"、"大众的",是为农民喜闻乐见的。在文学变得丰富多彩、读者的(包括农民读者)审美需求日益提高和多样的时代,农民文学显然已成"明日黄花"很难振作了。我倒以为,在所有这些概念中,乡村小说是一个更准确、更文学的概念。我们要不断地接纳它、理解它、推广它。

乡村小说虽然不是一个新生的概念,但仔细辨析,我们会发现这是一个很理想的概念。首先,乡村小说具有较强的涵盖力,新时期文学以来,农村小说有了良好的发展,既有鲁迅那种批判、启蒙式小说,也有茅盾那种社会分析式创作,亦有沈从文那种田园牧歌式作品,新时期农村小说是"五四"文学的直接继承和全面超越。而乡村小说这一概念,尽可以把这各种模式的小说"团结"在自己的麾下。倘若用其他概念,则会出现以偏概全现象。其次,乡村小说又是一个很有弹性的概念,它当然是表现农村和农民的,但它决不把行业的疆域看得那样死板,乡村是整个社会背景下的乡村,是同城市相比照下的乡村,其边界是模糊的,其外延是开放的。乡村小说可以写"农工商"联合运行的乡村生活,也可以写进城打工、闯荡的农民,还可以写从城市流向农村的科技人员……另外,乡村小说又是一个富有诗意的文学概念,乡村,是指故土、家乡,作家的立足点在城市,本身就带了一种审美的观照,当作家拿起笔来,去写他眷恋、钟情的农村生活时,乡村二字似乎比农村、农民这些字眼更能激发他的情感与灵魂。至于乡村小说的内涵,每个作家允许有每个作家的理解,它可以去表现异域情调、民情风俗,也可以去反映当前农村改革的艰难曲折。但处于世纪之交的乡村小说,它置身的时代背景,是一个从农业文明向现代工业科技文明过渡的历史大转型时期,它应该融入这个时代、去表现这个时代。这是它回避不了的使命。

(原载《晋阳学刊》1997 年第 1 期)

乡土文学中的"乡土"

吕正惠

七〇年代的乡土文学,就其反现代主义及反殖民经济的立场来讲,具有反帝国主义、回归民族主义、回归"乡土"的倾向。它的反美、反日,在陈映真、黄春明、王祯和有关跨国公司及殖民经济的小说中极易辨明,而它的回归中国本位的立场,也可以从小说及理论陈述的字里行间去体会出来。

然而,从七〇年代末乡土文学论战结束以后,"乡土文学"的口号却逐渐为"台湾文学"所取代,而其内容也经历了相反方向的改变。根据已成形的"台湾文学自主论","回归"所要寻求的变成是"台湾"以及"台湾文学",而"台湾"及其自主性的主要敌人却变成"中国",本来被"反"的美国、日本反而丧失了其目标性,且在必要时,可以接受成为"反中国"的助力。

这样的"转变",从辩证发展的立场看,是从"A"到"非 A",对原来提倡乡土文学的人来讲,实在是绝大的讽刺。

二十年后回顾这一段历史时,我想从当时流行最广的口号"回归乡土"中的"乡土"观念入手,分析这一观念在当时历史条件下的混杂、暧昧现象,以及这一概念最后变成只限定在"台湾",并被拿来对抗"中国"的转变因素。因为在二十年后的今天,比事件发生的当时,我们更能以"事后之明",看到一些当时看不到的"真相"。

六〇年代台湾的知识分子主要目标是追求当代西方(特别是美国)的知识、艺术与文学,他们不能谈政治,因为政治在当时是极大的禁忌,一不小心就可以被捕。

但是,他们也不怎么关心台湾快速的经济发展,以及伴随而来的社会变迁。同时,他们更无法思考:一个中国却存在着"两个政府",以及大陆正在发生更大的变化的这一种特殊的"中国现实"问题。

七〇年代的"回归"运动基本上是对这一倾向的"反动",知识分子要求自己走出"纯知识"的追求、走出西方观念的笼罩,回到自己社会的现实问题上来。因为是从西方知识世界回到自己社会,所以是"回归",而"回归"的精神当然就是要关切自己的"乡土"。

但是,最大的问题就在于"乡土"这一观念。七〇年代台湾"一般"的知识分子,在当时的政治条件下,是无法对这一观念作彻底而全面的思考的。……绝大多数的一般知识分子,恐怕都还没有意识到"乡土"这一观念本身是存在着极大的问题,是很难加以思考的。

············

七〇年代的台湾当局确实面对着许多重大的问题,譬如,号称是"民主"的"政府",但它最主要的民意机构"国民大会"和"立法院"的代表却长久不变;又如它的体制已经很难了解及处理台湾二十年来的经济、社会变化。除此之外,还存在着一个也许更重大的问题,那就是国际社会日渐承认"中华人民共和国"是"中国"的唯一合法政权,而"台湾"则是"中国"的一部分。

七〇年代"回归"运动的特质(也就是其"问题")在于:它主要关心台湾岛内的问题:追求民主、追求更进一步的现代化,并关心一些明显的社会问题,它没有真正触及岛内民众与中国人这一复杂问题,当时极少人意识到,这一问题自己的切身重要性。

我们可以说,只有到乡土文学论战结束,乡土文学阵营内部产生统、独争论,最后形成全台湾社会都意识到"统、独"对立,所谓的"乡土"才真正到了需要澄清界定的时刻。从这个角度来看,"统、独"争论其实是"回归"运动的延长。这个时候,"成形"的统派和独派才真正开始思考台湾社会必须面对的"乡土"问题。

作为乡土文学运动主要发言人的陈映真、尉天骢、王拓(也还可以包括引发现代诗论战、可视为乡土文学的唐文标),在当时的社会条件下,基本上不是按前述讲的方式来思考问题的。

　　当他们谈到"乡土"的时候,他们主要指的是:乡土上的人民,也就是居人口多数的中下阶层人民。由于反对现代主义的精英主义和象牙塔色彩,他们强调知识分子的责任感、艺术的使命、文学对现实所应具有的关怀。他们的人道主义明显具有左翼倾向。

　　就小说创作而言,陈映真、黄春明、王祯和同时着力于跨国公司和殖民经济小说,除了描述台湾对美、日经济的依赖,还探讨了台湾的人在这一依赖关系中所产生的人格的扭曲,特别是民族尊严的丧失。这里的反帝倾向和民族主义色彩是很容易看得出来的。

　　这些主要的发言人,至少有一部分(譬如陈映真),事实上了解到"乡土"的问题不能只就台湾范围来思考。不过,在当时的政治环境下,"反共"和"收复大陆"是针对两岸问题唯一可以公开说出的"见解"。陈映真等人不能公然地提出整个中国的"乡土"问题来讨论,可以说是不得已的。当时也有如《仙人掌》杂志所代表的,企图引发大家对"五四"民族、爱国运动和自由主义改革论的重视。但是,这一论述方式代表的是自由主义的传统,在当时远不如乡土文学主流所暗含的"左"的倾向那样吸引人。

　　再深一层而论,自由主义在六〇年代曾与现代主义结合,成为台湾知识分子的精神寄托。回归运动既以批判现代主义为目标,与现代主义曾有"同盟"关系的自由主义,即使是要复活"五四"运动的民族主义,其吸引力也不及具左翼色彩的乡土文学主义。

　　而且,在台湾左翼思想已被断绝将近二十年,当知识分子由"关怀"乡土与社会现实而呈现对现行体制的"批判"倾向时,曾被严厉禁绝的左翼思想就具有独特的迷人之处。所以可能可以说,投向乡土文学的知识分子有一部分人更重视的是其中的"左翼思想",而不是"乡土色彩"或民族主义成分。

　　不过,对像陈映真这种想法的人来讲,情况还要更复杂。在七〇年代的大陆,社会主义思想的正统性尚未消失。陈映真一类倾向的人也许会相信,讲"左"和讲"中国乡土"根本就不是矛盾,因为这可以归结为"社会主义中国"这样一个说法。所以他们可以不必为"乡土"的定义问题再去多花心思。

　　以"左"为重的人,不太关心"乡土"的确切意义;而具有明显中国情怀的左派,当然会以为这个问题根本不是问题,既不必辨明,基于当时的政治条件,也不好辨明,这就把一个原本非常重要的"乡土"定义问题悬而不论,形成一种模糊状态,使得后来的"分化"有了可能性。

简单的说,作为乡土文学运动主流的"左统派"(这里使用后来的称呼)在当时几乎完全没有"预估"到"乡土"观念的矛盾与复杂,因此在他们最具影响的时候,也没有事先作任何积极的"澄清"。等到八〇年代初台湾文学论崛起,"左统派"才在批判与论战中正式就这一问题发言。到了这个阶段,既是被迫应战,也就丧失了某种先机和主动。当然,这些都是"后见之明",以当时的条件而论,实在很难苛责"左统派"。

把"回归乡土"和"乡土文学"中的"乡土"观念推演至一个必须明确加以"界定"的关键点的,事实上是八〇年代以后的"台独派"。他们在西方观念和国民党教育下成长,根本无法了解:近代中国在面临现代西方的冲击时,"社会主义革命"有其历史的合理性,不能以"匪徒"来称呼共产党,也不能以西方现代体制的观点来反对中国所试行的社会革命。他们以美国式的西方社会观念来反对"社会主义中国",当然对这一"现实存在的中国"就不会有认同感。

．．．．．．．．．．．．

也许历史的问题也只能以"历史过程"来加以解决。这里想说的只是,从回顾的眼光来看,乡土文学时期的"回归乡土",事实上是现在普遍存在于台湾社会的"认同"问题的起点。这种诠释方式在七〇年代还没有多少人意识到,目前似乎看起来满合理的。这足以证明,"乡土文学运动"的多重复杂性格。

(原载《联合文学》1997 年 12 月号第 14 卷第 2 期)

乡村小说:一个世界性的文学母题

段崇轩

中国的乡村小说(过去称之为农村题材小说),从40年代开始奉为主流文学,历经半个多世纪,一路辉煌,独尊文坛。但当历史进入90年代之后,随着市场化、城市化的迅猛发展,乡村小说却突然间身价大跌,似乎变成了一个"灰姑娘"。专事乡村小说创作的作家群逐渐缩小、不断分化,评论界对乡村小说本身也颇多微词,研究者则越来越少。典型的议论有以下几种:一曰写农村、写农民早已是"明日黄花",社会在加速现代化,文学也要向前看;二曰社会的发展愈来愈呈现出交叉、网络状,农村题材小说却把目光只盯着农村一块小天地,这是违背生活和创作规律的;三曰城市小说异军突起,已"击败"了乡村小说,现在应该是城市文学的时代了。我们不能不承认这些议论有它的道理。是的,乡村小说"一统天下"的时代已经在80年代宣告终结,城市小说在进入90年代之后破土而出、蔚成大观,这些都是不争的事实。但这并不能表明:乡村小说已经不复存在,作家们也无须再去关注农村和农民;城市小说取代了乡村小说,新桃换旧符,成了文坛新霸主。这不是真实的文坛景观,真正的事实是:乡村小说在80年代末期经过了短暂的沉寂,在90年代实现了它的艰难突围与转型,以执着的开拓和稳健的步履,走向了自由、多元、成熟。城市小说以鲜活、多变的风姿,在时下的文坛形成了一道亮丽的风景,但人们也不难窥见,眼花缭乱的城市小说中充斥着大量的泡沫,掩饰着致命的空虚,它不仅未能"击败"乡村小说,而且其实绩远逊于乡村小说。但不管是乡村小说,还是城市小说，它们只是文坛大格局中的一元，谁也不能称霸，谁也不能代替谁，只能是多元共存，相辅相成。这才是文坛的一种常态。

社会的发展常常会出现一种倾向遮蔽另一种倾向的现象。我以为，当前乡村小说创作就处于一种被遮蔽的状态，其实在这一领域中，依然有一个相当可观的作家群在勤奋耕耘，它的收获也可谓硕果累累、令人瞩目，乡村小说仍以它强劲的生命力，表现着古老土地变迁，实现着自我的更新。从乡村小说作家群来看，已经有一个年龄较轻、生活厚实、创作活跃的现实主义作家群体，这是一批专事乡村小说创作的作家，可谓乡村小说创作的主力军。还有一个范围更大、"成份"复杂、创作领地较为模糊的作家圈，这个广大的作家圈可以称之为乡村小说创作的游击军，许多奇文佳作往往出自他们之手。从创作态势来看，90 年代以来长篇小说创作像注入了激素一样，膨胀式地发展，但精品和力作却寥若晨星，真正给读者以震撼和启迪、且被文坛所公认的，如《白鹿原》、《家族》、《马桥词典》、《尘埃落定》等几部，却无一例外是写农村和农民的。乡村小说在中短篇小说创作中，显示了它更强劲的优势，譬如首届鲁迅文学奖（1995—1996）中短篇小说获奖作品里，16 部中短篇小说就有 7 部是表现农村和农民生活的。其实，文学上的表现，归根结蒂来源于生活和时代的催发。90 年代的中国乡村小说的转型与新生，是对中国从农村到城市的一系列变革的积极回应，是全球范围内的从传统农业文明向现代工业科技文明加速过渡的时代浪潮刺激的结果。不要说中国文学中的乡村小说，就是世界文学中的乡村小说，也还在发展中，远不到寿终正寝的时候。

综观世界文学，可以说 20 世纪是乡村小说的辉煌时代，一大批作家因写乡村和农民而成为巨匠。20 世纪的欧洲，是最动荡不安的一块地域，战争频仍，工业革命的发展迅猛异常，两种文明的冲突尤为剧烈。正是在这样一种历史背景下，乡村小说告别了上个世纪表现恬静优美的乡土生活的"田园牧歌"模式，把创作视野转向了农业文明和工业文明互相对峙与撞击中所表现出来的人类的生存命运。可以说，这一转向实现了乡村小说主题的转换，并进而成为一个世界性的"母题"。丹麦作家彭托皮丹，是 19 世纪与 20 世纪之交的一位杰出的现实主义作家，在他的作品中，充满了大自然和乡土生活的气息，多侧面地表现了丹麦农村的社会生活，这使他成为欧洲最早获得诺贝尔文学奖（1917 年）的乡村小说作家。紧接着，挪威的哈姆生,以他"里程碑式的作品"《大地的果实》,在 1920 年获得诺贝尔文学奖,但哈姆生却把农村的原始生活和当时已经十分发达的挪威城市工业社会对立起来,通过一个农民英雄的言论和行动,反对现代西方文明,宣扬自给自足的农耕生活。波兰的莱蒙特,表现了世纪初期围绕土地展开的血与火的悲壮斗争,被誉为"波兰农村的百科全书"。意大利的皮蓝德娄,则以故乡西西里岛为背景,生动地描绘了岛上的风土人情、社会面貌,把在那里生活的广大农民、下层妇女、政府小职员的各种不幸遭遇和困苦生活表现得淋漓尽致。冰岛的拉克司奈斯,在他的一系列作品中,描绘了小小岛国绮丽多姿的自然风光,展现了乡村佃户为获得土地与生存所进行的不屈斗争,充满了一种新浪漫主义气息。

俄罗斯的乡村小说有着悠久的历史,七八十年代,苏联产生了"返乡题材文学"和"迁居题材文学",这些均属于乡村小说。而蒲宁、肖洛霍夫、艾特玛托夫等世界性的文学大师,则热切关注和表现着农村和农民,把俄罗斯的乡村小说推进到了一个新的高度。对中国作家影响深远的拉丁美洲文学运动中的"魔幻现实主义文学",其多数作家都自称为"土著主义",大部分表现的都是本国的乡土生活。最具有代表性的作家马尔克斯,在他的《落叶及其他的故事》、《百年孤独》等小说中,都是以乡镇生活为背景而展开的,作品情节离奇、氛围神秘,人、鬼、神你来我往,搅作一团,深刻而强烈地折射出哥伦比亚的现实和历史,具有浓郁的象征主义色彩。马尔克斯的小说以乡村为载体,但他的作品所指和意蕴已超越了乡村小说,是对乡村小说的一次深刻变革。对中国影响深远的另一位外国作家,是美国的福克纳,他以家乡的风土人情、地理环境为依据,虚构了一个典型的美国南方"约克纳帕塔法世家",通过对几个家族的兴衰历史的描绘,传达了作家对历史、人类、生活、环境等许多重大问题的审视与认识。福克纳无意忠实地再现生活,他把未来主义、超现实主义、精神分析学说等纳入了他的艺术创造中,采用了意识流、颠倒时空、变换叙述角度等多种艺术手法,构成了一部部庞大、复杂而又变幻无穷的交响曲。福克纳的非现实主义创作手法,对当时和后来的美国文学产生了极大的影响,并直接促成了一个以表现乡土生活为主的"南方文学"流派。

90 年代以来,世界文学中的乡村小说依然长盛不衰。譬如南非作家戈迪默,他的代表性作品都是反映乡村生活和黑人农民的反种族斗争的。譬如美国作家莫里森,她的作品情节和人物大都以她土生土长的中西部小镇为背景。再如葡萄牙作家萨拉马戈,他的长篇小说代表作《从地上站起来》,是根据葡萄牙农业革命写成的史诗性的作品,作品既忠实于生活,又极富艺术想象,创造了一种充满隐喻和暗示的全新的小说形式。这几位作家分别获得了 1991 年、1993 年、1998 年的诺贝尔文学奖。

综上所述我们可以得出这样一个结论,描绘某一地域的风土人情、文化传统,揭示在两种文明的冲突中人类所面临的生存命运和心灵图景,已成为乡村小说的一个世界性"母题"。不要说世界上(包括中国在内)还存在广大的农村和农民,即便世界各国已高度城市化、现代化了,乡村小说也依然会存在下去。人类源于土地、归于土地,乡土不仅是物质的,同时也是精神的家园。乡村小说曾经是现实主义创作方法的大本营,但经过许多小说大家的不倦探索,所有的现代派表现手法都已经在乡村小说的领地里安家落户。乡村生活既可以是作家笔下的主体,亦可以是作家创作的"载体",其思想内涵和艺术概括力完全可以超越题材自身的局限,进入一种形而上的层面。

中国乡村小说,也是世界乡村小说格局中的一个组成部分;90 年代的中国乡村小说,其思想内涵与艺术形式,与世界乡村小说遥相呼应,对世纪之交的世界文学做出了自己的贡献。90 年代以降,中国农村从计划经济向市场经济的转型中,经受着一场艰难曲折而又意义深远的蜕变,它标志着从传统的农业文明向现代工业科技文明过渡的真正开始。正是在这样一个时代背景下,乡村小说顺应潮流,洗心革面,逐渐摆脱了政治意识形态的束缚,走上了一条多元化的创作坦途。我把这种多元态势划分成四种类型,即现实乡村小说、生存乡村小说、文化乡村小说、家园乡村小说,它们相互依存、比照、竞争,共同构成了乡村小说的多元动态格局。在这多元化的乡村小说格局中,有一个波澜激荡的主潮,那就是目前十分活跃的现实乡村小说,这些作品以现实主义的魅力和勇气,直面已进入市场经济的广大农村,强烈地表现了农村变革中农业文明同工业科技文明的对峙与冲突,展示了各种各样的农民在商品化潮流中的焦虑、痛苦和蜕变。随着这批乡村小说的不断涌现,一个新的现实主义乡村小说作家群也逐渐形成,其代表性的作家有:刘醒龙、何申、关仁山、刘玉堂、张继、谭文峰、王祥夫、赵德发……如果说现实乡村小说突出展示的是农村改革中剧烈"变动"的一面的话,那么生存乡村小说着重凸现的是那些偏远乡村亘古"不变"或"缓变"的一面。生存乡村小说所表现的是农村古老的生存环境、地域特征,农民世代相袭的生活方式,农民性格中的固有个性和文化积淀……写这类小说的作家有贾平凹、铁凝、阎连科、周大新、李贯通、迟子建等,他们并非单纯的乡村小说作家,但他们却深深地眷恋着黄土地上匍匐的农民,或者思索着他们同现代文明的巨大反差,或者批判着他们身上的国民劣根性。我们从这些作家的作品中,看到的依然是一个古老而凝重的"乡土中国"。在中国广大的农村,有发达地区,发达到超越了某些城市,但更有不发达地区,依然停滞在原始的生存状态中,且这不发达地区占有更大的比例。面对这样的国情、现状,我们怎么能说表现乡村生活已成"明日黄花"了呢? 从文化的角度观照和表现乡村所形成的文化乡村小说,是 80 年代中期知识界兴起的"文化热"运动所导致的产物,是中国作家积极借鉴了马尔克斯、福克纳的创作思想、表现方法大胆实践的结果。文化的引入使乡村小说具有了一种深厚的文化品格,培育了 90 年代一部部具有独创性的长、中、短篇小说。最具有代表性的作家作品有:陈忠实、韩少功的两部出色的长篇小说,贾平凹的部分中篇小说,杨争光的《赌徒》、《棺材铺》、《老旦是一棵树》等等。家园或者叫作田园乡村小说,在中国的 20 世纪文学中,曾出现过沈从文、汪曾祺等一些杰出作家,而在 90 年代又出现了一个小小的高潮,且赋予家园乡村小说一种全新的内涵与形式。90 年代的中国乡村,一面在加速实现着工业化、城市化的蓝图,物质文明和精神文明逐渐丰富起来,另一面则是环境的污染、社会的动荡、伦理道德的丧失……面对这样一幅斑驳陆离的乡村景象,作家们要么魂归故乡,在记忆中发掘着父老乡亲身上的纯朴心灵和美好品质,呼唤着人性的复归;要么把往日的故乡美化成一片"永远的绿洲";要么从"喧哗与骚动"的历史进程中超然而出,构筑着一个形而上的精神、情感家园。仔细品味,在当代的许多作家身上都有这种"乡恋"倾向,但表现最突出的是张宇、李佩甫、田中禾、张炜等几位。家园乡村小说并不是对历史的反动,而是对现代文明进程中诸多弊端的一种校正,是对身陷世俗的人们的精神世界的一种警示与丰富。

中国的乡村小说即将走进一个新的世纪,那么它的前景如何呢? 我以为,它不会大红大紫,更不会独尊文坛,但它将会以稳健的步子,开放的姿态,多样的形式,

孕育出更多的杰作和"大家"来，并进而推动中国文学的发展。因为我们已经有了
新时期文学 20 年的宝贵经验和教训，因为世界文学中的乡村小说在不断刺激、促
进着我们，因为下一世纪中国从农村到城市的全方位改革必将给文学提供更加雄
厚、独特的创作资源。中国文学要同世界文学接轨、融汇，大约还要看乡村小说的
发展如何。

（原载《文艺争鸣》2000 年第 1 期）

"乡土小说"的涵盖能力及其他

周水涛

　　"乡土小说"作为一个批评概念在"文化热"之后开始流行。在近几年的文学批评中，这一概念显现出囊括所有描写乡村生活的小说的倾向：国内几位知名的乡村小说研究学者实际上将新时期所有涉及乡村描写的作品都纳入了"乡土小说"的范畴，个别学者甚至将包括"农村题材小说"在内的 20 世纪所有涉及乡村描写的小说都划归"乡土小说"统辖①，而一般的研究者早已将这一名词当作约定俗成的属概念，抓来就用，很少顾及其内涵。但笔者认为，因为内涵的单一和外延的狭窄，这一概念并不能涵盖新时期阶段所有的乡村小说创作。

　　"乡土小说"这一术语从"五四"之后的"乡土艺术"、"乡土文学"等概念中派生出来（周作人在发表于 1923 年的《地方与文艺》、《旧梦》等文章中反复提倡"乡土艺术"，鲁迅于 1935 年给《中国新文学大系·小说二集》作序时正式提出"乡土文学"这一概念），因此，从严格意义上讲，"乡土小说"是一个历史的文学概念。作为一种文学样式或品种，我国的"乡土小说"成熟并兴盛于中国现代文学阶段。在 20 世纪 20 年代，鲁迅及其追随者造就了"乡土小说流派"，他们以农村农民为描写对象、以"改造国民性"为旨归的创作奠定了"乡土小说"这一文学样式的基本格调。

---

　　① 　例如，在庄汉新、邵明波主编的《中国 20 世纪乡土小说评论》（学苑出版社 2001 年 8 月版）中，《迟桂花》、《黎明的河边》、《那是一片神奇的土地》等作品都被当作"乡土小说"而进行评论。

随后,茅盾的理论倡导与创作实践以及叶紫、沙汀等人的创作实绩使文学对农民的革命斗争与翻身解放的因果思考进入"乡土小说"的视界。进入 40 年代后,赵树理从新民主主义视角切入的创作为"乡土小说"再添新色。在这近 30 年文学实践过程中还有废名、萧红、沈从文、艾芜、孙犁等各具独特个性的作家的创作对"乡土小说"的发展予以了推动。特殊的时代背景中的艺术实践使"乡土小说"具有如下基本艺术特征:一、特定的文化观照视界:以农民为主要观照对象,以农村生活为基本描写内容,以农民的命运与出路为艺术思考焦点;二、特定的美学规范:强调小说的"地方色彩"与"风俗画面";三、特定的情感特征:以"乡愁"和"悯农"等情感形式体现出来的对乡土的依恋感或亲和感。"乡土小说"创作的艺术特征决定了作为文学批评术语的"乡土小说"特定的内涵与外延。进入 50 年代之后,这一概念慢慢被"农村题材小说"、"农村小说"等概念替代;进入新时期后,在"文化热"的促动下,这一概念在 80 年代中期又被广泛使用。这一具有浓郁文化色彩的概念虽然在一定程度上迎合了"文化热"之后的批评界的文化求证、文化认同心理,填补了因"农村题材小说"步入后台之际的概念空缺,但以它来涵盖新时期所有的乡村小说,其概括局限是显而易见的——传统"乡土小说"创作的三大基本艺术特征决定了作为批评概念的"乡土小说"的理论概括的三大局限。

首先,"乡土小说"特定的观照视角使与其同名的批评概念无法涵盖新时期乡村小说丰富多样的创作内容和多向的文化拓展。从描写的对象与描写的内容看,农民不再是新时期乡村小说中的唯一"主角",以土地为依托的乡村生活也不再是乡村小说的全部描写内容。例如,身为城市人或"半城市人"的乡镇干部(包括下派的县、市级干部)成为许多乡村小说的描写对象:《年前年后》、《黄坡秋景》、《分享艰难》、《扶贫》、《乡长》、《本乡有案》、《无根令》、《扶贫纪事》等一大批作品展示了"乡镇干部"这一特殊的文化群体的乡间生活,而《白菜萝卜》、《生命是劳动与仁慈》、《都市里的生产队》、《突入重围》、《败节草》等一类作品实际上描写的是农民以不同的身份定居城市后的城市生活。这些描写远远超出了"乡土小说"的观照视界,这些作品绝非是"乡土"二字所能完全概括的。从作品主旨的文化指向角度看,新时期乡村小说创作中有相当一部分作品超越了传统意义的"乡土小说"。例如,张承志的《心灵史》寻觅的是一种宗教般纯洁的人生形式,张炜的《九月寓言》表达的是对当代人文环境的关注和对人类"诗意生存"的追求,刘震云、格非等人的"新历史主义"乡村小说试图解构或重新阐释"革命历史",而马原、洪峰、残雪、余华、苏童等人以乡村为背景的"先锋小说"则大多依托现代西方文化观念和哲学思想对社会人生进行形而上的思考。这些作品的文化意旨是远非"乡土小说"所能包容的。

其次,"乡土小说"特定的美学规范使与其同名的文学批评概念拒斥那些不具备"地方色彩"和"风俗画面"的作品①。自然,汪曾祺渲染的苏南景色、刘绍棠描绘的运河风光、李锐捧出的"厚土"、贾平凹展示的"商州",都给人以特殊的审美感受——也许"地方色彩"和"风俗画面"是乡村小说永久的魅力。然而,随着创作与社会生活同步发展,眼下有相当一部分描写乡村的小说并不追求作品的乡土气息和地方色彩。例如,《分享艰难》、《大雪无乡》、《天下荒年》等作品虽然描写乡村生活,但作者并不看重作品的乡土风味,这些作品的美感主要来自对复杂的现实生活的精确展示和对人们所关注的现实矛盾的精辟分析,以及渗透于这种分析中的价值判断与价值选择所具有的理性精神。这类作品所具有的"理性美"与传统"乡土小说"的乡土味形成鲜明的对比。此外,还有一部分以农民为描写对象的作品,因描写农民的都市生活或非农业活动而无法展示乡土气息和地域色彩,如《白菜萝卜》、《都市里的生产队》等——事实上工业化进度的加快与城市化程度的加深正在抹煞我国乡村的"地方色彩"和"风俗画面",因而"乡土味"在乡村小说整体创作中呈现出淡化趋势。上述两部分作品都是展示乡村或农民现状的重要作品,但它们无法跨越"乡土小说"的美学规范的门限。

第三,"乡土小说"特有的乡土情感与新时期阶段的部分乡村小说的情感存在着明显的差异,因而当"乡土小说"作为一个批评概念而涵盖这部分作品时,就产生了名不副实的弊端。隐含于早期"乡土小说"中的乡恋之情实际上由两种情感构成。一种是因作者"侨寓"都市或流落异乡而生发出的漂泊感与被放逐感,另一种是在典型农业文明氛围中积淀生成的田园顾盼心理(这种顾盼心理的文化依托是"天人合一"的认识方式和古典士大夫的悯农心态)。这两种情感并不完全存在或

---

① 乡土小说研究的权威学者丁帆认为:"乡土小说"的重要特征就在于"风俗画描写"和"地方色彩",缺少这二者就不成其为乡土小说。见《中国乡土小说史论》,江苏文艺出版社 1992 年版,第 1 页。

不同时存在于新时期所有的乡村小说创作中。假如我们用"乡土小说"作为属概念来涵盖新时期所有的乡村小说,并以其情感尺度对这些作品进行美学考查,我们至少可发现这样三种"名不副实"的弊端:一、情感空缺。余华、苏童、徐坤等一批出生于 60 年代的"无根"作家生在城市长在城市,他们没有农村生活经历,其乡村小说创作的基本依托是书本知识:已有的乡村小说为他们提供了创作借鉴或形象思维的空间,而流行的文化观念或哲学思想为他们提供了主题构架,因而在他们的创作中基本上不存在创作主体倾注的乡恋之情。二、情感错位。在部分城裔城籍的知青作家的创作中我们可以体味到浓浓的乡情,如李锐怀念着吕梁山脉,朱晓平梦系林游地区,梁晓声对北大荒魂牵梦绕。但我们稍加分析就会发现:这些知青作家真正思念的并非乡土,而是他们在乡下流逝的青春岁月以及与这些岁月相伴的特殊人生体验。这种"乡恋情结"与早期乡土作家的怀乡之情有着本质的差异。三、情感变异。进入 90 年代之后,我国商品市场发育的成熟和工业化步伐的加快引发了人文状况的逆转和历史与道德的冲突的加剧,此时人们开始反顾传统,回望乡村。在回望乡村的作家中,有一部分人(如张炜、张承志等)探询的并非现实中的乡村,关注的并非"物质"的乡土,而是作为人类心灵栖息地的精神家园。在他们的笔下,乡情演变为一种哲理的思考或一种徒具情感外壳的理性追求。显然,这种"乡情"是与"乡土小说"的"乡愁"风马牛不相及的东西。

个别学者曾针对作为批评概念的"乡土小说"理论概括的局限提出过这样的建议:随着时代的发展,有必要重新界定"乡土小说",内涵充实后的"乡土小说"可作为属概念而涵盖所有描写乡村生活的作品。但笔者认为,"乡土小说"就是"乡土小说",它是乡村小说中一个独具特色的品种,如果我们不顾历史的传承和现实的创作状况而对其妄加"改造",其行为同扩展"现实主义"的外延之后把现代主义强行塞进去的理论行为一样可笑。至于范伯群等学者提出的"都市乡土小说"则是一个与传统的、约定俗成的"乡土小说"完全不同的概念①,应另当别论。

①　范伯群教授在《论"都市乡土小说"》一文中写道:"乡土"可以泛指一种"地方特色","城市,即使是大都会,也有自己丰富而独特的民间民俗地域色彩。新文学的乡土作家不一定能反映侨寓地的城市生活内容;而现代通俗文学作家却以描述都市民间生活为主要内容,擅写独特而浓郁的民风民俗,构成了一道都市乡土小说的风景线"。见《文学评论》2002 年第 3 期,第 112 页。

　　然而,如果不将"乡土小说"作为涵盖新时期乡村小说创作的属概念,那么我们用哪一个术语来填补"农村题材小说"等概念淡出之后的概念空缺呢？ 笔者认为"乡村小说"是一个比较理想的概念。对新时期乡村小说有着比较全面研究的学者段崇轩认为:"乡村小说"是一个"边界开放"、"很有弹性"的概念,它能把"各种模式的小说团结在自己的麾下"①。笔者认为,与"乡土小说"相比较,"乡村小说"既像"乡土小说"一样富有文化意味和诗意,又具有"乡土小说"无法比拟的涵盖能力,它宽展的外延能包容"农村小说"、"农民文学"、"乡镇小说"、"乡土小说"、"农村题材小说"等许多概念。因为"乡村小说"既有较长的存在历史,又未在其存在过程中形成特定的内涵规定与外延限制,所以它可以用来指称所有描写乡村(乡镇)生活、揭示农民生存状态和文化性格的小说,以及那些由描写乡村生活而思考民族文化、民族个性、人类生存等一系列形而上命题的小说。"农村题材小说"是一个烙上了"十七年"时代印记的文学概念,这一概念虽然在新时期阶段初期被广泛地使用,但因它从题材角度切入所致的概括偏狭性和它的内涵所具有的政治文化色彩,使它不宜继续充当涵盖新时期所有乡村小说创作的属概念。

　　笔者从"任意词"角度检索"1979—1997 年人大报刊资料索引总汇数据光盘检索系统",查询使用"农村题材小说"、"乡村小说"和"乡土小说"等概念的论文的篇数,得到的数据是 64、17、111 篇,而在 1979 年至 1983 年这一阶段内涉及"乡土小说"的篇目为零;笔者从"篇目"角度查询"1994—2001 年中国全文期刊网",检索的结果是:标题含"农村题材小说"的有 10 篇,含"乡村小说"的有 9 篇,而含"乡土小说"的篇目则多达 80 篇。查询结果表明:"乡土小说"这一概念在 1983 年之后开始流行,它近年的使用频率远远高于另外两个概念。笔者认为,导致"乡土小说"这一批评概念开始流行、且"后来居上"的原因有二:一是 80 年代中期"文化热"的促动,"乡土小说"这一具有浓郁文化色彩或强调作品文化内涵的术语在一定程度上迎合了文人们的文化探求心理;二是文化转型的冲击,文化转型使新时期的文学创作与文学批评发生了质的变化,当文学批评开始舍弃"农村题材小说"这一具有时代局限性的概念而在"五四"文化传统中搜寻有关的价值资源之际,人们顺理成章地拾

----

① 段崇轩:《农村小说:概念与内涵的演进》,《晋阳学刊》1997 年第 1 期。

取了“乡土小说”这一批评术语。笔者认为,尽管“乡土小说”在眼下的乡村小说评论中的使用频率较高,但人们必须重新审视这一概念的内涵及其涵盖能力,这一概念的滥用应该引起评论界的重视。如果这一学术偏颇得不到纠正,它会给文学创作和文学批评带来极大的混乱。

(原载《当代文坛》2003 年第 1 期)

二三十年代倡导乡土文学的三种理论视角

罗关德

　　"五四"新文化运动催生的中国乡土文学和乡土文学理论，是现代西方文化渗入后的产物，是民族意识觉醒在文艺方面的一种表现。美国的安德森教授在《想象的共同体》一书中认为"大多发生在亚洲和非洲殖民地"的民族主义，"就起源而论乃是对工业资本主义所造就的新式全球帝国主义的一个反应"①。中国二十世纪初期乡土文学和乡土文学理论流溢出的民族主义情绪，就是中西方文化冲突的一种表征。周作人、茅盾和鲁迅，正是从振兴民族文化的立场，提出他们各自不同的乡土文学理论的。

一、周作人民俗学视角的乡土文学理论

　　严家炎说过："'五四'以后乡土文学理论的最重要的倡导者是周作人。他从1921 年起，就在一些文章中表示'对于乡土艺术很是爱重'，认为'风土在文艺上是极重大的'，如果'因反抗国家主义遂并减少乡土色彩'，那'是觉得可惜的'（《旧梦》

---

　　① ［美］本尼迪克特·安德森：《想象的共同体》，吴叡人译，上海人民出版社 2003 年版，第 157 页。

序)。"①严家炎阐述了周作人提倡乡土文学的三条理由,认为是为了使新文学在本国的土壤中扎根;是为了克服新文学在某种程度上的概念化毛病;是为了发展充分具有本民族特色的文学。② 可见,周作人提倡乡土文学是从民族文学建设上着眼的。周作人认为"国民文化程度不是平摊的,却是堆垛的,像是一座三角塔;测量文化的顶点可以最上层的少数知识阶级为准,若计算其堕落程度时却应以下层的多数愚人为准"③。因此,"我们要研究文学或研究文学史,以至所谓纯文学,非包括民间文学与通俗文学二类不可"④。另一方面,"民族的殊异的文化是个人与社会的遗传的结果,是自然而且当然的,我们如要知道一国的艺术作品,便有知道这特异的民众文化的必要。一个人的思想艺术无论怎样的杰出,但是无形中总受着他的民族的总文化的影响,——利益或是限制"⑤。周作人还从希腊文学中找到了例证,说:"中国现在文艺的根芽,来自异域,这原是当然的,但种在这古国里,吸收了特殊的土味与空气,将来开出怎样的花来,实在是很可注意的事。希腊的民俗研究,可以使我们了解希腊古今的文学;若在中国想建设国民文学,表现大多数民众的性情生活,本国的民俗研究也是必要,这虽然是人类学范围内的学问,却与文学有极重要的关系。"⑥为此,周作人致力于民俗学的研究,在童话、儿歌、民歌、民谣、神话、传说、风俗和地方志方面都做出了可贵的探索,成为"中国民俗学的一位重要先驱者"(钱理群语)。周作人的民俗学研究,受到"日本民俗学之父"柳田国男的影响,注意下层人民的"乡土研究"。在纯文学研究方面,周作人从风俗与文学的关系入手,阐述了他的乡土文学理论观,他特别强调乡土文学要有地方色彩,认为它是建设本民族文学的重要因素,并说道:"我们说到地方,并不以籍贯为原则,只是说风土的影响,推重那培养个性的土之力。"而且"这不限于描写地方生活的'乡土艺术',一切的文艺都是如此"⑦。

---

① 严家炎:《中国现代小说流派史》,人民文学出版社 1989 年版,第 43 页。
② 严家炎:《中国现代小说流派史》,人民文学出版社 1989 年版,第 43—45 页。
③ 周作人:《民俗学论集·拜脚商兑》,上海文艺出版社 1999 年版,第 84 页。
④ 周作人:《民俗学论集·关于通俗文学》,上海文艺出版社 1999 年版,第 309 页。
⑤ 周作人:《民俗学论集·在希腊诸岛》,上海文艺出版社 1999 年版,第 348 页。
⑥ 周作人:《民俗学论集·在希腊诸岛》,上海文艺出版社 1999 年版,第 349 页。
⑦ 周作人:《民俗学论集·地方与文艺》,上海文艺出版社 1999 年版,第 303 页。

　　就地域与民俗与文学的关系,中国古代早有论述,孔颖达在《十三经注疏》中就说:"南方谓荆扬之南,其地多阳。阳气舒散,人情宽缓和柔";"北方沙漠之地,其地多阴,阴气坚急,故人刚猛,恒好斗争"。① 地不同,民风有异,文风亦不同。刘师培在《南北文学不同论》中说:"南方之文,亦与北方迥别。大抵北方之地,水厚土深,民生其间,多尚实际;南方之地,水势浩洋,民生其际,多尚虚无。民崇实际,故所著之文,不外记事,析理二端;民尚虚无,故所作之文,或为言志,抒情之体。"②法国的文学思想家丹纳,在他的《艺术哲学》一书中,也特别强调了种族、环境、时代这三大因素对文艺的影响,认为"作品的产生取决于时代精神和周围的风俗"③。而周作人是从如何发展民族文学的立场强调文学的地方特色。他在二十世纪三十年代为废名的第一部小说集《竹林的故事》写序时,借着对废名乡土小说的批评,论述了地域风俗具有现实性、理想性和独特性的优势。说,"冯君的小说我并不觉得是逃避现实的。他所描写的不是什么大悲剧大喜剧,只是平凡人的平凡生活,——这却正是现实"④。"冯君所写多是乡村的儿女翁媪的事,这便因为他所见的人生是这一部分,——其实这一部分未始不足以代表全体:一个失恋的姑娘之沉默的受苦未必比蓬发薰香,著小蛮靴,胸前挂鸡心宝石的女郎因为相思而长吁短叹,寻死觅活,为不悲哀,或没有意思。"⑤它与周作人早期倡导的"平民文学"相一致,即能"以普通的文体,记普遍的思想与事实";"以真挚的文体,记真挚的思想与事实"。⑥ 而同时地方特色也不排斥理想性。因为"文学不是实录,乃是一个梦:梦并不是醒生活的复写,然而离开了醒生活梦也就没有了材料。无论所做的是反应的或是满愿的梦"⑦。其实现实和理想本身就是紧密结合在一起的,正如周作人在《人的文学》一文中,把人的文学"分作两项:(一)是正面的,写这理想生活,或人间上达的可能性;(二)是侧面的,写人的平常生活,或非人生活,都很可以供研究之用"⑧。周作

①　孔颖达:《十三经注疏》(下卷),中华书局影印本 1980 年版,第 1626 页。
②　见郭绍虞、罗根泽主编《中国近代文论选》(下册),人民文学出版社 1959 年版,第 573 页。
③　[法]丹纳:《艺术哲学》,人民文学出版社 1981 年版,第 32 页。
④　周作人:《谈龙集·竹林的故事序》,上海书店影印出版 1987 年版,第 56 页。
⑤　周作人:《民俗学论集·平民文学》,上海文艺出版社 1999 年版,第 279、280 页。
⑥　周作人:《谈龙集·竹林的故事序》,上海书店影印出版 1987 年版,第 56 页。
⑦　周作人:《谈龙集·竹林的故事序》,上海书店影印出版 1987 年版,第 56 页。
⑧　周作人:《民俗学论集·人的文学》,上海文艺出版社 1999 年版,第 272 页。

人指涉的现实性和理想性是民族大众的普通生活和普遍愿望,使人们通过文学"明白人生实在的情状,与理想生活比较出差异与改善的方法"①。

周作人的民俗学研究和他对乡土文学的提倡,是从大众的着眼点,探索一种最适合国民个性自由发展的合理生活方式。他认为"纯文学是不能代表全民众的思想的,也没有什么大的力量"②。尤其是"这几年来中国新兴文艺""太抽象化了,执著于普通的一个要求,努力去写出预定的概念,却没有真实地强烈地表现出自己的个性,其结果当然是一个单调"。③认为改变这种状况的一个办法是加强地方色彩,"自由地发表那从土里滋长出来的个性。"④而"冯君著作的独立的精神也是我所佩服的一点"⑤。

周作人对乡土文学地方特色的推崇,抓住了乡土文学的一个基本因素,他对"土气息,泥滋味"的提倡,从地方风景、地方风俗、地方风情的角度强调了乡土文学的现实主义内涵,客观上也纠正了当时文界创作的抽象化、概念化的倾向,并为中国新文学立于世界文学之林指明了一条民族化的创作方向。他的乡土文学理论直接影响了废名、沈从文、汪曾祺等京派乡土文学家,从二十世纪乡土文学的发展流脉上看,他也影响了孙犁、刘绍棠为代表的荷花淀派,并给新时期出现的地域文学提供了理论上的根据。从而形成了二十世纪注重地域色彩的乡土文学流脉。

二、茅盾政治学视角的乡土文学理论

茅盾从学生时代起就异常关心政治,步入文坛后对各种政治思潮表现出浓厚的兴趣,甚至是直接投入各种政治活动。这使他的文学理论带有强烈的功利性色彩。他早年的"为人生"主张,对自然主义的提倡,都体现了对文学政治性的倚重。认为"自来一种新思想发生,一定先靠文学做先锋队,借文学的描写手段和批评手

---

① 周作人:《民俗学论集·人的文学》,上海文艺出版社 1999 年版,第 273 页。
② 周作人:《民俗学论集·关于通俗文学》,上海文艺出版社 1999 年版,第 306 页。
③ 周作人:《民俗学论集·地方与文艺》,上海文艺出版社 1999 年版,第 302 页。
④ 周作人:《民俗学论集·地方与文艺》,上海文艺出版社 1999 年版,第 302 页。
⑤ 周作人:《谈龙集·竹林的故事序》,上海书店影印出版 1987 年版,第 57 页。

段去'发聋振聩'"①。茅盾是从政治革命的需要去规范文学的,他要求"文学家所欲表现的人生,决不是一人一家的人生,乃是一社会一民族的人生"②。显示出政治家对文学的一般态度,可以说,政治革命是茅盾一生的事业追求,而文学只是宣传其政治思想的手段,这使茅盾的乡土文学理论也必然地带有浓厚的政治学色彩。

　　茅盾较早论述乡土文学理论的是写于 1921 年的《评四五六月的创作》,文章从三个月全国报刊发表的 120 多篇小说的题材类型分析,提出"切切实实描写一般社会生活的还是少数",最少的却是"描写城市劳动生活的制作,只有三篇";"描写农民生活的创作也只有八篇",而"描写男女恋爱的小说占了百分之八九十"。认为大多数作家对于农村和城市劳动者生活是很疏远的,"知识阶级中人和城市劳动者,还是隔膜得厉害,知识界人不但没有自身经历劳动者的生活,连见闻也有限,接触也很少"③。而对于描写乡村题材的小说,也普遍存在"只见'自然美',不见农家苦"的现象。主张应向鲁迅那样真实地描写农村,说"过去的三个月中的创作我最佩服的是鲁迅的《故乡》"。认为"《故乡》的中心思想是悲哀那人与人中间的不了解,隔膜。造成这不了解的原因是历史遗传的阶级观念。《故乡》中的'豆腐西施'对于'迅哥儿'的态度,似乎与'闰土'一定要称'老爷'的态度,相差很远;而实则同有那一样的阶级观念在脑子里。不过因为两人的生活状况不同,所以口吻和举动也大异了"④。显然,茅盾是从阶级的观点切入对文学作品的类型分析的,对鲁迅《故乡》的评价,则显示出茅盾阶级意识的偏执。茅盾秉承着梁启超、陈独秀等提倡的文学启蒙之目的,极力主张作家到民间去,认为作家如果"对于第四阶级的生活状况素不熟悉;勉强描写素不熟悉的人生,随你手段怎样高强,总是不对的,总要露出不真实的马脚来"⑤。

　　茅盾对写作题材的强调,对作家写作立场的阶级性判断,对文学作品思想性的重视,显示了他作为政治家的理论自觉性,他与文学研究会的同仁都特别关注被压

---

① 茅盾:《现在文学家的责任是什么》,《茅盾全集》(第 18 卷),人民文学出版社 1989 年版,第 8 页。
② 茅盾:《现在文学家的责任是什么》,《茅盾全集》(第 18 卷),人民文学出版社 1989 年版,第 9 页。
③ 茅盾:《评四五六月的创作》,《茅盾全集》(第 18 卷),人民文学出版社 1989 年版,第 135 页。
④ 茅盾:《评四五六月的创作》,《茅盾全集》(第 18 卷),人民文学出版社 1989 年版,第 135 页。
⑤ 茅盾:《自然主义与中国现代小说》,《茅盾全集》(第 18 卷),人民文学出版社 1989 年版,第 233 页。

迫阶级,发表了系列倡导"农民文学"的文章,此外,还在译介方面推出了《俄国文学研究》,《被压迫民族文学》专号,表现出敏锐的政治意识和对被压迫群体的人生关怀。

茅盾乡土文学理论的政治性倾向,还体现在他对国民性的独特认识上。茅盾主张文学不仅应该以人道主义精神,同情"被损害与被侮辱者",揭示社会和民众的苦痛,还应揭示出国民性的美来。说:"我相信一个民族既有几千年的历史,他的民族性里一定藏着善美的特点;把他发挥光大起来,是该民族义不容辞的神圣责任。中华这么一个民族,其国民性岂遂无一些美点? 从前的文学家因为把文学的目的弄错了;所以不曾发挥这些美点,反把劣点发挥了。"①认为"要使创作确是民族的文学,则于个性之外更须有国民性。所谓国民性并非指一国的风土民情,乃是指这一国国民共有的美的特性"②。到 1923 年,配合《中国青年》杂志革命文学的主张,茅盾肯定了恽代英主张的新文学要激发国民精神的见解。而 1924 年,茅盾参加了党所创办的上海大学的教学工作,加深了对马克思主义理论的修养,他在 1925 年发表的《论无产阶级艺术》,则标志着他已树立了鲜明的无产阶级政治学的文艺观。

应当说二十年代的乡土文学概念,还不具有理论上的自觉性。无论是周作人对"乡土艺术"地方色彩的推崇,还是茅盾、郑振铎对"农民文学"的强调,都主要是针对当时文艺界某方面的创作问题提出来的。"乡土文学"或"乡土小说"概念的正式提出,溯源于三十年代中期鲁迅《中国新文学大系·小说二集导言》和茅盾的《关于乡土文学》。茅盾在 1936 年 2 月 1 日的《文学》第 6 卷第 2 号写道:"关于'乡土文学',我以为单有了特殊的风土人情的描写,只不过像看一幅异域的图画,虽能引起我们的惊异,然而给我们的,只是好奇心的餍足。因此在特殊的风土人情而外,应当还有普遍性的与我们共同的对于运命的挣扎。一个只具有游历家的眼光的作者,往往只能给我们以前者;必须是一个具有一定的世界观与人生观的作者方能把后者作为主要的一点而给予了我们。"③茅盾深刻的理性意识,使他超越了周作人对乡土文学中地方色彩的单方面注意,认为单有"特殊的风土人情","只不过像看

---

① 茅盾:《新文学研究者的责任与努力》,《茅盾全集》(第 18 卷),人民文学出版社 1989 年版,第 71 页。
② 茅盾:《新文学研究者的责任与努力》,《茅盾全集》(第 18 卷),人民文学出版社 1989 年版,第 71 页。
③ 茅盾:《关于乡土文学》,《茅盾全集》(第 21 卷),人民文学出版社 1991 年版,第 89 页。

一幅异域的图画",提出"应当还有普遍性的与我们共同的对于运命的挣扎"。而要做到这一点,则"必须是一个具有一定的世界观与人生观的作者"。在这里,茅盾显然意识到了乡土文学的作者,必须有对乡土社会的超越意识。然而,由于茅盾对政治的偏执,使他把乡土作家的超越意识引向了阶级的、政治的单一视角,这使他的乡土文学理论,在突出时代政治因素的同时,却把乡土文学的丰富文化内涵给限制住了。诚如他的《农村三部曲》等创作。茅盾的乡土文学理论,在三十年代对社会剖析派的乡土文学家产生了一定的影响,而四十年代的赵树理模式的乡村文学,应当说更多地接受的也是茅盾的乡土文学理论。这一类型的乡土小说在近半个世纪的文学书写中,戏剧性地经历了茅盾《农村三部曲》从"春蚕"到"秋收"到"残冬"的预设,即随着政治意识的逐渐强化,乡土性呈现为不断弱化的趋势,到六十年代以后,则只能说是农村题材小说了。而新时期以降,茅盾的乡土文学理论依然有着最广泛的影响。形成了目前等同于农村小说的最宽泛意义上的乡土文学概念。

三、鲁迅文化学视角的乡土文学理论

二十世纪乡土文学最早的开拓者是鲁迅,《呐喊》,《彷徨》中的许多小说,在发表的当时就被人看成是乡土作品了。张定璜于 1925 年 1 月在《现代评论》上发表的《鲁迅先生》一文,就说道,"他的作品满熏着中国的土气,他可以说是眼前我们唯一的乡土艺术家"。[①]的确,鲁迅笔下的乡村充满着浙东水乡浓郁的地方色彩。那水乡土场上傍晚的小桌子和矮凳,河道上缓缓行驶的乌篷船,鲁镇祝福时祭祖的仪式,赵庄临河空地上的社戏,无不标示出特定历史时期东南沿海一带的水乡生活气息。还有那充满地域色彩的乡土人物和乡民们个性化、地方化的语言,展示了浙东特有的乡村文化景观。鲁迅的乡土小说创作,给了后来的小说家以直接的启迪。鲁迅高瞻远瞩的文化视角,清醒深邃的理性态度,圆润多样的艺术技巧。对二三十年代中国乡土小说流派的形成起到了很好的示范作用。然而,如果从整体上把鲁

---

① 转引自严家炎:《中国现代小说流派史》,人民文学出版社 1989 年版,第 48 页。

迅的乡土小说和二三十年代其他乡土小说家的创作进行比照，可以见出，二者之间还存在着较大的距离。主要分歧在于，同样是表现乡景、乡俗、乡情，二三十年代的其他乡土小说家更倾向于单纯地展示乡村的种种陋习，并坚守着对乡俗的文化批判的单一立场。像王鲁彦的《菊英的出嫁》，彭家煌的《怂恿》，许杰的《赌徒吉顺》，台静农的《蚯蚓们》等，他们即使偶有乡情呈现，也往往缺乏鲁迅那种文化的超越意识，像潘训的《乡心》，王任叔的《疲惫者》等，仅仅只是流露对特定故乡的怀恋之情，而鲁迅乡土小说中那作为"历史中间物"的知识分子自身的文化忧患意识，以及对乡土中国所隐含的民族文化的眷恋情愫，则未能得到较好的继承。也就是说，鲁迅乡土小说的中西方文化冲突的复调情感模态，在二三十年代其他乡土小说家笔下，变成了单调的文化批判。为此，鲁迅在 1935 年《中国新文学大系·小说二集导言》中，侧重于从"乡愁"的文化学角度阐述了他的乡土小说观。说："蹇先艾叙述过贵州，裴文中关心着榆关，凡在北京用笔写出他的胸臆来的人们，无论他自称用主观或客观，其实往往是乡土文学。从北京这方面说，则是侨寓文学的作者。但这又非勃兰兑斯所说的'侨民文学'，侨寓的只是作者自己，却不是这作者所写的文章，因此也只见隐现着乡愁，很难有异域情调来开拓读者的心胸，或者眩耀他的眼界。"[①]鲁迅侧重的是"侨寓"的作者隐现出的"乡愁"，侧重的是乡土文学中知识分子对精神故乡的追觅。由于鲁迅站在中西方文化冲突的宏阔历史角度，透视中国的乡土社会，使他笔下的乡村，已不再是孤立、独特的一隅，而是具有了中华传统文明的整体象征。而知识分子的乡愁，也赋有文化意识的深厚内涵。鲁迅早年受到启蒙主义先辈的影响，以及日本的留学经历，使他较为系统地掌握了现代西方文化，他以世界性的眼光逼视传统的乡土社会，从而形成了他改造国民性的总主题。鲁迅青年时代即对中国传统文化有着切肤的认识，认为中国传统文化"屹然出于中央而无校雠，则其益自尊大，宝自有而傲睨万物，固人情所宜然，亦非甚背于理极者矣。虽然，惟无校雠故，则宴安日久，苓落以胎，迫挞不来，上征亦辍，使人荼，使人屯，其极为见善而不思式"[②]。文化的封闭，导致民族文化的固步，和民族心理的自大、自

---

　　① 鲁迅：《中国新文学大系·小说二集·导言》，《鲁迅全集》(第 1 卷)，人民文学出版社 1981 年版，第 247 页。

　　② 鲁迅：《文化偏至论》，《鲁迅全集》(第 1 卷)，人民文学出版社 1981 年版，第 44 页。

傲。因此,"意者欲扬宗邦之真大,首在审己,亦必知人,比较既用,爰生自觉"。"国民精神之发扬,与世界识见之广博有所属。"①鲁迅的乡土小说正是站在现代西方文化的立场,来审视中国的乡土社会,从而表现两种文化冲突中的农民(被启蒙者)和知识分子(启蒙者)生存状态的。鲁迅乡土文学理论高屋建瓴的文化视角,使他的乡土小说不仅有对农民保守、愚昧、麻木、落后的批判,而且对知识分子自身所受到的传统文化的负面因袭也进行了强烈的自省。鲁迅将文化的改造置于民众之中,认为"倘不深入民众的大层中,于他们的风俗习惯,加以研究解剖,分别好坏,立存废的标准,而于存于废,都慎选施行的方法,则无论怎样的改革,都将为习惯的岩石所压碎,或者,只在表面上浮游一些时"②。显示了他对文化改造的清醒认识。而鲁迅对生存于中西方文化夹缝中的知识分子迷惘、颓唐、绝望、抗争的描绘,则显示了他对文化改造的深刻判断。因为二十世纪的中国知识分子,他们处于中西方文化碰撞的特殊境地,造成了他们文化选择上的尴尬,即一方面他们作为传统文化的继承人,注定了他们继承传统文化的历史宿命,而传统文化的僵化、保守导致的衰微,又迫使他们决绝地执起反传统的文化创新大旗。另一方面,作为西方文化的接纳人和传播者,他们看到西方文化的先进性,以及对人性的张扬,于是由衷地引进、传播;而西方文化的侵略性以及西方工业资本主义对人性的新的制约,又使他们毅然地表现出反西方文化的情绪。鲁迅的乡土小说深刻地表现了中国知识分子面对传统文化的两难和面对西方文化的两难,显示了其乡土文学理论的宏阔文化意识,并对二十世纪的乡土文学产生了深远的影响。如果说二三十年代的乡土小说流派表现的是对传统文化的批判的话,那么三四十年代废名、沈从文、汪曾祺等的乡土小说则表现了对传统文化美质的热情讴歌;如果说二三十年代的乡土小说流派是以接受西方文化的姿态出现的话,那么,三四十年代废名、沈从文等京派乡土小说家则是以反西方文化的姿态出现的。只有鲁迅的乡土小说,以及八十年代寻根后小说体现了这种文化冲突的多维复杂性。而鲁迅的开创之功,以及他的文化乡土小说的忧愤深广,则是后人所无法企及的。作为八十年代寻根后的乡土小

---

① 鲁迅:《摩罗诗力说》,《鲁迅全集》(第1卷),人民文学出版社1981年版,第65页。

② 鲁迅:《二心集·习惯与改革》,《鲁迅全集》(第4卷),人民文学出版社1981年版,第224页。

说,显然继承的是鲁迅文化乡土小说的创作风范。它标示了中国知识分子在中西文化冲突中的文化自觉,并凸现了二十世纪鲁迅开创的文化乡土小说在文学中不可动摇的中心地位。

　　二十世纪初期周作人、茅盾和鲁迅从不同视角提出的乡土文学理论,都是秉持着振兴民族文化这一共同立场的。所不同的是周作人民俗学的乡土文学理论,体现了他对建设民族文学,民族艺术的关注,茅盾政治学视角的乡土文学理论,体现了他对民族政治前途,特别是农民命运的关怀。而鲁迅的文化学理论,则使他超越了单纯的风土描绘和对农民现实政治命运的展示,显示出极大的包容性。鲁迅对作为启蒙者的知识分子和作为被启蒙者的农民的双重描绘与双重批判,勾画了沉默的国人灵魂。从而具有民族文化上的高度概括性和象征性。鲁迅对民族文化建设"首在立人,人立而后凡事举"[①]的主张,使他抓住了思想文化领域的核心问题,并对二十世纪的乡土文学产生了最深远的影响。

(原载《中国现代文学研究丛刊》2004 年第 4 期)

---

　　①　鲁迅:《文化偏至论》,《鲁迅全集》(第 1 卷),人民文学出版社 1981 年版,第 57 页。

周作人、茅盾、鲁迅与早期乡土文学理论的形成

余荣虎

在对于中国现代"乡土文学"这一理论概念的理解上，一直存在较大的分歧。就目前的研究现状而言，颇有各家自说自话的趋势。分歧的根本点不在于对"乡土文学"这一概念中的"乡土"内涵的不同理解，而在于对"乡土文学"这一概念的整体性把握上。历史上的分歧和政治语境的变化，使"乡土文学"这一融合了中国本土文化与外来文化的复杂概念显得迷雾重重，本文试图追溯乡土文学理论从酝酿到形成的历史，缕析乡土文学的内涵，从而为被泛化、模糊化和狭义化而令人莫衷一是的乡土文学寻找理论支点。

对于中国本土文化和文学而言，"乡土"是人们司空见惯的语汇，其基本含义是明确的，其一是指"家乡"或"故乡"，《列子·天瑞》"有人去乡土，离六亲"中"乡土"，指的就是"家乡"、"故乡"；其二是指"地方"，曹操《土不同》"乡土不同，河朔隆寒"中"乡土"即指"地方"，直接与地域特色、气候景物相联系。乡土的这两个基本含义在中国文学传统中形成了悠久的乡土意识，不同于社会思想史研究中对乡土意识的理解："把以农民为主体的，在乡里社会大多数成员中普遍流行的民众意识"称为乡土意识①，中国文学中的乡土意识是指基于第一层含义的思乡情怀，和基于第二层含义的对地方景物的追怀，以及由这两者生发的对有关特定地域的风俗人情的抒

---

① 程歗：《晚清乡土意识》，中国人民大学出版社 1990 年版，第 1 页。

写。历史上我们高度发达、幅员辽阔的农业社会形成了安土重迁的民族文化心理，而落后的交通条件，特定的考试、取士、游宦制度，又使许多人不得不离开故乡，因此思乡主题成为中国文学传统的鲜明特色。士子们经过十年寒窗苦读，考得秀才资格之后，就踏上了漫长的赶考、游宦之路，往往"只说是三四月，又谁知五六年"。长时间离开家庭、离开故土，隔断了与亲人的信息沟通，年轻的妻子、年迈的慈母，还有手足情谊，构成了思乡的主要内涵。由对人的思念过渡到对地方景物的追怀，其源头可以追溯到《诗经·采薇》中的"昔我往矣，杨柳依依；今我来思，雨雪霏霏"。思乡主题在怀人念物中自然渗透到对能给人带来高度快乐的节日、风俗的怀恋中，如韦应物《寒食寄京师诸弟》、王维《九月九日忆山东兄弟》这些诗歌，就记述了寒食节不生火、重阳节佩插茱萸等风俗。虽然我们可以感觉、体会、领悟到古典文学传统中浓郁的乡土意识，但在西方文学与中国文学发生大规模的碰撞之前，我们的古典文论一直没有对之进行理论的梳理和概念的提炼。换言之，乡土文学理论是中国文学现代转型的产物，是中国现代文学的宝贵成果之一。

与重感悟重印象的中国文学批评习惯有所不同，西方文学批评往往重视理论归纳、重视提炼概念术语。因此，西方许多国家都有较为成熟的关于乡土文学的理论。其中创作和理论成果最为突出的是肇始于南北战争时期的美国乡土文学，它成为战后美国文坛唯一延续近 30 年的文学形式。美国文学批评称之 local colour 或 local colorism，直译就是"地方色彩"文学。在引入"乡土文学"这一概念之初，当时两位重要的文艺批评家周作人和茅盾对其本土化的方向就存在不同的见解。周作人是"五四"文坛举足轻重的批评家，茅盾则在较长时间里执掌新文学的重要刊物《小说月报》。由于周氏的名望与地位，茅盾非常倚重周的文章，经常以显要位置予以发表，以至于发生过曾因周作人的译文未能及时交稿而将预定 1921 年 3 月出的"俄国文学专号"挪后之事[①]，但两人对文学与社会、人生关系的理解殊异，周氏后来愈演愈烈的那套"炉火纯青的趣味主义"[②]文学观与茅盾的"为人生"的艺术观相距甚远，因而两人关系非常微妙。从他们当时的通信来看，茅盾对周氏是很敬重

① 事见钱理群著《周作人论》，上海人民出版社 1992 年版，第 355 页。
② 朱光潜：《再论周作人事件》，《朱光潜全集》(9)，安徽教育出版 1993 年版，第 9—10 页。

的,随着在文坛的影响日益扩大,周氏附逆之前,茅盾也从未有过与其针锋相对的驳难。但从 1920 年代开始,两人公开发表的文章就颇耐人寻味,明斗没有,暗争却是存在的。后来茅盾回忆说:"自己与大多数文学研究会同人并不赞同"周氏的意见,"步调并不相同"①,还是可信的。

在乡土文学理论本土化的方向上,茅、周两人的"步调"就"不相同"。新文学初期,我们虽然没有关于乡土文学的理论,但出现了以鲁迅为代表的思念故乡、描摹地方景物风俗、反映民生疾苦的作品。而且,值得重视的是,与美国 local colour 不一样,中国作者群在深重的民族危机和社会危机中寻求新的思想资源,无论是作者本人的思想还是作品流露的倾向都明显受到西方现代思想的影响。茅、周对这类作品都很关注,但对于如何为这类作品"正名",它们该往哪个方向发展,是致力于"地方特色"还是反映民生疾苦,两人意见可谓大相径庭。

迄今为止,我们发现最早提出"乡土文学"概念的是周作人。1910 年,在为自己翻译的匈牙利作家约卡伊·莫尔(周译:匈加利,育珂摩耳)的中篇小说《黄蔷薇》撰写的序里,周氏在两重意义上肯定《黄蔷薇》为"近世乡土文学之杰作",其一为"多思乡怀古之情",周氏这里所说的"思乡"与后来鲁迅概括的"乡愁"有所不同,而与古典文学中的"思乡"有更多的渊源;其二为"风俗物色,皆极瑰异,……诸平原为状,各各殊异。或皆田圃,植大麦烟草,荏粟成林,成为平芜下隰,间以池塘,且时或茂密,时或荒寒,时或苍凉,时或艳美"②。这就是周氏后来所说的"特殊的土味和空气"③、"乡土的色彩"、"乡土趣味"④。在为刘大白的诗集《旧梦》撰写的序文里,周氏是这样解释"乡土趣味"的:写出"真的今昔的梦影,更明白的写出平水的山光,白马湖的水色,以及大路的市声"⑤。

周作人有关乡土文学的言论,虽然没有形成完善的理论,但对乡土文学的理论建构却有重要意义。他从中国古典文学传统中找到"乡土"文学来对应于 local col-

---

① 茅盾:《我走过的道路》(上),人民文学出版社 1981 年版,第 163—164 页。
② 周作人:《黄蔷薇序》,《苦雨斋序跋文》,河北教育出版社 2002 年版,第 12 页。
③ 周作人:《在希腊诸岛》,《永日集》,河北教育出版社 2002 年版,第 44 页。
④ 周作人:《旧梦》,《自己的园地雨天的书》,人民文学出版社 1988 年版,第 104—105 页。
⑤ 周作人:《旧梦》,《自己的园地雨天的书》,人民文学出版社 1988 年版,第 104—105 页。

our,local colour 的另一个英文名称是 regional novel①,这两者都强调作品的地方性,站在当时文艺批评前沿的周作人当然不会简单地从字面意思来理解、介绍和倡导中国的乡土文学。他推崇《黄蔷薇》为乡土文学的杰作,首先强调的乃是思乡怀古之情,其次才是风俗物色。在这里,周氏涉及故乡之思、地方景物、风俗人情,深合古典文学传统中的乡土意识,这说明周氏对 local colour 的文体特点与中国古典文学传统中的乡土意识是了然于心的。然而 1923 年前后,周作人先后抛出《在希腊诸岛》、《地方与文艺》、《旧梦》,大谈地方趣味和乡土趣味,而缄口不谈民生疾苦,就连乡土忧思也少见。因为在当时的语境中,谈乡土忧思自然会带出乡土启蒙与乡土批判的思想。

周氏以上所有言论都发表在 1924 年之前。其后,随着以文学研究会作家为创作主体的乡土小说越来越受到读者的欢迎和文坛的重视,尤其是鲁迅的乡土小说在国内外影响日益扩大,有关"乡土艺术"的提法得到广泛回应。首先是朱湘、张定璜在谈论鲁迅的《呐喊》时颇为推崇其"浓厚的地方色彩"②、"满熏着中国的土气"③;后来徐碧晖、苏雪林、汪华、沈从文等在各自的评论性文字中基本承袭了周说④,但未能在理论上有所突破。值得一提的是,1931 年、1932 年连续两年都有日本批评家向日本文坛介绍鲁迅的评论性文章,两文都很快译成中文发表,文章或强调鲁迅作品的"田舍的情趣"、"地方色彩"⑤,或称鲁迅为"优秀的乡土作家"⑥。由此足见鲁迅作为乡土小说大师的地位早已得到广泛认可,同时也可见周氏的乡土

---

① ［美］阿伯拉姆:《简明外国文学词典》,湖南人民出版社 1987 年版,第 228 页。

② 天用(朱湘):《呐喊——桌话之六》,《文学周报》,1924 年 10 月 27 日。

③ 张定璜:《鲁迅先生》,《1913—1983 鲁迅研究学术论著资料汇编》(1),中国文联出版公司 1989 年版,第 87 页。

④ 他们分别撰文如下:徐碧晖《鲁迅的小说与幽默艺术》,苏雪林《〈阿 Q 正传〉及鲁迅创作的艺术》,汪华《鲁迅的短篇小说》(以上参见《1913—1983 鲁迅研究学术论著资料汇编》第 1 卷,中国文联出版公司 1989 年版);沈从文《论冯文炳》(《沈从文全集》16 卷,北岳文艺出版社 2002 年版)。

⑤ ［日］本间久雄:《鲁迅的事情》,《1913—1983 鲁迅研究学术论著资料汇编》(1),中国文联出版公司 1989 年版,第 675 页。

⑥ ［日］原野昌一郎:《中国新兴文艺与鲁迅》,《1913—1983 鲁迅研究学术论著资料汇编》(1),中国文联出版公司 1989 年版,第 645 页。

文学理论影响很大,苏雪林甚至在 1934 年就断言周作人"一生以提倡乡土文艺为职志"①。

在这样的语境中来看茅盾对乡土文学的用语方式和阐释方向,茅、周之间的分歧就昭然若揭了。由于周作人捷足先登,已按周氏的阐释方向形成了乡土文学的理论批评思路,其关键词是:地方色彩、风俗人情。尽管茅盾对这类作品有很强的理论兴趣,但他一直不愿落入周氏的窠臼,基本不使用"乡土文学"这样的术语,而以"农民小说"、"农村小说"、"农村生活的小说"言之。

与周氏不同,茅盾重视的不是"地方色彩"而是思想内涵。他一方面直接引用 local colour,另一方面又强调"决不可误会'地方色彩'即某地的风景之谓。风景只可算是造成地方色彩的表面而不重要的一部分。地方色彩是一地方的自然背景与社会背景之'错综相'"②。早在 1921 年,评论描写"农民生活"的小说时,他就说:"因为有了一个赞美'自然美'的成见放在胸中,所以进了乡村便只见'自然美',不见农家苦了! 我就不相信文学的使命是在赞美自然!"③。这里对提倡"自然美"的指责应该不是针对周作人的,因为周作人把日本兼好法师的《〈徒然草〉抄》第九节题为《自然之美》在《语丝》上发表的时候已经是 1925 年了,但茅盾的文学观前后基本一致,所以当周作人及其追随者、呼应者大谈乡土文学、地方色彩的时候,茅盾则采用了另一套话语:乡村生活、农村生活、农民小说、农村小说、农家、田家、老中国的儿女们的灰色人生。于是,在批评同一位作家甚至同一部作品时,如鲁迅及其作品,王鲁彦及其作品,出现了两套互不相同的话语系统与评价体系。一方谈乡土、地方特色、风俗民情,另一方谈农民、乡村生活、(工业文明)打碎了乡村经济。如果把这两套话语系统放入二三十年代变化不居的文学主潮中加以考察,就不难看出茅、周之异趣。20 年代乡土小说从启蒙主义的立场出发,致力于在地方生活与风俗的描写中揭示农民精神上麻木、愚昧、不觉醒的状态,其中又渗入了游子怀乡的温情,带有一定程度的乡土抒情色彩。周氏等对其地方色彩、风俗人情的阐发,也

---

① 苏雪林:《阿 Q 正传及鲁迅创作的艺术》,《1913—1983 鲁迅研究学术论著资料汇编》(1),中国文联出版公司 1989 年版,第 1043 页。

② 茅盾:《小说研究 ABC》,《茅盾全集》(19),人民文学出版社 1991 年版,第 76 页。

③ 茅盾:《评四五六月的创作》,《茅盾文艺杂论集》(上),上海文艺出版社 1981 年版,第 59 页。

确实抓住了乡土小说的主要特色之一。但伴随着地方色彩、风俗人情的是无处不在的鲜明的启蒙意识与乡土忧思，并且，作家们普遍的启蒙意识与乡土忧思是如此强烈，以至在相当程度上遮蔽、挤压了幅员辽阔、民族众多的广袤国土上的无边风月和奇风异俗。鲁迅后来将其总结为"隐现着乡愁，很难有异域情调来开拓读者的心胸，或者眩耀他的眼界"①，可以说是一语中的。茅盾 20 年代讨论这类小说的重要论文有《鲁迅论》、《王鲁彦论》、《小说研究 ABC》、《评四、五、六月的创作》、《波兰的伟大农民小说家莱芒忒》，这一系列论文显示了其文艺思想的独特性和一贯性。20 年代乡土小说对农村和农民问题的思考方式和角度秉承了晚清自强运动以来探索解决中国问题的成果，其间种种，远非三言两语能穷原竟委的。但总体而言，经过长时间的多方探索、辩难，晚清思想界的认识渐渐趋于一致，即谋求国家的富强，既要学习西方的政治制度和科学技术，也要提高全体国民的素质。梁启超将国与民的关系归结为："国于天地，必有与立。国所与立者何？曰民而矣。民所以立者何？曰气而已。"梁启超所说的"气"即"国民之元气"，"是之谓精神之精神"②。在梁启超看来，改变国民的精神状态是最为迫切的需要，所谓"辱莫大于心奴"③。以鲁迅为代表的最初的乡土小说作者，延续了梁启超等晚清思想家对国人精神状态的关注，并把目光投向了人数最多、受教育程度最低的农民，"作品往往侧重于表现农村的思想关系，表现农民在封建主义压迫、奴役下的精神病态，以控诉、批判封建制度和封建思想文化对农民'人性'的戕害"④。即使面对这样的小说文本和认识倾向，茅盾对乡土小说主题及人物形象的分析，也主要不是从农民的精神状态，而是从农民的生存状况着手。在著名的《鲁迅论》中，茅盾对《呐喊》、《彷徨》中的乡土小说曾有集中的论述，将其概括为描写"'老中国的儿女'的思想和生活"，并对其"思想和生活"作了如下阐述："我们跟着单四嫂子悲哀，我们爱那个懒散苟活的孔乙己，我们忘记不了那负着生活的重担麻木着的闰土，我们的心为祥林嫂而沉重，我们以紧张的心情追随爱姑的冒险，我们鄙夷然而又怜悯又爱那阿 Q……"⑤茅盾

① 鲁迅：《导言》，《中国新文学大系·小说二集》，上海良友图书印刷公 1935 年版，第 9 页。
② 梁启超：《国民十大元气论》，《梁启超全集》(2)，北京出版社 1999 年版，第 267 页。
③ 梁启超：《论自由》，《梁启超全集》(3)，北京出版社 1999 年版，第 679 页。
④ 朱晓进：《政治文化与中国二十世纪三十年代文学》，人民出版社 2006 年版，第 261 页。
⑤ 茅盾：《鲁迅论》，《茅盾散文》(2)，中国广播电视出版社 1995 年版，第 118 页。

这种注重人物的生存乃至生活状况,而不特别强调人物思想之愚昧的思路,贯穿在后来的《王鲁彦论》里,"原始的悲哀,和 Humble 生活着而仍又是极泰然自得的鲁迅的人物,为我们所热忱地同情而又忍痛地憎恨着的,在王鲁彦的作品里是没有的;他的是成了危疑扰乱的被物质欲望支配着的人物(虽然也只是浅淡的痕迹),似乎正是工业文明打碎了乡村经济时应有的人们的心理状况"①。农民的生存和生活状态是茅盾对 20 年代乡土小说着力阐发的方向,精神愚昧只是作为农民全部生活的一个方面,而且并非主要的方面。后来,茅盾的文艺思想继续在左翼的道路上有所发展,但基本上保持了 20 年代的理论视角,即关注人物的全部现实生活,对刻意追求地方色彩、风俗民情等有可能滑入趣味主义的文学主张有很高的警惕。

由于左翼思潮的传播和阶级意识的普遍觉醒,30 年代文学创作的语境较之于20 年代发生了很大变化,"作家们开始转而从社会革命的角度去分析中国农村社会,甚至以阶级分析的方法,侧重于表现农村的经济关系,即农民所遭受的封建地主阶级的压迫和剥削"②。文学批评语境也相应发生变化,立场、视角的分野更加明显。周作人本人虽然没有继续其有关乡土文学理论的探索,但周氏对 30 年代乡土文学理论批评的影响却很大,几近于美国文艺批评家哈罗德·布鲁姆(Harold Bloom)所谓的"影响的焦虑"。苏雪林、徐碧晖、汪华、沈从文等写出了一批颇具学术价值的乡土文学研究论文,立论的基础都是周氏所阐发的地方特色、乡土气味。尤其是苏雪林的《沈从文论》、《王鲁彦与许钦文》,沈从文的《论冯文炳》、《边城·题记》,对民俗人情、地方意识的开掘都有明确的自觉,并达到了相当的深度。面对这样的批评思路,茅盾自然难以完全排除其"影响"。然而,即使在偶尔谈到地方色彩时,茅盾也特别留心"农民的无知,被播弄"和"穷人们的眼泪"③。在 30 年代大多数乡土小说受到阶级观点影响的创作格局下,茅盾的乡土小说批评既保持了与时代话语的总体一致,又是其 20 年代观点的延续和发展。

回顾这两套话语的历史影响,周氏的观点在二三十年代占有很大优势;茅盾从1921 年写作《评四、五、六月的创作》开始,一直对以农村为背景的小说保持了强烈

① 茅盾:《王鲁彦论》,《茅盾散文》(4),中国广播电视出版社 1995 年版,第 159 页。
② 茅盾:《导言》,《中国新文学大系·小说一集》,上海良友图书印刷公司 1935 年版,第 28 页。
③ 茅盾:《田家乐》,《茅盾杂文集》,生活·读书·新知三联书店 1996 年版,第 292 页。

的理论兴趣,《中国新文学大系·小说一集·导言》集中表达了茅盾相关的理论思考。在《导言》中,茅盾依然没有使用"乡土文学"这一概念,而代之以"农民小说"、"农村小说"等。茅盾当然不可能闭塞到对当时周氏所阐发的"乡土文学"一无所知,在他 1927 年发表的《鲁迅论》里就大量引用了张定璜那篇称鲁迅为"乡土艺术家"的论文《鲁迅先生》,直到鲁迅在《中国新文学大系·小说二集·导言》中提出"乡土文学"之前,茅盾基本没有采用"乡土文学"的说法。这个已被周氏率先阐释的概念是茅盾不能认同的,但他又无法找一个相当的概念来取而代之。中西文学理论如何对接和转换,如何为当时已经大量出现的以浙江、湖南、贵州乡村为背景的小说寻找一个相对应的中国语汇,并从这一语汇生发出相关的概念和理论,确实是一个理论难题。茅盾未能成功地从古典文学传统中找到恰如其分的表述,因而他对于西方尤其是美国 local colour 的真知灼见也只好散落在庞杂的论述中而无法系统化和理论化。终其一生,茅盾始终没有完成这一理论的对接和转化。

应该说,茅盾对美国乡土文学(local colour)的把握是准确的。美国乡土文学的艺术风格和思想倾向虽然是复杂多样的,但在总体上呈现一种大致相似的特征。首先,在描写地方生活时,"不避讳丑陋"①;其次,在表现地方特色时,有些作家表现出浓厚的怀旧情调,出现浪漫主义的倾向,"描写的并不是眼前的现实,而是旧日的田园景色和风土人情,回忆家乡的亲情和幽默"②。"不避讳丑陋"即是一种价值倾向,茅盾结合当时中国社会的实际,强调在地方色彩中融入社会背景,可谓深谙美国乡土小说的个中三昧。宏观地考察中国现代乡土小说的发展脉络,其大致形态与美国乡土小说惊人地相似。以鲁迅、萧红和文学研究会作家为主体的乡土小说在地方生活的描摹中不仅不避讳丑陋,而且大多致力于挖掘、展示丑陋。鲁迅曾对此作出明确的解释:"所以我的取材,多采自病态社会的不幸的人们中,意思是在揭出病苦,引起疗救的注意。"③而沈从文以湘西故乡为背景的乡土小说,也流露出类似于美国乡土小说的另一种温情怀旧倾向。然而中国现代乡土小说又不同于美国乡土小说,启蒙主义立场使之打上了特定时代现实和思想的烙印,其共同的价值

① 刘海平、王守仁:《新编美国文学史》(2),上海外语教育出版社 2002 年版,第 315 页。
② 刘海平、王守仁:《新编美国文学史》(2),上海外语教育出版社 2002 年版,第 316 页。
③ 鲁迅:《我怎么做起小说来》,《鲁迅全集》(4),人民文学出版社 1981 年版,第 512 页。

取向就是现代性视野下的乡土批判。因而无论在审美经验领域还是在对现实人生的关怀上,中国现代乡土小说在世界文学中都有其独特的价值,这也是鲁迅的乡土小说在问世之初就被译成多种文字在世界范围流传的主要原因。茅盾对乡土小说理论的重要贡献,在于他充分深入地了解美国名之为 local colour 影响深远的小说形式并不是单纯地追求"地方色彩"。后来中国乡土小说的走向,既体现了"文学为人生"的文艺思想,又与世界潮流一致,这与茅盾等的理论倡导之功不可分。

说到底,茅、周分歧的关键是趣味主义文学观与为人生的文学观在乡土文学内涵及发展方向上的对立与斗争。在鲁迅提出"乡土文学"的概念之后,茅盾曾及时作出回应,正式使用了"乡土文学"的概念:

> 关于"乡土文学",我以为单有了特殊的风土人情的描写,只不过像看一幅异域的图画,虽能引起我们的惊异,然而给我们的,只是好奇心的餍足。因此在特殊的风土人情而外,应当还有普遍性的与我们共同的对于运命的挣扎。①

茅盾破例采用"乡土文学"这一说法,并不仅仅是对鲁迅的友谊与尊崇,更重要的是在鲁迅的分析中,茅盾找到了知音。茅盾在这里强调乡土文学应重视对于"运命的挣扎",而不是对"风土人情的描写",这是他与周氏的分歧所在,也是鲁迅所定义的乡土文学与周作人所阐发的乡土文学的主要区别。后来茅盾又很快转向了惯用的"农民小说"、"农村小说"、"农村题材的作品"一类的概念②。那么,茅盾的"农民小说"、"农村题材的作品"与鲁迅的"乡土文学"之间到底存在什么样的关系?

鲁迅正式界定"乡土文学"是在《中国新文学大系·小说二集·导言》中。不过,此前周作人有关"乡土文学"的概念、理论虽然是零星的、不成系统的,但其基本观点和评价准则是非常明确的,并产生了不小的影响;以茅盾为代表的左翼批评也发展了另一套概念、标准。从周作人到茅盾,中国现代乡土文学理论经过暗含争辩的酝酿期,初步形成了乡土文学发展的两个向度,其一是周作人所阐发的,以地方

---

① 茅盾:《关于"乡土文学"》,《茅盾全集》(21),人民文学出版社 1991 年版,第 89 页。

② 如茅盾在 1980 年撰写回忆录《〈春蚕〉〈林家铺子〉及农村题材的作品》(《新文学史料》1982 年第 1 期)时用的就是"农村题材的作品"。

色彩、风土人情为特色的、趋于趣味主义的乡土文学；其二是茅盾所坚持的、以文学为人生为宗旨的、提倡反映农村经济破产和农民艰苦生活的农民文学。这两个向度被鲁迅在《小说二集·导言》中整合成相对完整的乡土文学理论。鲁迅一方面采用了"乡土文学"这个在中国现代文坛有着杰出的创作实绩，并为国内外文学批评界广泛接受、认可的概念，另一方面又以自己启蒙主义的、改良人生的文学观为"乡土文学"注入了新的精神实质，而这种新的精神实质与茅盾一贯坚持的对农民生活、生存状况的关注是一致的。正是基于这种一致，茅盾暂时放弃了自己一直摇摆不定的"描写农民生活的作品"、"农民小说"、"农村小说"、"农村生活的小说"等概念、术语，以后随着政治语境的变化，茅盾又沿用了以前的术语，但基本观点却没有大的变化。

　　在《小说二集·导言》里，鲁迅用了近 2000 字的篇幅，从题材范围、作品内容与视角、启蒙立场与乡土思念等几方面来谈论、界定乡土文学："蹇先艾叙述过贵州，裴文中关心着榆关，凡在北京用笔写出他的胸臆来的人们，无论他自称为用主观或客观，其实往往是乡土文学……"①就题材范围而言，乡土文学是侨寓在北京的作者，"叙述"、"关心"自己的故乡。从鲁迅所谈论、引证的作品可以看出，"故乡"指的是当时偏远、落后、远离北京的农村、乡镇乃至城市，这种地域限定与今天的农村与城市的分野不同。因为随着中国社会现代化、城市化建设所取得的巨大成就，今天的城乡区别已远非一个世纪之前可比。那时整个中国社会的思想观念、生存方式都不是"现代性"的，只有北京、上海这样的大都市才得风气之先，以现代观念衡量中国，就不难得出"乡土中国"的结论。因此，鲁迅所说的"故乡"的地理意义在于它是偏远、落后的象征，贵州、榆关以及后文论及的《柚子》的背景长沙无不如此。换言之，在北京的作者以现代性的眼光回眸故乡，贵州、榆关、长沙都是"乡下"。因而，乡土小说在题材上就是离开故乡、侨寓在北京的作者讲述偏远、落后的故乡"乡下"的故事。在当前对乡土文学题材范围的讨论以及不同学者的实际研究中，各自设定的标准是不同的。随着城乡社会发生的巨大变化，如果我们再把以长沙为背景的作品归入乡土文学，难免有刻舟求剑之嫌。但我以为，鲁迅划定乡土文学题材

---

①　鲁迅：《导言》，《中国新文学大系·小说二集》，上海良友图书印刷公司 1935 年版，第 9 页。

范围的标准和精神依然适用于今天的乡土文学：偏远、落后的地区，生活于其中的人们思想观念、生存方式是非现代性的。

乡土文学的内容与视角问题，其实暗含着地方色彩论与民生疾苦论之争。前引鲁迅对乡土文学的界定，可以理解为乡土文学是来自四面八方的作者对故乡的"叙述"与"关心"的文本形式。"叙述"是对故乡的展示，展示的主要内容和方向有两方面：地方景物风貌①和人的生存状态，而后者则是作者"关心"的主要对象。在乡土文学的这两个重要向度上，周氏及其追随者与茅盾基本上是各执一词。这其实关系到乡土文学写什么、往哪里发展的问题。鲁迅把周作人所推崇的"地方特色"称为"异域情调"，并从总体上准确地判断当时的乡土小说因为"隐现着乡愁"，所以异域情调并不多见。正是"乡愁"——不仅源于作者的怀乡之愁，还源于作者因故乡经济萧条、思想愚昧而产生的忧愁——致使"异域情调"在作品中受到压抑。在鲁迅看来，这种被压抑的"异域情调"对乡土文学而言，是一把双刃剑，既可能产生"开拓读者的心胸"的良好艺术效果，也可能有"眩耀"作者"眼界"之虞。这就要靠作者掌握艺术表达的"度"了，而这个"度"无疑与作者的创作旨趣直接相关。如果作者情系故土、心系民生，异域情调自然会开拓读者的心胸；反之，如果作者漠视故乡民生现实而落入一己之趣味，异域情调就有可能成为作者炫耀眼界的资本。本质上，异域情调是乡土文学的内容和方向之一，也是一种视角和技巧。鲁迅以作家良好的艺术感，肯定了异域情调作为视角、技巧的意义，又以现代知识分子忧国忧民的情怀，警示性地批评了对异域情调的不当追求，其理论洞见是艺术素养与艺术观的完美统一。事实上，二三十年代的乡土小说在浓郁的乡愁笼罩下，确实普遍压抑了对异域情调的抒写，而被压抑的异域情调后来由于国情现实、时代潮流、艺术趣味以及读者阅读期待的相应变化，在80年代以降的乡土小说中得以舒展，乃至渲染。

乡土文学中所展示的人的生存状态，在鲁迅看来，远比异域情调重要。对于

---

① 地方景物风貌是周作人"地方色彩"的主要所指，但周氏的"地方色彩"还包括民俗风情，其中当然也会有人的生存状态，但周氏主要是从"趣味"的角度来要求、开掘地方色彩的，与茅盾、鲁迅从关心现实民生的角度分析人的生存状态不同，所以"地方景物风貌"(即周氏的"地方特色")和"人的生存状态"(茅盾所强调的)是乡土文学两个不同的内容和方向。

20年代中国乡村和农民,其生存状态又受制于三大因素:战争、贫困以及精神上的蒙昧。因而,它们成为鲁迅在《小说二集·导言》里阐释乡土文学的主要内容和方向。有关以战争为衬托的小说,鲁迅赞许裴文中的《戎马声中》,写下了游学的青年"为了炮火下的故乡和父母而惊魂不定的实感"①;有关以贫困为题材的小说,鲁迅评价许钦文的《石宕》"能活泼的写出民间生活来"②。《石宕》全篇洋溢着对村民痛苦生存挣扎的同情,将乡村的贫困表现得入木三分。在对这些乡间生活的评述中,不难看出鲁迅对乡土文学的阐发是朝着关心民生疾苦、同情民生不幸的方向发展。这个方向是茅盾一贯坚持的,在几乎与鲁迅同时写就的《小说一集·导言》中,茅盾用了更多的篇幅对战争与贫穷问题展开论述。鲁迅对"地方色彩"作了有条件的、谨慎的肯定,而对乡土小说反映乡村现实人生、关心民生疾苦方面所取得的成绩却作了有力的开拓。事实上,是否关心乡村现实、民生疾苦,是鲁迅臧否作品的一个最重要的尺度。《小说二集·导言》所论乡土文学,都是以这个尺度来衡量的。许钦文、王鲁彦对乡土小说有自觉的创作兴趣,用力颇勤,与鲁迅的私人关系也很好,但鲁迅对两人的创作都是有批评有肯定。鲁迅肯定许钦文的《石宕》,而对其《父亲的花园》那样"包着愤激的冷静和诙谐"、"苦恼的是失去了地上的'父亲的花园'"一类的作品却有委婉的批评;对王鲁彦抨击野蛮落后现实的《柚子》多有褒扬,但对其"烦冤的却是离开了天上的自由的乐土"之类的作品亦有善意的针砭。③ 抑扬之间,不难见出鲁迅反对乡土文学中逃避现实的倾向,而对反映民生疾苦、鞭挞野蛮现实的作品情有独钟,地方色彩也只有在这个前提下才是可取的。说到底,乡土文学应"将乡间的死生,泥土的气息,移在纸上"④。鲁迅对地方色彩论与民生疾苦论的成功整合,尤其是整合中明确要求乡土文学反映现实人生,使茅盾终于接受了"乡土文学"这一概念。

　　对于乡土社会精神蒙昧的批判是以启蒙立场为基础的。作为"五四"新文学的杰出代表,鲁迅的卓越之处在于没有因同情民生疾苦而蒙蔽自己的理智。在探索

---

①　鲁迅:《导言》,《中国新文学大系·小说二集》,上海良友图书印刷公司1935年版,第11页。

②　鲁迅:《导言》,《中国新文学大系·小说二集》,上海良友图书印刷公司1935年版,第10页。

③　鲁迅:《导言》,《中国新文学大系·小说二集》,上海良友图书印刷公司1935年版,第9—10页。

④　鲁迅:《导言》,《中国新文学大系·小说二集》,上海良友图书印刷公司1935年版,第16页。

乡村现实时,他以现代理性为参照,以人道主义为基础,表现出鲜明的乡土启蒙和乡土批判意识及立场。鲁迅以自己一系列乡土小说,剖析、批判了存在于乡村社会的愚昧和蒙昧,在一个个鲜活的典型人物的不幸人生中,挖掘出积淀在乡土社会深处的有悖于人道、民主、自由等现代精神的思想、观念、信仰,它们是导致主人公不幸人生的最深刻的原因。面对无处不在却又无影无踪的观念之网,任何个体都难以有冲破它的力量和可能,它决定着乡土社会男男女女的悲哀,而这些不幸的男女却身不由己地汇合成力量强大的庸众。因此,在鲁迅看来,构成庸众的个体既是受害者,又是施害者。要改良社会和人生,"第一要著,是在改变他们的精神"[1],因为蒙昧的精神状态决定了乡土社会的停滞与落后。如果说,鲁迅自己的乡土文学主要是对个体生存困境的艺术考察,并从中揭示出主人公以及整个乡土社会的精神面貌,那么,在《小说二集·导言》中,鲁迅又特别留意直接表现群体精神状态的作品,而乡间习俗则是群体精神的最佳载体。他评蹇先艾的《水葬》"展示了'老远的贵州'的乡间习俗的冷酷,和出于这冷酷中的母性之爱的伟大"[2]。可以说,《水葬》主要是对被习俗制约着的庸众而不是小偷骆毛精神状态的一次绝妙展现,这种冷酷的、不人道的习俗是乡土社会整体道德水平、个性意识、现代化程度极其低下的表现。对于广大乡土世界而言,此类习俗虽然各异,但野蛮残酷的本质却是相同的。茅盾在《小说一集·导言》中,也特别指出许杰的作品"描写了农村的原始性的丑恶"[3],并多次谈到《惨雾》,原因是其中写出了"农民们自己的原始性的强悍和传统的恶劣的风俗"[4]。乡土文学呈现的蔓延于当时乡土世界的千奇百怪的冷酷、丑恶的习俗,大多以对生命的无情摧残证实了乡土社会的精神愚昧与蒙昧。然而,鲁迅并没有鄙弃内外交困的乡土社会,在他焦灼的故乡叙事中浸润着游子思乡的温情,但思乡的内涵已非古代游子可比。以人道主义、个性主义为内核的西方现代精神,使之将对故土之爱包含在启蒙与批判之中,其目标无疑是偏远、落后的乡村世界的现代化。而对于一个乡村人口和面积都占绝对多数的国家而言,乡村的现代

---

① 鲁迅:《呐喊》,《鲁迅全集》(1),人民文学出版社1981年版,第417页。
② 鲁迅:《导言》,《中国新文学大系·小说二集》,上海良友图书印刷公司1935年版,第8页。
③ 茅盾:《导言》,《中国新文学大系·小说一集》,上海良友图书印刷公司1935年版,第12页。
④ 茅盾:《导言》,《中国新文学大系·小说一集》,上海良友图书印刷公司1935年版,第28页。

化无疑是国家现代化的最重要最艰难的一环。因此,对于当时乡土文学中普遍交织着乡土思念与乡土启蒙的复杂情感的"乡愁",鲁迅是以现代精神为尺度来加以品评的。故而他认为塞先艾对落后故乡的叙述,写出了作者"心曲的哀愁"①,对愚昧、冷酷、不人道行为的憎恨,对母爱的同情。如果中国现代文学的总特点可以概括为"感时忧国的精神"②——其中的"时"应是以西方先进的物质文明和精神文明为参照的时代危机,那么,鲁迅的乡土文学创作和理论就是感时忧国精神在艺术和理论上的完美结合。

综上所述,鲁迅的乡土文学理论以自己的创作为基础和出发点,既宏观概括了当时乡土文学的创作实际,又在品评作品、阐幽显微之间有批评有揄扬有选择,从而将其独特的文学观溶入乡土文学理论之中,形成兼容各家之长并与时代精神相一致的、成熟而完善的乡土文学理论,使之与周作人、茅盾的理论立场既有所区别又有一定的联系。

回顾乡土文学理论酝酿、形成的历史,周作人是在理论上将美国 local colour 与乡土小说对接并加以阐发的第一人。作为"五四"新文学的弄潮儿,周作人处在西风东渐、人道主义盛行的时代的风口浪尖上,他的乡土意识和乡土理论为什么没有发展为对故乡落后的针砭以及对故土民生艰难的同情,而是走向了与时代中心话语相距较远的乡土气味、乡土趣味呢?

这与周氏的思想矛盾有直接的联系,用他自己的话来说,就是"叛徒"与"隐士"的矛盾、"效力"与"趣味"的矛盾。这种矛盾即使在周氏早期的文学活动中也可以见到其踪影,在前面提到的《〈黄蔷薇〉序》里,叙及匈牙利平原景物风貌时,文字之华美、语气之倾慕、心情之陶醉足可见一斑。然而,周作人毕竟是"五四"的弄潮儿,曾经相信"将文艺当作高兴时的游戏,或失意时的消遣的时候,现在已经过去了",但随着"五四"的落潮,新文化运动队伍的分化,以及日益严峻的政治形势,周作人内心原有的隐士气和趣味主义倾向慢慢把他导向了描写苍蝇、虱子、蚯蚓、菱角、苦茶等"不可有作用,却不可无意思"③一类逃避社会责任却能自娱自乐的趣味文学

① 鲁迅:《导言》,《中国新文学大系·小说二集》,上海良友图书印刷公司 1935 年版,第 8 页。
② 夏志清:《中国现代小说史》,复旦大学出版社 2005 年版,第 357 页。
③ 周作人:《原序》,《书房一角》,河北教育出版社 2002 年版,第 3 页。

之中。虽然在其文字中明显地流露出自我解嘲与无可奈何的情绪,但"苟全性命于乱世"的首要原则还是主宰了他的文学趣味。这才是他既具有将 local colour 与乡土文学对接的洞见,又故意只谈地方色彩而回避其社会、时代使命的真正原因。作为在新文学初期颇有影响的文艺批评权威,周氏对乡土文学兴趣所在的偏移,不仅妨碍了他对乡土文学理论的进一步探索与建构,也背离了新文学在特定历史时期应担负的历史使命,以及文学研究会同人对文学承担社会责任的信念。

周作人对乡土文学的阐发遭到以茅盾为代表的左翼批评的抵制。等到鲁迅发表《小说二集导言》,这项中西文论的对接和转换才最终完成。鲁迅的贡献不仅仅在于整合了茅、周之说,更在于超越了两者,将最迫切的时代需要——民族的,表现在乡土文学中即是地方的、乡镇的现代化,融入乡土文学,形成寓乡土思念、民生关怀和乡土批判于一体的乡土文学观,并以之为乡土文学之魂。

［原载《南京师大学报(社会科学版)》2007 年第 3 期］